Il Cavaliere deg

Elfi

BERNHARD HENNEN

LA ROCCA DELL'ORDINE

ARMENIA

ISBN: 978-88-344-2416-2

Titolo originale dell'opera: *Die Ordensburg. Elfenritter 1*
Traduzione di Roberta Zuppet

Via Valtellina, 63 - Milano

armenia@armenia.it
www.armenia.it

Stampato da Grafica Veneta S.p.A.
per conto del Gruppo Editoriale Armenia S.p.A.

Per la bella al parco

Imparare senza riflettere è vano;
riflettere senza imparare è pericoloso.
CONFUCIO

I.
Sulle tracce dell'antenato

«QUESTO NON È UN LUOGO in cui avventurarsi da soli, mio re».

Gunnar appoggiò la mano sulla spalla del guerriero. «Da quanto tempo comandi la mia guardia del corpo?».

L'abitante del Fiordo, un uomo alto e bruno, aggrottò la fronte e mosse le labbra come se contasse qualcosa.

«Combatti al mio fianco da diciassette anni, da quando mio padre mi permise di andare in battaglia per la prima volta. E da nove anni sei il capitano della mia guardia del corpo, dei Mandridi». Re Gunnar guardò gli uomini sul bordo della radura. Avevano l'aria tesa e tenevano quasi tutti la mano posata sull'elsa della spada. In quella radura il suo antenato Mandred aveva incontrato l'uomo-cinghiale, il mostro demoniaco che avrebbe seminato la sciagura tra elfi ed esseri umani. Quel posto era considerato maledetto... Nessuno vi si recava volontariamente.

Il re alzò lo sguardo verso la scogliera. Le pietre verticali si stagliavano come una corona nera contro il cielo buio. La verde Luce delle Fate danzava in ampi archi nel firmamento. Era insieme splendida e sinistra.

Il chiarore delle stelle invernali risplendeva chiaramente tra l'ondeggiante Luce Celeste. Se si credeva alla saga di Mandred Torgridson, era stato in una notte come quella che si era instaurato il legame tra elfi e uomini. L'alleanza durava ormai da mille anni e, sebbene gli elfi, i troll, i centauri e i coboldi fossero una visione familiare per i guerrieri, gli uomini si ritraevano davanti alle porte magiche che conducevano nell'Altro Mondo. Persino gli animali evitavano quei luoghi stregati, e gli uccelli non volavano mai sopra la Falesia della Tempra.

Gunnar guardò il capitano. Cristalli di ghiaccio scintillavano nella barba nera di Sigurd. I suoi freddi occhi azzurri parevano decisi. Gunnar sapeva che il compagno l'avrebbe seguito ovunque. Tuttavia, sarebbe stato disonesto chiedergli di accompagnarlo lungo quel cammino.

Il re non aveva intenzione di oltrepassare la porta, ma non si sapeva mai che cosa sarebbe potuto accadere quando ci si avventurava vicino a una Stella Albica, e nessuno di coloro che erano entrati nella Terra dell'Eterna Primavera ne era stato felice. Nella Terra del Fiordo tutti conoscevano le canzoni su Alfadas, Mandred e Kadlin, la regina guerriera. Erano eroi, senza dubbio, eppure la felicità era rimasta loro preclusa. Là dove dimorava la gloria risiedevano anche tristezza e solitudine. Chi aveva visto la Terra degli Albi restava per sempre estraneo agli altri esseri umani... E alcuni, come il suo antenato Mandred, non trovavano più la via del ritorno.

Gunnar afferrò il polso di Sigurd per porgergli il saluto dei guerrieri. «Andrò da solo, amico mio. Porta con te gli uomini! Aspettatemi giù al fiordo.»

Benché Sigurd si sforzasse di nascondere i propri sentimenti, Gunnar percepì il suo sollievo. Si conoscevano da troppo tempo per celare i loro stati d'animo.

«Se non sarai tra noi all'alba, salirò sulla falesia!».

Gunnar non poté trattenere un sorriso. Sapeva che Sigurd non pronunciava parole vuote. «Non seguirmi. Se non sarò di ritorno entro l'alba, sarò in un luogo in cui non potrai più raggiungermi». Esitò. «Se dovesse accadere... di' a Roxanna che la amo. E prenditi cura di mio figlio... e di Gishilde. Non bisogna perdere d'occhio la piccina. Lo sai bene».

Sigurd annuì con goffaggine. «Roxanna saprà che sei andato solo per amor suo».

«Toglilielo dalla testa!».

«Ma è la verità! E non dovresti farlo... Arriveranno. Hai mandato una messaggera. Resta con noi e aspetta... Giù al fiordo». Sigurd lo guardò quasi con espressione supplichevole, cosa che non era da lui.

Gunnar si domandò se il capitano stesse facendo il doppio gioco. Che sapesse qualcosa?

«Arriveranno, lo sai, mio re».

Gunnar guardò la luna. Le parole della levatrice gli risuonarono nelle orecchie. Se non accadrà un miracolo, non supererà la mattinata. Roxanna era in travaglio già da due giorni. Era allo stremo delle forze. Il re sapeva che oltre la porta, nell'Altro Mondo, vi era una creatura che si sarebbe accorta della sua presenza sulla Falesia della Tempra. Un antichissimo albero fatato. I Figli degli Albi dovevano sapere che aveva un disperato bisogno del loro aiuto! Erano trascorse ore da quando il messaggero, il coboldo Brandax, era partito. Perché non arrivava nessuno? Gunnar sapeva che Brandax non era molto amato dagli elfi. I suoi modi burberi rendevano difficile andare d'accordo con lui. Ma era stato l'unico che fosse riuscito ad aprire una porta... Che non volessero riceverlo a corte?

Il re guardò la falesia. «Devo andare, Sigurd». Strinse ancora una volta il polso del capitano e voltò le spalle alla radura.

Quando fu solo con le antiche querce del bosco, fu assalito ancora da quella sensazione di gelo. La sua famiglia era alleata degli elfi da mille anni. Combattevano fianco a fianco contro le potentissime cavallerie della Chiesa di Tjured. Gunnar conosceva i macabri rituali dei troll dopo le battaglie e le feste degli elfi, circondate da una magia che feriva il cuore degli esseri umani. Aveva tollerato il curioso senso dell'umorismo dei coboldi. Aveva sanguinato e riso con gli altri. Ma questi ultimi gli erano rimasti estranei. Vi era un ultimo muro invisibile che non crollava mai, e ciò li rendeva sinistri... Capiva perché i sacerdoti di Tjured li temessero tanto. Non si sapeva mai che cosa passasse per la testa di un elfo, e nemmeno se fosse o meno un amico. Perché non era giunto alcun aiuto?

Gunnar uscì dal bosco e sbucò su un ampio nevaio in lieve salita. La verde Luce delle Fate conferiva uno strano colore alla coltre candida. Si diceva che in notti come quella fosse più facile aprire le porte sull'Altro Mondo.

Lo scricchiolio della neve indurita, il canto del vento tra gli scogli e il suo respiro affannoso erano gli unici suoni che lo accompagnassero lungo quel cammino solitario. Quando finalmente raggiunse la cima, fu sopraffatto dai dubbi. Nel cerchio di rocce lisce, decorate da intricati motivi a spirale, non vi era alcuna neve. *Forse il vento l'ha spazzata via*, pensò il re, pur sapendo che non era così. Quel luogo non apparteneva più al Mondo degli Uomini.

Accarezzò una pietra con soggezione. Il vento gli scompigliava i capelli lunghi. Il respiro ghiacciato gli gelava la barba. Si chinò fino a toccare la roccia ruvida con la fronte. Aveva supplicato gli dei per due giorni e non era stato ascoltato. Ora le sue preghiere si rivolgevano a un potere più concreto.

Confidò tutti i suoi timori alla pietra fredda. Era un re guerriero, temprato da dozzine di cruente battaglie. Non temeva alcun pericolo... Tuttavia, aveva paura di ciò che stava accadendo durante il travaglio dietro la porta chiusa. Roxanna era ancora viva? Là, dove non lo vedeva nessuno, diede libero sfogo alle lacrime.

Guardò giù verso la grande città sul fiordo, che si allungava per più di un miglio lungo la riva. Pennacchi verticali di fumo si levavano da centinaia di camini. Le larghe strade erano quasi deserte. Intorno ai fuochi di guardia sui cammini di ronda della fortezza reale era riunito un gruppetto di sagome scure.

Il suo sguardo vagò verso l'ampia cintura di fossati e terrapieni. Le rigide forme geometriche non si adattavano alla città, con i suoi vicoli tortuosi e le sue case a graticcio dai timpani sovraccarichi di intagli. Sarebbero trascorsi anni prima che le nuove fortificazioni fossero completate. Gunnar sapeva che era tutta fatica sprecata. Se i cavalieri dei sacerdoti di Tjured fossero mai arrivati davanti ai bastioni di Firnstayn, il suo regno sarebbe stato condannato al declino, a prescindere da quanto fossero robuste le fortificazioni. I cavalieri potevano giungere solo da sud e, se avessero piantato i vessilli davanti alla città, avrebbe significato che avevano già soggiogato il resto del regno.

La salvezza non poteva venire dalle mura, bensì solo dal potere al di là di quel Cerchio di Pietra. Come ora, in quell'istante disperato in cui Roxanna e la bambina lottavano contro la morte.

Una corrente d'aria tiepida gli accarezzò le guance. Il re si voltò verso il Cerchio di Pietra e fu avvolto dal profumo di un prato primaverile in fiore. Udì il vento mormorare tra le foglie sebbene gli alberi più vicini distassero oltre un miglio.

Gli si serrò lo stomaco. Le sue preghiere erano state ascoltate. Doveva essere contento. Tuttavia, l'idea di incontrare la primavera nel cuore dell'inverno lo inquietava. Nel Cerchio di Pietra era cambiato qualcosa. I motivi a spirale... Pareva che si muovessero.

Batté le palpebre. Esitante, fece un passo indietro. Il terreno era di pietra. La luce filtrava tra i solchi della roccia come sotto la fessura di una porta.

Il re arretrò ancora. Il chiarore si sollevava in linee danzanti che formarono rapidamente un alto arco. Non doveva guardare! Conosceva le storie... La Terra degli Albi aveva ammaliato molti dei suoi antenati, strappandoli alla normale vita umana, e nessuno ne era stato felice. Era meglio non vedere quel mondo sconosciuto!

Non riuscì tuttavia a distogliere lo sguardo. Dietro la porta di luce danzante vi era una stanza immersa nell'oscurità, attraversata da un sentiero dorato. E all'estremità opposta del sentiero, solo qualche passo più in là, si apriva una seconda porta. Gunnar vide un prato fiorito. Una collina sormontata da una possente quercia… E poi comparve la cavalleressa. Pareva che fluttuasse sul sentiero dorato. Irreale, come uno spettro.

Attraversò la porta in men che non si dica. La luce danzante impallidì. Solo il profumo della primavera indugiò per un attimo, poi tornò a regnare l'inverno.

Gunnar conosceva gli elfi da quando aveva imparato a camminare. Erano stati ospiti graditi già alla corte di suo padre. Tuttavia, non li aveva mai visti arrivare dall'Altro Mondo. Fissò la donna sulla cavalla bianco latte come se fosse un fantasma. Era avvolta in una veste grigio argento, così delicata che sembrava intessuta di luce lunare. Il gelido vento del Nord le giocherellava tra i lunghi capelli neri. Era di una bellezza così inavvicinabile che il re non riuscì a proferire parola.

Pur essendo vestita come per una festa estiva, pareva non sentire il freddo.

«Hai detto che tua moglie lotta contro la morte».

Gunnar si limitò ad assentire. Provò a parlare, ma sembrava aver perso la voce.

«Sono Morwenna, figlia di Alathaia», riprese la donna, tendendogli la mano.

Pur essendo più piccola di lui e, per giunta, di corporatura minuta, aveva una stretta energica. Lo issò in sella senza fatica, facendolo sedere davanti a sé. Gunnar avvertì il suo respiro caldo sulla nuca. Morwenna tirò le redini e la cavalla scese il pendio troppo ripido. Seguivano le tracce del re, il largo solco che aveva lasciato mentre arrancava verso la cima. Gli zoccoli dell'animale, ferrati d'argento, non sprofondarono nemmeno una volta nella coltre di neve. Il limpido suono dei campanelli sui finimenti scandì il loro cammino. Per il resto regnava il silenzio. La notte li osservava, come se sentisse che qualcosa di sconosciuto era penetrato nel Mondo degli Uomini.

Gunnar ripensò con angoscia al suo antenato e al prezzo che Mandred aveva pagato per l'aiuto degli elfi. Alla fine fu la preoccupazione a dargli il coraggio di parlare. «Che cosa vuole la tua regina in cambio del vostro aiuto?» chiese con voce rauca.

Morwenna tacque, ma Gunnar era certo che sorridesse alle sue spalle.

2.
Prima dell'alba

GUNNAR USCÌ DAL SOFFOCANTE SALONE delle feste nell'ampio cortile della fortezza. Il chiasso allegro si era tramutato in un balbettio ebbro. Gli Jarl della Terra del Fiordo, i troll e i centauri bevevano insieme. Aspettavano la nascita dell'erede al trono. Da troppo tempo!

Gunnar guardò disperatamente una finestra illuminata dall'altra parte del cortile. Aveva sperato che con l'arrivo di Morwenna le cose sarebbero migliorate, ma ormai l'elfa era lassù da ore. Da tempo l'alba aveva scacciato la Luce delle Fate dal cielo. Aveva iniziato a nevicare piano. Il re aveva l'impressione che facesse un poco più caldo.

Là davanti, al centro del cortile, vi era la cavalla dell'elfa, che guardava nella sua direzione. Aveva occhi azzurro chiaro, occhi che i cavalli non avrebbero dovuto avere! Occhi che non avrebbero nemmeno dovuto fissare così gli esseri umani. Come se leggessero loro nel cuore!

La porta del salone si riaprì. Nel mattino echeggiarono frammenti di una volgare canzone cavalleresca. Poi l'uscio si richiuse, interrompendo il canto. Alcuni passi scricchiolarono tra la neve.

«Andrà tutto bene, Gunnar. È una maga elfica», disse una voce familiare. Sigurd gli posò la mano sulla spalla. «Sai di cosa sono capaci».

Gunnar conosceva i loro guerrieri. Anch'essi praticavano la magia. Ma i veri guaritori erano rari. Doveva fidarsi di Morwenna!

«Com'è stato per tua moglie?».

Sigurd rise, imbarazzato. «Non ero presente, mio re. È successo tre estati or sono, mentre combattevamo a Stovia. Conosco solo ciò che mi ha raccontato la balia. A quanto pare, mia moglie si è alzata nel bel mezzo della cena. Aveva ancora un cosciotto d'agnello nel piatto. E poi si è bagnata la gonna all'improvviso. Meno di mezz'ora dopo è nata mia figlia». Schioccò le dita. «Tutto qui. O almeno, questo è quanto mi hanno riferito».

Gunnar tacque. Non era ciò che voleva sentire in quel momento. Alzò ancora lo sguardo verso la finestra. Che cosa stava accadendo lassù, per tutti gli dei? Aveva pensato che, se fosse arrivata una guaritrice elfica sarebbe andato tutto bene...

«Mio re?». Sigurd lo guardò come se avesse detto qualcosa. Gunnar non aveva udito nulla. Era troppo assorto nelle sue riflessioni.

Un urlo lo indusse a voltarsi. Si ricominciava! Erano già trascorsi due maledetti giorni. Perché non finiva tutto? Per quanto tempo ancora avrebbe resistito Roxanna?

Sigurd lo afferrò per le braccia con vigore. «Non dovresti stare qui. Ora non puoi aiutare tua moglie. A cosa serve torturarsi? Torna dentro».

«Non essere al suo fianco è una sorta di tradimento».

«La levatrice e l'elfa ti hanno buttato fuori», gli rammentò il capitano. «Vieni, la cosa migliore che possiamo fare è bere fino a non reggerci più in piedi. Non puoi fare nulla lassù... Dunque facciamo ciò che gli uomini fanno da sempre quando le loro mogli partoriscono».

Gunnar avrebbe voluto trovarsi su un campo di battaglia, al centro di un combattimento furioso. In quel caso avrebbe saputo che cosa fare. Si sentiva impotente come gli era capitato di rado in vita sua.

«Sai già come lo chiamerai?».

Gunnar esitò. Sì, aveva già pensato al nome, ma non l'aveva ancora detto a nessuno. Nemmeno a Roxanna. Portava sfortuna parlare del nome di un bambino che non era ancora nato. Sigurd doveva pur saperlo! Probabilmente era già troppo ubriaco... Suo figlio si sarebbe chiamato Snorri. Un bel nome da guerriero.

La cavalla raspò la neve fresca, continuando a guardarlo con i suoi occhi sinistri. Gunnar aveva la sensazione che gli avessero versato addosso un secchio di acqua ghiacciata. Quegli occhi...

Roxanna sarebbe morta. A un tratto ne ebbe la certezza. Le urla erano cessate. Luth avrebbe tagliato il filo della sua vita. Da un momento all'altro...

Doveva starle accanto.

Il vento del Nord fischiava sotto i travicelli del tetto, conferendo una voce spettrale alle teste di drago intagliate. La neve si era infittita. La cavalla si tramutò in una sagoma sfocata. Gunnar credette di vedere figure indistinte tra i fiocchi bianchi. Figure generate dalla bufera, dal ghiaccio e dell'eternità. Gli spiriti dei suoi antenati si riunivano per accompagnare sua moglie durante l'ultimo viaggio verso i Saloni Dorati.

«Li vedi anche tu?».

Sigurd batté le palpebre. «Chi?».

Ci si poteva fidare di lui?

«Questa non è la notte adatta per restare fuori. Non sfidare la sorte, mio re! Ti sei avvicinato alla Stella Albica e sei tornato con un'elfa... Torna dentro». Il capitano lo teneva ancora per le braccia. «Questa è una notte adatta agli dei e ai Figli degli Albi. Non puoi aiutare tua moglie. Per favore, vieni con me!».

Gunnar si divincolò. Non avrebbe piantato in asso Roxanna. Attraversò il cortile di corsa. L'ampia sala d'ingresso era deserta. I suoi passi echeggiavano forte sul pavimento di pietra, accompagnati solo dal gemito del vento tra le travi del soffitto.

Salì la scala e si fermò sul gradino in cima. Roxanna non si lamentava più. Il corridoio che conduceva alla sua camera era immerso nel silenzio. Forse l'elfa e la levatrice avevano ragione? Forse la sua presenza avrebbe solo reso tutto più difficile?

Aveva quasi raggiunto la porta della stanza di sua moglie, quando notò la figura accovacciata sotto la finestra ad arco là di fronte. Gishilde se ne stava là con le ginocchia rannicchiate e la sua bambola preferita stretta al petto. La notte aveva soffiato cristalli di ghiaccio sul vetro piombato. La bambina serrò le labbra, cercando di nascondere che le battevano i denti. Persino nella penombra mattutina era palese che aveva pianto.

Roxanna piagnucolava dietro l'uscio. Evidentemente non aveva più la forza di gridare. Quel lungo suono interminabile procurò una fitta al cuore di Gunnar. Voleva starle accanto! Ma non poteva fingere di non aver visto Gishilde. Che cosa ci faceva qui? Avrebbe dovuto essere a letto, sorvegliata dalla balia!

Gunnar guardò ancora la porta. Alla fine si voltò. Gishilde aveva le guance rigate di lacrime, ma non singhiozzava.

Il re si chinò e la prese in braccio. Era così leggera... così fragile. Da quanto tempo aspettava là al freddo? Non si sarebbe dovuto allontanare dalla camera.

«Perché il mio fratellino fa così male alla mamma?» domandò la bambina, esitante.

Gunnar deglutì. Che cos'avrebbe dovuto rispondere? «Non lo fa apposta».

«Devi dirgli di smetterla!» ribatté Gishilde, indignata. «Digli che, se non lascia in pace la mamma, lo prendo a bastonate. Lo...».

Mentre parlava, tremava sempre di più, e alla fine le parole si spensero in un singhiozzo mezzo soffocato.

Gunnar la strinse forte al petto e le accarezzò i capelli. «Andrà tutto bene», cercò di rassicurarla, impotente, ritrovandosi improvvisamente a combattere anch'egli contro le lacrime.

Gishilde si tranquillizzò a poco a poco. Anche il piagnucolio dietro la pesante porta di quercia era cessato. Il silenzio preoccupò il re ancor più delle urla. Che Roxanna fosse...

«Ho origliato Gudrun mentre parlava con una sguattera. Sussurravano, ma le ho sentite ugualmente. Dicevano che la mamma morirà».

Gunnar si ripromise di cacciare via le due donne.

Aveva scelto Gudrun come balia di Gishilde perché aveva il sonno leggero. Non abbastanza, a quanto pareva. Avrebbe dovuto cercare un cane da guardia per sua figlia. Un azzannatore d'orsi, forse... «Quelle due non sanno che cosa dicono! Abbiamo una maga come quelle delle fiabe. Andrà tutto bene, piccola mia».

Gishilde si piegò un poco all'indietro. Aveva forse intuito che non era sicuro come voleva farle credere?

«Fa stare bene la mamma e tira fuori il mio fratellino».

«Sì, esatto». Gunnar si aggrappò a quella speranza... Aveva desiderato così tanto un erede. Senza figli maschi, la sua dinastia si sarebbe estinta. Dopo quasi mille anni... Ora non gliene importava nulla. Se solo Roxanna fosse sopravvissuta! Dopo la nascita di Gishilde la levatrice l'aveva avvertito. Sua moglie non avrebbe più dovuto avere figli. Ma con la bambina era andato tutto bene... Neppure Roxanna aveva creduto che...

Dietro la porta risuonò un vagito. Il bambino!

Il suono cessò subito.

«Era il mio fratellino?».

Perché il bimbo non piangeva più? Anziché rispondere, Gunnar la strinse forte. Sarebbe dovuto salire prima fino al Cerchio di Pietra sulla Falesia della Tempra. Aveva avuto paura di chiedere aiuto direttamente agli elfi. Ecco perché aveva mandato Brandax... La casa reale aveva stretto da mille anni un'alleanza con la sovrana della Terra degli Albi. Un'alleanza che era stata suggellata con un bambino e molto dolore... Gli elfi li sostenevano da sempre nella guerra contro i sacerdoti di Tjured. Entrambe le parti avevano qualcosa da guadagnare... Ma chiedere loro un favore unilaterale era pericoloso. Vi era sempre un prezzo da pagare. Gunnar aveva titubato. Conosceva fin troppo bene le cupe e antiche storie su Mandred e suo figlio Alfadas.

L'uscio si spalancò all'improvviso. La levatrice uscì con le braccia cariche di lenzuola insanguinate. Pallida come un cadavere, richiuse la porta con una gomitata.

Gunnar strinse ancora di più Gishilde affinché non vedesse il sangue. «Che cos'è successo?». Non ricordava più il nome di sua moglie.

La levatrice parve notarlo solo ora, anche se li dividevano meno di tre passi. Aveva gli occhi sbarrati per il terrore e sembrò leggergli nel pensiero. «È meglio che tu non lo sappia, Gunnar. Il travaglio è un campo di battaglia cui voi uomini contribuite solo con le turbolente scaramucce iniziali. L'ultimo scontro è sempre riservato alle donne!». Pronunciò quelle parole con voce spenta.

«Roxanna sta bene?».

«No! Luth ha avvicinato la falce al filo della sua vita».

«Mamma?».

Gunnar rimpianse di aver fatto quella domanda. «Morwenna sistemerà tutto», disse, cercando di consolare sua figlia, ma la voce gli morì in gola.

La levatrice gli rivolse un'occhiata strana. Il re si guardò bene dal porle altri quesiti.

«Andrà tutto bene», ripeté, dondolandosi avanti e indietro. «Andrà tutto bene».

La vecchia levatrice sparì con le lenzuola. Gishilde non fece più domande e Gunnar ascoltò i rumori dietro l'uscio. Era calato un silenzio sinistro.

Occorse un'eternità prima che la vecchia tornasse. Si infilò nella camera senza dire una parola.

Dietro la porta ebbe luogo un dialogo. Gunnar distinse le voci, ma non capì di cosa si trattasse.

«Qualcosa che ha a che vedere con la pancia della mamma», disse Gishilde a un tratto. «La maga ha fatto qualcosa che non piace a Gilda».

«Morwenna sa quello che fa», replicò il re, tentando di liquidare la questione. Aveva visto fin troppo spesso gli elfi compiere azioni inspiegabili. La cosa migliore era semplicemente rassegnarsi. Altrimenti diventavano troppo inquietanti, ed erano pur sempre alleati.

L'uscio si aprì ancora. Gilda gli lanciò un'occhiata di rimprovero. Di cosa avevano parlato lei e l'elfa?

«Entra, mio re! Puoi portare la piccina». Prese Gishilde per mano appena la bambina raggiunse la porta. «Coraggio, guarda il tuo fratellino. È abbastanza robusto. Diventerà un ragazzo forte».

Gunnar si avvicinò al letto. Il volto di Roxanna era bianco quasi quanto le lenzuola pulite. La donna dormiva e aveva profondi cerchi scuri sotto gli occhi.

Morwenna si lavava le mani insanguinate in un catino accanto alla finestra aperta. Guardava la neve che cadeva ma non vi faceva caso. Là vicino l'incenso bruciava in un piccolo braciere di rame. Il profumo non riusciva a dissipare del tutto il tanfo di sangue e sudore.

La vecchia ha ragione, pensò Gunnar. Là dentro si respirava lo stesso fetore di un campo di battaglia. Guardò ancora sua moglie e deglutì. Sembrava un cadavere composto sul catafalco e dava l'impressione di non respirare.

A un tratto Gilda lo prese per mano e lo guidò nell'angolo più lontano della stanza. «Devi sapere che Luth avrebbe voluto portarli via entrambi, Gunnar. Tua moglie e tuo figlio. Il bambino era troppo robusto... e si trovava nella posizione sbagliata. Ho visto fin troppe volte casi simili». Rivolse un'occhiata impaurita all'elfa. «Ha rubato le loro vite al Tessitore del Destino. Non ne verrà nulla di buono. Ha...». Fece un gesto vago per scacciare il male. «Non avevo mai visto nulla del genere...». Parlava così piano che Gunnar dovette quasi piegarsi verso le sue labbra per sentire. «Le sue mani... È entrata nel corpo di tua moglie. Attraverso il ventre...». Gilda rifece il segno protettivo. «Le ha strappato il bambino dalla pancia. Non sono riuscita a guardare... Ora il ventre di Roxanna è tornato piatto. Non vi è neppure una cicatrice... Ma, credimi, le ha infilato le mani nella pancia».

Gunnar non voleva ascoltarla. Qualunque cosa fosse accaduta, Roxanna e suo figlio erano vivi. E Gilda non aveva forse detto di non essere riuscita a guardare? Erano solo chiacchiere! Si avvicinò alla culla. Suo figlio! Aveva un erede! Che cosa gliene importava degli sproloqui di una vecchia? Sapeva già che la magia aveva aiutato suo figlio a venire al mondo. Dopotutto, era quella la ragione per cui aveva chiamato l'elfa!

Il bambino aveva il volto paffuto e tanti capelli... Gli accarezzò delicatamente la testa.

«Ma il mio fratellino non è bello», mormorò Gishilde, delusa. Poi strinse i pugni. «E se fa ancora male alla mamma...».

Roxanna si mosse. Aveva aperto gli occhi.

«Mamma!». Gishilde si lanciò nella sua direzione.

Gunnar avrebbe voluto fermarla, ma uno sguardo di sua moglie gli ordinò di lasciarla fare.

Gilda si inginocchiò accanto al letto con una ciotola di semolino. «Devi mangiare, signora».

L'elfa si allontanò dalla finestra e si avvicinò al re senza prestare attenzione alle donne e alla bambina.

Gunnar posò anche la seconda mano sul neonato. «Avresti dovuto chiamarmi prima, Gunnar Bracciodiquercia», gli sussurrò all'orecchio. «Abbi molta cura dei tuoi figli, perché tua moglie non sarà più in grado di farlo. Sai che, quando la tua dinastia si estinguerà, anche la Terra del Fiordo andrà verso il declino. Quando il bambino compirà sette anni, tornerò a prenderlo. Fino ad allora è tuo».

Gunnar sollevò il piccolo dalla culla e indietreggiò. «No. Crescerà alla mia corte. Puoi chiedermi ciò che vuoi, ma non portarmi via mio figlio!».

Le sue parole avevano spaventato le altre donne. Roxanna scoppiò a piangere e cercò di alzarsi dal letto. Gishilde guardò l'elfa con espressione atterrita.

«Non essere sciocco, re! Sai che la mia sovrana Emerella sa leggere il futuro. Quando tuo figlio entrerà nell'ottavo anno d'età, andrà incontro a un grave pericolo, e sarà al sicuro solo alla corte reale della Terra degli Albi».

«Non me lo porterai via!» ribadì Gunnar in tono fermo. «Non ti ho promesso nulla!».

Morwenna lo guardò come si guarda un bambino disobbediente. «Nessuno vuole rubarti tuo figlio. La mia sovrana desidera solo il meglio per lui!».

«Sappiamo badare da soli ai nostri figli!».

L'elfa sorrise freddamente. «Tornerò quando avrà compiuto sette anni». Accarezzò la guancia del neonato. «Arrivederci, Snorri».

Gunnar si irrigidì per il terrore. Non aveva rivelato il nome a nessuno!

3.
L'unica storia vera

«Chi non ha mai dovuto domandarsi per quanto tempo dovesse cuocere le suole dei suoi stivali prima di mangiarle è un millantatore! Oggi il mondo è pieno di millantatori ben pasciuti che la mattina si versano il miele sul tritello e hanno enormi pancioni. Parlano come se fossero stati presenti quando il vessillo dell'Albero di Sangue sventolava sopra la Terra degli Albi. I loro discorsi sono come un peto caldo sulla faccia di qualcuno, e mi viene la nausea quando sento come discorrono della regina senza piedi e del suo cavaliere elfico. Oh, vedo forse arrossire coloro che, tra voi, si sforzano di usare un linguaggio più raffinato? Sono un oldo, un coboldo, perciò appartengo a un popolo da cui gli illustri figli della Terra degli Albi si aspettano solo il peggio. Perché dovreste tollerare il mio tono villano? Perché sono stato nominato cronista della verità e, a differenza di altri scribacchini, non tengo per me ciò che desiderate sapere. Ho vissuto tra gli esseri umani. So come sono fatti! E ho visto che, in tutto ciò che molti di noi deridono definendolo meschino, possiedono una grandezza propria solo a pochissimi Figli degli Albi. Sì, è vero, nemmeno i loro eroi più gloriosi sconfiggeranno mai un cavaliere della nostra regina

Emerella, nessuno di loro sarà mai abile come un coboldo nei lavori d'artigianato, forte come un troll o capace di ubriacarsi come un centauro. Ne sono consapevoli, eppure non si arrendono mai. Cercano di essere più grandi di quanto abbia voluto il destino e, così facendo, non risultano superbi, bensì tragici.

Come la loro regina, la cui sorte commuove così tanto un vecchio coboldo spietato come me da impedirmi di dimenticarla. Non sopporto che oggi si taglino i panni addosso all'ultima sovrana della Terra del Fiordo. Checché se ne dica, so che è sempre rimasta fedele al suo cavaliere. E taglierò le dita dei piedi a chiunque affermi il contrario in mia presenza!

L'ho conosciuta, la vostra ultima regina. Iniziò a temermi già quando ci incontrammo per la prima volta. Sono stato io a mozzarle i piedi. Ecco perché scrivo questa storia. Non sono un elfo che addolcisce la verità con mille belle parole. Non sono un millantatore, perché ho mangiato le suole dei miei stivali nell'inverno dei Figli del Ghiaccio. So che cosa sono l'umiliazione e l'amore. Me li ha insegnati entrambi un Figlio dell'Uomo.

Non passa giorno senza che mi domandi che cos'abbiamo sbagliato noi figli della Terra degli Albi e quanto sia grave la nostra colpa. Se la nostra maledizione consista nel procurare dolore e rovina a coloro che amiamo. Già, soprattutto a coloro che amiamo... No, non sono lacrime quelle che cancellano il mio inchiostro. Siedo sulla terrazza del mio palazzo a Vahan Calyd, sopra il Mar Boscoso, e fa così caldo che ne soffrirebbe persino un elfo. Verso sudore, non lacrime! Chi mi conosce sa che piagnucolare come una Fata dei Fiori non è da me. E se tra voi che leggete queste righe c'è qualcuno che afferma il contrario, gli faccio comparire una radice rinsecchita al posto di quella lingua menzognera.

Sento spesso i colti fanfaroni parlare degli anni passati, litigare spesso per stabilire quando sia iniziata la sciagura. Alcuni credono che sia cominciato tutto dal grande concilio di Iskendria, quando la Nuova Cavalleria, sul cui scudo spicca l'Albero di Sangue, si assicurò il comando supremo degli eserciti della Chiesa di Tjured. Quel giorno giurarono di estirpare per sempre il paganesimo e, con esso, i figli della Terra degli Albi. Altri sostengono che tutto ebbe inizio nel pomeriggio in cui gli ultimi Bojari del Drusna ricevettero in dono una clessidra. O nella notte del vergognoso tradimento che seguì quel giorno.

Vi assicuro che sono solo sciocchezze diffuse da cronisti che versano inchiostro! Favole scritte da imbecilli convinti che le grandi storie comincino sempre dove i potenti si contendono i regni. Chi scrive libri di storia si sente costantemente chiamato a nascondere la banalità della realtà dietro lo splendore e la gloria. Forse lo fanno per proteggervi dall'atroce verità. Forse non vogliono far vacillare la loro convinzione di vivere nell'ordine e nella sicurezza. Mi hanno sempre rimproverato dicendo che il dolore altrui mi procurava gioia e che per me era un piacere essere crudele. Sono solo chiacchiere da invidiosi! Dimenticatele! Da me sentirete la verità e nient'altro!

I vessilli dell'Albero di Sangue iniziarono a sventolare nella Terra degli Albi quando un cane rognoso, famigerato perché amava mordere i bambini, non riuscì più a scappare da un cortile posteriore. Forse si trovava là perché aveva divorato il cadavere del suo padrone. Il bambi-

no che assistette alla lotta dell'animale non si domandò perché quel cagnaccio pidocchioso si trovasse in quel cortile. Per diventare un eroe romantico, occorre tuttavia possedere questa capacità: riconoscere la verità anche quando è letteralmente assurda.

Credetemi, fu quel maledetto cane a generare un eroe. Perciò la storia della regina addormentata e del cavaliere elfico inizia con lui, almeno se la si vuole raccontare correttamente...».

Tratto da:
L'ultima regina, volume 1 – Il figlio della peste,
pagina 7 ss.
Scritto da: Brandax Spaccamuri,
Signore delle Acque di Vahan Calyd,
Maestro di guerra degli Oldi

4.
Occhigrigi

I MAGRI CANI DEL BRANCO CHE QUEL MEZZOGIORNO era arrivato nel villaggio spinsero il cane da guardia nell'angolo più lontano del cortile aperto. Barrasch non poteva più fuggire. Latrò ostinatamente e attaccò, ma le zanne del grosso animale giallo e marrone addentarono l'aria.

Luc staccò un'altra tegola dal tetto con un gesto rabbioso e la scagliò giù dalla finestra della fucina. Questa volta il bambino colpì il capobranco. La bestia irsuta che aveva appena incalzato Barrasch trasalì e guardò su. Due limpidi occhi grigio chiaro scrutarono Luc. Il mostro non produsse alcun suono.

Barrasch spiccò un salto e cercò di afferrare il capobranco per la nuca mentre era distratto. Ma l'altro lo respinse con abilità sorprendente e lo morse al fianco prima di ritirarsi.

André, il fabbro, aveva sempre affermato che il suo Barrasch aveva sangue di azzannatore d'orsi nelle vene. Gli azzannatori d'orsi erano i leggendari cani da combattimento della Terra del Fiordo. Secondo quanto André aveva raccontato a Luc, nel corso dei secoli i comandanti degli eserciti pagani li avevano nutriti con i cadaveri dei sacerdoti e dei cavalieri dell'Ordine. L'avevano fatto per trasformarli in animali particolarmente cattivi ed empi. La Chiesa aveva dunque scomunicato gli azzannatori d'orsi. Era vietato possedere quei cani. I sacerdoti li facevano bruciare sul rogo.

Ma al fabbro non era mai importato granché della Chiesa e dei suoi comandamenti. Gli bastava che nessun religioso mettesse piede nel suo cortile.

André aveva combattuto a lungo durante le Guerre Pagane, per mare contro gli abitanti del Fiordo e nei vasti boschi del Drusna contro i sinistri uomini-ombra. Per quanto potesse sembrare curioso, pareva che disprezzasse tanto i sacerdoti quanto i pagani. Era un uomo strambo con un cane normalissimo.

Barrasch tremò. Le zampe posteriori si piegarono sotto il peso del suo corpo robusto. Per rialzarsi dovette fare appello alle sue ultime energie. Sfidò i cani delle montagne con un profondo ringhio gutturale. Erano animali magri e molto più bassi di lui. Ciononostante avevano qualcosa che faceva venire la pelle d'oca. Erano così tranquilli... così sicuri di vincere. Tutti gli altri cani avevano tagliato la corda quando era arrivato il nuovo branco. Barrasch era stato l'unico a rimanere.

Luc non aveva mai sopportato il gigantesco azzannatore d'orsi, ma ora loro due erano gli unici a difendere il villaggio di Lanzac. Era una cosa che li univa! Barrasch era un animale scontroso. Una volta gli aveva strappato i pantaloni e gli aveva morso perbene il sedere, acchiappando Luc mentre cercava di arrampicarsi fino alla finestra della Camera del Miele.

Come se fosse risuonato un richiamo silenzioso, tre

membri del branco balzarono avanti contemporaneamente per finire Barrasch. L'azzannatore d'orsi si ritirò nell'angolo più lontano, tra il muro e la carbonaia, tentando di mordere gli intrusi con un ringhio furibondo. Luc staccò un'altra tegola e la gettò in cortile. «Andatevene, bestiacce! Che il cielo vi fulmini!».

Il proiettile mancò il bersaglio. I cani non degnarono il bambino nemmeno di uno sguardo. Ringhiando piano, accerchiarono Barrasch. Ad attaccare erano sempre almeno in due e, per quanto l'azzannatore d'orsi si difendesse con coraggio, abilità e accanimento, ogni aggressione gli procurava una nuova ferita. La fine era vicina. Ma Barrasch non si arrese. Il suo magnifico pelo giallo e marrone era punteggiato di grosse macchie di sangue. Ogni volta che gli altri lo assalivano, i suoi tentativi di morderli alla gola diventavano un poco più lenti.

Se voleva aiutarlo, Luc doveva avvicinarsi di più a quei maledetti azzannatori assassini. Uscì velocemente dall'abbaino e scivolò giù per le assicelle scricchiolanti fino al muro del cortile. Gli intrusi avevano un brutto pelo grigio e marrone, che diventava quasi bianco sulla pancia. Sebbene fossero tutti più piccoli di Barrasch, non sembravano meno pericolosi. Si vedeva che erano abituati a combattere per mangiare.

Uno di loro alzò lo sguardo su Luc. Il bambino lo riconobbe subito. Aveva perfidi occhi grigio chiaro. Era il capobranco. Quello che aveva appena colpito con la tegola. «Ti concio per le feste, Occhigrigi», mormorò con decisione, per poi gridare: «Resisti, Barrasch! Vengo ad aiutarti! Resisti!».

Si infilò la mano in tasca alla ricerca del coltello a serramanico. Era da codardi rimanere accovacciati sul muro mentre l'azzannatore d'orsi lottava per la vita. Ma il bambino temeva che, se si fosse avventurato nel cortile, sarebbe morto ancor prima del grosso cane. Sapeva con esattezza chi era arrivato al villaggio. Tuttavia, chi aveva un briciolo di cervello non chiamava mai il male con il suo vero nome, perché ciò non faceva altro che aggravare la situazione. Gliel'aveva spiegato sua madre, che si era attenuta a quella regola anche in punto di morte. Il nome del male che l'aveva uccisa non era stato pronunciato né da lei né dalle altre persone presenti in casa.

Il cane con gli occhi grigi si accovacciò e osservò Luc. Il bambino aveva la sensazione che la bestiaccia volesse dirgli: «Scendi pure! Aspettavamo una mezza porzione come te».

Luc aveva undici anni e aveva festeggiato l'onomastico solo all'inizio dell'estate. Deglutì. Per poco gli occhi non gli si riempirono di lacrime. Faceva male pensare a quanto fosse stata splendida quella giornata. Per la prima volta suo padre gli aveva permesso di sparare con una pistola a ruota. Il rinculo gli aveva quasi slogato il braccio, e il bambino era finito miseramente a gambe all'aria, ma allo stesso tempo era stato molto orgoglioso. Dacché ricordava, sognava di usare una delle pistole di papà. Sapeva tutto sulle armi. Come si smontavano per pulirle e ingrassare il metallo. Come si caricavano e si incastrava la pallottola nella canna affinché non potesse più rotolare fuori. Era importante quando si tenevano le armi cariche in una bisaccia! Suo padre gli aveva regalato una chiave con cui armare l'otturatore delle pistole. L'anno successivo avrebbe ricevuto un corno per la polvere e, dopo un altro anno, una pistola. Se solo ne avesse avuta una con sé in quel momento! «Avresti già lo sguardo vitreo se potessi spararti e farti un grosso buco tra quegli occhi grigi, brutta bestiaccia», mormorò in tono rabbioso. «Non sai con chi hai a che fare! Oggi è il giorno della tua morte, te lo assicuro».

Sentire la propria voce gli faceva bene. Il suono gli infondeva coraggio. Era da così tanto tempo che nessuno gli rivolgeva la parola... Barrasch era l'unica cosa che gli fosse rimasta della sua vita precedente. E i Puzzolenti... Ma quelli non parlavano. Si limitavano a ruttare, scoreggiare e aspettare... Benché fossero immobili, temeva che si sarebbero alzati appena avesse fatto qualcosa di sbagliato. Lo spiavano! Li evitò, non fosse altro che per le mosche da cui erano attorniati.

Guardò la finestrella da cui pendeva una corda piena di grossi nodi. Per raggiungere la Camera del Miele, avrebbe anche potuto attraversare l'imponente casa padronale del conte, ma in quel caso avrebbe dovuto scavalcare due Puzzolenti: Marie, la lavandaia, e il grasso Jean, che era stato il maggiordomo del conte. Era meglio entrare dalla finestra! E ora che era arrivato il branco, non gli restava altra scelta.

Un uggiolio acuto lo riscosse dalle sue riflessioni. Uno dei cani aveva morso la zampa posteriore destra di Barrasch. L'azzannatore d'orsi cadde e gli altri gli furono subito addosso. Solo il cane con gli occhi grigi continuò a fissare Luc.

Il bambino si piegò e staccò un'altra tegola dal tetto, scagliandola con rabbia tra il groviglio di cani. «Forza, Barrasch! Alzati, fagli vedere!».

Una cagna si allontanò gemendo. Il proiettile l'aveva ferita al muso.

Barrasch seguitò a combattere anche da sdraiato. Aveva afferrato un avversario per la gola e l'aveva morso. Scosse la sua vittima con le ultime energie che gli restavano, mentre gli altri animali lo dilaniavano con le loro lunghe zanne.

Poi il grosso azzannatore d'orsi giacque immobile. Anche nella morte le sue mascelle stringevano un cane cui aveva lacerato la gola. L'altro si agitò ancora per un poco, quindi smise anch'esso di muoversi.

Luc lanciò un'ultima tegola. Adesso era tutto il branco a fissarlo. Erano in cinque, tutti con quegli strani occhi. Molto diversi da quelli dei cani del villaggio. Erano più minacciosi... Erano azzurri come il cielo invernale o grigi come neve sporca. Occhi freddi. Occhi da assassini!

Solo allora il bambino notò che il cane che l'aveva fissato per tutto il tempo non era più al suo posto.

Si guardò intorno, impaurito. Che la bestiaccia si fosse nascosta sotto la pensilina? «Sei sicuramente là sotto», sussurrò, sperando allo stesso tempo di sbagliarsi. Occhigrigi voleva lui, ne era certo. Gliel'aveva letto nello sguardo. Se fosse riuscito a uccidere il capobranco, gli altri cani l'avrebbero sicuramente lasciato in pace. Forse sarebbero persino scappati.

Si frugò in tasca ed estrasse il coltello che gli aveva regalato suo padre. Il manico era di noce rosso, e nel legno era incisa una «L» ornata di svolazzi. Infilò l'unghia del pollice nella piccola tacca presente nel ferro scuro e tirò fuori la lama, che scattò con un lieve clic.

Ora i cani si avventarono sul cadavere di Barrasch. Una femmina irsuta con una macchia bianca sulla fronte gli lacerò la pancia ed estrasse il fegato.

In confronto alle zanne di questi animali il coltello è un'arma ridicola, pensò Luc. È... Un rumore lo indusse a voltarsi.

Occhigrigi uscì dall'abbaino. Luc rimase impietrito. Sconcertato, guardò l'animale che si infilava nella finestra. Impiegò un attimo per trovare l'equilibrio sulla tegole lisce, quindi lanciò un breve latrato. Una sfida! Il cane aveva rizzato le orecchie e spalancato così tanto la bocca da mostrare le zanne gialle e bianche. La coda era diritta come un fuso. Ogni muscolo era teso. Occhigrigi era pronto a saltare, e i suoi occhi sembrarono parlare ancora. *Ti prendo, moccioso,* dicevano.

In quel momento l'incantesimo si spezzò. Luc indietreggiò, si girò e si mise a correre. La sommità del muro era larga quasi un piede. L'aveva già percorsa centinaia di volte, dal tetto della fucina alla carbonaia e da là alla rimessa. Suo padre l'aveva bastonato dozzine di volte per questo. *Se solo papà fosse qui! Non avrebbe paura dei cani venuti dalle montagne! Li caccerebbe via e basta.*

Come André, suo padre era un veterano delle Guerre Pagane. Tuttavia, i combattimenti non l'avevano trasformato in un uomo chiuso e irascibile. Parlava volentieri delle battaglie, delle lunghe marce e degli oscuri boschi del Drusna. Luc lo immaginava mentre si precipitava in cortile sul suo morello Vento Notturno, estraeva una delle due pistole a ruota dalla bisaccia, sparava a Occhigrigi dal tetto come se usare l'arma fosse un gioco da ragazzi e cacciava gli altri cagnacci tra una moltitudine di uggiolii.

Ah, se solo suo padre fosse tornato, anche solo per un attimo, e l'avesse aiutato! In cambio Luc avrebbe sopportato senza protestare anche le bastonate più violente della sua vita per aver infranto il divieto di gironzolare sui tetti.

Dal muro, il bambino saltò sul tetto della carbonaia, un poco più alto. Le lastre di ardesia grigia scricchiolarono forte, e le travi marce gemettero sotto il suo peso. Si era staccata una lastra. In passato suo padre l'avrebbe preso a cinghiate per quello, ma ora non importava più a nessuno. Non vi era più nessuno che si arrabbiasse per le tegole rotte. Ad eccezione, forse, dei Puzzolenti... Guardandoli, si sarebbe potuto pensare che fossero morti. Quando Luc era più piccolo, aveva trovato il fabbro sdraiato su un mucchio di escrementi. Era stato dopo la Festa d'Estate. Aveva creduto che fosse morto e aveva chiamato suo padre. Quest'ultimo era scoppiato a ridere: André era solo ubriaco. Doveva essere capitato qualcosa di simile anche ai Puzzolenti. Dormivano e basta! Dormivano della grossa... Forse si sarebbero svegliati, finalmente? Dovevano scacciare il branco! Aveva cercato più volte di destarli, ma, a differenza di quanto era successo con André, un secchio d'acqua non era sufficiente. Erano molto testardi... Non aveva amici tra loro.

Senza voltarsi, si arrampicò su per il tetto. La carbonaia era adiacente alla rimessa in cui il conte Lannes teneva le carrozze. Il tetto della rimessa era assai più alto di quello della carbonaia. Con il cuore che batteva all'impazzata, il bambino si issò su un'asse sporgente. Per qualche istante rimase a cavalcioni sulla trave, che il sole, la pioggia e gli escrementi dei colombi avevano tinto di grigio, quindi riprese a strisciare. La rimessa era vecchia, e occorreva stare attenti quando ci si muoveva sulle assicelle fragili. Qua e là crescevano spessi cuscini di muschio.

Finalmente trovò il coraggio di fermarsi e guardarsi indietro. Occhigrigi aveva raggiunto la carbonaia. Era all'estremità più esterna. La coda si agitava irrequieta, e il cane si piegò un poco. Poi tornò a raddrizzarsi. Pensava forse di saltare sul tetto della rimessa?

Luc si mordicchiò il labbro inferiore. No, non poteva essere... Ma Occhigrigi era salito anche sul tetto della fucina. Non era come gli altri cani. Voleva divorarlo. A quel pensiero gli venne la pelle d'oca. Già, era così. Occhigrigi voleva divorarlo e non si sarebbe arreso tanto facilmente.

Doveva liberarsi di quelle bestiacce, altrimenti non si sarebbe più sentito al sicuro in nessuna parte del villaggio.

Non si faceva illusioni. I cani sarebbero rimasti finché non vi fosse più stato nulla da mangiare. Finché non vi fosse più stato nessuno... E Occhigrigi era il capobranco. Se si fosse sbarazzato di lui, forse gli altri azzannatori assassini l'avrebbero risparmiato.

Occhigrigi prese la rincorsa e atterrò sul tetto con le zampe anteriori. Le unghie graffiarono le assicelle e gli occhi ipnotizzarono Luc. L'animale scivolò all'indietro molto lentamente, ma senza distogliere lo sguardo. Avrebbe riprovato. Forse il secondo tentativo avrebbe avuto più successo.

«Bestiaccia!». Luc sarebbe dovuto fuggire. Arrampicarsi su per la corda verso la Camera del Miele. Invece, si diresse verso il cane. «Che cosa vuoi fare ora?».

Occhigrigi ansimava. Il fiato gli puzzava di carogna. Ormai il bambino era distante solo un passo. Le zampe posteriori scivolarono sull'intonaco ruvido della rimessa senza trovare un appiglio.

Luc si avvicinò leggermente. Poi fu sopraffatto dall'ira. «Ora chi è l'indifeso?». Gli sferrò un calcio al muso.

L'animale lo schivò con un movimento della testa e cercò di addentargli la gamba. I denti appuntiti affondarono nella stoffa logora dei pantaloni, ma Luc fu fortunato: Occhigrigi non era riuscito ad afferrarlo bene. Il bambino se la cavò con un paio di graffi, mentre il cane si ostinava contro il tessuto.

Occhigrigi non ringhiò. Un vero cane avrebbe ringhiato. Luc sapeva con esattezza di cosa si trattava, ma non l'avrebbe detto ad alta voce. Non l'avrebbe nemmeno pensato. Chiamare le cose per nome aggravava sempre la situazione. Occhigrigi era solo un cane!

Ripensò agli avvertimenti di sua madre: non dare un nome al male! Altrimenti lo attiri. La sfortuna, le malattie o i *cani* scesi dalle montagne. Non si doveva pronunciare il nome del male nemmeno quando quest'ultimo ti aveva già annientato, perché, per quanto la situazione fosse grave, poteva sempre peggiorare ancora. La mamma si era attenuta costantemente a quella regola. Tuttavia, era stata una delle prime vittime della pestilenza. La malattia non aveva osservato le regole, e nemmeno il sacerdote. Aveva inciso i grossi bubboni e aveva salassato la donna benché quest'ultima piangesse e cercasse di opporsi.

Quella notte suo padre l'aveva portato dal loro vicino, il fabbro André, cosicché non vedesse ciò che faceva il sacerdote. Ma le urla disperate di sua madre si udivano anche là. Il mattino successivo era morta. Come si conveniva, l'avevano cremata il giorno stesso, affinché salisse al cielo avvolta in una veste di fumo, dove Tjured aspettava tutti i veri fedeli nello splendore dei suoi giardini rugiadosi.

Occhigrigi girò la testa di lato e lo fece cadere con uno strattone improvviso. Il bambino atterrò pesantemente sul tetto. Il coltello gli scivolò e slittò per un tratto. Anche Luc scendeva piano verso il bordo.

Il cane poteva precipitare da un momento all'altro dalla rimessa alla carbonaia. *E mi porterà con sé,* pensò Luc. Che fossero stati gli Altri a chiamare il branco? Mandavano sciagure d'ogni tipo e avevano orecchie ovunque. Ecco perché non ci si doveva lamentare e non si doveva pronunciare i loro nomi, altrimenti li si attirava.

Le sue dita artigliarono il bordo di una tegola. L'unica cosa che riuscì ad afferrare fu il muschio. Continuò a scivolare. Sferrò un calcio disperato con la gamba libera e colpì Occhigrigi al centro del naso, ma quello non mollò la presa. Negli occhi color ferro gli scintillava la sete di sangue.

Luc vide il coltello, posato su un largo cuscino di muschio, e si allungò il più possibile.

Occhigrigi ondeggiava da una parte all'altra. Sarebbero precipitati da un momento all'altro.

«Ti prego, Tjured, aiutami, e sarò per sempre un tuo fedele servitore!» implorò il bambino.

Sfiorò il coltello con i polpastrelli. L'arma schizzò via e si fermò un poco più in là, sul bordo di una tegola. Luc si allungò disperatamente finché strinse in mano l'impugnatura di noce.

«Devi pensare a me!» urlò, rizzandosi a sedere. Slittava senza sosta verso l'orlo, ma ignorò il pericolo. Voleva solo vendicarsi sulla bestiaccia che aveva cercato di mordergli la gamba. Tutto il resto gli era indifferente.

Colpì il muso di Occhigrigi con tutte le sue forze. La lama scalfì l'osso e lasciò un lungo taglio. L'animale guaì. Nello stesso momento caddero entrambi.

Un colpo tra le gambe strappò un grido a Luc e gli fece salire le lacrime agli occhi. Un dolore lancinante gli invase la pancia, mozzandogli il fiato. Le sue dita artigliarono il legno grigio e consumato. Era atterrato su una delle assi che sporgevano come corna da sotto il tetto della rimessa. Aveva una gamba dei pantaloni stracciata. Occhigrigi giaceva poco più giù, sul tetto della carbonaia, e sembrava stordito. Agitò con rabbia la stoffa consunta che gli pendeva dalla bocca come la pelle di un serpente.

Luc si alzò. Aveva la sensazione che qualcuno l'avesse afferrato tra le cosce con una tenaglia arroventata. Strinse i denti e grosse lacrime gli rigarono le guance. I maschi non avrebbero dovuto piangere, ma non poteva farci nulla. Il dolore era troppo intenso. Attraverso il velo di lacrime vide il cane che si rimetteva in piedi.

Il bambino fuggì, ma la bestiaccia non si arrese. Il taglio sopra il muso sanguinava copiosamente. «Sali e ti sistemo io», sibilò Luc, pur sapendo che era un'assurdità. Aveva perso il coltello durante la caduta. Doveva essere finito da qualche parte sul tetto della carbonaia, molto al di fuori della sua portata.

Strisciò verso la rimessa imprecando sottovoce. Le tegole erano ancora calde dopo essere state esposte al sole di mezzogiorno. Avrebbe preferito sdraiarsi e lasciarsi trasportare dal tepore verso il sonno, verso sogni gradevoli, popolati da tutti coloro che l'avevano abbandonato.

Udì le zampe del lupo sul tetto della carbonaia. Stava per saltare ancora. Fermarsi in quel momento avrebbe significato gettare la spugna. E se...

Il bambino trasalì. Che cos'aveva fatto! Aveva chiamato il male per nome, anche se solo con il pensiero. Ora la situazione si sarebbe aggravata.

«Idiota!» disse a se stesso, cominciando a strisciare. Ogni movimento gli accentuava il dolore tra le cosce. Che fosse ferito gravemente? Non ricordava di aver mai sentito tanto male. Deglutì piano. *Non iniziare a piagnucolare, fifone. Sono le femmine a frignare. Tanto nessuno ti aiuterà*. Nel villaggio vi erano solo lui e i lupi mandati dagli Altri.

5.
La regina guerriera

«GISHILDE!». L'urlo venne attutito dalle canne.

La principessa conosceva bene quella voce. Sigurd Frantumaspade, il capitano della guardia del corpo di papà, la stava cercando. Ora lo faceva amichevolmente, ma entro breve avrebbe chiamato i cani. Quella era una cosa che la bambina non aveva mai perdonato a suo padre. Aveva fatto ammaestrare una dozzina di azzannatori d'orsi perché seguissero la sua pista. I cani si usavano per rintracciare gli assassini e i ladri di selvaggina, ma non la propria figlia! Gunnar lo trovava divertente, ma lei no! Non aveva mai un attimo di tregua, aveva sempre qualcuno tra i piedi. Balie, istitutori, guardie del corpo. Era così da sempre.

Gishilde affondò la punta di una canna nel fango nero. La voce di Sigurd echeggiò in lontananza. Non l'avrebbe trovata. Per andare a prendere i cani, sarebbe dovuto tornare al villaggio, che distava più di mezzo miglio. La principessa avrebbe avuto ancora un poco di pace.

Ripensò al fango sulla riva del Lago degli Orsi. A tutto quel sangue... Iniziarono a tremarle le mani e le venne la nausea. I guerrieri di suo padre avevano sempre soprannominato i cavalieri dell'Ordine «teste di latta», affermando che avevano cervello quanto le loro armature... Nei racconti dei guerrieri le battaglie contro di loro erano sempre state un gioco da ragazzi. Anche le canzoni eroiche degli scaldi narravano storie assai diverse. Gishilde non era dunque pronta per ciò che era accaduto sul Lago degli Orsi. Probabilmente suo padre non avrebbe voluto che assistesse così presto a una battaglia. Anche se aveva già undici anni!

Le tremarono ancora le mani. Aveva visto morire alcuni uomini della guardia di suo padre. I Mandridi, i migliori guerrieri della Terra del Fiordo. Uomini che conosceva da quando aveva imparato a camminare. La nausea la assalì ancora. Non poteva essere! Doveva essere forte! Di lì a un paio d'anni sarebbe stata la regina guerriera della Terra del Fiordo! Avrebbe comandato gli eserciti e reso orgoglioso Gunnar! A una regina guerriera non potevano tremare le mani al pensiero di uno spargimento di sangue!

Ridusse la canna in piccoli frammenti e li sparpagliò nel fango. La scena le rammentò i morti stesi su tutta la sponda del lago. Disseminati da Luth come i pezzetti di canna. Doveva dimenticare quel massacro!

Un cane latrò in lontananza. Sarebbero arrivati entro breve.

«Vuoi parlare delle tue preoccupazioni?».

Gishilde si voltò, spaventata. Yulivea, la maga al seguito del principe Fenryl, era dietro di lei, tra le canne alte. Non l'aveva sentita arrivare.

La principessa si infuriò. Non si poteva sfuggire agli elfi. Ti trovavano sempre. Se non altro non era Silwyna.

La sua maestra l'avrebbe sicuramente rimproverata per aver lasciato una traccia larga quanto il sentiero di una mandria di renne. La bambina sapeva bene che non era vero. In fondo, Sigurd non l'aveva trovata, ed era tutt'altro che stupido. Ma chi riceveva gli insegnamenti degli elfi non poteva più essere seguito dagli esseri umani.

Essere rintracciata da Yulivea non era una vergogna. Significava che i suoi poteri magici erano quasi uguali a quelli della misteriosa regina elfica Emerella. Alcuni ipotizzavano addirittura che un giorno, quando Emerella si fosse stancata degli intrighi orditi per conquistare la Corona del Cigno, sarebbe diventata la sovrana della Terra degli Albi.

Yulivea indossava morbidi pantaloni di seta. Era l'unica elfa a camminare scalza e, benché tra le canne non si potesse fare un passo senza calpestare il denso fango nero, i suoi piedi sottili erano puliti come se si fosse appena fatta il bagno. Una fascia di stoffa rossa le sottolineava la vita esile e, anziché contenere pugnali come la cintura di un guerriero, ospitava diversi flauti. La camicia di seta bianca era quasi trasparente, ma un gilè vermiglio con ricami d'oro nascondeva ciò che gli sguardi degli uomini avrebbero potuto cercare. I lunghi capelli castano scuro erano trattenuti da un fazzoletto scarlatto. La maga aveva un aspetto temerario, e Gishilde sognava di diventare come lei.

Ora i latrati dei cani erano minacciosamente vicini. La bambina sospirò. Se solo non fosse stata sotto una sorveglianza costante! Erano settimane che non andava più nei boschi con Silwyna. Doveva restare sempre nei paraggi della corte reale.

«Volevi scappare?».

Gishilde si stupì. «Come ti salta in mente un'idea del genere? Non posso scappare. Un giorno sarò regina. Come potrebbero gli Jarl seguire una sovrana che da bambina si è sottratta ai suoi doveri? Non mi prenderebbero sul serio».

«Questa è la voce di Gishilde o quella del tuo vecchio maestro?».

«È la voce di una principessa che vorrebbe tanto essere lasciata in pace!» ribatté Gishilde, caparbia. «Perché mai dovrei scappare?».

«Perché ci si aspetta troppo da te? Perché devi studiare quando gli altri bambini giocano? Perché devi sempre sorbirti gli astuti consigli di qualcuno? Perché credi di dover essere come un maschio per restituire a tuo padre l'erede al trono, e perché questo ferisce la tua anima anche se non lo ammetteresti mai?».

Gishilde deglutì. Non era piacevole parlare con gli elfi. Era lo stesso con Silwyna. Non si poteva nascondere loro niente! Era irritante.

«Perché hai un padre che fa addestrare enormi cani da caccia affinché seguano le tue tracce? Mi sembra che un tuo eventuale tentativo di fuga sarebbe più che comprensibile».

«No!». Gishilde scosse la testa con decisione. «Papà mi conosce! La questione dei cani è solo uno scherzo stupido. Sa che tornerei sempre».

«E perché mai?».

L'elfa sapeva farle saltare davvero i nervi con le sue domande. «Perché... perché scappare è una cosa che non si fa».

«No? Da bambina io sono scappata un paio di volte». Yulivea sorrise. «Tuttavia, nel luogo in cui sono cresciuta non si poteva andare molto lontano. Sei sicura di non voler scappare? Forse potrei aiutarti».

«Questo è alto tradimento!» esclamò Gishilde, indignata. «Non devi neanche pensare una cosa del genere!».

«I miei pensieri sono liberi, principessina. Ecco perché non devo nemmeno scappare. Nessuno può portarmi via questa libertà».

Ormai i latrati erano vicinissimi. Gishilde udiva già i richiami degli addestratori. Si avvicinò un poco all'elfa. Detestava essere trovata dai cani. La buttavano a terra, le puntavano le enormi zampe sul petto e la leccavano finché gli addestratori la liberavano.

Yulivea estrasse un piccolo flauto dalla cintura e sguainò un coltello. Incise un foro nel tubo sottile, sussurrò una parola di potere, quindi si accostò lo strumento alle labbra. Gishilde vide che gonfiava le guance, ma non udì nemmeno una nota.

I cani uggiolarono miseramente, quindi si allontanarono.

«Vorrei essere maga anch'io», disse la principessa, invidiosa. «Così mi lascerebbero in pace».

Yulivea rise. «Ebbene, ciò non mi ha aiutata quando ero piccola. Come te, ho trascorso la maggior parte dell'infanzia in una corte reale. Se avessi i miei poteri, che incantesimi faresti?».

Gishilde rifletté. Non ci aveva mai pensato. Tuttavia, vi era un desiderio che la accompagnava dacché riusciva a ricordare. «Farei in modo di diventare grande. Diventerei una regina guerriera come un tempo fu Kadlin Alfadasdottir. Inoltre, aiuterei mio padre a respingere i nemici».

Il buonumore di Yulivea si dissolse di colpo.

«Che cosa c'è? Ho detto qualcosa di sbagliato?».

L'elfa esitò brevemente prima di rispondere. «Se questo è il tuo desiderio... Che cosa potrebbe esserci di sbagliato?».

Gishilde capì con chiarezza che l'altra le nascondeva qualcosa, ma, prima che potesse interrogarla, l'elfa la precedette. «E perché vai sempre a nasconderti, principessa?».

«È così difficile quando c'è sempre qualcuno che ti sorveglia e ti dice cosa fare, o che cerca di acconciarti i capelli e spazzolarti il vestito...».

Yulivea le porse il flauto. «Ti credo quando dici che non vuoi scappare. Prendilo». Le rivolse un sorriso malizioso. «Ti trasformerà nello spauracchio dei cani di tuo padre».

Gishilde fissò lo strumento con espressione scettica. Era molto sottile, ma per il resto non sembrava avere nulla di speciale. «Io non so usare la magia. Non mi servirà a niente».

«Non è necessario essere maghe. Tutta la magia necessaria per questo flauto dimora già in te. Anche se non senti nulla, produce suoni che per i cani sono più spaventosi del russare di un troll ubriaco. L'hai mai udito?».

«Certo! Sono già stata in un accampamento pieno di troll che russavano».

Yulivea la guardò con compassione. «Poverina».

Gishilde trovava il puzzo dei troll assai più disgustoso del loro russare. Ma che cosa... «Posso provare il flauto?».

La maga alzò le spalle. «Non chiederlo a me. È tuo. Non sono io a dover decidere come devi usarlo».

Indicò verso sud. «Credo che i cani siano laggiù...». Abbozzò un sorriso. «Presto arriveranno i cavalieri», aggiunse. «Ecco perché tuo padre ti cerca. È preoccupato».

Gishilde sospirò. Sapeva che per Gunnar era importante avere la famiglia intorno a sé, perché riteneva i cavalieri capaci di qualsiasi furfanteria. Finché poteva vedere lei e sua madre Roxanna, sapeva che erano al sicuro. «Ora sei *tu* l'azzannatore d'orsi di mio padre?».

L'elfa sorrise e tacque. Le tese la mano, ma si irrigidì con le dita a mezz'aria. Ora lo sentì anche Gishilde. Un lieve fruscio tra le canne. Se non avesse avuto Silwyna come maestra, l'avrebbe scambiato per il mormorio del vento. Poi le canne verdi si separarono e una piccola figura si diresse verso di loro. Sul rugoso volto marrone si disegnava un largo sorriso. «Il flauto avrà anche scacciato quei maledetti cani, ma ha chiamato me!».

Gishilde aveva l'impressione che lo sguardo dei suoi occhi duri e scuri le mozzasse il fiato. Brandax Spaccamuri era un coboldo e il maestro d'assedio dell'esercito di suo padre. Il re si fidava di lui. Chissà perché... Per lei, tuttavia, era sempre stato un essere orrendo. Di statura modesta, aveva la testa troppo grande. La bocca sottile e quasi senza labbra nascondeva denti aguzzi che le procuravano un brivido lungo la schiena quando il coboldo rideva. I capelli grigi erano trattenuti da una fascia e il naso sporgeva come un coltello dalla faccia scarna e grinzosa.

«Dovreste vergognarvi! Il re muore di preoccupazione per Gishilde, e voi ve ne state qui tra le canne, a spassarvela e chiacchierare! Donne... Siete utili quanto un foruncolo sul sedere! Ora venite!».

Gishilde deglutì. Con le sue parole volgari e i suoi modi bruschi, Brandax riusciva sempre a impaurirla. Perché Yulivea non lo rimetteva al suo posto? Guardò l'elfa, ma quest'ultima non pareva infastidita dal comportamento del coboldo e si limitò ad annuire. «Andiamo».

Gishilde fece sparire il flauto sotto la camicia. Non capiva Yulivea! Perché tollerava quel trattamento? Una parola di potere e avrebbe fatto volare in aria Brandax come una foglia. Non che la bambina sapesse come avrebbe potuto fare, ma era certa che ne fosse capace!

Oltre le canne li aspettava un enorme troll. Avrebbe dovuto saperlo... Brandax non faceva un passo senza il suo compagno. Che cosa ci trovavano l'uno nell'altro? Non avrebbero potuto essere più diversi. Il minuscolo coboldo e il duca Dragan della Pietra Assassina, alto quanto una roccia... Anche la sua pelle sembrava di roccia, grigia come il granito e costellata di macchiette più chiare. La faccia, invece, pareva modellata nell'argilla umida da un bambino maldestro. Il naso era nodoso e troppo grande. Le sopracciglia sporgevano come davanzali da sopra gli occhi scuri e la bocca era una gigantesca fessura, un abisso che avrebbe ingoiato chissà cosa. Dragan puzzava di sudore e grasso rancido.

Li raggiunse e camminò al suo fianco come una sentinella. Quando era nelle vicinanze, Gishilde cercava sempre di respirare con la bocca. Sperava che il troll non se ne accorgesse, perché, anche se erano alleati, nessuno con un briciolo di cervello avrebbe fatto arrabbiare una di quelle creature. La vista dell'arma infilata nella sua cintura lasciava già intuire che cosa significava irritare Dragan. Si trattava di un martello da guerra con la testa più lunga dell'avambraccio di Gishilde. Con quell'oggetto si potevano mandare in frantumi le porte delle fortezze. Nessuna armatura al mondo avrebbe potuto proteggerti da quell'arnese.

Da quando era iniziata la sciagura, i Figli degli Albi prestavano molta attenzione alla bambina. Gishilde non era quasi mai sola, ad eccezione dei momenti che trascorreva nelle stanze di sua madre. Ma là vi erano Roxanna e le sue serve... A parte Brandax, accadeva di rado che gli Altri le sembrassero sinistri. Passava semplicemente troppo tempo con troll, elfi, centauri e coboldi.

«Sai che al re non piace quando Gishilde si avvicina all'acqua», disse Dragan con una voce che assomigliava al boato di una frana.

«Non mi importa nulla di ciò che piace a Gunnar. A Gishilde piace l'acqua. Per me questa è l'unica cosa che conti».

«Be', Dragan, ecco come sono fatti i nostri stimati amici elfi», si immischiò Brandax. «Hanno sempre un buon motivo per essere indifferenti a tutti gli altri. Non vi è ghiacciaio più freddo del cuore di un elfo».

«Non potete parlare di lei in questo modo!» sbottò Gishilde. «Fermarmi là è stata una mia iniziativa».

Brandax si voltò nella sua direzione. «Davvero?». Sorrise, mostrando gli spaventosi denti limati. La bambina avrebbe giurato che quel piccolo mostriciattolo sapesse quanto la inquietasse quel sorriso.

«Secondo la mia esperienza con gli elfi, sono molto bravi a farci credere che i loro desideri siano i nostri. Non è forse così, mia graziosa flautista?». Il coboldo sottolineò le ultime parole in modo strano, e questa volta pareva fosse riuscito davvero a provocare Yulivea.

«Non lasciarti irritare da lui, Gishilde. Con gli anni sono giunta alla conclusione che i coboldi si sentono più alti quando si comportano male. Che cosa ne pensi, Brandax? Ho ragione?».

«Come si sentono gli elfi quando rubano i bambini?» ribatté il maestro d'assedio.

Yulivea rise. «Non so, non ne ho ancora rapito uno. Hai spesso a che fare con gli esseri umani. Ora credi alle favole che si raccontano su di noi?».

«Come sarebbe a dire, favole? Ero presente la notte in cui Morwenna è arrivata per...».

Il principe dei troll si schiarì la voce, un suono simile a uno sparo.

Gishilde strinse le labbra, lottando contro le lacrime. Le accadeva sempre quando si parlava di Snorri. Si sentiva in colpa. Suo padre si era rifiutato di affidare il suo fratellino alla protezione degli elfi. Da allora le cose non erano state più come prima. La bambina sapeva che, secondo quasi tutti i membri della corte, quello era stato il giorno in cui la sciagura era divenuta inevitabile. Aveva fatto amicizia con Yulivea e Silwyna... Ma conosceva tutte le storie sugli elfi. Saranno anche stati loro alleati, ma nessuno faceva affari con loro. O almeno, non affari come quello che suo padre aveva fatto durante la notte in cui era nato Snorri.

Gishilde sprofondava nella tristezza quando pensava a quante volte aveva desiderato segretamente che gli elfi venissero a prendere Snorri. Era rimasta delusa quando suo padre aveva violato il patto con Morwenna. Che fossero stati i suoi desideri segreti a evocare la sciagura?

Alcuni latrati la riscossero dalle sue riflessioni. Sigurd si fece loro incontro e la guardò con occhi scintillanti di rabbia. «Dove ti eri cacciata?».

Nonostante la collera le corse incontro a braccia aperte. Era così contenta che fosse comparso! Lo abbracciò con tutte le sue forze e gli premette il viso contro il morbido *gambeson*. L'uniforme imbottita puzzava di sudore e idromele. Puzzava di essere umano! Era bello non essere più sola con i Figli degli Albi.

Il flauto nascosto sotto la camicia le infilzò il petto, e la principessa ricordò con orrore che cosa si diceva sugli elfi. Non bisognava accettare regali da loro, perché portava solo sfortuna.

6.
La Camera del Miele

LUC RAGGIUNSE LA CORDA che pendeva dalla finestra della Camera del Miele. La cinse con le mani e si issò, sorpreso che le gambe lo sostenessero ancora nonostante il dolore.

Salì poco per volta. Invece di singhiozzare, ora imprecava a ogni movimento. Era un contegno più adatto a un maschio.

Finalmente si infilò nella finestrella. Per prudenza ritirò la fune. I lupi non avrebbero dovuto essere in grado di arrampicarsi sulle corde, ma non era sicuro di potersi aspettare che Occhigrigi si attenesse a quanto i lupi avrebbero o non avrebbero dovuto fare.

Il suo inseguitore, che era riuscito a tornare sul tetto della rimessa, si era alzato sulle zampe posteriori e fissava la finestra.

Luc tirò un sospiro di sollievo. A quanto pareva, era in salvo. «Puoi cercarti qualcos'altro per cena. E stai attento! La prossima volta non mi lascerò sfuggire il tuo muso insanguinato. Sono Luc, figlio del maestro d'armi Pierre de Lanzac. E questa è la casa dello stimato conte Paul Lannes de Lanzac. Credi forse che sia un luogo in cui i lupi mangiano i bambini? In questa casa regnano gloria e giustizia. Prova a entrare, e ti strappo il pelo di dosso. Qui gli Altri non hanno alcun potere, i Lannes de Lanzac sono cavalieri della Chiesa da generazioni. Questo è terreno consacrato. Ti brucerà le zampe!».

Occhigrigi ascoltò il discorso senza batter ciglio. Si accovacciò sul tetto e si leccò il muso. Luc sorrise. Maledetta bestiaccia! Che restasse pure laggiù finché fosse diventata nera!

Il bambino guardò con nostalgia il villaggio abbandonato. Sulle strade d'argilla cresceva l'erba. Da settimane non arrivavano più forestieri. Non si vedevano più nemmeno i pellegrini, che di solito si recavano sul Mons Bellesattes per visitare la fortezza fatiscente in cui era nato san Michel Sarti.

Nella luce rossa e oro del tramonto, Lanzac era splendido. Le case, semplici e solide, erano di pietre tagliate che erano state intonacate con argilla gialla. Si assiepavano lungo angusti vicoli che si inerpicavano su una collina sulla cui sommità sorgeva la casa padronale dei Lannes de Lanzac. Dalla finestra si godeva di una magnifica vista sul mosaico di tetti grigio ardesia e rosso pallido che si allungavano fino al fiume. Sulla riva si innalzava la torre del tempio, intonacata di bianco, le cui finestre piombate luccicavano in tutti i colori dell'arcobaleno nella luce della sera.

Oltre il fiume si stendeva l'altopiano. Era una terra brulla e polverosa. Solo lungo il corso d'acqua vi era un paio di campi. Più in là si potevano raccogliere solo cardi e sassi. La Testa dei Pagani era un profilo azzurro in lontananza. L'alto colle era circa quattro miglia a sud di Lanzac e i suoi pendii a gradini erano coperti di rovine invase dalle erbacce. Si diceva che laggiù dimorassero gli Altri. La mamma gli aveva sempre ripetuto di stare alla larga dalla Testa dei Pagani. Suo padre era stato meno rigido al riguardo. Sapeva che Luc vi andava spesso con il gregge quando era il suo turno di badare alle capre del conte. I vecchi sassi non avevano mai fatto paura al bambino. La Testa dei Pagani era poco distante dalla strada che conduceva a nord, verso la dorata Aniscans.

Luc avrebbe tanto voluto sedere tra le rovine, nel roseto nascosto ai piedi della bianca signora nuda. Era il posto ideale per fantasticare, e spesso vi trovava qualcosa da mettere sotto i denti, perché alcuni abitanti del villaggio portavano sempre doni alla statua, sebbene i sacerdoti punissero severamente quelle superstizioni pagane. Si diceva che un tempo fosse stata una guaritrice.

Deglutì. Nella notte in cui sua madre aveva lottato contro la morte, aveva rubato un vaso di miele dalla dispensa del conte e l'aveva portato di nascosto ai piedi della statua. Non era servito a nulla. Da allora si domandava se sua madre fosse morta perché lui aveva donato alla signora un oggetto rubato. Non ne aveva parlato con nessuno, perché se ne vergognava profondamente. Avrebbe dovuto lasciare laggiù il suo coltello, il suo tesoro più prezioso! O forse non sarebbe dovuto andare dalla signora bianca. Forse, così facendo, aveva adirato così tanto Tjured che il dio aveva spento la luce vitale di sua madre.

Il rimorso gli strinse il petto. Abbassò lo sguardo

verso il lupo, ancora accucciato sul tetto della rimessa. Un lupo che cacciava sui tetti! Non aveva mai sentito nulla del genere.

Rivolse un'ultima occhiata all'altopiano brullo. Accanto alla Testa dei Pagani una striscia di polvere attraversava il paesaggio. Laggiù il vento e la terra celebravano le loro nozze. Lo facevano spesso nelle torride giornate estive come quella.

Chiuse la massiccia imposta di legno della finestra. «Qui non entri», mormorò, caparbio. «Nemmeno se questa notte ti spuntano le ali».

La Camera del Miele era immersa in una calda penombra. La calura del giorno si era accumulata sotto il tetto. Da qualche parte ronzava un'ape operosa. Granelli di polvere dorata danzavano nelle tre lame di luce che filtravano dalle fessure dell'imposta.

L'aria profumava del miele conservato in pesanti vasi chiusi da tela cerata e sistemati negli scaffali. L'odore del timo essiccato gli solleticò il naso. Dalle vecchie travi del soffitto pendevano anche fasci di rosmarino e menta. Negli angoli giacevano sacchi di fagioli e piselli. Una trappola per topi arrugginita faceva una guardia solitaria. Sotto il tavolo che Luc aveva spinto sotto la finestra vi erano coperte spiegazzate e pregiati cuscini di seta, il bottino delle sue incursioni nella casa padronale, come il pesante prosciutto e il grosso pezzo di formaggio che, a causa del caldo, era costellato di goccioline d'acqua.

Nel villaggio non vi era più pane, divorato da tempo dalla muffa o dai topi. Luc prese il vaso con il chiaro miele d'acacia e, molto lentamente, immerse l'indice in quella delizia appiccicosa. Lo mescolo con prudenza, estrasse la mano e, con la lingua, catturò il lungo filo che gli gocciolava dal dito.

Da quando Jean, il maggiordomo del conte, l'aveva mandato lassù a riempire una ciotola di fagioli, la Camera del Miele era diventata il centro delle sue fantasticherie subito dopo la Stanza della Caccia con tutte le sue armi. Andava spesso nella Stanza della Caccia quando curava le armi del conte, ma la Camera del Miele era sempre sprangata. Una caverna dei tesori, piena di oro liquido.

Le sue scorrerie avevano procurato non poche preoccupazioni ai suoi genitori, che non riuscivano a capacitarsi di avere un ladro come figlio. Aveva continuato a cedere al richiamo della Camera del Miele. Quando gli avevano proibito di entrare nella casa padronale, era strisciato sui tetti di notte per arrivare fin lassù. Non sapeva spiegarsi perché la tentazione fosse così irresistibile. Nonostante tutti i divieti si era introdotto là dentro quattro volte nel giro di un anno. Si vergognava. Era rimasto prostrato per giorni interi sul duro pavimento di pietra della torre del tempio, sotto le immagini dei santi illuminate dal sole, e aveva implorato la liberazione dal male.

Tuttavia, né i santi né le bastonate di suo padre erano serviti a qualcosa.

Ora Tjured aveva realizzato i suoi sogni. Nessuno gli impediva più di salire nella Camera del Miele. Neppure il Puzzolente, che un tempo era stato il maggiordomo Jean, gli aveva chiesto ragione di quei furti spudorati.

Quando Luc era rimasto solo, si era costruito un giaciglio sotto il tavolo. Talvolta restava lassù per intere giornate. Quando doveva soddisfare i bisogni fisiologici, usava i vasi di terraglia vuoti o uriniva semplicemente giù dalla finestra. Erano cadute tutte le barriere che lo tenevano prigioniero. Non avrebbe mai pensato che sarebbe stato così infelice se Tjured avesse avverato tutti i suoi desideri. Perché dio aveva fatto una cosa simile? Dopotutto, era lui il peccatore! Non gli altri, che, tra mille tormenti, erano morti della pestilenza. Che Tjured li avesse chiamati a sé perché non dovessero convivere con un miserabile ladro?

Estrasse un altro filo di miele dal vaso. Che gli Altri gli avessero fatto un incantesimo? Era forse andato troppo spesso alla Testa dei Pagani? Aveva forse portato da là la pestilenza nel villaggio?

A un tratto aveva ancora le lacrime agli occhi. Si era posto quelle domande cento volte, ma non aveva trovato alcuna risposta. Si abbandonò a una serie di singhiozzi incontrollabili.

A volte sperava che fosse solo un terribile incubo e che si sarebbe svegliato da un momento all'altro. Allora sua madre sarebbe stata al suo fianco. Gli avrebbe sorriso e avrebbe detto che sul focolare lo aspettava una scodella di minestra. Si chiamava Luc! Era nato con una membrana della fortuna sulla testa! Quello era il segno divino di un futuro promettente! Dov'era finita la sua fortuna? Perché il destino l'aveva ingannato con tanta crudeltà? Aveva ingannato tutto Lanzac.

Nell'inverno dopo la sua nascita il conte era rimasto gravemente ferito nei boschi del Drusna. Un pugnale avvelenato, si diceva, l'aveva colpito ai lombi. Quando era tornato a Lanzac, tutti avevano pensato che sarebbe morto di lì a poco. Da Aniscans era arrivato un folto gruppo di chirurghi che l'avevano tagliuzzato in più punti dopo pezzettino per eliminare il veleno dal suo corpo. Luc conosceva quei fatti solo grazie alle storie che aveva sentito, ma, dacché ricordava, quello era un argomento ricorrente. Era trascorso più di un anno. Alla fine il conte si era ripreso. Era ingrassato e la sua voce aveva assunto un tono poco virile.

Quando Luc era ancora piccolo, si era sempre dovuto controllare per non sorridere quando il conte parlava. Era semplicemente troppo buffo.

Lannes de Lanzac era sempre stato buono con lui. Luc sapeva bene che solo grazie al suo intervento non era stato punito più severamente per i furti. Mentre suo padre lo castigava, il conte era sempre presente per assicurarsi che non esagerasse. Si era anche rifiutato di far mettere le sbarre alla finestra della Camera del Miele. Ripensandoci, Luc trovava strano che il catenaccio dell'imposta non fosse quasi mai stato tirato. *La Camera del Miele mi ha catturato come una pertica cosparsa di miele cattura le mosche*, pensò. Ma perché? Quali erano le intenzioni del conte?

Quando era cresciuto, aveva notato che a volte Lannes de Lanzac gli sembrava assai curioso. Aveva uno sguardo triste. Si mormorava che prima fosse stato un grande donnaiolo, ma dopo la guarigione nessuna donna aveva più messo piede in casa sua. Trascorreva molte ore a pregare nella torre del tempio. Con lui si era estinta la discendenza dei Lannes de Lanzac. Quel pensiero l'aveva riempito di amarezza e devozione disperata e, con il passare degli anni, il suo sconforto si era steso sopra il villaggio come una cappa soffocante.

Quello sconforto aveva spinto Luc verso sogni temerari. Una notte aveva origliato una conversazione tra i suoi genitori e aveva sentito sua madre dire che il conte lo considerava il figlio che dio non gli aveva mai donato. Suo padre era andato su tutte le furie. Aveva urlato e rimproverato la mamma... Le aveva proibito di parlarne ancora.

Il mattino successivo Luc aveva studiato a lungo il proprio volto in un catino d'acqua. Assomigliava al conte? Solo un pochino, forse? E anche in caso contrario, il conte meditava forse di adottarlo affinché vi fosse qualcuno che portasse il glorioso nome dei Lanzac? Un giorno la casa padronale sarebbe forse stata sua?

Le sue fantasticherie si erano avverate. Ora era il principe di Lanzac, perché non vi era nessun altro che potesse contestargli quel titolo. Ma a quale prezzo! Quella era forse la punizione di Tjured per i suoi sogni troppo audaci?

Da piccolo aveva sempre desiderato essere come suo padre. Lo adorava. In seguito, tuttavia, aveva capito che papà era solo un servitore. Da allora in poi aveva sognato di diventare cavaliere. I cavalieri erano liberi, e aveva sempre ascoltato volentieri le storie sul loro conto e su come proteggevano il popolo dagli Altri... Spesso aveva immaginato di affrontare un troll e di sconfiggerlo da solo. E quando le sue fantasticherie si erano spinte ancora più in là, aveva sognato, come nelle fiabe, di essere la guardia del corpo di una splendida principessa e di salvarla da un pericolo mortale.

Si leccò il resto del miele dal dito. Fantasie infantili! Ora i suoi sogni erano molto più cupi. Talvolta pensava di salire sulla torre del tempio e buttarsi dalla finestra più alta. Se si fosse sacrificato a Tjured, i Puzzolenti sarebbero forse risorti? Sarebbero forse tornati in vita anche suo padre e sua madre? La causa della sciagura erano forse stati lui e i suoi sogni ambiziosi? Gli Altri l'avevano forse rapito alla nascita e scambiato con un sosia destinato a portare sfortuna a chiunque incontrasse? Forse il vero Luc viveva da qualche parte oltre le porte magiche che conducevano nel mondo degli elfi e dei troll, e non sapeva che gli avessero rubato la vita.

Un rumore lo paralizzò. Qualcosa grattava contro l'uscio. Fuori era calata l'oscurità. La penombra si era trasformata in una fitta tenebra.

Si passò la mano sotto il naso e trattenne il fiato. Ancora il rumore. Insistente. Sapeva chi si nascondeva dietro l'uscio. Occhigrigi! Sarebbe forse riuscito a superare le spesse tavole di legno se le avesse raschiate abbastanza a lungo? La vicinanza del lupo gli fece dimenticare tutti i pensieri foschi.

Uscì da sotto il tavolo e, passando accanto ai sacchi di fagioli, strisciò verso la botola. Non fece più rumore di un topolino, ma il suono cessò. Luc non osava quasi respirare. Com'era riuscito Occhigrigi ad arrivare fin lassù? Il lupo... No, no! Quel morto di fame rognoso! Quella bestiaccia... Sapeva che Luc era dietro la porta. Voleva divorarlo.

Il bambino era in preda alla paura. Immaginò come sarebbe stato finire in pasto al cane... Come le zanne gli sarebbero affondate nella carne. Come l'animale l'avrebbe strattonata fino a staccarla dalle ossa. Più si figurava quelle scene, e meno era in grado di fare qualcosa. Il terrore era un incantesimo paralizzante. Doveva fuggire o almeno procurarsi un'arma! Se solo suo padre fosse stato là! Lui non aveva mai paura.

Il rumore ricominciò.

Luc si vergognava. Tremava come una femmina! Era meglio che suo padre non lo vedesse in quello stato. Il bambino aveva sognato spesso di essere un eroe che andava in guerra contro gli Altri. Uno dei superbi cavalieri del conte... E ora se ne stava là e per poco non se la faceva sotto. La paura si tramutò in rabbia. No, non doveva succedere! Se Occhigrigi l'avesse ucciso, non sarebbe morto con i pantaloni bagnati. Avrebbe lottato contro il lupo fino all'ultimo. Gli avrebbe fatto rimpiangere di averlo sfidato.

Camminando in punta di piedi, raggiunse la botola al centro della stanza e la aprì con cautela. I cardini di ferro cigolarono piano. Non avrebbe aspettato che Occhigrigi superasse la porta. Avrebbe combattuto!

Scese la scaletta che conduceva nella camera senza finestre in cui erano appesi alle travi prosciutti e salsicce. I muri spessi tenevano fuori la calura estiva. L'oscurità odorava di insaccati e del sale di cui erano cosparse le cotenne. Avanzò con prudenza fino alla porta che si apriva sulla piccola cucina. Il locale veniva usato solo quando il conte riceveva ospiti nel Salone del Legno di Rosa.

Prese un attizzatoio appeso accanto al focolare. Non aveva intenzione di usarlo. Questa volta avrebbe attaccato il lupo con un'arma idonea. Si munì della lunga asta di ferro solo per l'eventualità che Occhigrigi lo sorprendesse di nuovo.

Nel Salone del Legno di Rosa cercò di avanzare il più possibile sul pesante tappeto. La lana spessa era sua alleata e attutiva il rumore dei suoi passi. Sotto due sciabole incrociate e appese alla parete vi era l'uscio della Stanza di Caccia. Sebbene il locale fosse ampio e zeppo di trofei, avrebbe potuto percorrerlo a occhi chiusi. Vi aveva trascorso innumerevoli pomeriggi aiutando suo padre a lucidare le armi e le armature del conte. Il suo obiettivo era l'armadio con le ante di vetro piombato. Là vi erano...

Dalla finestra del salone filtrò una luce tremolante. Luc guardò attraverso i vetri, spessi come fondi di bottiglia. Nel cortile davanti alla scuderia abbandonata si muovevano figure munite di fiaccole. Il bambino ebbe un tuffo al cuore. Qualcuno era venuto a prenderlo! Finalmente!

Batté i pugni contro i vetri. «Qui! Sono quassù!». Con il passare degli anni i massicci telai di legno si erano deformati al punto che non era più possibile aprire le finestre. L'avevano sentito? Non riusciva a vedere che cosa accadesse di sotto. «Qui! Sono...». Le urla gli morirono sulle labbra. Udì uno scalpiccio di zampe sulla scala di legno che conduceva verso il corridoio in cui si trovava la Camera del Miele. Occhigrigi!

Corse nella Stanza di Caccia. Il grande armadio delle armi era sul lato opposto. Non aveva più tempo di cercare le chiavi nella tabacchiera d'argento accanto al camino.

Correndo, sollevò l'attizzatoio. Quindi lo sbatté contro l'anta dell'armadio. Il tintinnio lo ferì nel profondo. Sapeva che suo padre sarebbe morto di crepacuore se avesse assistito a quella scena.

Infilò la mano nel telaio deformato e orlato di schegge. Le sue dita incontrarono le impugnature delle pistole. Il rumore di zampe cessò. Occhigrigi doveva aver raggiunto il tappeto.

Luc strinse l'impugnatura con gli intarsi di osso elfico. L'arma era decorata da rose delicate. Vi era una coppia di quelle pistole. Erano le armi preferite del conte e, ignorando i consigli di suo padre, Lannes de Lanzac aveva insistito affinché quelle due pistole fossero sempre cariche. Il bambino si augurò che l'umidità non fosse penetrata nella polvere da sparo.

Una sagoma comparve sulla soglia del salone. Zanne bianche scintillarono nella penombra. Risuonò un ringhio che faceva accapponare la pelle. Il lupo!

Luc tirò disperatamente la pistola. Era più lunga del suo avambraccio e si era incastrata nel telaio dell'armadio.

«Aiutami, Tjured! Fa' che raggiunga la torre del tempio. Espierò i miei peccati. Non far vincere i lupi, dio misericordioso! Salterò dalla finestra e si sistemerà tutto. Per favore...».

L'arma si liberò all'improvviso con uno strattone. Il bambino sentì il sangue caldo che gli gocciolava sulle dita. Le schegge di vetro gli avevano ferito le mani. A malapena riusciva a tenere la pesante pistola. Con dita tremanti estrasse la chiave che gli aveva regalato suo padre e caricò l'arma.

Dov'era Occhigrigi? Batté le palpebre nell'oscurità.

Dove... Un colpo lo atterrò. Il lupo gli si era avventato addosso! Un alito caldo e puzzolente di carogne gli soffiò in faccia. La bava gli colò negli occhi. Sollevò il braccio in un gesto istintivo per proteggersi il volto.

Il lupo lo morsicò e un dolore lancinante strappò un urlo al bambino, che sentì scorrere il sangue. Mezzo svenuto, rimase cosciente solo grazie alla rabbia. Era perduto, ma lo era anche Occhigrigi!

«Crepa!». Luc premette il calcio della pistola tra le costole dell'animale. L'impugnatura era appoggiata sul pavimento di legno liscio. Curvò l'indice e un boato riempì la stanza. Un fumo acre gli penetrò nel naso e nella bocca. Occhigrigi volò via. Il rinculo gli fece scivolare la pistola tra le dita, facendola finire sul pavimento.

Luc si alzò tossendo. Si tastò il braccio sinistro. Il lupo doveva aver aperto la bocca all'ultimo momento per morderlo ancora. *Altrimenti la carne mi penderebbe a brandelli dalle ossa*, pensò. Tjured l'aveva ascoltato.

Intontito dal dolore, scrutò la nuvola di fumo che fluttuava nel locale. Il lupo giaceva accanto alla poltrona vicino al camino. Luc si avvicinò e gli diede un colpetto cauto con il piede. Dalla gola del predatore uscì un rantolo gorgogliante. La coda sussultò. «Mi senti, lupo? Sarò io a mangiare la *tua* carne. Proprio qui. Accendo il camino e la arrostisco. Non avevi immaginato niente di simile, vero? Piscerò sul tuo cranio, lupo. E domani sparerò al tuo branco. Voi lupi non mi fate più paura. Siete...».

Un rumore nel salone lo zittì. Se lo si era udito almeno una volta nella vita, era inconfondibile. Il raschiare metallico di una lunga lama che veniva sguainata. A un tratto, sulla soglia comparve una sagoma gigantesca. Teneva una fiaccola nella sinistra e una spada a striscia nella destra.

Quello non era un salvatore! Non era nemmeno un essere umano! Sotto il cappuccio, dove avrebbe dovuto esserci un volto, spuntava un lungo becco. Dalla sua punta usciva un fumo grigiazzurro che si mescolava con quello dello sparo. Dalle spalle della creatura scendeva un mantello nero coperto di luccicanti penne di corvo.

Ammutolendo per l'orrore, Luc si allontanò dal cadavere del lupo. Sua madre aveva ragione. Non bisognava chiamare il male per nome! Non si faceva altro che aggravare la situazione! Le sue imprecazioni sconsiderate avevano evocato gli Altri! I signori dei lupi, i corruttori del mondo!

Le dita del bambino si infilarono nel telaio dell'anta scheggiata e sfiorarono le rose.

Dal becco fumante provenivano suoni sordi. La punta della spada si puntò minacciosamente contro il suo petto.

Questa volta Tjured ebbe pietà di lui. La pistola scivolò tra le schegge di vetro senza incastrarsi. Luc la strinse con entrambe le mani e curvò l'indice intorno al grilletto. Un lampo accecante squarciò la penombra. Il rinculo gettò Luc contro l'armadio, e il mondo svanì tra il fumo e l'oscurità.

7.
Un muro d'acciaio

INCUTEVANO PAURA! La principessa Gishilde si premette dolcemente al petto della madre e osservò la parata dei cavalieri dell'Ordine. La guardia dei negoziatori che marciavano sul limitare del bosco formava un piccolo esercito. Nel caldo opprimente di quel pomeriggio estivo il tintinnio delle pesanti armature soverchiava tutti gli altri rumori nel villaggio abbandonato al centro della foresta.

Gishilde sentì il terreno nero e fangoso che tremava sotto gli zoccoli dei grandi cavalli. Fu assalita da una sensazione sgradevole che si intensificava di minuto in minuto.

L'afa soffocante gravava sull'ampia radura. Nell'aria aleggiava il puzzo di sudore e degli escrementi di cavallo. Non soffiava un alito di vento. La bambina si accorse che il vestito di lino leggero le si appiccicava alla schiena.

Come riuscivano i nemici a sopportare le armature? Perché non cadevano svenuti dalle selle? I cavalieri corazzati uscirono dal bosco come un muro d'acciaio. Poi si fermarono tutti nello stesso momento. Inquietante.

La fila di cavalieri era perfetta come se si fossero arrestati davanti a un bastione invisibile. Avevano tutti la visiera dell'elmo abbassata. I loro occhi erano nascosti dietro sottili fessure buie. Lunghe bandierine bianche sventolavano sulle pesanti aste delle lance. Su ogni bandierina campeggiava uno stemma: la quercia rossa, l'albero vicino al quale era morto Guillaume, il loro santo più importante. Come diceva sempre suo padre, era il simbolo della Nuova Cavalleria, dei peggiori fanatici che si potessero trovare nell'esercito dei sacerdoti.

I cavalieri dell'Ordine avevano rivestito d'acciaio persino i giganteschi cavalli. Splendidi frontali ornavano le teste degli animali, e le loro nuche erano coperte da lastre metalliche anziché da morbidi crini. Anche il tronco e la groppa erano avvolti nell'acciaio, come i cavalieri, che erano completamente vestiti d'argento scintillante. Le cinture di cuoio tinto, tempestato di oro e brillanti, e le piume sugli elmi erano le uniche pennellate di colore in quel bastione d'acciaio. E quei piccoli scudi di smalto che i soldati portavano sopra il cuore... Erano uno diverso dall'altro. Avevano in comune solo l'albero rosso. Là accanto, tuttavia, vi erano molti simboli differenti. Leoni rampanti, torri e draghi, spade e navi. *Probabilmente si riconoscono grazie agli scudi,* pensò Gishilde, *anche quando le visiere chiuse nascondono loro il volto*. Rifletté per un istante su quanto dovesse essere difficile distinguere tutti quegli stemmi. Quindi tornò a concentrarsi sui cavalli. Erano così enormi da sembrare adatti a tirare le carrozze. Gishilde sapeva che quei destrieri da combattimento erano addestrati per aiutare i padroni in battaglia. Con gli zoccoli possenti calpestavano i nemici che si avvicinavano a piedi, anzi si diceva addirittura che fossero pronti a sacrificare la vita per permettere al cavaliere di schivare un colpo mortale. La bambina non ci credeva. Sarebbe stata magia, e almeno quell'arma era preclusa ai loro nemici.

Una mano esile le si posò sulla spalla. «Non temere», sussurrò la voce calda di sua madre. «La paura è la loro arma più affilata».

Gishilde la guardò nei grandi occhi scuri e lesse tutto il suo amore. La donna le premette delicatamente la spalla. «Vogliono privarci del coraggio. Lo fanno perché ci temono. Non dimenticarlo mai e non regalare loro una facile vittoria».

La principessa scrutò la fila dei nemici senza volto che avevano ancora le visiere abbassate.

Una raffica di vento improvvisa fece ondeggiare su e giù le piume degli elmi e portò il puzzo di grasso e metallo, oltre al profumo della resina dorata di pino silvestre sprigionato dal bosco in quel torrido pomeriggio di fine estate.

Gishilde si sforzò di studiare i cavalieri con occhi da cacciatrice, come a suo tempo le aveva insegnato l'elfa Silwyna. Li vedeva come prede. Il suo respiro era calmo e silenzioso. Si liberò di tutti i pensieri inutili. Riuscì a respingere persino la paura. Ora il cuore le batteva più piano. Era vigile, il suo campo visivo si allargò. Fiutò lo zolfo e la sciagura. Il cuore riprese a battere più rapidamente.

Puntò gli occhi su suo padre, che si trovava poco distante, al centro di un gruppo di soldati, e si sentì colmare d'orgoglio. Gunnar Bracciodiquercia aveva riportato molte cicatrici durante le battaglie con i cavalieri dell'Ordine. Il suo volto aveva un'espressione dura. Si capiva subito che era un guerriero. Era un uomo che non aveva mai chinato la testa. A parte il duca dei troll, era più alto di tutti i compagni d'armi che lo attorniavano in quel momento difficile.

Tre giorni addietro i guerrieri dell'Alleanza di Ferro avevano subito una pesante sconfitta. I cavalieri dell'Ordine avevano pagato la vittoria con fiumi di sangue, ma le loro file si sarebbero infittite ben presto, mentre l'Alleanza di Ferro minacciava di sgretolarsi. Nonostante il nome era molto debole. Gli ultimi Bojari del Drusna si erano alleati con il re e gli Jarl della Terra del Fiordo. Erano gli unici a decidere ancora liberamente in quale dio credere. Tutti gli altri regni si erano sottomessi alla Chiesa di Tjured e al suo terribile dio. Laggiù non vi erano più sovrani. A regnare erano i sacerdoti, che detenevano tutto il potere sul cielo e sulla terra. Era un'alleanza difficile, perché i Bojari erano aristocratici dispotici con dinastie simili a quelle dei re. Pretendevano il diritto a regnare sin dalla nascita. Gli Jarl, invece, dovevano meritarsi quel diritto e ottenerlo di volta in volta. Venivano eletti e restavano in carica solo per un anno. Anche Gishilde trovava difficile andare d'accordo con i Bojari. Gli abitanti delle loro terre erano, almeno in gran parte, di loro proprietà. Nel caso degli Jarl era l'esatto contrario. Essi erano proprietà dei contadini, dei mercanti e dei cacciatori che li avevano eletti e, se non svolgevano bene il loro compito, perdevano ben presto la dignità di comandanti.

Guardò suo padre e riprese coraggio. Il re non si lasciava demoralizzare dalle sconfitte e dalla netta superiorità numerica dei nemici! Osservandolo, si sarebbe potuto credere che fosse stato lui il vincitore della battaglia sul Lago degli Orsi. Sembrava saldo come una roccia, con il collo massiccio come quello di un toro. Rispettando l'usanza degli antenati, si era legato la barba rossa in sottili treccine, ciascuna delle quali recava un anellino, uno per ogni cavaliere ucciso durante i combattimenti. Erano diciassette. Li aveva forgiati con il ferro dei pettorali delle armature distrutte.

Pur essendo il re, indossava abiti semplici: una corazza nera con le ammaccature di molti duelli e pantaloni di lana a sbuffo le cui gambe sparivano in stivali consumati. Dalle spalle gli scendeva un mantello rosso schizzato di fango. La mano sinistra, priva del mignolo, era posata sull'elsa della spada. Gunnar era in piedi a gambe divaricate e irradiava una calma che meravigliò Gishilde. Era un eroe e gli scaldi lo paragonavano ai grandi re guerrieri dell'antichità. Celebravano le sue temerarie imprese belliche con molte belle parole, che però la bambina non sempre capiva. Occorreva essere poeti per parlare con disinvoltura provocatoria della forza imbattibile di un'idea. Tuttavia, per quanto le parole e i versi fossero ingarbugliati, trovavano la strada verso il cuore di Gishilde, e là la principessa ne comprendeva il significato come il più umile contadinello nell'esercito di suo padre. Credevano negli scaldi! E credevano nel re. Ecco perché intonavano le canzoni sul suo conto anche dopo le sconfitte più schiaccianti. Gunnar era l'incarnazione della Terra del Fiordo, il cuore di tutta la resistenza. Era il flagello dei sacerdoti e la speranza di tutti coloro che non volevano piegare la testa.

Gishilde guardò i guerrieri radunati intorno a suo padre. Vi erano gli Jarl della Terra del Fiordo, militari esperti, membri di stirpi legate alla loro famiglia da secoli. Indossavano celate d'acciaio e cotte di maglia rinforzate da stecche metalliche. Le loro armi erano asce e spadoni. Alcuni si erano infilati nella cintura variopinta una pistola a ruota o un pugnale dalla lama triangolare che trapassava anche i pettorali più robusti. Erano un gruppo eterogeneo, come i Bojari del Drusna. Con gli ampi pantaloni a sbuffo e gli stivali alti, gli alleati facevano una singolare impressione a Gishilde. Indossavano gilè di cuoio con gli spacchi, tempestati di centinaia di ribattini. Le loro armi preferite erano le asce dal manico lungo e le spade le cui impugnature erano avvolte da massicci canestri di bronzo. Invece di proteggersi con gli elmi, la maggior parte dei Druniani prediligeva berretti ornati di piume.

Non furono tuttavia quei guerrieri a decidere le sorti in quel momento. Il coraggio e la ferocia non avrebbero fermato a lungo i cavalieri. Gishilde se n'era resa conto sul Lago degli Orsi. Non era certa che lo sguardo freddo di suo padre fosse l'unica cosa a bloccare il muro d'acciaio dei nemici. Tutti aspettavano lui. Aspettavano di vedere che cos'avrebbe fatto.

Quello che si stava verificando lassù era un duello silenzioso. Il re sarebbe andato incontro ai cavalieri? Sarebbe comparso loro dinanzi e avrebbe guardato su nella loro direzione, reclinando la testa come un bambino? No, non suo padre! Sarebbe stato più facile che il sole cadesse dal cielo piuttosto che Gunnar rinunciasse al suo orgoglio. Ma che cos'avrebbero fatto i cavalieri dell'Ordine? Sarebbero stati *loro* a cedere? Perché tolleravano quel duello? Era stato concordato di incontrarsi nella piazza del villaggio per negoziare. Toccava a loro allontanarsi dal bordo della radura.

Avrebbero attaccato se suo padre non si fosse sottomesso? I cavalieri di Tjured erano capaci di qualsiasi tradimento!

La principessa sentì un'altra fitta di paura allo stomaco. Aveva visto che cosa sapevano fare le lance e gli enormi zoccoli dei destrieri da battaglia quando l'esercito era stato sopraffatto dai cavalieri della Chiesa sul Lago degli Orsi. Che cos'avevano in mente i nemici?

A ovest, in lontananza, un tuono rombò sopra il bosco. Una folata di vento gonfiò i vessilli con gli spogli alberi rossi. Luth, il dio del destino, tratteneva il fiato. Solo lui sapeva se di lì a un'ora sarebbero stati ancora vivi.

Lo sguardo della principessa era ammaliato dai cavalieri sul limitare della foresta. Sembravano assai più minacciosi della schiera disperata che stava loro di fronte. Con le armature luccicanti parevano invulnerabili. Gishilde aveva visto come si uccidevano gli uomini completamente coperti d'acciaio. Sul Lago degli Orsi aveva imparato che occorreva atterrarli e piantare il pugnale nelle fessure degli elmi. I cavalieri si potevano uccidere, ricordò. Anche se sembravano imbattibili. Aveva visto, tuttavia, quanti contadini e guerrieri avevano perso la vita per disarcionare uno di loro. Avrebbero dovuto essere cinque volte di più per avere qualche speranza di vincere.

Quando sarebbe finita quell'attesa intollerabile? Chi avrebbe fatto il primo passo verso l'altro? Suo padre avrebbe sacrificato l'orgoglio alla ragionevolezza? «Per favore, Luth, fa' che non vada», mormorò. Se i cavalieri avessero vinto ora, la sconfitta sarebbe stata più pesante di quella sul Lago degli Orsi.

Preoccupata, Gishilde tornò a guardare le file dei Bojari del Drusna e degli Jarl della Terra del Fiordo. Parlottavano tra loro e, sebbene la principessa non captasse le parole, nelle loro voci riconobbe una rabbia repressa a fatica. Vi era anche dell'altro. Il vento fresco portava dal bosco un odore sulfureo di micce accese. Tra gli alberi dietro i cavalieri si nascondevano gli archibugieri. Le pesanti pallottole delle loro armi riuscivano ad abbattere persino un troll, ma i tiratori dovevano sempre tenere pronta una miccia per accendere la polvere degli ingombranti archibugi.

La principessa guardò verso ovest. Il cielo sopra il bosco si tingeva di nero.

Prese a mordicchiarsi il labbro inferiore. Quanti guerrieri si nascondevano nel bosco? E che cos'avevano in mente? Erano davvero intenzionati a commettere un tradimento?

«Luth, fa' che arrivino i negoziatori», pregò, disperata. «Fa' che questa attesa finisca!».

Piena di apprensione, guardò suo padre. Sembrava ancora calmo. Se solo fosse stata un poco più simile a lui!

«Non devi avere paura», bisbigliò sua madre, stringendola con dolcezza.

Me l'aveva detto anche sul Lago degli Orsi, pensò tristemente Gishilde. Non si fidava più di lei.

Il parlottio degli Jarl e dei Bojari si fece più forte. Gunnar Bracciodiquercia lanciò loro un'occhiata severa, ma ormai non bastava più per zittirli. Gishilde capì che erano sul punto di perdere la lotta silenziosa con i cavalieri dell'Ordine.

I principi qui riuniti hanno paura dei cavalieri, pensò con angoscia, *anche se non lo ammetterebbero mai. Soprattutto mio padre! E i suoi più fedeli alleati, gli Altri, i nobili della Terra degli Albi.*

Come suo padre, anche loro aspettavano con espressione impassibile. Alla destra di Gunnar vi era il principe elfico Fenryl, sovrano del Carandamon, un vasto paese di ghiaccio e roccia. Lo sguardo di Gishilde si puntò sul principe, che, ancor più degli altri Figli degli Albi, pareva una figura fiabesca diventata realtà. Chi aveva simili alleati magici non poteva soccombere!

L'elfo indossava un farsetto di cuoio candido i cui ribattini d'argento avevano la forma di cristalli di neve. I pantaloni da cavallerizzo, la camicia e persino gli stivali erano di un bianco immacolato, come se un incantesimo lo proteggesse dagli schizzi di fango e dall'altra sporcizia. Fenryl aveva caldi occhi marrone chiaro. Le labbra piene e i ricci indomabili lo facevano apparire meno freddo e distante degli altri elfi. Il suo volto pareva scolpito nel marmo. Il freddo gelido della sua patria e il caldo estivo dei boschi del Drusna non avevano lasciato alcun segno sul suo viso. Era un uomo avvenente e Gishilde sapeva che molte dame di corte gli facevano gli occhi dolci. Il cuore di Fenryl, tuttavia, restava chiuso alle donne umane. Secondo alcuni, amava solo il grosso rapace che gli svolazzava sempre intorno. Era uno strano animale, più grande di un falco o di una poiana, ma più piccolo di un'aquila, con penetranti occhi azzurri. Gishilde non aveva mai visto un uccello dagli occhi azzurri. Le pareva sinistro. Alzò gli occhi verso il cielo. La creatura si chiamava Vento di Ghiaccio. Che fosse un prodotto della magia? Ora non si vedeva da nessuna parte. Dove si era cacciato? Di solito era sempre al fianco del principe!

Forse spiava che cosa accadeva nel bosco alle loro spalle. In realtà, laggiù avrebbero dovuto esserci gli esploratori, ma finora non era arrivato nessuno a fare rapporto a suo padre. Che i cavalieri li avessero eliminati tutti?

Si diceva che Fenryl sapesse vedere attraverso gli occhi dell'uccello quando quest'ultimo era lontano. Il principe elfico sapeva forse che cosa li aspettava? Sulle sue labbra vi era l'accenno di un sorriso. Si trattava forse di scherno per il fatto che i principi umani, responsabili della pace o della guerra, si incontravano in un villaggio così misero e giocavano a un gioco pericoloso per stabilire chi dovesse fare il primo passo? Oppure i suoi pensieri erano rivolti altrove?

Accanto al principe vi era Yulivea, l'abile maga degli elfi. Ora sembrava inavvicinabile e magnifica. Nessun cavaliere avrebbe immaginato i meravigliosi scherzi che si potevano fare con lei.

Poco più indietro del principe elfico vi erano il coboldo Brandax e il suo immancabile accompagnatore, il gigantesco troll Dragan. Anch'essi erano figure che parevano appena uscite da una fiaba. Chi aveva simili alleati non sarebbe certamente stato piantato in asso dagli dei!

Brandax sembrava aver notato che Gishilde lo fissava e per un attimo ricambiò lo sguardo. Poi fece un largo sorriso e le mostrò i denti.

La principessa si voltò, spaventata.

Dietro il muro d'acciaio risuonò un rumore attutito di zoccoli. Dal bosco arrivavano dei cavalieri. Molti cavalieri! Gishilde strinse nervosamente le mani a pugno. Suo padre si era presentato solo con cento uomini, come concordato. Una scorta degna di un re, ma non una forza militare. Dopotutto, non si erano radunati in quel villaggio anonimo e spopolato dalla guerra per combattere una battaglia, bensì solo per trattare. Il re aveva tenuto fede alla parola data. Era sempre stato un guerriero onorevole.

Una grossa goccia di sudore le scivolò giù per il collo. L'afa era insopportabile. Il temporale sarebbe potuto iniziare da un momento all'altro.

La principessa batté le palpebre guardando suo padre. Conoscendolo, si poteva percepire la sua tensione. Lievi rughe gli increspavano gli angoli della bocca e gocce di sudore gli luccicavano tra la barba. Quando si accorse che lo osservava, le sorrise, ma aveva gli occhi tristi. La sera prima le aveva spiegato come comportarsi se i cavalieri dell'Ordine si fossero macchiati di tradimento.

Gishilde strizzò gli occhi. Sentì la mano di sua madre che le tremava sulla spalla.

Per favore, dei del Nord! implorò mentalmente la principessa. *Abbiate pietà di noi! Fate in modo che i miei genitori e tutti i loro amici non muoiano oggi. Per favore, se, per essere misericordiosi, volete vedere il sangue, vi dono la mia vita. Fate che la casa reale della Terra del Fiordo non si estingua perché mio padre si è fidato della promessa di un sacerdote di Tjured. Prendete me come pegno della vostra clemenza. Mi sacrifico come Ulric e Halgard si sono sacrificati per salvare il Nord, e come tutti gli altri membri della mia stirpe che hanno sacrificato la vita per il paese cui apparteneva il loro cuore.*

Quando riaprì gli occhi, ebbe la certezza che gli dei l'avessero ascoltata. Le nuvole grigie avevano quasi raggiunto la radura. Il vento agitava i vessilli dei cavalieri. Se fosse piovuto, gli archibugieri nascosti nel bosco non avrebbero più potuto usare le armi.

La principessa sorrise con espressione caparbia. Non avrebbe mostrato la paura al nemico! I suoi pensieri volarono via... Ricordò con nostalgia le giornate noiose e pacifiche che aveva trascorso con il vecchio maestro Ragnar nella biblioteca di Firnstayn. Come aveva invidiato il suo fratellino Snorri! Lui non aveva dovuto sorbirsi quelle stupide tiritere. Essendo un maschio, aveva ricevuto lezioni di scherma, equitazione e nuoto. Doveva andare in biblioteca solo una volta la settimana, mentre Gishilde doveva passarvi cinque giorni su sette. Era ingiusto...

Deglutì. In realtà non era una bambina che piangeva facilmente, ma, quando pensava al piccolo Snorri, le salivano sempre le lacrime agli occhi. Finché era rimasto in vita, l'aveva maledetto mille volte al giorno. Era una lagna! Le tirava i capelli, la punzecchiava con la spada di legno e non perdeva mai occasione per farla arrabbiare. *Gishilde, Gishilde, sul tuo scudo la sera spicca una giarrettiera.* L'aveva tormentata con quella filastrocca di sua invenzione per tutta la sua ultima estate. All'epoca Gunnar gli aveva permesso di scegliere il suo futuro stemma reale e Snorri aveva optato per un leone rampante rosso su fondo bianco. Naturalmente, Gishilde non poteva portare alcuno stemma. Un giorno si sarebbe sposata per creare un legame ancora più solido tra la famiglia reale e uno dei suoi alleati. Avere come stemma una giarrettiera era un'idea così scandalosa che Gishilde arrossiva ancora quando ci pensava. Era destinata a combattere le sue battaglie tra le cosce. Prima nel letto nuziale e poi durante il travaglio. Sapeva fin troppo bene che cosa significava. Non aveva mai dimenticato la notte della nascita di Snorri e il volto stravolto di sua madre. Anche se era molto piccola, aveva capito che Roxanna era stata sul punto di morire. La principessa non voleva avere figli, ma sapeva di non avere scelta... Toccava a lei trasmettere il sangue della sua stirpe... Ma temeva di vivere una notte come quella di sua madre. Immaginava di morire sul campo di battaglia con la spada in mano, ma non dopo un travaglio doloroso e interminabile... Ripensò a suo fratello. No, nulla le avrebbe risparmiato la lotta contro il travaglio.

Snorri era annegato nella stessa estate in cui aveva inventato la filastrocca. L'aveva sentito gridare, eppure quando aveva raggiunto di corsa il lago Specchio delle Nuvole per cercarlo, sulla superficie dell'acqua si vedevano solo alcuni larghi cerchi. Il lago placido tra le montagne che un tempo aveva inghiottito Ulric, il Re dell'Inverno, aveva portato sfortuna anche alla sua famiglia.

Era occorsa una settimana prima che recuperassero il cadavere di suo fratello. L'avevano tirato fuori dall'acqua nudo e bianco come un pesce cavernicolo.

Il giorno in cui era stato sepolto nella collina funeraria di famiglia l'elfa Silwyna era arrivata a Firnstayn. Gishilde ricordava ancora chiaramente com'era comparsa tra gli ospiti accanto all'antichissima quercia sull'altura. Quando la bambina aveva scoperto il suo nome, aveva avuto la sensazione che una delle camere funerarie si fosse aperta per liberare un'ombra del passato. Senza averla mai incontrata, la conosceva bene grazie alle interminabili ore trascorse in biblioteca.

Dal quel giorno la sua vita era cambiata radicalmente. La regina Emerella aveva mandato Silwyna affinché fosse la sua maestra, anche se Gishilde non capiva perché la sovrana della Terra degli Albi dovesse preoccuparsi così tanto per l'educazione della principessa della Terra del Fiordo. Re Gunnar aveva accettato con gratitudine. Alcuni dei più famosi membri della stirpe erano stati amici intimi degli elfi. Avere Silwyna come maestra era una promessa di gloria futura. *Nessuno mi ha chiesto che cosa ne pensassi*, pensò la bambina, irritata. Era solo una principessa. Doveva obbedire.

L'arrivo dell'elfa aveva posto fine alle giornate in biblioteca. L'elfa l'aveva fatta esercitare con l'arco finché le dita avevano preso a sanguinarle e, per suo ordine, era stata forgiata una corta spada a striscia con un peso e una lunghezza adatti alle proporzioni di Gishilde. A corte si discuteva ancora per stabilire se le nuove armi fossero all'altezza delle vecchie spade, ma a Silwyna non importava nulla di quei discorsi. Faceva solo ciò che riteneva giusto, non si lasciava condizionare da nessuno e non si sottraeva mai a un litigio. A corte molti uomini la mangiavano con gli occhi, ma l'elfa non aveva amici.

Uno squillo di fanfara riscosse la principessa dalle sue riflessioni. I cavalieri corazzati piantarono le lance nel terreno e si mossero tutti insieme, come se cento corpi fossero animati da una sola mente. Nessun vessillo cadde nel fango nero benché alcune lance oscillassero pericolosamente nel vento.

Cento spade tintinnarono quando furono sguainate. Per un attimo parve che il tempo si fosse fermato.

Gishilde si tastò il fianco. Naturalmente, non aveva con sé la spada a striscia... Quel giorno era la principessa della Terra del Fiordo, ben pettinata e con indosso un vestito scomodo. Una principessa non portava armi... anche se, dopo le infinite ore di scherma con Silwyna, il peso della spada le era diventato così familiare da darle l'impressione di perdere l'equilibrio quando non aveva l'arma attaccata alla cintura.

Vide che anche i guerrieri al seguito di suo padre sfoderavano le spade. Gunnar alzò le braccia e ordinò loro di abbassare le armi.

Un secondo squillo di fanfara produsse un movimento nel muro d'acciaio. I cavalli nitrirono. Il fango schizzò sotto i possenti zoccoli. L'intera fila avanzò di un tratto.

Gishilde, impaurita, si guardò intorno alla ricerca di Silwyna. La scorse sotto la pensilina della stalla, mezzo avvolta dalle ombre. Aveva appoggiato l'arco al muro là accanto e, come sempre, era sola. Aveva raccolto i lunghi capelli neri legandoli in una treccia rigida. Era alta e snella, senza per questo sembrare scarna. Appoggiata al muro, con le braccia incrociate sul petto, pareva del tutto distaccata, come se non gliene importasse nulla di ciò che le accadeva intorno.

Si era dipinta il volto con la linfa rossa e marrone del cespuglio di Dinko. Quasi tutti coloro che si erano riuniti nel villaggio erano vestiti a festa, o almeno lavati e rasati. Ma non Silwyna. Indossava alti e morbidi stivali di pelle di cervo e un anonimo farsetto marrone. Era pronta a fondersi con le tenebre. Si abbigliava così quando seguiva un animale selvatico e, a quanto ne sapeva Gishilde, nessuna preda le era mai sfuggita.

Erano andate spesso a caccia insieme. La principessa aveva acquisito la capacità di muoversi nel bosco senza far rumore. Sapeva diventare un'ombra tra le ombre e non lasciava più tracce di un lieve alito di vento che attraversava la foresta. Aveva imparato a restare immobile come un sasso e aspettare. Aveva maturato la pazienza della cacciatrice anche se aveva sempre la sensazione di non avvicinarsi nemmeno lontanamente ai risultati della maestra. Silwyna non accennava mai al passato. L'unico modo per andare d'accordo con lei era cercare con tutte le forze di obbedire alle sue istruzioni. Gishilde non aveva mai avuto un'insegnante così severa. Ancor prima di trascorrere una settimana con l'elfa, aveva iniziato ad avere nostalgia della tranquillità della biblioteca. Allo stesso tempo, tuttavia, andava anche molto fiera che Silwyna l'avesse scelta come allieva. La sua unica ambizione era soddisfarla, ma aveva sempre l'impressione di fallire. Per quanto si sforzasse, un essere umano non sarebbe mai riuscito a eguagliare un elfo. Quelle creature erano sempre un gradino più su. Se gli uomini avevano solo pochi anni per orientarsi nella vita, gli elfi disponevano dell'esperienza di decenni, se non addirittura di secoli.

Gishilde trovava inquietante il fatto che Silwyna avesse conosciuto il suo antenato Alfadas. Era contro natura diventare così vecchi! Suo padre le sembrava già incredibilmente anziano, anche se aveva alle spalle solo poco più di trenta estati. L'esistenza degli elfi, invece, durava più di mille anni.

Silwyna rispose al suo sguardo e scrollò leggermente il capo, facendole segno di non muoversi. Oppure quel gesto aveva un altro significato?

I cavalieri si fermarono con le spade sguainate. Non accennarono ad attaccare. Volevano forse indurre il re e il suo seguito a iniziare la battaglia? Quello era forse il loro modo perverso di mantenere la parola data? Avrebbero potuto dire di non essere stati loro a cominciare il combattimento. Erano stati i pagani a rompere l'armistizio.

Gishilde osservò ancora la sua maestra. Silwyna la guardò, impassibile. La bambina decise di fidarsi della saggezza di una donna di dieci secoli. Lei aveva appena compiuto undici anni. Posò ancora lo sguardo su Silwyna. Gli elfi erano così strani, pur avendo un aspetto esteriore assai simile a quello degli esseri umani.

La principessa aveva sentito i guerrieri raccontare che alcuni elfi andavano nella Luce Argentea quando restavano feriti a morte. A volte immaginava che fossero il respiro del bosco. La brezza che soffiava tra gli alberi. Eterna. Incorporea. Una forza della natura.

La fila di cavalieri fu percorsa da un movimento. Il bastione d'acciaio vivo si divise. Comparvero due cavalieri: un vecchio con il volto sciupato e la barba attraversata da fili d'argento, e una donna dai corti capelli biondi. Una pallida cicatrice le divideva il sopracciglio e la guancia destri. Sul pettorale le scintillava lo stemma smaltato della quercia rossa, che sembrava sangue appena versato. Un taglio che le squarciava il petto... Gishilde ebbe l'impressione che la sconosciuta avesse gli occhi tristi. Pareva ferita in un modo che la giovane principessa non riusciva a esprimere con le parole. Allo stesso tempo aveva qualcosa che le ricordava una leonessa delle nevi messa alle strette. Smontò da cavallo con molta grazia, come se indossasse solo una leggera veste da caccia anziché una pesante armatura. *Si muove come un gatto*, pensò la bambina. Che fosse anche altrettanto capricciosa?

Il suo accompagnatore non era un guerriero. Portava una semplice tunica blu e non aveva spade appese alla cintura. Aveva mani lunghe e affusolate, come se non avesse mai dovuto dedicarsi a un lavoro faticoso.

Gishilde osservò ogni dettaglio, come le aveva insegnato Silwyna.

La guerriera si muoveva con orgogliosa fierezza. Ogni suo gesto era una sfida. Ancor prima che i due aprissero bocca, la principessa capì che non erano venuti per negoziare la pace. La paura tornò ad assalirla. Guardò i cavalieri con le spade sfoderate. Il gioco malvagio in cui volevano coinvolgerli i membri dell'Ordine era appena iniziato.

Il vecchio al fianco della guerriera sembrava stanco.

Aveva il volto segnato dal vento e dal sole, lungo e scarno, un'impressione rafforzata dalla barba e dalla fronte alta. Pareva che avesse dedicato tutta la vita alle campagne militari. La battaglia per il Drusna era cominciata poco dopo la nascita di Gunnar, o almeno questo era ciò che Gishilde aveva studiato durante le numerose lezioni di storia. Ormai durava da più di trent'anni! Da allora il Paese dei Mille Boschi era caduto via via nelle mani dei cavalieri dell'Ordine.

La cavalleressa osservò con disgusto malcelato gli uomini radunati intorno al re della Terra del Fiordo. La bambina era furiosa. Cercò di dominare la rabbia, perché Silwyna le aveva ripetuto centinaia di volte che quel sentimento rendeva ciechi e dunque si trasformava in un'arma a favore dei nemici. Quella sembrava essere una parte dei suoi piani.

Quando Gishilde studiò il volto degli uomini intorno a suo padre, notò che i cavalieri dell'Ordine stavano per vincere un'altra battaglia. Sulla tempia di Alexjei, il comandante degli uomini-ombra e dei più illustri Bojari del Drusna, pulsava una grossa vena. Le sue mani cingevano il manico rivestito di cuoio dell'ascia a due mani, cui si appoggiava con una disinvoltura così provocatoria che chiunque avesse frequentato la scuola di Silwyna si sarebbe accorto di quanto fosse teso.

La stessa espressione era dipinta sul viso degli altri, degli Jarl che servivano suo padre e degli ultimi Bojari liberi del Drusna, che non avevano ancora rinunciato a lottare contro i cavalieri dell'Ordine. Gishilde riconobbe in tutti loro gli stessi sentimenti controllati a fatica.

Quell'elemento era evidente soprattutto tra le guardie del corpo, i Mandridi. Erano immobili, ma le loro teste si muovevano a scatti come quelle degli uccelli. Cercavano di non lasciarsi sfuggire nulla. Solo il loro capitano, Sigurd Frantumaspade, pareva un poco più calmo. L'alto guerriero dai capelli scuri aveva perso moglie e figlia nelle battaglie per il Drusna, perciò la morte non gli faceva più paura.

8.
Il dono dei cavalieri dell'Ordine

Il sacerdote e la cavalleressa: erano quelli i volti che si celavano dietro l'interminabile guerra per i boschi, i laghi e le paludi del Drusna libero. Avevano conquistato il Sud-ovest del paese con lunghi combattimenti, ma i principati confinanti con la Terra del Fiordo opponevano ancora un'accanita resistenza. Padre Charles, il reggente del Drusna, era il principe della Chiesa che decideva il destino della parte occupata del paese.

La commendataria Lilianne de Droy era il suo braccio destro e comandava l'esercito della Chiesa di Tjured al Drusna. Era considerata scaltra e perseverante, e persino i suoi nemici riconoscevano che era coraggiosa, tanto più che guidava le truppe mettendosi alla testa dei soldati anziché rifugiarsi su una collina con i generali.

Negli ultimi anni la commendataria aveva conquistato un principato dopo l'altro. Aveva dato una svolta a quella guerra infinita, e ora le fortezze di mattoni rossi della Nuova Cavalleria si ergevano ovunque: nei boschi, sui laghi e sui fiumi. Spuntavano dal terreno come funghi e, come i cerchi di funghi, si allargavano di anno in anno, permettendo anche la crescita dei territori controllati dalle fortezze dell'Ordine.

Gishilde notò con orgoglio che, a differenza di Alexjei e degli altri nobili, e nonostante le provocazioni, suo padre restò calmo quando il reggente e la commendataria si avvicinarono per negoziare un armistizio per l'autunno e l'inverno successivi.

«Abbiamo un dono per i Bojari», esordì Lilianne, senza salutarlo nemmeno con un leggero cenno del capo.

Talvolta anche Gishilde si comportava così quando si alzava di cattivo umore. A volte non si aveva proprio voglia di accontentare tutti. La principessa, tuttavia, sapeva fin troppo bene che la sua condotta era molto scortese e irritante. La cavalleressa pareva indifferente a tutto questo. Da quel punto di vista assomigliava a Silwyna.

«Posso far portare il dono per i nobili del Drusna?» domandò Lilianne.

Il re lanciò una breve occhiata ad Alexjei, quindi annuì.

La commendataria fece segno ai cavalieri al bordo della radura, e il muro d'acciaio si divise ancora. Quattro uomini nerboruti portarono un tavolo su cui era posata una clessidra piena di sabbia rosso scuro.

Posarono il tavolo in silenzio e si ritirarono.

Gishilde allungò il collo, curiosa, e sentì la mano di sua madre che le stringeva la spalla con più energia. Avrebbe tanto voluto avvicinarsi al tavolo. La clessidra era d'oro e cristallo. Una scritta intricata ornava il bordo superiore: *La Terra dei Fiordi*. Silwyna le aveva insegnato la scrittura e la lingua dei cavalieri dell'Ordine, perché considerava molto importante conoscere i propri nemici.

Alexjei sbuffò come un toro irritato. Si accostò al tavolo con gli intarsi d'osso di balena. Solo in quel momento Gishilde notò la scritta sul lato inferiore della clessidra. Le lettere erano capovolte e componevano la parola *Drusna*.

«Credi forse che il tempo sia scaduto per il mio popolo, uomo-donna?». Alexjei afferrò l'oggetto, lo ribaltò e lo posò sul tavolo con veemenza. «Un uomo deciso sa cambiare il proprio destino».

Gishilde assentì. Quella sì che era una bella risposta! La sua gioia durò tuttavia solo un istante. La sabbia non scorreva attraverso la strettoia. Dalle file dei Bojari e degli Jarl si levò un mormorio.

«Questo è un segno di Luth», sussurrò qualcuno.

«Be', a quanto pare, alcune cose non si possono cambiare», osservò Lilianne in tono freddo.

Yulivea si affiancò ad Alexjei. Aveva un'espressione beffarda. «Qui non vedo alcun presagio, bensì solo un esempio di artigianato scadente. Eppure le officine dei vostri conventi vengono lodate ovunque». Guardò Lilianne sorridendo. «Oppure è un gesto intenzionale? Abbiamo forse a che fare con qualcosa di più importante di una minuscola pietruzza che è sfuggita all'attenzione dei tuoi confratelli?».

La cavalleressa sostenne il suo sguardo, ma non gli ribatté.

Yulivea accarezzò la clessidra e bisbigliò una parola di potere, al che la sabbia cominciò a piovere attraverso la strozzatura. «Mi sembra che una scheggia di cristallo sia finita nel posto sbagliato, cosicché la sabbia scorre in una sola direzione», affermò con un sorriso sbarazzino. «Il destino di un regno non dovrebbe dipendere da questo, vero?».

«E a me sembra che ora il tempo passi per la Terra del Fiordo», intervenne Charles. «Ciò che è utile all'uno è spesso dannoso per l'altro».

«Siete venuti per parlare della pace per il prossimo inverno?» domandò il re. «Oppure avevate in mente solo di farci uno scherzo perché credete di avere a che fare con stupidi pagani?».

Gunnar aveva parlato con un tono che Gishilde conosceva bene. Si rivolgeva così anche a lei prima di uscire dai gangheri.

«Vi offriamo una pace di cinquant'anni se voi rinunciate a combattere per la causa persa del Drusna».

Alexjei impallidì. Tutti sapevano quanto fosse alto il tributo di sangue che la Terra del Fiordo pagava in quelle battaglie interminabili. La guerra per il Drusna indeboliva il regno. Inghiottiva i tesori dei secoli passati e i guerrieri migliori. Senza l'aiuto della Terra degli Albi il regno avrebbe dovuto implorare la pace già da tempo e piantare in asso il Drusna.

«Il vostro san Clemens non dice forse che la parola data a un pagano non è mai vincolante, nemmeno quando si presta giuramento in nome di Tjured?».

«E san Sulpicio scrive che chi testimonia consapevolmente il falso in nome del signore, anche se contro un pagano, arreca più danni all'opera di dio di quanti possano farne mille per mille miscredenti in mille per mille anni», ribatté il reggente in tono serio. «Smettete di combattere per una causa persa. Abbiamo occupato dodici dei diciassette principati del Drusna. Cadranno anche gli ultimi cinque. Non potete evitarlo. Dovete solo consultare le cronache per constatare che qualsiasi guerra condotta in nome di Tjured è stata vinta dai suoi servitori. Ho il potere di offrire a voi tutti una pace onorevole. Ogni principe del Drusna che ripudierà il paganesimo conserverà tutti i suoi beni. E chi non lo farà avrà la garanzia di un salvacondotto nella Terra del Fiordo. Vi offro la vita anziché la sofferenza e la morte».

Nonostante tutte le storie che si raccontavano sui sacerdoti di Tjured, Gishilde credeva al vecchio, che le sembrava onesto. Ma suo padre non poteva accettare l'offerta. Combattevano da troppi anni al fianco del Drusna. Non potevano tradirlo, anche se ormai si erano stancati delle battaglie.

La principessa guardò suo padre. Sapeva che cercava una via verso la pace, benché la sua espressione non lasciasse trapelare che cosa pensava. La bambina spostò lo sguardo sulla cavalleressa. Anche Lilianne sapeva nascondere bene i suoi pensieri.

Gli alleati della Terra degli Albi tacquero. Non avrebbero mai concluso la pace con i sacerdoti di Tjured. La Chiesa vedeva in loro l'incarnazione del male. Per loro gli elfi, i troll, i coboldi e tutte le altre creature dei Regni Nascosti al di là delle Stelle Albiche erano i corruttori del mondo, gli assassini dei santi. I cavalieri sacerdoti avevano giurato di annientare la Terra degli Albi. Credevano che il loro dio avesse affidato loro quella missione sacra. Erano così stupidi! Nella Terra del Fiordo tutti sapevano che esisteva più di un dio!

«Presto scoppierà un temporale». Gunnar tacque per un istante.

Per la prima volta Gishilde ebbe l'impressione che la comandante dei cavalieri dell'Ordine fosse a disagio. Si voltò verso i guerrieri.

Gunnar indicò il banco di nuvole nere sopra il bosco occidentale. «Il cielo diventa sempre più scuro. Ho fatto preparare un granaio per continuare le trattative. Tuttavia vi è una cosa che dovete sapere subito. Non tradiremo i nostri amici del Drusna. Se non avete un'offerta migliore, i combattimenti proseguiranno. In questo caso l'armistizio finisce domani a mezzogiorno. Così avrete abbastanza tempo per ritirarvi dalla zona boscosa sotto il nostro controllo».

Il vecchio sacerdote guardò la commendataria aggrottando la fronte.

Gishilde sapeva che suo padre e gli alleati non avevano affatto il controllo di quella zona boscosa, ma, a quanto pareva, i nemici non erano sicuri della loro superiorità numerica. Non temevano gli esseri umani, bensì i Figli degli Albi e la magia.

«Vi offriremmo anche l'oro e il monopolio sul commercio dell'ambra se...» riprese il reggente.

«Ci considerate forse prostitute che si piegano alla volontà di chiunque in cambio di oro e belle parole?». Gunnar non aveva alzato la voce, ma il suo sguardo si era indurito. «Se è tutto, abbiamo concluso».

«Avete frainteso...».

«Che cosa vi era da fraintendere in questa proposta?» sibilò Alexjei. «Volete comprare i nostri amici della Terra del Fiordo. Volete...».

Gunnar gli posò la mano sul braccio. «Basta così». Guardò il reggente. «Vi sono altre cose da discutere?».

Il sacerdote gli rivolse un sorriso cordiale. «Innanzitutto occorre chiarire alcuni malintesi. Non abbiamo affrontato la lunga cavalcata fino a questo villaggio abbandonato per salutarci in questo modo. Parliamone, e sono sicuro che il buonsenso prevarrà. La guerra è la soluzione peggiore. Se lo vogliamo davvero, troveremo certamente un'altra strada».

Gishilde notò la tristezza negli occhi del padre; era così che la guardava quando le faceva una promessa che entrambi sapevano non avrebbe mantenuto. A un tratto ebbe paura. Gunnar non doveva seguire la cavalleressa e il sacerdote! Talvolta aveva delle premonizioni prima che accadesse qualcosa di brutto, e i suoi timori si avveravano fin troppo spesso. Suo padre ne rideva. Silwyna, no.

«Devo andare da lui!».

La presa di Roxanna si strinse intorno alla sua spalla. «Non ora».

«Non deve entrare con loro nel granaio!».

Ora sua madre la teneva con entrambe le mani. «Non puoi seguirli, Gishilde! Non dovresti nemmeno essere qui. Tuo padre farà una figuraccia se una bambina gli correrà dietro. Che cosa ti prende?».

«Non dobbiamo rimanere...». Gishilde non riusciva a esprimere il suo stato d'animo a parole. Guardò sua madre, impotente. «Se ce ne andiamo subito, andrà tutto bene, altrimenti... Succederà qualcosa di terribile. Ne sono sicura!».

«Tuo padre non può interrompere le trattative di pace perché tu hai un brutto presentimento. Che cosa ti salta in mente? Perderebbe la faccia per aver dato retta alle paure di una bambina».

Gishilde sapeva che Roxanna aveva ragione, ma non voleva semplicemente accettare l'idea che suo padre fosse in pericolo. Provò una sensazione di freddo allo stomaco come quando aveva vinto la scommessa con Snorri ed era riuscita a mangiare tre palle di neve. Quel freddo la assaliva ogni volta che aveva una premonizione. E indovinava sempre... Quasi sempre...

Suo padre scoppiò in una fragorosa risata provocatoria. La principessa non aveva udito che cos'aveva detto agli uomini tutt'intorno. Persino il reggente sorrideva. Le parve tutto sbagliato. I cavalieri dell'Ordine erano i loro acerrimi nemici! Ognuno di loro aveva giurato sulla vita di annientare il paganesimo. Non si poteva trattare con quegli individui. E non si doveva neppure ridere con loro. Se quegli assassini ridevano con il re, lo facevano solo perché pensavano a un tradimento.

Lilianne rivolse un cenno ai cavalieri sul limitare del bosco. «Abbassate le lance del leone e del drago! Seguitemi!».

I cavalieri rinfoderarono le spade con un gran chiasso e smontarono. Le armature li facevano sembrare maldestri: i loro movimenti erano rigidi e privi di grazia. Gli scudieri che uscirono dall'ombra degli alberi portarono loro corti giavellotti dalla coccia lunga e larga. Altri cavalieri slegarono i becchi di corvo appesi ai pomoli delle selle. Quelle armi, simili a martelli, finivano con un puntale curvo che permetteva di trapassare qualsiasi elmo e qualsiasi piastra d'acciaio. I cavalieri marciarono tintinnando verso il granaio mezzo diroccato in cui sarebbero proseguite le trattative.

Il legno della costruzione era stato annerito dal tempo. Gunnar aveva fatto stendere dei teloni sui buchi più vistosi nel tetto. L'uscio pendeva di sghembo dai cardini. Alcune tavole delle pareti laterali erano sfondate e frantumate. Alcuni fori erano grossi quanto porte. In quel modo si poteva guardare dentro da qualsiasi punto del villaggio.

I cavalieri dell'Ordine presero silenziosamente posto accanto alle aperture. Alcuni seguirono la commendataria e il reggente all'interno.

Il freddo nello stomaco di Gishilde raggiunse il cuore. La bambina cominciò a tremare.

«Vieni», disse sua madre, tirandola a sé. «Andiamo nella nostra tenda. Prima che prendano una decisione, Gunnar verrà da noi e ci riferirà che cos'hanno stabilito. Allora potrai confidargli le tue preoccupazioni. Ma ora non è il momento giusto. Lo capisci?».

Gishilde detestava quando Roxanna la trattava così. Dopotutto, non era una bambina ingenua.

Una raffica di vento fece sussurrare le foglie del bosco con mille voci. Sul timpano del granaio ruotava una vecchia banderuola cigolante.

Silwyna era scomparsa. Gishilde non l'aveva vista dirigersi verso la costruzione. Che avesse avuto anche lei un brutto presentimento?

Re Gunnar aveva rispettato l'accordo e si era recato nel villaggio abbandonato solo con cento guerrieri e aristocratici. Ma quanti cavalieri dell'Ordine e mercenari si nascondevano nel folto del bosco?

La principessa si strofinò le braccia per riscaldarsi. Il vento improvviso dissipò il caldo opprimente. Uno stormo di colombi si alzò dalle travi di una stalla sconquassata e disegnò un ampio arco sopra le loro teste.

La prima goccia di pioggia le accarezzò il volto e le rigò la guancia come una lacrima. Doveva andare da suo padre! Non l'avrebbe mai più rivisto! A un tratto ne fu assolutamente certa! Lo udì ridere. Ora, sulle guance, le scorrevano lacrime vere. Non singhiozzò. Aveva imparato a dominare le emozioni. Quasi... solo il pianto, non riusciva a trattenere.

Sua madre la spinse davanti a sé, verso la grande tenda all'altro capo del villaggio, eretta solo per la regina e le sue dame. Il tessuto scarlatto si gonfiò nel vento. *Assomiglia a un grosso cuore pulsante*, pensò Gishilde senza volerlo. Il cuore della Terra del Fiordo, strappato e gettato senza rispetto nel bosco di una regione sconosciuta.

9.
Il bacio della Lingua d'Argento

Il picchiettio della pioggia si era attutito e le note malinconiche del flauto si erano spente. Una sola lanterna dalle pareti di spesso vetro blu immergeva l'interno della tenda in una luce magica.

Gishilde si stiracchiò e si guardò intorno battendo le palpebre. Si era addormentata con la testa sulle ginocchia di sua madre. Non si era accorta che Roxanna l'aveva sollevata per trasferirla su un giaciglio più comodo. Anche la regina e le dame di corte si erano appisolate.

La principessa ascoltò il loro respiro. Un grosso braciere al centro della tenda irradiava un piacevole calore. I cocci si erano ormai trasformati in braci scure. La bambina avvertiva ancora la sensazione di freddo allo stomaco. Il presentimento di una sciagura imminente era impossibile da ignorare. Doveva fare qualcosa!

Si infilò il vestito con gesti frettolosi. Suo padre non le aveva raggiunte, perciò doveva andare da lui, checché ne avessero pensato gli aristocratici e i maledetti cavalieri dell'Ordine. Gishilde aveva la certezza che l'avrebbe ascoltata.

Strisciò fino al baule in cui Roxanna teneva i vestiti e indossò i pantaloni di cuoio scuro che usava per le cavalcate con Silwyna. Dovette cercare a lungo la camicia nera che l'elfa le aveva regalato la primavera precedente. La pioggia scivolava via dalla stoffa spessa, dunque l'indumento era perfetto per quella nottataccia. Calzò rapidamente gli stivali di cervo con le lunghe frange.

Sapeva che davanti alla tenda vi erano sempre alcune guardie. Per non parlare di quei maledetti azzannatori d'orsi ammaestrati a seguire le sue tracce! I cani vagavano liberi per l'accampamento e avrebbero fatto un baccano infernale se avesse messo piede fuori dalla tenda. Cercò il flauto di Yulivea, che rappresentava un pezzettino di libertà. Sorrise trasognata. Quei maledetti cani si sarebbero pentiti di esserle saltati addosso. Si accostò il bocchino alle labbra e soffiò con tanta forza da farsi quasi esplodere le guance. Non si udì nulla. Almeno non nella tenda. Fuori, tuttavia, risuonò un misero uggiolio. Quelle bestiacce sembravano cuccioli appena nati! Guaivano e scappavano con la coda tra le zampe.

«Che cosa prende a quei maledetti cagnacci?» urlò una guardia.

Gishilde si sciolse in un largo sorriso. Ora si erano distratti anche i guerrieri davanti alla tenda. Udì grida e imprecazioni sommesse. Il flauto aveva fatto un vero miracolo!

Strisciò in punta di piedi fino alla parete laterale. La tenda aveva un pavimento di legno che la proteggeva dal freddo e dall'umidità. Le assi gemettero piano sotto il peso della bambina.

Con il pugnale da caccia tagliò cautamente una delle funi che univano due teli della tenda. Quindi sollevò il tessuto bagnato e sgusciò fuori. Rimase immobile nel fango. Il freddo le penetrò nei pantaloni e le pervase le membra. La luna era coperta dalle nuvole. Un vento impetuoso faceva mormorare il bosco con mille voci.

Gishilde aspettò a lungo e osservò le guardie. Alcuni uomini rincorrevano i cani, ma vi erano semplicemente troppi guerrieri! Sarebbe stato impossibile passare loro davanti senza farsi notare.

Imprecò in silenzio. Poi decise di avventurarsi nel bosco dietro la tenda. Avrebbe percorso un ampio arco e cercato di entrare nel villaggio dall'altra parte. Là si trovavano le guardie dei cavalieri dell'Ordine, che non erano state addestrate dagli elfi. Le probabilità di superare le loro file senza essere vista e di raggiungere il granaio erano senza dubbio più alte.

Strisciò verso gli alberi, piegata in due. Arrivata tra i tronchi scuri, tirò un sospiro di sollievo. Là si sentiva quasi invisibile. Silwyna le aveva insegnato a diventare un tutt'uno con la foresta, a fondersi con le tenebre e a nascondere il lieve rumore dei suoi passi, del cuore e del respiro tra le voci del bosco. La principessa si muoveva con il vento che tramutava in un coro il fitto baldacchino di foglie sopra la sua testa.

Anche là, nascoste tra gli alberi, vi erano alcune guardie di suo padre. Non sapevano tuttavia mimetizzarsi tra la vegetazione come lei. Restavano estranei facilmente riconoscibili anche quando si abbassavano dietro un tronco. Venivano traditi ora da uno scintillio nella luce lunare perché non avevano annerito con cura le armi, ora dal fatto di rimanere immobili quando una folata improvvisa faceva muovere ogni cosa.

Gishilde si accorse di essere vicina alla linea delle sentinelle nemiche quando odori sconosciuti si mescolarono al respiro della foresta. Vi erano il profumo del grasso di maiale che strofinavano sulle armi e sulle armature per proteggerle dalla ruggine, il puzzo di zolfo delle armi da sparo e le volute di fumo freddo che uscivano dalle bocche delle pistole e degli archibugi quando non venivano usati per giorni.

La bambina si fermò, cercando le guardie con tutti i sensi. Là, nel punto di passaggio tra le linee delle sentinelle rivali, correva il maggior rischio di essere scoperta. Le guardie erano molto concentrate ed erano il doppio rispetto ad altre zone.

Immerse le mani nel fango scuro tra le radici di una quercia e si imbrattò il viso. Ora, forse, avrebbe potuto tradirla solo il bianco degli occhi. Socchiuse le palpebre e si abbassò. Sotto un intrico di noccioli trovò un sentiero usato talvolta dai tassi. Si infilò là dentro, protetta da sguardi indiscreti.

All'improvviso udì due voci, vicinissime. Non le conosceva e i rumori della foresta soverchiavano le parole. Seguirono una risata sommessa e un tintinnio di speroni. Tra la vegetazione scorse stivali da cavallerizzo con il risvolto rigido.

Il vento trattenne il respiro. «Non butterei giù dal letto la bruna con la bambina».

La risposta fu un grugnito.

Gishilde non osò respirare.

«Si dice che sia una schiava fuggita», continuò la

voce. «Come credi che una donna simile sia riuscita a infilarsi nel letto di un re?».

La principessa avrebbe voluto conficcare il pugnale nella caviglia di quello stronzo. A corte nessuno si azzardava a parlare di sua madre in quel modo! Sì, era una forestiera. Solo un cieco non se ne sarebbe accorto. Con i suoi capelli neri e il baluginio dorato della sua pelle, Roxanna si distingueva dalle altre donne come una rosa da un fiordaliso. Ma non era certo stata una schiava. Come avrebbe potuto una schiava diventare regina...

I passi delle guardie sguazzarono nel fango denso. I due uomini si allontanarono e le loro parole ridiventarono un mormorio incomprensibile.

Gishilde aspettò. Ascoltò il vento e si sforzò di dimenticare quelle frasi, ma erano impresse nella sua memoria come un marchio a fuoco. Come osavano quei farabutti merdosi definire sua madre una schiava fuggita!

Una giovane volpe che saltò fuori da un frassino sradicato poco più in là e scappò rapidamente la riscosse dalle sue riflessioni. Non doveva distrarsi!

Inspirò ed espirò a fondo. Doveva svuotare la mente come le aveva insegnato Silwyna. Si trovava nella zona del bosco sorvegliata dalle guardie nemiche. Non poteva permettersi di abbandonarsi a stupidi lambiccamenti! I suoi sensi dovevano essere vigili e acuti. Suo padre sarebbe sprofondato sottoterra per la vergogna se l'avessero portata nel granaio cosparsa di sporcizia come una spia catturata dietro le linee avversarie. Non doveva regalare un simile trionfo al nemico.

Per la prima volta pensò che forse strisciare fin là non era stata una buona idea. Ma il brutto presentimento diventava sempre più opprimente. Stava per verificarsi una sciagura. Dovevano andarsene e stare alla larga da quei maledetti cavalieri!

Fu percorsa da un brivido. Doveva raggiungere suo padre. Forse avrebbe dovuto essere così sfacciata da attraversare semplicemente le file delle guardie. In fondo, a differenza dei guerrieri di Gunnar, i cavalieri dell'Ordine non avevano l'ordine di fermarla. Quelle teste di latta non la conoscevano e non avrebbero certo fatto del male a una bambina che affermava con decisione di essere una principessa della Terra del Fiordo. Sorrise soddisfatta. Ottima idea! Era sicura che avrebbe funzionato. Era altrettanto sicura che poi le avrebbero dato una bella lavata di capo, ma era disposta a sopportarla se solo fosse riuscita ad andare da suo padre.

Sgusciò fuori dall'intrico di noccioli. Aveva freddo; il fango le aveva inzuppato i vestiti. Con molta probabilità aveva un aspetto orribile, e per giunta aveva la sensazione di aver trascurato qualcosa di importante. Un dettaglio... un avvertimento...

Avanzò lentamente, stringendosi alle radici di alcune vecchie querce. Restò accovacciata tra il caos dei tronchi abbattuti dal vento. Il grande granaio distava solo cento passi. Una luce dorata filtrava dai grossi buchi sulle pareti di legno marcio. Le figure all'interno erano solo sagome indistinte. Credette di riconoscere Gunnar. Avrebbe osservato la scena ancora per un istante, quindi si sarebbe semplicemente incamminata verso le prime guardie dei cavalieri.

La volpe! Quel pensiero fu una folgorazione. Che cosa l'aveva spaventata? Non aveva senso piazzare delle guardie dietro l'enorme mucchio di tronchi spaccati, perché da là non si vedeva il villaggio. Inoltre non si potevano scavalcare gli alberi abbattuti. Se qualcuno progettava un'imboscata, quella zona era come un bastione fortificato. Era impossibile attraversarla. Ma se là dietro non vi era nessuno, che cosa aveva messo in fuga la volpe? Che cosa si nascondeva nel bosco? Se l'avesse scoperto, forse avrebbe compreso la natura dell'insidia che li minacciava. Ma quella ricerca l'avrebbe distolta dal suo proposito iniziale. Esitante, lanciò un'altra occhiata al granaio. Se avesse individuato il pericolo che incombeva su di loro, sarebbe stata come l'eroina di un'antica saga e, naturalmente, l'avrebbero accolta nel consiglio di guerra anziché rinchiuderla nella tenda delle donne! Immaginò che i cantastorie ambulanti appendessero tavole con il suo ritratto nei mercati e narrassero come Gishilde Gunnarsdottir avesse salvato suo padre e i Bojari del Drusna. Il suo nome sarebbe stato sulla bocca di tutti...

Badando a restare nascosta, strisciò lungo lo spiazzo degli alberi abbattuti, accucciandosi in caverne buie di rami secchi e foglie appassite quando temeva che si avvicinassero le sentinelle. Era facile sfuggire all'attenzione dei cavalieri, che, in quel tratto di bosco, avevano messo pochissime guardie. Evidentemente erano molto sicuri di sé.

Non impiegò molto tempo per raggiungere il lato posteriore dello spiazzo. Scrutò le tenebre con curiosità. Che cosa vi era laggiù? Che cosa aveva spaventato la volpe? Forse solo una lince?

Scorse un sentiero angusto. Un ventaglio di felce piegato indicava che qualcuno era passato di là. Qualcuno che si muoveva con molta prudenza! Dovette cercare a lungo finché trovò una piccola orma sul bordo di una pozzanghera. Era ancora fresca.

Si accovacciò tra le felci e inspirò, fiutando l'aria come un predatore. L'odore di grasso era svanito. Si sentivano solo i profumi del bosco. Fango, foglie bagnate dell'anno precedente. La tenue luce lunare filtrava tra i fitti rami, rischiarando qua e là le felci con strisce argentee e facendo risplendere la foresta con i tronchi scuri come un enorme tempio. Come un luogo solenne consacrato agli dei antichi.

Un rumore sconosciuto e melodioso la indusse a tendere le orecchie. Era un suono che danzava con il vento e cessava al placarsi della brezza.

Gishilde continuò a percorrere il sentiero con incertezza. Anche se ora era invaso dalla vegetazione, si capiva che un tempo era stato abbastanza largo per consentire il passaggio di tre uomini. Era stato creato dagli esseri umani e non era sicuramente un passo della selvaggina.

Si udì ancora il rumore, cupo e sfaccettato. Era come se gli dei avessero inventato una melodia lugubre, adatta al brutto presentimento della bambina. Non si sentivano versi di animali, bensì solo il vento tra i rami e quel suono strano che alimentava le sue paure.

Si accovacciò dietro un albero con il cuore che batteva all'impazzata. La sventura era vicina! Una voce interiore le ordinò di tornare subito indietro, di fuggire, di lanciarsi direttamente verso il granaio e tra le braccia di suo padre.

Una raffica agitò i rami. Dardi di luce lunare attraversarono i fori che si aprivano nel chiarore argenteo, e uno di loro illuminò il volto. Era gigantesco, con gli occhi fissi e iniettati di sangue e la bocca deforme, abbastanza grande da inghiottire un cane. Gishilde, impaurita, indietreggiò tra le felci e sfoderò il pugnale.

L'oscurità aveva nascosto ancora quella faccia spaventosa. La principessa era sola con il vento, gli alberi altissimi e la melodia, che ora le pareva così triste da commuovere chiunque non avesse un cuore di pietra. Poi capì... Si trovava in un Bosco degli Spiriti!

Il vento separò ancora i rami. La bambina distinse la faccia intagliata in un possente tronco di frassino e le ematiti incastrate nel legno al posto degli occhi. La corteccia le aveva circondate con palpebre tumide.

Gishilde comprese... Era davanti a un Albero dei Defunti! In alto, tra i rami, dovevano esserci larghe strutture di legno in cui riposavano i morti del villaggio, avvolti in coperte. E da ciascun ramo scendeva una campana a vento di legno o ottone. Gli abitanti del Drusna credevano che gli spiriti degli avi cavalcassero il vento e vegliassero su di loro, e usavano le campane per donare una voce agli spettri. Vi erano sacerdoti che dedicavano la vita ad ascoltare i Boschetti dei Defunti e a portare ai vivi i messaggi dei morti.

Gishilde tremò per il sollievo e rinfoderò il sottile pugnale elfico. Anche se sapeva che tra i rami tutt'intorno vi erano dei cadaveri, il terrore paralizzante l'aveva abbandonata. Bisognava temere solo ciò che era ancora vivo. Silwyna le aveva insegnato che avere paura dei morti era una superstizione capace di confondere i sensi.

Cercò il sentiero tra le felci alte e lo seguì. Ora intuiva dove l'avrebbe condotta. Ma chi era passato di là prima di lei? E qual era la sua meta?

Avanzò, accompagnata dal canto malinconico delle campane e sforzandosi di tenersi sempre nascosta. Quindi lo vide, il Tempio nel Bosco. Si ergeva su una dolce collina che si innalzava all'improvviso dal mare di felci scure. Lassù vi era una fitta serie di alberi decapitati. Qualcuno li aveva privati della chioma affinché i tronchi assomigliassero a possenti colonne capaci di sostenere il cielo.

Alcuni monconi erano coperti di intagli. Il legno bianco osso mostrava intricati motivi di uomini e animali, fiori e alberi, nonché i curiosi caratteri che solo i sacerdoti del Drusna sapevano decifrare. E questi ultimi preferivano mordersi la lingua piuttosto che rivelare ai forestieri i segreti dei loro antenati.

Tra i tronchi sorgevano muri di assi variopinte o di vimini abilmente intrecciati. Componevano un labirinto che impediva di vedere il cuore del tempio. Dagli alberi più vicini al luogo sacro pendevano strisce di stoffa ricavate dai vestiti dei morti, corni, armi, pettini femminili e giocattoli. Gishilde scorse persino un grosso pentolone di rame in cui qualcuno aveva fissato un mestolo a mo' di batacchio. Quando il recipiente ondeggiava nel vento, produceva un suono spettrale, e la bambina si domandò senza volerlo se i defunti volessero metterla in guardia.

Lungo il sentiero che portava al tempio non vi erano altre tracce. La volpe era forse stata spaventata solo da un soldato che si era smarrito? La principessa esitò ad avanzare tra i tronchi pallidi. Che cosa si celava nel cuore del tempio?

Anche se gli abitanti della Terra del Fiordo erano alleati con il Drusna ormai da molti anni, la religione dei loro amici restava ancora un enigma. Non venivano mai invitati alle feste che si tenevano di nascosto nel folto delle foreste. Si diceva che gli uomini indossassero corna animali e che le donne danzassero nude mentre gli spiriti degli avi suonavano splendide melodie sulle campane a vento.

Il grumo spinoso nello stomaco di Gishilde parve muoversi. Fu percorsa da un brivido. L'uomo che aveva messo in fuga la volpe era nel tempio. Ne era certa! E meditava su una sventura che avrebbe colpito suo padre. Non aveva scelta: doveva entrare per risolvere l'arcano.

Strinse i denti. Sbagliato! Era troppo tesa. La voce di Silwyna le risuonò nella mente. Doveva essere vigile. Doveva sfruttare tutti i sensi per accogliere dentro di sé ciò che le accadeva intorno. Si costrinse a trarre respiri profondi e regolari. Allungò le membra e si scrollò la tensione di dosso. Poi avanzò tra gli alberi decapitati.

Dal terreno della collina si levava un tanfo di muffa stantia. Le radici aggrovigliate non permettevano di vedere neppure la più piccola chiazza di terra scura. Gishilde camminava con cautela. Non doveva inciampare. Non doveva far rumore. Là era in agguato un perfido nemico.

Le nuvole oscurarono la luce argentea. Il vento agitò più forte i rami degli Alberi dei Defunti. Le voci degli spettri diventarono più chiare.

I suoi passi erano guidati da pareti di vimini e assi grigie. Aveva la sensazione di essersi introdotta in un labirintico guscio di chiocciola. In alcuni punti le pareti erano così ravvicinate da consentirle di passare a fatica. Che aspetto avevano i sacerdoti che servivano gli dei del bosco? Erano forse piccoli come bambini? O esisteva un'altra strada?

Guardò il cielo recitando una preghiera silenziosa. Se solo la luna fosse ricomparsa! Non vedeva quasi più nulla. Procedette con le braccia tese e si addossò a un lungo blocco di roccia la cui superficie era solcata da profonde tacche.

A un tratto sbatté contro una pietra. Qualcosa tintinnò piano. Gishilde si accovacciò. Le sue dita accarezzarono frammenti aguzzi di terracotta e trovarono il manico arrotondato di un'anfora. O era un grosso boccale? Tutt'intorno non vi erano più pareti. Era così buio che tenere gli occhi aperti o chiusi non faceva la minima differenza.

Girò su se stessa. Alle sue spalle vi erano le rocce con la superficie attraversata da cicatrici. Ma che cosa c'era davanti?

Avanzò passo dopo passo. I frammenti erano disseminati ovunque.

Fuori, dinanzi al tempio, il mestolo suonava come una campana a morto. La coltre di nubi si squarciò e, per un attimo, la luce argentea penetrò nell'oscurità. A meno di un passo da Gishilde sedeva una figura esile e sciupata. Un uomo calvo. Aveva la schiena appoggiata alla pietra dei sacrifici e aveva rivoltato gli occhi cosicché si vedesse solo il bianco. Un largo taglio sanguinante gli si apriva sopra la gola come una seconda bocca. Tra i frammenti sparpagliati intorno al cadavere si erano raccolte alcune pozze di sangue. La camicia di lino bianco appiccicata al petto del sacerdote produceva un luccichio.

Appena la principessa vide il corpo, le nuvole schermarono la luce celeste e un buio clemente tornò ad ammantare il tempio.

Gishilde si morse il labbro e represse un gemito. Durante la guerra aveva visto molti morti, ma in quelle occasioni non era mai stata sola. Avrebbe voluto urlare, sarebbe voluta fuggire... Ma capì che in quel caso avrebbe fatto la stessa fine del sacerdote.

Il custode del tempio non era morto da molto. Doveva essere spirato dopo l'ultimo acquazzone, altrimenti il sangue sarebbe stato lavato via dai frammenti di terracotta. Gishilde calcolò che era trascorsa un'ora, forse meno.

Probabilmente, tuttavia, il sacerdote è stato assassinato solo pochi istanti prima del mio arrivo, pensò. Le sarebbe bastato allungare la mano per toccarlo. Se fosse stato ancora caldo... Rabbrividì a quel pensiero. No, non riuscì nemmeno a sfiorarlo.

Tastando il terreno con il piede, cercò una strada tra i cocci, spostandoli con la punta dello stivale prima di avanzare. Con la mano destra saggiava la ruvida parete di legno per non perdere l'orientamento. Avrebbe smascherato l'assassino! Sicuramente era ancora là. Gishilde sapeva cacciare con i movimenti silenziosi di un gatto. La sua maestra era una delle più famose cacciatrici della Terra degli Albi! *Sono brava,* pensò la bambina. *Non mi sorprenderanno.* Tuttavia, nonostante gli sforzi, non riusciva a zittire la vocetta interiore che le sussurrava: «Sei solo una bambina di undici anni. Sei pazza a metterti sulle tracce di un assassino!». La paura la attanagliò. Per un attimo ebbe la tentazione di tornare indietro, ma poi accantonò quell'idea. Era certa che chiunque avesse ucciso il sacerdote rappresentava una minaccia anche per suo padre! Ciò che era accaduto là era legato alle negoziazioni nel villaggio. Doveva sapere chi era il colpevole!

Le tavole sotto la sua mano si tramutarono all'improvviso in corteccia spaccata. La principessa girò intorno a un albero e si ritrovò pigiata tra muri di vimini che si piegarono sotto il suo tocco. Benché lo spazio fosse angusto, riuscì a superare il passaggio senza fatica. Era come se anche il Luogo Sacro volesse toccarla, come se i vimini fossero le dita dei defunti di cui il sacerdote aveva ascoltato il mormorio nel vento.

Proseguì con prudenza. In alcuni punti le estremità appuntite dei vimini la pungevano attraverso lo spesso tessuto della camicia. Il vento era rinforzato e imperversava tra i fitti rami del bosco. Le voci degli alberi colmarono il tempio. Un tuono lontano annunciò un secondo temporale.

A un tratto udì i sussurri degli antenati. «... poterlo fare... non bene. È stato...».

Trattenne il fiato per lo spavento. Ora intervenne una seconda voce. Pareva che avesse qualcosa di sbagliato, anche se la bambina captò solo frammenti di frasi.

«... merita... falsi... vincibile». Era una voce imperiosa.

«Che cosa volete dirmi, avi?». Anche Gishilde aveva

bisbigliato, come se fosse peccato parlare più forte nel tempio.

«... sentito?».

Proseguì. Quando avesse raggiunto il cuore del tempio, avrebbe compreso meglio i discorsi degli spettri! L'avrebbero aiutata ad avvisare suo padre? Lei, una bambina che credeva negli dei della Terra del Fiordo e non nelle divinità silvestri del Drusna? Oppure anche gli dei, come gli esseri umani, erano alleati nella lotta contro i sacerdoti di Tjured? Laggiù ogni cosa le incuteva paura. Sarebbe stato ragionevole fuggire, interrompere la riunione e denunciare l'omicidio nel tempio. Ma sarebbe stato ragionevole anche non lasciare la tenda. Se avesse trovato ancora un poco di coraggio, avrebbe scoperto chi era l'assassino. E se gli dei non l'avessero aiutata, avrebbe semplicemente seguito le tracce del colpevole!

Qualcosa le si conficcò nella camicia. Si era impigliata a un vimine.

«Credi davvero che gli spiriti ti parlino?» domandò una voce femminile. «Ti maledicono forse per ciò che hai intenzione di fare?». Risuonò una risata beffarda. «Esiste un solo dio. Gli idoli hanno perduto il potere da tempo. Altrimenti come sarebbe possibile che io abbia ucciso un sacerdote nel suo tempio e che dal cielo non sia caduto alcun fulmine a porre fine alla mia vita?».

«Taci, in nome del Cornuto e delle tre signore del bosco. Non schernire ciò che non conosci. Ti giuro che ho sentito la voce della portatrice di sangue. La vergine che adorna il bosco e i suoi prati con i gioielli della primavera. Mia moglie mi ha insegnato ad ascoltare!».

Gishilde smise di respirare. Quelli non erano antenati. Quella era la voce di un uomo, e le suonava familiare. L'aveva già sentita... Alla corte di suo padre! Ne era quasi sicura.

«Lasciamo perdere i tuoi dei. Mi devi ancora dare una risposta». A parlare era stata ancora la donna. Sebbene la pronuncia fosse fluida, si capiva che non usava la sua lingua madre.

«Re Gunnar ha mantenuto la parola data. I nostri uomini, gli Jarl della Terra del Fiordo e i Figli degli Albi, non sono più di cento guerrieri in tutto. L'esercito è lontano più di un giorno di marcia».

«Sento forse una nota di rimprovero? Anche noi abbiamo rispettato gli accordi. Se ti permettessi di contarli, ti renderesti conto che nemmeno noi abbiamo portato più di cento guerrieri».

«Non sono cieco. Ho...».

«Hai visto ciò che volevi vedere. La mia guardia d'onore è formata quasi esclusivamente da donne. Con molta probabilità le hai scambiate per uomini anche con la visiera sollevata. Dovete sapere, tuttavia, che la cavalleria di Tjured è sempre stata aperta alle donne, come il suo clero. Mi sono attenuta rigorosamente ai patti. Siete ingiusti nei confronti della nostra Chiesa se ci definite bugiardi e impostori».

«Preferiresti il titolo "assassina di sacerdoti"?».

Ben detto, pensò Gishilde, rimpiangendo di non essere abbastanza grande per consegnare alla giustizia i due traditori. Immaginò di fare a pezzi il muro di vimini con la spada e di scagliarsi contro di loro. Come poteva un uomo del seguito di suo padre lasciarsi coinvolgere in un simile tradimento?

La donna rise. «In effetti mi sono meritata questo titolo onorifico. Ma bando alle ciance. Dimmi com'è il morale del vostro esercito. Fratello Charles crede che abbiamo piegato definitivamente la vostra volontà di resistenza sul Lago degli Orsi. Spera che gli ultimi Bojari si arrendano prima dell'inizio dell'inverno. E dice sul serio quando offre loro il perdono. Vuole porre fine agli spargimenti di sangue».

«E tu, signora? Che cosa vuoi?».

«Ho giurato a Tjured di proteggere i suoi figli dagli Altri e di non darmi pace finché questi ultimi e la macchia del paganesimo saranno estirpati una volta per tutte. Solo allora deporrò la spada».

La donna parlava con una solennità che insieme colpì e spaventò Gishilde. Non vi sarebbe dunque stata alcuna pace finché i cavalieri dell'Ordine avessero distrutto il mondo in cui era cresciuta. Doveva vedere il volto del traditore! L'uomo bisbigliava in tono concitato e ciò modificava la sua voce. Forse si era sbagliata... Si augurò che non fosse un membro della corte. Tra loro non poteva esserci una spia. Se solo fosse riuscita a dargli un'occhiata!

Premette la guancia contro i rami e cercò di sbirciare, ma tanto valeva che tentasse di distinguere il fondo di un calamaio pieno. L'oscurità sarebbe stata assoluta finché la luna fosse rimasta nascosta dietro le nuvole. Vi erano solo le due voci.

«Il tuo messaggero mi ha raccontato di Ivanna e Mascha. Com'è possibile che siano vive?» domandò l'uomo.

«Sono uscite incolumi dal massacro di Vilussa. Ora

vivono vicino a Marcilla, in un palazzo che si erge su colonne di marmo nel mare. Tua moglie ha trenta servitori che soddisfano ogni suo desiderio. E tua figlia Mascha ha persino chiesto di andare a Valloncour per frequentare la più famosa scuola dell'Ordine. È una bambina molto sveglia. Ho una sua lettera per te. La tua Ivanna è una donna molto orgogliosa. Mi hanno riferito che non ha voluto scriverti. Temo che ti disprezzi perché non eri presente quando lei e tua figlia avevano più bisogno di te. Si gode i lussi del palazzo marino».

Gishilde memorizzò i due nomi. Ivanna e Mascha. Anche se non fosse riuscita a vedere il traditore, quelle informazioni le avrebbero permesso di scoprirne l'identità. Cercò di classificarli. Erano nomi del Drusna...

Chi era? Lo odiava! Come poteva tradire in modo così vergognoso i compagni che rischiavano la vita al suo fianco sul campo di battaglia? E perché nessuno si era accorto di nulla? Quando Gishilde combinava un guaio, sua madre glielo leggeva in faccia. Perché quell'uomo non aveva dato nell'occhio? Come aveva impedito che gli altri si rendessero conto dei suoi raggiri?

«Devo saperne di più sugli Altri. Dove nascondete il comandante Ollowain? Chi è la giovane donna con i flauti? Parla poco. Anche gli altri si limitano ad assistere alle negoziazioni nel granaio e a tacere. Parlano solo gli abitanti della Terra del Fiordo e i Bojari di Drusna. Quanta influenza hanno gli Altri sulle azioni di re Gunnar?».

«Il re ascolta i loro consigli. Il più delle volte. Erano contrari a venire qui. Ollowain raduna un esercito per pareggiare le perdite del Lago degli Orsi. E progettano una campagna invernale».

«Una campagna invernale?». La donna sbuffò, sdegnata. «Non possono farci favore più grande. Non riusciranno ad avanzare nella neve alta, e i guerrieri che congeleranno saranno più di quelli che abbiamo ucciso l'estate scorsa. Che vengano pure, così la resistenza crollerà definitivamente entro la prossima primavera».

«Si dice che il principe Ollowain porterà qualcosa per proteggere gli uomini dal freddo. A quanto pare, non congelerebbero nemmeno se restassero nudi nel bel mezzo di una tormenta. Un potente amuleto protettivo... Esiste una saga dei tempi di re Alfadas che parla di quei talismani».

Gishilde serrò i pugni in un gesto di rabbia impotente. Aveva sentito suo padre che ne parlava. Voleva sorprendere i cavalieri dell'Ordine quando si fossero sentiti al sicuro durante l'inverno, e il coboldo Brandax era sicurissimo che sarebbe stato possibile sottrarre loro mezza dozzina di fortezze. Innanzitutto doveva cadere Paulsburg, dove si trovavano gli alloggi principali della flotta marina. Le fortificazioni di quella costruzione non erano ancora state completate. La struttura non avrebbe resistito a un attacco energico, ma tutto ciò sarebbe potuto succedere solo se i cavalieri dell'Ordine fossero stati ignari di ogni cosa. La bambina si augurò... A un tratto la luna fece capolino tra le nuvole. La principessa distinse una figura alta e slanciata dietro il muro di vimini. Nascondeva il volto sotto un cappuccio ed era tutta vestita di nero.

«È la magia degli elfi a tenere ancora in vita la resistenza dei Bojari e degli Jarl», disse la donna in tono amaro. Ora che Gishilde vedeva il suo profilo capì di chi si trattava. Per ascoltare la spia si era scomodata la commendataria in persona: Lilianne de Droy.

«Rinunceranno alla campagna invernale se farete una proposta di pace davvero seria. Sono stanchi della guerra», replicò il traditore.

«Non può esservi pace con gli Altri. Hanno ucciso molti dei nostri santi. Hanno profanato le torri dei nostri templi e intriso il terreno consacrato del sangue dei sacerdoti. Come ti ho detto, ho giurato di non posare la spada finché i nemici di Tjured saranno stati annientati. Non romperò il giuramento...».

«Vale la pena di spargere tutto questo sangue...».

«Non penso al dolore e alla sofferenza che i miei cavalieri devono sopportare. Penso all'epoca della pace che regalerò ai nostri figli e ai nostri nipoti. Un mondo senza paura degli Altri, che si nascondono su sentieri stregati nella grande oscurità per insozzare la creazione di Tjured e disprezzare e uccidere i suoi fedeli servitori. Per questo obiettivo vale la pena di fare qualsiasi sacrificio».

Il traditore era mezzo nascosto dietro un tronco. Gishilde non lo vedeva bene. Avanzò un poco con prudenza e trattenendo il fiato. Ancora qualche passo e forse avrebbe riconosciuto il volto di quel miserabile.

La parete cigolò piano e la bambina si sentì il cuore in gola. Si arrestò. Pareva che gli altri due non avessero udito il rumore. Il vento faceva cigolare il legno in ogni punto del tempio.

La principessa procedette lentamente. Guardò il cielo. Di lì a poco la luna sarebbe sparita ancora dietro le nuvole.

«Forse dovresti uccidere il re», disse la commendataria con disinvoltura, come se parlasse della cena con il suo cuoco personale. «Si fida di te. Non dovrebbe essere troppo difficile».

«Che cosa... Non posso...».

Per tutti gli dei! Gishilde continuò a camminare. Doveva vedere quel tizio! Chi era? La parete gemette ancora. Entro breve le nubi avrebbero schermato di nuovo la luna! Doveva vedere il traditore!

«Hai ragione. Forse dovresti assoldare un altro assassino. Se re Gunnar Bracciodiquercia venisse ucciso da un Bojaro del Drusna, l'alleanza tra i vostri popoli andrebbe in fumo. Il Drusna sarebbe perduto! E anche la Terra del Fiordo sarebbe indebolita. Gli Jarl non seguiranno la regina. Non è nativa della Terra del Fiordo. E sua figlia è troppo piccola per regnare. Una pugnalata potrebbe decidere le sorti della guerra».

«Non posso...».

«Perché? Tua moglie ti disprezza già al punto di preferire andare a letto con il suo sacerdote piuttosto che scriverti una lettera. E tua figlia... Se andrà alla scuola di Valloncour, ti capirà. Un giorno sarà orgogliosa di ciò che hai fatto».

«Che cosa ne sai tu del nostro orgoglio? Non cercare di indorarmi la pillola! Sappiamo entrambi che il tradimento mi serve a comprare la vita di Ivanna e Mascha. Non parlare di orgoglio! Hai calpestato il mio e io disprezzo me stesso per essere qui!».

Gishilde avanzò ancora di almeno una spanna. Ora era vicinissima alla commendataria. Riusciva a sentirne l'odore attraverso il legno. Puzzava di ferro e grasso di maiale.

«Ciò che chiedi è impossibile». Lo sconosciuto sospirò. «Oh, dei! Mi uccideranno. Io...».

«Una pugnalata che avrà più conseguenze di diecimila spade. Tra cento generazioni il tuo nome sarà ancora famoso, amico mio. Perché esiti?».

Gishilde si premette contro la parete. I vimini si piegarono. Finalmente lo vedeva. Era...

La commendataria sguainò il pugnale. La bambina si ritrasse e la lama la mancò solo di due dita. L'acciaio scivolò tra i vimini come un perfida lingua d'argento.

La principessa si gettò all'indietro.

Il pugnale ricomparve.

Il traditore imprecò. «Prendetelo! Non deve sfuggirci!». Si lanciò contro il muro e un'ascia lo sfondò con uno schiocco.

Gishilde si affrettò ad allontanarsi. Se fosse uscita dalla strettoia, sarebbe potuta scappare. *Non voltarti! Vattene e basta...* Fuori dal tempio si sarebbe nascosta tra le felci alte. Quei due non l'avrebbero mai trovata!

Procedette con tutte le sue forze. Solo altri due passi.

Sentì la parete intrecciata che crollava alle sue spalle. Ancora un pezzettino e sarebbe stata salva.

Si abbassò e zigzagò per non offrire un bersaglio facile al pugnale della cavalleressa. Invece di provare a superare il muro, la donna la seguiva dall'altra parte del pannello e continuava a conficcarvi la lama.

Ancora un passo! Qualcosa artigliò la schiena della

bambina. Un ramo sporgente! Gishilde si lanciò in avanti e tirò con tutte le sue forze per liberarsi. Il lino si sarebbe strappato, ma non la spessa camicia elfica.

La Lingua d'Argento trovò il suo bersaglio. La lama affondò nella camicia e penetrò a fondo nel petto della principessa. In un primo momento Gishilde non provò alcun dolore. Era come se osservasse un'altra persona che veniva ferita.

Poi Lilianne estrasse il pugnale, che grondava sangue scuro.

Gishilde sentì la camicia inzupparsi di un liquido caldo che le scorreva giù fino alla cintura e vi si raccoglieva. Poi arrivò il dolore, così lancinante che non riuscì neppure a gridare. Stordita, cadde in ginocchio.

Il muro di vimini si fracassò completamente sotto i furiosi colpi dell'ascia. La bambina guardò il volto duro della commendataria. «Che razza di coboldo è mai questo?».

«Per tutti gli dei. Questa è la principessa. Che cos'hai fatto!» esclamò il traditore.

Il grumo spinoso che Gishilde sentiva nello stomaco da quel pomeriggio si ingrandì. Ora aveva le dimensioni di una mela. Gli aculei le affondavano sempre di più nella carne e, allo stesso tempo, si propagava anche il freddo.

Lo sapevo, pensò la bambina. *Il mio presentimento era giusto. Stava per accadere qualcosa di terribile.*

A malapena riusciva a respirare. Qualcosa le premeva contro il petto.

«Le hai perforato il polmone», disse il traditore. «Morirà».

«Ci sarà utile anche da morta», ribatté la commendataria, impassibile. «Ma non devono trovarla». Si piegò e la prese in braccio.

La principessa le premette la guancia contro il seno. I sensi confusi le davano l'illusione di essere al sicuro. Udiva il battito di un cuore. Troppo forte. Batteva come un tamburo da guerra.

La chiara luce della luna la abbagliava al punto di farle lacrimare gli occhi. I suoi sensi parvero ribellarsi per l'ultima volta e volersi aggrappare alla realtà. Tutte le impressioni erano dolorosamente chiare. Gishilde sentiva il sangue che gocciolava sugli stivali della cavalleressa.

«Perché non la lasci qui?». La voce del traditore era un urlo sommesso.

La principessa tremava. Il freddo le attanagliava la punta dei piedi. Una nuvola divorò la luna e il mondo sprofondò nell'oscurità. L'ultima cosa che Gishilde percepì fu il lieve gocciolare del sangue. Del suo sangue. Ripensò al giuramento silenzioso che aveva fatto mentre aspettavano i negoziatori. Suo padre sarebbe rimasto in vita. Trasse un sospiro di sollievo. Poi, come la luna, fu inghiottita dalle tenebre.

10.
Quando Dio fa ballare i ratti

«Tjured non ci manda mai un flagello senza avvertimenti. Così i timorati di dio, che sanno decifrare i suoi segni, possono mettersi al sicuro. Coloro che invece si dedicano ciecamente alle gioie della vita espieranno i loro peccati. Dunque fate molta attenzione a quanto sto per dirvi, fratelli e sorelle: se mai vedrete dei ratti ballare per la strada e barcollare come un uomo dedito all'alcol, sappiate che dio ci manda un segno, perché sta per arrivare la peste. I ratti moriranno il giorno dopo aver danzato e, prima che trascorra una settimana, il fumo dei fuochi crematori salirà al cielo. Inizia sempre sulla costa e si diffonde nell'entroterra. Il caldo vento estivo porta la peste in tutto il paese. Il freddo alito dell'inverno sconfigge tuttavia la pestilenza.

Diversi sono i segni che annunciano la morte imminente. Il morbo, però, comincia sempre con una febbre che toglie ai malati la forza dalle membra. Al più tardi dopo un giorno cresce loro un vistoso bubbone sull'inguine o sotto l'ascella, talvolta anche dietro l'orecchio. Se i bubboni scoppiano e ne fuoriesce un liquido maleodorante, vi è qualche speranza. Se invece il rigonfiamento si tinge di nero, la morte è vicina. Soprattutto nelle giornate fredde può accadere che compaia uno sfogo nero, con macchie simili a lenticchie. Questo è un segno certo della morte imminente. I malati che recano questi segni iniziano a tossire e diffondono la peste in tutta la casa. Allontanateli dai vivi! Moriranno vomitando sangue!

Se una donna incinta viene colpita dalla febbre che annuncia la malattia, non sprecate energie ad alleviare le sue sofferenze, perché non vi è speranza di guarigione. Tjured chiamerà sempre a sé entrambe le anime. Alcune muoiono dopo la nascita di un bambino morto, altre spirano con il bambino durante il parto. Non ho mai visto accadere nulla di diverso. Donare una vita costa troppe energie. A una donna che fa questo sacrificio in tempi di pestilenza non rimane più forza sufficiente per vincere la lotta contro la Morte Nera.

Tuttavia, se tu, anima coraggiosa, vuoi aiutare i sofferenti in epoca di pestilenza e confortare i moribondi, guardati dall'alito del morbo. Indossa la Maschera del Corvo e, sulla punta del becco, ricorda di bruciare incenso o di recare pregiate spezie fragranti. Se non possiedi una maschera, legati un fazzoletto davanti al viso e imbevilo di essenze profumate, cosicché il tanfo della peste non ti entri nel naso e nella bocca. È quell'aria puzzolente che diffonde la morte di casa in casa, di città in città, di paese in paese. Vestiti con uno spesso tessuto scuro che avrai cosparso di cera o olio finché l'acqua non riesca più a penetrarvi. E, se riesci a procurartele, indossa piume di corvo, perché la peste ucciderà anche i ratti, ma non ha mai ammazzato un corvo. Infine armati di coraggio e indifferenza, perché avrai bisogno di entrambi quan-

do ti avvicinerai alla sofferenza e alla disperazione. E non dimenticare una lunga lama, perché può accadere che alcuni individui sani ti minaccino affinché aiuti solo i loro malati e nessun altro. Se non sai da chi andare perché i malati sono troppo numerosi, raccogliti in preghiera e ricorda che non puoi salvare tutti i vecchi, i bambini e le donne incinte. Tanto meno coloro che recano il bubbone nero. Tjured li chiamerà a sé. Non ignorare mai i segni di dio, perché, in questo caso, i tuoi tentativi di ribellarti alla sua volontà saranno sempre destinati a fallire...».

Tratto da: *Le sette grandi pestilenze*
e i segni che Dio ci invia
a mo' di avvertimento, pag. 72 ss.,
quarta edizione riveduta e corretta,
San Raffaele Castello,
nel settimo anno della pace divina
scritto da Niccolò Mansini

II.
Un bambino diverso dagli altri

Il mondo di Michelle si era ridotto alla piccola ferita rossa sulla carne chiara. Mosse la pinzetta con cautela e cercò i brandelli di stoffa. Il sudore le colava sulla fronte. Honoré represse un gemito. Era fortunato che quel maledetto bambino non l'avesse ucciso.

Ai margini del proprio campo visivo Michelle notò che Honoré seguiva ogni suo movimento con una smorfia di dolore. Era il guaritore più bravo. I suoi successi sconfinavano nel miracoloso.

Tornò a concentrarsi sulla pinzetta conficcata a fondo nella carne scorticata. Immaginò che le due branche d'acciaio fossero un prolungamento della sua mano e che fossero dotate di sensazioni tattili accurate quanto quelle dei suoi polpastrelli. Doveva riuscirci! Non si trattava della pallottola. Quella era uscita da sotto la scapola. Ancora più pericolosi del proiettile erano i frammenti di tessuto! Era difficilissimo vederli tra la carne lacera e sanguinolenta. Sapeva bene che le inevitabili conseguenze di un suo fallimento avevano già ucciso uomini più robusti di Honoré. Se restava qualche residuo di stoffa nella ferita, quest'ultima si sarebbe infiammata. Anche se alla fine avesse usato un ferro rovente per arrestare l'emorragia e disinfettare lo squarcio, non avrebbe avuto la certezza di aver rimosso tutte le fibre. Doveva trovarle ora!

Il bambino aveva colpito Honoré un paio di dita sopra il cuore. Michelle alzò la testa e si asciugò la fronte con la sinistra. Si era tolta da tempo la Maschera del Corvo e anche il mantello pesante. Ma il caldo non voleva attenuarsi. Lo portava dentro di sé... Era una paura bruciante. Maledetto bambino. Guardò la piccola figura impaurita con il braccio insanguinato. Pareva un predatore messo alle strette.

«Non perdetelo di vista», ordinò ai suoi compagni.

«Se forse potessi tornare a dedicarmi la tua preziosa attenzione», fece Honoré, gemendo. Provò a sorridere, ma non ci riuscì. «E non sudare così tanto... Mi fa paura».

Michelle ricominciò la sua prudente ricerca. Ripensò alle lezioni di anatomia che aveva frequentato alla scuola dell'Ordine molto tempo prima. Rivedeva le gabbie toraciche spaccate... Vi era almeno mezza dozzina di ragioni per cui Honoré avrebbe potuto non superare l'ora successiva. Il trauma quando gli avesse infilato il ferro rovente nella ferita avrebbe potuto ucciderlo. Oppure sarebbe potuto morire dissanguato se lei gli avesse reciso una delle grosse vene sopra il cuore. Avrebbe potuto lasciarci la pelle anche se gli avesse perforato il sacco in cui si trovava il polmone... Meglio non pensarci!

Si concentrò completamente sulla ferita e sulla pinzetta nel petto del suo compagno. Aveva trovato qualcosa! Le punte piatte dello strumento si chiusero. Eccolo! Finalmente! Estrasse la pinzetta con prudenza. Le branche trattenevano un pezzettino di lana insanguinato e sbrindellato.

Sollevata, lo posò sul piatto d'argento collocato sul tavolo, accanto alle due strisce che aveva tagliato dal pesante mantello nero e dalla camicia. La pallottola del bambino aveva aperto un foro rotondo in ciascun brandello di stoffa, abbastanza grande da infilarvi il pollice.

«Hai tutto?» insistette Honoré. Provò ancora a nascondere la paura.

Michelle ruppe il frammento con le dita appuntite. Quindi lo adagiò sulle strisce del mantello. Riempiva il foro quasi completamente. Solo quasi!

«Merda di troll puzzolente!» imprecò.

Quell'esclamazione fu seguita da un silenzio gelido. Si udiva solo il lieve crepitio del camino. Fratello Niccolò gettò un altro ciocco tra le fiamme e, in silenzio, infilò il termocauterio tra le braci. Tutti sapevano che cosa sarebbe toccato al compagno ferito.

Il volto di Honoré luccicava di sudore ed era pervaso da un pallore innaturale. Il cavaliere aveva perso molto sangue. Abbozzò un sorriso cinico e mormorò con incertezza: «Mi sembra che nei boschi del Drusna la nostra stimata sorella abbia dimenticato dov'è stata educata. La mia anima sensibile soffre a parlarti così, Michelle».

La cavalleressa gli rivolse un'occhiata fredda. Sapeva che Honoré pronunciava imprecazioni che non le sarebbero venute in mente nemmeno in quel momento. Chi aveva combattuto contro gli Altri nel Drusna non si sentiva ancora a suo agio nel mondo intatto in cui si dava importanza alle buone maniere e alla cortesia affettata.

«Mi dispiace di aver dimenticato chi sono». Accennò ai resti di tessuto. Non vi era speranza di trovare i fili di lana mancanti tra le fibre muscolari lacerate.

Honoré afferrò con mano tremante la bottiglia posata sul tavolo là accanto e bevve un lungo sorso.

Anche se nelle ultime lune Michelle aveva perso tutto il rispetto per Honoré, rimase colpita da quel gesto coraggioso e dalla forza con cui affrontava il dolore. Era un cavaliere di nobile famiglia. Le sue origini gli imponevano di andare incontro alla morte con un sorriso. Era il miglior guaritore del suo corso. Sapeva che cosa lo aspettava meglio di chiunque altro.

Il vino rosso gli gocciolò sul petto e si mescolò con il sangue. Posò la bottiglia, sospirò e si passò il dorso della mano sulla bocca. «Acido. Un vino senza nobiltà. Probabilmente oggi non è il mio giorno fortunato. Facciamola finita».

Le rivolse un sorriso disinvolto. Benché nel Drusna l'avesse delusa così tanto, quel sorriso le suscitò un caldo solletico allo stomaco.

«Il ferro non è ancora pronto», disse Niccolò. Come per sottolineare le sue parole, spostò le braci con lo strumento.

Honoré accarezzò il lungo becco della Maschera del Corvo che giaceva sul tavolo. Un sottile fumo azzurro uscì dai piccoli fori sulla punta. Aiutava a scacciare l'alito maleodorante della peste. Grazie a lui usavano solo l'incenso migliore. Il cavaliere apparteneva a una famiglia facoltosa e, nonostante il voto di povertà che aveva fatto come tutti i fratelli e le sorelle della Nuova Cavalleria, aveva mantenuto i contatti che gli assicuravano questo o quel favore. Ma ora tutto ciò non gli sarebbe servito a nulla. Poteva solo sperare nella misericordia di Tjured, e Michelle non era sicura che gli sarebbe stata concessa.

La cavalleressa guardò ancora il bambino piccolo e pallido. Nonostante le ferite e le cose orribili che doveva aver vissuto, non piangeva. Tjured l'aveva forse scelto come suo carnefice? Era forse stato un suo disegno far sì che sparasse a Honoré? Probabilmente il bimbo non aveva mai nemmeno sentito parlare dei dottori della peste con le Maschere del Corvo. Doveva averli scambiati per demoni!

Michelle osservò ancora il suo compagno, il cui sguardo era annebbiato dal vino. Il Drusna l'aveva cambiato più profondamente rispetto agli altri cavalieri della Lancia. L'oscurità dei boschi aveva gettato un'ombra sulla sua anima.

«A che punto è il ferro?» domandò Honoré. «Perché ci vuole così tanto?».

«Perché vogliamo fare le cose per bene», rispose Niccolò, tranquillo. «Come faresti tu al nostro posto».

Lo sguardo di Michelle si posò ancora sul bambino. Avrebbe dovuto concentrarsi anziché fissarlo! Tuttavia ne era affascinata. Il piccolo non aveva paura e, benché il braccio dovesse fargli molto male, non si lamentava. Seguiva ogni loro movimento con vigili occhi scuri. Che non sapesse parlare? Com'era sopravvissuto in un villaggio pieno di cadaveri? Era pazzo?

Honoré batté la mano sul tavolo. «Ora ne ho abbastanza di aspettare! Facciamola finita. Un ferro incandescente è abbastanza caldo!».

Niccolò lanciò a Michelle un'occhiata scettica. Lei annuì brevemente, quindi rivolse un cenno a Frederic e Corinna, che erano accanto alla porta. «Tenetelo!».

«Non mi metterò a urlare e agitarmi», protestò Honoré. Il vino gli aveva impastato la lingua, e balbettava un poco.

Michelle lo guardò diritto negli occhi. «Non dire sciocchezze! Lo sai meglio di noi! Nessuno è così forte». Estrasse un pezzo di legno dalla borsa con i coltelli, le seghe e i divaricatori per ferite. Il materiale duro e scuro era pieno di morsi.

Honoré bevve frettolosamente un ultimo sorso. «Non griderò. Non io!» sibilò, testardo. «Abbiamo vissuto cose peggiori».

«Certo», disse Michelle con scarsa convinzione, sperando che tenesse la bocca chiusa.

«Tjured mi ha destinato a grandi imprese», si infervorò Honoré. «Il male si annida tra noi. Devo eliminarlo, devo sradicarlo. È questa la mia vocazione. Vedo cose che a voi sono precluse. Tjured mi ha concesso il dono! Il suo regalo più grande! Non posso ancora morire. Non così!».

Michelle aveva visto spesso la paura della morte trasformare gli uomini in pazzi farneticanti, fermamente convinti che dio avesse ancora bisogno di loro per completare la sua opera nel mondo. Era tuttavia delusa dal fatto che anche Honoré si abbandonasse a simili vaneggiamenti.

«Tenetelo!» ordinò, recisa.

Frederic e Corinna lo presero per le braccia e le gambe. Il cavaliere gemette quando il muscolo pettorale gli si tese. La ferita iniziò a sanguinare più forte.

Niccolò si avvicinò. Le sue grandi mani si chiusero intorno alle tempie di Honoré e gli premettero la testa sul tavolo con vigore.

«Ancora qualche commovente parola di commiato prima di darci un poco di tregua nelle prossime ore?». Michelle cercò di infondergli coraggio con un lieve sorriso.

«Voglio essere presente quando brucerete il bambino. Aspettate che mi risvegli».

Il dolore pareva avergli tolto anche l'ultimo briciolo di lucidità. Non poteva aver detto sul serio! Vendicarsi sul bambino... Non erano più nel Drusna! Michelle decise di ignorare semplicemente la sua richiesta.

«Ti risveglierai», disse, calma. «Ho già cauterizzato molte ferite d'arma da fuoco. Gli stronzi non crepano mai. Dunque non devi preoccuparti. A morire sono solo le persone simpatiche».

Guardandolo negli occhi, vide che voleva disperatamente crederle. Michelle gli infilò in bocca il pezzo di legno e gli annodò con forza le cinghie di cuoio dietro la testa. Quindi si avvicinò al camino ed estrasse il termocauterio dalle braci. Minuscole scintille si staccarono dal metallo incandescente. Era abbastanza caldo!

Un sottile filo di fumo si alzò dal ferro mentre la cavalleressa tornava verso il tavolo. Il suo sguardo si concentrò sulla ferita, aperta come una seconda bocca nella carne di Honoré. Michelle fiutò la paura dell'uomo e il vino acido nel suo alito.

La pallottola gli aveva scavato nella carne un canale ascendente ad angolo piano. Era importante seguirne il più possibile il percorso. Il ferro arroventato si sarebbe fatto largo tra i tessuti scorticati anche se l'avesse appoggiato male. Michelle aveva la bocca secca. La vita di Honoré era nelle sue mani... E soprattutto non poteva esitare a lungo! Non doveva permettere che il ferro si raffreddasse troppo.

Lo accostò con cautela alla ferita, cercando di ricordare l'angolo esatto in cui aveva introdotto la pinzetta. Fu assalita dall'incertezza...

Infilò con prudenza il dito medio nel petto di Honoré. Il cavaliere si dimenò per il dolore.

Michelle si ritrasse. Ora sapeva bene come appoggiare il ferro. Il metallo rovente penetrò nella carne. La cavalleressa lo spinse con una leggera pressione finché sentì che usciva dal canale sotto la scapola e toccava il tavolo.

Honoré si agitò, ma i suoi compagni lo tennero forte. Il sudore gli colava sul petto. Era di un pallore mortale ed era così teso che sotto la pelle si riconosceva ogni muscolo. Roteò gli occhi come se volesse guardarsi dentro il cranio.

Michelle estrasse lentamente lo strumento, ruotandolo appena per assicurarsi che tutta la ferita venisse cauterizzata.

Honoré si accasciò. Finalmente era svenuto. Nell'aria aleggiava l'odore di carne bruciata, come pezzi di maiale quasi cotti in un tegame pieno di grasso sfrigolante.

Una volta tirato fuori il ferro, Michelle lo lasciò

andare. Non aveva più energie. Sentendosi spossata come dopo una battaglia, si appoggiò al tavolo.

«Sopravviverà?» chiese Niccolò, un tipo dalla corporatura tozza. Benché avesse la statura di un orso e la sua vista bastasse per far tremare i nemici, era sorprendentemente tenero. Talvolta Michelle credeva che la campagna nel Drusna l'avesse turbato più di tutti gli altri.

«Se supera le prossime tre ore, ha buone probabilità di arrivare a domani. E se supera la giornata di domani, la prossima settimana sarà ancora tra noi». La cavalleressa si strinse nelle spalle. «Ho fatto quel che potevo. Ora la sua vita è nelle mani di dio».

Frederic e Corinna sciolsero le cinghie dietro la testa di Honoré e gli tolsero il pezzo di legno dalla bocca. Quindi trasferirono il compagno sul giaciglio di coperte accanto al camino.

«Dov'è il bambino?» domandò Niccolò all'improvviso.

Michelle alzò gli occhi. Il posto vicino al camino era vuoto. Il piccolo aveva scavalcato il lupo morto. Alcune impronte insanguinate si dirigevano verso la porta che Frederic e Corinna avevano smesso di sorvegliare per andare ad aiutarla.

«Piccola canaglia», disse Michelle, sorridendo. Il bambino le piaceva, ma non doveva andarsene in giro con quel brutto morso sul braccio. Occorreva disinfettare la ferita! Non poteva essere sopravvissuto alla peste che aveva spopolato il villaggio per poi essere avvelenato dagli umori mortiferi che il lupo poteva avergli riversato nel sangue. Dopotutto, era uno strumento di Dio!

«Quella piccola serpe. Lo faccio a pezzettini!» sbuffò Corinna, sguainando la spada a striscia. Si avviò verso l'uscio a grandi passi. Frederic la seguì senza indugio.

In cortile si udivano alcune voci. Qualcuno rideva.

Michelle si avvicinò a una finestra, il cui spesso vetro piombato le consentiva di vedere solo immagini sfocate. Una figura con la Maschera del Corvo aveva afferrato il bambino. Doveva essere fratello Bartolomé. Era tornato nel villaggio per contare i cadaveri e poi dare istruzioni ai servi sul numero di roghi da erigere. Per quanto il piccolo si contorcesse, non riuscì a liberarsi dalle braccia muscolose di Bartolomé. Scortato da Corinna e Frederic, il cavaliere lo ricondusse nella sala delle armi.

«Non sapete nemmeno tenere d'occhio un bambino?» sbuffò, fissandoli a uno a uno.

Michelle evitò lo sguardo dell'amico arrabbiato. Niccolò si piazzò sulla soglia con le braccia incrociate per sbarrare la via di fuga e alzò gli occhi verso il soffitto. Frederic e Corinna si inginocchiarono accanto al giaciglio di Honoré e finsero di non sentire.

«Dovreste legare il bambino», suggerì Bartolomé.

«Non scapperà più», tentò di rabbonirlo Michelle. «Ora mi devo occupare del suo braccio. Poi...».

«Risparmiati la fatica!» la interruppe il piccolo, allungando il mento con espressione combattiva e tenendosi il braccio ferito stretto al corpo esile.

Rimase immobile, ma il suo sguardo si spostò sulle finestre; Michelle intuì che si stava domandando se un salto nel vuoto l'avrebbe condotto alla libertà o alla tomba.

«Voglio solo aiutarti», disse in tono amichevole.

«A cosa serve fasciarmi il braccio se tra un paio d'ore brucerò sul rogo?».

«Nessuno ti farà niente. Io...».

«Tu menti! Ho sentito che cos'ha detto». Il bambino accennò a Honoré. «È lui che comanda qui. Tu farai ciò che ti ordinerà».

Michelle gli rivolse un'occhiata penetrante. Era sporco, spettinato e cencioso. Per quanto tempo aveva vissuto in quel villaggio pieno di cadaveri? Anche ora, con un braccio che doveva dolergli terribilmente e con la paura di essere condannato a morte, non implorava pietà, bensì si difendeva con ostinazione. Sarebbe stato un ottimo cavaliere.

«Noi sei siamo tutti cavalieri dell'Ordine», replicò la donna con calma. «Qui nessuno dà ordini agli altri». Si slacciò i nastri del farsetto e indicò l'albero ricamato sulla camicia con il filo scarlatto. «Siamo membri della Nuova Cavalleria. Non hai nulla da temere. Come ti chiami?».

Per alcuni istanti il bambino guardò lo stemma come ipnotizzato. Quindi scrollò il capo. «Non può essere. Non dico il mio nome ai bugiardi. I Nuovi Cavalieri sono diversi. Mio padre ha combattuto al loro fianco. Mi ha parlato spesso di loro». Indicò le Maschere del Corvo sul tavolo. «Nessun cavaliere porta una di quelle».

Michelle si riallacciò i nastri. Era stanca di una giornata che era iniziata assai prima dell'alba e di tutti i morti che aveva visto. Stava perdendo la pazienza pian piano. «Ora siediti su quella sedia e chiudi il becco, piccolo. Adesso ti medico il braccio, perché, se non ti curo la ferita, nel giro di una settimana dovrò amputartelo».

Il bambino si ritrasse.

Frederic saltò su, gli sbarrò la strada, lo prese per i capelli e lo tirò indietro. Il piccolo perse l'equilibrio e cadde bruscamente a terra. Il cavaliere gli mise un piede sul petto e lo tenne giù. «Non tutti sono indulgenti come sorella Michelle», disse, furioso, posando la mano sull'elsa della spada. «Non credere che esiterei ad alzare un'arma contro di te solo perché sei un bambino. Hai ferito gravemente uno dei miei confratelli. Non aspettarti il mio perdono».

Anche Michelle era furibonda. La misura era colma! Che quel piccolo fuggiasco imparasse pure che cosa significava mordere la mano tesa da chi voleva aiutarlo. Gli medicò la ferita solo per senso del dovere.

Honoré gemette, quindi batté le palpebre. Aveva un colorito terreo.

Michelle lo fissò a bocca aperta. Sarebbe dovuto restare privo di sensi ancora per ore! Nessuno poteva riprendersi così rapidamente dopo una termocauterizzazione!

«Avete finito al villaggio?». La voce di Honoré era ancora flebile e tremante.

Fu Bartolomé a rompere il silenzio stupito dei cavalieri. «Dovremo fermarci per qualche giorno. Vi sono cadaveri in ogni casa. Non so dove troverò abbastanza legna per i roghi».

«Vi sono altri sopravvissuti?».

«No, solo il bambino, a quanto pare».

«Allora fai smantellare un paio di tetti e prendi il

legno». Honoré cercò di alzarsi a sedere, ma rinunciò e lasciò ricadere la testa sulla coperta arrotolata che fungeva da cuscino. «Lo sentite?». La sua voce era ancora un sussurro. «Il bambino! Ha qualcosa... Dev'essere un sosia. L'hanno portato gli Altri... Se chiudo gli occhi, continuo a sentirlo. Ma voi, miei fratelli e sorelle, non lo percepite. Dobbiamo bruciarlo. È malvagio».

«Non è vero! Sono Luc, figlio del maestro d'armi del nostro conte. Non ho nulla a che fare con gli Altri», si indignò il bambino. «Qui a Lanzac nessuno ha rapporti con loro».

«Abbiamo visto la dea pagana tra le rovine, piccolo», disse Niccolò con la sua voce da basso. «E abbiamo notato anche i doni ai piedi della statua. Non cercare di menarci per il naso».

«È solo una bella scultura», obiettò Luc. Dal suo tono si capiva che sapeva qual era il vero significato dell'effigie.

«Sai perché sei l'unico sopravvissuto, Luc?» chiese Honoré con fare quasi amichevole. Pareva aver ritrovato le forze.

Michelle si domandò se la prospettiva di bruciare un bambino lo entusiasmasse tanto da fargli dimenticare l'orribile ferita. Ripensò con tristezza a quanto erano stati vicini un tempo e a quanto li avevano cambiati l'oscuro Drusna e la guerra nei boschi.

«Perché sei l'unico sopravvissuto, ragazzo?». Honoré aveva a malapena l'energia di parlare a voce abbastanza alta perché gli altri lo udissero. Ma aveva lo stesso tono che Michelle gli aveva sentito usare quando torchiava gli eretici. La sua voce era cordiale e suadente.

Si comportava così durante gli interrogatori di donne e bambini, quando intuiva che erano sul punto di crollare e confessare ogni cosa – persino crimini che non avevano commesso –, perché speravano nella sua pietà. Michelle aveva sempre odiato quell'atteggiamento. Come poteva fare la stessa cosa con il bambino? Era assurdo pensare che fosse un sosia! I Figli degli Albi erano stati cacciati da secoli da quella regione! Anche se qualche contadino o pastore impazzito continuava a deporre doni ai piedi di una vecchia statua.

«Ti sei mai chiesto perché siano morti tutti, ragazzo?» proseguì Honoré. «Quest'idea non ti tormenta? Ascolta il tuo cuore. Non conosci la risposta?».

«Adesso basta!» lo interruppe Michelle. «Lascialo in pace!». Né il dolore né le minacce di morte avevano fatto piangere il bambino, ma ora il piccolo aveva le lacrime agli occhi.

«Tu lo sai, Luc. Vero?» insistette Honoré. «Diccelo! Solo così sarai libero. E solo così vi sarà ancora speranza per la tua anima. Si dice che gli Altri non si ammalino mai. Sei l'unico superstite della peste a Lanzac. La verità è così difficile da ammettere, ragazzo? Hai il loro sangue. È questa l'unica ragione per cui non sei crepato come tutti gli altri». Aveva il respiro affannoso.

«Sono... Sono tutte menzogne». La resistenza di Luc crollò. Il piccolo aveva gli occhi pieni di lacrime. «Non è vero».

«Non sai che cosa ti hanno fatto», continuò Honoré. «Sei cresciuto nella convinzione di essere un figlio dell'uomo. Hai il loro stesso aspetto...». Tacque e ansimò.

«Conosci le circostanze della tua nascita? Tua madre ha forse aspettato una notte prima di chiamare un sacerdote che ti benedisse? Hai sentito le storie sugli Altri?».

«Non parlare così di mia madre!» sbottò Luc. «Non la conoscevi. Sono nato con una membrana della fortuna sulla testa. Mia madre non ha mai fatto nulla di male. Lei no... Mai!».

Honoré rantolò piano. Per quanto fosse debole, negli occhi gli brillava una forza sinistra. Il suo sguardo ipnotizzava il bambino.

«Forse tua madre non sapeva che cosa stesse accadendo. Di notte il potere degli Altri è superiore. Vengono a scambiare i bambini che non sono protetti dalla benedizione della Chiesa. Ecco perché, oltre alla levatrice, a ogni parto dev'essere presente anche un sacerdote. Non è colpa tua, ragazzo». Honoré abbassò la voce e proseguì in tono più mite: «Vedo tuttavia che versi lacrime sincere. Sei una vittima. Vendicati su di loro! Sperano che tu diffonda nel mondo il male che ti porti addosso. È a questo scopo che ti hanno creato». Un dolore improvviso lo fece tremare in tutto il corpo. Emise un lungo rantolo e ritrovò il controllo a fatica. «Sei un'arma degli Altri. Sottraiti alla loro influenza! Dimostra di tenere alle persone che ti hanno allevato nell'amore. Sacrifica la tua vita. Sali spontaneamente sul rogo, e il tuo sacrificio susciterà la benevolenza di dio».

Ora Luc singhiozzava senza freni. «Non volevo... Io...».

Michelle cercò di ignorare le parole dure del suo

confratello. Sapeva che la predicazione e l'arte dell'interrogatorio erano le sue grandi doti. Li avevano istruiti tutti nella Fortezza dell'Ordine. Erano le punte dei giavellotti della Chiesa. Dovevano persuadere con le parole e, solo se queste ultime non trovavano terreno fertile, erano autorizzati a renderle più incisive con la spada. Un bambino non avrebbe mai saputo resistere alla raffinata retorica di Honoré, nemmeno se il cavaliere moribondo faticava a parlare. Ciò che il suo confratello aveva affermato non faceva una grinza. Nelle sue argomentazioni egli seguiva le prescrizioni della Chiesa. Ciononostante Michelle non voleva credergli. Dopotutto, sapeva anche lei come si conducevano gli interrogatori.

«I miei genitori sono sempre stati buoni con me. Non possono...». Le lacrime soffocarono la voce di Luc.

Quel debole tentativo di difesa commosse Michelle. Il cuore le diceva che il bambino era innocente. Non poteva permettere che morisse. Non ancora. Questa volta avrebbe combattuto! A differenza di quanto aveva fatto a Drusna. Anche se avesse dovuto ribellarsi a Honoré e a tutti gli altri. Quelle erano ingiustizie belle e buone! E aveva giurato di mettere la sua spada al servizio dei deboli. Honoré aveva dimenticato da tempo quel giuramento.

Michelle osservò di nascosto i suoi confratelli. Corinna e Frederic erano al fianco di Honoré e pendevano letteralmente dalle sue labbra. Bartolomé pareva condannare quel tipo di interrogatori. E Niccolò? Non riusciva a inquadrarlo bene. Si era sempre tenuto fuori da ogni questione.

«Tjured è un dio misericordioso», intervenne la cavalleressa. «È molto più benevolo degli idoli pagani che si adorano nel Drusna e nella Terra del Fiordo. Nel dubbio, chi lo serve dovrebbe sempre decidere a favore dell'accusato».

Honoré non ebbe difficoltà a neutralizzare quell'obiezione. «Affiderai la tua anima a dio?» domandò con severità al bambino. «Avrai ancora qualche speranza solo se salirai spontaneamente sul rogo e ti consegnerai alle fiamme purificatrici».

Luc li guardò a uno a uno. Michelle conosceva quello sguardo. Se fossero rimasti tutti compatti, se nessuno avesse evitato i suoi occhi, il piccolo avrebbe ceduto.

Sapeva di dover intervenire prima che il bambino crollasse e confessasse ciò di cui Honoré tentava di convincerlo. Forse Luc avrebbe resistito ancora un poco... Ma era solo e ferito. Era sul punto di cedere e, se avesse ammesso le sue colpe, sarebbe stato troppo tardi e non avrebbe più potuto salvarlo. Non si poteva ritrattare una confessione nemmeno quando si trattava di sciocchezze bell'e buone.

«E se Tjured avesse voluto mandarci un segno permettendogli di sopravvivere?» interloquì.

Honoré si voltò nella sua direzione. Il movimento gli strappò un gemito di dolore. Gli occhi gli fiammeggiavano di rabbia e cercò di dominarla con lo sguardo. Michelle lo conosceva. Non si sarebbe piegata.

«Bartolomé?» disse Honoré, rompendo il silenzio. «Saresti così gentile da uscire con il bambino? E, Luc, parlagli dei tuoi peccati. Devi alleggerirti l'anima. Così troverà sicuramente la strada verso dio».

Aveva il volto lucido di sudore. Riprese a parlare dopo due respiri affannosi.

«Ti ricongiungerai con tuo padre e tua madre. E, se comparirai dinanzi a Tjured con un'anima pura, canterai per sempre con loro nel coro dei beati. Non vuoi deludere i tuoi genitori, vero? Ti hanno allevato nell'amore. Non hanno mai saputo che non eri davvero colui che era stato generato dai... lombi... di tua madre...». Aveva pronunciato a fatica le ultime parole. «Dimostrati degno dell'amore dei tuoi genitori! E, con la tua magnanimità, salva anche l'anima del piccolo lattante anonimo che gli Altri hanno rapito per affogarlo in un pozzo e metterti al suo posto».

Luc guardò davanti a sé, indifferente.

Michelle ebbe una fitta al cuore quando si rese conto che il suo confratello era riuscito a piegare il bambino in così poco tempo. Le anime erano come cera nelle mani di Honoré. Riusciva a modellarle come meglio credeva. Persino lei, che era stata istruita con Honoré e conosceva tutti i trucchi, aveva difficoltà a sottrarsi al potere delle sue parole. La sicurezza con cui il cavaliere conduceva l'interrogatorio era inquietante. E questo, anche se era sfuggito per un pelo alla morte. Da tempo Michelle non sedeva più al suo fianco quando egli esercitava la sua *arte*. Chissà cosa succedeva quando era nel pieno delle forze.

Il bambino uscì a testa china. Bartolomé gli posò affettuosamente la mano sulla spalla.

Michelle sapeva che Honoré aveva allontanato proprio il confratello che forse si sarebbe schierato dalla sua parte. Anche se Tjured aveva dotato Bartolomé della statura di un macellaio e del viso di un bulldog, gli aveva dato anche un cuore buono. Il cavaliere sarebbe stato imparziale.

«Non farti ingannare dall'aria innocente del bambino, Michelle. Credi che per me sia facile togliergli la vita?».

La donna imprecò tra sé. Voleva metterla sulla difensiva. Quello sì che era un inizio promettente!

«Perché sei così sicuro che sia un sosia?».

«Lo sento», rispose Honoré, serio e senza infervorarsi. «Come sentivo gli Altri nei boschi del Drusna. O i luoghi sacrileghi in cui i Bojari veneravano i loro idoli. Tjured mi ha donato questa capacità e, credimi, sorella, oggi è una maledizione. Vorrei non essere così certo, perché il dubbio mi permetterebbe di lasciare in vita il bambino».

«E se Tjured l'avesse risparmiato perché compia nobili imprese? Forse è l'unica anima di questo villaggio che non deve ancora entrare nel grande coro celeste. Forse deve ancora unire la sua voce al canto terreno. Sì, forse sarà il primo cantore di questo coro».

Honoré trasse un profondo sospiro e la guardò come un maestro guarda uno scolaro duro di comprendonio. «Ho il massimo rispetto per i tuoi dubbi, Michelle. Capisco che, dopo quanto è accaduto nel Drusna, tu sia molto combattuta quando si tratta della vita di un bambino. Ci sentiamo tutti così».

Si guardò intorno. Corinna assentì. Frederic e Niccolò si chiusero in un silenzio eloquente.

Michelle si domandò se, a distanza di oltre un anno, i suoi compagni sognassero ancora quella notte.

«E se ti sbagliassi?» ribatté.

«Dipende dal fatto che sono stato *io* a dire ciò che è evidente? Dipende da me? Non ti saresti opposta se fratello Niccolò avesse preso la parola al mio posto? È a causa di quella notte sulla Bresna? La tua consorella ha parlato a mio favore davanti al tribunale dell'Ordine. Dal punto di vista militare il mio ordine era l'unico corretto. I pagani ci sarebbero sfuggiti se non avessi deciso di attaccare».

Michelle ansimava. Cercò di lottare contro i ricordi che ora tornavano con tutta la loro nitidezza. Quando parlò, le tremava la voce.

«Io intercedo per il bambino. Sono convinta della sua innocenza».

La guardarono con sgomento. Sapevano che cosa significavano quelle parole. Michelle stentava a credere di averle pronunciate. Si era lasciata trascinare, ma, se ora avesse fatto marcia indietro, il piccolo sarebbe stato perduto. Guardò Honoré e notò l'odio fanatico che gli ardeva dentro. Quello non era più l'uomo di cui si era innamorata. Quell'Honoré era stato ucciso dai boschi del Drusna e dagli orrori della guerra. Non gli avrebbe sacrificato un altro bambino!

«Non vuoi più versare del sangue a causa di quel ragazzino?» domandò Frederic, rompendo il silenzio attonito. «Non ti basta quello che fatto a fratello Honoré? Tieni più a quel maledetto sosia che ai tuoi fratelli e alle tue sorelle? Le prove a suo carico sono lampanti!».

«Non secondo me! Non vedete il messaggio che Tjured ci ha mandato risparmiandogli la vita? Né la peste né i lupi sono riusciti a uccidere Luc».

«Questi sono solo inganni degli Altri», la contraddisse Corinna, indignata. «E sono pronta a combattere contro di te. Siete tutti testimoni che è stata Michelle a lanciare la sfida, quando ha dichiarato di voler intercedere per il bambino».

«Ti ringrazio per aver abbracciato la causa giusta con tanta veemenza, sorella Corinna, ma combatto sempre di persona i miei duelli», disse Honoré con un filo di voce.

«Ma non puoi...».

L'altro la zittì con un gesto brusco.

Michelle intuì che cosa stava per succedere. Il suo confratello amava quelle scene melodrammatiche.

«Michelle de Droy, sei una maestra di scherma e, per come stanno le cose, per qualche tempo non sarò in grado di tenere in mano la spada...».

«In caso di giudizio divino sarebbe Tjured a tenere in mano la tua spada», replicò la cavalleressa. Poi esitò brevemente prima di aggiungere: «Sempre che tu abbia ragione».

Honoré sorrise compiaciuto. «Non dubito che lo farebbe». Alzò goffamente il braccio sinistro. Il sangue gli filtrava nella benda. «Ma non tocca a me chiedere un miracolo a Tjured, ed è proprio ciò che mi servirebbe per stringere la spada con questo braccio e sconfiggerti. Usiamo le pistole. Niccolò, cerca negli armadi due pistole che ti sembrino adatte. Caricane solo una. Fa' in modo che non vediamo in quale canna sia in agguato la morte».

L'altro obbedì senza fare domande. Corinna li guardò con sgomento e Frederic prese la parola: «È una follia! Siamo come fratelli e sorelle. Non possiamo alzare le armi gli uni contro gli altri».

Michelle annuì. «Ha ragione, Honoré. Nonostante tutto ciò che è accaduto. È proprio necessario?».

«È quello che chiedo a te, Michelle. Ne vale la pena per quel bambino? Sei sicura del fatto tuo? Preferirei non versare il tuo sangue. So che per te non è lo stesso, ma per me significhi ancora tanto».

«Non riusciresti nemmeno a impugnare l'arma senza che ti tremi la mano. Piantala con questa messinscena, Honoré». La sicurezza arrogante con cui l'uomo dava per scontato di vincere la irritava profondamente. Sapeva che dio non sarebbe stato dalla sua parte. Certo che no!

«Per me un diverbio sulle questioni della fede è tutt'altro che una messinscena. E per quanto riguarda la tua obiezione, avvicinati al giaciglio. Ti punterò la bocca della pistola contro il petto. Nel punto in cui batte il cuore. Così non avrà importanza se tremerò un poco».

Michelle aveva la bocca asciutta come se avesse inghiottito un sacco di farina. Si schiarì la voce, ma non riuscì a emettere alcun suono. Avrebbero dovuto portare con sé il bambino. Un organo di sacerdoti avrebbe potuto decidere le sue sorti... No! Non erano imparziali. Se Honoré avesse avuto la possibilità di descrivere loro la situazione di Luc, quest'ultimo sarebbe stato perduto. Michelle sapeva che non avrebbe prevalso sull'eloquenza del suo confratello. Se voleva salvare la vita di Luc, doveva farlo subito. Ne valeva la pena? Che cosa sapeva di lui? In realtà, tuttavia, non si trattava del ragazzo. Si trattava dei bambini del Drusna... Del fatto che non ne aveva impedito il massacro. Ecco perché ora doveva lottare con tutti i mezzi contro l'uomo cui aveva appena salvato la vita e di cui un tempo era innamorata. Non poteva semplicemente stare a guardare. Sarebbe crollata.

Il clic metallico del caricatore ruppe il silenzio. Niccolò inserì una pallottola nella canna di un'arma.

Michelle si passò la lingua sulle labbra secche. Honoré sembrava molto tranquillo. Era così sicuro del fatto suo? Era vero, aveva dimostrato un intuito sconcertante quando gli Altri avevano tentato di attirarli in un'imboscata. Lei non possedeva quel dono. Agiva solo per compassione? No, no! Non doveva lasciarsi intimidire! Avrebbe fatto il gioco del suo confratello. Lo conosceva abbastanza bene per saperlo. E tuttavia... Funzionava. Forse Dio era davvero dalla parte di Honoré, e lei aveva il cuore troppo tenero.

Honoré si schiarì la voce. «Fratello Frederic, ti dispiacerebbe portare dentro il bambino? Voglio che veda tutto».

«È proprio necessario?». Quelle parole graffiarono la gola di Michelle come ghiaia.

L'altro la guardò con commiserazione. «Devo forse rammentarti come viene emesso un giudizio divino? Se vuoi mettere la vita nelle mani di Tjured per intercedere con le armi a favore di un condannato, il delinquente deve assistere. Ma ricorda che non sei costretta a farlo! Nessuno ti biasimerebbe se comprendessi il tuo errore e ritirassi la sfida». Si guardò intorno e Michelle seguì i suoi occhi.

Frederic assentì. «È davvero un errore. Siamo una

lancia... Fratelli e sorelle, cresciuti insieme al servizio di Tjured».

Michelle lesse nello sguardo di Corinna che quest'ultima non contava su un ripensamento.

E Niccolò... Restava neutrale, come sempre. Non la guardava negli occhi, bensì esaminava le pistole.

«È solo un bambino...» protestò Michelle.

Alle sue spalle risuonò il rumore inconfondibile della molla di una pistola che si tendeva. La cavalleressa non dovette voltarsi per capire che Niccolò aveva posato la chiave sulla barra quadra e, con una cauta rotazione, aveva teso la molla nel meccanismo a ruota. Aveva la fronte bagnata di sudore freddo. Le dolevano le membra. Era da quel mattino che non si sentiva bene. *Questo giudizio divino è così inutile*, pensò.

«Un bambino?» sbottò Honoré. «Ai miei occhi è un sosia. Un pericolo mortale per la pace nel mondo di dio». Aveva il volto sudato e gli occhi pieni di follia. Era ossessionato dall'idea di essere lo strumento di Tjured.

Frederic andò a prendere Luc e Bartolomé. Honoré spiegò loro brevemente che cosa stava per accadere. Il bambino parve turbato. Guardò Michelle, che accennò un sorriso. Avrebbe voluto dirgli che sarebbe andato tutto bene e che non doveva avere paura, ma la voce le mancò ancora, perché era la prima a essere spaventata.

Niccolò portò le pistole. Erano due armi pesanti e assolutamente identiche. Le borchie d'argento sui manici erano leggermente appannate. Raffiguravano un cavaliere al galoppo. Un tiratore con l'arma alzata in un gesto minaccioso.

«Scelgo io per primo», disse Honoré. «Tu hai sfidato

il giudizio divino, Michelle, perciò tocca a me scegliere l'arma!».

Niccolò si avvicinò al giaciglio. Honoré aveva a malapena la forza di impugnare la pistola.

Michelle prese l'altra e la soppesò. Con le sue pistole sapeva dire a occhi chiusi se fossero cariche, ma in quel caso era impossibile.

Honoré si posò l'arma sul fianco e la chiamò con un gesto osceno. «Vieni, Michelle. Stiamo vicini un'ultima volta come facevamo in passato».

Era l'ultima cosa che Michelle desiderasse. La notte sulla Bresna aveva troncato ogni legame tra loro. Non sarebbero mai più stati vicini! Si avvicinò al giaciglio. Per uno dei due quello sarebbe stato un addio alla vita, e solo Tjured sapeva chi avrebbe chiamato a sé.

«Lascia che il bambino venga bruciato, non ne vale la pena», sussurrò Honoré.

«Lascialo andare, e non vi sarà alcun giudizio divino», ribatté Michelle.

La follia febbrile era sparita dagli occhi di Honoré. All'improvviso la donna rivide il giovane cavaliere che un tempo aveva amato.

Tremando, l'uomo sollevò la pistola verso il suo volto. «Tu hai preso la decisione. Ora Tjured emetterà il suo verdetto», disse in tono mesto.

Michelle era sconvolta. Conosceva i danni che una pallottola sparata a distanza ravvicinata poteva provocare a un volto umano. Honoré voleva cancellare il suo viso dalla propria memoria e, per farlo, doveva distruggerlo.

La donna gli appoggiò la bocca della pistola sul

petto, proprio sopra la curvatura delle costole, nel punto in cui batteva il cuore che ormai non conosceva più.

La bocca dell'arma di Honoré le parve un abisso capace di attirarla. Chiuse gli occhi. Sentì il freddo metallo del grilletto sull'indice. Un lieve movimento avrebbe posto fine a ogni cosa. Le immagini del ponte sulla Bresna le affollarono la mente. Avevano riconquistato Mereskaja al crepuscolo. Il nemico era stato sconfitto e fuggiva sull'ultimo ponte. Se l'avessero inseguito, il più grande esercito del Drusna sarebbe stato annientato. I rivali erano demoralizzati, e la maggior parte delle truppe si trovava nel caos più totale. Era il momento giusto per dare loro una batosta da cui non si sarebbero più riprese.

Erano presenti tutti e sei. Guidavano la Schiera Nera, un drappello elitario della Nuova Cavalleria. Cavalieri temerari. Avevano occupato la Porta di Maria e là davanti sorgeva quel maledetto ultimo ponte. Avevano visto che i coboldi preparavano tutto per l'esplosione. Pesanti botti di polvere da sparo erano state fissate ai pilastri. Dall'altra parte i balestrieri e alcuni elfi coprivano la ritirata dell'esercito sconfitto.

Sul ponte vi erano centinaia di guerrieri dispersi, e per ultimi erano fuggiti i bambini del Coro di Guillaume. Qualcuno era andato a prenderli nella torre del tempio vicino alla riva e li aveva usati come scudo umano per respingere l'ultimo colpo distruttivo della Nuova Cavalleria. Solo i guerrieri avrebbero potuto attraversare il ponte abbastanza rapidamente per impedire l'esplosione, e l'attacco li avrebbe condotti nel bel mezzo di un gruppo di bambini stipati. Lo spazio era insufficiente. I piccini sarebbero stati calpestati dai cavalli. Era inevitabile.

Un tintinnio metallico dissolse le immagini del passato. La ruota d'acciaio girò nel meccanismo e strappò qualche scintilla alla pirite contenuta nel cane della pistola.

Michelle guardò nell'abisso della bocca. Non accadde nulla.

Un muscolo si contrasse sulla guancia di Honoré. L'uomo non chiuse gli occhi, bensì fissò il destino ineluttabile. Tjured aveva deciso a suo sfavore. Aveva scelto la pistola scarica.

Michelle liberò il cane dell'arma. La piccola scheggia di pirite, trattenuta da graffe di ferro, premette contro la ruota d'acciaio, pronta a far esplodere la polvere da sparo tra una pioggia di faville. Premette più forte l'indice contro il grilletto. Per un attimo rivide i bambini con le camicie bianche del coro. I vestiti della festa, orlati di pizzo, si erano trasformati in sudari.

La cavalleressa sparò.

12.
Una traccia di sangue

NON ERA FACILE SEGUIRE LE TRACCE di Gishilde dal limitare del bosco. *È brava a infilarsi nel folto della vegetazione,* pensò Silwyna. Riusciva a individuare i segni lasciati dalla principessina solo perché era stata lei a insegnarle come muoversi nel bosco. L'elfa sapeva istintivamente dov'era andata la sua allieva. Era in grado di leggerle nel pensiero. Tuttavia, trovava solo di rado uno stecco spezzato o la mezza impronta di un piede infantile nel terreno molle. Solo quando il pallido sole del mattino fece brevemente capolino tra le nuvole e illuminò un lungo capello biondo su un ramo di nocciolo, fu certa di seguire davvero le tracce della bambina.

Gishilde aveva percorso un ampio arco. Aveva voluto girare intorno all'accampamento, ma poi si era imbattuta in un'altra pista addentrandosi nella foresta.

L'elfa trasse un respiro preoccupato. I segni conducevano nella direzione che aveva temuto.

«Ebbene?» domandò re Gunnar, spazientito.

«È andata nel Bosco degli Spiriti. L'ha fatto di sua spontanea volontà. Nessuno è andato all'accampamento per rapirla».

Le guance del re si tesero. L'elfa sentì che digrignava

i denti. Nel cuore della notte era scoppiato un litigio nel granaio. Dopo essersi assentata temporaneamente, la commendataria Lilianne era tornata e aveva fatto richieste impossibili. Il suo atteggiamento arrogante pareva aver irritato persino il reggente. Le negoziazioni erano fallite e i cavalieri si erano ritirati nell'oscurità, dando fuoco al Tempio del Bosco. I Bojari erano andati in escandescenze di fronte a quel sacrilegio, ma nessuno si era davvero stupito. I discepoli di Tjured erano fatti così: non tolleravano i segni degli altri dei nel mondo e li cancellavano ovunque fosse possibile. Con molta probabilità il fatto che non avessero incendiato il tempio in precedenza dipendeva solo dalla volontà di non iniziare le trattative con un simile gesto.

«Voleva raggiungermi», affermò Gunnar, angosciato.

Silwyna non provava compassione nei suoi confronti. Trattare con i cavalieri dell'Ordine era stata un'idea stupida. Erano i loro acerrimi nemici e non avrebbero avuto pace finché avessero sconfitto e occupato il Drusna e la Terra del Fiordo. E questo solo perché non sopportavano altri dei all'infuori di Tjured. Erano diventati potenti, i sacerdoti blu! Riuscivano persino a sigillare le Stelle Albiche e dunque a disturbare la rete dei Sentieri Albici. Erano quei magici sentieri di luce a collegare il mondo degli esseri umani con quello dei Figli degli Albi. Chi vi metteva piede poteva percorrere mille miglia o passare persino da una dimensione all'altra. E le Stelle Albiche erano le porte che davano accesso alla rete. Silwyna non aveva capito quale potere consentisse ai sacerdoti di chiudere gli ingressi. I seguaci di Tjured vi costruivano torri e reliquiari sacri, sigillando così le Stelle Albiche in entrambe le direzioni. Allo stesso tempo privavano il loro mondo della magia, senza rendersi conto delle conseguenze disastrose di quel gesto. La bellezza derivava da incantesimi nascosti. Chi aveva il cuore aperto li percepiva senza essere mago. I sacerdoti, invece, non chiudevano solo le porte, ma anche il cuore delle persone e, con le loro armi da fuoco, diffondevano nel mondo l'alito sulfureo del Devanthar, il grande distruttore e l'acerrimo nemico dei Figli degli Albi. Nella guerra contro gli elfi, i troll e tutti gli altri popoli della Terra degli Albi si erano trasformati senza saperlo in mercenari del Devanthar. Non vi era nulla da discutere con i sacerdoti e i cavalieri dell'Ordine. Gunnar avrebbe dovuto saperlo quando aveva accettato di recarsi laggiù!

Silwyna avvolse il capello dorato intorno a un rametto e lo consegnò al re senza dire una parola. Temeva ciò che avrebbe trovato alla fine della pista. Apprezzava la principessina e l'ostinazione che la spronava a imparare nonostante le difficoltà. Un giorno sarebbe stata un'ottima regina.

Si concentrò sulle tracce seguite da Gishilde. Di là era passato qualcuno che calzava un paio di stivali. Un cavaliere... Sapeva muoversi furtivamente, almeno per quanto potesse fare un essere umano. Ma la bambina era stata più brava. Lo sconosciuto non si era certo accorto della sua presenza.

Attraversò le felci alte quasi senza sfiorarne le grandi foglie. Non procedeva troppo rapidamente affinché Gunnar e le sue guardie dalle pesanti cotte di maglia potessero tenerle dietro.

Fiocchi di cenere danzavano nell'aria come neve nera. Solo pallidi raggi di luce dorata filtravano attraverso il baldacchino di foglie sopra le loro teste. Il fumo andava loro incontro come nebbia.

Poco più avanti un uomo si inginocchiò tra le felci calpestate. Si teneva il volto tra le dita fuligginose e piangeva. Più in là Silwyna distinse un intero gruppo di guerrieri che si rivolgevano al Bojaro Alexjei gesticolando come forsennati. Tra le mani avevano mantelli coperti di bruciature. I lunghi capelli ricadevano loro sul viso in ciocche bagnate. Due si erano strinati la barba e avevano la faccia ustionata. Era impossibile spegnere l'incendio. Non c'era acqua. Il torrente più vicino era troppo distante. Le fiamme degli Alberi dei Defunti non soffocavano sotto il mantelli. I guerrieri potevano solo impedire che il fuoco non si diffondesse ad altre parti della foresta.

Silwyna osservò la scena senza fermarsi. Che cosa gliene importava degli alberi bruciati... Voleva trovare Gishilde. Tuttavia, più li vedeva, e più provava paura. Quei maledetti cavalieri dell'Ordine si erano dati fin troppo da fare. Non si trattava solo di profanare un luogo di culto degli dei antichi. I nemici volevano anche distrarli da ciò che era accaduto realmente.

Tra le felci si scorgevano larghi solchi. Gli incendiari a cavallo e i guerrieri disperati del Drusna avevano cancellato ogni traccia. Ora Silwyna si affidò solo all'intuito. Gishilde era passata di là.

Il fumo le irritava gli occhi. Le scintille danzavano nell'aria come Fate dei Fiori ebbre di primavera. Tra la vegetazione rada e i veli di fumo l'elfa riconobbe la collina bassa su cui sorgeva il tempio. Era totalmente avvolta da fiamme ondeggianti.

Alcune sagome scure si stagliavano contro il mare di fuoco. Drusniani che non volevano abbandonare quella lotta disperata e cercavano di spegnere le vampe agitando furiosamente i larghi mantelli.

Soffiava un vento caldo che, come l'alito di un enorme predatore, attraversava il bosco e scuoteva le scintille dagli alberi. Da qualche parte tra il fumo si udì un rumore, una sorta di rintocco trattenuto. Colpi sordi che ti penetravano nell'anima.

Silwyna cercò di resistere a quel susseguirsi di impressioni. Dov'era finita Gishilde? Era davvero arrivata fin là?

«Dimmi che non è sul colle», disse il re. Aveva il volto annerito dalla fuliggine e una favilla gli scintillava tra la barba rossa. Fissava il tempio.

«L'unica cosa che posso dirti è che non ti illuderò. Forse è lassù... Le tracce portano in quella direzione». Con un gesto impotente, l'elfa indicò le felci calpestate. «Qui non vi sono più impronte. Qui...». Uno dei guerrieri che lottavano contro le fiamme agitava una camicia nera. Non poteva essere sua. I drusniani si vestivano sempre con tessuti variopinti.

Silwyna si avvicinò al fuoco. Il calore era come uno scudo intenzionato a respingerla. Avvertì che la pelle del suo viso si tendeva.

«Dammi quella camicia!».

Il guerriero non le badò, continuando a colpire instancabilmente un tronco abbattuto.

«Ehi!». Una voce brusca soverchiò il crepitio delle

fiamme. «Voltati quando un re ti rivolge la parola, amico!».

L'uomo non reagì.

Silwyna corse verso di lui e afferrò la camicia, strappandogliela con uno strattone. L'altro trasalì, si girò e la guardò con occhi celesti, iniettati di sangue. Le sopracciglia e la barba erano sparite, i capelli erano bruciati per metà. Il volto arrossato era costellato di bolle. «Ti mandano gli dei!». Si inginocchiò e le cinse le gambe con le braccia. «Tu sai usare la magia. Spegni il fuoco, nobile signora». Aveva parlato come se si trovasse di fronte a una dea in carne e ossa.

Silwyna gli accarezzò le guance con delicatezza e sussurrò una parola di potere. Non sarebbe riuscita a spegnere il fuoco, ma poteva circondarlo con un incantesimo che lo proteggesse dal calore e gli alleviasse le ferite.

«Dove hai preso la camicia di mia figlia?» urlò Gunnar. Afferrò l'uomo in malo modo e lo allontanò dalle fiamme. «Rispondi!».

Silwyna non credeva che avrebbe ricavato granché da quel tizio confuso. Lisciò la stoffa della camicia. Era stata tessuta dalle mani degli elfi. L'indumento era una delle camicie da caccia che aveva regalato a Gishilde. Il tessuto era rigido per via del sangue secco. Il fuoco l'aveva strinato e scavato fori rotondi nello spesso materiale. Ma vi era un buco diverso dagli altri.

«È stata una lama, vero?» chiese Gunnar. Aveva dimenticato il drusniano. «Una spada a striscia o un pugnale. È...». Le tolse di mano l'indumento. «L'hanno...». Si premette la camicia contro il petto largo e chiuse gli occhi. «L'hanno...». La voce gli morì in gola.

«Guarda l'orlo. Sono state tagliate alcune strisce di stoffa. Hanno cercato di arrestare l'emorragia. Non l'avrebbero fatto se Gishilde fosse già stata morta».

«Perché una bambina? Non avrebbero potuto pugnalare me?». Serrò i pugni in un gesto di rabbia impotente. «Non vi sarà alcuna pace con loro. Mai più! Li seguiremo. Chiunque sappia cavalcare venga con me. Andremo a prenderli!».

Silwyna non disse nulla. Sapeva che quella non era la soluzione giusta. I cavalieri dell'Ordine erano partiti poco dopo mezzanotte. Avevano quasi dieci ore di vantaggio. Inoltre, erano numericamente superiori rispetto agli uomini di Gunnar. La loro unica speranza era Fenryl, che si era messo in marcia la notte precedente per andare incontro al principe Tiranu e ai suoi cavalieri elfici. Silwyna aveva trovato la gente di Tiranu nascosta nel folto della foresta e aveva ordinato loro di avviarsi, ma l'avevano seguita controvoglia. Ecco perché aveva abbandonato i guerrieri del Langollion e chiesto a Fenryl di raggiungerli. Non si sarebbero opposti ai desideri del principe.

L'elfa guardò il re con aria distratta. «Ordina ai tuoi uomini di sellare i cavalli», disse. Era più semplice tacergli la verità che litigare con lui, e per il re era meglio fare qualcosa che aspettare laggiù. I suoi guerrieri non avrebbero più raggiunto i cavalieri dell'Ordine, ma forse sarebbe riuscito a ottenere un paio di cavalli elfici da Fenryl... Tuttavia, tutto ciò non la riguardava. Senza aggiungere altro, si voltò e riprese il cammino. Questa volta non diede più retta a nessuno. Era una maurawana. Nessuno si muoveva nel bosco con la rapidità e l'abilità del suo popolo. Ed Emerella le aveva ordinato di proteggere Gishilde. Avrebbe trovato la bambina, anche a costo di marciare da sola contro un intero esercito!

Di lì a poco il tempio incendiato sparì dal suo campo visivo. L'elfa non riuscì tuttavia a liberarsi dei rimorsi. La sera prima non avrebbe dovuto lasciare l'accampamento per obbedire alla richiesta di Fenryl e cercare forze alleate. Il suo posto era accanto a Gishilde. Era la sua maestra e la sua guardia del corpo. Aveva fallito. Ma avrebbe rimediato.

13.
La maestra di scherma

QUANDO RISUONÒ LO SPARO, Luc trasalì. Nella stanza aleggiava un fumo grigiazzurro. Il bambino allungò la testa. Stentava a credere che la cavalleressa l'avesse fatto davvero. Doveva aver mancato il bersaglio. Non poteva aver ucciso uno dei suoi confratelli. Per lui...

La donna che si chiamava Michelle era in una posizione tale da ostruirgli la visuale del tavolo. Il boato infernale fu seguito prima da un silenzio opprimente e poi da un lieve gocciolio. Luc vide il sangue che scorreva sul lato del pregiato tavolo di noce. All'inizio erano solo gocce singole, quindi si tramutarono in un rivolo sottile.

Michelle lasciò cadere la pesante pistola.

«Assassina!». Corinna, la cavalleressa che era sempre rimasta al fianco di Honoré, avrebbe voluto sguainare la spada a striscia, ma Niccolò la fermò.

«Non peccare contro dio testimoniando il falso», ribatté Michelle con asprezza. «Ci siamo messi nelle sue mani. Siete tutti testimoni». La maestra di scherma si guardò intorno. Niccolò annuì. «Tjured mi ha trasformata nella spada del suo boia. Mi ha infilato tra le dita la pistola carica. Dunque l'accaduto è stato una sua volontà. E chi sei tu, sorella, per ribellarti alla volontà di dio? Se ti azzarderai ancora a chiamarmi assassina, e dunque a mettere in dubbio l'opera di dio, farò rapporto su di te al commendatario della provincia».

Corinna staccò la mano dall'elsa, ma aveva gli occhi colmi d'odio.

Luc osava a malapena respirare. Honoré aveva ragione. Lui, presunto figlio del maestro d'armi Pierre de Lanzac, doveva essere un sosia. Portava sfortuna, era innegabile. Non solo aveva sparato a un cavaliere dell'Ordine, ma aveva anche provocato una cruenta faida tra quei guerrieri, che erano vicini a Tjured quanto potevano esserlo solo i più santi dei suoi sacerdoti. E tutto ciò era successo solo per colpa sua. Honoré se n'era accorto. Avrebbero dovuto portare Luc-il-sosia sul rogo. Era cresciuto come figlio di un maestro d'armi che aveva combattuto contro gli Altri. Se ne intendeva di quelle faccende. Come aveva potuto il suo presunto padre essere così cieco? Doveva avergli voluto molto bene. Il bambino aveva un nodo alla gola.

«Vieni!». La maestra di scherma gli tese la mano. Sul sottile guanto di cuoio nero le scintillavano goccioline di sangue.

Luc esitò. La cavalleressa aveva gli occhi verde chiaro e gli rivolse un'occhiata penetrante. «Non puoi restare qui», disse in tono spento.

«Sai che forse il ragazzo reca in sé la peste», obiettò Corinna. «Pensa bene a dove andare».

«Nel deserto. Non occorre che mi rammenti le regole. Abbiamo seguito la peste per un tempo sufficiente. Non pretendo un trattamento speciale per me e il bambino. Ci terremo lontani da città, villaggi e capanne abitate per un anno e un giorno. A meno che dio non mi mandi un segno... Sono certa che il bambino non è malato. Su di lui si stende la benedizione di Tjured!». Aspettò che le sue parole producessero l'effetto desiderato. «Prendo il cavallo di Honoré e un animale da soma».

Nessuno ebbe qualcosa da ridire.

La cavalleressa tendeva ancora la mano al bambino. «Vieni con me, Luc?».

«Sì, signora». Era sorpreso di non aver balbettato sebbene la sua salvatrice gli sembrasse inquietante. La donna non avrebbe dovuto sparare al suo confratello. Quando era emerso che la pistola dell'uomo era scarica, la decisione di Tjured era tuttavia diventata evidente. Honoré aveva perso. *Sparare non è stato un giudizio divino, bensì un'esecuzione capitale,* pensò Luc con angoscia.

«Preferisci andare da solo?». La cavalleressa aveva ritratto la mano. Dalla voce non trapelava se fosse adirata per il suo comportamento.

Luc cercò di leggerle negli occhi, ma sembrava semplicemente stanca.

«Devi andartene. Non puoi più rimanere in questo luogo di morte. E hai sentito: hai il divieto di avvicinarti ai posti abitati. Il mio Ordine dispone di grandi cronicari dove portiamo tutti coloro che forse recano in sé la macchia. Preferisci vivere in una di quelle strutture?».

Luc scosse la testa. Non voleva più guardare la signora con la falce che si portava via le anime. «Vengo con voi, signora», disse con riverenza, raddrizzandosi.

Il braccio ferito gli doleva così tanto da fargli salire le lacrime agli occhi. Strinse la labbra in una smorfia rabbiosa. Ora l'avrebbero considerato anche piagnucoloso.

La cavalleressa indicò il lupo morto. «Vuoi il suo pelo come trofeo di caccia? Vuoi che lo scuoi al posto tuo? Non ho mai incontrato un ragazzo della tua età che abbia ucciso un lupo da solo. Hai un cuore coraggioso, Luc. Puoi andare fiero di te stesso».

Lacrime ancora più copiose gli rigarono le guance. Si detestava per questo, ma non riusciva semplicemente a controllarsi. «Bruciate il lupo», disse con voce rotta. Occhigrigi aveva portato nel villaggio il branco che aveva ammazzato Barrasch. A parte lui, l'azzannatore d'orsi era stato l'unico sopravvissuto di Lanzac e Luc non voleva avere nulla che gli ricordasse la morte del cane e di tutti gli altri.

Michelle lo studiò.

Che cos'avrebbe pensato di lui? Aveva forse sbagliato a rifiutare la sua offerta?

La cavalleressa gli passò accanto e sollevò le due preziose pistole con cui il bambino aveva ucciso l'animale e per poco non aveva freddato anche Honoré. «Prendile, Luc. Probabilmente non tornerai mai più a Lanzac in vita tua. Saranno un ricordo. Te le sei meritate».

Il bambino guardò le armi con sconcerto. Valevano quanto una piccola fattoria. Gli si asciugarono le lacrime. «Non posso. Sono del conte. Non potete semplicemente regalarmele, signora».

Michelle lo fissò con fermezza. «Una volta ho incontrato il conte Lannes de Lanzac nel Drusna. Era un condottiero famoso e un guerriero temerario. Sono sicura che, se fosse stato testimone delle tue azioni, mi darebbe ragione. Te le sei meritate. Per il resto, ora questa casa è della Chiesa, perché tutti gli abitanti sono stati uccisi dalla peste. Perciò ho tutto il diritto di farti questo regalo. Se in futuro vuoi andare d'accordo con me, devi imparare a non contraddirmi. Non tollero le obiezioni». Sorrise, togliendo un poco di asprezza a quelle parole. «Ma prima devi cercarti un altro paio di pantaloni. Non puoi indossare dei calzoni mezzo strappati in presenza di una donna che evidentemente ti piace chiamare "signora". Sei troppo grande. Dopotutto, non sei più un bimbetto delicato».

Luc arrossì e abbassò lo sguardo. Era scalzo, e Occhigrigi gli aveva strappato mezza gamba dei pantaloni. Aveva davvero un aspetto pietoso. Ciononostante era anche orgoglioso. Le pistole si regalavano ai ragazzi sulla soglia della virilità. Ai ragazzi destinati a diventare guerrieri! E la maestra di scherma non aveva forse detto che non era più un bambino?

«Racimola ciò che ti serve per il viaggio», ordinò la cavalleressa. «Ti aspetto di sotto, accanto alle scuderie».

«Sì, signora!». Luc assentì con tanta veemenza da avvertire un'altra fitta al braccio. Solo in quel momento si rese conto che Michelle gli aveva promesso anche un cavallo! Era ricco! E senza dubbio lo aspettava anche un futuro glorioso. Ora gli mancava una cosa sola per essere un vero guerriero. Che suo padre gliel'avesse trasmessa? Se solo avesse potuto vederlo in quel momento! Avrebbe cavalcato con una cavalleressa della Nuova Cavalleria! Come suo padre aveva cavalcato, un tempo, con il conte.

Luc avrebbe voluto precipitarsi a raccogliere la sua roba, ma sarebbe stato poco decoroso. Si controllò a fatica finché fu uscito dalla Sala di Caccia. Ci riuscì fino alla scala, dove non vi era più nessuno che potesse vederlo. Avrebbe potuto urlare per la felicità, ma le sue labbra rimasero sigillate. In compenso scese due gradini alla volta, andando incontro a una nuova vita.

Impiegò meno di mezz'ora a radunare ciò che voleva portare con sé della sua vecchia esistenza. Suo padre gli aveva raccontato spesso dei guerrieri caduti durante le lunghe marce nel Drusna perché si erano trascinati dietro troppe cose. Ciarpame superfluo. Luc si era limitato all'essenziale. Vestiti robusti e puliti che aveva già addosso. Scarpe resistenti. Una coperta in cui aveva avvolto qualche indumento di ricambio, un'esca e anche alcune provviste. Inoltre, una borraccia di cuoio nonché la spada a striscia e il pugnale di suo padre. Le armi erano troppo grandi per lui, ma un giorno sarebbe stato in grado di maneggiarle. Aveva recuperato anche il coltello tascabile che aveva perduto lottando contro Occhigrigi. Rinunciò a tutto il resto.

Quando comparve con la coperta arrotolata e una borsa di stoffa sulla spalla, Michelle lo scrutò brevemente. Poi annuì. Era soddisfatta?

«Sai cavalcare?».

«Sì, signora». Era una piccola bugia. Non aveva mai fatto una lunga cavalcata. Chi avrebbe affidato un cavallo a un adolescente? Tuttavia, era quasi sicuro di poter restare in sella per un giorno intero. In fondo, suo padre era stato un ottimo cavallerizzo e gli aveva sicuramente trasmesso quella dote.

Ad eccezione di fratello Bartolomé, accanto alle scuderie non vi era nessuno dei compagni di Michelle. Il cavaliere teneva per le redini una splendida cavalla marrone, un magnifico animale con una sella rossa di cuoio stampato.

La maestra di scherma pareva esausta. Con un gesto distratto si gettò il mantello di piume di corvo sulla spalla e montò in groppa. Cavalcava uno stallone nero che saltellava irrequieto.

Luc accarezzò la cavalla sul collo. L'animale abbassò la testa e lo fiutò allargando le froge. «Ti tratterò bene», le sussurrò all'orecchio. Aveva sentito parlare di cavalli perfidi che non perdevano occasione di complicare la vita ai loro cavalieri. Ecco perché voleva partire con il piede giusto.

La maestra di scherma cominciò ad allontanarsi dal cortile.

«Ci vediamo vicino alle torri di Valloncour», le gridò dietro Bartolomé.

Michelle si voltò. «Vicino alle torri», ripeté con un sorriso triste.

Che cosa significava? Luc non si azzardò a fare domande. Montò in sella e seguì la donna, tenendole lo sguardo puntato sulla schiena finché si furono lasciati alle spalle il villaggio. Non si voltò nemmeno allora.

Non l'aveva mai fatto neppure suo padre quando partiva con il conte. Quel gesto rendeva solo tutto più difficile. Inoltre, a Lanzac non vi era più nessuno da cui tornare. Andarsene era l'unica cosa giusta da fare. Ciononostante la tristezza gli serrò il petto.

Seguirono la grande strada verso Aniscans. Luc aveva

mille domande sulla punta della lingua, ma tenne a freno la curiosità. Se la cavalleressa avesse voluto parlare con lui, gliel'avrebbe fatto sapere. Le ultime settimane gli avevano insegnato a convivere con il silenzio. Ascoltò i rumori familiari: il mormorio del vento tra i pioppi sul fiume, il richiamo di un uccello che volava ancora nel cielo.

Si stupì della brutta figura che Michelle faceva in sella. Stava piegata in avanti e oscillava leggermente. In qualche modo ne fu sollevato. Persino lei aveva dei difetti. Da quando l'aveva vista uccidere un confratello indifeso, la trovava sinistra. Sapeva che l'aveva fatto per lui... Ma perché? Il suo gesto era stato tutt'altro che cavalleresco. Che cosa l'aveva spinta a compierlo?

Michelle si accasciò in avanti. Luc ebbe l'impressione che stesse per cadere di sella. Si fece coraggio e la affiancò. «Signora?».

La cavalleressa non reagì.

Il bambino si avvicinò ancora, con una certa esitazione. Michelle era pallida come un cencio e guardava diritto davanti a sé. Luc conosceva quello sguardo. L'aveva visto negli occhi di sua madre quando era iniziato tutto. Fu attanagliato da una paura gelida. Non di nuovo! La sua vita doveva forse essere segnata solo da quella terribile pestilenza? Proprio nel momento in cui aveva ricominciato a trovare la speranza?

Guardò il cielo. «Per favore, dio misericordioso, risparmiala, per favore!».

Michelle si raddrizzò di colpo. «Che cos'hai detto?».

«Signora, non faremmo meglio a tornare indietro? Avete...». Luc si morse le labbra. *No, non chiamarlo per nome!* «Sembrate stanca».

La cavalleressa abbozzò un sorriso. «Vedi i fuochi sul confine del villaggio? Sono fuochi funebri. Così tanti fuochi funebri. Non sopporto più l'odore della carne bruciata. E i miei confratelli non sarebbero felici di rivedermi. Non posso tornare laggiù...». Indicò la collina con le rovine, sulla pianura lontana. «Ci accamperemo là. Devo dormire un poco, poi starò meglio».

Aveva il volto madido di sudore freddo. Luc annuì, ma aveva intuito la verità. La peste aveva contagiato Michelle. Ancora due giorni... forse tre, poi sarebbe salita al cielo su un rogo, avvolta in una veste di fumo.

14.
Nel dubbio

UN TAGLIO RAPIDO. Silwyna tenne la sinistra premuta sulle labbra dell'archibugiere ancora per un istante. L'uomo non si dibatté a lungo per liberarsi dalla sua stretta. Il farsetto di cuoio chiaro era intriso di sangue. L'elfa lo lasciò cadere a terra con cautela e lo trascinò fino a un cespuglio. Il morto la fissò con i suoi grandi occhi verdi. Le dispiaceva. Di solito non si commuoveva quando uccideva un nemico, ma in quel caso la situazione era diversa. Quel tale era morto perché era stato bravo. Troppo bravo! Forse, prima di diventare archibugiere, era stato guardacaccia.

Con un gesto stanco, Silwyna pulì il pugnale sui pantaloni del guerriero e lo rinfoderò. In realtà, quando si muoveva nel bosco, era quasi invisibile per l'occhio umano. Ma era sfinita… ed era diventata imprudente. L'uomo aveva visto solo un'ombra. Dopotutto, non aveva dato l'allarme. Qualunque cosa fosse stata, era bastata per pungolare il suo senso del dovere o la sua curiosità. Era andato proprio nella direzione dell'elfa.

Silwyna stese il cadavere sotto un nocciolo e si affrettò a coprirlo con qualche foglia secca e a cancellare la traccia che conduceva al cespuglio. Quindi si arrampicò su uno dei tigli al margine dell'ampia radura. Passò da un ramo all'altro senza far tremare nemmeno una foglia. In quel punto il bosco era antico e le chiome degli alberi si intrecciavano strettamente tra loro.

Guardò con apprensione i guerrieri che si preparavano per la battaglia. I cavalieri sotto il vessillo dell'Albero di Sangue erano i migliori che i maledetti sacerdoti di Tjured avessero mandato loro incontro. Sapevano che gli elfi li avrebbero raggiunti sebbene avessero così tante ore di vantaggio. Nessuno dei loro cavalli reggeva il confronto con un destriero elfico. Tuttavia avevano proseguito, come aveva previsto Silwyna. E poiché sapevano che sarebbero stati raggiunti, avevano deciso di stabilire almeno le condizioni del combattimento. Avevano fatto un'ottima scelta!

Gli archibugieri si erano nascosti tra la vegetazione sul bordo di una spaziosa radura. La brezza soffiava in direzione dei tiratori cosicché l'odore delle micce accese non li tradiva. I cavalieri corazzati avevano preso posto più in là, pronti a sbucare fuori appena la salva degli archibugieri avesse creato il caos. A nord dello spiazzo si celava una seconda truppa di cavalieri che sarebbe intervenuta quando l'attacco dei loro compagni si fosse mitigato.

Silwyna era in conflitto con se stessa. Aveva letto le tracce. Solo sette cavalieri erano fuggiti da là verso ovest, in direzione delle rive della regione lacustre. Se fosse riuscita ad affrontarli nel bosco, era quasi sicura che li avrebbe sopraffatti da sola. Li avrebbe uccisi uno dopo l'altro restando nascosta tra gli alberi. I sette fuggiaschi avevano con sé la principessa Gishilde. Era impossibile dire se fosse ancora viva. Probabilmente avrebbero portato via persino il cadavere per far credere ai genitori che vi fosse ancora la speranza di rivedere la piccola.

Fu pervasa da una rabbia cieca, ma cercò di dominarla. Chi prendeva decisioni in preda alla collera commetteva degli errori. Era già un errore il fatto che Fenryl avesse riunito una truppa di cavalieri per l'inseguimento. Sarebbe stato meglio se fosse andata da sola. Combattevano da tempo contro i sacerdoti armati e non riuscivano ancora a leggere i loro pensieri contorti.

Sbirciò tra l'intrico di foglie. I guerrieri erano ovunque. Avevano previsto che sarebbero stati seguiti ed erano preparati. Sulla radura vi sarebbe stata una terribile carneficina. Non doveva accadere. I sacerdoti non avrebbero mai immaginato che i Figli degli Albi mandassero un unico inseguitore. Un singolo poteva aggirare la trappola. Una truppa di cavalieri, no.

A sud dello spiazzo vi era un'ampia radura. A nord si trovava una zona solcata da profonde spaccature. Se Fenryl voleva evitare la radura, avrebbe dovuto fare una lunghissima deviazione.

Silwyna chiuse gli occhi e ascoltò le voci del bosco, che le parlava anche in silenzio. Udì il vento tra gli alberi. Il lieve tintinnio della piastra di un'armatura. Lo sbuffo di un cavallo da qualche parte. Per il resto non vi era nulla. L'elfa non poté fare a meno di ammirare la disciplina dei cavalieri. Nessuno chiacchierava sebbene, come indicavano le loro tracce, aspettassero da ore l'arrivo degli inseguitori.

La maurawana cercò di immedesimarsi nella mentalità dei nemici. Non riusciva a capire la loro fede suicida in un dio che, a quanto pareva, desiderava lo sterminio di tutti i Figli degli Albi. Evidentemente avevano preparato quell'imboscata già prima delle trattative di pace. Avevano pianificato il tradimento! Ma avevano progettato sin dall'inizio di rapire la principessa Gishilde? Era improbabile. Come avrebbero potuto prevedere di averne l'occasione? Il loro dio aveva forse dato loro un segno? Gli abitanti della Terra del Fiordo credevano che gli dei dessero loro informazioni sul futuro. Silwyna le aveva sempre considerate sciocchezze superstiziose. La regina Emerella sapeva squarciare i veli dell'avvenire, ma quella era magia... Era una forza concreta, mentre gli dei esistevano solo nella mente degli uomini. Semplicemente non ci credeva.

Quel giorno si era già maledetta cento volte per aver insegnato a Gishilde a muoversi silenziosamente nel bosco. Era una bambina. Non avrebbe mai superato le guardie di suo padre se non avesse avuto un'elfa per maestra. I Mandridi, le guardie del corpo reali, erano bravi, almeno per essere uomini. Per sfuggire alla loro attenzione occorreva possedere particolari capacità. Ed era un mistero come Gishilde avesse impaurito i cani.

Perché la principessa si era allontanata? Che cos'aveva pensato di ottenere? Una bambina tra principi e comandanti che litigavano? Sospirò. No, non avrebbe mai capito gli esseri umani!

Guardò verso ovest. I laghi e la palude erano una barriera quasi insuperabile. Anche se i cavalieri avessero conosciuto una strada tra la cintura di canne, sarebbero avanzati lentamente. Si erano preparati alla fuga. Che cos'altro avevano in mente? Stavano davvero cadendo in trappola? O vi era dell'altro? Che cosa c'era oltre il bosco? Qualunque cosa fosse, Silwyna avrebbe raggiunto i fuggitivi prima che arrivassero ai laghi. Doveva solo partire subito e rassegnarsi al fatto che Fenryl e i suoi cavalieri sarebbero potuti cadere nel tranello. Non aveva tempo per andare loro incontro. Se voleva salvare Gishilde, doveva fare quel sacrificio.

Si tese. Gli ordini di Emerella erano inequivocabili! Doveva preparare la principessa per una dura vita di combattimenti. La regina non le aveva rivelato quale fosse il futuro della principessa, ma non aveva lasciato dubbi sul fatto che Gishilde non sarebbe sopravvissuta se Silwyna non avesse fatto del suo meglio. Se solo il giorno precedente fosse rimasta, invece di andare ad avvisare i rinforzi! Aveva immaginato che la piccola si trovasse al sicuro tra le guardie di suo padre. Dopo l'inizio delle negoziazioni nel granaio, Fenryl e Yulivea avevano affermato che nelle ore successive non vi sarebbero stati combattimenti. Se solo non li avesse ascoltati!

L'ampia radura sembrava così pacifica. L'erba era punteggiata di paffute calte gialle. Il rosolaccio tardivo si era tinto di un rosso pallido. Segno che gran parte dell'estate era ormai passata. Quella sera il rosolaccio sarebbe stato rosso sangue. Se ora avesse seguito una bambina umana che forse era già morta, laggiù sarebbero cadute dozzine di elfi. Quella guerra interminabile aveva indebolito il suo popolo. Troppi erano andati verso la Luce Lunare e non sarebbero più rinati.

Il cuore le ordinava di restare. Guardò verso ovest. Ma le istruzioni di Emerella erano chiare. Doveva andare! Inoltre, che differenza avrebbe fatto una tiratrice in più durante una battaglia tra centinaia di guerrieri?

15.
Acciaio contro acciaio

DALLA VEGETAZIONE SUL LIMITARE DEL BOSCO risuonò un rumore simile a un tuono. Dalla boscaglia si alzò un fumo grigio e bianco. Fenryl vide le pesanti pallottole di piombo che volavano nella loro direzione. Ancora un istante. Poi sarebbero stati tra le file dei cavalieri. Si piegò istintivamente sulla criniera della sua cavalla, Brina di Primavera. L'animale si adombrò. Sull'ampia radura echeggiarono grida di dolore. Cavalli e cavalieri incespicarono.

Il principe elfico sapeva che si sarebbero appostati laggiù e aveva radunato i suoi uomini sul bordo dello spiazzo. I falciatori di Tiranu erano l'unità più vicina quando, la notte precedente, aveva mandato Silwyna a cercare rinforzi. Fenryl non nutriva una particolare simpatia per Tiranu, l'arrogante principe del Langollion, ma i suoi cavalieri erano senza dubbio una truppa eccellente.

Tiranu aveva riunito in tutta calma una linea offensiva all'estremità della radura. Fenryl aveva sperato di indurre i cavalieri dell'Ordine a un'aggressione sconsiderata. Era stato Occhio d'Inverno a rivelargli che si erano nascosti dall'altra parte. La poiana codabianca continuava a sorvolare il limitare del bosco con le ali spiegate, indicandogli i nascondigli dei nemici.

«Uccideteli tutti!». La voce di Tiranu soverchiò il forte rumore degli zoccoli dei cavalli elfici. I suoi cavalieri sollevarono le pesanti sciabole all'altezza della testa e, chinandosi leggermente, allungarono le lame in avanti. Così avrebbero potuto vibrare i micidiali rovesci contro gli archibugieri appena avessero fatto irruzione tra le loro file. Colpi in grado di sfondare elmi e pettorali. I tiratori avevano sparato un po' troppo presto. Per fortuna gli archibugi avevano causato pochi danni tra gli aggressori. *La calma fredda con cui questi ultimi conducono un attacco ordinato contro gli esseri umani si è dimostrata efficace,* pensò Fenryl.

Tiranu faceva bella figura. Cavalcava davanti ai suoi uomini, era il primo a combattere e l'ultimo a ritirarsi. Con la scintillante armatura smaltata di nero sembrava davvero imponente. Si era raccolto con disinvoltura i lunghi capelli neri affinché non lo intralciassero durante la battaglia. Distaccato e arrogante, nutriva un profondo odio nei confronti dei cavalieri dell'Ordine. Non era tutto questo a infastidire Fenryl. Tiranu non gli piaceva perché non si era mai scoperto se fosse al corrente del tradimento di sua madre Alathaia. Se aveva preso parte alle azioni omicide dei guerrieri ombra, non ci si poteva fidare di lui. Mai più!

«Uccideteli tutti!» ripeté Gunnar Bracciodiquercia. Il re della Terra del Fiordo aveva insistito perché lui, il capitano dei Mandridi, e due guardie del corpo avessero cavalli elfici per partecipare alla caccia. Con la barba intrecciata, i lunghi capelli rossi che ondeggiavano al vento e l'enorme ascia di guerra doveva sembrare uno spettro del passato agli occhi dei nemici. Gli abitanti della Terra del Fiordo si abituavano lentamente al nuovo tipo di strategia bellica. Anche se molti di loro indossavano pettorali anziché cotte di maglia, con le asce, gli spadoni e i variopinti scudi rotondi parevano eroi di un'epoca lontana in confronto ai picchieri e agli archibugieri messi in campo dai cavalieri della Chiesa di Tjured.

Dal limitare del bosco risuonarono alcuni spari isolati.

Fenryl si sorprese che alcuni archibugieri fossero riusciti a ricaricare le armi. Un proiettile gli passò accanto alla testa fischiando. Non distingueva ancora bene gli avversari a causa del fumo denso.

A un tratto echeggiò un rumore simile a un tuono distante.

Il principe elfico imprecò e spronò la cavalla. Al suo fianco cavalcava Yulivea. Fenryl l'aveva pregata di stare alla larga dai combattimenti. La maga non portava elmi o armature, bensì solo seta e lino sottile. Non era assolutamente preparata a ciò che stava per accadere. Fenryl conosceva i rimbombi che facevano tremare la terra perché li aveva uditi su dozzine di campi di battaglia, e aveva imparato a temerli. Si affrettò a superare l'elfa per impedirle di entrare nella prima fila quando fosse iniziato lo scontro.

Le lance dei cavalieri si abbassarono tutte nello stesso istante. Il principe ammirò ancora la disciplina degli avversari.

Poi le due file di cavalieri si lanciarono l'una contro

l'altra con un frastuono assordante. Fenryl deviò con un colpo della pesante spada a striscia la punta di una lancia che si dirigeva verso il suo petto. Quando superò l'avversario, gli assestò un rovescio, ma la lama scivolò sulla spessa corazza del cavaliere senza neppure scalfirla. L'uomo fece cadere la lancia – inutile negli scontri ravvicinati – e afferrò il becco di corvo che gli pendeva dalla sella.

Il clangore dell'acciaio, gli sbuffi affannosi dei grandi cavalli da combattimento e le urla dei feriti scandirono la battaglia. Fenryl percepì le note sommesse di un flauto. Yulivea! Un cavaliere con la spada sollevata si scagliava nella sua direzione, e l'elfa suonava un flauto d'argento! Fenryl apprezzava la giovane maga, ma là, nella mischia, non c'entrava davvero nulla.

Il principe elfico schivò un colpo e parò la cavalla. Vibrò un fendente contro la fronte del destriero avversario per sbarazzarsi rapidamente dell'aggressore. La lama trapassò la sottile fessura per gli occhi. L'animale crollò come se fosse stato centrato dal pugno di un troll. Le zampe anteriori si piegarono e si ribaltò. L'enorme corpo corazzato rotolò via sopra il cavaliere.

Fenryl sapeva di essere arrivato troppo tardi per salvare Yulivea. La maga non cercò nemmeno di evitare l'avversario e continuò a suonare imperterrita. A un tratto il cavaliere dell'Ordine mollò la spada e iniziò a colpirsi l'elmo con le mani. Dalle fessure degli occhi uscirono dozzine di piccole farfalle che scintillavano di tutti i colori dell'arcobaleno.

Il principe elfico vide che anche altri cavalieri dell'Ordine venivano colpiti da quel flagello. La tortura non risparmiò neppure i cavalli, che si adombrarono e si allontanarono dalla linea dei combattimenti. I guerrieri furono disarcionati e il muro d'acciaio crollò. Ora la battaglia era più equilibrata.

«Sfondamento verso il bosco!» urlò Fenryl, soverchiando il fracasso. Era più intelligente sfruttare il momento favorevole e staccarsi dalla mischia che portare lo scontro al suo estremo più cruento. Se se ne fossero andati subito, i cavalieri corazzati non sarebbero più riusciti a raggiungerli. Gli elfi avrebbero semplicemente calpestato la sottile fila di archibugieri sul limitare della foresta.

Il principe elfico accennò un saluto con la spada a striscia. Yulivea sfoderò un sorriso civettuolo. Fenryl aveva temuto che sarebbe stata di peso durante la battaglia e che sarebbe stato necessario farla proteggere da alcune guardie del corpo. Fino a quel momento l'aveva considerata una sognatrice innocua e pacifica, sempre esposta a uno scherno fastidioso. Si diceva che fosse stata allevata da uno dschinn. Lei non ne parlava mai. Si sapeva solo che non era né fastidiosa né innocua. Forse un poco scostante...

Un enorme stallone gli corse incontro nitrendo. Aveva perduto il cavaliere. Le farfalle gli veleggiavano intorno alle froge, da cui gocciolava una schiuma insanguinata. Il principe frenò Brina di Primavera. Poteva evitare che il cavallo da combattimento lo speronasse, ma all'improvviso l'animale si bloccò come una mucca che, dopo un lungo inverno, viene condotta fuori dalla stalla sui pascoli primaverili. I pesanti zoccoli colpirono il petto della cavalla e Fenryl udì le costole che si spezzavano. La furia dell'urto la costrinse a indietreggiare. Brina di Primavera fece un passo incerto, quindi cadde di lato.

Fenryl smontò con un salto e lo stallone gli si avventò contro quasi subito, impennandosi con uno sbuffo furibondo. Zoccoli più grandi di martelli da fabbro vorticarono sopra il principe, pronti a sfondargli la testa. Piastre d'acciaio proteggevano i fianchi del cavallo da eventuali aggressioni.

Il principe mollò la lunga spada a striscia e, con il coraggio della disperazione, si piegò tra le zampe anteriori. Uno zoccolo gli sfiorò la spalla e l'elfo fu scaraventato con la faccia in avanti tra i papaveri calpestati. Stordito, si tastò alla ricerca del pugnale.

Il cavallo tentò di schiacciarlo. Fenryl si girò disperatamente tra gli zoccoli micidiali e, con un fendente, tagliò i tendini sul retro delle zampe anteriori. Lo stallone nitrì. Era solo una ferita superficiale, ma gli arti non riuscirono più a sostenere il peso del massiccio animale.

Il principe si affrettò ad allontanarsi e il cavallo si accasciò. Scalpitò con le zampe posteriori e provò a rialzarsi. Gli zoccoli affondavano nel terreno nero e pesante della radura.

Fenryl sapeva che il destriero non si sarebbe più alzato e si voltò verso Brina di Primavera, che lo guardava con gli occhi spalancati. Nemmeno lei si sarebbe più alzata. Il petto si era tinto di un colore scuro, e tra il pelo morbido come velluto si distinguevano i contorni delle ossa fratturate che, a ogni respiro, si muovevano tra la carne squarciata. La cavalla moribonda ansimava. L'aveva chiamata «Brina di Primavera» per via del bel motivo del pelo, simile alla brina che si formava sulle finestre nelle fredde notti primaverili. L'animale l'aveva accompagnato per così tanti anni durante innumerevoli battaglie e scaramucce. L'elfo era sconcertato. A ucciderla non erano stati un proiettile o una lama, bensì un altro cavallo... Come facevano i nemici a convincere i loro destrieri a uccidere i loro simili? Che mondo sbagliato e distorto stavano creando!

Fenryl strinse più forte il pugnale. Avrebbe facilitato l'ultimo viaggio a Brina di Primavera.

Un rumore di zoccoli lo indusse ad alzare lo sguardo. Gli veniva incontro un cavaliere che non era stato raggiunto dall'incantesimo di Yulivea. Leggermente chino sulla sella, allungò il braccio con il becco di corvo per vibrare un colpo mortale. Alle sue spalle si avvicinava un altro guerriero.

Con l'armatura leggera e armato solo di pugnale, Fenryl era quasi indifeso. Cercò di spostarsi di lato e scavalcò con un salto il cavallo dai tendini recisi, che provò ancora a colpirlo con gli zoccoli.

Il nemico era un abile cavallerizzo. Con una lieve pressione delle cosce ordinò al destriero di seguire Fenryl.

Un colpo centrò il principe alla schiena. Dal limitare del bosco giunse un altro tuono e un filo di fumo si levò tra i cespugli. Fenryl cadde in ginocchio e sentì il sapore del sangue sulle labbra. Alzò gli occhi, frastornato. Che maledetta sfortuna! Sapeva che con quei dannati archibugi era impossibile prendere bene la mira. Il tiratore aveva semplicemente sparato nella mischia e aveva colpito proprio lui!

Il cavaliere corazzato l'aveva quasi raggiunto. Per un

attimo Fenryl credette di scorgere due occhi azzurri dietro la visiera abbassata. Quindi un'ascia si stagliò contro il cielo e si abbatté tra l'elmo e l'usbergo del nemico. L'acciaio dell'armatura si squarciò con uno scricchiolio assordante. Il sangue schizzò sul pettorale in zampilli pulsanti e il becco di corvo scivolò tra le dita del guerriero.

«Questo non è il luogo ideale per fermarsi!» urlò Gunnar, dalla cui ascia gocciolava sangue scuro. Il re si piegò in avanti e gli tese la mano. «Vieni!».

Ancora stordito, Fenryl si tastò la schiena nel punto in cui l'aveva centrato il fendente e sentì un profondo avvallamento nella corazza sotto il mantello.

«Non ti hanno ammazzato», spiegò Gunnar con un largo sorriso. Quindi indicò alcuni cavalieri che si riunivano poco lontano. «Non ancora, almeno. È stato un errore. Non fare lo smorfioso. È stata solo una cordiale pacca sulla spalla. Ora vieni!». Il capitano Sigurd e due Mandridi della guardia del corpo reale non si staccavano dal fianco dcl rc.

La pallottola doveva avergli colpito l'armatura con un'angolazione sfavorevole, cosicché non era riuscita a trapassare la corazza. *Pura fortuna*, pensò Fenryl, disilluso. In quel momento avrebbe potuto essere morto accanto alla sua cavalla.

Aveva il fiato corto. «Alla faccia della pacca...» mormorò, afferrando la mano del re. Gunnar era l'unico che si preoccupasse di salvarlo. Evidentemente Tiranu e i suoi cavalieri elfici non si erano accorti che era caduto.

Gunnar lo issò in sella senza fatica, come se fosse stato un bambino. «Andiamo». Lo cinse con il braccio muscoloso come se temesse che scivolasse giù dal cavallo.

La prima fila di cavalieri elfici raggiunse il limitare della foresta. Fenryl notò che era trascorso poco tempo da quando Brina di Primavera si era accasciata al suolo. Abbassò lo sguardo sulla sua fedele compagna. Insieme avevano affrontato mille pericoli. Ora la vita della cavalla si sarebbe spenta da un momento all'altro. E il fatto che non giacesse a terra anche lui era solo un capriccio del destino.

Dal bosco si levarono alcune nuvole di fumo grigio e bianco. Gli archibugieri non sarebbero più riusciti a sparare un'altra salva ordinata capace di arrestare i cavalieri elfici, che ormai avevano quasi completato lo sfondamento.

Ora gli spari echeggiarono anche dal bordo settentrionale della radura. Gunnar si alzò sulle staffe. «Per il martello di Norgrim!».

Lo vide anche Fenryl. Dall'ombra degli alberi si staccò una seconda fila di cavalieri nemici. Indossavano leggere armature nere e montavano cavalli più piccoli e agili dei precedenti. Pistoleri! Non sarebbe stato tanto facile sfuggire a quei nemici. Quella truppa di cavalieri non aveva fatto parte delle scorte durante le trattative ed era riposata.

Sebbene a sparare fossero stati singoli pistoleri, la maggior parte teneva il braccio destro piegato ad angolo e appoggiava le pesanti pistole a ruota contro la spalla. Avrebbero fatto fuoco solo quando fossero stati a pochi passi dagli elfi e le pesanti pallottole di piombo avessero mietuto il maggior numero di vittime.

La linea nera dei cavalieri accelerò. I cavalli si lanciarono in un galoppo leggero.

«Conversione! Attaccate!» ordinò Tiranu con voce pacata. «Sfondiamo anche la loro fila!».

I pistoleri erano a meno di venti passi dai cavalieri elfici sull'ala destra. Risuonarono urla imperiose. I guerrieri abbassarono le armi, pronti a sparare.

Sopra la radura echeggiò un grido simile a quello di un serpente marino ferito. Il cavallo di Gunnar si impennò. Il re rise. I cavalli dei pistoleri si alzarono sulle zampe posteriori e indietreggiarono. Alcuni uomini furono disarcionati. La linea d'attacco si sgretolò.

«Avanti!» urlò Tiranu. «Sfondate! Fateli a pezzi!».

Gunnar girò il cavallo. Le guardie del corpo non si staccarono dal suo fianco.

Fenryl guardò il limitare della foresta anche se sapeva che non avrebbe visto la loro salvatrice. Silwyna doveva essere da qualche parte tra i rami delle vecchie querce. Aveva scoccato una freccia urlatrice. I maurawani avevano sempre usato dardi la cui punta cra fatta in modo da produrre un suono acuto e sibilante durante il volo. Quei proiettili non trapassavano le armature, ma servivano solo ad adombrare i cavalli per vanificare le aggressioni.

Si udirono alcuni colpi di pistola. Gunnar sollevò l'ascia gigantesca. Si scontrarono ancora due linee di guerrieri.

Fenryl si sentiva uno scudo umano davanti al petto del re, anche se sapeva che quest'ultimo non aveva intenzione di nascondersi dietro di lui. Poco lontano un cavaliere disarcionato puntava la pistola nella loro direzione. Dalla canna uscì una lingua di fuoco. Il proiettili staccò un pezzetto di orecchio sinistro al cavallo di Gunnar. Il tiratore aveva preso male la mira, scegliendo una traiettoria troppo verticale. La pallottola passò sopra le loro teste senza provocare altri danni.

Fenryl afferrò la cintura del re e sguainò la spada. Con un'arma in mano si sentiva meglio. Vibrò un rovescio contro il pistolero e gli centrò l'elmo con il lato piatto della lama. L'uomo cadde. L'ascia di Gunnar lo mancò per un pelo.

«Lascia perdere!» imprecò il re. «Hanno versato il sangue di mia figlia! Spegnerò una vita per ognuna di quelle gocce!». Il suo braccio sinistro si strinse ancora più forte intorno al petto dell'elfo. «Non hanno avuto pietà per una bambina! Meritano di morire».

La spaventosa ascia del re affondò nella schiena di un cavaliere che cercava di fuggire chino sulla criniera della sua cavalla. «Nessuna pietà!» urlò Gunnar, liberando l'arma con uno strattone.

Il moribondo scivolò di lato. Fenryl colse la palla al balzo e afferrò le redini dell'animale. Gunnar spostò il suo destriero accanto alla cavalla cosicché l'elfo potesse passare sulla sella vuota.

«Non hai figli, vero?».

«No».

«Allora non capirai mai che cosa significa tenere in mano la camicia insanguinata di tua figlia e non sapere che cosa le sia accaduto. Non sono un uomo crudele, principe. Al contrario. Libero questo mondo da uomini che combattono persino contro i bambini!». Il re spronò il cavallo e si addentrò nel bosco.

Fenryl si voltò. Il grande prato era stato calpestato dagli zoccoli. Ovunque vi erano morti e moribondi. I cavalli lanciavano nitriti lamentosi. I destrieri abbandonati cercavano i loro padroni. La linea dei pistoleri era stata rasa al suolo. Sarebbe trascorso qualche tempo prima che si riunissero ancora e forse osassero seguirli.

Dall'ombra degli alberi uscì una cavalleressa. Fenryl riconobbe lo stallone bruno che era appartenuto a uno dei Mandridi di Gunnar. Il fianco dell'animale, schizzato di sangue, rendeva superflua qualsiasi domanda sulla sorte del guerriero.

Silwyna si accostò all'elfo senza dire una parola.

«Grazie! Hai salvato la vita a molti dei nostri uomini».

«Noi elfi siamo troppo pochi. Il nostro popolo è decimato. Ecco perché bisogna preoccuparsi di persone come Tiranu. Non potevo lasciarvi cadere in questa imboscata». La maurawana lo guardò con i suoi freddi occhi da lupa. «I rapitori sono scappati verso ovest. Sono solo in sette, e i laghi sbarrano loro la strada. Non ci sfuggiranno».

16.
Una strage che non resterà impunita

Fratello Charles si lasciò scivolare giù dalla sella con gratitudine. Era ferito e gli dolevano le ossa. Alla sua età sarebbe stato meglio evitare di strapazzarsi cavalcando con gli altri. Guardò con diffidenza il limitare del bosco.

«Non possono essere così veloci!» disse Lilianne con sicurezza. La ghiaia sottile sulla riva le crocchiò sotto gli stivali. «Anche loro hanno dei limiti».

L'urlo di un rapace indusse Charles ad alzare lo sguardo. Sopra di loro volava una grande aquila bianca. Il reggente trasalì. No, non era un'aquila. Era troppo piccola. Non aveva mai visto un animale di quel genere.

«Ne è valsa la pena?» domandò piano. I cavalieri adagiarono la bambina svenuta nella più grande delle due barche sulla sponda. Erano troppo lontani per sentire la loro conversazione.

«È servito all'importante scopo che ci siamo prefissi», rispose la commendataria con insolito fervore.

«Tutti quei morti...».

«Vedo tutti coloro cui abbiamo salvato la vita.

Ognuno dei miei confratelli è pronto a pagare il prezzo più alto per servire Tjured».

«Non si potrebbe anche dire che hai sacrificato i tuoi fratelli? Sì, forse le malelingue direbbero che li hai piantati in asso e ti sei salvata mentre loro morivano per la bambina».

«Tra le nostre file vi sono forse malelingue che criticano le azioni dei più fedeli servitori di Tjured?». Lilianne aveva inarcato leggermente un sopracciglio e lo guardava diritto negli occhi. Charles non si sarebbe sentito più a disagio se gli avesse puntato alla gola una spada luccicante. Era il reggente del Drusna, una provincia dell'Ordine. Il suo grado era superiore a quello della donna, almeno secondo la Bolla Argentea di Marcilla, che stabiliva le obbligazioni reciproche della Chiesa e della Nuova Cavalleria. Entrambi sapevano tuttavia chi detenesse davvero il potere nella parte liberata del Drusna.

«Sappiamo che, per quanto sia impeccabile la strada che si percorre, è impossibile difendersi dalle maldicenze», replicò Charles, evasivo.

Lilianne continuò a fissarlo. «Non penso ai sacrifici, bensì a coloro che vivranno. Costringeremo i nemici alla pace perché la bambina è nelle nostre mani. Il prezzo di una scaramuccia è forse troppo alto se in cambio non è più necessario combattere altre battaglie?».

Charles detestava il linguaggio dei guerrieri. «Scaramucce» sembrava qualcosa di così insignificante! Non osava pensare a cosa poteva essere accaduto sulla radura in cui gli uomini si erano fermati per permettere loro di fuggire. Non rispose. Qualunque cosa avesse detto, sarebbe sfociata in un litigio. Guardò il lago, le due galee e il massiccio galeone con il suo imponente castello di prua. «Avevi progettato sin dal principio di rapire la bambina?».

«Mi ero preparata solo alla fuga. La caratteristica dei bravi condottieri è essere sempre aperti alla possibilità di una ritirata. E non dobbiamo sprecarla restando qui a parlare». La commendataria indicò la barca più grande. «Dopo di te, fratello Charles».

Dopo la lunga cavalcata sotto il sole estivo fu piacevole immergersi nell'acqua fresca. Charles sollevò la tunica e camminò lungo la riva. I rematori gli tesero la mano e lo aiutarono a salire. Sedette su una panca al centro dell'imbarcazione. Là accanto la principessina riposava su una larga tavola sopra i banchi dei vogatori. Le avevano tolto il fango nero dal viso, che ora era pallido quasi quanto la camicia di lino in cui l'avevano avvolta.

Il sangue era filtrato tra le bende e aveva inzuppato il tessuto. Sul petto campeggiava una macchia scura simile allo stemma di una luna rossa.

Le labbra della piccola erano blu. Il reggente le accarezzò le guance con delicatezza. La pelle era fredda come quella di una morta. Forse Lilianne aveva ragione e il rapimento si sarebbe rivelato molto proficuo. Forse si poteva costringere i pagani a una pace vantaggiosa. Una pace che determinasse la sconfitta del Drusna. Dal punto di vista morale, tuttavia, quel gesto non era giustificabile.

A un ordine dell'ufficiale di coperta i rematori cominciarono a vogare. La commendataria salì a bordo da sola. Charles osservò i marinai. Nessuno osava suscitare la rabbia della cavalleressa con uno sguardo lascivo. Lilianne non era una bellezza. A suo parere aveva un volto troppo duro e marcato per essere una donna. Ed era circondata da un'aura di fredda inaccessibilità. La Nuova Cavalleria si considerava da tutti i punti di vista l'élite della Chiesa di Tjured. Erano guerrieri, guaritori, eruditi... Charles giudicava un difetto il loro desiderio di perfezione. Solo dio era perfetto! Si poteva anche dire che cercavano di essere come dio. Quella era eresia... Che altri principi della Chiesa fossero giunti alla medesima conclusione? Il potere che l'élite della Cavalleria aveva ottenuto negli ultimi anni era inquietante. I cavalieri possedevano flotte ed enormi proprietà terriere e, con disappunto dell'Ordine dell'Albero di Cenere, più antico e numeroso, avevano il comando assoluto su tutti gli eserciti della Chiesa.

La barca si alzava e si abbassava nella risacca. Quando si furono lasciati la sponda alle spalle, le onde si appiattirono. Charles notò con stupore che rimanevano su una delle galee e non si trasferivano sull'enorme galeone, evidentemente la nave ammiraglia della piccola squadra.

Tutte e tre le navi erano verniciate di rosso. Le borchie di ottone lucidato scintillavano sotto il sole della sera. I remi bianchi erano infilati negli scalmi e aspettavano come giganteschi granchi pronti a fuggire su dozzine di zampe appena Lilianne avesse dato l'ordine.

Le due galee erano imbarcazioni a un albero. Le vele erano ammainate, ma Charles vide che i marinai si tenevano pronti. Per levare l'ancora e issare le vele sarebbero occorsi solo pochi istanti. La magia e le strategie non sarebbero più state di alcun aiuto agli Altri. Raggiungere le navi sarebbe stato impossibile.

Il vento della sera trasportava il puzzo di sudore. Le navi della Nuova Cavalleria erano considerate un esempio da imitare. I rematori erano esclusivamente volontari, non come accadeva sulle altre navi da guerra, dove lavoravano prigionieri in catene. Le galee erano progettate per essere veloci. Gli scafi snelli erano lunghi otto volte la loro larghezza. Uno sperone rivestito di bronzo spuntava dalla prua, mezzo nascosto dall'acqua e minaccioso come una spada sguainata. Poco più su si ergeva la piattaforma dei cannoni. I pesanti tubi di ferro decorati da figure di santi assomigliavano più a reliquiari che ad armi micidiali.

La piattaforma era orlata da spessi pali di legno su cui erano inchiodati striscioni con salmi. I cannonieri erano dunque schermati da parole pie anziché da massicce tavole di legno. Il ponte dei cannoni doveva essere aperto affinché il fumo si dissolvesse e i cannonieri vedessero bene i nemici. Sopra le armi si stagliava il castello di prua, bordato di merli. Là, durante le battaglie, si riunivano archibugieri e cavalieri per respingere gli arrembaggi degli avversari o per andare all'assalto di una nave speronata.

Sulla poppa della galea vi era un ampio baldacchino di velluto che proteggeva il timoniere e gli ufficiali dal sole e dalla pioggia. Tre grandi lanterne di vetro spuntavano sopra la poppa e, durante la notte, immergevano il ponte degli ufficiali in una luce calda. Splendevano con una tale intensità che, quando il tempo era bello e il mare era calmo, si potevano distinguere le navi al buio per molte miglia.

Il galeone era costruito in modo molto diverso dalle due imbarcazioni snelle. Sembrava un alano tra levrieri. La tozza nave da guerra era lunga quasi venti passi più delle galee e allo stesso tempo assai più larga. Sopra il ponte del timone si innalzavano tre alti alberi con pennoni che si protendevano di sghembo verso il cielo. Cinque lunghi cannoni sporgevano sopra lo sperone di prua. Là non si era prestata molta attenzione all'eliminazione del fumo e i cannonieri erano protetti da pareti di spesse assi di quercia. Lungo il parapetto era applicata una dozzina di cannoni più leggeri. Montati su forcelle di ferro orientabili, sparavano cariche di piombo sminuzzato, capaci di decimare i nemici in caso di arrembaggio.

Il reggente sapeva che le navi di quelle dimensioni trasportavano almeno cento soldati e cavalieri. Erano fortezze galleggianti che non dovevano temere alcun avvcrsario.

La barca girò intorno alla prima galea. Sulla poppa della nave da guerra vi era l'effigie ovale di un santo, forgiata nel bronzo. Pareva un gigantesco medaglione e raffigurava san Raffaele con una pesante armatura, impegnato a sollevare la spada e tenersi in equilibrio su una catena di ferro. Un tempo aveva aperto la strada fino al porto di Iskendria ed era diventato santo. Tutti conoscevano il suo nome.

Tra cinquant'anni nessuno si ricorderà più di me, pensò Charles con tristezza. Era un reggente, non un assaltatore di fortezze di cui si potessero narrare le gesta. Guardò Lilianne. Chissà se un giorno sarebbe entrata nel novero dei santi. I cronisti avrebbero ricordato che aveva abbandonato i suoi confratelli sulla radura, condannandoli a sacrificare la vita affinché lei e la principessa potessero fuggire? Fece un sorriso malizioso. No, se un giorno gli eptarchi di Aniscans avessero deciso di elevare Lilianne al rango di santa, i cronisti si sarebbero assicurati che la sua storia fosse esemplare a prescindere dalle azioni che aveva compiuto. Non avrebbero certo scritto la verità sulla *scaramuccia* della radura.

Furono mollate le cime. I rematori della galea appoggiarono i remi alla murata affinché non si schiantassero contro lo scafo massiccio nella risacca.

Lilianne afferrò una gomena, se la attorcigliò due volte intorno al braccio e diede l'ordine di issarla. Chi la guardava doveva credere che fosse tutto un gioco. Charles odiava quelle buffonate. Un uomo della sua età non avrebbe più dovuto essere costretto a pendere da una corda come un artista da circo.

Prese una cima, si tenne con entrambe le mani e, naturalmente, si mosse in modo maldestro. Quando fu sollevato sopra il parapetto, si era ormai scorticato i dorsi delle mani contro la murata ruvida. Il capitano lo guardò con espressione compassionevole. Era un tipo baffuto con ampi calzoni alla zuava verdi infilati in alti stivali con il risvolto. *Un damerino che attribuisce più importanza all'aspetto esteriore che alla praticità dell'abbigliamento*, pensò Charles. Chi calzava stivali da cavallerizzo a bordo di una nave? Una larga fascia intorno alla vita e un cappello floscio decorato di piume completavano l'immagine di quell'idiota. La lucida corazza smaltata di rosso che raffigurava lo stemma dell'Albero di Sangue indicava che era membro della Nuova Cavalleria.

«Benvenuto a bordo della *San Raffaele*, reggente». Il capitano aveva parlato con un tono che non piacque a Charles, e aveva fatto un inchino così profondo che non si poteva accusarlo di aver trascurato il dovere della deferenza.

Charles non era propenso a chiudere un occhio su simili mancanze di rispetto. «Come ti chiami, fratello?».

Il capitano lanciò un'occhiata fugace a Lilianne. A quanto pareva, aspettava istruzioni su come comportarsi. Tuttavia, la cavalleressa dell'Ordine non gli andò in aiuto.

«Capitano Alvarez de Alba, reggente», rispose in tono assai più ossequioso. Le sue parole erano accompagnate da un gracchio da corvo. Charles notò con sconcerto che all'estremità posteriore del padiglione sopra il ponte di poppavia vi era una fila di grandi gabbie mezzo nascoste da un telone.

«Non perdiamo tempo in convenevoli», intervenne Lilianne. «Date alla flotta il segnale di caricare i cannoni. Fate girare le navi in modo che i fianchi disarmati siano rivolti verso la riva. Non vogliamo destare sospetti tra gli Altri. Tutti i banchi dei vogatori devono essere occupati. Non voglio vedere marinai che gironzolano sul ponte. Vogliamo dare l'impressione di voler restare alla fonda per la notte. Gli archibugieri si tengano pronti sottocoperta con le armi cariche. Devono schermare le micce. Erigete dei bracieri e bruciate l'incenso affinché gli Altri non sentano l'odore delle micce accese».

«Che cos'hai in mente, sorella?». Charles si sorprese di apprendere che la piccola flotta non intendeva lasciare l'insenatura.

Lilianne lo guardò con freddezza. «Non avrai mica creduto che la strage dei nostri confratelli restasse impunita?».

17.
Obbedienza

«DOVRESTI PORTARMI DAI MIEI FRATELLI e dalle mie sorelle». Michelle gli rivolse uno sguardo penetrante. Aveva una luce strana negli occhi e il volto madido di sudore. Tremava in tutto il corpo. «Hai capito, ragazzo?».

«Sì, signora. Appena avrete la forza di alzarvi». Luc deglutì. Sapeva bene che non si sarebbe più rialzata.

Michelle continuò a guardarlo. Aveva forse intuito che cosa si celava dentro di lui? Giaceva in una nicchia del muro che circondava il roseto. Il bambino l'aveva condotta fino alla Testa dei Pagani, nella città in rovina, e nel giardino stregato su cui vegliava la bianca signora nuda.

Davanti alla nicchia ardeva un focherello. I cavalli pascolavano tra i cespugli di rosa.

«Mi porterai dai miei confratelli?». Parlare le costava molta fatica.

Luc non ebbe cuore di mentirle ancora. «Signora, la sciagura vi ha trovata».

«Di cosa stai parlando? Sono solo esausta...».

Il bambino si domandò come dirglielo senza chiamare il male per nome. «Temo che vi condurranno ai fuochi davanti alla città. E se non ci sarete più, io farò la stessa fine pur non essendo malato. La vostra consorella Corinna... Non riconoscerà il giudizio divino».

«Sciocchezze, ragazzo. Honoré mi ha visitato solo questa mattina. Ogni giorno, all'alba, ci spogliavamo e cercavamo il segno. Sono solo indebolita dalla lunga lotta contro...». Alzò gli occhi. «Contro la peste».

Aveva notato che Luc evitava quella parola? «Signora, so che cosa vedo».

Michelle si passò la mano sulla fronte. Fu un gesto fiacco e distratto.

«Dammi da bere».

Era così debole che dovette aiutarla a tenere la borraccia. Ricominciò a tremare. L'acqua arricchita di aceto le gocciolò dagli angoli della bocca. Si spruzzò un poco di liquido sul petto. Luc riprese la borraccia.

«Tastami la nuca!».

Il bambino la guardò con aria confusa.

«Forza, aiutami ad alzarmi. E obbedisci!». Gli cinse le spalle con il braccio e si alzò. Le battevano i denti.

Luc le spostò con prudenza i capelli dalla nuca, avvertendo un odore di incenso e aceto. Le sfiorò la pelle chiara con esitazione. Era fredda.

«Più deciso! Come se impastassi il pane!» lo incoraggiò stancamente Michelle.

Luc obbedì. La tastò dall'attaccatura dei capelli fin sotto il foulard nero e la sentì tremare a causa della febbre.

Le sue mani scivolarono lungo collo fin sotto il mento.

«Senti qualche bubbone?».

«No, signora». Il bambino era a disagio. Era quasi un uomo e sapeva che non si doveva toccare una donna in quel modo. E nemmeno annusarle i capelli. Non aveva mai annusato capelli profumati d'incenso. Era piacevole...

«Signora?».

Michelle aveva incominciato ad aprire i lacci della camicia.

«Sfilamela!».

Luc si schiarì nervosamente la voce. «Io...».

«Se vuoi diventare cavaliere dell'Ordine, devi imparare innanzitutto a obbedire agli ordini. Sbrigati!». Si piegò in avanti e per poco non cadde.

Luc la afferrò. Quindi andò dietro di lei. Non avrebbe visto nulla... Le tolse la camicia. Aveva la bocca secca.

Michelle alzò le braccia coperte di cicatrici chiare. «Devi controllare sotto le ascelle».

Luc tastò tra i peli, umidi di sudore. Gli andò il sangue alla testa. Era così accaldato per l'imbarazzo da credere di avere la febbre a sua volta.

Aveva trovato qualcosa! Sembrava un sassolino.

«Che cos'è?».

«Un punto duro, signora».

«Di che dimensioni?».

«Poco più grande di un fagiolo». Luc la sentì inspirare profondamente e tendere i muscoli delle spalle. Aveva smesso di tremare e la pelle pareva un poco più calda.

«La pelle ha cambiato colore?» domandò Michelle dopo un lungo silenzio.

«Non vedo. I peli...».

«Sforzati, maledizione! Non essere così schizzinoso!».

Luc si piegò in avanti. Le lanciò un'occhiata ai seni e si affrettò a distogliere lo sguardo. Come poteva vedere di che colore fosse la pelle tra i peli delle ascelle alla luce di un fuoco da campo?

Si inginocchiò nella nicchia accanto alla donna, tastandola tra i peli. Il suo sudore aveva un odore piacevole. Era un profumo che gli suscitò una sensazione calda e piacevole nel ventre.

«Non c'è niente, signora», disse infine, anche se non era sicuro che fosse vero.

Michelle trasse un sospiro di sollievo. «Sai, si può avere una leggera febbre anche a causa della stanchezza». Si appoggiò al muro.

Luc notò una brutta cicatrice rossa che le correva sul lato delle costole. «Siete stata ferita spesso, signora?».

«È inevitabile quando si sceglie la via della spada, Luc. In compenso non ho mai patito la fame. La Chiesa provvede ai suoi guerrieri quasi fosse una madre premurosa».

Il bambino annuì e guardò il fuoco. Pareva che mostrarsi mezza nuda non la mettesse in imbarazzo. Le donne che aveva conosciuto finora erano molto diverse. Era quasi un uomo... Non era decoroso sedere accanto a una donna senza camicia. La cavalleressa avrebbe dovuto saperlo!

Con la coda dell'occhio, Luc la vide infilarsi la mano nel cavallo dei pantaloni.

Si concentrò totalmente su un ramo che spuntava per metà dal fuoco. Che cosa stava facendo? *Non pensarci*... Il ramo... Era legno di pioppo?

La udì slacciarsi la cintura.

Sì, era legno di pioppo. Si chinò ancora di più. Il calore delle fiamme gli bruciava sul volto.

La fibbia tintinnò piano. Michelle si sfilò i pantaloni.

Luc sentì un nodo alla gola.

La donna sospirò.

Che cosa doveva fare? Forse andare a controllare i cavalli?

«Spogliati, Luc». La voce della cavalleressa aveva un tono strano.

Il bambino fissò il fuoco e finse di non aver sentito. Forse il ramo non era di pioppo...

«Spogliati!» ordinò Michelle, brusca. «Getta i vestiti tra le fiamme. E poi mettiti a correre e prega come non hai mai pregato».

«Che cosa...».

«Obbedisci, maledizione!».

Luc si voltò timidamente. Michelle si era abbassata i calzoni fino alle ginocchia. Si guardava le parti intime e non si era accorta che la stava osservando.

Sull'inguine, mezzo nascosto tra i peli, vi era un bubbone scuro.

«Corri, ragazzo», mormorò la cavalleressa. «Avevi ragione... Corri verso il fiume! Lavati finché ti brucia la pelle e non tornare più indietro. Hai toccato un'appestata».

18.
L'opera degli usignoli

Raggiunsero la spiaggia di ghiaia del grande Lago Boscoso con l'ultima luce della sera. Yulivea si allungò sulla sella. Le tre navi erano solo sagome nere sull'orizzonte grigio argento. Erano belle con i lunghi gagliardetti che ondeggiavano pigramente al vento.

Poco più avanti la maga scorse alcuni cavalli che brucavano sul limitare del bosco. I profondi solchi lasciati dalle chiglie delle imbarcazioni a remi dimostravano chiaramente il trionfo dei nemici. Erano arrivati troppo tardi! I cavalieri dell'Ordine avevano vinto. L'Alleanza di Ferro non disponeva di una sola nave nel giro di centinaia di miglia. Non avrebbero più raggiunto i rapitori.

«Sono rimasti così vicini alla sponda per schernirci», disse Fenryl con amarezza. «Assaporano la vittoria».

Re Gunnar era entrato in acqua fino ai fianchi. Si arruffò i capelli in un gesto disperato. «Ditemi il vostro prezzo! Ditemi che cosa volete!» urlò in direzione delle navi. «Non portatela via con voi!».

Tiranu cavalcò verso di loro e porse a Fenryl un bianca camicia insanguinata. «L'hanno trovata i miei uomini sulla spiaggia».

Il principe la appallottolò e la infilò nella bisaccia. «È meglio che Gunnar non la veda».

«Mostratemi mia figlia!» gridò il re. La sua voce stentorea e imperiosa suonava stridula.

Yulivea aveva sempre nutrito simpatia per lui. Molti elfi lo giudicavano rozzo e barbaro, ma le rammentava il suo antenato Mandred, che un tempo era andato a prenderla alla biblioteca di Iskendria con Farodin e Nuramon.

Smontò da cavallo ed entrò in acqua. Nel tentativo di consolarlo, gli posò la mano sul braccio vigoroso e coperto di cicatrici. «Vieni, amico mio. Rivedremo Gishilde. Ci diranno le condizioni per lo scambio dei prigionieri. Molto presto».

Gunnar si voltò. Tra la barba gli brillavano alcune lacrime. «Vorrei vederla solo per un attimo. Capisci? Solo per sapere come sta. Non sono pazzo. So che non me la restituiranno. Ma se solo mi concedessero un'ora con lei. Solo un'ora... Farei in modo che tutti i sopravvissuti della radura venissero portati qui in cambio di un'ora con lei». La guardò con occhi pieni di disperazione. «Non è un prezzo da poco, vero?».

Vedere quel guerriero nerboruto e insanguinato che si abbandonava a una tale disperazione la commosse più di quanto avrebbe ritenuto possibile. Le tornarono in mente ricordi dimenticati da tempo. Ricordi di cosa l'Ordine dell'Albero di Cenere aveva fatto al suo popolo, i Liberi di Valemas. Tutti coloro che amava erano stati uccisi a tradimento. Yulivea doveva la vita a uno dschinn cortese che l'aveva salvata dagli assassini. No, non poteva dire la verità a Gunnar. La conosceva bene.

La tattica di negoziazione dei servitori di Tjured prevedeva che non gli mostrassero Gishilde. Volevano lasciarlo nel dubbio. Volevano che si illudesse. La piccola aveva perso molto sangue, questo era certo. Forse era già morta. Gunnar non doveva saperlo. Finché avesse sperato, sarebbe stato arrendevole nelle trattative.

«Consegnare loro i prigionieri sarebbe cavalleresco», mormorò l'elfa. Non poteva spiegargli quale perfido gioco avrebbe giocato con lui la Chiesa di Tjured. Ormai i nemici avevano trovato il punto debole di Gunnar Bracciodiquercia, il guerriero temerario di cui non erano riusciti a scalfire l'orgoglio sul campo di battaglia.

Yulivea non poté fare a meno di ripensare alle battaglie disperate per il Drusna. Nonostante la resistenza accanita gli alleati avevano perso una striscia di terra dopo l'altra. E i cavalieri dell'Ordine non esitavano neppure a calpestare i bambini che avevano educato a cantare salmi in onore del loro crudele dio nelle torri dei templi. L'elfa aveva visto da lontano che cos'era accaduto sul ponte della Bresna dopo l'assalto a Mereskaja. Quei maledetti cavalieri dell'Ordine non avevano alcun rispetto per la vita. Non rispettavano nemmeno la loro! Quel giorno, sulla radura nel bosco, erano morti così tanti guerrieri solo per continuare a tenere un padre nell'incertezza sulle sorti della figlia! Che cosa poteva sperare il re quando doveva trattare con un simile nemico?

Gunnar non era stupido. Molto presto avrebbe capito quanto fosse vulnerabile. Allora avrebbe dovuto prendere una decisione... Quel giorno sarebbe crollato.

I servitori di Tjured l'avrebbero costretto a scegliere tra sua figlia e l'alleanza con il Drusna. A prescindere dalla decisione non sarebbe stato mai più lo stesso orgoglioso re guerriero. Yulivea avrebbe voluto donargli la pace, ma i suoi poteri magici non sarebbero bastati.

«Che cosa faresti durante l'ora con tua figlia, se i sacerdoti ti concedessero questo favore?».

Il re la guardò con espressione confusa. Evidentemente aveva rivolto i pensieri a qualcos'altro. Poi fece un sorriso triste. «Sederei al suo capezzale e le terrei la mano. E le canterei una canzone che lei e suo fratello adoravano quando erano piccoli. Parla del loro avo Mandred. Racconta come abbia ritrovato suo figlio e come abbia brindato con una quercia stregata. Mandred ruppe un intero carro di anfore di vino contro le radici dell'albero per vederlo bere. Mi sembra di essermi seduto sul suo letto solo ieri. È...». Gli mancò la voce e serrò i pugni in un gesto di rabbia impotente.

Yulivea lo abbracciò. Era un gigante, non gli arrivava neppure al mento. Eppure era impotente come un bambino. L'elfa sentì il suo alito caldo sulla nuca.

«Perché...» balbettò Gunnar.

A un tratto si irrigidì e si sciolse dall'abbraccio con dolcezza. «Grazie», sussurrò. Indicò la spiaggia. «Non devono vedermi così».

Yulivea seguì il suo sguardo. Sulla stretta striscia di ghiaia si erano riuniti più di duecento cavalieri. Alcuni avevano condotto i cavalli in acqua. La maggior parte indossava le scintillanti armature nere dei Falciatori, gli uomini del principe Tiranu. Qualcosa di oscuro aveva toccato le anime degli elfi di Langollion durante il regno di sua madre Alathaia. A prescindere da come si sarebbe comportato Gunnar, non l'avrebbero mai considerato un re. Non combattevano per il Drusna o la Terra del Fiordo; combattevano perché odiavano la Chiesa di Tjured. Forse anche perché temevano l'ira di Emerella, che non aveva perdonato loro il tradimento durante la Guerra delle Ombre. Una guerra scatenata dal tradimento di Alathaia, durante la quale i popoli elfici della Terra degli Albi avevano lottato l'uno contro l'altro e i draghi erano tornati ancora una volta nella loro antica patria. Era accaduto molto tempo prima, ma gli elfi avevano una diversa cognizione del tempo. No, i cavalieri di Tiranu non combattevano certo per Gunnar. Disprezzavano gli esseri umani, fossero essi nemici o alleati. Erano là solo per placare la rabbia di Emerella e cancellare la macchia del tradimento.

Un rumore la spinse a guardare le navi con inquietudine. Quale perfidia dovevano attendersi? I remi sui lati di tribordo erano infilati negli scalmi e alzavano spruzzi di acqua nera. Le galee galleggiavano pigre.

Un alito d'incenso fu portato dal lago alla riva. Vi era anche qualcos'altro: un odore sgradevole che il profumo della resina non riusciva a coprire del tutto. Le magnifiche navi respiravano il tanfo del Devanthar. Emanavano odore di zolfo! Yulivea trasalì senza volerlo.

Dalle galee uscirono lunghe lingue di fuoco. Sopra l'acqua tranquilla risuonò un violento rimbombo. Alcune ombre volarono loro incontro. I cavalli sulla sponda nitrirono. Il fumo si levò sopra i castelli di prua delle navi e fu trasformato in lunghi pennacchi dalla brezza.

Yulivea udì gli alberi che si spaccavano. Gli uomini urlarono. Vide un cavallo che veniva squarciato da una palla di cannone come se fosse stato colpito dalla zampata di un drago.

«Tornate nel bosco!» ordinò Fenryl, soverchiando il frastuono.

La maggior parte dei cavalieri aveva già girato i cavalli.

Un barbuto membro della guardia di Gunnar smontò barcollando e si piegò per raccogliere il braccio che il proiettile gli aveva amputato.

La maga sentì qualcosa di caldo che le scorreva sulla guancia. Il suo volto era bagnato come da una pioggerella estiva.

«Gunnar, vieni!» gridò senza riuscire a distogliere lo sguardo dagli orrori sulla riva.

Il re non rispose.

Fenryl le rivolse un cenno e urlò qualcosa, ma la sua voce fu inghiottita da un'altra esplosione.

«Presto!». Yulivea si girò. Avrebbe voluto prendere per mano Gunnar, ma si fermò di colpo. Il re era scomparso!

Confusa, guardò verso la sponda.

Qualcosa le sfiorò il ginocchio.

Il massiccio corpo del sovrano giaceva in acqua e galleggiava piano nella risacca. La mano tesa le sfiorava il ginocchio al ritmo delle onde. Il sangue si allargò in nuvole scure nel lago, che mandava un bagliore argenteo sotto i primi raggi della luna.

Yulivea avrebbe voluto gridare, ma non riuscì a emettere alcun suono. Lo sgomento le aveva tolto la voce.

Si inginocchiò e tastò il tronco del re, come se le sue mani potessero rivelare una verità diversa da quella percepita dagli occhi.

Le lacrime le annebbiarono la vista. Tastò l'acqua alla cieca. La testa di Gunnar era sparita, sfondata da una palla di cannone.

Si sentì pervadere da una rabbia furente che le saliva dal ventre, le faceva ribollire il sangue e non lasciava spazio ad altri pensieri. Cercò il lungo e stretto astuccio di legno infilato nella cintura tra i flauti.

La chiusura scattò con un lieve clic. Posato sul velluto rosso vi era un flauto nero, fabbricato con il vetro vulcanico di Filangana. L'aveva suonato una sola volta. La forza oscura della magia che dimorava in quello strumento l'aveva spaventata così tanto da indurla a non toccarlo più. Aveva sentito la rabbia dei guerrieri caduti a Filangana e il fuoco del vulcano.

Il flauto di pietra era caldo e, quando lo suonò, la collera e il dolore si tradussero in una melodia che si mescolò con la magia della terra. Dall'oscurità della notte nacque una scintilla incandescente, più piccola di una lucciola. Seguì i movimenti dello strumento, danzò e tessé un sottile filo di luce. Comparvero linee sempre più numerose e sottili, che si fusero tra loro e formarono l'immagine plastica di un uccello. Poi la creatura di luce si divise. Due usignoli rossi e arancioni spiegarono le ali di fuoco.

Yulivea assorbì il potere della terra, il sangue appena versato, l'incanto del flauto e della canzone. Poi vi aggiunse la sua ira bruciante. Diede libero corso alla magia.

Gli usignoli volarono l'uno verso l'altro, si sovrapposero e, quando si divisero, erano quattro. Quasi senza accorgersene, Yulivea percepì un lieve crepitio. I suoi vestiti erano diventati rigidi. Il respiro le usciva dalla bocca in nuvole chiare e una sottile membrana di ghiaccio rivestì l'acqua e si allargò sul lago.

La rabbia furibonda le permise di ignorare sia il freddo sia il caldo emanato dalle ali degli uccelli. Ormai erano più di una dozzina e si moltiplicavano sempre più rapidamente.

Il ghiaccio intorno a Yulivea era già spesso diversi pollici quando la melodia del flauto raggiunse un culmine sfrenato.

A un tratto l'elfa smise di suonare, allungò il braccio e indicò la nave più grande. «Volate, figli miei, volate! Cercate il dono nero del Devanthar!» ordinò con labbra bluastre.

I cannoni spararono ancora. La spiaggia era ormai deserta. Le palle atterrarono tra la boscaglia.

Gli usignoli si ridussero a uno sciame di ardenti punti luminosi che si trascinavano dietro code infuocate. Sparirono tra il fumo sulfureo che si alzava sopra l'acqua.

Yulivea udì un grido d'allarme. Il ghiaccio continuava a estendersi sul lago sebbene l'incantesimo fosse stato completato. La maga chiuse gli occhi. Sentiva che cosa stava succedendo.

Gli uccelli luminosi giravano intorno agli alberi. Uno di loro si abbassò. Le ali toccarono le cartucce di polvere da sparo sulla bandoliera di un archibugiere. Le ali tagliarono il cuoio come un coltello caldo avrebbe tagliato il ghiaccio, e le piccole cariche esplosero. Il tiratore cercò di scacciare l'animale urlando e agitando le mani. Yulivea avvertì il dolore dell'uomo quando quest'ultimo sfiorò l'usignolo.

Un altro uccello scese su un cannone bronzeo e coperto di fuliggine. Il metallo si fuse nel punto in cui l'animale si posò. Un cannoniere che aveva appena infilato qualcosa nell'arma guardò il piccolo uccello di fuoco strabuzzando gli occhi. Il metallo dorato gocciolava come acqua dal cannone. Poi un'esplosione frantumò l'immagine.

Stordita dall'incantesimo, Yulivea udì il rumore dietro il muro di fumo.

Una chiara fiamma a dardo squarciò il grigio ovattato. Echeggiarono altri boati, che aprirono larghi fori nel velo di fumo. Gli uomini gridarono; Yulivea vide una figura avvolta dalle vampe che saltava dalla nave. Dopo essersi rotolata inutilmente, giacque sul ghiaccio. Il fuoco lambì le vele arrotolate e le cime dell'attrezzatura. Il baldacchino a poppa scomparve nel rogo giallo.

Un'altra violenta esplosione fece tremare la corazza gelata che, scricchiolando, si ispessiva sempre di più.

Le due navi più piccole tentarono di sfuggire alla morsa del ghiaccio. Uomini muniti di scuri e alabarde si erano tuffati ed erano atterrati sulla crosta fredda che si era stesa sull'acqua.

Yulivea era in una sorta di trance. Si sentiva indifferente, come se osservasse il sogno di un'altra persona.

Gli archibugi spararono. In lontananza zampillarono piccoli getti di schegge ghiacciate.

Poi vi fu un boato assordante. Il rimbombo la colpì

come un pugno allo stomaco. Gli usignoli avevano raggiunto la polveriera. Un albero fumante si conficcò nel ghiaccio come un enorme giavellotto solo qualche passo più in là. Frammenti di legno piovvero come chicchi di grandine. Gli esseri umani giacevano in posizioni innaturali tra il legno che bruciava, come marionette cui qualcuno avesse tagliato i fili.

19.
Ferro e ghiaccio

INCREDULA, LILIANNE FISSÒ I RESTI FUMANTI del galeone. Una volta aveva visto esplodere una grossa caracca dopo che un'intera squadra di galee l'aveva incalzata per un'ora. Ma adesso la responsabile era un'elfa. Non poteva essere! Quel potere scherniva l'ordine di Tjured.

La commendataria strappò l'alabarda a un soldato. «Forza, scendi sul ghiaccio! Dobbiamo liberare la nave». Finché la *San Raffaele* fosse rimasta prigioniera dei ghiacci, gli elfi avrebbero potuto attaccare nell'angolo morto dei cannoni. La nave doveva tornare a essere manovrabile!

Lilianne fu la prima che saltò giù scavalcando il parapetto con un balzo. Un lago gelato nel bel mezzo dell'estate! Era come se gli Altri sputassero in faccia alla creazione divina.

La donna colpì la lastra con la scure a stelo. Sotto i suoi piedi si udirono schiocchi e scricchiolii.

Cercò di dominare la rabbia verso le empie creature della Terra degli Albi. Doveva mantenere i nervi saldi se voleva capovolgere l'esito della battaglia. Verificando cautamente la robustezza della crosta ghiacciata, procedette conficcando la scure davanti a sé. Avanzò verso la prua passo dopo passo.

«Maestro artigliere! Porta giù una piccola botte di polvere da sparo! Gli altri alabardieri da me! Rematori, prendete i remi di riserva e aspettate i miei ordini!».

Passò accanto alla prua. Sullo sperone, l'aquila di bronzo stilizzata era coperta di sottili cristalli di ghiaccio. Una brezza calda soffiava dal bosco.

Il ghiaccio arrivava a meno di venti piedi dalla poppa, assottigliandosi sempre di più al largo. Se avessero agito con rapidità e decisione, se la sarebbero cavata.

Lilianne fece cenno agli alabardieri di rompere il ghiaccio tra i remi. Quindi si spostò verso la riva con il maestro artigliere. Due cannonieri trascinavano una botte.

La commendataria guardò il profilo scuro della foresta. Gli elfi potevano approfittare di quell'opportunità da un momento all'altro. Al loro posto avrebbe ordinato da tempo un attacco alle navi indifese, ma le salve dei cannoni parevano aver tolto mordente agli empi.

«Qui!». Erano a una quindicina di passi dallo sperone. «Portatemi una miccia che bruci velocemente e un acciarino!». Conficcò la punta dell'alabarda nel ghiaccio.

Sulla sponda comparve una cavalleressa intenta a incoccare con calma irritante una freccia su un lungo arco. Un attimo dopo risuonò un grido dal ponte dell'artiglieria della galea là davanti.

La risposta fu una scarica di archibugi dalla galleria rialzata del ponte di prua.

L'elfa si appiattì contro la criniera del cavallo. Aveva mollato l'arco. Attaccò la nave con un urlo incomprensibile. Lilianne si paralizzò. Una sola cavalleressa che aggrediva una galea. Era pazza! Pazza, ma coraggiosa. La commendataria non poteva far altro che provare rispetto nei confronti di quella guerriera temeraria. Poi echeggiò una salva di archibugi. Il cavallo elfico si impennò e incespicò. La cavalleressa fu disarcionata, scivolò sul ghiaccio e rimase immobile.

Lilianne piantò l'alabarda nella lastra. Il foro era abbastanza grande. Vi inserì la botte con prudenza. Il maestro artigliere tornò prima che si incastrasse.

«Per quanto tempo brucia la miccia?».

Il cannoniere barbuto appoggiò la corda alla scala di misurazione incisa nell'accenditoio di quercia. «Quanto basta per contare rapidamente fino a trenta».

Dalla foresta risuonò un rumore sordo di zoccoli. La commendataria prese l'accenditoio. «Torna sulla nave!».

«Questo è compito mio, signora. Io...».

«Non contraddire i miei ordini, amico!».

Il maestro artigliere fece un passo indietro. Poi annuì e si mise a correre.

«Caricate i cannoni di prua con il piombo sminuzzato!» gli gridò dietro Lilianne.

I cavalieri uscirono dal bosco come un'onda d'ombra e avanzarono sul ghiaccio.

La commendataria posò la miccia sulla botte, estrasse il pugnale e tagliò circa un terzo della fune. Voleva essere sicura che la polvere esplodesse prima che i nemici la raggiungessero. In quel modo il suo destino era segnato. La misurazione della corda era stata arrotondata per difetto già in partenza.

Appoggiò la miccia alla botte. La fiamma si fece strada sibilando lungo la fune impregnata di pece. Quando la donna fu certa che la scintilla non si sarebbe più spenta, si voltò e si mise a correre. Le scarpe corazzate scivolarono sul ghiaccio, e si tenne in equilibrio mulinando le braccia. Sapeva che non sarebbe riuscita a salire sulla galea, ma era stata educata in modo da non rinunciare mai a una battaglia, per quanto disperata.

I remi della galea erano liberi. Gli uomini con le alabarde avevano fatto un buon lavoro. Lo scafo galleggiava sull'acqua scura, punteggiata di frammenti di ghiaccio. Le pale dei remi sbattevano con un suono limpido contro il bordo ghiacciato per allargare il canale navigabile.

Dalla poppa della *San Raffaele* risuonò la voce del capitano. «Su i remi!».

Mentre gli ultimi soldati si arrampicavano frettolosamente verso il castello di prua, i remi furono posizionati orizzontalmente. L'acqua gocciolava dalle snelle pale bianche.

Lilianne aveva quasi raggiunto la *San Raffaele* quando il barile esplose alle sue spalle. Le schegge di ghiaccio si abbatterono sulla sua armatura come grandine. Fu scagliata in avanti come se fosse stata centrata dal pugno di un gigante. La lastra tutt'intorno si spaccò con uno scricchiolio. La donna slittò sulla superficie liscia mentre ovunque si aprivano fenditure nere. L'acqua salì schiumando e tese le dita gelide nella sua direzione.

Il ghiaccio cedette. L'acqua era così fredda da toglierle il respiro. Più su, sopra il micidiale sperone della galea, comparve un volto familiare. Fratello Charles. Il vecchio sacerdote la guardò con gli occhi sgranati per il terrore. La pesante armatura che le aveva salvato la vita durante tanti combattimenti la trascinò verso il fondo del lago.

20.
La danza delle lame

SILWYNA SI ALZÒ. Le bruciava la guancia e il sangue caldo le scorreva giù per il collo. Il proiettile di un archibugio le aveva lasciato un profondo solco nella carne, ma la maurawana non sentiva dolore, bensì solo rabbia! Respirò a fondo. L'aria fredda, seppur satura di fumo, le fece bene. Il suo cavallo giaceva immobile, con il sangue scuro che gelava sul ghiaccio. Tutt'intorno il lago ghiacciato era letteralmente disseminato di relitti fumanti e pezzi di cadavere. Erano rimaste solo due galee.

La nave là davanti era mezzo nascosta dal fumo. Era una bella galea con magnifici gagliardetti che ondeggiavano dagli alberi e un baldacchino dai ricami dorati che si allargava sopra la poppa. In quel punto, tra guerrieri dall'armatura argentea, l'elfa scorse un giaciglio con coperte candide. Che Gishilde fosse là? L'avrebbe scoperto subito.

Si allungò la mano sopra la spalla e sguainò la lunga spada a striscia, infilata in una stretta bandoliera di cuoio sulla schiena. Con la sinistra estrasse dalla cintura il coltello da caccia, dotato di una larga lama per sventrare la selvaggina. Le due armi, così diverse, erano state forgiate insieme secondo le sue richieste. Erano entrambe impreziosite da un'impugnatura a forma di testa di lupo stilizzata. Le aveva usate durante innumerevoli battaglie, ma non aveva mai osato un attacco più disperato.

Si diresse a passo deciso verso la galea imprigionata nel ghiaccio. Avrebbe mantenuto la promessa fatta a Emerella e ripreso Gishilde sotto la sua protezione. E questa volta avrebbe portato la bambina molto lontano dal fronte. Su nel Nord, nella sua patria, a Firnstayn.

Alcuni uomini erano saltati giù dalla nave e aggredivano il ghiaccio con asce e alabarde. Si vedeva già un'angusta striscia di acqua scura. A bordo, guerrieri armati di lunghe picche cercavano di allargare la spaccatura.

«Per Tjured, non è ancora morta!». Un tiratore con l'elmo ornato di piume rosse indicò nella sua direzione. Silwyna vide le bocche degli archibugi puntate contro di sé. Micce ardenti vennero infilate nei fori di accensione.

Una pallottola sibilò poco sopra la sua testa. Un'altra frantumò il ghiaccio poco distante. L'elfa si mise a correre.

Il lago ghiacciato tremò sotto gli zoccoli di centinaia di cavalli. *Finalmente arrivano i falciatori,* pensò Silwyna con rabbia. Aveva quasi raggiunto i remi della galea. Le punte d'acciaio delle picche oscillarono verso di lei sopra le pale ghiacciate.

Echeggiarono altri spari. Una voce acuta urlò degli ordini. Risuonarono i fischi dei capitani.

Silwyna scavalcò la barra del timone. Il legno ondeggiò sotto il suo peso. L'elfa sapeva correre sui rami degli alberi. Era una maurawana!

Con un gesto stizzito spinse via le strette cocce delle picche. Qualcuno le puntò contro un archibugio. Silwyna guardò nella bocca scura, dietro la quale vide due occhi atterriti su un volto annerito dalla polvere da sparo. Non vi era possibilità di schivare il colpo!

Echeggiò l'esplosione. Un fumo caldo esplose nella sua direzione e le bruciacchiò il volto. Silwyna balzò sul parapetto e conficcò la spada nella visiera di un cavaliere con un fendente diritto, usando il coltello per deviare il colpo di un'alabarda.

L'archibugiere indietreggiò barcollando dalla murata, sollevandosi la pesante arma davanti al petto in un gesto protettivo. Tra le dita gli pendeva una miccia accesa. La guardò come se fosse un demone. Evidentemente, nella fretta aveva dimenticato di infilare una pallottola di piombo nella canna.

Silwyna estrasse la spada dall'elmo del cavaliere morto e saltò nella breccia che l'archibugiere aveva aperto nel muro di cadaveri stipati. Con uno strattone si tirò il corpo davanti al petto e lo usò come scudo. Lungo il parapetto correva solo un'angusta galleria che impediva ai cavalieri e ai marinai di sfruttare la loro schiacciante superiorità numerica. Dietro la galleria si spalancava un lungo pozzo aperto, simile a un fossato di legno, che ospitava i banchi dei vogatori. Arrivandole a malapena ai fianchi, divideva la galleria dalla passerella che si allungava al centro della nave dal ponte di poppa verso prua. Una barriera zeppa di cadaveri. Dai banchi si erano alzati oltre cento vogatori armati di picche, pistole, balestre e larghi coltelli d'arrembaggio.

Le cocce delle picche scalfirono il pettorale del cavaliere morto e scivolarono sulla bombatura. Silwyna lanciò l'uomo contro gli aggressori. Il guerriero corazzato cadde sul ponte sottostante, seppellendo tre vogatori. La maurawana spiccò un lungo balzo sopra il fossato di legno verso la passerella centrale. Atterrò con agilità, si inginocchiò e parò un colpo con la spada. Un fendente scivolò lungo la lama snella. L'elfa si voltò, restando in ginocchio. Là davanti vi era un marinaio che le puntava contro un largo coltello d'arrembaggio, stringendo una pistola nella sinistra.

Un colpo netto con il coltello da caccia gli aprì il ventre e lo fece precipitare all'indietro verso i banchi dei vogatori.

«Uccidete quella creatura delle tenebre!» urlò un tipo massiccio, spuntando dal fossato dei vogatori con un'ascia enorme tra le mani. «Che cosa può fare una donna contro cento uomini?».

I marinai si levarono dai due lati della passerella come un'ondata di carne. Di lì a un istante Silwyna fu circondata dai nemici, ma i vogatori armati erano così assiepati da ostacolarsi a vicenda.

Alcuni colpi di archibugio risuonarono lungo il parapetto. L'elfa udì un cavallo che nitriva poco distante. Poi la voce familiare di Fenryl soverchiò il frastuono del combattimento. Finalmente erano arrivati i cavalieri!

Silwyna schivò un'alabarda, colpì il volto dell'avversario con il guardamano della spada, si voltò all'improvviso e si ritrovò di fronte un cavaliere dell'Ordine, corazzato dalla testa ai piedi. L'uomo cercò di spingerla giù verso i banchi dei vogatori con un violento fendente. L'elfa bloccò l'aggressione e intercettò la lama con il guardamano arcuato della spada. Una rotazione strappò l'arma angolata dalla mano del cavaliere. Anziché arretrare, quest'ultimo sollevò tuttavia il braccio armato per deviare la lama della maurawana. La sua sinistra scattò in avanti e le scaglie di ferro del guanto centrarono Silwyna sopra il sopracciglio quando si abbassò. Una ginocchiata le mancò di poco il mento.

L'elfa alzò il coltello con un gesto rabbioso e lo conficcò nell'ascella del guerriero. La lama penetrò nella carne fino all'impugnatura. Il cavaliere si accasciò sputando sangue. Silwyna non ebbe il tempo di recuperare l'arma. Afferrò il pugnale infilato nella cintura del moribondo ed evitò un colpo d'ascia.

Le si parò davanti l'uomo che poco prima le aveva aizzato contro l'orda di vogatori. Qualcosa le sfiorò gli stivali. I marinai cercavano di colpirle le gambe. Imprecò e cercò di mettersi al sicuro con un balzo, ma le armi si protendevano verso di lei lungo tutta la passerella. Doveva essere pazza per attaccare da sola l'equipaggio di una nave.

La punta di una picca le lacerò i pantaloni, lasciandole un taglio sanguinante sulla coscia. Il marinaio là davanti maneggiava l'ascia come una falce.

«Fatela a pezzi!» gridò l'uomo, schizzandola di saliva. «Uccidetela e gettatela sul ghiaccio tra gli elfi sacrileghi! Tjured ci protegge! Vinceremo!».

La maurawana schivò l'ascia con un passo laterale. La sua spada scattò in avanti come un serpente pronto ad attaccare. La lama si piantò in un occhio e trapassò il cranio con uno schiocco. Il guerriero cadde come se fosse stato colpito da un fulmine. I marinai indietreggiarono, inorriditi. Erano forti come orsi, temprati dal lavoro ai remi, e sicuramente erano anche coraggiosi, ma non erano all'altezza dell'elfa. In confronto alla maurawana, che era sopravvissuta ai secoli, erano come bambini che usavano bastoni per aggredire un cavaliere corazzato.

Una nuvola coprì la luna e ne assorbì la luce argentea. Ora il campo di battaglia era rischiarato solo dalle grandi lanterne sulla poppa della galea. Il ponte angusto era scivoloso per via del sangue.

L'elfa avanzò a passo sicuro, evitando di guardare le lanterne. I suoi occhi erano abituati all'oscurità.

Ormai per i vogatori era poco più di un'ombra indistinta. Un'ombra accompagnata da uno scintillante acciaio argenteo. La maurawana si faceva largo tra gli uomini saltellando, parava i fendenti dei coltelli d'arrembaggio, talvolta vibrava un colpo o attaccava con l'impugnatura o il guardamano delle armi. Rispettava quegli uomini, che sapevano di non poterla sconfiggere, ma combattevano ugualmente, perché l'onore impediva loro di arrendersi. Cercò di non ucciderne nessuno. Erano accecati. I cavalieri dell'Ordine erano un nemico che non meritava pietà.

Superò la stretta passerella più lentamente del previsto. Con la coda dell'occhio vide i falciatori che scavalcavano il parapetto e riconobbe il principe Fenryl tra i guerrieri del Langollion con le loro armature nere.

Parò un violento fendente diretto alla sua testa e colpì la faccia dell'avversario con l'elsa della spada. Nonostante il baccano udì il naso del vogatore che si fratturava. L'uomo arretrò vacillando. L'elfa aveva guadagnato altri due passi verso il giaciglio sul ponte di poppa.

Qualcuno le afferrò il piede sinistro. Un fendente diritto verso il basso, e due dita ruzzolarono sulle tavole insanguinate. Silwyna si girò, parò un colpo, si piegò. Echeggiò uno sparo. Il proiettile la mancò. Qualcuno gridò alle sue spalle.

L'elfa si abbassò ancora. La sua snella spada a striscia centrò una coscia. La maurawana parò un attacco da sinistra con il pugnale del cavaliere. Spinse la spalla contro il petto del ferito, gli estrasse la lama dalla gamba con una lieve rotazione e lo superò.

Ancora cinque passi al giaciglio sotto il baldacchino. Avrebbe preso Gishilde e sarebbe saltata con lei giù dalla nave. Che fossero Fenryl e gli altri a finire quella battaglia!

Dal ponte di poppa arrivò un cavaliere armato di spadone. I vogatori gli fecero posto. Alcuni sorrisero. Sul pettorale del guerriero campeggiava lo stemma dell'Albero di Sangue, e l'elmo era decorato di piume nere.

«Infilatele le picche tra le gambe!» urlò il cavaliere dell'Ordine con voce calma e imperiosa, avanzando nella sua direzione.

Silwyna indietreggiò di due passi per la prima volta da quando era saltata sulla passerella. Lungo le gallerie infuriava il chiasso del combattimento. Tra le file dei difensori si aprivano già le prime brecce. Rivoli di sangue scorrevano giù dal ponte verso i vogatori. Alla luce della luna sembravano neri come pece.

Il cavaliere agitò lo spadone con entrambe le mani, costringendo l'elfa ad arretrare di un altro passo. Le picche si allungarono verso le sue gambe. Silwyna si girò. Sapeva correre sulle sommità degli alberi sferzati dalla tempesta. Non sarebbe morta così!

I primi falciatori di Tiranu scavalcarono il fossato dei vogatori e si schierarono dietro di lei per coprirle le spalle.

Un tuono simile a una salva di cannone fece trasalire gli uomini.

Silwyna si guardò indietro per un attimo. Sul ponte di prua vide un ufficiale che mandava i marinai oltre il parapetto con barili di polvere da sparo. Volevano far esplodere il ghiaccio per liberare la nave! Ormai non poteva più farci nulla. Se avesse raggiunto Gishilde in tempo, non gliene sarebbe importato nulla delle sorti della galea!

Attaccò il cavaliere. Fece una finta con la spada e intercettò la lama dell'avversario con il guardamano del pugnale. Il guerriero era abile! Rispose a un fendente con un colpo della mano corazzata. Allo stesso tempo spinse avanti la lama dello spadone per usarla come leva e cercò di disarmare l'elfa.

La maurawana arretrò e incespicò su una picca che qualcuno le aveva infilato tra le gambe. Si aggrappò, scivolò sul ponte insanguinato e si piegò sotto un fendente del cavaliere. Sentì sul viso la corrente d'aria provocata dalla lama. Il nemico l'aveva mancata solo per un soffio!

Un coltello d'arrembaggio le squarciò il farsetto di cuoio e le sfiorò una costola. Silwyna imprecò. Aveva perso il ritmo con cui le sue lame seminavano dolore e orrore tra gli esseri umani. E all'improvviso la schiacciante superiorità numerica cominciò a farsi sentire. Alcune mani si tesero nella sua direzione e cercarono di trascinarla sul pavimento mentre il cavaliere cambiava presa per infilzarla con la lama rivolta verso il basso.

L'elfa udì i falciatori che lottavano alle sue spalle e si augurò che si impegnassero un po' di più per aiutarla. Non si sarebbe stupita se gli uomini di Tiranu l'avessero sacrificata per non dover dividere con lei la gloria della liberazione della principessa.

Tenne a bada gli avversari con un largo fendente. I vogatori indietreggiarono spaventati, ma il colpo non riuscì a penetrare le gambiere dell'armatura del guerriero, lasciando solo una scalfittura. Il cavaliere le sferrò un calcio al fianco e cercò di spingerla sul pavimento per tenerla ferma mentre le assestava il colpo mortale.

L'elfa si voltò. Il guardamano della spada spostò la larga lama dello spadone. Silwyna ruotò il pugnale e lo conficcò con tutte le sue forze nel piede corazzato del nemico. L'acciaio trapassò l'armatura, le ossa e la suola e si piantò nelle assi del ponte.

Il cavaliere gemette. Silwyna scattò in avanti e gli si avventò contro. Un bordo dell'armatura le tagliò il viso. L'uomo perse l'equilibrio, ma il pugnale gli tenne il piede destro inchiodato al legno. La lama lo teneva prigioniero. La maurawana notò di sfuggita che gli si era slogata la gamba e che il piede era malconcio a causa della violenza della caduta.

Lo superò. Ormai armata solo di spada, si affrettò verso il giaciglio. I vogatori arretrarono, terrorizzati. Un numero sempre maggiore di guerrieri elfici scavalcava la murata. Alle spalle di Silwyna alcuni cavalieri dell'Ordine si disposero intorno all'albero maestro e formarono un anello difensivo di acciaio scintillante.

La luna tornò a fare capolino tra le nuvole. L'elfa spostò bruscamente un uomo dalla tunica blu.

«Che ti marciscano le mani quando toccherai il suo corpo benedetto», disse il vecchio sacerdote.

La maurawana sollevò la coperta candida, rivelando una donna pallida con una benda insanguinata intorno alla testa.

«La capitana Feodora è una santa», gridò il sacerdote. «In lei arde la forza della vera fede! E quel potere ti annienterà se proverai a farle del male».

Silwyna guardò la donna e non credette ai propri occhi. Aveva fallito! Non era riuscita a proteggere Gishilde quando l'avevano rapita e non era neppure riuscita a salvarla.

Vide l'altra galea tra il ghiaccio. La nave snella era attorniata da lastre galleggianti e, vacillando e sobbalzando, si faceva strada verso il largo. Si domandò se potesse ancora raggiungerla saltando da una lastra all'altra. Forse... Scacciò quel pensiero. Era troppo stanca... Aveva riportato mezza dozzina di ferite. Perlopiù solo tagli superficiali, ma dovevano essere medicati. Attaccare la galea da sola era stata una follia; l'elfa sapeva di essere viva solo perché erano intervenuti anche Fenryl e Tiranu. Non l'avrebbero sicuramente seguita sul ghiaccio. Era tutto finito... per il momento!

Fenryl la raggiunse sul ponte di poppa. Era tutto arruffato. Una pallottola gli aveva sfilacciato il ciuffo di piume sull'elmo. L'ampio mantello bianco era lacero. Il principe si slacciò stancamente la cinghia sotto il mento. I combattimenti sul ponte stavano per finire, i sopravvissuti venivano disarmati.

«Tjured condannerà le vostre anime all'oscurità eterna», disse il sacerdote.

Fenryl lo ignorò e guardò la capitana ferita. «Non è qui?». Seguì lo sguardo di Silwyna. «È sull'altra nave?».

«Abbiamo perso», dichiarò la maurawana con voce cupa. «È tutto finito. Nasconderanno Gishilde da qualche parte. Esistono centinaia di luoghi in cui potrebbero portarla. Siamo nelle loro mani».

«Non ancora», replicò il principe in tono deciso. «Scopriremo dove si trova e andremo a prenderla. Poi saremo noi a coglierli di sorpresa». Emise un fischio acuto e la grande poiana codabianca atterrò sull'asta della bandiera, sulla poppa della galea. «Non ci sfuggiranno!».

21.
Un taglio profondo

LUC POSÒ LE DUE PISTOLE RIVESTITE D'ARGENTO e alzò lo sguardo verso gli occhi bianchi e ciechi. «Mi aiuterai, vero?» sussurrò. Estrasse il coltello a serramanico dalla tasca dei pantaloni e lo adagiò accanto alle armi. Questa volta avrebbe fatto tutto nel modo giusto. «Lei non crede in te», proseguì a bassa voce. «Ma la mia fede basta per due. Per favore ascoltami!».

Guardò il regolare volto marmoreo con occhi supplichevoli. Naturalmente la donna bianca non rispose. Tuttavia il bambino sapeva che l'aveva sentito. La signora del roseto taceva, ma poteva aiutarlo. Luc posò lo sguardo sui fiori appassiti e sulle ciotole vuote. Le offerte di grano erano ormai state portate via da topi e uccelli, ma sul piedistallo e sulla statua non vi erano escrementi e non cresceva neppure il muschio. Quello non era forse un segno di potere?

«Mi aiuterà», mormorò. «Mi aiuterà!». Le aveva regalato la cosa più preziosa che possedesse. Ora doveva solo credere.

Un curioso solletico gli attraversò la pelle quando indietreggiò dalla statua. Là, tra le rovine, aveva già provato spesso quella sensazione. A volte aveva l'impressione di attraversare muri trasparenti. Quel luogo aveva conservato parte del potere degli dei in cui credevano gli antenati. Luc ne era sicuro nonostante ciò che il sacerdote aveva detto durante i sermoni.

Con passo deciso passò accanto ai roseti e si diresse verso la nicchia in cui dormiva la cavalleressa. Evitò di guardarla. Era nuda. Gocce di sudore freddo le brillavano sul corpo. Com'era possibile che si fosse ammalata? Era una delle più nobili serve di Tjured, ne era certo. Suo padre aveva sempre parlato della Nuova Cavalleria con il massimo rispetto.

Tamponò il viso della donna con un fazzoletto. Michelle scottava. Il bambino immerse con cautela il panno nella ciotola di acqua e aceto che aveva preparato, quindi glielo stese sulla fronte. Le avrebbe abbassato la febbre.

Guardò la larga cintura di cuoio srotolata, munita di strette tasche cucite che contenevano coltelli, tenaglie e altri strani strumenti di cui non conosceva il nome. Quando si era rifiutato di fuggire, la cavalleressa gli aveva detto con esattezza cosa farc. Gli aveva spiegato che molto probabilmente sarebbe morta anche se avesse seguito le sue istruzioni alla lettera. Peggio ancora, se le avesse inciso il bubbone, non sarebbe sopravvissuto per più di cinque giorni.

Accarezzò i coltelli. Alcuni avevano lame dentate o curiosamente ricurve. Aveva un brutto presentimento. Scelse il coltello più piccolo, molto leggero e con il manico d'avorio.

Gli tremava la mano quando si voltò verso sorella Michelle. All'improvviso aveva la bocca secca e si sentì assalire dalla nausea.

Per Tjured! La cavalleressa aveva gli occhi aperti! Si era svegliata e muoveva le labbra. Luc dovette piegarsi per udire le sue parole.

«Sei... Sei un ragazzo molto coraggioso, Luc. Ti ammiro...». Sorrise, esausta. «Per me sarebbe un onore conoscerti meglio... Qualunque cosa accada hai già fatto più di quasi tutti i guaritori, che si sarebbero rifiutati anche solo di toccare una persona come me».

Il bambino era imbarazzato. Se Michelle avesse saputo quanto era spaventato, non avrebbe più parlato così di lui. Non aveva visto come gli tremava la mano?

«Procedi pure».

Luc trasse un profondo respiro. Quando avvicinò il coltello al bubbone, il tremore cessò. Sul corpo della donna erano comparse altre macchie scure. La cavalleressa gli aveva detto che erano un brutto segno: i succhi venefici andavano diffondendosi nel resto dell'organismo. Ogni tanto tossiva sangue.

Luc guardò il coltello. Non aveva mai ferito nessuno tranne il figlio del saponiere, che una volta gli aveva sferrato un pugno al naso... Ma quello era un altro paio di maniche. Quell'idiota se l'era meritato. Starsene là in quel momento con un coltello in mano... Non poteva!

La cavalleressa lo guardò come l'aveva guardato suo padre quando il bambino era salito per la prima volta in groppa a un cavallo grande. All'epoca non aveva avuto paura di cadere, ma ora...

Studiò il grosso rigonfiamento con incertezza. Era quasi nero. Doveva fare qualcosa. Se non avesse inciso il bubbone, il veleno avrebbe ucciso sorella Michelle!

Strinse le labbra. Doveva solo esercitare una lieve pressione sul coltello. La lama fendette la pelle senza difficoltà. Uscì un pus scuro. La cavalleressa si tese e gemette.

Luc tagliò più a fondo e premette sulla ferita. Si diffuse un tanfo e comparve altro pus, questa volta mescolato a sangue. Aveva forse sbagliato qualcosa?

Sorella Michelle era svenuta ancora. Era rimasto solo! La ferita doveva smettere di sanguinare, gli aveva detto, e andava lavata con il panno imbevuto di aceto.

Altro sangue e altro pus. La donna giaceva già in una pozza. Che cosa poteva fare affinché smettesse di sanguinare? Il taglio era forse troppo profondo? Il coltello gli scivolò tra le mani.

Devi farcela, si rimproverò. *Riprenditi! Gliel'hai promesso.*

Prese il fazzoletto e tamponò lo squarcio. Il sangue diminuì, ma il fetore... Aveva la nausea. Respirò piano dalla bocca.

Quindi prese un altro panno, lo immerse nella ciotola e lo premette forte sulla ferita. Poi applicò una fasciatura ben tesa. Il lino bianco si inzuppò subito di sangue.

Si augurò di aver fatto tutto nel modo giusto. Guardò la statua della donna bianca con espressione furibonda. «Non mi sei stata di grande aiuto! Non...». No! Non poteva farlo. «Scusa», mormorò con un filo di voce. «Non volevo offenderti. Per favore veglia su sorella Michelle. Per favore...».

Il petto della cavalleressa aveva smesso di alzarsi e abbassarsi. La donna non respirava più! Aveva la bocca spalancata.

«No!». Il bambino si inginocchiò dietro di lei nella nicchia e le coprì le labbra con le mani. Non sapeva esattamente che cosa accadesse quando qualcuno moriva. Non era presente quando sua madre li aveva lasciati, e non aveva assistito neanche alla morte di suo padre. Per quanto riguardava gli altri, non aveva voluto guardare. In realtà si diceva che l'anima salisse al cielo con il fumo del fuoco funebre, ma una volta aveva sentito dire che lasciasse il corpo con l'ultimo respiro.

Tappò ancora più forte la bocca della cavalleressa. L'anima non doveva abbandonarla! Calde lacrime gli scorrevano sulle guance, e questa volta non si vergognò di piangere. Era di nuovo solo. Non le avrebbe permesso di andarsene!

«Terrò forte la tua anima, così non puoi morire», singhiozzò. Guardò la donna bianca. I suoi lineamenti parevano mutati. Sembrava triste. «Aiutami! Ti ho dato tutti i miei tesori. Me lo devi!».

Appena ebbe pronunciato quelle parole, si rese conto di non tenere affatto alle pistole e al coltello. Sorella Michelle era il suo tesoro più grande. L'aveva portato via da Lanzac.

Gli aveva promesso una nuova vita, che si era conclusa ancora prima di iniziare.

Il volto della cavalleressa era freddo. Le aveva forse chiuso la bocca troppo tardi? Oppure la sua anima gli era semplicemente scivolata tra le dita? In quel caso non avrebbe dovuto sentire qualcosa?

«Non morirai, hai capito?!». Forse sarebbe stato utile parlarle. La sua anima lo udiva? Si poteva mercanteggiare con un'anima? O addirittura minacciarla?

«Non morirai, perché non te lo permetterò. Hai capito? Non te lo permetterò!».

Le sue lacrime brillavano come perle d'argento tra i capelli della donna.

Non l'avrebbe lasciata andare e, se fosse spirata, sarebbe semplicemente rimasto là finché la morte avesse portato via anche lui.

22.
Il dono di Tjured

Vi fu uno scossone che per poco non mandò a gambe all'aria fratello Charles sebbene il reggente fosse preparato. I corvi nelle gabbie sul ponte di poppa gracchiarono per lo spavento e sbatterono le ali.

«Remate!» urlò il capitano Alvarez ai vogatori. «Remate, uomini!».

I duecentocinquanta rematori della *San Raffaele* ce la misero tutta. Quando lo scafo della galea urtò ancora il ghiaccio piatto, si udì uno scricchiolio acuto sotto la poppa.

Charles si voltò verso il solco scuro e coperto di lastre che si erano lasciati alle spalle. Nessun elfo aveva osato seguirli. Ancora tre lunghezze, e sarebbero sfuggiti a quella trappola mortale.

Vi fu un altro scossone. Ogni volta che lo scafo si spingeva un poco avanti, il ghiaccio si frantumava sotto il peso della galea che vi si affossava all'improvviso. Scoppi e schegge riempivano l'aria gelida. Il reggente del Drusna attraversò la passerella tra i banchi dei vogatori, dirigendosi verso il ponte di prua. Tre marinai nudi cercavano di tirare fuori sorella Lilianne dall'armatura.

Quando il cigolio della crosta di ghiaccio si trasformò in un coro di schianti, il sacerdote si mise a correre. Raggiunse appena in tempo la scaletta che conduceva al castello di prua sopra il ponte dei cannoni. Si tenne forte alla ringhiera con entrambe le mani quando la galea si affossò nuovamente. La *San Raffaele* si faceva largo tra il ghiaccio come un ghiottone penetrava nel cadavere di un alce.

Sarebbero fuggiti! Ed era solo merito della commendataria.

Uno dei marinai aprì le fibbie del pettorale di Lilianne. La donna giacque immobile sulle tavole del castello. Fratello Charles si era meravigliato quando i marinai erano scesi dalla nave con l'aiuto delle funi per salvare la commendataria che affondava nell'acqua scura. Il capitano Alvarez non aveva dato ordini in tal senso. Fino a quel momento il reggente aveva considerato solo molto obbedienti i soldati e i marinai al servizio della Nuova Cavalleria, e aveva sospettato che ciò fosse il risultato di una severa disciplina e di punizioni draconiane. Ma vi era dell'altro... I tre uomini avevano rischiato la vita senza esitazione per salvare Lilianne, sebbene quel giorno la donna avesse mandato a morte centinaia dei loro compagni. Si erano sentiti legati a lei... Come se quella guerriera avida di potere fosse una di loro. I marinai non appartenevano all'Ordine più dei soldati a bordo della *San Raffaele*. Da dove veniva la loro dedizione autodistruttiva?

Charles osservò con interesse il più robusto dei tre uomini che posava le grandi mani sulla cassa toracica della commendataria e premeva. A ogni pressione, dalle labbra scure di Lilianne usciva acqua. La cavalleressa era in condizioni pietose. Aveva i capelli dorati appiccicati al volto ed era stesa sul ponte con gli occhi fissi.

Il marinaio mormorò una preghiera e premette ancora.

La galea fu attraversata da uno scossone. La testa di Lilianne si girò un poco di lato. In realtà Charles aveva avuto intenzione di inviare ad Aniscans un lungo rapporto sulla sua condotta, ma era disdicevole presentare delle rimostranze su una morta.

A un tratto il corpo della cavalleressa si contrasse e le pupille rotearono verso l'alto. Dal petto le uscì un rantolo appena udibile.

Il marinaio la alzò a sedere e le diede alcune pacche sulla schiena. Tossendo e ansimando, la donna vomitò acqua. Gli uomini dovettero sostenerla affinché non si accasciasse su un fianco. Un archibugiere arrivò di corsa e allungò loro il mantello.

«È viva!» esclamò il tipo robusto che l'aveva rianimata.

«È viva», sussurrarono le file dei vogatori.

«Non perdete il ritmo, uomini», ordinò il capitano con la sua voce da basso. «Ce l'abbiamo quasi fatta».

Charles lanciò un'occhiata scettica alla riva. Quella battaglia era stata una lezione di umiltà. Stentava ancora a credere che sarebbero fuggiti. Avevano perso una nave a causa del fuoco e un'altra a causa del ghiaccio. Quali orrori contro natura avrebbero ancora evocato gli Altri?

La *San Raffaele* avanzò ancora tra le lastre, ma questa volta non si udì alcuno scricchiolio. Presero velocità. La nave era libera.

«Spegnete tutte le luci!» gridò il capitano Alvarez. «Anche le micce degli archibugi».

I tiratori sulle gallerie sputarono sui cordoncini combustibili delle armi. Le grandi lanterne a poppa si spensero. I remi disegnavano un arco di spuma bianca nell'acqua scura. La galea si affidò all'oscurità.

Lilianne si riprese con rapidità sorprendente. Gli uomini le portarono un poco di acquavite. Pareva che li conoscesse tutti per nome e non si rifiutò di bere dalle loro coppe ammaccate e dalle loro vecchie borracce.

Charles osservò con una certa irritazione la cavalleressa che si spogliava completamente. D'accordo, ora che le luci erano spente e la luna era di nuovo nascosta dalle nuvole, non si vedeva granché, ma quel comportamento non si addiceva a un'illustre dignitaria della Chiesa. Il reggente aveva già notato più volte che i fratelli e le sorelle della Nuova Cavalleria erano molto elastici.

Lilianne aveva un corpo snello e muscoloso, con i seni piccoli. In realtà Charles preferiva le donne androgine. Ma la commendataria aveva un che di fastidioso. Era troppo sicura di sé!

Lilianne usò il mantello rattoppato del guerriero a mo' di asciugamano, passandoselo con cura su tutto il corpo e rispondendo alle battute volgari dei marinai con parole non meno volgari. Quindi restituì l'indumento all'archibugiere e si diresse subito verso la scala che scendeva verso la passerella. Ora era accanto a Charles. Alla luce della luna due larghe cicatrici si delinearono con chiarezza sulla sua coscia.

Da quando si erano lasciati alle spalle il ghiaccio, era tornata l'afa di fine estate. Quando passarono dalle lastre all'acqua più calda, si alzò una fitta nebbia. La nave procedeva tra la bruma e, nel giro di qualche istante, la sponda svanì. Charles sentì il sudore che gli si raccoglieva sotto le ascelle.

«Un momento indimenticabile quello in cui sei resuscitata, sorella», disse in tono distaccato. «Tuttavia mi domando se, quando i soldati e i marinai parleranno di questo giorno, ricorderanno più questo miracolo o la nudità che hai mostrato loro».

«Il mio corpo è un dono di Tjured. Per quale motivo dovrei vergognarmi di un dono di dio?».

Lilianne aveva parlato con un sorriso, ma il reggente era certo che, se avesse dato la risposta sbagliata, le sue parole sarebbero giunte all'orecchio dei principi della Chiesa di Aniscans.

«Tjured fa regali ai suoi figli in misura differente, mettendo così alla prova il loro carattere. E dona la modestia a coloro che hanno ricevuto in abbondanza, affinché i meno fortunati non dubitino della giustizia divina, sorella».

La commendataria scoppiò in una risata sincera. «Dovrei limitarmi ad affrontare i nemici della Chiesa con la spada stretta in pugno. Con l'acciaio me la cavo, ma nelle schermaglie verbali mi sei di gran lunga superiore, fratello reggente. Non tormenterò più la tua anima sensibile e andrò a vestirmi».

Percorse senza fretta la passerella in direzione del ponte di poppa. I vogatori girarono la testa verso di lei. Charles si accorse con rabbia che il sangue gli affluiva tra le cosce. Lilianne scomparve nella nebbia ancor prima di aver raggiunto la poppa.

Il reggente la seguì a una certa distanza. Gli avvenimenti delle ultime ventiquattr'ore l'avevano spossato e la condotta della commendataria gli sembrava sempre più sconcertante. Non era affatto sicuro che tutto ciò fosse scaturito solo dalla curiosità di una bambina. Quante cose sapeva Lilianne sul conto di Gishilde? Era forse stata lei a solleticare la sua curiosità? E quali scopi perseguiva la Nuova Cavalleria? Non gli piaceva il modo in cui la commendataria legava a sé i guerrieri. Era un'eccezione o anche gli altri dignitari dell'Ordine si comportavano così?

Quando raggiunse il ponte di poppa, Lilianne indossava solo una camicia bianca. Charles sospirò. Non era più nuda, ma la sua vista non era meno eccitante di prima.

«Pensavo che volessi...».

«Non c'è tempo», lo interruppe. «Credi forse che sia finita? Non siamo ancora in salvo. Il fatto che tu non veda più gli elfi non significa nulla. E finché il combattimento non sarà deciso, non ho tempo per preoccuparmi delle tue fantasie. L'ultima battaglia non è ancora stata combattuta, fratello Charles».

23.
Quarantadue!

FENRYL GUARDÒ LA GIOVANE MAGA con espressione pensosa. Era stesa accanto al fuoco sulla riva, avvolta in alcune coperte, e aveva la nuca appoggiata a un grosso cannone di bronzo. L'arma pesava sicuramente quanto un toro adulto. L'esplosione l'aveva fatta volare per più di cento passi e qualcosa aveva bruciato il fusto in due punti. Qualcosa di così caldo che il bronzo era diventato liquido come acqua. Il principe aveva sempre creduto che solo Emerella avesse un simile potere. Forse, in passato, anche Alathaia aveva posseduto capacità di quel genere. Ma quella ragazza... Sapeva che cosa faceva? O era stata la sua rabbia cieca a scatenare il fuoco e il ghiaccio?

L'avevano raccolta dal ghiaccio e, quando l'avevano depositata sulla sponda, era più morta che viva. Sembrava che il fuoco avesse bruciato anche lei. La sua volontà di vivere si sarebbe spenta? Si guardò intorno, abbattuto. Avevano pagato un alto tributo di sangue ai cavalieri dell'Ordine.

Sigurd Frantumaspade, il capitano dei Mandridi, era l'unico sopravvissuto tra gli abitanti della Terra del Fiordo. Era accovacciato sotto un tasso vicino alla spiaggia, stringeva tra le braccia il re morto e cantava con voce roca una canzone che, nonostante la sua semplicità primitiva, lo commosse profondamente. Diceva che sul campo di battaglia i superstiti si sentivano come traditori nei confronti dei caduti. Che Luth, il dio chiamato «tessitore del destino», chiamava a sé giovani guerrieri innamorati mentre pareva donare l'immortalità ai vecchi soldati cui non restava più nessuno. A bordo della galea Fenryl aveva visto Sigurd combattere con un coraggio che rasentava l'abnegazione. Tuttavia le spade e i proiettili non l'avevano raggiunto. Era uno dei pochi guerrieri che erano usciti incolumi da tutti gli scontri.

Il principe guardò i vogatori e i marinai che venivano portati giù dalla nave e condotti sul ghiaccio verso la prigionia. Le guardie erano uomini dei falciatori di Tiranu. Avrebbe dovuto sostituirli, altrimenti pochi nemici avrebbero superato la lunga marcia attraverso il bosco. Gli elfi del Langollion erano particolarmente accaniti. Avevano pagato un tributo di sangue più alto degli altri. Dalla Guerra delle Ombre si davano da fare per dimostrare la loro fedeltà a Emerella. Non vi era battaglia in cui non intervenissero. Morivano dissanguati. Solo negli ultimi dieci anni erano sparite sette delle loro casate aristocratiche.

«Che cosa pensi di fare?».

Fenryl si girò, sorpreso. Non aveva udito i passi di Silwyna benché l'elfa avesse camminato sulla ghiaia. Zoppicava e aveva il volto tumefatto e la guancia solcata da un brutto taglio. I suoi occhi lo irritavano. Erano gli occhi da lupo dei maurawani.

«Devo fare rapporto al principe Ollowain. Percorreremo i Sentieri Albici per andarla a prendere. Ci vorrà qualche giorno...».

«È tutto ciò che intendi fare per Gishilde?».

«Che cosa vorresti insinuare?» si infervorò Fenryl. «Sii più chiara!».

Odiava quando le cose venivano taciute. Non era bravo a ordire intrighi. E se l'elfa voleva offenderlo, era meglio che dicesse apertamente ciò che pensava.

«Avete impiegato parecchio tempo per decidervi ad attaccare le galee».

«Ebbene, vi sono guerriere che vogliono nascondere le sconfitte dietro la morte e hanno così fretta da non assicurarsi nemmeno di aver attaccato il bersaglio giusto. E il loro comportamento sconsiderato costringe gli altri, che agiscono con maggiore prudenza, a prendere parte alle loro sconfitte».

Silwyna arricciò le labbra in una smorfia sprezzante. «Alludi forse al freddo calcolatore che ha convinto la guardia del corpo di Gishilde ad attraversare il bosco nella notte in cui la bambina avrebbe avuto più bisogno di me per cercare rinforzi che, grazie alle strabilianti capacità tattiche del nostro generale, non erano raggiungibili quando sarebbero stati più necessari?».

«Sì, ho sopravvalutato l'onestà dei cavalieri dell'Ordine e sottovalutato le loro forze militari», ammise Fenryl. Aveva cose più importanti da fare che litigare con una maurawana pazza. Doveva andarsene di là e trovare un luogo solitario. «Prima dell'alba saprò dove sono diretti. Non mi sfuggiranno più. Riporteremo a casa la principessa Gishilde, costi quel che costi».

Silwyna guardò Sigurd, che continuava a cantare il suo canto funebre. «Se non ti sbrighi, principe, non ci sarà più alcun trono per la principessa. Sua madre non viene dalla Terra del Fiordo. Non credo che gli Jarl si sottometteranno a lungo al potere di Roxanna. Se non ritroviamo presto Gishilde, questa notte, dopo quasi mille anni, non sarà morto solo l'ultimo sovrano della stirpe di Mandred, ma sarà venuta meno anche la sua dinastia».

Fenryl lo sapeva fin troppo bene e non era in vena di ascoltare i discorsi della maurawana. «Puoi tranquillamente esporre la tua opinione sui miei errori al consigliere della regina».

Silwyna scoppiò in una risata cinica. «Questo modo di pensare costerà la corona a Gishilde. Ecco perché non ti seguirò più. La cercherò da sola».

Fenryl scrollò il capo. Era pazza!

«Viaggiano su una nave. Come credi di raggiungerli? Sai forse camminare sull'acqua?».

«Sono una maurawana», rispose l'elfa con convinzione, come se ciò bastasse a spiegare tutto. Il principe conosceva le storie che circolavano sul suo conto. Forse ce l'avrebbe fatta... Rinunciò a esercitare il comando supremo, perché sapeva che Silwyna avrebbe ignorato le sue disposizioni.

«Sai come seguirò la galea. Scoprirò dove sono molto prima di te».

«Quel che so è che hai fallito molte volte, Fenryl. A prescindere da ciò che fai. Hai perso la mia fiducia. Preferirei credere alla parola di quella maledetta commendataria, che nel giro di un giorno ti ha fatto fare la figura dello stupido incapace per ben tre volte».

«Allora vai per la tua strada!» ordinò il principe, rassegnato. «Così servirai me e Gishilde nel migliore dei modi».

La maurawana inarcò un sopracciglio. Il suo sguardo fu più offensivo delle parole. «Chi credi di abbindolare, principe?».

Spinse Yulivea con il piede.

«La piccola non ti sente. Dunque parli al tuo orgoglio ferito. Sappiamo entrambi che i tempi in cui prendevo ordini da te sono finiti. Presto ti comunicherò dove puoi trovare Gishilde».

Si voltò e zoppicò verso il bosco sulla stretta striscia di ghiaia. Si fermò brevemente accanto al re morto. Si chinò e parlò con espressione solenne al cadavere decapitato. Quindi sparì in un attimo tra le ombre degli alberi.

Fenryl si stupì di essere più sollevato di vederla andare via che adirato. Era meglio che l'elfa non fosse più nei paraggi. Una volta Ollowain gli aveva raccontato di aver ingaggiato Silwyna come guardia del corpo per la regina Emerella per essere certo che non venisse assoldata dai traditori intenzionati ad attentare alla vita della sovrana.

I maurawani avevano le loro idee sulla lealtà. Fenryl era felice di non dover più temere che Silwyna avesse nella faretra una freccia con il suo nome. Era così accecata da attribuire solo a lui la colpa del destino di Gishilde. Ma che cosa ci si poteva aspettare da un'elfa che aveva affidato il suo unico figlio ai lupi anziché allevarlo di persona?

Il principe Tiranu pareva aver aspettato solo che

Silwyna si ritirasse. Fino a quel momento aveva conversato poco più in là con alcuni feriti e ora si avvicinò con andatura molto tranquilla.

Fenryl indietreggiò di un passo dal fuoco accanto al quale giaceva Yulivea. Le labbra dell'elfa erano diventate un poco più rosse. Forse si sarebbe ripresa presto. Se n'erano andati in troppi. Per sempre... Il principe aveva visto due elfi andare verso la Luce della Luna. Forse era stata una coincidenza, ma aveva un brutto presentimento. Il suo popolo era sull'orlo dell'estinzione. Chi entrava nella Luce della Luna spezzava il ciclo della morte e della rinascita ed era perduto per l'eternità. Nascevano sempre meno bambini ed era ormai impossibile sostituire i morti. Un giorno i palazzi della Terra degli Albi sarebbero rimasti vuoti.

«Problemi con l'assassina?» domandò Tiranu, sfacciato.

Fenryl finse di non averlo sentito. Non era ancora chiaro quale ruolo Silwyna avesse svolto nella morte di Alathaia. Quel che era certo era che la madre di Tiranu si era meritata quella fine.

«È difficile da governare», rispose.

«Quando il nemico è vicino, sul campo di battaglia vige la legge marziale. Se vuoi, puoi scavalcare tutte le leggi della Terra degli Albi. Dipende solo da te, mio generale». Tiranu aveva pronunciato quelle parole in un tono che non lasciava dubbi su come si sarebbe comportato nei confronti di Silwyna.

Fenryl si chiese perché la metà dei suoi ufficiali si premurasse sempre di fargli presente che avrebbe agito diversamente da lui.

«La battaglia è finita. Il nemico fugge, dunque non vi è più motivo per dichiarare la legge marziale».

Tiranu fece un sorriso dispiaciuto. «Se lo dici tu, principe. Io devo solo presentarti il conto delle tue vittorie».

Fenryl si preparò psicologicamente. Aveva affidato quel compito a Tiranu perché il principe di Langollion era molto preciso. Provava un piacere perverso nel vederlo soffrire davanti ai suoi rapporti.

«Sulla spiaggia e durante l'attacco sul ghiaccio abbiamo perso ventitré guerrieri elfici. Altri cinque sono morti durante i combattimenti a bordo. Sulla radura sono caduti cinquantuno dei nostri uomini. Inoltre vi sono diciassette feriti gravi, cinque dei quali moriranno prima dell'alba. Dei cinque esseri umani che ci accompagnavano, è sopravvissuto solo quello laggiù».

Accennò a Sigurd, che nel frattempo aveva smesso di cantare.

«Abbiamo ottantaquattro feriti lievi che sono ancora limitatamente in grado di combattere». Guardò il sangue secco su un taglio nello stivale di Fenryl. «Ottantacinque feriti lievi, a quanto pare, principe».

«Mi considero ancora pienamente in grado di combattere».

«Come preferisci, principe».

Fenryl aspettò l'ultimo numero, quello che temeva più degli altri. E, come sempre, Tiranu esitò un poco. Di sicuro non per soggezione.

«Quarantadue sono andati verso la Luce della Luna».

Fenryl rifletté. Quarantadue! Più della metà dei morti. «Ne sei certo?» domandò.

«Durante i combattimenti è difficile contare. Più tardi chiederò ai testimoni».

Lanciò un'altra occhiata al capitano Sigurd. Tra i guerrieri della Terra del Fiordo il morale era alto, ma, se restavano troppo a lungo lontani dalla patria, il desiderio di tornare diventava sempre più profondo. Gunnar aveva fatto del suo meglio per sostituire i guerrieri dopo due anni al massimo, ma la guerra dettava spesso le sue leggi. Vi era una carenza costante di truppe e in quei momenti non si poteva rinunciare ai militari esperti. Tra gli alleati del Drusna il problema era ancora più grave. A parte gli uomini-ombra, i soldati della resistenza dei vasti boschi del Drusna, i cui principati erano stati conquistati dalla Chiesa di Tjured, tutte le truppe dovevano lottare contro schiere di disertori. Soprattutto durante il periodo del raccolto, che era imminente, e durante le feste invernali.

«Tu assumerai il comando mentre io seguirò la galea», riprese Fenryl.

«L'avevo immaginato».

Tiranu aveva ragione. Poiché Yulivea non era in condizioni di fare alcunché e Silwyna era andata per la sua strada, era senza dubbio l'aristocratico e l'ufficiale di grado più alto. Tuttavia, la sua arroganza irritava Fenryl. Perché non avrebbe dovuto trattarlo bruscamente e metterlo da parte?

«Prima di fare altri piani, voglio sapere con certezza se Gishilde si trova sulla galea che è riuscita a fuggire. Potrebbe anche essere bruciata sull'altra nave».

«La certezza è meglio delle supposizioni. Abbiamo già abbastanza morti».

«Quanti nemici sono caduti?».

«Centottantasette sulla radura. Laggiù abbiamo circa centotrenta prigionieri e feriti».

Tiranu sferrò un calcio a un'asse mezzo carbonizzata sulla spiaggia. «Qui è più difficile da dire. Solo tre uomini del galeone sono sopravvissuti alla furia della nostra maga. Due sono così malconci da non avere più speranze. Più o meno cinquecento morti, credo. La maggior parte è stata fatta a pezzi sulla spiaggia o sul ghiaccio. Abbiamo portato via centoventidue prigionieri dalla galea. A quanto sembra, grazie a Yulivea abbiamo colmato il tributo di sangue della regina». Fece un sorriso cinico. «È più simile a mia madre di quanto vogliano ammettere gli uomini come te».

Fenryl ignorò quell'osservazione. Odiava le cruente disposizioni della regina. Emerella calcolava il successo delle battaglie solo in base al numero di nemici morti. Il principe aveva preciso ordine di non usare i guerrieri elfici per scontri che non avevano buone probabilità di concludersi con un numero di avversari caduti almeno dieci volte maggiore di quello degli elfi morti. Per quanto riguardava gli altri Figli degli Albi, come i troll o gli innumerevoli coboldi che combattevano al loro fianco, Emerella faceva calcoli meno precisi.

«Quando saprà che quarantadue sono andati verso la Luce della Luna, manderà Ollowain».

Quella prospettiva pareva turbare persino Tiranu. Anche il maestro spadaccino aveva assistito alla morte di Alathaia, ma Tiranu non osava definirlo un assassino. Il principe Ollowain era il più intimo confidente della regina, e senza dubbio l'uomo più potente della Terra degli Albi.

«Vedremo al mio ritorno», dichiarò Fenryl.

Non era dell'umore adatto per condividere le sue preoccupazioni con Tiranu. Sapevano entrambi che cosa significava il fatto che un numero sempre maggiore di elfi andava verso la Luce della Luna. Venivano rapiti nella morte e nessuno sapeva dove finissero. Forse tra i leggendari Albi che un tempo avevano creato tutti i popoli della Terra degli Albi? Normalmente i morti rinascevano. Talvolta occorrevano secoli, ma tornavano. Non coloro che andavano verso la Luce della Luna. Avevano forse portato a termine per sempre la loro vocazione? Così si diceva... Era un tentativo per rendere più sopportabile l'incomprensibile. Nessuno sapeva quando si sarebbe compiuto il suo destino. Per essere rapiti, non serviva neppure una ferita mortale. Era un mistero. Evidentemente ogni anima elfica aveva la sua vocazione. Era una nota all'interno di una grande melodia. Importante per un attimo, affinché le tessere del mosaico si ricomponessero. Poi moriva. Così il loro popolo si riduceva sempre di più. Forse non erano all'altezza di quell'ultimo grande compito?

I cavalieri della Quercia di Sangue avevano giurato di annientare la Terra degli Albi e i suoi popoli. E, almeno con gli elfi, sembravano riuscire nel loro intento. Anche quando i defunti non andavano verso la Luce della Luna, erano necessari più di cent'anni per rimpiazzare un guerriero elfico. Gli esseri umani impiegavano meno di vent'anni per trasformare un neonato in guerriero. Ecco perché Emerella insisteva affinché combattessero solo battaglie in cui i nemici subissero ingenti perdite. Ma spesso pretendeva un alto tributo di sangue anche dagli amici della Terra degli Albi. Era quella la matematica della sua guerra, e Fenryl faticava a obbedire.

Tiranu lo guardò come se gli leggesse nel pensiero.

«Dovremmo giustiziare i cavalieri. Così alziamo il loro tributo di sangue. Non ha senso tenerli in vita. Saranno nostri acerrimi nemici finché avranno aria nei polmoni. Se li lasciamo liberi, solleveranno ancora la spada contro di noi. Dovremmo inchiodarli alle querce sulla spiaggia e bruciarli. Concediamo loro l'onore di morire come Guillaume, il loro santo preferito. Togliamoceli di torno. Inoltre sono i primi a comportarsi così. Uccidono i nostri prigionieri. Perché dovremmo essere compassionevoli nei loro confronti?».

«Prima di andare, conterò i cavalieri. Se quando torno ne trovo anche solo uno morto, rimpiangerai di avermi conosciuto».

«Molti di loro sono gravemente feriti», obiettò Tiranu. «Non so fare miracoli».

«Allora impara. Tra gli uomini ci sono dei guaritori. Fa' che lottino per la vita degli esseri umani! Non macchiarti di alcuna morte!».

«Sei pazzo. Sei troppo debole per fare il generale».

Fenryl lo guardò negli occhi scuri e inflessibili.

«Sai, posso combattere contro i cavalieri dell'Ordine perché so che cosa mi differenzia da loro. Se diventerò come loro per essere in grado, come sostieni, di combattere meglio, quali valori difenderò? Non avranno forse vinto anche se li sbaraglierò sul campo di battaglia?».

«Queste sono riflessioni per filosofi che chiudono gli occhi davanti alla realtà e inseguono i loro begli ideali. Esistono solo perché vi sono uomini come noi, che combattono con la spada affinché i cavalieri dell'Ordine non arrivino nella Terra degli Albi per bruciare i nostri filosofi con le loro biblioteche, come hanno fatto a Iskendria».

Era inutile discutere con Tiranu. Fenryl doveva assicurarsi che al principe del Langollion venisse tolta ogni autorità. Tiranu aveva perso di vista i veri obiettivi. Allo stesso tempo Fenryl dovette ammettere che in quel momento non aveva altra scelta se non affidargli il comando. Per fortuna sarebbe stato solo per qualche ora!

«Al mio ritorno non dovrà esserci nemmeno un cavaliere morto», ribadì in tono calmo. «In caso contrario convocherò la corte marziale e ti accuserò di assassinio».

«Che cos'hai detto poco fa? *La battaglia è finita. Il nemico fugge, dunque non vi è più motivo per dichiarare la legge marziale*. Temo che tu non abbia le idee chiare».

«Lo credi davvero? Oppure commetti l'errore di considerarmi un uomo più legato alla giustizia e alla morale di quanto lo sia in realtà? Conta più sull'abilità dei nostri guaritori che sulla possibilità che rinunci a inchiodarti a un albero se ti riterrò colpevole di omicidio».

«Te ne stai qui davanti a me con l'armatura sporca del sangue dei nemici che hai ucciso in battaglia e raccomandi a me di non diventare un assassino. Ti rendi conto di quanto sia assurdo?».

«Assurdo secondo il tuo modo di vedere il mondo. Io

ho la coscienza pulita. E ti avverto: non sottovalutare il mio desiderio di veder eseguire gli ordini. Ora vai e occupati dei feriti!».

Per un attimo sembrò che Tiranu volesse ribattere. Aprì la bocca, ma poi non disse nulla. Si voltò con un ultimo sorriso arrogante e si allontanò.

Fenryl sapeva di essere stato poco diplomatico. Fino a quel momento, Tiranu l'aveva considerato uno smidollato e aveva nutrito solo disprezzo nei suoi confronti. Ora era diventato suo nemico.

A volte desiderava tornare semplicemente alla solitudine delle vaste pianure ghiacciate della sua patria e gettarsi alle spalle tutte le responsabilità. Ma chi gli sarebbe succeduto? Di certo non Ollowain. Si era stancato della guerra. Forse, un giorno, Yulivea sarebbe stata pronta. Tiranu non doveva fare troppa strada! Avrebbe continuato solo per fermarlo. Guardò Sigurd. Solo un essere umano poteva sembrare così triste. L'alto guerriero era accovacciato accanto al cadavere di Gunnar, tutto assorto nei suoi pensieri.

Fenryl si avvicinò, ma a guidare i suoi passi non fu l'amicizia.

«Era un grande re».

Il principe elfico non dovette fingere per pronunciare quell'elogio. Gunnar era stato un barbaro, un uomo che sapeva essere sorprendentemente crudele. E che aveva rischiato la vita per aiutare un amico, come aveva fatto solo qualche ora prima sulla radura.

Sigurd alzò gli occhi, senza vergognarsi delle lacrime. «Perché non posso giacere qui al suo posto?» domandò con amarezza. «Avrei trovato la pace».

Fenryl sapeva che il guerriero dai capelli scuri aveva cercato la morte in battaglia. Con molta probabilità, essendo il comandante della guardia del corpo, considerava un disonore essere l'unico superstite. Il principe elfico provava compassione per lui, ma allo stesso tempo Sigurd era nell'umore adatto ai suoi scopi.

«Luth ha i suoi piani per te, Figlio dell'Uomo. Piani per cui ha bisogno del più fedele tra i fedeli e di nessun altro».

Sigurd sbuffò. Erano le lacrime? Quel suono aveva qualcosa di strano.

«Conosci dunque i pensieri dei nostri dei, Figlio degli Elfi», ribatté il guerriero con un cinismo sorprendente per un barbaro incolto.

«Lo dico perché, nei fili del destino, credo di vedere un disegno che si rivela più chiaramente a un osservatore esterno che a chi è troppo coinvolto negli eventi».

Sigurd giocherellò distrattamente con uno degli anelli di ferro che si era intrecciato nella barba come il suo re.

«So pregare nelle lingue dei Figli degli Albi, ma non in quelle degli esseri umani. Sono felice che tu sia sopravvissuto, perché sei legato alla casa reale come nessun altro. Comprenderai ciò che pretendo ora e capirai la necessità di ciò che va fatto».

Il capitano parve inquieto.

«Di cosa stai parlando?».

«Di tradimento».

La mano di Sigurd si posò sul pugnale infilato nella cintura.

«Fammi finire di parlare, Figlio dell'Uomo, e vedrai

che non abbiamo altra scelta, perché vogliamo bene a Gunnar e alla sua famiglia. Perché siamo legati alla dinastia della casa reale e la sua estinzione imminente dipende da noi. Devi tornare dalla tua gente e dire che Gunnar è ancora vivo».

«Perché?».

«Perché nessuno può dire se Gishilde sia ancora viva e nessuno crederà alla parola dei cavalieri dell'Ordine. La tua parola, invece, ha il suo peso! Che cosa succederebbe se tornassi a casa e portassi con te il re morto? Riporteranno Gunnar a Firnstayn per seppellirlo nel tumulo in cui riposano i suoi antenati. Tutti i principi più illustri della Terra del Fiordo assisteranno alle esequie e condurranno con sé il loro seguito. Ciò significa che quasi l'intero esercito della Terra del Fiordo abbandonerà il Drusna, e questo in un momento in cui la battaglia è più difficile che mai per i Bojari. E pensa a cosa accadrà dopo. Roxanna è l'ultima rappresentante della casa regale a essere ancora in vita con sicurezza. A quanto ne so, non porta in grembo un altro figlio. E non è originaria della Terra del Fiordo. Per quanto tempo regnerà?».

Sigurd annuì. «Conosci davvero bene il mio popolo. Credo che gli Jarl chiederanno la sua mano, ma, a prescindere da chi sceglierà, se mai lo farà, non tutti approveranno la sua scelta. Potrebbe scoppiare una lotta per il trono».

«È ciò che vogliono i cavalieri dell'Ordine. È per questo che oggi hanno versato tanto sangue», insistette Fenryl. «Sapevano che Gunnar avrebbe seguito sua figlia e ce l'hanno messa tutta per attirarci in una trappola. Speravano nella morte del re. Ora siamo noi due a decidere se i loro piani saranno fruttuosi. Se sarà così, il declino del Drusna e della Terra del Fiordo sarà inevitabile. Spetta a te scongiurare questa catastrofe».

«Ma che cosa devo dire? Quale motivo potrebbe avere il re per non tornare con noi?».

«Il sangue del suo sangue! È come il suo antenato Mandred, che sacrificò ogni cosa per proteggere il proprio villaggio dall'uomo-cinghiale. O come re Liodred, che, dopo la Battaglia dei Tre Sovrani, abbandonò sua moglie Valgerda e suo figlio Aslak per inseguire i nemici della Terra del Fiordo con i suoi amici elfi. Diremo che Gunnar è partito con Silwyna, la maestra di Gishilde, per andare a riprendere sua figlia, con la speranza di riuscire là dove l'esercito ha fallito. Chi conosce Gunnar crederà a questa storia. E nessuno si meraviglierà se la ricerca dovesse durare anni. Finché tutti credono che sia ancora vivo, nessuno oserà anche solo pensare di sottrarre il trono a Roxanna. Nel frattempo, scoprirò dove hanno condotto Gishilde. E ti giuro che, ovunque sia, la troveremo». Fenryl prese la mano del re e gli sfilò il pesante anello con il sigillo.

«Lo porterai con te come prova delle tue parole. Di' che Gunnar desidera che Roxanna abbia il sigillo fino al suo ritorno. Ciò renderà ancora più credibile la menzogna».

Le lacrime brillavano negli occhi di Sigurd. «E pensi che questa sia la volontà di Luth?».

«Quale parola tra quelle dei tre uomini che cavalcavano con il re aveva più peso della tua? E quali spalle sono in grado di portare questo fardello? Solo il più fedele tra i fedeli ha la forza di raccontare una simile menzogna. Ecco perché il tessitore del destino ti ha lasciato in vita!».

Il Figlio dell'Uomo prese la mano del re.

«Per favore, perdonami», sussurrò con voce rauca, quindi si alzò. «Ora sono ai tuoi ordini, principe elfico. Ma dimmi, che ne sarà del cadavere? Dev'essere trasferito nel tumulo dei suoi avi».

«Lo seppelliremo qui sulla riva, in un luogo nascosto. Sarà una tomba degna di un re, te lo prometto. I cannoni delle galee saranno il suo catafalco. E quando arriverà il momento, lo porteremo a casa. Mi giuri di restare fedele al tuo re anche dopo la morte? Ti trasformerai in bugiardo e rinuncerai al tuo onore di guerriero per salvare la Terra del Fiordo dalla sciagura?».

Sigurd si posò solennemente la mano sul petto. «Farò ciò che mi ordina il cuore. E sarò devoto al mio re come lo ero questa mattina, quando, pieno di speranza, cavalcavo ancora al suo fianco».

Fenryl assentì con sollievo. «Ti ringrazio, amico. Sei un grand'uomo».

Il capitano chinò il capo, sopraffatto dalla tristezza.

Fenryl cercò Tiranu per informarlo brevemente, quindi si ritirò per inseguire i fuggitivi.

Fece un cenno alla poiana codabianca, che lo aspettava sulla quercia vicino alla sponda.

L'uccello emise un grido acuto e provocatorio, allargò le ampie ali e lo seguì. Sapeva che avrebbero volato insieme e diede il benvenuto al principe nel suo solito modo orgoglioso.

L'animale si librò nella notte con vigorosi colpi d'ali.

Fenryl lo guardò con malinconia. Quante volte aveva invidiato la libertà del suo compagno! Gli dispiaceva aver tramutato un uomo d'onore in un bugiardo. Si sentiva come un ragno al centro di un'enorme ragnatela che si stendeva molto al di là dei campi di battaglia del Drusna. Non aveva voluto trasformarsi in quel ragno, ma avrebbe portato a termine la missione nel miglior modo possibile. Anche se avesse dovuto rovinare uomini come Sigurd.

Ma ora era lieto di sfuggire per qualche ora a quella ragnatela di inganni, astuzie e violenza. Di scivolare verso il mattino sulle ali della poiana codabianca, trasportato dalla brezza estiva. Libero! Talvolta sognava di non tornare più... Ma sapeva di non potersi sottrarre alla ragnatela. Non finché fosse stato in vita.

Trovò Occhio d'Inverno su una radura. Il grande uccello bianco era posato sulle pietre muscose di un portone crollato. Alla luce della luna sembrava una fiamma candida. O uno spettro.

Il principe entrò nella rovina, che era troppo fatiscente per rivelare la destinazione originaria. Sedette accanto all'uccello, si appoggiò a un muro coperto d'edera e trasse un sospiro. Si lasciò alle spalle tutto ciò che gli gravava sull'anima e cercò gli occhi azzurri dell'animale.

La poiana codabianca si puliva le penne. La testa con il robusto becco ricurvo si muoveva a scatti.

Fenryl ipnotizzò lo sguardo di Occhio d'Inverno e tessé il legame magico. L'uccello non oppose resistenza. Sapeva che cosa stava per accadere. Avevano impiegato sette anni per imparare a fidarsi l'uno dell'altro.

Fenryl sentì la fame dell'animale, che negli ultimi giorni era sempre stato nelle vicinanze e non aveva avuto il tempo di cacciare. Ora anche l'elfo aveva fame. Si aprì per diventare tutt'uno con l'uccello. I fardelli gli scivolarono di dosso. Il suo sguardo si allargò.

Occhio d'Inverno allargò le ali. Il principe avvertì la sua forza. Avrebbero cacciato insieme e poi seguito la nave.

L'uccello volò verso il pallido disco della luna nel cielo buio. Fenryl vide di sfuggita la figura vestita di bianco che si appoggiava al muro coperto d'edera: il generale che forse avrebbe deciso il destino della Terra degli Albi. Non era altro che un guscio vuoto. Almeno per qualche ora.

24.
Il germe della corruzione

CHARLES STUDIÒ LILIANNE con la coda dell'occhio. Era rimasta sveglia per tutta la notte. Ora, allo spuntar del giorno, il suo viso appariva duro. I contorni si stagliavano chiaramente nella penombra: il naso diritto, il mento un po' troppo spigoloso. Aveva gli zigomi alti e gli occhi grandi. Non era una bellezza in senso tradizionale, ma era attraente.

«Finito?» domandò a bassa voce.

Charles alzò le sopracciglia con espressione interrogativa.

«Mi guardi come un contadino al mercato del bestiame, fratello reggente. Se mi guardassi direttamente, daresti meno nell'occhio che fissandomi con la testa girata».

Il capitano Alvarez, che era al timone, rise. Gli altri ufficiali sul ponte dormivano, stesi sui banchi imbottiti ai lati dei padiglioni di poppa.

Charles si schiarì la voce.

«Sei l'unica a essere così, sorella, o devo considerare il tuo comportamento rappresentativo della Nuova Cavalleria? Chiassoso, irritante e provocatorio».

Distolse lo sguardo con rabbia e si chinò sulla bambina, che respirava a fatica. Durante la notte aveva parlato nel sonno, ma purtroppo nella lingua ringhiosa dei pagani provenienti dalla Terra del Fiordo.

Il reggente le accarezzò la fronte. Sembrava che non avesse la febbre. Era una bella bambina. Se fosse sopravvissuta, avrebbe cercato di riempirle l'anima con la profonda serenità di una fede incrollabile. L'avrebbe convertita. Era bravo in quel campo.

Lilianne si avvicinò. Anche lei accarezzò fugacemente la fronte della principessa.

«Bene», mormorò. Puzzava di sudore, ma l'odore non era sgradevole. Continuava a indossare solo la camicia. Charles guardò ancora il volto della bambina e si sforzò di scacciare tutti gli altri pensieri. *Non pensare alla camicia troppo corta!* La commendataria voleva che la sbirciasse e lo offendeva con osservazioni audaci.

«Non sapevo chi vi fosse dietro il muro di rami intrecciati», disse all'improvviso. «Ho sentito un rumore... Chiunque mi avesse vista là non poteva tornare indietro».

«L'avresti risparmiata se l'avessi riconosciuta?».

Lilianne tacque.

Ora Charles osò guardarla apertamente. Era davvero pentita?

«Ho giurato di usare la spada per tutti coloro che non sanno difendersi da soli. Volevo essere lo scudo degli indifesi. All'epoca non avrei immaginato che la vita mi conducesse qui. Al capezzale di una bambina che ho pugnalato al petto».

«Non mi hai mai detto perché eri nel tempio dei pagani».

Lilianne lo guardò, sorridendo come si sorride quando si vuole nascondere la verità.

«Volevo conoscere meglio i nostri nemici».

Charles sapeva che sarebbe stato inutile insistere.

«E questa fuga. Non era tutto pianificato?».

«Quando ho riconosciuto la bambina, ho capito che cosa fare. Ero preparata all'eventualità che gli Altri ci attaccassero nel villaggio. Per loro non esistono regole in questa guerra. Lottano per sopravvivere. Dobbiamo aspettarci ogni sorta di bassezze. Perciò ero decisa a combattere una battaglia di ritirata. Sei il principe della Chiesa del Drusna. Dovevo impedire che ti facessero prigioniero».

Charles non credeva alle sue orecchie. Pensava davvero ciò che aveva detto? «E che cosa sarebbe accaduto se vi fosse stato il rischio che gli Altri mi prendessero prigioniero?».

«Lo sappiamo solo io e dio. Non è necessario che lo sappia anche tu, fratello reggente. Hai visto quanti dei miei cavalieri ho sacrificato per impedire che succedesse. Quanto sangue mi è costata la tua vita. Dovrai accontentarti di questa risposta».

Charles fu percorso da un brivido. Non avrebbe più partecipato ad alcuna trattativa di pace al fianco di Lilianne. Com'era stato ingenuo!

La cavalleressa posò delicatamente la mano sul petto della bambina.

«Il cuore batte molto piano. Evidentemente Tjured non ha ancora deciso che cosa fare della sua anima. Sarà... Laggiù!». Si raddrizzò e indicò verso sud. «Eccolo. Ora combatteremo l'ultima battaglia».

Charles si girò, spaventato. Temeva di scorgere la sagoma di una nave nella bruma mattutina, ma non vide nulla.

«Il cannocchiale, fratello Alvarez!».

Il capitano accennò a uno dei bauli imbottiti che fungevano da sedili. Lilianne spinse via senza tante cerimonie un giovane cavaliere che vi dormiva sopra e il trambusto svegliò anche gli altri ufficiali.

Sul ponte del timone risuonò la sveglia. Durante la notte avevano navigato verso nord con un vento costante. Charles era stupito. In realtà la loro destinazione avrebbe dovuto essere il porto fortificato di Paulsburg. A quanto pareva, tuttavia, Lilianne voleva andare a Vilussa.

Alcuni rematori si arrampicarono sulla passerella che si sollevava sopra i loro banchi. Si stiracchiarono stancamente. Portavano dei pezzi di legno da mordere fissati a cinghie di cuoio intorno al collo. Erano vestiti stranamente bene. Almeno la metà era formata da uomini del Drusna che si erano convertiti. *L'oro della Nuova Cavalleria ha sicuramente avuto il suo peso nel loro fervore religioso,* pensò Charles con amarezza. Si diceva che i cavalieri dell'Ordine pagassero molto bene i rematori. La fede non avrebbe dovuto basarsi sull'oro che si aveva in tasca. Avrebbe dovuto essere inculcata nel cuore e nell'anima mediante parole scelte con cura. Ben presto le tasche dei vogatori sarebbero state di nuovo vuote, e a quel punto che cosa sarebbe rimasto della loro fede?

«Con questo vedrai il nemico». Lilianne gli porse un cannocchiale di bronzo.

Il reggente si accostò il pesante strumento all'occhio

e ne regolò la nitidezza. Cionostante non riuscì a penetrare la nebbia sopra l'acqua.

«Devi tenerlo un poco più alto», disse la cavalleressa. Quindi lo aiutò a orientare il cannocchiale finché Charles vide un uccello bianco.

«Un gabbiano?».

Lilianne rise.

«Hai mai visto un gabbiano così grande, fratello reggente?».

Charles chiuse lo strumento con un gesto irritato.

«Allora che cosa vola lassù?».

Vide che alcuni ufficiali ridacchiavano di nascosto. Si impresse nella memoria i loro volti. Forse era un pessimo ornitologo, ma non dimenticava mai un viso!

«Il principe elfico che comanda gli Altri possiede un grande uccello bianco, metà aquila e metà poiana. Un animale malvagio. Si dice che l'elfo sia legato all'anima dell'uccello e che possa vedere attraverso i suoi occhi».

Charles scosse la testa, contrariato. L'idea che qualcuno potesse unire volontariamente la propria anima a quella di un animale era grottesca e ripugnante. Come si potevano legare le anime? E come si poteva separarle di nuovo?

«Come fai a sapere queste cose, sorella?».

«Chi vuole sconfiggere il nemico deve anche conoscerlo».

La donna si rivolse al capitano. «Ci siamo».

Alvarez ordinò di coprire il baldacchino sopra la poppa con altri teli cosicché restasse solo una stretta fessura da cui vedere la prua.

«Che cosa succede qui?». Ancora una volta Charles si

sentì scavalcato dalla cavalleressa. Lo feriva passare per sprovveduto. Appena fossero arrivati a Vilussa, avrebbe fatto in modo che la commendataria si pentisse di averlo trattato come un bambino.

«Preparo l'ultima battaglia della nostra ritirata», rispose la donna con calma.

Due drappi di pesante velluto rosso erano stati appesi a un'asta davanti all'ingresso del padiglione. Il fatto che Lilianne sapesse che la poiana bianca non era solo l'uccello da caccia di un principe poteva significare una cosa sola.

«Avresti dovuto dirmi che c'è una spia!» la rimproverò Charles.

La cavalleressa si voltò nella sua direzione. Aveva gettato la maschera dell'arroganza. Evidentemente faticava a dominare la collera.

«Lasciate il ponte di poppa!» disse a bassa voce.

I giovani ufficiali e i cavalieri si allontanarono senza fare domande. Alvarez la guardò. Lilianne scrollò il capo.

«Come puoi chiedermi di un'eventuale spia urlando a squarciagola?» disse a Charles.

«E tu come puoi tacermi un segreto così importante?» ribatté il reggente, furibondo.

La spia doveva appartenere al seguito del principe elfico o all'entourage di re Gunnar. Chi altri poteva conoscere un simile segreto? L'idea che qualcuno fosse vicino ai comandanti dell'esercito nemico, che partecipasse al loro consiglio di guerra e che evidentemente avesse aperto il cuore alla causa di Tjured lo inebriò come vino. Avevano dunque sparso i semi del dubbio fino ai principi dei pagani. L'Alleanza di Ferro si sarebbe dunque sgretolata di lì a poco.

«Chi è?».

«Credi davvero che ti riveli il suo nome? A te, che accenni a un simile segreto davanti a un gruppo di perfetti sconosciuti?».

«Sono fratelli dell'Ordine! Sono al di sopra di ogni dubbio».

Lilianne proruppe in una risata cinica.

«Naturalmente! Li conosco. E hai ragione, i loro cuori sono nostri. Questa volta non devo temere che la tua lingua senza freni abbia danneggiato la nostra causa. Ma che cosa accadrà la prossima volta che non saprai controllare le tue domande curiose? Chi ci sarà accanto a te? Abbiamo uno di loro dalla nostra parte. Ma sei sicuro che i nemici non abbiano fatto lo stesso? So quale strada hanno percorso i miei confratelli. So che il loro cuore è stato temprato in molti modi per resistere durante la battaglia contro gli Altri. È più di quanto sappia sul tuo conto, fratello reggente».

Charles tacque per un istante.

«Brutta...». Le parole gli vennero meno per la seconda volta. Come osava Lilianne anche solo pensare che fosse capace di un simile tradimento?

La tenda davanti al padiglione si aprì. Un giovane cavaliere mise dentro la testa.

«Si è avvicinato. È abbastanza vicino, credo».

Charles lo ignorò. Si domandò se Lilianne avesse parlato di lui in tono tanto sprezzante con qualcun altro. Era inammissibile che gli dicesse in faccia di dubitare della sua discrezione e dunque anche della sua lealtà! E si era rifiutata di obbedire a un ordine. Il reggente avrebbe scoperto chi era la spia. Doveva essere un membro dell'entourage reale che si era assentato dal granaio quando Lilianne era andata nel Tempio del Bosco. Ricordava ancora chi era presente intorno al tavolo. Sorrise. Che la commendataria lo considerasse pure un vecchio e pigro principe della Chiesa. Era quello il suo vantaggio. L'avrebbe colta di sorpresa!

Alvarez e Lilianne presero le gabbie con i corvi. Gli animali gracchiarono e cercarono di allargare le ali, guardando il reggente con i loro lucidi occhi neri. Erano ben pasciuti. Da piccolo aveva avuto paura dei corvi. La balia gli aveva raccontato che erano servitori degli Altri e che spesso rapivano i monelli. Li aveva visti uccidere un agnello appena nato. Odiava quegli uccelli. Aveva superato da tempo la paura, ma li detestava. Necrofagi che vivevano perlopiù di ciò che gli altri scartavano.

Lilianne aprì la prima gabbia. Il corvo inclinò la testa e guardò la donna con diffidenza. Fu aperta la seconda gabbia. Poi la terza.

Il primo animale saltellò sulle punte e allargò le ali con prudenza.

Charles indietreggiò fino ai bauli imbottiti accanto al parapetto. *Sono solo uccelli,* pensò. Le antiche paure tornarono ad assalirlo. Era possibile che la commendataria ne fosse a conoscenza? Lo faceva per tormentarlo?

Idiota, si rimproverò. *Non sei al centro del mondo! Non tutto ciò che accade ti riguarda.*

Ormai tutte e dieci le gabbie erano aperte. Lilianne e

Alvarez parlavano a bassa voce con gli uccelli. Il capitano scacciò un corvo che si era posato sul giaciglio della principessina e le beccava una ciocca di capelli insanguinata. Che gli animali li capissero? Si diceva che i corvi fossero molto intelligenti... Il primo svolazzò fino alla lunga barra del timone.

Un altro, un grosso esemplare con un'unica penna grigia sulla nuca, gracchiò all'indirizzo di Charles, come se volesse cacciarlo dal ponte di poppa.

«Ora!» urlò Lilianne.

Le tende davanti al padiglione si spalancarono. La chiara luce del mattino accecò Charles. Il sole era appena sopra l'acqua scintillante e la nebbia andava dissolvendosi. I corvi salirono verso il cielo gracchiando. Volarono verso il grande uccello giallo che intanto volteggiava sopra la nave.

«Sono addestrati a uccidere gli altri uccelli», spiegò Lilianne. «Quando sono insieme, sono davvero coraggiosi. Una volta ho visto corvi e gabbiani che combattevano una battaglia in piena regola tra le nuvole. È durata per ore. Hanno vinto i corvi. Hanno chiamato i rinforzi come un generale intelligente. Guardarli è stato istruttivo».

«Se l'uccello del principe elfico sfugge, sapranno che la *San Raffaele* è diretta a Vilussa», osservò Charles. «Ma non è quella la vera destinazione. Giusto, commendataria?»

La cavalleressa seguiva la battaglia degli uccelli. Invece di fuggire, la poiana codabianca si era lanciata in picchiata verso i corvi. I suoi artigli affilati lacerarono l'ala a un avversario, che cadde in acqua come un sasso.

Il rapace schivava i becchi aguzzi e cercava di risalire con vigorosi colpi d'ali. Era bravo e sorprendentemente agile per le sue dimensioni, ma non riuscì a liberarsi dei corvi. Ve n'erano sempre due o tre che volavano più in alto, ed era quasi impotente di fronte ai loro attacchi.

Charles scorse una macchia scura sull'ala della poiana codabianca. Un colpo di becco fece precipitare un altro corvo. Poi artigli robusti afferrarono il rapace per la schiena e l'uccello lanciò un urlo acuto.

Il sangue gocciolò sulla passerella della galea e un'unica grande penna maestra scese verso la nave. Il grosso esemplare bianco era sfuggito ancora una volta, ma ormai era indebolito e attorniato da otto avversari.

«Non sopravviverà», affermò Charles con sicurezza. «Così si esaurisce la parte militare di questo viaggio. Poiché la poiana codabianca non può più rivelare ai nemici dove siamo diretti, vorrei tenere la rotta verso Vilussa».

«È il primo luogo in cui ci cercheranno», replicò la commendataria. «È importante agire con intelligenza e portare la bambina al sicuro. Sai di cosa sono capaci gli Altri. Se scoprono dove si trova la principessa, vengono a prenderla».

«Non se io la porto ad Aniscans». Charles aveva preso una decisione irremovibile: avrebbe lottato per Gishilde. Se avesse condotto dinanzi agli eptarchi un ostaggio che avrebbe determinato il prosieguo della guerra contro i pagani, sarebbe stato un uomo arrivato. Probabilmente entro un anno sarebbe diventato uno dei sette grandi principi della Chiesa.

«Per favore, fratello. È più di un semplice ostaggio. Mi scuso se la presunzione mi ha indotta a offenderti, fratello reggente. Lasciala alla Nuova Cavalleria, e diventerà una di noi».

«E perché dovrei volere che diventi una di *voi*? Penso che negli ultimi anni il tuo Ordine abbia avuto troppe libertà, sorella Lilianne».

Dal cielo piovve un altro corvo, ma a malapena il grosso rapace riusciva ancora a volare. Tentò di sfuggire agli attacchi con un avvitamento.

«Mi dispiace doverti contraddire, fratello reggente. Capitano, rotta verso Paulsburg».

«Neanche per sogno!» urlò Charles al cavaliere barbuto.

Alvarez si limitò ad alzare le spalle. «Questa è una nave dell'Ordine, fratello reggente. Mi rincresce, ma devo obbedire alla commendataria e non a te».

Charles guardò Lilianne con aria di disapprovazione. Era tutto un gioco concertato o gli rincresceva davvero? «Sollevo la commendataria dalla sua carica».

«Lo può fare solo il maresciallo dell'Ordine o uno degli eptarchi di Aniscans, fratello reggente», osservò Lilianne. «La principessa è prigioniera della Nuova Cavalleria. Abbiamo pagato con il sangue per averla. Sarà il maresciallo dell'Ordine a decidere il mio destino».

La galea cambiò rotta. Le grandi vele si agitarono nel vento, poi tornarono a gonfiarsi.

Charles chiuse i pugni in un gesto di rabbia impotente. Si trovava alla loro mercé! Ma Lilianne avrebbe fatto meglio a non sottovalutarlo. Anche lui aveva le sue spie. Quando fossero giunti a Paulsburg, le sarebbero rimasti quattro giorni al massimo per portare via l'ostaggio. Era così arrogante che non avrebbe mai immaginato di essere esautorata nella sua fortezza.

Charles guardò con soddisfazione l'uccello bianco che precipitava. Così gli Altri avevano perso il loro generale nel Drusna. Dopo gli avvenimenti nella radura avrebbero impiegato qualche tempo per mettere in campo le truppe. Lilianne aveva fatto il suo dovere. La Chiesa poteva permettersi di riorganizzare il proprio braccio militare nel Drusna. Prima dell'inverno non vi sarebbero sicuramente state altre battaglie. Guardò la commendataria e le rivolse un sorriso cordiale. Era una bella donna. Chissà quanto sarebbe stata vertiginosa la sua caduta. In quel momento aveva sicuramente raggiunto l'apice del suo potere, ma in meno di una settimana sarebbe stata accusata di ribellione e portata ad Aniscans in catene.

Charles si inginocchiò accanto alla principessa e le sentì il polso. Era irregolare. Solo Tjured sapeva se la bambina avrebbe superato la giornata, ma non aveva importanza.

«Oggi hai condotto alla rovina una principessa della Chiesa, piccola mia», le sussurrò all'orecchio. Poi, esausto, sedette su un baule. Poteva aspettare. Ora il tempo giocava a suo favore.

25.
La sorgente segreta

Il sole di mezzogiorno si posò sul volto della cavalleressa quando la donna aprì gli occhi battendo le palpebre. Luc era stanco morto. Le era rimasto accanto da quando aveva inciso il bubbone nero. Michelle aveva avuto la febbre alta e aveva continuato a chiamare un nome che non gli diceva nulla. Era caduta in un sonno più tranquillo solo verso mattina.

Il bambino guardò la signora bianca. Nella luce meridiana splendeva con tanta intensità da costringerlo a distogliere subito lo sguardo.

«Per favore sopravvivi! Almeno tu. Per favore!» mormorò.

Staccò la mano da quella della cavalleressa. Nel suo sonno irrequieto la donna l'aveva tenuto stretto per tutta la notte, come se fosse l'ancora che la legava alla vita. Ora lo guardò. Aveva le labbra screpolate.

«Ho bisogno di bere qualcosa, signora».

Michelle non reagì.

Luc recuperò la borraccia dalla bisaccia e si avviò verso la sorgente poco distante. Gli dolevano le membra. Era rimasto seduto troppo a lungo. Il movimento gli fece bene. L'aria tremolava nella calura del mezzogiorno e magnifiche farfalle svolazzavano intorno alle rose del giardino segreto.

Si sentiva indescrivibilmente libero.

Deve sopravvivere, pensò. Aveva pregato per lei con fervore, prima con voce rotta dal pianto e poi ancora con profondo orgoglio. *Vorrei aver pregato così tanto anche per mia madre,* pensò, angosciato. Avrebbe potuto salvare anche lei? Ma non gli avevano permesso di vederla. Ai loro occhi era solo un bambino...

Imboccò il tunnel alla fine del muro. Là era molto più fresco. Gli venne la pelle d'oca e fu attraversato da un formicolio. Ecco un altro muro invisibile. Mentre procedeva, qualcosa dentro di lui si tese. Quella che percepiva era forse la forza della donna bianca? Oppure gli Altri lo stavano osservando?

Allungò il passo. Poiché arrivava dalla chiara luce del sole, nel tunnel non riusciva a vedere quasi nulla. Avanzò con prudenza tastando le pietre muscose. Non era mai stato là sotto. Aveva udito il gorgoglio dell'acqua durante le precedenti visite al giardino, ma il muro invisibile l'aveva spaventato. In passato si era sempre recato a un'altra sorgente, più distante, che alimentava un pozzo decrepito, ma questa volta non voleva allontanarsi così tanto dal roseto. Preferiva non lasciare sola la cavalleressa, che era ancora molto debole.

Qualcosa gli sfiorò il viso. Si fermò, impietrito. Era stato solo un contatto fuggevole, simile a quello di una piuma.

«C'è qualcuno?».

Nessuno rispose. Preoccupato, si guardò indietro. L'entrata del tunnel era una chiazza di cielo ben delineata al centro dell'oscurità. Alle sue spalle non vi era nessuno. O almeno, nessuno che gli occhi umani potessero vedere. *Sarei dovuto andare alla sorgente vicino al pozzo*, pensò, pentendosi della sua decisione.

Esitò, poi udì chiaramente l'acqua che scorreva. Non poteva distare più di qualche passo. Accecato dalla vista del luminoso sprazzo di cielo, scrutò il cunicolo e non vide nulla. Qualunque cosa l'avesse toccato, gli era parsa delicata e fragile. Non poteva sicuramente fargli del male. Non doveva comportarsi così! Proseguì con cautela.

Dopo tre passi il corridoio si piegava bruscamente. Luc entrò in una piccola grotta illuminata da una luce curiosa. I suoi occhi impiegarono qualche istante per abituarsi. Quindi si ritrovò di fronte un mostro con la bocca spalancata.

La borraccia gli scivolò e gli cadde davanti ai piedi. Quando echeggiò il tonfo, la caverna si riempì di passi irregolari.

26.
Il legame spezzato

«NON POSSIAMO SEMPLICEMENTE restare qui con le mani in mano!».

«Non ricordo di averti autorizzato a parlare per me», ribatté la maga, seccata.

Il principe elfico sapeva che non lo sopportava. L'aveva capito quando si erano incontrati per la prima volta. A prescindere da quanto la donna fosse vecchia e potente, per lui Yulivea era solo una bambina capricciosa e immatura. Ma proprio per quella ragione era meglio essere cortesi con lei.

«Credo che tu abbia frainteso...».

«Cosa c'è da fraintendere in un verbo alla prima persona plurale, Tiranu? Ti prendi la libertà di decidere per me. E ti posso assicurare che non lo accetterò». L'elfa posò il coltello con cui stava intagliando un ramo di salice sottile. «Se è necessario, rimarrò qui ancora per giorni».

«Non tornerà più, Yulivea».

«Come fai a saperlo?».

«Non è mai stato via così a lungo. E sai che più vola con la poiana codabianca, e più ha difficoltà a separarsi dall'uccello. Se vuoi il mio parere, è fuggito. Era stanco di combattere. Ha gettato la spugna».

«No!».

Yulivea stava per perdere il controllo. Per un attimo Tiranu fu tentato di continuare a provocarla, ma poi ricordò come aveva distrutto il galeone.

«Portiamolo con noi», disse in tono conciliante.

«Se lo portiamo con noi, Occhio d'Inverno non lo troverà. Fenryl deve restare nella radura».

«E le truppe? E i prigionieri? Come mi occuperò di loro se rimarremo qui? È impossibile, Yulivea».

«Ah, hai deciso di non inchiodare i cavalieri alle querce?».

«Hai origliato la nostra conversazione?».

La maga non rispose, bensì continuò a intagliare il ramo.

«Trascorrerò il resto della giornata a costruire una tomba segreta per re Gunnar. Domattina lasceremo il lago, Yulivea. Con o senza di voi».

«Che cosa credi che penserà il principe Ollowain se pianterai in asso Fenryl? A quanto ne so, sono amici dai tempi della battaglia per Filangana».

«Lo capirà», ribatté Tiranu, glaciale, pur non essendone sicuro. «È il maestro di guerra della Terra degli Albi. Comprenderà perché ho dovuto agire così. Quello che non comprenderà è il tuo comportamento. Sei una maga. Cerca Fenryl! Deve esistere un legame tra lui e l'uccello. Non riesci a percepirlo e a dirmi dove si trova?».

Il coltello le scivolò e le tagliò la mano. Yulivea si portò il dito alla bocca e leccò via il sangue.

Come può una ragazza così goffa avere simili poteri? si domandò Tiranu, furioso. Se avesse posseduto le sue capacità, quella guerra avrebbe preso una piega molto diversa!

«Ebbene? Perché non cerchi Fenryl?».

«Non posso», rispose l'elfa con un filo di voce.

«Perché?».

«Perché il legame tra lui e Occhio d'Inverno si è spezzato. Non riesco a trovarlo».

Tiranu non credeva alle sue orecchie. «Significa che è morto!».

«No!». Yulivea saltò su. Il sangue le gocciolava dalla mano. Il taglio era profondo. «Non parlare mai più così! Hai capito? Mai più!».

Gli puntò contro il dito sanguinante con fare minaccioso.

Tiranu indietreggiò di un passo. Non era un mago molto dotato, ma percepiva il suo potere. Una parola sbagliata...

«Per favore, Yulivea, spiegami che cos'è successo a Fenryl. Non ti capisco».

Guardò il principe. Sembrava che dormisse tranquillamente. Un viandante sfinito che riposava in una radura nascosta.

«Non è morto», disse l'elfa con voce roca. «Come vedi, respira».

«Ma se non vi è più nulla che lo leghi all'uccello... Allora dev'essere morto Occhio d'Inverno. E se l'uccello muore, Fenryl muore con lui. Anche se il suo corpo respira ancora...». Il principe cercò parole che non la ferissero. «Questo corpo è solo un contenitore vuoto. Fai la veglia funebre...».

«No!».

«Allora spiegami, per favore...».

«È un grande eroe della Terra degli Albi. Un eroe non muore così. Non in questo modo... Non può semplicemente andarsene così. Così in silenzio. Come se dormisse...». L'elfa non riuscì più a trattenere le lacrime. «Non è possibile! Ne sono certa!». Serrò i pugni con ostinazione. «Ora vattene! La tua presenza lo danneggia. So che tornerà presto. E ti consiglio di attenerti ai suoi ordini! Invece di preoccuparti per lui, preoccupati per i prigionieri. Fenryl sta bene».

27.
Due doni di Dio

Centinaia di farfalle danzavano sopra l'acqua. Dovevano essere posate su ogni superficie asciutta. Luc le guardò, stregato. Si alzavano e si abbassavano in un tripudio di colori ed evitavano il largo getto d'acqua che zampillava nella caverna, scaturendo dalla bocca della faccia di pietra che l'aveva spaventato così tanto. Parevano attirate dalla luce sul fondo del laghetto.

Il bambino raccolse la borraccia e si chinò oltre il bordo del sentiero per vedere meglio. Tra la ghiaia vi era un sasso da cui proveniva un chiarore tenue che si frangeva contro lo specchio d'acqua in movimento e vorticava in chiazze luminose sul soffitto della grotta.

La danza delle farfalle cessò lentamente e gli insetti si adagiarono ancora sulle pareti.

Luc entrò in acqua con prudenza. Era gelida! Trattenne il fiato. Aveva i piedi intirizziti. Strinse i denti, quindi scivolò nel laghetto e si immerse fino alla pietra.

Il freddo micidiale gli penetrò nelle ossa. I suoi movimenti rallentarono. Il sasso scintillante distava solo un palmo. Il bambino dovette fare appello a tutta la sua forza di volontà per coprire l'ultimo tratto mulinando le braccia e le gambe. Poi chiuse le dita intorno alla pietra. La luce si spense e il buio lo avvolse.

Un crampo gli attraversò il polpaccio come un coltello arroventato. Si staccò dal fondo e aprì la mano. Tra le dita filtrò un pallido bagliore.

Risalì in superficie ansimando. Le ali di farfalla gli accarezzarono il viso. Piagnucolando per il dolore, si trascinò fino alla riva. L'aria era piena del frullio di ali delicate. Non vedeva quasi più nulla.

Cercò la borraccia tastoni e la riempì solo a metà. Quindi si mise a correre, seguito dalle farfalle. O meglio, si mise a zoppicare, perché il dolore lancinante del crampo non si era ancora attenuato. La fascia sul braccio si era mezzo slegata e lunghe strisce di lino strisciavano sul pavimento.

Gli battevano i denti. Il freddo non voleva abbandonare le sue membra. Accecato dalle farfalle, si lanciò verso l'estremità del tunnel.

Le zampette gli accarezzarono le labbra. Le ali ronzanti emanavano un profumo di fiori estivi. Si guardò bene dal colpire gli insetti. Si convinse che, se per errore avesse ucciso anche una sola farfalla, sarebbe accaduto qualcosa di terribile.

Avvertì chiaramente la barriera invisibile poco prima di uscire all'aperto. Poi, finalmente, le creature variopinte lo lasciarono in pace e si sparpagliarono nel giardino segreto. Il sole fu come un balsamo. Il freddo si staccò dalle sue membra come un ghiacciolo che si scioglie lentamente nella luce invernale.

I suoi piedi sciaguattavano a ogni passo negli stivali pieni d'acqua. Fu pervaso da un compiacimento improvviso. Aveva lasciato Lanzac e superato la sua prima avventura. Guardò la pietra con fierezza. Sotto l'intensa luce del sole il suo chiarore era impallidito. Era levigata e di un caldo color miele.

«Luc!». La cavalleressa si era alzata a sedere nella nicchia, aveva tirato indietro la coperta e si scaldava sotto i raggi del sole.

Imbarazzato, il bambino evitò di guardarla.

«Che miracolo è mai questo, re del giardino?».

Luc non sapeva a cosa si riferisse. Si avvicinò senza poter fare a meno di vederle le gambe nude. A disagio, le porse la borraccia. «Ti ho portato da bere...».

Gli accarezzò dolcemente i capelli e a un tratto ricomparvero le farfalle.

«Una corona vivente...» disse Michelle, commossa. «Sei forse un santo? Che cosa mi hai fatto? Dovrei essere morta. Lo so... Ho visto morire così tante persone. Che bambino sei?».

Aveva parlato con soggezione.

«Guarda la ferita! Com'è possibile? E ora le farfalle».

Le macchie nere erano sparite dalla sua pelle. Nel punto in cui Luc aveva inciso il bubbone si vedeva solo una stretta ferita coperta da una crosta.

Luc provò un profondo sollievo. Sarebbe rimasta con lui. L'ombra della morte si era allontanata. Avevano sconfitto la peste. Guardò con gratitudine la statua della donna bianca.

«Ieri notte eri davvero solo», disse Michelle in tono solenne. «Tjured ti ha donato mani capaci di guarire e, nella sua sconfinata misericordia, ha deciso di trasformarti in un suo strumento. Nel mio salvatore. Ero spacciata. Chiamiamo la peste "morte nera" perché nessuno sopravvive quando gli compaiono le macchie nere sulla pelle. Hai fatto un miracolo, Luc. Come un santo».

Per un attimo il bambino avrebbe voluto dirle che aveva offerto le pistole alla donna bianca e che era tutt'altro che un santo. Era un maledetto pagano! Ma voleva accontentarla più di quanto avesse mai voluto qualcosa in vita sua. Ora le pistole erano ben nascoste in una nicchia dietro il piedistallo della statua. Michelle non le avrebbe trovate a meno che non le avesse rivelato il nascondiglio. Se le avesse detto a chi aveva rivolto le sue preghiere la notte precedente, l'avrebbe ripudiato. Era una cavalleressa dell'Ordine. La sua vita era dedicata alla lotta contro il paganesimo.

«È la modestia a farti tacere», disse la donna, sorridendo. «Sono fiera di te».

Questo era troppo. Luc voleva piacerle a tutti i costi, ma avrebbe infangato il suo onore se non le avesse detto la verità.

«Signora, non chiamarmi santo. Ieri notte ho pregato Tjured, sì... Ma anche la donna bianca. E le ho donato le pistole affinché ti guarisse».

Avrebbe preferito sprofondare sottoterra. Allo stesso tempo, tuttavia, era anche felice di aver vuotato il sacco. Si inchinò in attesa di quanto stava per accadere. L'avrebbe cacciato via. O peggio...

Silenzio. Una grossa goccia d'acqua gli cadde dai capelli sulla strada lastricata. Il sole gli bruciava la nuca. Alla fine non sopportò più quell'incertezza e alzò lo sguardo. Michelle continuava a sorridere.

«La notte scorsa devi esserti sentito molto solo», osservò con dolcezza. «E disperato. E sei coraggioso. Conosco poche persone che avrebbero resistito alla tentazione della menzogna. Forse non sei un santo… Ma sei temerario e sincero. Tjured ti perdonerà questa piccola debolezza. L'ha già fatto, altrimenti non mi sarei ristabilita. Devi sapere che gli dei pagani non hanno alcun potere. I nostri sacerdoti l'hanno dimostrato continuamente nel corso dei secoli. Dio ti perdona. Ti ha incoronato di farfalle. Ti ha rivelato la sua forza portentosa».

Luc si schiarì la voce, imbarazzato. Quindi le raccontò della sorgente segreta e della pietra luminosa che aveva trovato.

Michelle prese il sasso e lo studiò con attenzione.

«Una luce nel buio», disse infine. «Anche qui si rivela l'opera di dio. Tjured ti ha donato questa pietra affinché ti ricordi di lui quando l'oscurità del dubbio ti attanaglierà il cuore. La miracolosa misericordia dell'unico dio è visibile in tutto ciò che è accaduto oggi. Sei un eletto, Luc. Dio mostra la sua clemenza così chiaramente solo a poche persone. E non ho mai sentito dire che abbia adornato qualcuno con una corona di farfalle».

Lo afferrò per le spalle.

«Guarda la ferita! Si è rimarginata benché tu non l'abbia cucita. E si è cicatrizzata come se fosse trascorsa una settimana da quando hai inciso il bubbone».

Quando abbassò gli occhi sulla ferita, non era più imbarazzato come prima. Se la cavalleressa si mostrava così disinvolta, forse non era riprovevole guardare una donna nuda. Forse, essendo una cavalleressa dell'Ordine, era così lontana dal peccato che lo faceva in buona fede.

Luc alzò lo sguardo. Gli salì ancora il sangue alla testa. *Lui* non era lontano dal peccato!

«Preghiamo insieme, amico mio», disse Michelle in tono entusiastico. Si alzò e si inginocchiò davanti al bambino.

Anche Luc si mise in ginocchio, stupendosi che la situazione si fosse volta a suo favore fino a quel punto. Honoré l'avrebbe sicuramente accusato di eresia per le stesse azioni. Ma perché avrebbe dovuto dubitare delle parole di Michelle? La cavalleressa doveva sapere meglio di lui come dio si rivelava agli esseri umani. Forse dubitava di se stesso solo perché, in piccola parte, era ancora un pagano che credeva nel potere della donna bianca ed era troppo codardo per affidarsi all'unico dio. Le cose dovevano cambiare! Voleva diventare come Michelle! La donna aveva ragione! Erano accaduti due miracoli.

28.
Il barbiere maldestro

Quando Gishilde si svegliò, giaceva in una stanza disadorna con le pareti intonacate di bianco. L'unico ornamento era un affresco che la riempì di orrore: un albero rosso e spoglio con un'ampia chioma, dipinto sulla parete di fronte al letto.

Non ricordava come fosse arrivata fin là. Sarebbe dovuta essere nel bosco...

Avrebbe voluto alzarsi e andare alla finestra aperta, ma una fitta lancinante le attraversò il petto. Ricadde sul cuscino. La paura le colmò il cuore, che prese a battere più forte. Anche la respirazione accelerò, acuendo il dolore.

Ripensò a Silwyna. L'elfa le aveva insegnato ad ascoltare il linguaggio del corpo. Chiuse gli occhi. Il dolore si irradiava dal centro del petto. Lo percepiva. L'osso in cui confluivano le costole era fratturato. Doveva respirare più piano! Più alzava e abbassava la gabbia toracica, e più si intensificavano le fitte. Poteva controllarle...

Strinse i denti. Era più facile pensare ragionevolmente che agire ragionevolmente. Aprì gli occhi e posò lo sguardo sull'Albero di Sangue, che la spaventò ancora.

Intuì dove si trovava. Non rammentava come vi fosse

arrivata, ma doveva essere in una delle fortezze di mattoni rossi della Nuova Cavalleria.

Si tastò il petto con prudenza e sentì una fasciatura attraverso la coperta. Era stata ferita! Ma dove? Aveva avuto luogo una battaglia? Che cos'era successo a suo padre? E a tutti gli altri... Perché non ricordava nulla? Che cos'era accaduto?

Il dolore le fece salire le lacrime agli occhi. Singhiozzò... Si posò le mani sul petto. Le faceva così male! Non poteva inspirare a fondo... Non poteva piangere... Lacrime calde le rigarono le guance. Cercò disperatamente di non singhiozzare.

Una volta Silwyna le aveva detto che era utile pensare a qualcos'altro. Se lo si faceva con tutte le proprie forze, il dolore svaniva dietro un velo. Occorreva dimenticarlo.

Avrebbe tanto voluto essere un'elfa! Com'era possibile dimenticare il dolore se ogni respiro era una tortura?

Dalla finestra provenne il fracasso di ruote rivestite di ferro. I carri viaggiavano sull'acciottolato. Le strida acute dei gabbiani salivano verso il cielo. Una voce monotona e penetrante urlava: «Oh issa!» a intervalli regolari. Alcune vele venivano ammainate. Doveva essere in un porto. Ma poco prima si trovava nel folto del bosco. Rammentava il villaggio nella radura. Il muro d'acciaio dei cavalieri. Suo padre aveva negoziato con loro. Ma che cos'era successo dopo? Aveva la memoria offuscata.

Si guardò intorno. Forse avrebbe trovato qualcosa di utile. No... La stanza era spoglia. Una sedia e un semplice baule, nient'altro. Non vi era neppure una candela.

Due porte con borchie di ferro verniciate di nero stavano l'una di fronte all'altra. La finestra non aveva le inferriate. Probabilmente era così in alto che la fuga sarebbe stata impensabile. *Non riesco nemmeno a stare in piedi,* pensò Gishilde, disperata. Non dovevano temere che scappasse.

Si asciugò il moccio dal naso con il dorso della mano. Ce l'aveva fatta! La respirazione era tornata tranquilla e regolare. Non doveva piangere qualunque cosa accadesse! Non voleva più sentire dolore.

Ascoltò i rumori che provenivano dalla finestra. Un carrettiere tirava un cavallo imprecando. Quello era forse un cigolio di remi?

Echeggiarono dei passi e la porta più grande si aprì. Entrò una donna dai corti capelli biondi. Gishilde ricordava di averla già vista. Nel bosco... Lilianne! Ora non indossava l'armatura, bensì stivali e pantaloni da cavallerizza, una camicia bianca e un elegante farsetto con gli spacchi. Sul cuoio sopra il suo cuore era cucito un piccolo stemma con una Quercia di Sangue, un rosso leone rampante e due spade nere incrociate.

La cavalleressa le sorrise. La seguivano un uomo dalla tunica blu e un terzo visitatore vestito con semplicità.

Ora la bambina ricordò anche il vecchio. Era il principe dei sacerdoti, colui che governava il Drusna. Aveva un titolo curioso. Residente o qualcosa del genere... In passato lo sapeva. Perché aveva dimenticato così tanti dettagli?

«Stai bene, bambina?». Il sacerdote le sorrise cordialmente. Era stato così gentile anche nella radura? Gishilde annuì, ma non rispose.

«La nostra piccola barbara ha i pidocchi», disse la cavalleressa in tono sprezzante.

«Non è vero!» ribatté la principessa, sdegnata. Non li aveva mai avuti. Una volta era capitato al suo fratellino.

«Non contraddirmi quando le tue menzogne sono così palesi!» la rimbrottò bruscamente la commendataria. «Carlos, tagliale i capelli. E fa' in modo che le cambino le lenzuola».

Lo sconosciuto si avvicinò, si chinò su di lei, la prese in braccio e la adagiò con delicatezza sulla sedia.

«Non ho i pidocchi!» urlò Gishilde, al che il dolore la colpì come un pugno.

«Non agitarti, bambina», disse il sacerdote con cortesia. «Sei ferita. Non devi affaticarti. Per favore abbi cura di te».

«Non ho i pidocchi», ribadì la principessa a voce più bassa, singhiozzando. Perché il vecchio non la aiutava? «Per favore, signore. Guardate voi stesso. Ve lo giuro su Maewa. Non...».

«Non pronunciare i nomi degli idoli qui dentro, bambina!» la zittì la cavalleressa.

Le fitte stordirono Gishilde. L'albero rosso sulla parete sembrava andare su e giù. Qualcuno la prese per le spalle e la premette contro lo schienale.

«Non basterebbe lavarle i capelli?» domandò il sacerdote.

«È sempre meglio stroncare il male alla radice», rispose Lilianne.

Qualcosa le raschiò la testa. Ancora frastornata, Gishilde vide lunghe ciocche di capelli che cadevano sul pavimento. «No!». Si ribellò.

Il barbiere imprecò. A un tratto la bambina si sentì il viso umido. Carlos estrasse un fazzoletto dalla tasca dei pantaloni e glielo premette sul capo. «Non vuole stare ferma», mormorò, servile. «Se solo non si agitasse tanto!».

«È proprio necessario tagliarle i capelli?». Il vecchio sacerdote si inginocchiò accanto alla principessa e le prese la mano.

«È solo una ferita superficiale», dichiarò Lilianne, irremovibile. «Da una ferita alla testa si sanguina sempre come maiali scannati».

Charles le rivolse un'occhiata di disapprovazione. *È gentile,* pensò Gishilde. Forse poteva fidarsi di lui?

Il sacerdote le accarezzò la mano con delicatezza. «Mi dispiace, principessa. Per favore stai ferma. Sono solo capelli. Ricresceranno presto».

Il coltello le grattò ancora il cuoio capelluto. Gishilde vide le lunghe ciocche dorate che cadevano. Pianse in silenzio. Il sangue si mescolò alle lacrime e le gocciolò sulla camicia da notte bianca. Com'era arrivata là? Che ne sarebbe stato di lei?

Il barbiere non dovette impiegare molto tempo per raderla. Lilianne le tamponò il sangue alla testa con il fazzoletto.

Carlos le porse un piccolo specchio. «Ora i pidocchi vi lasceranno in pace, principessa».

Gishilde vide il riflesso attraverso un velo di lacrime. Il suo cuoio capelluto era pallido come il ventre di un pesce. Un lungo taglio sanguinante solcava la superficie bianca.

Non voleva vederlo! Quella nello specchio non era lei! Era un'estranea!

Il barbiere le cambiò le lenzuola. Quindi la sollevò e la riportò sul giaciglio. Suo padre la metteva sempre a letto in quel modo... Dov'era? Perché non l'aveva salvata? Strinse le labbra, ma non riuscì a reprimere un singhiozzo.

Charles si piegò su di lei. «Sii coraggiosa, piccola mia».

La baciò sulla fronte. L'alito gli puzzava di cipolla.

«Tieni duro. Presto ti farò portare via da qui», le sussurrò all'orecchio di nascosto. «Poi starai meglio, principessa. Ti riporterò da tuo padre».

29.
La bambina calva

DOVEVA FUGGIRE! Ormai era in quel letto già da quattro giorni e guardava il cielo fuori della finestra. Le avevano portato un campanello. Quando voleva qualcosa, doveva solo suonarlo. Era impotente come un neonato... Ma non doveva arrendersi! Silwyna le aveva insegnato a lottare. *Non dimenticarlo,* si raccomandava Gishilde.

Le avevano posato uno specchio accanto al letto. Le mostrava la testa sconosciuta con il graffio coperto da una crosta. Il mondo cui era abituata era scomparso e la bambina che era stata un tempo era sparita con esso. Lo specchio le mostrava un viso senza capelli con cerchi scuri sotto gli occhi. Quella non era lei! Le avevano rubato la Gishilde che era stata un tempo. Non sapeva che cosa volessero farle gli adoratori di Tjured, ma non si sarebbe sottomessa senza resistere.

Il sacerdote era gentile con lei. Le aveva fatto visita un paio di volte e le aveva promesso di liberarla dalla violenza della cavalleressa. Presto... Ma nemmeno lui le aveva detto che cos'era successo. Perché? Che cosa le nascondevano? Che cosa ne era stato dei suoi genitori? Perché nessuno andava a liberarla? Non vi era luogo che Silwyna non potesse raggiungere. Perché l'elfa non la portava via da là?

La collera le diede forza. Il dolore al petto non era più acuto come il giorno in cui si era svegliata. Avrebbe combattuto. Si alzò a sedere con fare rabbioso. Ogni movimento era una tortura. Doveva sopportarlo.

Gettò le gambe oltre il bordo del letto con estrema lentezza. Nella stanza bianca faceva caldo. Ogni volta che qualcuno andava a trovarla, la porta veniva chiusa dall'esterno con un chiavistello.

Lilianne era passata due volte. Si era semplicemente piazzata davanti al letto e l'aveva guardata senza proferire parola. E Gishilde era stata troppo orgogliosa per avviare una conversazione. La commendataria era l'incarnazione di tutto ciò che detestava. La crudeltà della Chiesa di Tjured aveva preso forma in lei. La bambina non si sarebbe mai sottomessa a quella donna-uomo. Preferiva il residente...

Posò i piedi a terra con cautela. Le lastre di pietra erano piacevolmente fresche. Era una torrida giornata di fine estate. L'orizzonte plumbeo annunciava un temporale.

Si alzò con prudenza. Aveva paura di non reggersi sulle gambe. Le girò la testa; il lungo periodo trascorso a letto l'aveva indebolita. Si tenne in equilibrio allargando le braccia e andò verso la finestra. Aveva voglia di vedere qualcosa di diverso dalle pareti bianche, dall'Albero di Sangue e da un piccolo frammento di cielo.

Fu assalita da una lieve nausea. Accelerò, tenendo lo sguardo puntato sul davanzale di pietra. Solo cinque passi, ed era completamente stremata!

Si appoggiò con sollievo al largo davanzale.

Sotto di lei si spalancava una voragine di venti passi. Si trovava in una torre su un ampio camminamento che faceva parte delle fortificazioni interne. Ovunque si vedevano operai che scavavano fossati ed erigevano muri. Non sapeva in quale città fosse, ma l'Ordine dei cavalieri non risparmiava alcuno sforzo per lasciare un'impronta indelebile. Costruivano una delle strane e nuove fortificazioni che Brandax aveva iniziato a innalzare a Firnstayn. Il coboldo gliene aveva parlato in tono entusiastico. All'epoca non l'aveva ascoltato con attenzione. Non le piaceva! Aveva una faccia ripugnante. I denti limati le rammentavano quelli di un ratto. Aveva un disgustoso senso dell'umorismo e sembrava felice di spaventarla.

Che cos'avrebbe dato per vederlo là in quel momento!

Il suo sguardo spaziò sulle vaste fortificazioni: terrapieni a forma di stella con muri di mattoni sul lato posteriore. Bastioni per i cannoni. Piccoli forti avanzati. Un largo fossato esterno pieno d'acqua. Le opere difensive erano un autentico labirinto. Vicino alla torre oltre cento operai erano intenti a far scomparire una casamatta dietro una scarpata di terra.

Brandax le aveva spiegato che i terrapieni inghiottivano semplicemente le palle da cannone, mentre i muri di pietra o di mattoni venivano demoliti dai proiettili. Ecco perché era bene nasconderli dietro la terra.

Rimpianse di non averlo ascoltato con più attenzione. Avrebbe potuto capire le stranezze delle fortificazioni e riferirle a suo padre e al consiglio di guerra appena fosse stata libera.

Si concentrò sul porto. Era appena arrivata una flottiglia. Cinque galee e due galeoni erano ormeggiati al molo. Le vele decorate dal nero Albero di Cenere venivano ammainate. Erano neri anche i ponti e i remi. Le navi avevano un aspetto sinistro. Sangue e cenere… I due grandi ordini cavallereschi della Chiesa di Tjured. Pur servendo lo stesso dio, i cavalieri dell'Albero di Cenere e la Nuova Cavalleria erano rivali. L'Ordine dell'Albero di Cenere esisteva già da molti secoli. Ricco e potente, comandava migliaia di cavalieri. La Nuova Cavalleria, invece, non esisteva da molto tempo. I suoi membri erano considerati fanatici e, a detta di Silwyna, erano gli strateghi migliori. Conducevano gli eserciti della Chiesa con più abilità. Lilianne aveva assunto il comando di tutte le truppe della provincia dopo i successi riportati sui campi di battaglia del Drusna. Un onore che in precedenza era toccato al commendatario dell'Albero di Cenere. Gishilde si stupì di vedere le navi di entrambi gli ordini. Di solito, sulle città ondeggiava solo uno dei due vessilli. Non accadeva mai di imbattersi contemporaneamente in entrambi gli schieramenti.

Guerrieri con antiquate giacche bianche si affrettavano sui pontili e prendevano posizione lungo la banchina. Tra le minuscole figure candide la bambina scorse un uomo tutto vestito di blu. Era forse il residente? Scambiò qualche parola con alcune persone, quindi si mise in testa a una truppa per andare incontro alla nuova arrivata. Dunque Charles avrebbe mantenuto la parola. Sarebbe andato a prenderla.

Un rumore alla porta la indusse a voltarsi. Qualcuno aveva aperto il chiavistello.

Entrò una giovane donna con un vestito logoro e consunto. Nella cintura era infilato uno stretto coltello da pesce. I capelli biondo cenere erano sporchi e divisi a ciocche. La sconosciuta puzzava di pesce! Guardò Gishilde con aria di sfida. I fieri occhi verde chiaro parvero familiari alla principessa.

La donna sorrise. Aveva denti impeccabili.

«Che cosa può fare qualche vestito, vero? Non è da escludere che ora sia io ad avere i pidocchi. Non mi riconosci?».

Per un attimo Gishilde aveva sperato che fosse Silwyna, ma la maurawana era più alta e anche più snella. Quegli occhi... Era Lilianne!

La commendataria rivolse un cenno a qualcuno che era rimasto davanti all'uscio.

Si fece avanti una bambina scalza che indossava una camicia da notte candida. Aveva la testa rasata e tra i pochi capelli ispidi si distingueva chiaramente una ferita, un taglio identico a quello sul capo della principessa.

Gishilde ebbe la sensazione di guardarsi allo specchio. Solo guardando attentamente, si notava che alcuni dettagli non corrispondevano. La bambina aveva le mani più ruvide, probabilmente a causa di un duro lavoro. Era anche un po' più magra, ma gli occhi erano di un celeste luminoso come i suoi. Suo padre le ripeteva sempre che aveva occhi splendidi e unici. A corte Gishilde non aveva mai conosciuto nessun altro con occhi simili.

«Puoi stenderti a letto, Dunja», disse la commendataria in tono cortese.

«Che cosa significa tutto questo?» domandò Gishilde.

«Non lo indovini?» ribatté Lilianne, beffarda.

Si avvicinò alla finestra e guardò il porto. Charles e i guerrieri vestiti di bianco superarono la grande porta della fortezza.

«Ti ha fatto delle belle promesse?».

La principessa non rispose.

«E gli hai creduto? Ti credevo più furba, principessa. So che mi disprezzi. Ma di una cosa puoi stare certa: non ti mentirò mai. Forse, se dovesse essere necessario, diffonderò menzogne sul tuo conto, ma non ti ingannerò. Ma ora bando alle ciance. Sei in grado di camminare? Vieni!».

Lilianne le tese la mano.

Gishilde non le credeva. Quella donna era una serpe. Charles stava arrivando. Avrebbe preferito andare con lui! Si era preso cura di lei e non avrebbe voluto farle tagliare i capelli. Bastava guardare Lilianne, con i suoi occhi duri e freddi. Da lei non ci si poteva aspettare nulla di buono.

«Vieni!». Ora la cavalleressa aveva parlato in tono più deciso. La bambina che aveva portato con sé si era sdraiata sul letto. Guardarla era inquietante. Gishilde aveva l'impressione di vedere se stessa.

Se solo fosse riuscita a guadagnare qualche istante... Fece un passo incerto in direzione della commendataria. In realtà non era più debole come fingeva di essere.

«Devo prenderti in braccio?».

Lilianne aveva aperto la seconda porta, quella più piccola, rivelando una scala a chiocciola.

Gishilde allargò le braccia.

«Sì».

La cavalleressa le andò incontro senza sospettare nulla. Non poteva sapere che cosa significava essere stata educata da una maurawana. Quando la prese in braccio, Gishilde allungò la mano verso il pugnale infilato nella sua cintura. Voleva piantarglielo nel fianco. Si sarebbe pentita di ciò che le aveva fatto!

La cavalleressa la spinse indietro con un gesto fulmineo. La principessa stringeva ancora l'arma.

Lilianne rise. Sembrava non avere paura, il che irritò Gishilde. Ora non doveva commettere stoltezze. Silwyna le ripeteva sempre che una guerriera in preda alla collera aveva già un piede nella fossa.

«Sei una piccola vipera perfida. Sembra che il veleno degli Altri ti abbia annebbiato la ragione. Credi davvero di potermi sconfiggere?».

Spalancò le braccia e scoppiò in una risata provocatoria.

«Forza, colpisci!».

Non fare nulla di avventato, si raccomandò Gishilde.

La bambina nel letto le guardava con tanto d'occhi. Era così spaventata che quasi non osava respirare.

«Un'arma è un pericolo solo nelle mani di chi è deciso a usarla. Hai già ucciso una persona, Gishilde? Credi di esserne in grado? Ti assicuro che non è facile».

Non devo uccidere nessuno, pensò Gishilde. Se ne sarebbe occupato Charles. Nel momento in cui avesse capito che cosa aveva in mente la commendataria, l'avrebbe sicuramente fatta mettere in catene. Ancora qualche minuto...

L'attacco di Lilianne fu così rapido e sorprendente che la principessa rimase completamente sbalordita. La commendataria le sfilò il pugnale, procurandosi un brutto taglio sul dorso della mano. Allo stesso tempo le sferrò un pugno al petto, al centro della ferita. Il dolore colpì Gishilde come un fulmine. Spalancò la bocca e non riuscì più a respirare. La fitta la riempì al punto di impedirle di ragionare e di muovere anche solo un muscolo.

Lilianne sollevò l'arma.

Gishilde vide che muoveva le labbra, ma non udì più nulla. Le si strinse la gola. Doveva respirare!

La donna l'afferrò e la trascinò oltre la porta. Quando chiuse l'uscio, il mondo sprofondò nell'oscurità.

30.
Teste d'alce e un sacco pieno di palle di cannone

CHARLES SI VOLTÒ VERSO IL PORTO. Erano a circa due miglia da Paulsburg. Non sarebbe mai più tornato indietro. Mai più. Tanto non vi avrebbe più trovato Lilianne, che era sicuramente fuggita ore prima. Quel mattino aveva ceduto la carica di commendataria a Dominique de Blies, il portabandiera dell'Ordine. Era uno dei cinque cavalieri che avevano navigato con loro a bordo della *San Raffaele*. Un uomo onesto, che aveva già pregato Charles di non confondere gli errori dell'ex commendataria con gli errori dell'Ordine.

Il reggente fece un sorriso amaro. Che gentaglia! Fratello Dominique non aveva pugnalato Lilianne alle spalle. Tutto ciò che aveva detto era stato concordato tra i due. Charles ci avrebbe scommesso la mano destra.

La commendataria aveva rinunciato alla carica per non danneggiare l'Ordine. Sapeva di aver esagerato quando si era ribellata ai suoi ordini.

Il reggente, stizzito, tamburellò con le dita sul parapetto. Avrebbe dovuto prevederlo! Dopotutto, aveva visto come la donna evitasse le battaglie che non poteva vincere e come fosse disposta a qualsiasi sacrificio per il bene della Nuova Cavalleria. Charles aveva visto più volte privare un fratello o una sorella della sua carica per un errore o per un altro. Ma qualcuno che rinunciava a un titolo prestigioso come quello di commendataria di una provincia dell'Ordine... Così Lilianne aveva potuto scegliere il suo successore e aveva dato all'Ordine la possibilità di trasformarla in un capro espiatorio e di prendere le distanze dalle sue azioni.

Charles non aveva dubbi sul fatto che avrebbero nascosto Lilianne e la principessina da qualche parte. Entrambe sarebbero state ancora utili per l'organizzazione.

Colpì il parapetto con il pugno. Anche lui sapeva tessere intrighi! Era ora di fare qualcosa contro la Nuova Cavalleria. Era diventata troppo potente e arrogante. *Controllati,* si rimproverò. Non era solo sul ponte di poppa del galeone.

Il capitano della sua guardia del corpo era ancora accanto alla scala con la bambina. Ci sarebbe cascato anche lui... Sarebbe stato sciocco e indegno incolpare il capitano Rodrik, anche se senza dubbio era ciò che il cavaliere si aspettava.

Charles studiò la piccina, che tremò sotto il suo sguardo, procurandogli un'ondata di compiacimento. Probabilmente, con i capelli sarebbe stata carina. Le dimensioni e la statura corrispondevano, e anche il colore degli occhi. Non riuscì a trattenere un sorriso. Ancora una volta Lilianne era stata scrupolosa.

«Dunque ti chiami Dunja, mia cara».

L'altra annuì.

«E non ti hanno detto perché ti hanno rasato la testa e perché dovevi prendere il posto di un'altra bambina».

«No, signore. Mi hanno detto che era uno scherzo».

Farfugliava un poco. Aveva il labbro gonfio e spaccato. «Lavoro nella cucina della casa dell'Ordine. Hanno dato a mia madre – dovete sapere che lavora anche lei in cucina, signore – le hanno dato, dicevo, una corona d'oro affinché...».

Tacque e cominciò a singhiozzare.

«Mia madre ha pensato che una corona d'oro in cambio di un nido di pidocchi fosse il miglior affare della sua vita. Così mi hanno rasata. Mi hanno promesso che, se avessi fatto bene il mio dovere, mi avrebbero dato dell'argento».

Charles assentì. Ora la bambina non tremava più. Il sacerdote la trattava con la benevolenza di un nonno. A cosa sarebbe servito se non fosse riuscita a spiccicare parola perché le battevano i denti dalla paura?

«E qual era esattamente il tuo dovere?».

«Dovevo stendermi in quel bel letto con le lenzuola bianche e comportarmi da principessa. È questo che mi ha detto la signora».

«Dunque è stata la commendataria a istigarti».

«Sì, signore. È venuta in cucina. La conosciamo tutti. Passava spesso per assicurarsi che fosse tutto in ordine. È una brava padrona».

Charles sospirò. Era l'ultima cosa che voleva sentire in quel momento. Guardò Rodrik. Il cavaliere aveva i capelli così corti che gli si rizzavano sul capo e assomigliavano a una fila di soldati. Le labbra sottili e le sopracciglia folte gli conferivano un aspetto brutale.

Era senza dubbio un ottimo guerriero, ma gli mancava la raffinatezza di Lilianne. Non sarebbe mai stato più di un semplice capitano.

«Che cos'ha fatto la piccola quando sei entrato nella stanza?».

«Ha strillato e si è tirata su la coperta».

«Gli ho detto che ero la bambina sbagliata», protestò Dunja. «Davvero, signore! E a quel punto mi ha colpita».

«Avevo pensato...».

Charles lo interruppe con un'occhiata. Aveva già capito che cos'aveva pensato Rodrik. Forse nemmeno lui avrebbe resistito alla tentazione di zittire la bambina con uno o due energici ceffoni.

«Che cosa ne faresti di lei, Rodrik?».

«È una serva della traditrice Lilianne. Non credo che conoscesse lo scopo di questa messinscena. È una bricconcella astuta. Una...».

«Rodrik! Non ti ho chiesto che cosa credi. Volevo solo sapere che cosa faresti di Dunja se fossi al mio posto».

Il cavaliere contrasse l'angolo della bocca. *Non sa controllarsi, il brav'uomo*, pensò Charles.

«Dovrebbe scomparire, fratello. Per sempre. La infilerei in un sacco, lo cucirei e vi caccerei dentro anche qualche palla di cannone affinché la bambina rimanga sul fondo del lago finché marcisce».

Dunja tremò in tutto il corpo, guardandolo con gli occhi strabuzzati.

«Non molto sensibile, Rodrik. Sei un cavaliere. Non dovresti proteggere i poveri e i deboli?».

«Sono un cavaliere dell'Ordine dell'Albero di Cenere. Servo innanzitutto la Chiesa. E la Chiesa riceverebbe un ottimo servizio se questa piccola civetta sparisse per sempre. Solo così si può avere la certezza che nessuno scopra il vergognoso tradimento della commendataria Lilianne. Se si spargesse la voce di ciò che ha fatto, la tua considerazione nel Drusna subirebbe un violento scossone, fratello reggente. Forse riderebbero di te».

«Potremmo anche nasconderla in un rifugio all'altro capo del mondo. Sarebbe come seppellirla viva».

«Vi prego, signore! Vi prego, non ascoltatelo! Non so nulla dei piani della commendataria. E non ho mai voluto che ridessero di voi!».

La bambina si era inginocchiata umilmente e cercava di baciargli l'orlo della veste. Charles la assecondò e ne studiò i fianchi androgini. Gli piacevano le bambine snelle.

«Portala nella mia cabina, Rodrik. La clemenza è la più nobile virtù di un sovrano. La sua morte non mi sarebbe di alcuna utilità».

«Grazie, signore. Io...».

«Basta così, bambina. Non hai nulla da temere. Ho fatto solo ciò che impone il decoro. Non ringraziarmi. Così mi fai solo vergognare». Charles voltò loro le spalle. Aveva bisogno di tranquillità per riordinare le idee. Per fortuna il capitano e i suoi ufficiali avevano una notevole sensibilità nei confronti delle sue esigenze. Sul ponte di poppa vi era solo il timoniere. Si era placato anche il rumore dei remi. La maggior parte dei vogatori dormiva sdraiata sui banchi. Il galeone navigava alla testa di una piccola flottiglia, sospinta da un vento costante in direzione di Vilussa.

A tribordo superarono un'imbarcazione per la pesca

delle anguille. La barchetta aperta era lontana meno di venti passi. Una donna bionda dal vestito sudicio gli rivolse un cenno e si inchinò con deferenza. Il secondo pescatore si inginocchiò addirittura chinando umilmente il capo. Quindi si affaccendò intorno a un telone teso sopra una pila di ceste.

Charles li benedisse con un gesto ampolloso. Gli piaceva essere riconosciuto e venerato dalla gente semplice. Quasi tutti gli abitanti delle province conquistate si era sottomessa rapidamente all'unica fede.

Posò lo sguardo sul mucchio di teste d'alce sanguinanti a prua della barca e arricciò il naso. Per come soffiava il vento, era impossibile che il tanfo raggiungesse il galeone, ma ebbe l'impressione di percepire l'odore delle carogne. Si girò verso il timoniere.

«Aumenta la distanza dalla barca».

L'uomo annuì e si appoggiò alla lunga barra del timone. Lo scafo della nave da guerra virò leggermente verso babordo.

La pescatrice gli fece un altro cenno, quindi tornò al suo sporco lavoro. Da quando Charles aveva scoperto come si pescavano le anguille in quella regione, aveva perso l'abitudine di mangiare quei pesci simili a serpenti. In precedenza li aveva consumati volentieri per tenersi in forze quando iniziava una giovane novizia ai raffinati ordini della Chiesa.

I pescatori acquistavano teste d'alce dai macellai delle grandi città. I loro crani rappresentavano l'ideale per arrotolarvi intorno robuste funi irrigidite con fil di ferro. Poi si calavano sul fondo del lago e si recuperavano dopo circa un'ora. Le ossa del cranio si trasformavano in una prigione per le anguille, come una nassa. Quando si issavano le teste a bordo, i pesci uscivano da tutte le aperture. Un pescatore gli aveva raccontato che, con un poco di fortuna, si poteva usare una testa d'alce tre volte, finché non vi era più nulla che attirasse le anguille.

Talvolta Charles intingeva i pesci nella senape. Si erano rivelate utili... Aveva raggiunto un'età in cui a volte bisognava ricorrere a simili stratagemmi. Forse sarebbe dovuto uscire con un peschereccio per superare il ribrezzo?

Si spostò sull'altro lato del ponte di poppa e fissò l'acqua agitata. A Paulsburg si doveva credere che avesse davvero portato via la principessa prigioniera. Rodrik aveva ragione. Ormai non si poteva più tornare indietro. Se si fosse saputo come la commendataria Lilianne l'aveva menato per il naso, sarebbe diventato lo zimbello di tutti. Per quanto l'evangelizzazione delle province conquistate procedesse bene, il principale rappresentante della Chiesa del Drusna non poteva fare una simile figura. Altrimenti qualsiasi burlone plebeo si sarebbe sentito autorizzato a comporre una canzone sul suo conto. Era costretto a fingere. Lo irritava ancora di più il fatto che fosse sfumato anche il sogno di diventare un principe della Chiesa di Aniscans. Non avrebbe potuto tacere loro l'accaduto. Dovevano saperlo per chiederne conto a Lilianne. Oppure.

Rise sommessamente. Esisteva anche un altro modo. Chi era al corrente della sua vergogna? Questa volta sarebbe stato lui a cogliere di sorpresa la commendataria. Escogitando un piano accurato, si sarebbe ancora potuto cavare qualcosa da Dunja. E non avrebbe dovuto rinunciare al sogno di Aniscans!

Di buonumore, lasciò il ponte e superò la porta della minuscola cabina cedutagli dal capitano. Dunja lo aspettava con un sorriso spaurito. Lilianne aveva fatto un'ottima scelta. La bambina assomigliava davvero alla principessa. Tutto il resto si sarebbe aggiustato.

31.
Un sogno infantile

SEDUTA NELLA NICCHIA, Michelle lucidava la canna di una delle pistole che Luc aveva nascosto dietro la statua della donna bianca e fischiettava la melodia di un allegro canto conviviale. Luc non aveva idea di come avesse trovato le armi. Le aveva spiegato che le aveva sacrificate, ma non le aveva detto dove le aveva lasciate.

Lanciò uno sguardo inquieto alla donna bianca. Dal volto marmoreo non traspariva la sua opinione sul furto.

«Ho pensato che fosse un peccato lasciar andare in rovina queste magnifiche armi», disse Michelle, di buonumore. Indicò la statua con la canna della pistola. «Quell'ammasso di pietra non ne sentirà certo la mancanza».

Luc deglutì. Non era consigliabile sfidare la signora bianca.

Michelle parve leggergli nel pensiero. Posò la pistola e uscì dalla nicchia.

Erano trascorsi sette giorni da quando le aveva inciso il bubbone, e la cavalleressa si era completamente ristabilita.

«Vieni, facciamo una passeggiata. Credo che non ti faccia bene restare sempre in questo giardino».

Gli cinse le spalle con fare cameratesco e lo tirò a sé. «Sai, l'unico miracolo sei tu. Il fatto che tu mi abbia guarita è...». Fece un gesto goffo. «È un miracolo». Poi indicò ancora la scultura. «E quella laggiù è solo pietra. Non devi averne paura. Lo ammetto, è una pietra particolarmente carina, perché un artista le ha dato la forma di una donna seducente. Ma se guardi oltre, è solo una pietra tra le pietre». Disegnò un arco con il braccio, accennando ai muri che circondavano il giardino segreto. «Hai forse paura anche delle altre pietre?».

Luc scrollò il capo, ma non era del tutto convinto.

«Se gli dei pagani esistono davvero, perché stanno a guardare mentre la Chiesa sottomette un regno pagano dopo l'altro? O non hanno la forza di proteggere coloro che credono in loro o non hanno interesse a farlo. Oppure non esistono. Dunque non vi è motivo di temerli».

Luc annuì. Sembrava ragionevole.

«Nel caso di Tjured è tutto diverso. Lo percepisco in ogni istante della mia vita. E talvolta, come la notte in cui mi hai salvata, mi è particolarmente vicino». Si strinse il petto. «È dentro di me e mi dà forza e tranquillità, come fa con tutti i veri fedeli. Ed è...». Tacque e scosse la testa. «Sto facendo un sermone». Si scusò stringendosi nelle spalle. «Mi dispiace, Luc. Non sono mai stata molto brava in questo. Quando parlo di dio, metto solo di malumore le persone».

Il bambino la guardò con la coda dell'occhio. Non aveva mai sentito parlare così una serva della Chiesa.

«Sai, dio è dentro di me, ma non riesco semplicemente a dare un'appropriata forma verbale ai miei sentimenti e alla mia certezza».

Avevano lasciato il giardino e raggiunto l'ampio spiazzo con il vecchio pozzo. Michelle sedette sul bordo e guardò il cielo. Era una meravigliosa giornata di fine estate. Piccole nuvole sfilacciate si rincorrevano sopra di loro. La cavalleressa si stese sull'orlo del pozzo e incrociò le braccia dietro la testa.

«Quando ero piccola, lo facevo spesso con mia sorella. Guardavamo le nuvole e ci raccontavamo sogni e speranze. Forza, sdraiati dietro di me cosicché le nostre teste si tocchino, e chiacchieriamo un poco».

Luc si sentì a disagio al solo pensiero di starle vicino.

«Coraggio, non essere così pauroso. Che cosa ti prende, ragazzo? Se un giorno vuoi diventare un uomo importante, devi essere più disinvolto».

Luc salì sul parapetto del pozzo con una certa goffaggine. Non voleva che lo considerasse un codardo o un idiota, ma era teso come una corda di violino.

La pietra era piacevolmente calda. Si stese e premette con delicatezza la testa contro la sua. Michelle gli fece posto. Il suo viso era lontano meno di un palmo, così vicino che Luc non riusciva più a vederlo tutto. La donna aveva piccole rughe intorno agli occhi, cosa di cui non si era mai accorto prima. Il suo respiro lo accarezzò. Profumava di vaniglia. A volte la cavalleressa beveva qualche goccia da una bottiglia di vetro scuro. Probabilmente una medicina.

«So pochissime cose sul tuo conto, mio salvatore. Vuoi raccontarmi qualcosa di te?».

Luc si schiarì la voce. Aveva la bocca asciutta.

«Non vi è molto da dire», iniziò a fatica, pensando contemporaneamente a quanto gli piacessero gli occhi di Michelle. Erano i più belli che avesse mai visto. A dire il vero, non aveva mai osservato gli occhi di una donna da una distanza così ravvicinata. Ad eccezione di quelli di sua madre.

«Be', non sei molto loquace. Hai fratelli o sorelle?».

Il bambino scrollò il capo.

«Io ho una sorella maggiore. Ha circa dieci mesi più di me. Siamo sempre state insieme. Era migliore di me sotto ogni punto di vista. Quando ero piccola, era una tortura averla intorno. Ora mi manca. Lilianne ha fatto molta strada. Ha sempre voluto diventare famosa. Ce l'ha fatta. È commendataria della provincia del Drusna. E io... Io sono una cavalleressa che ha dovuto subire un anno di mortificazione per aver commesso un errore in battaglia».

Luc pensava che non avesse l'aspetto di una peccatrice pentita. O almeno, la sua voce non sembrava dispiaciuta mentre parlava della punizione. Che cos'aveva fatto? Qualunque cosa fosse, il bambino aveva la sensazione che non le dispiacesse nemmeno dopo un anno di mortificazione.

«Quando eravamo piccole, era sempre Lilianne a comandare. Era ossessionata dal potere». Michelle scoppiò improvvisamente a ridere. «E sai da cos'altro era ossessionata? Dalle formiche!».

Luc la guardò con tanto d'occhi. Non riusciva proprio a capire che cosa c'entrassero le formiche con una commendataria.

«Nel giardino di mio padre vi erano due popolazioni di formiche, una rossa e una nera. Quelle rosse erano più grandi e avevano autentici guerrieri dotati di teste robuste e zanne vigorose. Ma erano in netta minoranza numerica. I due gruppi si sono fatti la guerra per tutta la nostra infanzia. Spesso li guardavamo per ore. Quelle rosse erano assai più coraggiose, ma il più delle volte perdevano. Lilianne era convinta che si potesse imparare molto dal modo in cui combattevano le formiche. Dal modo in cui marciavano. Dai luoghi in cui si scontravano. Dal perché, talvolta, quelle rosse trionfassero sebbene quelle nere le attaccassero in forze. Ne ha fatta una scienza. In un'occasione mi ha bastonata perché ero intervenuta in una battaglia e avevo calpestato qualche centinaio di formiche nere. Mi ha tenuto il broncio per giorni».

Tacque per un poco, guardando le nuvole.

Luc si domandò se si potesse davvero imparare qualcosa dalle formiche. In realtà, gli sembrava un'idea assurda. Tuttavia, se la sorella di Michelle aveva ottenuto la nomina a commendataria, forse era lui a sbagliarsi.

«Credo che l'ossessione per le formiche l'abbia influenzata persino nella scelta della scuola dell'Ordine. Come sai, la Nuova Cavalleria ha un Albero di Sangue sullo stemma. All'epoca l'Ordine era assai meno importante dei cavalieri dell'Albero di Cenere. Lilianne ha iniziato la scuola un anno prima di me. Nelle prime settimane ero contenta di essermi finalmente liberata di lei, ma poi ho cominciato a sentire molto la sua mancanza».

Luc ripensò a quanto sentiva la mancanza di suo padre e sentì un nodo in gola. *Non piagnucolare proprio ora!* L'avrebbe rimpianto sino alla fine dei suoi giorni.

«Che ne è stato delle formiche?».

Aveva la voce rotta. Michelle se n'era forse accorta?

La cavalleressa sospirò. «Le rosse hanno perso. Sono state completamente annientate».

Guardarono le nuvole ancora per qualche tempo. Il bambino aveva l'impressione che Michelle aspettasse il suo racconto. Non sapeva tuttavia di cosa parlare, la sua vita non era stata emozionante.

«Da piccolo avevi un sogno? Qualcosa di folle, di irraggiungibile, cui pensare nei pomeriggi come questo?».

Luc scosse la testa. «No».

«Ah, coraggio. Tutti hanno un sogno», disse Michelle in tono di rimprovero. Poi rise ancora. «Capisco che forse è doloroso parlarne. Anch'io avevo un sogno davvero doloroso. Quando te lo avrò raccontato, non ti vergognerai più di parlarmi delle tue fantasie. Conosci santa Ursulina?».

Luc rifletté per un istante. I santi erano così maledettamente numerosi!

«È quella che cavalcava gli orsi, vero?».

«Sì, la cavalleressa degli orsi». Michelle allargò gli occhi e parve leggergli dentro. «Combatté durante la prima guerra contro il Drusna. La guerra seguita alla Battaglia delle Navi Nere. Si dice che abbia ucciso sette troll».

Dal suo tono Luc intuì che era piena di orrore e ammirazione.

«Ho visto alcuni troll», bisbigliò Michelle. «A Valloncour e anche nei boschi del Drusna. Sono orribili! Riescono a sfondare il cranio di un cavallo con un pugno. Ho sempre voluto essere come Ursulina. Coraggiosa, forte... E volevo cavalcare un orso». Rise e si alzò improvvisamente a sedere per sollevarsi la camicia. «Guardami la schiena, Luc».

Il bambino guardò con raccapriccio le cicatrici larghe e gonfie.

«Ho danzato con un orso», proseguì la cavalleressa. «Purtroppo l'animale non era propenso a farsi cavalcare. L'avevo allevato sin da piccolo. Poi è successo. Si è raddrizzato, mi ha abbracciato con le zampe e per poco non mi ha uccisa. Dovevo aver fatto qualcosa di sbagliato». Riabbassò la camicia. «Credo tuttavia che farò un altro tentativo...». Lo guardò. «Non fissarmi così. Non sono pazza! Un poco testarda, forse. Sai, una vita senza sogni è una vita povera. E non importa che cosa gli altri pensano del tuo sogno. Ora tocca a te. Racconta».

«Volevo diventare come mio padre...» iniziò Luc, incerto. «Un cavaliere al fianco del conte Lannes. Un eroe famoso. Ma ora sono tutti morti...».

«Ma forse puoi diventare ancora cavaliere». Michelle esitò. «Volevi che tuo padre ti vedesse e fosse fiero di te, giusto?».

Luc non ne era sicuro. Non ci aveva mai pensato. Ma era vero... Nulla gli aveva fatto più piacere della sensazione di aver reso felice suo padre, di sentirlo dire con orgoglio: «Questo è mio figlio».

«Non si vive un sogno per le altre persone», osservò Michelle con tatto.

Luc intuì che la cavalleressa si sforzava di non urtare i suoi sentimenti con un'affermazione indelicata.

«Un sogno è solo di chi lo coltiva», continuò Michelle. «Mio padre non è stato entusiasta quando ha scoperto la faccenda dell'orso. Per lui ero sempre stata solo la seconda arrivata. Lilianne era la sua preferita...

Ma torniamo a te. Vi è dell'altro? Qualcosa di assolutamente folle? Qualcosa di cui non osi parlare?».

«Ho sempre voluto diventare cavaliere e salvare una principessa. Dai troll o da un perfido principe elfico da cui era stata rapita», confessò il bambino all'improvviso. «Volevo avere un'armatura scintillante e un cavallo focoso. E una grande spada!».

Tacque. A un tratto si sentì di nuovo in imbarazzo. Sapeva che erano sogni irrealizzabili.

«È bellissimo». Michelle gli rivolse un sorriso complice. «Non ti illuderò... Di questi tempi le principesse sono molto rare. E, per fortuna, nel Drusna e nella Terra del Fiordo non è facile incontrare elfi e troll».

Si accarezzò il mento con aria pensosa. «Hai una fede salda?».

Luc scosse la testa. «Il sacerdote non era molto soddisfatto di me».

«Già, e poi la faccenda della donna bianca». La cavalleressa sedeva ancora sull'orlo del pozzo e si guardava i piedi scalzi.

«Ma forse hai avuto una guida sbagliata, Luc. La fede può crescere». Si spostò i capelli dalla fronte.

«Credo che si possa fare di te un cavaliere, e persino un guerriero della Nuova Cavalleria. Sei sveglio e coraggioso... Naturalmente dovresti imparare a tirare di scherma e altre cose. Ma non sei ancora troppo grande. Se ti preparo io, forse...». Indicò la strada. «Là dietro sorge una casa di mattoni rossi. Poco distante ho visto un nocciolo. Trovalo e taglia due rami lunghi più o meno come il mio braccio. Inizieremo l'allenamento oggi. Dopotutto, abbiamo solo un anno».

Luc si rizzò a sedere. «Mi farai da maestra e mi aiuterai a diventare cavaliere?».

La donna si strinse nelle spalle.

«Ci proverò. Il risultato dipende solo da te».

Luc saltò su e corse lungo la strada con il cuore che batteva all'impazzata. Aveva sentito dire che Michelle era una maestra di scherma. Una maestra di scherma della Nuova Cavalleria! Non avrebbe potuto trovare insegnante migliore! E voleva dargli lezione... Aveva sicuramente il potere di realizzare i suoi sogni!

Trovò il cespuglio e tagliò i rami. Poi tornò di corsa. Non voleva perdere nemmeno un minuto.

Michelle era a qualche passo dal pozzo. Il vento aveva soffiato un poco di sabbia in un punto in cui il lastricato si era affossato.

«Prendi un bastone e scrivi il tuo nome nella sabbia».

Luc era confuso. Che cosa significava?

«Pensavo proprio che mi avresti dato una lezione di scherma...».

«Non ricordo di aver parlato di scherma», replicò la cavalleressa in tono severo. «Se vuoi essere ammesso nella scuola di Valloncour, devi saper leggere e scrivere».

«Che utilità hanno queste attività per un cavaliere? La lettura annebbia solo gli occhi!».

«Credi dunque di sapere meglio di me che cosa serve a un cavaliere...».

Luc la guardò, caparbio. «Allora a cosa serve la scrittura?».

«Quanti stivali consuma ogni anno un'unità di mille picchieri? Quanta carne di maiale mangia in una settimana? Di quanto grasso necessita per ingrassare le armi e combattere la ruggine? Di quanti stai di grano per rimanere in forze?».

«Non volevo diventare bottegaio», borbottò il bambino. «Volevo scendere sul campo di battaglia».

Michelle rise. «Il coraggio conta poco se gli uomini hanno la pancia vuota. Se non organizzi i rifornimenti in modo ragionevole, togli forza all'esercito e lo trasformi in una facile preda per i pagani. Appartenere alla Nuova Cavalleria non significa solo essere bravi schermidori. Occorre essere esemplari sotto ogni punto di vista. Guiderai gli uomini... E toccherà a te assicurarti che non patiscano la fame. Combatterai forse due o tre battaglie l'anno, ma la guerra per sfamare gli uomini sarà una sfida quotidiana».

Luc la guardò, scettico. Cercava forse di dissuaderlo? Non era così che aveva immaginato la cavalleria.

«Se riuscissi davvero a essere ammesso nella scuola, studierai finché avrai l'impressione che ti scoppi la testa. Ti insegneranno ad amputare una gamba e a combattere la febbre. Sgobberai sui banchi dei vogatori di una galea e passerai le notti a imparare l'arte della nautica. Scoprirai come mescolare la polvere da sparo e caricare i cannoni. Sarai in grado di pilotare le navi in mare aperto. Ti insegneranno persino a cucinare. E se uno dei tuoi insegnanti si convincerà che hai una dote particolare, verrai trattato con ancora più severità per tirare fuori il meglio di te. Se frequenterai la scuola dell'Ordine, dormirai troppo poco per sette anni. Ti alzerai prima dell'alba e ti coricherai molto dopo il tramonto. Ti faranno male muscoli che non sai nemmeno di avere. E se fallirai, verrai cacciato tra insulti e disonore. Solo i migliori cavalcano sotto il vessillo dell'Albero di Sangue».

Luc la fissò sconcertato. «E credi che potrei farcela?».

Michelle inclinò la testa e gli rivolse un sorriso conciliante.

«Conosco una bambina pazza che sognava di cavalcare un orso ed è diventata cavalleressa. Perché non dovresti farcela anche tu?».

Con un movimento rapido disegnò un uncino nella sabbia.

«Questa è una L, la prima lettera del tuo nome. Scrivila!».

Luc obbedì.

Poi Michelle tracciò le altre due lettere del suo nome. Il bambino sapeva che quest'ultimo era breve, ma scoprire che era formato solo da tre lettere fu una delusione. Forse, quando fosse diventato cavaliere, avrebbe dovuto cambiare nome.

Si impegnò tanto da accusare i crampi al polso.

Prima del crepuscolo aveva imparato a scrivere il nome del conte. E il disprezzo per il proprio nome ebbe una conferma. I nomi degli uomini illustri si componevano di molte lettere! Imparò a scrivere anche il nome di suo padre e di sua madre.

Michelle lo canzonò dicendo che sembrava che uno stormo di cornacchie avesse camminato sulla sabbia. Tuttavia, Luc andava fiero della sua calligrafia. Sarebbe diventato cavaliere!

Quando tornarono all'accampamento nel roseto, accese stancamente il fuoco e gettò un pezzo di grasso nel tegame di ferro.

Un lieve sibilo lo indusse ad alzare lo sguardo. Michelle era davanti alla nicchia. Stringeva la spada lucida e si guardava intorno con circospezione.

«È venuto qualcuno», sussurrò. «Le pistole sono sparite».

Luc deglutì. La donna bianca! La fissò. Aveva il viso mezzo nascosto dalle lunghe ombre del crepuscolo. Gli sembrava che avesse un'espressione più dura e che il suo sorriso fosse cambiato. Era saccente e beffardo!

Il bambino l'aveva saputo sin dall'inizio. Non era stata una buona idea rubarle i doni. Era più di una semplice pietra. A Lanzac lo sapevano tutti. Persino il sacerdote. E ora era furiosa perché Michelle l'aveva derubata!

32.
La Torre del Corvo

GISHILDE ERA A PRUA DELLA BARCA. Le tavole erano scivolose per via del sangue. La piccola imbarcazione puzzava tremendamente. Di solito non soffriva il mal di mare, ma in quel momento aveva la nausea. Forse dipendeva dalla ferita che la tormentava ancora. Si sentiva debole e smarrita. Nessuno le aveva detto dov'erano diretti. Guardò disperatamente l'orizzonte lontano.

Era caliginoso; era piovuto per tutta la mattina. La principessa aveva i vestiti umidi. Sulla barca aperta non vi era modo di ripararsi dalla pioggia. E non vi era nemmeno la possibilità di asciugare gli indumenti.

Si strofinò le braccia con le mani. Sentiva freddo anche alla testa. Pian piano ispidi capelli rosso dorato le andavano coprendo il capo, ma sarebbero trascorse ancora molte lune prima che tornasse quella di prima.

Guardò Lilianne con odio. L'ex commendataria era a poppa, davanti alla barra del timone, e pilotava il peschereccio verso la luce che era apparsa tra la nebbia grigia. Aveva posato un piede sulla grande cassa rivestita di piombo su cui dormiva durante la notte. Non la perdeva mai di vista. A volte Gishilde credeva di udire dei rumori che provenivano dal contenitore. Era curiosa, ma era anche troppo orgogliosa per fare qualche domanda a Lilianne.

La commendataria si accorse che la fissava. Rivolse un cenno ad Alvarez e l'uomo prese il timone. Il capitano della galea si era rasato i baffi e aveva nascosto i capelli ricciuti sotto un cappello dalla tesa larga. Con l'orecchino d'argento e il sorriso smagliante assomigliava a un contrabbandiere o a un pirata. Pareva sempre di buonumore.

Lilianne si avvicinò. Nonostante la risacca camminava con una certa sicurezza, il che irritò Gishilde. Che cos'avrebbe dato per veder inciampare quella donna arrogante! La cosa migliore sarebbe stata se fosse caduta con la faccia in una delle ceste di vimini piene di anguille!

La cavalleressa si fermò al suo fianco.

«Laggiù, dove brilla quella luce, ti aspettano un fuoco e un letto caldo. Per il momento sarai al sicuro».

«Ero al sicuro con mio padre!».

La commendataria non la guardò, bensì continuò a fissare la luce.

«Allora saresti dovuta rimanere con lui. Se ben ricordo, non sono stata io a portarti via dalla tenda».

Gishilde strinse le labbra in una smorfia rabbiosa.

«Mio padre e gli Altri mi troveranno. Allora rimpiangerai di avermi incontrata».

«Credi davvero?» chiese la donna con calma.

La sua tranquillità era insopportabile. Gishilde avrebbe voluto urlarle addosso, o meglio ancora colpirla. Invece strinse il parapetto. Sapeva essere calma e sprezzante quanto Lilianne. Non avrebbe fatto brutta figura in sua presenza! Avrebbe... A un tratto capì perché la commendataria era così tranquilla. Anche se solo per un istante, la principessa aveva visto la bambina sulla nave del reggente.

Alvarez aveva sollevato il telone sotto cui giaceva quanto bastava per consentirle di sbirciare il castello di poppa del galeone. Chiunque avrebbe pensato che Gishilde era con il reggente. Nessuno avrebbe cercato la misera barca che aveva lasciato il porto di Paulsburg mezz'ora prima. Deglutì. Pian piano comprese la portata dell'intrigo di Lilianne.

«Non avevo i pidocchi, vero?».

L'altra tacque, ma abbozzò un sorriso.

«E il barbiere non era maldestro. Mi ha tagliata intenzionalmente affinché l'altra bambina calva mi assomigliasse ancora di più».

«Per essere una principessa barbara, non sei affatto stupida».

Gishilde strinse ancora le dita intorno al parapetto. Non avrebbe reagito all'insulto. Era proprio ciò che voleva quella donna-uomo! Trasse un profondo respiro e guardò la luce.

«E credi che basti per ingannare gli elfi?».

«Sull'acqua non si lasciano tracce».

Nella voce della commendataria vi era forse una nota di preoccupazione?

«Non per gli occhi umani».

Ora fu Lilianne a guardarla.

«Niente male, principessa. Davvero niente male. Quanti anni hai? Dieci? Undici? Crescerai».

«Undici!».

Non avrebbe dovuto dirlo. Non doveva rivelare nulla di sé. Meno quella donna sapeva sul suo conto, e meglio era.

«Non so se hai capito una cosa, principessa. Con me sei stata molto più fortunata che con fratello Charles. Ti voleva per fare strada nella vita. Qualunque cosa ti abbia raccontato, gli importa solo di conquistare le cariche più alte della Chiesa. Per lui saresti stata come un bue al mercato del bestiame. E se ne avesse ricavato un vantaggio, ti avrebbe uccisa senza indugio. È questa la verità».

Gishilde si posò la mano sul petto, nel punto in cui il pugnale l'aveva colpita. Come avrebbe risposto un cortigiano viscido? O il bellissimo ma sinistro principe elfico Tiranu?

«Anche tu hai un modo indimenticabile per dimostrare l'affetto».

Ottimo! Dall'espressione di Lilianne capì che la commendataria era rimasta colpita.

«Si vede che non sei cresciuta in una fattoria. Naturalmente hai tutti i motivi per dubitare delle mie parole, ma ricorda una cosa. Quando ti ho incontrata, ero commendataria del Drusna». Si strattonò il vestito. «E ora sono una sudicia pescatrice di anguille perché ti ho salvata da fratello Charles».

«E che cosa vuoi fare di me? Perché mi hai portata via? Che cosa...».

Un lungo squillo di corno la interruppe. Alvarez aveva dato il segnale. Gishilde scorse la sagoma indistinta di una torre nel punto in cui brillava la luce.

«Io...» fece Lilianne prima che risuonasse un altro squillo di corno più avanti.

«Siamo troppo vicini», urlò Alvarez.

La cavalleressa si sporse dal parapetto. Gishilde vide scogli attorniati di spuma che spuntavano dall'acqua.

«Due nodi a tribordo!».

La barchetta si inclinò leggermente.

Gishilde scrutò la nebbia. La luce che aveva visto era un fuoco segnaletico che ardeva in un braciere di ferro sulla sommità della torre. Più avanti comparve una lunga passerella di sbarco in legno. Alvarez ruotò la vela cosicché il vento non la gonfiasse più, e la barchetta perse rapidamente velocità.

Sul pontile si materializzò una donna con un vestito grigio. Lilianne le lanciò una cima. L'imbarcazione fu ormeggiata. Accadde tutto senza che nessuno aprisse bocca, ma non si trattava di un silenzio ostile.

La cavalleressa saltò sulla passerella. Alvarez gettò una seconda cima da poppa. Quando il peschereccio fu legato per bene, Lilianne abbracciò la sconosciuta, il gesto più cordiale che Gishilde le avesse mai visto compiere. Era forse diversa da come aveva immaginato? Quanto le aveva detto su Charles era forse vero? Le due donne confabularono tra loro. A un tratto la cavalleressa si voltò.

«Scusa, siamo state scortesi». Sembrava che dicesse sul serio. «Gishilde, posso presentarti Juztina?».

Lilianne sorprese ancora la principessa. Conosceva la lingua del Drusna!

La bambina scese dalla barca con esitazione.

«Dove siamo?».

«Questa è la Torre del Corvo, Gishilde. La tua nuova casa», rispose Juztina. Era una donna snella, quasi scarna, dagli occhi tristi. Aveva la pelle abbronzata e capelli biondo cenere che le incorniciavano il volto magro. Gishilde provò una simpatia immediata nei suoi confronti. Aveva la sensazione che fosse smarrita come lei.

Alvarez gettò sulla passerella due ceste di anguille. Gli animali, ancora vivi, si contorcevano nella loro prigione di vimini.

«Come sta Drustano?» domandò la commendataria.

Juztina si strinse nelle spalle.

«Fa la guardia. Dorme pochissimo. È...». Alzò le mani in un gesto impotente. «Sai com'è fatto, signora».

Lilianne annuì. «Sii coraggiosa. Prima o poi si rassegnerà. Ha un compito importante! E anche se non parla tanto, sono certa che tiene molto a te».

L'altra sbuffò.

«Sì, perché cucino e gli faccio compagnia a letto...».

«Vuoi andartene?».

Juztina si mordicchiò il labbro inferiore. Gishilde capì che avrebbe voluto accettare la proposta.

«Sono molto in debito con l'Ordine», disse infine. «Terrò duro». Guardò la principessa con calore. «Ora ho qualcuno con cui parlare. Resterà a lungo?».

«Solo qualche settimana. Forse anche fino a primavera. Non lo so. Sono tempi movimentati». La commendataria guardò la torre. «Vuoi che vada da lui?».

«Non è una buona giornata».

«Chi c'è lassù?». Gishilde era stanca di quegli strani discorsi.

«Lo scoprirai da sola». Lilianne assunse all'improvviso un'espressione assente e misteriosa. «Sei qui per guarire. Sei in buone mani». Si rivolse a Juztina. «Non dirle niente. È una bambina sveglia. Se scopre da sola il segreto della torre, pazienza». Estrasse un involucro di cuoio sigillato da una tasca del vestito e glielo porse. «Dallo a Drustano. Ricordagli l'antico giuramento».

Juztina inarcò le sopracciglia con aria scettica, ma non disse nulla.

«Era nella mia lancia. Il legame tra noi è più solido del ferro. Non mi deluderà».

Così dicendo, Lilianne risalì sul peschereccio.

Alvarez aveva impilato sulla passerella altri sacchi e casse di provviste. Ora mollò gli ormeggi a poppa.

Gishilde non riusciva a credere che la abbandonassero così. Era un ostaggio importante. I due grandi ordini cavallereschi se la contendevano. E ora questo! Non riusciva proprio a capire Lilianne.

In primavera non mi troverai più qui! Per poco non urlò quella frase alla commendataria.

Dietro la torre si estendeva un querceto immerso nel buio. Alla prima occasione si sarebbe nascosta là. Era stata allieva di un'elfa. Aveva imparato a sopravvivere nei boschi. Non era una bambina da sballottare avanti e indietro come una caraffa di vino sulla tavola di un banchetto.

«Ci vediamo sotto le torri di Valloncour!» urlò qualcuno dalla torre. Era una limpida e stentorea voce maschile, gradevole ma al tempo stesso infinitamente triste.

Gishilde reclinò il capo e scorse un'ombra dietro i merli. La luce del fuoco segnaletico la accecò. La sagoma fece un cenno, poi scomparve.

Lilianne e Alvarez risposero al saluto.

«Sotto le torri!» gridarono all'unisono.

All'improvviso la principessa fu scossa da un brivido. Non voleva restare là. Era una prigione. Persino la compagnia di Lilianne era meglio della Torre del Corvo, anche se Juztina era gentile con lei! Cercò di saltare sulla barca, ma la donna esile la trattenne. Era molto più forte di quanto la bambina si fosse aspettata.

Lilianne sciolse l'ultimo ormeggio e Alvarez allontanò l'imbarcazione dalla passerella con l'aiuto di una lunga asta. La commendataria rivolse un cenno di saluto a Gishilde.

«Portami con te!».

«Goditi la pace di quest'inverno. Quando verrò a prenderti, non ti trascinerò al mercato della diplomazia come avrebbe fatto fratello Charles. Ti porterò nella Fucina delle Anime. Solo Tjured sa quale sia la via più difficile. Avrai nostalgia della Torre del Corvo!»

Non sarò più qui, pensò Gishilde, cocciuta. Poi si tranquillizzò. Che Lilianne la considerasse pure una bambina ingenua. Era meglio così. La strategia vincente era valere più di quanto sembrasse dall'esterno. Silwyna le aveva insegnato molte cose. Sapeva sopravvivere da sola nelle foreste... Almeno per qualche tempo. Non sarebbe rimasta a lungo laggiù. La commendataria aveva commesso una grossa sciocchezza! L'aveva sottovalutata. La principessa non sapeva dove l'avesse condotta il viaggio sul grande lago interno, perché il tempo era sempre stato piovoso e caliginoso, ma era sicura di poter raggiungere le province. Una volta là, qualcuno l'avrebbe aiutata. Sarebbe tornata nell'esercito, sua madre l'avrebbe abbracciata piangendo e suo padre sarebbe stato fiero di lei. Pensò a come l'avrebbe guardata e si sentì abbastanza forte per affrontare tutti i nemici della Terra del Fiordo.

33.
Testa o stella albica

AHTAP SBIRCIÒ OLTRE L'ARCO D'ACCIAIO DELLA BALESTRA. Lo stemma cucito sulla camicia nera della donna bionda era un ottimo bersaglio. Il punto in cui il tronco dell'Albero di Sangue cedeva il passo alla chioma doveva essere proprio sul cuore. Come odiava quei cavalieri! Il suo indice sfiorò il metallo liscio e freddo. Erano meno di dieci passi. Da quella distanza non avrebbe mai mancato il bersaglio!

Abbassò un poco l'arma. Se avesse colpito la donna al ventre, l'avrebbe condannata a una lunga agonia, com'era accaduto a suo fratello quando i cavalieri l'avevano infilzato con una lancia.

Guardò il bambino. Gli faceva pena. Alla sua età non avrebbe dovuto veder morire qualcuno senza poter fare nulla. Nemmeno se era un ladro! Il lutino l'aveva visto estrarre la pietra di Barin dalla sorgente. Era stato Ahtap a portarla laggiù per non smarrirsi nell'oscurità quando fosse tornato. Trovare una pietra di Barin, seppur così piccola, era un'impresa ardua. Erano rare. La perdita lo riempiva di collera. Avrebbe forse dovuto lanciare un incantesimo al bambino? Forse una falange in più su tutte le dita sarebbe stata una punizione adatta per chi aveva le mani lunghe.

Il coboldo represse una risatina. Ora quella maledetta cavalleressa guardava proprio nella sua direzione. L'aveva visto? Non sapeva mai di cosa credere capaci quei cavalieri del Sangue. Gli idioti dell'Albero di Cenere non erano così difficili da battere sebbene fossero abili guerrieri. Ma i Nuovi Cavalieri erano diversi, erano sinistri. Ahtap aveva osservato quei due per mezzo pomeriggio. Sembrava che la bionda volesse fare del bambino un cavaliere. Sarebbe stato irresponsabile lasciarla in vita. Forse avrebbe dovuto uccidere subito anche il bambino. Sarebbe sicuramente stato più compassionevole che lasciarlo da solo tra le rovine.

Ahtap sapeva che Lanzac era stato spopolato dalla peste. Si poteva vagare per giorni sull'altopiano senza incontrare nessuno. Il bambino sarebbe morto di fame o sarebbe stato divorato dai lupi.

La balestra oscillò. Se avesse sparato prima al piccolo, sarebbe stato tutto più emozionante. Se la cavalleressa era brava come temeva, avrebbe capito da dov'era arrivato il dardo e, se si fosse messa subito a correre, l'avrebbe raggiunto prima che ricaricasse l'arma. Il coboldo del popolo dei lutini l'avrebbe scampata per un pelo...

Si leccò il lungo muso volpino. La sua coda vibrò di irrequietudine. Le foglie del roseto frusciarono piano. Gli piaceva il rischio. Gli era sempre piaciuto. Con i suoi sessanta centimetri, era molto alto per essere un coboldo. La testa volpina sfoggiava un magnifico pelo rosso e il corpo era ben fatto: le braccia, le gambe e il tronco erano proporzionati, ed era sempre stato il più forte tra i suoi fratelli. Inoltre, era temerario. Ecco perché era diventato guardiano dei Sentieri Albici.

Naturalmente, sapeva di non poter fare nulla contro la cavalleressa se quest'ultima avesse raggiunto il cespuglio prima che avesse ricaricato l'arma. Quando si aveva tutta quella fretta, non si riusciva nemmeno a scagliare un incantesimo decente. Si sarebbe sicuramente impappinato... Sarebbe stato ragionevole sparare prima alla donna, ma la vita era così noiosa se si era sempre ragionevoli.

Abbassò la balestra, si staccò il sacchettino di cuoio dalla cintura e cercò la moneta d'argento che vi aveva riposto con la pietra focaia e l'acciarino, un talismano realizzato con il mignolo rinsecchito del piede di un troll e l'ultimo pezzetto di una squisita salsiccia d'asino. Se la rigirò tra le dita con incertezza. Un lato raffigurava la testa della regina elfica Emerella, l'altro una stella a sette punte, che simboleggiava i luoghi in cui si poteva passare da un mondo all'altro senza correre pericoli.

Lanciò la moneta, che vorticò davanti alla punta del suo naso e iniziò a cadere. Ahtap fece scattare la mano in avanti, ma uno strattone lo bloccò nel bel mezzo del movimento. La manica gli si era impigliata tra i rovi. La moneta cadde a terra.

Se esce testa inizio dal bambino, pensò. *Se esce la Stella Albica, vince il buonsenso e sparo prima alla cavalleressa*. Tastò il terreno coperto da fitte radici senza perdere mai di vista i due sconosciuti. La moneta era scomparsa.

Abbassò lo sguardo. Con una moneta come quella avrebbe potuto comprare abbastanza vino per sbronzarsi tutte le sere per una settimana. Oppure avrebbe potuto permettersi una notte a Vahan Calyd con una meretrice davvero brava. Una puttana che, vedendo il denaro, dimenticasse la testa volpina che il lutino aveva sulle spalle. Oppure avrebbe potuto acquistare un bel regalo per Nathania, che non sospettava nulla sulle sue occasionali scappatelle con le prostitute.

Fantasie oziose... Naturalmente, non si sarebbe mai separato dalla moneta. Era un portafortuna! La possedeva da molti anni e l'aveva aiutato centinaia di volte, quando era stato in dubbio sul da farsi. Gliel'aveva regalata suo fratello il giorno in cui era morto. Se solo l'avesse conservata. Forse... Stupidaggini! *Non sono superstizioso*, pensò. *Sono solo prudente.*

Dov'era finita quella maledetta moneta? Furioso, per poco non imprecò ad alta voce. Sentiva le due pesanti pistole attraverso il cuoio dello zaino. Se non avesse ritrovato la moneta, le armi l'avrebbero ampiamente risarcito. Tuttavia, sarebbe trascorso un po' di tempo prima che trovasse qualcuno cui venderle. La regina elfica aveva vietato di portare armi da sparo nella Terra degli Albi, perché erano intrise dell'odore di marcio dei Devanthar. Ma non tutti rispettavano il divieto. Anche Ahtap non vedeva l'ora di usare le due pistole. Trovava affascinanti il fumo, il rumore e il raggio infuocato che usciva dalla bocca quando si premeva il grilletto. E molti altri erano dello stesso parere. Pensò a un centauro in particolare, che l'avrebbe coperto di denaro per due armi così belle.

Ciò non avrebbe tuttavia compensato la perdita della moneta di suo fratello. Non riusciva a vederla né a trovarla con le dita. Poteva smettere di tenere d'occhio i Figli degli Uomini per un istante. La cavalleressa aveva sguainato la spada. Che facesse pure! Era lontana più di venti passi. Non avrebbe potuto attaccarlo così rapidamente. Se avesse deciso all'improvviso di lanciarsi nella sua direzione, il lutino avrebbe avuto tutto il tempo di prendere la mira.

Maledette radici. Si attorcigliavano come serpenti in un nido. Non avrebbe dovuto lanciare la moneta! Nella luce che si affievoliva velocemente, ritrovarla sarebbe stata una vera fortuna.

Le monete vanno e vengono. È così che funziona, pensò, nel tentativo di tranquillizzarsi. Sarebbe potuto tornare a cercarla un'altra volta, di giorno. Il bambino e la cavalleressa non sarebbero certo rimasti nel roseto in eterno.

Alzò lo sguardo. La bionda era sparita! Ora pronunciò un'imprecazione sommessa. Era in un bel pasticcio! Aveva smarrito il portafortuna solo da un minuto, e iniziavano già i guai.

Sollevò la balestra e si ritrasse con cautela dal cespuglio. Il bambino era ancora là, intento a riempire le borracce in tutta fretta. Ma quella maledetta cavalleressa...

Finalmente la vide. Armeggiava intorno ai cavalli. Maledizione! Era andata a prendere le pistole.

Il lutino si affrettò ad aumentare la distanza dalla donna, senza più perderla di vista. Si dirigeva proprio verso il cespuglio in cui si era nascosto. Senza distogliere lo sguardo, cercò la freccia, infilata nella rotaia di guida della balestra.

Rimase all'ombra degli arbusti e delle mura basse.

Era un esploratore esperto, dunque non era così facile coglierlo di sorpresa!

La cavalleressa aveva piegato le braccia cosicché le bocche delle armi puntassero verso il cielo. Scrutando i cespugli con attenzione, percorse il sentiero in direzione della statua bianca. L'aveva visto? Abbassò il braccio destro e sparò. La pallottola lo mancò di due palmi e si conficcò nel muro. Piccole schegge di pietra gli schizzarono in faccia. Il lutino trasalì e, a causa di quel gesto inconsulto, perse la freccia, che scomparve tra la vegetazione.

Il coboldo si mise a correre senza preoccuparsi di restare al coperto. Ormai doveva solo sparire il più rapidamente possibile. Se solo non avesse giocherellato con la moneta! Lanciò di lato la pesante balestra.

Non ebbe bisogno di voltarsi per capire che la cavalleressa si avvicinava velocemente. I passi dei suoi stivali martellavano il sentiero lastricato. Erano il rullo di tamburo della corruzione. Ahtap sciolse le cinghie dello zaino e lo lasciò scivolare a terra.

A un tratto i passi cessarono. Il lutino si tese. Sapeva che la donna si era fermata per prendere la mira. Si gettò di lato tra i cespugli. Le spine delle rose gli si piantarono nel pelo e gli punsero il muso sensibile. Alzò le braccia per proteggersi gli occhi. Nel giardino echeggiò uno sparo.

Il coboldo si premette contro il terreno. Le sue dita artigliarono le radici e la terra asciutta. Strisciò in avanti. L'accesso alla sorgente segreta non era più molto lontano. Un ultimo sforzo... Osò lanciare un'occhiata da sopra la spalla. Quella maledetta cavalleressa aveva raggiunto la balestra e la sollevava. Che la penombra l'avesse salvato? Era possibile che la donna non l'avesse visto? Forse erano stati solo i rumori della fuga affrettata a segnalarle la presenza del lutino.

Ahtap avanzò con prudenza. L'oscurità e la sicurezza del tunnel erano così vicine! L'ingresso si apriva nel muro come una ferita.

La maledetta cavalleressa aveva mollato la balestra. Là accanto vi erano le due pistole scariche. La donna si raddrizzò e, con calma irritante, sfoderò la spada, lunga quanto uno spiedo. Il coboldo immaginò di venire infilzato come un agnellino.

Concentrati. Sfrutta i poteri magici e la paura! Il buco nero... Si sentì attraversare da un formicolio. Non era un grande mago. Certo, era un maestro nel percorrere i Sentieri Albici e riusciva ad attraversare incolume le Stelle Albiche minori che avrebbero scagliato altri nel futuro. Conosceva bene quella rete di strade magiche e non aveva difficoltà a muoversi al suo interno. Le altre forme di magia erano diverse, e soprattutto non era mai stato bravo a improvvisare incantesimi.

Immaginò di raggiungere il buio del tunnel, di dilatarlo, di avvolgerselo intorno come una coperta protettiva. I passi alle sue spalle cessarono.

L'ingresso del cunicolo era cambiato. Sembrava che ne uscisse un gigantesco verme nero. Non era ciò che Ahtap avrebbe voluto... Tuttavia... Forse non era la cosa peggiore che gli potesse capitare.

«Venite, venite da me, tenebre!» sussurrò, e il verme strisciò nella sua direzione. Il coboldo chiamava a sé l'oscurità della galleria con la lentezza esasperante con cui si sfila una gamba da uno stivale troppo stretto.

«Divora la cavalleressa!» urlò nella rozza lingua dei Figli degli Uomini, voltandosi. Quella maledetta donna si era fermata, con la paura scritta sul viso. Ma non si allontanò, aspettando ostinatamente l'attacco del presunto verme con la spada sollevata. Non poteva sapere che cosa stesse accadendo, non poteva immaginare che dal tunnel fosse uscito solo un frammento di oscurità.

Ora o mai più, pensò Ahtap, mettendosi a correre. Le spine gli strapparono i vestiti. Si lanciò verso il buio. Poi si ritrovò nel cunicolo. Percepì la forza dei Sentieri Albici che si incrociavano vicino alla sorgente. Era salvo. Per un pelo!

34.
Della libertà

L'ARIA ODORAVA DI ZUPPA DI PESCE RISCALDATA. Davanti a un grande camino in muratura con pesanti ganci di ferro per le pentole vi era un tavolo grossolano su cui era posata una pagnotta affettata. Intorno al tavolo si trovavano alcune panche e una sedia il cui alto schienale sembrava essere stato usato per il tiro a segno. Nel legno spesso si aprivano infatti sette fori sfrangiati. Il pianterreno della Torre del Corvo era arredato in modo spartano.

Juztina aveva assegnato a Gishilde un piccolo letto accanto al camino: era l'unico giaciglio della stanza. Fungeva da materasso un sacco di fieno ancora intriso del profumo dell'estate.

Avevano portato dentro le provviste. Juztina aveva cercato due volte di avviare una conversazione, ma Gishilde l'aveva semplicemente ignorata. Anche se la donna era gentile, la principessa non voleva avere nulla a che fare con una drusniana che si era messa al servizio di un cavaliere dell'Ordine.

Guardò la scala buia. Il cavaliere non era ancora sceso. Gishilde aveva solo una vaga idea della rotta seguita dalla barca. Ma una cosa era certa: erano molto lontani dai confini delle province libere. A cosa serviva dunque una torre di guardia? Perché avevano appostato un cavaliere dell'Ordine nel bel mezzo del nulla?

Non resterò abbastanza a lungo per scoprirlo, pensò con rabbia. Evidentemente la consideravano tutti una povera bambina indifesa. Una principessa viziata che si rassegnava controvoglia al suo destino. Che continuassero pure a pensarlo! Quando Juztina si fosse svegliata il mattino successivo, si sarebbe pentita amaramente di quell'errore.

Gishilde gongolò all'idea di cosa avrebbe fatto Lilianne alla traditrice quando fosse tornata e avesse scoperto che la principessa era fuggita durante la prima notte. Non vedeva l'ora di sparire nel bosco. Di fare finalmente ciò che le aveva insegnato Silwyna. La fine dell'estate era molto generosa. Sarebbe vissuta di funghi, noci e bacche. Avrebbe acchiappato i pesci a mani nude... Forse avrebbe impiegato tre o quattro settimane per tornare tra gli elfi e gli abitanti del Fiordo, ma ce l'avrebbe fatta.

Guardò la porta, fatta di spesse tavole scure. Il paletto era appoggiato alla parete là accanto.

Juztina alzò lo sguardo. «Ci serve dell'acqua». Indicò un secchio di cuoio vicino all'uscio. «Hai voglia di uscire anche se è buio?».

Se aveva voglia di uscire? Avrebbe potuto fare salti di gioia. Dovette controllarsi per non tradire il suo entusiasmo e borbottare un sì restio.

La traditrice le spiegò la strada per arrivare alla sorgente, che distava meno di cento passi.

La bambina prese il secchio e aprì la porta. La aspettava una notte senza luna. Chiuse l'uscio e scrutò il cielo stellato per orientarsi. La cosa migliore era dirigersi verso nord-ovest, dove avrebbe avuto più probabilità di incontrare degli amici.

Il bosco iniziava subito dietro la torre. La principessa gettò il secchio sotto un cespuglio. Per quanto tempo l'avrebbe aspettata Juztina? Quando avrebbe cominciato a preoccuparsi? E quando sarebbe andata a chiamare il cavaliere sulla piattaforma della torre?

Abbandonò l'angusto sentiero che conduceva alla sorgente e scomparve tra il folto sottobosco. Rimpianse di non avere più i bei vestiti con cui, tanto tempo prima, aveva strisciato fuori della tenda di sua madre. Gli stivali leggeri, i pantaloni di cuoio e la camicia elfica. Ora ricordava che sarebbe voluta andare da suo padre per avvertirlo e che era uscita di nascosto dalla tenda. Ma non sapeva ancora che cosa fosse accaduto in seguito e come fosse arrivata nella fortezza dei cavalieri dell'Ordine. Era come se Luth avesse tagliato un pezzettino della sua vita...

Gli indumenti che portava ora non erano adatti per la foresta. Un vestito e un paio di sandali non erano l'abbigliamento idoneo per un lungo pellegrinaggio nel bosco. Ma doveva tentare ugualmente. Faceva affidamento sugli insegnamenti di Silwyna. Ce l'avrebbe fatta!

Sotto le fitte foglie delle querce l'oscurità era quasi assoluta. Ascoltò i mille rumori familiari della foresta. Stava così bene da dimenticare quasi il dolore al petto. Era libera!

I suoi occhi si erano abituati rapidamente al buio e la bambina procedeva a passo sostenuto. Dopo circa mezz'ora un nuovo suono si mescolò al concerto sommesso del bosco. Gli alberi si diradarono e comparve il lago.

Fece spallucce, si voltò e si spinse più a ovest. Ben presto si ritrovò su un'altra sponda. Imprecò. Una penisola! La cosa migliore sarebbe stata seguire la costa all'ombra degli alberi. Così avrebbe trovato velocemente il passaggio verso la terraferma.

Avanzava a passo svelto e leggero. Sopra l'acqua si stendeva una nebbia grigia, ma il cielo era sereno e si vedevano le stelle. Il sentiero la condusse sempre più a ovest, quindi la riva piegò verso sud. Gishilde sospirò. Evidentemente la aspettava una lunga marcia. La torre sorgeva sulla punta meridionale della penisola. Con molta probabilità avrebbe dovuto passarle accanto per poi rintracciare il collegamento con la terraferma.

Si incamminò ad andatura spedita, ignorando ostinatamente la vocina interiore che le suggeriva di tornare indietro.

Due ore dopo non poté più negare la verità. La Torre del Corvo si innalzava su un'isola! Si riteneva in grado di nuotare per più di un miglio, ma non vi erano altre sponde in vista. Era prigioniera.

Sedette fino all'alba sotto un olmo poco distante dalla torre e fissò la porta. Tornò davanti al fuoco con i vestiti umidi di rugiada. Il secchio era posato sul tavolo, pieno d'acqua. Juztina, accovacciata accanto al camino, la guardò.

Non parlò, ma dai suoi occhi era facile intuire che cosa pensava.

«Sapevi che cosa sarebbe successo! Non ti importava che andassi a prendere l'acqua. Sapevi che sarei fuggita», sibilò Gishilde, furibonda.

La drusniana le rivolse un sorriso stanco.

«Volevo chiarire la questione il prima possibile. A dire il vero, conoscendo la tua testardaggine, avevo creduto che saresti rimasta nel bosco per uno o due giorni».

La traditrice mi ha semplicemente dato corda, pensò la principessa. E ora se ne stava là come una bambina impotente. Aveva fatto proprio ciò che si aspettavano da lei e aveva fallito. Era così arrabbiata che sarebbe potuta scoppiare a piangere.

«Sei soddisfatta di essere una brava serva dei nostri nemici?».

La drusniana non reagì.

«Sei sempre stata una traditrice? Si nasce per rivoltarsi contro la propria gente?» domandò Gishilde, apparentemente calma. Sarebbe riuscita a farle saltare i nervi! «Ci rubano gli dei e ci trasformano in schiavi. E tu ti rassegni così! Ti disprezzo».

Finalmente Juztina alzò la testa e la fissò a lungo.

«Lo sopporterò. Le persone come te mi hanno sempre disprezzata», disse infine.

«Allora devi avergliene dato motivo».

La giovane donna rimase impassibile. L'accusa non parve irritarla né offenderla. Non cercò nemmeno di rispondere alla sfrontatezza con un sorriso. Restò semplicemente immobile. Come una pietra. La collera di Gishilde cresceva sempre di più.

«Nemmeno tuo marito ti stima molto, vero?» insistette la principessa. Doveva esserci un modo per suscitare una reazione in quella donna.

«Quello non stima nessuno», mormorò Juztina.

«Stimerà me!».

L'altra alzò gli occhi.

«Sei una pagana». Evidentemente credeva che quell'osservazione spiegasse ogni cosa.

L'ira di Gishilde si placò pian piano. Aveva capito che non era colpa della drusniana se si trovava su quell'isola. Non era colpa sua se non vi erano vie d'uscita. E non era nemmeno colpa sua se qualcuno l'aveva pugnalata e rapita. Sapeva di essere stata ingiusta, ma non gliene importava nulla della giustizia. Aveva bisogno di qualcuno su cui sfogare la rabbia.

«Che cosa ti ha spinto a diventare la puttana dei nostri nemici? Nessun altro ha voluto un mucchio d'ossa come te?».

Appena ebbe pronunciato quelle parole, si rese conto di aver esagerato, ma ormai non poteva più rimangiarsele.

Juztina la guardò con occhi inespressivi.

«Sai, il nostro Bojaro è un grande eroe. Forse lo conosci? A quanto mi hanno detto, Alexjei è il comandante degli uomini-ombra. La sua famiglia combatte questa guerra da prima che io nascessi. La mia era formata da servi della gleba. Dovevamo lavorare più duramente ogni anno. Dovevamo sfamare la guerra. E più si avvicinava, più aveva fame. Ha divorato mio padre e i miei due fratelli. Sono partiti con il Bojaro. Non di loro spontanea volontà. Li hanno portati via dal villaggio frustandoli e picchiandoli con i randelli, conducendoli dai soldati. Poi io e mia madre abbiamo dovuto svolgere in due il lavoro di cinque persone. Non ce l'abbiamo fatta. Agli esattori delle imposte non importava nulla. Si sono presi tutto. Mangiavamo erba e foglie, come gli animali. Mia madre è morta di fame. E quando gli esattori sono tornati e non hanno trovato più nulla, hanno detto che ero una ribelle perché non volevo sostenere la guerra del mio Bojaro. Mi hanno stuprata. Il mio onore di donna era l'ultima cosa che potessero portarmi via. Quando hanno lasciato il villaggio, sono arrivati i miei vicini, i miei parenti. Mi hanno chiamata puttana perché, secondo loro, mi ero concessa agli esattori per non dare loro nient'altro. Mi hanno presa per i capelli e trascinata fuori della baracca. Volevano lapidarmi perché non sopportavano la presenza di una donna così viziosa e corrotta».

Juztina si spostò i capelli dalla fronte cosicché Gishilde vedesse una brutta cicatrice gonfia.

«Qui sono stata colpita da un sasso lanciato da mio zio. Quando ero piccola, mi faceva sempre stare a cavalluccio sulle sue ginocchia. A volte mi proteggeva persino da mio padre quando quest'ultimo era arrabbiato con me. Ma aveva dimenticato ogni cosa. Mi avrebbero uccisa. Poi, all'improvviso, i nemici sono piombati tra noi. I cavalieri dell'unico dio. Tuttavia, la plebe non ha cambiato idea sulla mia lapidazione nemmeno quando sono comparsi nella piazza del villaggio. Una cavalleressa è smontata da cavallo e si è messa davanti a me con la sua armatura. Non la vedevo bene, perché avevo gli occhi pieni di lacrime e sangue. Ho udito le pietre che colpivano l'acciaio del pettorale. Hanno smesso solo quando un cavaliere ha sparato in aria. La mia salvatrice era Lilianne de Droy. Mi ha difesa quando non avevo più nessuno. Lei, una nemica! Allora ho capito che il mondo era impazzito, e da allora gli dei e i Bojari mi sono diventati indifferenti. Ho compreso che avrei servito solo lei. Mi ha offerto l'acqua della sua borraccia e il pane delle sue bisacce. Un buon pane chiaro, di farina di frumento. Non ricordavo più quanto fosse delizioso. I cavalieri mi hanno medicato le ferite e portata via».

Gishilde si sentiva in colpa. Rimpianse di non aver tenuto la bocca chiusa. Avrebbe dovuto scusarsi, ma non trovò parole che potessero cancellare quanto aveva detto.

«Dopo qualche tempo la commendataria mi ha chiesto di occuparmi di un cavaliere gravemente ferito. Era un uomo della sua lancia, ha detto. Non sapevo con esattezza che cosa significasse. Ma per lei era molto importante che fosse accudito nel migliore dei modi. Sai, Gishilde, la sua è stata più una preghiera che un ordine. Così ho conosciuto Drustano e l'ho seguito quando è diventato evidente che non sarebbe più stato in grado di servire l'Ordine con la spada. Non è facile vivere con lui. È pieno di rabbia. Come te. Ma non mi ha mai picchiata. Resisterò quaggiù con lui. E con te. La nostra presenza qui è fondamentale».

La principessa si alzò e si avvicinò a Juztina. Non riuscì a guardarla negli occhi. Le prese le mani con delicatezza. Non sapeva ancora che cosa dire, ma, quando l'altra le premette dolcemente le dita, osò sperare nel suo perdono. E giurò a se stessa di non chiamare mai più puttana un'altra donna.

35.
La parola di un cavaliere

LUC FISSÒ CON ORRORE IL VERME NERO, la creatura ripugnante e viscida che aveva appena divorato il bambino con la testa da volpe. Michelle non indietreggiò. Ma per quanto tempo avrebbe resistito da sola?

Luc si infilò la mano nella tasca che conteneva il corno con la polvere da sparo e il barattolo con le pallottole. Non poteva, anzi, non doveva, piantare in asso la cavalleressa proprio ora.

«Stai indietro!».

La donna doveva aver udito i suoi passi, ma questa volta Luc avrebbe ignorato il suo ordine.

Si mise a correre come non aveva mai fatto in vita sua. Le suole da quattro soldi slittarono sul lastricato quando cercò di fermarsi. Atterrò sulle ginocchia vicino alle pistole che Michelle aveva posato a terra.

Suo padre l'aveva costretto a provare i movimenti centinaia di volte. Aprire il corno e versare la polvere nella canna. Infilare nella canna una pallottola avvolta in un frammento di pergamena. Girare la ruota con la chiave. Provare il cane con la pietra focaia. Versare un pizzico di polvere. La pistola era pronta in meno di trenta secondi.

Quando alzò lo sguardo, l'orrendo verme era sparito.

«Che cosa...».

Michelle rinfoderò la spada. «Dobbiamo andarcene da qui». Indicò il buco nel muro. «Solo dio sa che cosa si nasconde là dentro».

Luc ripensò a quando era entrato nel tunnel e tremò all'idea di cosa avrebbe potuto incontrarvi invece delle farfalle.

«Dov'è il bambino con la testa da volpe?».

«Quello era un coboldo, non un bambino! Andrà a chiamare i suoi compagni. Qui non siamo più al sicuro. Torniamo dai cavalli».

Luc obbedì. Senza fiatare, Michelle recuperò le bisacce. Il silenzio era opprimente e, alla fine, il ragazzo non lo sopportò più.

«Ho fatto qualcosa di sbagliato?».

La cavalleressa infilò la pistola carica nella fondina della sella.

«Sei veloce», rispose con freddezza.

Luc era avido di elogi, ma questa volta le sue parole non lo riempirono di orgoglio. Erano pretestuose. La donna aveva altro per la testa.

Il bambino allacciò la cinghia della sella. Quindi si fermò con le braccia incrociate. Voleva che lo guardasse e gli parlasse.

Ma Michelle sellò il cavallo e montò in groppa. Per lei era come se Luc non esistesse. Afferrò le redini e si avviò al passo verso l'uscita del roseto.

La seguì con lo sguardo, sconcertato. Che cos'aveva fatto? Quella era forse la punizione per aver disobbedito agli ordini? Aveva voluto aiutarla! Sarebbe dovuto restare vicino ai cavalli come un codardo?

Il rumore degli zoccoli echeggiò tra le rovine. Michelle lo stava lasciando indietro! Aveva sperato che si fermasse e lo aspettasse.

Aveva un nodo alla gola. Era di nuovo solo. E non sapeva nemmeno perché. Era stato a causa del verme-ombra? Era forse lui ad attirare quelle creature? Era davvero un sosia?

Osservò lo zaino che il coboldo aveva gettato via. Ne spuntava la canna di una pistola. Si avvicinò, raccolse le due splendide armi rivestite d'argento e le posò sul piedistallo della donna bianca. Aveva promesso di donarle il suo tesoro più prezioso. Non poteva portarle via!

Si raddrizzò tristemente. Era una notte senza luna e un vento fresco soffiava tra le rovine. Passò accanto al pozzo dove si era sdraiato con Michelle qualche ora prima per sognare un futuro meraviglioso. E ora era tutto finito. Rubato dal bambino-volpe.

Luc allentò le redini affinché lo stallone trovasse da solo la strada per lasciare la città fatiscente. Il bambino non sapeva dove andare.

Il cavallo si diresse verso nord. Verso Aniscans. Circa un miglio più avanti scorse il profilo di un cavaliere. Michelle? Si era fermata.

Luc lanciò l'animale al galoppo, con il cuore che batteva forte come gli zoccoli del cavallo tambureggiavano sul lastricato.

Michelle lo aspettava immobile.

«Hai preso una decisione?».

Il bambino non sapeva che cosa rispondere.

«Mi hai portata in un luogo popolato dagli Altri», disse con voce cupa. «Mi hai guarita... E se sono viva, non so se sia merito di un miracolo benedetto o della magia degli Altri. Anzi, non so più nemmeno se Honoré avesse ragione». Alzò la mano in un gesto impotente. «È stato un giudizio divino... Oppure la forza sinistra degli Altri era in azione anche là? Agisce tramite te, Luc?».

Il bambino non riuscì a guardarla. Era disperato, perché non sapeva rispondere a quelle domande.

«Perché hai aspettato così tanto prima di seguirmi? Che cos'hai combinato nel roseto? Il tuo cavallo era sellato. Dovevi solo salire in groppa».

Luc avrebbe voluto urlare. Se le avesse detto la verità, sarebbe finito tutto! Se Michelle avesse saputo che aveva donato ancora le pistole alla statua, l'avrebbe abbandonato una volta per tutte! E se le avesse mentito, avrebbe tradito gli ideali della cavalleria. Un cavaliere non doveva mentire!

«Ebbene, non hai nulla da dire?».

Luc rimase rigido come un bastone, spinse il mento in avanti e la guardò. «Ho donato ancora le armi alla signora bianca».

Il vento gli soffiò la polvere sul viso. Michelle era solo un'ombra silenziosa. L'avrebbe ucciso? Sicuramente! Non aveva esitato nemmeno a sparare a uno dei suoi confratelli.

«Ti ho spiato», disse infine. «Sono smontata e ho lasciato andare avanti i cavalli. Ciò che ho visto mi ha addolorata. Se ora mi avessi mentito, ti avrei cacciato via». Trasse un profondo sospiro. «Luc, devi decidere da che parte stare! Non è una piccolezza fare sacrifici agli dei pagani!».

«Dovevo mantenere la parola», rispose il bambino con un filo di voce.

«No! Non devi chiedere aiuto a lei. A prescindere da quanto tu possa essere disperato. Non esistono altri dei all'infuori di Tjured. Se ti rivolgi agli idoli pagani, in realtà evochi gli Altri e permetti loro di conservare il potere nel nostro mondo».

Lo guardò con tristezza infinita. «Non credo che tu abbia un cuore malvagio, Luc. Ma gli Altri sembrano rivolgerti un'attenzione particolare, ed è facile sedurti. Forse sono stata troppo avventata quando ti ho chiesto di accompagnarmi. Ora ti vedo con occhi diversi anche se ti devo la vita. Sono in debito con te... Ma non so più se dio abbia posato la mano su di te o se, senza saperlo, tu sia lo strumento del nemico. Dovrò metterti alla prova, Luc».

La guardò con un peso sul cuore. Fino a pochi istanti prima si fidava di lui... Come poteva il loro legame essere così debole? Come poteva dubitare di lui? Aveva fatto tutto per aiutarla!

«Non guardarmi così!». La voce di Michelle aveva una durezza forzata. La cavalleressa si diede una pacca sulla coscia. «Maledizione, Luc! Vorrei non averti mai incontrato! Credi forse di prendermi in giro, ragazzo? Qualsiasi cavaliere dell'Ordine con un briciolo di cervello ti considera un maledetto pagano. O forse anche peggio! Come hai potuto fare un sacrificio alla signora bianca dopo tutto ciò che è successo?».

«Hai detto che era solo una pietra...».

«Sì! E lo penso ancora. Ma facendo doni a quella pietra, le attribuisci un significato. Simili gesti evocano gli Altri! Sarei dovuta montare in sella e andare via. Avrei dovuto dimenticare un piccolo moccioso come te... Mi fai paura! Honoré era convinto che fossi un sosia. Oggi, quando è arrivato il coboldo, ho capito che il seme del dubbio alberga anche nel mio cuore. Il coboldo è uscito sicuramente dal tunnel in cui eri entrato tu. E da là è uscito anche quel verme orribile! Come hai potuto visitare un luogo simile e tornare incolume? Sei uno di loro? Quando hai caricato la pistola, ho avuto il timore improvviso che volessi spararmi alla schiena».

«Come avrei potuto? Ti adoro», protestò Luc, che non capiva più nulla. Che colpa ne aveva se dal tunnel erano usciti un coboldo e un mostro? «Ti ho salvato la vita! Perché avrei dovuto spararti? Voglio essere come te! Farei qualsiasi cosa per te!».

Michelle abbassò lo sguardo. «Sì, lo so... Non è giustificabile. Tuttavia, ho avuto paura. Ecco perché mi sono semplicemente allontanata. Appena uscita dal roseto, mi sono pentita del mio comportamento. Sono smontata, ti ho cercato... Mi sono vergognata della mia condotta irragionevole. Ma che cosa ho visto? Tu che facevi un dono alla signora bianca!». Sospirò. «E proprio quando ho avuto questa certezza, non sono più riuscita ad andarmene. Che fardello mi ha inflitto Tjured!».

Luc tirò le redini e fece per girare il cavallo. «Me ne vado. Non voglio che tu soffra per colpa mia. Non so perché... ma porto sfortuna. Questo è certo!».

Michelle lo fermò. «Tu resti qui, maledizione! Credi che ti abbia aspettato per lasciarti andare via? Non so che cosa mi hai fatto. Ma il mio cuore è legato a te! Non posso semplicemente lasciarti andare...». Reclinò la testa e guardò il cielo buio. «Vorrei comprendere i tuoi segni, signore! Che cosa devo fare?».

Rimasero a lungo in silenzio.

Alla fine Michelle sospirò. «È presuntuoso chiedere una risposta a dio. In realtà l'ho già ricevuta. Avevo giurato a me stessa di abbandonarti se non mi avessi confessato il sacrificio alla donna bianca. Sei stato coraggioso. Sapevi che avrei dovuto cacciarti... Nonostante tutto vedo del buono in te. Forse sei solo un bambino confuso che ha visto troppi orrori. Ti metterò alla prova, Luc. E se lo meriterai, ti condurrò a Valloncour. Riferirò ogni cosa ai miei fratelli e alle mie sorelle. A Valloncour emergerà la verità sul tuo conto, Luc. Là sarai vicino a Tjured come potresti esserlo solo ad Aniscans. Se dubiti di te stesso, vattene subito, perché non desidero la tua morte».

«Farò tutto ciò che mi chiedi, signora». Voleva solo accontentarla! «Non sono un pagano! Te lo dimostrerò... E se sono un sosia, voglio morire a Valloncour sotto lo sguardo di dio. Voglio sapere tutto, costi quel che costi».

Finalmente Michelle sorrise. Luc provò un infinito sollievo.

«Ben detto, ragazzo. Non so da quale parte stia davvero il tuo cuore, ma è il cuore di un cavaliere. Almeno di questo sono sicura».

36.
Il cavaliere macchiato

GISHILDE GUARDÒ LA SCALA che conduceva in cima alla torre. Era là già da tre settimane e non aveva ancora visto Drustano. Conosceva solo la sua voce. Quando l'uomo aveva fame, chiamava Juztina. La donna trascorreva mezza giornata a spaccare la legna e poi a trascinarla all'interno. Drustano restava sempre di sopra e badava al fuoco segnaletico sulla piattaforma. Juztina doveva fare tutto il lavoro duro.

Talvolta Drustano cantava. In rari momenti, nel cuore della notte o prima dell'alba. Cantava piano, ma la bambina lo udiva ugualmente.

Juztina l'aveva perdonata. O, almeno, era gentile con lei. Tuttavia, parlava pochissimo. Era quasi impossibile sostenere una conversazione, perché rispondeva a monosillabi e non avviava mai un discorso. Il silenzio che regnava nella torre infastidiva Gishilde più di ogni altra cosa. Doveva ricordare di continuo a se stessa che era prigioniera degli acerrimi nemici di suo padre. Poteva muoversi liberamente sull'isola. Nessuno la tormentava. Fino al giorno in cui l'elfa Silwyna era arrivata alla corte reale di Firnstayn e le aveva cambiato la vita, aveva goduto di meno libertà.

Nessuno le diceva che cosa doveva fare o non fare. Nessuno le organizzava le giornate. Poteva dormire finché voleva. Poteva mangiare quando ne aveva voglia. Juztina le era grata quando la aiutava nelle faccende quotidiane, ma non le chiedeva mai nulla. Gishilde non aveva alcun dovere. All'inizio era stato gradevole, ma pian piano cominciò a essere snervante. Si sentiva di troppo. La sua vita non aveva più significato. Fino a quel momento non aveva mai conosciuto la noia. Era una sensazione tremenda, soprattutto perché sembrava destinata a non finire mai.

Solo Luth, il tessitore del destino, sapeva quando Lilianne sarebbe tornata. La commendataria era l'incarnazione di tutto ciò contro cui combattevano suo padre e i Figli degli Albi. Se la principessa ne avesse avuta l'opportunità, l'avrebbe uccisa. Non si sarebbe lasciata sopraffare facilmente come l'ultima volta. Non aveva agito con lucidità come le aveva insegnato Silwyna. Occorreva uccidere a sangue freddo. Sarebbe stato meglio procurarsi una pistola. Fissò lo schienale della sedia con i fori di proiettile. Doveva esserci un'arma... Dov'era?

Guardò la scala. Sicuramente ce l'aveva il cavaliere!

Juztina era nel bosco a raccogliere funghi. Non sarebbe tornata molto presto! E prima o poi il maledetto cavaliere avrebbe dovuto dormire. Valeva la pena di tentare?

Che cos'aveva Drustano che non funzionava? Juztina si rifiutava di rivelare alcunché. Le aveva detto solo che era pericoloso e che era meglio non avvicinarsi troppo.

Quel mattino Gishilde l'aveva sentito cantare ancora.

Una canzone lunga e triste. Non aveva compreso le parole, ma la melodia e la meravigliosa voce dell'uomo le avevano toccato il cuore. Qualcuno che cantava così bene poteva essere malvagio?

Si alzò e si diresse verso la scala. Non sapeva neppure quali stanze vi fossero sopra il locale disadorno ai piedi della torre. Forse avrebbe trovato un libro oppure casse in cui rovistare. A Firnstayn le piaceva sgattaiolare in soffitta e frugare nei bauli che contenevano i bottini di secoli.

Devo scoprire dove il cavaliere conserva la pistola, pensò con fredda determinazione. Strisciò su per i gradini senza far rumore. Il cuore prese a batterle più forte. Il primo piano fu una delusione. La luce filtrava attraverso tre strette feritoie nella stanza circolare che occupava l'intero livello. Vi erano pile di provviste. Barili di pesce in salamoia. Sacchi di fagioli e lenticchie. Vasi di miele, erbe essiccate, pelli tese su telai di legno. Nulla di particolare. Solo una dispensa.

Sbirciò ancora la scala. Quanto era alta? Si avvicinò a una feritoia. Era troppo angusta per infilarvi la testa, perciò riuscì a scorgere solo il terreno roccioso che circondava la torre. Vi era sicuramente almeno un altro piano. Forse addirittura due.

Salì gli scalini con prudenza. Le suole degli stivali scricchiolarono piano. Si abbassò e se li tolse. Questa volta sarebbe stata attenta. Si sarebbe comportata come se si stesse introducendo in un accampamento nemico.

I gradini di pietra erano freddi. Schegge di legna da ardere erano sparse ovunque e le pungevano i piedi.

L'odore del legno secco le aggredì le narici. Gli scalini si restringevano già dopo la prima curva. I ciocchi ammucchiati lungo la parete esterna arrivavano fino al soffitto.

Gishilde si fermò e tese le orecchie nell'oscurità. Un corvo gracchiò. Risuonò un cigolio simile a quello dei cardini di una porta. Poi calò il silenzio.

Salì altri due gradini trattenendo il fiato. Nel punto in cui la scala sfociava in un nuovo piano, sorgeva un muro di ciocchi impilati che ostruiva la visuale sul locale rotondo. Se mai un aggressore avesse salito quella scala, sarebbe stato un gioco da ragazzi seppellirlo sotto una valanga di legna.

Raggiunse con prudenza l'estremità della barriera. Un grosso scarafaggio si arrampicò sui suoi piedi nudi. Nell'aria ronzavano alcune mosche. Nella stanza ristagnava l'odore di zuppa di pesce. Come odiava quella zuppa! Juztina non cucinava altro che quella.

Si inginocchiò e sbirciò oltre l'angolo. I raggi di luce filtravano nell'umida penombra attraverso due feritoie. Contro la parete opposta vi era un letto sfatto. Due bauli e un alto armadio a muro promettevano i tesori in cui aveva segretamente sperato. Un libro era posato su uno sgabello accanto al letto. Al muro era appoggiata una spada a striscia con un magnifico guardamano tempestato di brillanti. La luce che entrava dalle feritoie si frangeva sulle pietre preziose e proiettava macchie chiare sulle pareti di legno e conci non intonacati.

La scala saliva ancora, ma Gishilde voleva esaminare con calma la stanza del cavaliere prima di incontrarlo. Quel locale le avrebbe rivelato che tipo di uomo aspettarsi. Evidentemente una persona che non teneva molto all'ordine e alla pulizia.

Strisciò verso il letto. Per un istante osservò una mosca che zampettava in una ciotola di zuppa abbandonata sul pavimento. Spinse l'insetto verso il bordo del contenitore e si pulì l'indice con il lenzuolo sudicio.

Guardò il libro con curiosità. Sulla rilegatura di cuoio non spiccava alcun titolo. Sfogliò qualche pagina. Era scritto nella lingua del Sud, che la Chiesa aveva diffuso in tutto il mondo.

Lesse alcune righe e rimase stupita. Il cavaliere amava le poesie. Continuò a sfogliare il volume... Tristi versi d'amore e odi a un mondo più bello. Strano. Una persona che leggeva volentieri a letto poteva essere pericolosa? Si udì ancora un cigolio di cardini.

Gishilde si voltò. L'anta dell'armadio si era aperta da sola. All'interno erano appesi una cerata nera e un mantello scarlatto. La biancheria era ammucchiata in un angolo. E dal mantello spuntava la canna di una pistola.

«Se cerchi delle illustrazioni, non le troverai certo in quel libro, principessa barbara», disse la voce melodiosa che aveva sentito cantare durante la notte. Dalle pieghe del mantello sbucò un viso scarno e segnato dalle intemperie. Gli occhi erano iniettati di sangue e la bocca era circondata da piccole cicatrici vistose. Era un volto che mal si adattava alla voce.

Gishilde si risentì di quelle parole offensive. Non aveva paura anche se evidentemente il cavaliere aveva voluto spaventarla! Lilianne non l'avrebbe mai portata in un luogo in cui sarebbe stata in pericolo di vita! Ne era certa!

«Sei in grado di parlare?» domandò l'uomo nella lingua del Drusna. «So che alcuni di voi grugniscono come maiali».

Gishilde ripensò alle interminabili ore trascorse in biblioteca. Per la prima volta in vita sua le tornavano utili le insulse conoscenze che le aveva trasmesso il maestro Ragnar. Voleva dargli una risposta affilata come la lama di una spada. Selezionò mentalmente alcune parole mezzo dimenticate nella lingua del Sud.

«Puah, muta come un pesce», la precedette il cavaliere. «Forse dovrei suggerire a Juztina di metterti nella zuppa. Tanto non può diventare più disgustosa di così».

«Io preferisco l'epica classica di Veleif Manodargento alle chiacchiere riformatrici del vostro André Giffon. Devo dire che le tue scelte in fatto di lettura mi sbigottiscono».

La canna della pistola oscillò e scomparve.

«Mi sorprendono, vorrai dire, bambina. Mi sorprendono».

La principessa lo udì posare la pesante arma sul fondo dell'armadio. L'aveva solo appoggiata? Oppure era quello il luogo in cui Drustano teneva le pistole?

«È inutile farsi un'idea di una persona prima di incontrarla. Sei tu a *sbigottire* me, principessa. Sembri sveglia. Anche se... Per essere una bambina hai un singolare taglio di capelli».

Quell'osservazione sulla sua acconciatura la colmò di collera. Che tipo presuntuoso!

Il cavaliere avanzò tra i vestiti. Era alto e molto snello. La camicia costellata di macchie era sormontata da un pettorale d'argento arrugginito. Indossava pantaloni da cavallerizzo scuri e un solo stivale. Gishilde gli fissò le dita del piede nudo. Erano coperte da folti peli.

«Ieri ho litigato con Juztina», mormorò Drustano. «È una donna cocciuta. Non mi ha sfilato il secondo stivale. Mi sono dovuto coricare così».

Solo quando fu uscito completamente dall'armadio, Gishilde notò che la manica destra della camicia era vuota. Pareva che gli avessero amputato il braccio subito sotto la spalla.

Il cavaliere sollevò la manica con la sinistra e la lasciò ricadere. «Non te l'aveva detto? È facile far infuriare uno storpio!».

A un tratto la sua voce aveva assunto una durezza che la indusse a indietreggiare.

Drustano chiuse gli occhi, si aprì la camicia e le mostrò il moncone solcato da orribili cicatrici. Mosse le labbra senza produrre alcun suono.

La principessa aveva la pelle d'oca. Benché non capisse che cosa stesse accadendo, sapeva di essere in pericolo di vita. Arretrò ancora un poco, urtò il bordo del letto, perse l'equilibrio e atterrò sul lenzuolo sgualcito.

Drustano aprì gli occhi. Le venuzze rosse davano l'impressione che avesse lo stemma dell'Albero di Sangue disegnato sulle sclere. Contrasse le labbra sottili in un sorriso.

«Mi sembra che tu non sia una sosia».

Gishilde non comprese che cosa c'entrasse quell'affermazione con il suo strano gesto.

Drustano si diede una pacca al moncone. «Lo devo a uno dei tuoi amici. Capisci dunque perché i barbari, i pagani e gli Altri non sono i benvenuti nella mia torre. Ecco perché non ero ancora sceso a farti una visita di cortesia. Preferisco non avere tra i piedi nessuno che mi fissi e pensi: "Povero storpio!"».

«I miei amici non fanno una cosa simile senza motivo».

Drustano strinse le labbra. Per un attimo Gishilde ebbe l'impressione che volesse annientarla con lo sguardo.

«Non è successo durante una battaglia». Dal suo tono si intuiva quanto gli risultasse difficile controllarsi.

«Un folletto mi ha sparato a tradimento con la balestra. La freccia mi ha trapassato il bracciale. Non era una ferita grave. Come ho detto, è accaduto nel bosco. Lo squarcio non ha sanguinato quasi per nulla e non mi faceva nemmeno troppo male. Non vi ho fatto molto caso. Ho raggiunto una delle nostre Fortezze Boscose solo il giorno successivo. Quella sera mi è venuta la febbre. Quando mi hanno estratto il dardo e mi hanno tolto il bracciale, persino io ho capito che cos'era successo. La ferita era così infiammata che è stato inutile anche il trattamento con i vermi. Una linea scura mi correva fino al braccio. Il guaritore mi ha spiegato che avrebbe dovuto amputarmi subito, altrimenti sarei morto a causa degli umori velenosi della ferita. In seguito ho appreso che i coboldi sono soliti conficcare le frecce nella carne putrefatta affinché anche i graffi più superficiali si trasformino in ferite mortali e suppuranti».

Gishilde non sapeva che gli alleati usassero dardi avvelenati, ma non poté fare a meno di pensare all'orrendo sorriso di Brandax. Dai coboldi bisognava aspettarsi di tutto e, quando si aveva a che fare con loro, era meglio essere sempre preparati al peggio.

La collera di Drustano parve placarsi con la stessa rapidità con cui era esplosa. Sedette sullo sgabello, posandosi il mento sulla mano. Non si era rasato e tra i peli ispidi si vedevano le piccole e curiose cicatrici rotonde intorno alla bocca. I corti capelli neri gli ricadevano sulla fronte in ciocche aggrovigliate. Puzzava di sudore e di vestiti sporchi.

«Ho promesso la mia vita all'Ordine», disse con calma. «Dunque ho rinunciato al braccio. Al braccio con cui maneggiavo la spada! Ho cercato di imparare a tirare di scherma con la sinistra e sono sicuramente diventato più abile di alcuni contadini balordi. Ma non è la stessa cosa. Il mio corpo ha perso l'equilibrio. Non sarò mai più uno schermidore eccellente. E temo che anche la mia anima abbia perso l'equilibrio. L'Ordine mi ha affidato un nuovo compito. Qualcosa di adatto alle mie particolari capacità. Così sono venuto quaggiù e Juztina mi ha accompagnato».

Scoppiò in una risata amara. «Poverina. Avrei preferito una vita da schiavo su una galea piuttosto che essere mandato su un'isola deserta e solitaria con un mio simile».

«Allora sii più gentile!» disse Gishilde.

La guardò. «Non è nella mia natura. Non ero particolarmente gentile nemmeno quando avevo tutte e due le braccia».

«Potresti fare un tentativo», replicò la bambina, esitante.

«No!». Quell'esclamazione fu pronunciata con una tale determinazione che la principessa trasalì.

«Sono una cattiva compagnia, ma non sono un bugiardo. Accade la stessa cosa a coloro che si tingono i capelli. Se volessi, potrei avere i capelli rossi e ingannare così l'osservatore superficiale. Ma in realtà saranno sempre neri e, se per una o due settimane non mi prendessi la briga di tingerli, gli altri vedrebbero il nero della ricrescita».

«E se ti prendessi sempre la briga di tingerli?» insistette Gishilde.

«Allora continuerei a essere un uomo dai capelli neri che inganna gli altri. Non è nel mio stile. Sono come sono», affermò Drustano, combattivo.

«Ma se...».

«Se avessi voglia di essere tempestato di domande stupide dai bambini, avrei ingravidato già un paio di volte la sgualdrina al piano di sotto. Aspetta solo quello. Ora vattene! Ne ho abbastanza di te, principessa. Quando la tua presenza qui sarà gradita, te lo farò sapere. Per ora non mettere più piede nella mia stanza».

Gishilde si alzò. Che idiota! Non avrebbe avuto compassione di lui! «Perché ti hanno mandato qui, cavaliere?».

Il ceffone fu così rapido e improvviso che non riuscì a evitarlo. La rabbia la costrinse a rialzarsi. Le orecchie le ronzavano come se al loro interno suonassero mille campanellini d'argento.

«Tu sei il nemico!» urlò Drustano. «Non riesci a nasconderlo neppure dietro quel sorriso infantile. Sei il nemico! Non farai di me un traditore! Non tu. Anche tu sei solo una persona dai capelli tinti! Ma non mi incanti! Ho capito che cosa sei in realtà!».

Le lacrime le rigavano le guance, ma si impose di non singhiozzare. Camminò a ritroso verso la scala, senza perdere di vista quel pazzo furioso. Osò voltarsi solo dopo aver girato l'angolo dell'alto muro di legna.

Qualcosa urtò la parete. Il libro di Drustano le cadde davanti ai piedi.

«Leggilo! Forse i suoi versi impregnati di vera fede illumineranno la tua buia anima pagana!».

Gishilde sputò sul volume. Non aveva mai fatto una cosa simile, ma non avrebbe permesso a nessuno di portarle via la sua anima pagana. Era parte di lei, forse la più importante di tutte. Si sarebbe presa cura di quell'anima come Drustano coltivava il suo caratteraccio. Finché vi si fosse aggrappata, non avrebbe ceduto, qualunque cosa avesse in mente Lilianne.

Doveva superare quel momento. Prima o poi Silwyna sarebbe andata a prenderla. Ne era sicura com'era sicura che il sole sarebbe sorto il mattino successivo. L'elfa l'avrebbe trovata e l'avrebbe ricondotta da suo padre. E Gunnar sarebbe stato infinitamente orgoglioso di lei quando avesse saputo che i cavalieri dell'Ordine l'avevano tenuta prigioniera, ma che non si era mai sottomessa. Valeva la pena di sopportare qualsiasi cosa per lo sguardo fiero di suo padre.

Udì dei passi frettolosi. Juztina! La donna parve sollevata di vederla e la trascinò rapidamente giù per la scala. Si fermò solo davanti al grande camino del pianterreno.

«Non devi farlo mai più! Andare di sopra… È malvagio! Non andare da lui. Mai più! Non si sa mai che cosa può fare. Un giorno ci sparerà! Spero che Lilianne torni presto. Vieni, ti mostro una cosa. Così capirai di cosa parlo!».

Spinse via un baule dalla parete e indicò uno spuntone di ferro circondato da una chiazza di ruggine.

«Una volta era un chiodo. Drustano l'ha fatto in primavera», disse in tono angosciato.

In un concio era inciso uno stemma diviso in tre parti da una Y. A destra si vedeva un leone rampante, a sinistra un albero spoglio e in alto un fiore che Gishilde non riconobbe. Forse una rosa. La Y che divideva i tre campi dello stemma sembrava formata dagli anelli di una catena.

«Per incidere quello stemma sulla parete ha impiegato due giorni e un'interminabile sfilza di imprecazioni. Ha usato quel chiodo. E sai che cosa voleva fare una volta finito?».

La bambina alzò le spalle.

Juztina annuì. «Come si possono indovinare i propositi di un folle? Voleva che gli inchiodassi la mano allo stemma. Doveva essere una punizione autoimposta. È completamente pazzo!».

Gishilde si chinò. Ora vedeva la presunta chiazza di ruggine con occhi diversi.

«E l'hai fatto?».

«Certo che no! Ha imprecato come un conciabrocche e poi mi ha minacciata con la pistola. Allora sono fuggita nel bosco. Pensavo che la questione fosse chiusa. Come può un uomo con un braccio solo inchiodarsi alla parete?».

La principessa tastò l'estremità del chiodo. Un poco di ruggine le rimase appiccicata alle dita.

«Quando sono tornata, l'ho trovato steso qui accanto al muro. Era sfinito e aveva la febbre. Ci era riuscito, quel pazzo».

Gishilde credette di percepire una nota di rispetto nella voce di Juztina. Non capiva come si potesse ammirare uno squilibrato.

«Aveva conficcato il chiodo tra due pietre in una fuga del muro e l'aveva piantato con il martello. Dopodiché l'ha limato e vi ha spinto sopra la mano. Ma non era abbastanza. Aveva paura che la mano gli scivolasse dal chiodo se fosse svenuto. Perciò si è infilato un sasso tra i denti e ha colpito l'estremità del chiodo fino a piegarla verso l'alto. Così si è sforacchiato tutta la faccia. Stanne certa, una notte scenderà e ci sparerà, credendo che sia dio a volerlo. È matto come un toro in calore. Per favore, Gishilde, stagli alla larga e prega tutti i tuoi dei che Lilianne venga presto a prenderti».

37.
La festa dell'incoronazione

YULIVEA ERA DAVANTI ALL'INGRESSO posteriore del casotto di caccia. Secondo i criteri dei Figli degli Uomini era un autentico palazzo. Situato nel cuore dei boschi solitari, un tempo era stato la seconda residenza dei Bojari. Era un edificio lungo e basso con un tetto ripido, decorato di brutte figure lignee. Per nascondere la loro qualità mediocre, le avevano verniciate con colori stonati. La casa padronale era circondata da una dozzina di altre costruzioni: stalle, case per i lavoranti agricoli, una rimessa. Era evidente che il Bojaro aveva esaurito da tempo le risorse per la manutenzione. Era un luogo misero per un'incoronazione cui avrebbe dovuto assistere la regina della Terra degli Albi.

Il suo sguardo vagò sui salici che circondavano la proprietà. Si era trasformata in accampamento militare. Cadeva una pioggerella leggera. Pioveva senza tregua da una settimana e migliaia di piedi avevano tramutato i prati intorno al casotto in un enorme pantano.

Gli abitanti del Fiordo e gli uomini del Drusna apparivano malconci quanto i prati.

Yulivea amava davvero gli esseri umani. Molto più di gran parte degli elfi. Ma l'incapacità dei Figli degli

Uomini di curare la loro persona era difficile da sopportare. Sebbene si sforzassero di lavare via il fango dai vestiti, ed evidentemente preferivano presenziare all'incoronazione con indumenti umidi che con abiti inzaccherati, combattevano una battaglia disperata.

Gli elfi, invece, erano impeccabili. La sporcizia pareva evitarli e, in compenso, accanirsi ancora di più contro gli altri. Come gli esseri umani, i troll, i coboldi e una piccola truppa di centauri erano coperti di fango fino ai fianchi.

Era irritante osservare che tra gli uomini erano i cavalieri catturati ad avere l'aspetto migliore. Erano stati privati delle armature e, naturalmente, disarmati, ma alcuni dovevano aver salvato almeno un rasoio nascondendolo chissà dove. Sui loro volti non vi era traccia di barbe ispide. Quando, alla fine della giornata, gli altri uomini si sdraiavano sfiniti, i cavalieri si ripulivano le vesti e si lucidavano gli stivali.

Spesso si allineavano anche in schieramenti ordinati e intonavano canzoni cupe e solenni sui santi e su Tjured, il loro dio.

I cavalieri dell'Ordine le sembravano sinistri. Benché Tiranu non avesse risparmiato loro le angherie, non era riuscito a piegarli. Restavano l'uno accanto all'altro sotto la pioggia con tanta fierezza da non parere nemmeno prigionieri.

Esortavano gli altri prigionieri a seguire il loro esempio e a non lasciarsi andare. I vogatori, i marinai e i soldati non erano rasati, ma la lunga marcia attraverso la foresta non aveva cancellato la loro disciplina. Nonostante tutto l'odio che provava, Yulivea sentiva anche un po' di rispetto. Si domandò come avessero fatto i cavalieri a diventare così. Quale fuoco ardeva in loro e conferiva loro una simile forza?

La maga si voltò e percorse il lato longitudinale del casotto. Sentì gli sguardi degli uomini su di sé. Sguardi avidi, a volte anche bramosi. I cavalieri sapevano che era stata lei ad annientare il galeone. Il coboldo Brandax affermava che avessero messo una taglia sulla sua testa. Forse sarebbe stato più intelligente far cercare i rasoi nascosti? Dalla battaglia sul lago Tiranu aspettava solo un pretesto per giustiziare alcuni cavalieri.

Yulivea pensò per un attimo di far presente al principe del Langollion che era impossibile contrastare la crescita della barba senza rasoio, ma poi accantonò l'idea. Non avrebbe aiutato quel macellaio... Sul lago si era lasciata andare. Non aveva immaginato che cosa sarebbe accaduto alla nave. Aveva le mani troppo sporche di sangue... No, non avrebbe detto nulla a Tiranu. Non voleva altri morti.

Poiché agli elfi non cresceva la barba, evidentemente il principe non aveva ancora capito come mai alcuni Figli degli Uomini non ce l'avevano. Era accecato da un'arroganza dispotica. Yulivea si augurò che quel giorno Emerella gli togliesse il comando.

La maga girò intorno al casotto e uscì sulla terrazza davanti all'ingresso. Le bandiere umide pendevano mollemente dalle aste allineate lungo il frontone. Là erano assiepati i dignitari dei Figli degli Uomini. Come si davano da fare! Tuttavia, il puzzo opprimente delle pellicce e della lana bagnata sottraeva dignità al momento tanto atteso.

Emerella non avrebbe dato a vedere nulla, come i membri del suo seguito. Probabilmente la regina aveva la grandezza necessaria per passare sopra certe cose. Ma gli altri avrebbero canzonato i Figli degli Uomini, gli alleati maleodoranti. Quel pensiero riempì Yulivea di rabbia. Combattevano così coraggiosamente. Meritavano più considerazione.

Si ritirò dietro il gruppo di persone in attesa. I guerrieri degli esseri umani facevano ala lungo il sentiero fangoso che conduceva verso il limitare del bosco. Uomini con cotte di maglia, pelli d'orso sulle spalle, appoggiati a enormi asce e muniti di berretti piumati erano riuniti vicino alla foresta. Seguivano i troll, i coboldi e altri Figli degli Albi che avevano preso posto senza un ordine rigoroso. Sopra le loro teste sventolavano i vessilli che venivano portati da secoli di battaglia in battaglia, la ninfa argentea dell'Alvemer, i martelli da guerra incrociati dei troll, la barca dorata su fondo nero degli oldi di Vahan Calyd. Bandiere su cui circolavano centinaia di antiche storie.

Risuonò una fanfara. I Mandridi, la guardia del corpo della famiglia reale della Terra del Fiordo, si radunarono intorno alla tenda poco distante dal casotto. Yulivea riconobbe Sigurd. Il capitano aveva svolto bene il suo compito. Nessuno aveva dubitato delle sue parole quando, durante la riunione degli Jarl e dei Bojari, aveva riferito che re Gunnar era partito all'inseguimento dei rapitori insieme con un manipolo di elfi scelti. Il sovrano era considerato un eroe e il coraggio eroico era sempre stato un'ottima giustificazione per stupidaggini di ogni tipo.

Con i pettorali anneriti, le barbe incolte, i mantelli scarlatti e i grandi scudi, i Mandridi avevano una barbara eleganza. Ogni guerriero aveva il suo stemma, ma erano tutti dipinti di rosso e nero su fondo bianco. Motivi intricati, teste di lupo stilizzate, aquile, caprioli. Yulivea amava quei selvaggi. Avevano qualcosa di affascinante, come un lupo bianco che si incontra da soli su un nevaio in una notte rischiarata dalla luna. Ed erano fedeli. Tra i presenti erano gli unici Figli degli Uomini che avrebbero sicuramente seguito Roxanna anche senza le menzogne di Sigurd.

Tastò il sottile flauto di legno di rosa che portava infilato nella cintura. Non lo suonava da tempo. Era uno strumento che aveva visto la luce in tempi migliori, in un'epoca di feste e spensieratezza. Si accostò con cautela il bocchino lucido alle labbra. Pensò alle cerimonie di incoronazione nella lontana Vahan Calyd, in un altro mondo. Al luogo in cui, in passato, i troll avevano conquistato la corona elfica e in cui Emerella era stata incoronata così spesso nonostante le guerre e gli intrighi. Ricordò i mille profumi del Mar Boscoso, la sontuosità dei principi nella Terra degli Albi e l'incanto delle notti dell'incoronazione, quando il cielo splendeva di magici fuochi artificiali. Aver visto tutte quelle cose le diede la forza di aprirsi alla magia del bosco e iniziare a suonare. Un pensiero asciugò i vessilli degli esseri umani. Una sequenza di note sommesse evocò una brezza che scacciò il tanfo dei vestiti bagnati e spiegò le bandiere sopra il frontone. La quercia verde della Terra del Fiordo. Il leggendario albero regale che cresceva sul tumulo al centro di Firnstayn. Nel luogo in cui i discendenti di Mandred Torgridson trovavano la pace eterna da un millennio. La freccia e l'ancora d'oro della perduta Vilussa ondeggiavano accanto al giavellotto argenteo del Latava e al cervo bianco del Raiga.

La pioggerella cessò. Una dorata luce autunnale fece capolino tra le nuvole. Completamente assorta nell'incantesimo, l'elfa non si accorse quasi di nulla. Sentì tuttavia che i Figli degli Uomini reagivano alla magia anche se non conoscevano la forza che conferiva splendore a quel momento speciale.

Uomini disperati rialzarono il capo con orgoglio, si spostarono dal viso i capelli fradici o batterono le palpebre in direzione del sole autunnale. Yulivea intrecciò con delicatezza il profumo del muschio, del miele selvatico e dei fiori di bosco con il vento. Odori che erano familiari ai Figli degli Uomini e che non avrebbero rovinato quella fragile armonia.

Dal limitare della foresta risuonarono alcuni squilli di tromba argentini. Si fece avanti una truppa dei massicci centauri di Uttika. Erano coperti di bronzo che mandava bagliori dorati. I mantelli bianchi si gonfiavano dietro le loro spalle. Il fango schizzava sotto i pesanti zoccoli.

Intorno alla tenda della regina scoppiò un trambusto. Roxanna uscì. Aveva il volto affilato e si era raccolta i capelli neri in un'acconciatura elaborata. Indossava un sobrio vestito bianco e portava gli antichi gioielli d'ambra delle sovrane morte da tempo. Al suo fianco vi era Sigurd, il cui scudo raffigurava la corona della Terra del Fiordo: un elmo alato che risaliva all'epoca dei primi colonizzatori arrivati nei fiordi solitari del Nord.

Roxanna, in testa alla guardia del corpo, raggiunse il portale del casotto a passo misurato.

Intanto i centauri studiavano i Figli degli Uomini con sguardo penetrante, come se potessero leggere loro nel cuore e individuare i traditori. Yulivea sapeva che molti elfi erano profondamente offesi perché Emerella si fidava più di quelle creature selvagge che dei principi di alto lignaggio.

Tiranu si tirò indietro i capelli con un gesto deciso e andò incontro alle guardie di Emerella con aria di sfida. La corazza nera e luccicante lo faceva assomigliare a un grande insetto malvagio.

Finalmente il comandante dei centauri si portò alle labbra un corno di montone rivestito d'argento e suonò un lungo segnale lamentoso.

Uno stormo di uccelli si levò dal limitare del bosco, e poi eccoli: Emerella e i suoi confidenti. Erano in pochi, ma fu meraviglioso guardarli mentre si avvicinavano cavalcando sotto il vessillo verde della Terra degli Albi. Ollowain, il maestro spadaccino, l'ultimo rappresentante della stirpe principesca del Carandamon, era tutto vestito di bianco. Guidava il gruppetto di cavalieri elfici che proteggeva la regina. A destra della sovrana vi era Obilea, che portava il vessillo della Terra degli Albi. Chiudevano il corteo sette fanciulle elfiche su cavalli candidi.

Al vederle, Yulivea sorrise. Un tempo anche lei aveva fatto parte del seguito di Emerella. Ogni ragazza aveva un titolo illustre e un compito importante a corte, ma fondamentalmente erano riunite intorno alla sovrana solo per sfoggiare la loro bellezza e conferire maggior splendore alle sue apparizioni.

Circondata da guerrieri armati, Emerella sembrava piccola e fragile. Cavalcava seduta di traverso sulla sella, come le sue dame di corte. Indossava un vestito della tenue sfumatura grigiazzurra che talvolta le nuvole assumono all'alba. I capelli mossi le ricadevano sulle spalle lattee. Non aveva bisogno di monili e tessuti preziosi per essere sublime.

Yulivea sentì i guerrieri barbari trattenere il fiato quando videro la sovrana della Terra degli Albi, una creatura antica quasi quanto il mondo su cui regnava.

Commossa, la maga abbassò il flauto. Nessuno dei suoi incantesimi avrebbe potuto dare più lustro alla comparsa della regina.

Emerella si fermò davanti a Roxanna. Ollowain smontò e le porse la staffa per aiutarla a scendere da cavallo. La sovrana non avrebbe avuto bisogno di aiuto, ma il fatto che il migliore dei suoi spadaccini fosse fiero di servirla sottolineava la sua dignità.

La regina abbracciò Roxanna come se fossero care amiche. Le rivolse qualche parola e Yulivea si rese conto che neppure la futura sovrana della Terra del Fiordo sapeva di essere rimasta vedova. Era tutta una messinscena escogitata per non togliere agli ultimi Liberi la forza di resistere alla Chiesa di Tjured.

Fu Roxanna che si avviò per prima verso il portale del casotto. I troll si inginocchiarono e persino gli implacabili cavalieri neri di Tiranu si inchinarono al suo passaggio.

Emerella la seguì a una certa distanza.

Yulivea sapeva di violare l'etichetta di corte, ma si fece largo tra le file degli ospiti. La regina della Terra degli Albi non sarebbe rimasta a lungo e dozzine di postulanti aspettavano sicuramente l'opportunità di parlarle.

Ollowain vide che si faceva strada tra la folla. Il suo sguardo le ordinò di fermarsi, ma l'elfa lo ignorò. «Mia regina, una parola».

«Yulivea». La sovrana sorrise. «Da quando te ne sei andata, la mia corte è diventata pacifica, quasi noiosa».

Roxanna, che non si era accorta di nulla, procedette verso il salone delle feste, attorniata dai Mandridi. Emerella fece cenno alle fanciulle di seguire la Figlia degli Uomini affinché la violazione del protocollo non desse troppo nell'occhio.

Una Fata dei Fiori, lunga meno di un dito, comparve dal nulla, ronzò con le sue ali da farfalla intorno alla testa di Yulivea, le tirò i capelli e le sussurrò qualcosa.

«Lascia stare. È sconveniente rovinare la festa».

«Signora, devi andare da Fenryl».

La maga indicò la rimessa, che sorgeva in diagonale di fronte al casotto. «Tutta la mia forza non è riuscita a svegliarlo. Per favore aiutalo».

«Questo non è il momento per...».

«Ma signora», la interruppe Yulivea, procurandosi una tirata di capelli ancora più vigorosa. «Non sarebbe bello se Fenryl fosse al tuo fianco per la cerimonia?».

Nel salone risuonarono alcuni squilli di tromba e i muggiti sordi dei corni da guerra del Drusna.

«Yulivea, so che cos'è capitato a Fenryl, ed era anche un mio amico fedele, ma...».

«No, non dirlo! Non *era*. *È!* Non appartiene al passato. È ancora vivo. Per favore...».

I corni e le trombe tacquero. Troppo presto. Per un attimo calò il silenzio. Ollowain cinse i fianchi della regina e la tirò a sé.

Echeggiò un grido.

I guerrieri si urlarono ordini a vicenda. Una giovane drusniana varcò la soglia e, pallida come un cencio, barcollò nella loro direzione.

«Proteggete la regina!» ordinò Ollowain, e la guardia del corpo si strinse intorno a Emerella. Il maestro spadaccino cercò di convincere la sovrana, ma quest'ultima si oppose. Yulivea non sentì che cosa si dicevano. Le urla diventarono sempre più forti. Gli ospiti si lanciarono verso la porta. Un bambino in lacrime vagava qua e là senza meta.

I mazzi di fiori si sparpagliarono sul pavimento.

La maga si mosse controcorrente. A un tratto Sigurd le sbarrò la strada.

«Non entrate, signora!».

«Che cos'è successo?».

L'uomo allargò le mani in un gesto impotente. Aveva gli occhi strabuzzati per il terrore.

«Là dentro c'è la morte», disse infine. «Ma solo per voi... Non so... Non entrate là dentro!».

Yulivea lo spinse via e si stupì che l'alto guerriero non opponesse resistenza. Scavalcò i fiori calpestati. Sul pavimento giaceva un mantello verde. La porta a battenti del salone era spalancata.

Roxanna era accanto al trono, circondata dalle guardie. La maga vide Brandax. Il coboldo sedeva sulla soglia e, ansimando come se avesse corso per un lungo tratto, teneva gli occhi puntati sulla sala. Yulivea seguì il suo sguardo e rimpianse di non aver ascoltato Sigurd.

38.
Il dono

«SAREI STATA DAVANTI AL TRONO con le fanciulle se tu non mi avessi fermata con le tue domande», disse Emerella con voce spenta.

Yulivea non riusciva a guardare in faccia le vergini. I loro vestiti erano candidi come gigli. Non vi erano ferite visibili.

Vi erano cadaveri ovunque. Tre troll, giganteschi e quasi insuperabili in battaglia, giacevano a terra, abbattuti da una forza che Yulivea aveva incontrato una sola volta.

«Non ho sentito nulla», affermò, sconcertata.

All'altra estremità della sala vi era un gruppo di coboldi. Da lontano assomigliavano a bambini morti. La morte improvvisa aveva colpito anche alcuni dei cavalieri neri di Tiranu. Un centauro era steso in una pozza di vino scuro. Teneva ancora in mano la coppa di stagno e il suo volto era contratto in una smorfia di terrore.

«È impossibile sentirla. Non è una magia come quella che conosciamo». Emerella si era ripresa. Anche se Ollowain cercava di trattenerla, entrò nel salone e si inginocchiò accanto alle fanciulle che l'avevano accompagnata. Rimase là a lungo, in silenzio. Quando alzò lo sguardo, emanava un'energia gelida che procurò un brivido a Yulivea.

«San Guillaume fu il primo a uccidere gli elfi in questo modo. Accadde ancora durante la Battaglia dei Tre re. Alcuni dei bastardi che il Devanthar generò tra gli esseri umani recano in sé il dono. Avevo sperato che non ne esistessero più, che i secoli avessero diluito il loro sangue e che questo maledetto dono fosse scomparso. I semi del male non moriranno mai?». La regina appariva amareggiata e decisa. La sua grazia era svanita. Quando si rialzò, i presenti percepirono il suo potere. «Era da tempo che non usavano quest'arma».

«Aspettavano l'occasione di incontrarti, signora», disse Ollowain. «Volevano che ci sentissimo al sicuro. Chiunque sia stato si trova tra i prigionieri là fuori. Avrebbero potuto farlo anche mentre venivamo qui. Se scagliato al momento giusto, l'incantesimo avrebbe ucciso così tante guardie che fuggire sarebbe stato un gioco da ragazzi. Ma volevano essere portati qui, perché sapevano che saresti arrivata. Hanno aspettato gli squilli di tromba. Devono aver creduto che fossi entrata nel salone».

«Ma perché noi siamo ancora vivi?» domandò Yulivea.

«Fortuna», rispose il maestro spadaccino. «Pura fortuna. Come un arco ha una distanza oltre la quale non riesce a colpire, questo incantesimo ha un limite oltre il quale la sua forza perde intensità».

«Ma allora sei in pericolo...».

«No, Yulivea. Non lo senti?».

La maga non sapeva a cosa si riferisse Emerella. Aveva paura di quell'arma inaspettata dei cavalieri. Ciò che vedeva la colmava di orrore. Non riusciva a capire come la regina potesse restare così calma di fronte a quella minaccia.

«Nel Mondo degli Uomini la magia è assai più debole che nella Terra degli Albi», spiegò la sovrana vedendo che Yulivea non rispondeva. «Tuttavia, è presente. Ma in questa stanza non più. Quando i poteri del Devanthar vengono usati, consumano la magia. Tolgono incanto a questo mondo. Ecco perché i Figli degli Albi sono morti qui. Siamo creature completamente imbevute di magia. Se qualcuno la distrugge, ci toglie la vita. Ciò non riguarda gli esseri umani. Possono essere nei paraggi quando moriamo, e non sentono nulla se non l'orrore provocato da una morte improvvisa e inattesa».

«Perché tolgono magia al mondo? E che cosa si può fare per fermarli?» chiese Yulivea, indignata.

Emerella lanciò a Ollowain un'occhiata che l'elfa non riuscì a decifrare.

«Molto tempo fa ho ordinato di uccidere il primo bastardo del Devanthar. Era nato dal legame tra il demone e la mia confidente Noroella. Un figlio generato mediante un perfido inganno, maledetto sin dall'istante in cui era stato concepito. Ho ordinato di uccidere un bambino innocente... Non era consapevole del suo dono. A differenza di suo padre. È questo il modo in cui il Devanthar ci fa la guerra. Noroella aveva nascosto il bambino nel Mondo degli Uomini. Era stato allevato da genitori sconosciuti e si chiamava Guillaume, lo stesso

Guillaume che oggi la Chiesa di Tjured venera come il suo santo più importante. Doveva morire. Alla fine i miei cacciatori l'hanno rintracciato, ma hanno esitato ad assassinarlo... Anzi, hanno persino cercato di salvarlo. Se avessero obbedito al mio ordine, tutto questo non sarebbe successo».

Ollowain rimase imperturbabile, come se la regina non avesse parlato con lui. «Che cosa ordini, signora?».

«Sei troppo cavaliere per fare ciò che è necessario». Emerella si guardò intorno, quindi indicò Brandax. «Lo farai tu. Prendi cinquanta balestrieri. Porta i cavalieri nel bosco a piccoli gruppi e uccidili. Rapidamente e senza inutili crudeltà».

«Sono davvero tutti colpevoli?» domandò Yulivea, sgomenta.

«Probabilmente il responsabile è solo uno», rispose Ollowain con amarezza. Gettò alla regina un'occhiata fredda e distante. «Forse non è neppure consapevole del suo potere. Solo i guaritori particolarmente dotati sono in grado di curare questo male. Sanno...».

«Hanno scelto bene il momento», lo interruppe Emerella. «Non essere sentimentale, Ollowain. Non è stata una coincidenza. Combattono con tutte le armi che hanno a disposizione. Se non riusciamo a distruggere i discendenti del Devanthar, annienteranno la Terra degli Albi. Grazie all'antica alleanza con la Terra del Fiordo non siamo soli in questa guerra. Combattiamo affinché anche il nostro mondo continui a esistere. Se la Terra del Fiordo cade, i sacerdoti di Tjured troveranno una strada per raggiungere la Terra degli Albi. I cavalieri dell'Ordine compiranno la maledizione del Devanthar senza sapere nemmeno per chi combattono in realtà. Se ci mostriamo deboli, se commettiamo anche un solo errore, la sua missione si concluderà entro breve. Si avvicina il momento in cui si deciderà il destino del Mondo degli Uomini e della Terra degli Albi. Dobbiamo rafforzare la Terra del Fiordo dove possibile. Ecco perché dobbiamo ritrovare Gishilde. È l'ultima rappresentante della dinastia dell'antenato Mandred. L'oracolo di Telmarea ha profetizzato che, quando non vi sarà più nessuno della sua stirpe a camminare spedito sulle spiagge ghiaiose di Firnstayn, la Terra del Fiordo capitolerà. Per impedirlo, combatterò qualsiasi battaglia! Non condanno a morte gli innocenti a cuor leggero...». Tacque e guardò le fanciulle elfiche, quindi si rivolse a Yulivea.

«Sai che non si può più fare nulla per Fenryl?».

«No!» protestò la maga. «È ancora vivo. È...».

«Ma mi hanno detto che il legame con Occhio d'Inverno si è spezzato».

«Sì, ma...».

«No, Yulivea. Niente ma. Per Fenryl non vi è più speranza. Sapeva che cosa gli sarebbe accaduto se la poiana codabianca fosse morta mentre volavano insieme. Ti seguirò solo perché le tue preghiere in suo favore mi hanno salvato la vita. Ma non illuderti. Se Occhio d'Inverno è morto, nemmeno il potere della mia Pietra Albica riuscirà a portarlo indietro».

39.
Un'anima smarrita

Silwyna si premette contro il muro. Il soldato di guardia le passò così vicino che avrebbe potuto toccarla allungando il braccio, ma teneva la testa bassa per proteggersi dalla pioggia gelida.

La bufera era il suo miglior alleato. E anche l'unico! L'elfa strisciò da una nicchia all'altra, sfruttando ogni copertura. Sul camminamento comparve un'altra guardia. Silwyna si accovacciò all'ombra di una statua. Aveva sperato che i soldati restassero più a lungo vicino ai fuochi nelle torrette agli angoli delle mura fortificate. Questi, tuttavia, fecero il loro dovere.

La presenza di tutte quelle sentinelle la riempì di segreto compiacimento. Erano sicuramente fastidiose, ma dimostravano anche quanto fosse profonda la paura dei principi della Chiesa.

Là, nel cuore di Aniscans, a centinaia di miglia dal Drusna e dalla Terra del Fiordo, si erano circondati di innumerevoli guardie. Non temevano certamente il loro popolo, bensì i Figli della Terra degli Albi. I secoli avevano insegnato agli eptarchi quanto potesse essere pericoloso anche un solo guerriero elfico.

Scivolò nella rientranza successiva e si fermò di

nuovo. Aveva viaggiato per più di quattro lune ed era arrivata in città da tre settimane. Si era tolta i vestiti color zafferano del ceto malfamato per percorrere liberamente le strade come una donna umana, e di tanto in tanto aveva dovuto sostenere le sue affermazioni con i gesti per non dare nell'occhio. Si era avvicinata agli esseri umani come nessun'altra elfa prima di lei. Le prime volte era stato spaventoso. Aveva quasi ucciso un uomo che aveva creduto di poter allungare le mani. Ma non doveva attirare l'attenzione. Come nei boschi si fondeva con le ombre, doveva fondersi con gli esseri umani per passare inosservata. Si era inventata un nome falso e aveva acquistato abiti nuovi. Quando si stendeva su un giaciglio sudicio o in un vicolo per seguire indisturbata le tracce di Gishilde, si trasformava in un'altra persona. Quella non era Silwyna. Si chiamava Mirella. E quando si toglieva gli indumenti zafferano e si lavava, Mirella smetteva di esistere.

Aveva imparato molte cose sui Figli degli Uomini, stupendosi soprattutto del fatto che non temessero la Chiesa. Anzi, le erano devoti e la consideravano un sostegno nella vita. Si era accorta di non avere un simile sostegno. La sua esistenza non aveva più uno scopo da molto tempo, da secoli e secoli. Le cose erano cambiate solo quando Emerella l'aveva mandata da Gishilde. Quello che all'inizio era stato un fardello, poi l'aveva riempita come nulla era riuscito a fare da quando Alfadas era morto nell'ultima guerra contro i troll.

Aveva giurato a se stessa che avrebbe sopportato qualsiasi cosa pur di ritrovare Gishilde. Indossare i vestiti giallo zafferano era la sua penitenza. Quella notte non avrebbe dovuto lasciare il villaggio. Si sarebbe sicuramente accorta che la principessa si era allontanata.

Si era affezionata alla bambina. Gishilde era quasi una pronipote lontana. A volte Silwyna aveva avuto l'impressione di riconoscere i lineamenti di Alfadas sul suo volto. Naturalmente era un'assurdità. Gishilde era nata un millennio dopo di lui! Tuttavia l'elfa non riusciva a scacciare quel pensiero, che le suscitava una sensazione sconosciuta. Una sensazione che accantonava semplicemente la fredda logica e le colmava gli occhi di lacrime.

Passò un'altra guardia e Silwyna ne approfittò per avanzare di un tratto. La pioggia le sferzava il volto, lavando via le lacrime. Non era il luogo adatto per abbandonarsi ai sentimentalismi! Ancora qualche passo... Poi avrebbe avuto la certezza che le voci giunte alle sue orecchie erano solo menzogne. La principessa non era morta! Erano solo dicerie per scoraggiare gli inseguitori. Si mormorava che fosse stata sepolta laggiù due lune addietro.

L'elfa aveva seguito le storie da Paulsburg. Dapprima aveva perso le tracce della bambina, ma poi la ricerca l'aveva condotta ad Aniscans, nel cuore dell'immenso regno dei sacerdoti. La città in cui Alfadas aveva assistito alla morte di san Guillaume. Il luogo in cui la Chiesa di Tjured era più potente.

Silwyna aveva visto la tomba dell'uomo che era stato mezzo elfo e mezzo demone. E la Chiesa l'aveva scelto come suo santo più rappresentativo. Il Mondo degli Uomini era impazzito! Gli esseri umani avevano semplicemente un'esistenza troppo breve. Bastava qualche secolo affinché anche le menzogne più spudorate venissero date per buone. Gli uomini erano bravi a mentire. Gishilde non era morta! Non poteva essere! Era impossibile. L'elfa sentiva che era ancora in vita. Tuttavia era venuta a vedere la sua tomba. Là avrebbe smascherato le menzogne.

Vide alcune scintille che si alzavano oltre l'arco della torre di guardia più vicina. Un soldato aveva gettato un ciocco nel braciere. Gli uomini tenevano le mani sopra le fiamme. Il vento settentrionale spingeva la pioggia ghiacciata contro il muro. Silwyna guardò in alto. Perché dovevano costruire le tombe sulle torri? Conosceva la risposta a quella domanda. Quei pazzi credevano che così i defunti si trovassero più vicini al cielo. Gli esseri umani erano davvero folli, tutti quanti!

Le sue dita snelle tastarono le pietre lisce. Le fughe erano abbastanza larghe per offrirle un appoggio. Si sarebbe dovuta arrampicare per più di venti passi. E nessuna sentinella avrebbe dovuto alzare lo sguardo. Sul muro non vi era alcuna copertura. Ma alzare lo sguardo avrebbe significato esporre il viso alla pioggia. Non l'avrebbero fatto. Silwyna li osservava da più di mezz'ora e nessuno aveva guardato insù. Se non avesse prodotto rumori sospetti, sarebbe stata al sicuro finché avesse continuato a piovere.

Si era protetta dal freddo della notte con un incantesimo, ma le gocce ghiacciavano sul suo mantello, rendendolo rigido e pesante. Un'ultima occhiata alle guardie, poi cominciò a salire. Superò una fila di pietre dopo l'altra. Sentì l'acqua che scorreva giù per il muro, sempre più abbondante. Trovare un appiglio diventò sempre più difficile. Non vi sarebbe riuscita a lungo.

Silwyna raddoppiò gli sforzi, ma non poteva permettersi di essere frettolosa e sconsiderata. Una presa sbagliata avrebbe potuto significare la morte. Più in alto si innalzava una larga cornice ornamentale. Sollevata all'idea di fare una breve sosta, si issò sulla sporgenza e scrutò i volti di pietra dei soldati che decoravano la torre all'interno di un grande fregio.

Si guardò le mani indolenzite. Il sangue scuro le usciva da sotto le unghie spezzate e si mescolava all'acqua piovana. Era a poco più di metà strada. Grazie alla magia poteva tenere lontano il freddo, ma non il dolore. La pioggia ghiacciata cominciava a sigillare le fughe tra le pietre. Affrontare l'ultimo tratto era un azzardo. E non poteva più aspettare. L'arrampicata diventava ogni minuto più pericolosa. Si massaggiò le dita. Solo per un istante. Poi si infilò sottili guanti di cuoio senza dita dotati di una serie di punte d'acciaio. Così avrebbe trovato un appiglio sul ghiaccio. Si allungò e rilassò i muscoli che si erano contratti a causa della posizione scomoda.

Guardò su. Il ghiaccio bagnato conferiva al muro uno splendore solenne. Al pianterreno della gigantesca costruzione vi era una guardia permanente. *Gli esseri umani sono folli,* pensò di nuovo. Facevano sorvegliare persino le tombe. A chi interessavano i morti? Anche se erano principi della Chiesa e presunti santi. E perché avevano portato laggiù una principessa pagana? Avevano forse nascosto il suo cadavere tra i santi per farlo sparire senza lasciare traccia? Gishilde era davvero lassù? Oppure era tutta una messinscena?

Riprese ad arrampicarsi con decisione e senza nemmeno voltarsi indietro. Il ghiaccio scricchiolò e si scheggiò quando l'elfa conficcò gli spuntoni nel muro. La pioggia si era trasformata in neve che si raccoglieva sulle sue spalle. Le punte ghiacciate dei capelli le graffiavano le guance. Ancora qualche passo! I muscoli le bruciavano, le dita erano piene di escoriazioni. Il dolore era forte, ma lo scacciò dai suoi pensieri.

Sulla balaustra più in alto vi erano statue di santi a grandezza naturale, intente a guardare la città con espressione seria. Più in là spuntavano le sagome delle colonne scanalate che sostenevano la cupola dorata sopra il mausoleo.

Silwyna afferrò la balaustra e si issò con cautela, senza rovinare la coltre di neve fresca. Si guardò intorno con diffidenza. Lassù non vi erano guardie. I morti e le statue erano soli. Era esausta, ma non poteva ancora riposarsi.

Era una cacciatrice, cresciuta nei gelidi boschi ai piedi del Capo degli Albi. Sapeva camminare sulla neve senza lasciare impronte. Era poco più di un'ombra che scompariva tra le colonne.

Aveva girato intorno a metà della cupola quando si imbatté in una porta di bronzo che cominciava a tingersi di verde. Una larga striscia di luce arancione cadeva sulla neve: la porta era socchiusa come se qualcuno fosse appena salito sull'ampia terrazza in cima alla torre.

La maurawana si bloccò e tese le orecchie per udire eventuali passi sulla neve. Silenzio. Non si vedevano orme. Gli unici a guardarla quando si piegò per superare l'uscio furono i santi di pietra. Sul bordo superiore del battente era incassata una sbarra di ferro arrugginita che impediva di chiudere l'uscio.

A cosa serviva una porta che non si poteva chiudere?

Sul lato interno, un rilievo raffigurava una colomba che, con le ali spiegate, volava verso un sole stilizzato. Si voleva forse che le anime dei defunti avessero una strada per raggiungere il cielo? Si voltò. Chissà che cosa frullava nella mente dei Figli degli Uomini.

Il mausoleo era un'ampia stanza circolare. Alcuni sarcofagi di pietra formavano un doppio cerchio. Erano di una sobrietà sublime, senza fronzoli o svolazzi. Alcune fiamme ardevano in sfere di spesso vetro arancione nelle nicchie lungo la parete. L'aria odorava di olio, fuliggine, polvere e morte.

Esausta, si accovacciò dietro un sarcofago e si tolse i guanti. La forza della magia le affluì nei polpastrelli scorticati. Si rilassò. Lassù era al sicuro. Vi erano solo lei e i morti. Dimenticò la neve e il ghiaccio e, per attenuare il dolore della guarigione, ripensò al suo lungo viaggio.

Gishilde era stata portata via da Paulsburg con un'intera flotta, ma le sue tracce finivano là. Il tragitto da Paulsburg a Vilussa era breve, ma le navi non erano mai arrivate laggiù sebbene il vento fosse stato favorevole e in quel periodo non fossero scoppiate burrasche.

Per molto tempo Silwyna non era riuscita a scoprire la destinazione segreta della flotta. Le navi erano semplicemente sparite. Alla fine il reggente era tornato a Vilussa via terra, ma non aveva avuto modo di avvicinarlo. Per vie traverse e da fonte indiretta aveva saputo che i cavalieri dell'Albero di Cenere l'avevano aiutato a liberare una bambina rapita. E si diceva che quest'ultima fosse stata mandata a Marcilla con le galee per poi essere trasferita ad Aniscans.

Silwyna era partita subito per la capitale nemica. Ad Aniscans aveva sentito parlare di una carrozza dai finestrini coperti, scortata da cavalieri dell'Albero di Cenere e dell'Albero di Sangue. Circolavano solo voci sulla persona che era stata condotta con il veicolo regale nel cuore della città, dietro le mura che celavano i palazzi dei principi della Chiesa. Nel luogo in cui si trovava l'Albero di Cenere presso il quale era morto san Guillaume.

I comuni mortali avevano accesso a quella zona solo nei giorni di festa solenne. E anche in quel caso i cavalieri dell'Albero di Cenere e i soldati scelti sorvegliavano ogni loro passo. Ciò che accadeva nel centro della città era un mistero per gli abitanti di Aniscans. Attraverso le porte dorate dei muri di marmo alti quaranta piedi filtravano solo voci. Silwyna aveva impiegato tre settimane per scoprire che, a quanto pareva, una bambina pagana era stata sepolta sulla torre funeraria. Si mormorava che il suo cadavere fosse stato portato lassù nella massima segretezza. Gliel'aveva raccontato un saponiere puzzolente d'acqua di rose, il cui fratello faceva il sacerdote e lo scalpellino nel cuore della città e ogni tanto tornava a casa per fare visita alla famiglia. Silwyna aveva sospettato che l'uomo avrebbe detto qualsiasi cosa pur di scoparla ancora. Quella era la sua unica traccia. Una storia che non poteva essere vera.

L'elfa non sapeva tuttavia dove altro cercare. Doveva trovare delle prove certe. Il muro che circondava il centro della città era lungo sette miglia. Vi erano dozzine di torri e palazzi. Centinaia di case in cui vivevano gli artigiani-sacerdoti. Era una città nella città. E Silwyna non poteva andarsene in giro senza dare nell'occhio. Non poteva spacciarsi per una prostituta né per una sacerdotessa, perché le religiose non velavano il capo. Se avesse vestito i panni di una di loro, le orecchie appuntite l'avrebbero tradita. Quando si calava nel ruolo di Mirella, le nascondeva sotto una larga striscia di tessuto colorato. Baciava i clienti, vendeva il suo corpo per qualche moneta, ma nessuno doveva toccare la fascia. Chi infrangeva quella regola ferrea veniva cacciato via.

Si guardò le mani. Le ferite si erano rimarginate. Si alzò e osservò i sarcofagi. Per quanto quella pista fosse labile, aveva bisogno di certezze.

Aveva trovato i capelli di Gishilde in un immondezzaio nei pressi di Paulsburg. Li aveva riconosciuti dall'odore. Gli altri elfi, che vivevano in città e palazzi, canzonavano spesso i maurawani per le loro capacità. Questi ultimi riuscivano a fiutare una scia di sudore come lupi. Chi viveva nella foresta doveva saper usare tutti i sensi! I capelli di Gishilde odoravano di sangue. Che cosa le avevano fatto i cavalieri?

Passò da una bara all'altra. I nomi erano incisi nelle pietre bianche. Nomi da tutte le province. Chi seguiva Tjured veniva accolto in seno alla Chiesa a prescindere da dove fosse nato. Quanti nomi! Ma quello di Gishilde non c'era.

Al centro della camera funeraria si spalancava un'apertura a forma di mezzaluna. Una scala a chiocciola scendeva nelle viscere della torre. L'aria era intrisa di incenso. Su ogni gradino vi era una luce protetta da un vetro arancione.

Benché Silwyna non credesse nell'unico dio né in nessun'altra divinità, non riuscì a sottrarsi del tutto all'opprimente solennità di quel luogo. Da qualche parte, nelle profondità della torre, un cantore alzò la voce. Il canto era un lamento funebre. Parlava di san Guillaume, cui gli Altri avevano strappato la vita anzitempo.

Come possono essere belle le menzogne, pensò la maurawana. Quindi imboccò la scala, che sbucava in un'altra cripta circolare e da là scendeva ancora. L'elfa esaminò una bara dopo l'altra. Gishilde non c'era. Dunque aveva davvero seguito la pista sbagliata. Provò un enorme sollievo.

Quando tornò verso la scala, che si avvitava in spirali di marmo attraverso le camere funerarie, il cantore tacque. Silwyna si paralizzò. Era impossibile che l'avesse sentita. Nessuno sentiva una maurawana a meno che non fosse lei a volerlo! Doveva essere stata una coincidenza!

Continuò a scendere, seguitando a leggere i nomi sotto la luce calda. E poi trovò ciò che non avrebbe voluto trovare.

GISHILDE GUNNARSDOTTIR
UN'ANIMA SMARRITA

Rimase immobile a lungo, fissando le due righe incise nella pietra. Non poteva essere vero. Non poteva finire così!

Posò la destra sul coperchio del sarcofago. Chiuse gli occhi e si concentrò. Quindi pronunciò una parola di potere, ma la lastra non si mosse.

Riprovò e represse la rabbia che la deconcentrava, ma non riuscì a spostare la pesante pietra. Aveva temuto che sarebbe accaduta una cosa simile. I sacerdoti avevano imparato molte cose. Ormai sapevano anche individuare e chiudere le Stelle Albiche. Nessuno era in grado di spiegare come facessero. La magia della Terra degli Albi non funzionava più nemmeno là dentro, in quella torre mortuaria.

Sfoderò il coltello da caccia e infilò la lama nella fessura sotto il coperchio massiccio. L'elfa spinse la lastra con tutte le sue forze e la lastra si mosse con lentezza infinita. Il cigolio echeggiò tra le pareti della cripta. Il rumore l'avrebbe tradita. Doveva sbrigarsi!

Finalmente lo spiraglio si allargò abbastanza da permetterle di guardare dentro. Ora avrebbe saputo la verità! Avrebbe... No! Nel sarcofago vi era una bara rivestita di opaca lamiera di piombo. Avrebbe impiegato un'ora o più per ottenere le informazioni che cercava. Posò il capo sul marmo lucido con un sospiro esausto. Poi risuonarono dei passi.

Il pugnale di Silwyna era conficcato tra le pietre, e l'elfa aveva lasciato l'arco e la spada in un nascondiglio sicuro per non essere intralciata da una zavorra inutile durante l'arrampicata.

«Chi è là?». La voce veniva dalla scala. Era quella del cantore.

Silwyna si bloccò. Non avrebbe avuto bisogno di armi per uccidere un solo uomo. Ma che cosa sarebbe successo se vi fossero stati altri sacerdoti?

Nel silenzio della cripta i passi sui gradini avevano un'intensità innaturale. Erano passi prudenti. Decisi, ma un poco esitanti. Comparve la testa del cantore. Spuntò all'improvviso dal pavimento, nel punto in cui la scala riprendeva a scendere dal centro della stanza.

«Chi è là?» ripeté il sacerdote.

Dev'essere solo, pensò Silwyna. *Altrimenti le guardie avrebbero già reagito alle sue urla*. I capelli biondi e ricciuti gli ricadevano sulle spalle. Era poco più di un ragazzo. Aveva un viso grazioso e regolare ed era pallido come se non lasciasse mai la torre funeraria. Le labbra piene e sensuali erano l'unica macchia di colore sul suo volto. L'elfa esitò. Sì, aveva visto bene: gli occhi del giovane sembravano di marmo. Due sfere bianche e morte che non gli avrebbero rivelato chi gli stava davanti.

Per un attimo Silwyna lo compatì. Il suo dio era stato così generoso con lui. Gli aveva donato una magnifica figura (per un Figlio degli Uomini) e una voce capace di toccare qualsiasi cuore, ma il sacerdote non avrebbe mai visto quanto i suoi canti commuovessero gli ascoltatori.

L'uomo passò dall'ultimo scalino all'ampio cerchio della sala. Alle sue spalle la scala si innalzava come una colonna bizzarra. La stoffa della larga tunica celeste frusciò leggermente.

Silwyna escogitò un piano audace. Con molta probabilità ciò che aveva in mente avrebbe significato la morte per il giovane, ma ogni sacerdote morto non era forse una piccola vittoria per la Terra degli Albi?

«Non immagini proprio chi sia arrivato?».

La testa dell'altro si girò nella sua direzione.

«Chi può essere entrato senza superare le guardie davanti alla porta?». L'elfa parlava piano. Era consapevole del suo accento marcato, ma forse quello era solo un altro punto di forza?

Il sacerdote si fermò. Silwyna vide che gli tremavano le mani e che apriva e chiudeva la bocca come un pesce nella cesta di vimini del pescatore.

«Sei resuscitata», balbettò alla fine.

L'elfa tentennò. Voleva spaventarlo a morte. Voleva sottometterlo completamente. Doveva osare di più.

«Non hanno superato le guardie anche i defunti?».

«Chi sei?». Ora il giovane tremava più forte. «Non sei un essere umano, vero? La tua voce... È così strana. Così piena di promesse e misteri...».

«Mi hanno mandata a prendere l'anima di una principessa pagana».

L'elfa parlava in tono sostenuto e solenne. Dovette controllarsi affinché la sua voce non assumesse una nota cinica.

«Anche lei dev'essere salvata».

L'altro trasse un profondo sospiro e si inginocchiò. «Sei Handan, la Misericordiosa. La santa dei Tearagi. La patrona delle anime smarrite».

Sollevò le braccia verso la volta a crociera che copriva la cripta.

«Per favore perdonami, Tjured, per non aver riconosciuto la tua messaggera».

I suoi occhi morti e inquietanti si puntarono su Silwyna.

«Vorrei poterti vedere. Ma...». Singhiozzò. «La mia fede è debole... Avrei dovuto saperlo...».

«Non sentirti mortificato».

A un tratto l'elfa si pentì di averlo sfruttato.

«Ascoltiamo con gioia il tuo canto».

«Udite la mia voce?».

Il volto del giovane si illuminò tra le lacrime-

«Udiamo qualunque voce si levi in lode a Tjured».

Il sacerdote si piegò fino a toccare il pavimento di marmo con la fronte.

«Tu mi riempi il cuore di felicità, Misericordiosa. Sono il suo più umile servitore. Tormentato da dubbi e pensieri meschini».

«Sei stato scelto per aiutarmi. Apriremo la tomba della principessa».

L'altro alzò lo sguardo. Aveva ancora le guance rigate di lacrime.

«Sai perché dobbiamo farlo?». Silwyna non aveva idea di cosa raccontargli per convincerlo e sperava ardentemente che la fede ingenua lo inducesse a seguirla.

«Perché la sua anima è intrappolata nel piombo?».

«Esatto!».

L'elfa non riuscì a trattenere un sorriso. Talvolta era così facile trattare con i Figli degli Uomini.

«Ora alzati! E avvicinati al sarcofago, perché nessuna anima è smarrita dinanzi alla misericordia di Tjured. Nemmeno se questa condanna è incisa nella pietra».

Notò che quelle parole l'avevano turbato. Il giovane si avvicinò alla bara con le spalle ciondolanti. Trasalì quando l'elfa lo toccò e gli posò le mani sulla pesante lastra di pietra. Silwyna vide che allargava le narici e cercava di aspirare il suo odore.

Spostarono il coperchio finché il sarcofago fu mezzo aperto. Silwyna entrò nella tomba. Prese il pugnale e frantumò la lamiera costellata di simboli. Sotto il piombo si cominciò a intravedere il legno. Se non altro i sacerdoti avevano fatto costruire una bara degna di una principessa. Sul coperchio era incisa una quercia con una larga chioma. Non era un albero morto o bruciato, bensì rigoglioso. Lo stemma della bandiera reale della Terra del Fiordo.

L'elfa cercò di resistere al vortice di emozioni suscitate dalla vista dello stemma. Non poteva essere! Gishilde era viva! Non era morta da sola, circondata solo da nemici.

Furibonda, accantonò le ultime lamiere e conficcò il pugnale nella stretta fessura sotto la lastra. I chiodi cigolarono nel legno quando usò l'arma a mo' di leva.

«Misericordiosa?».

Gli occhi ciechi la guardarono. Erano sinistri. Silwyna non sopportava più la presenza del cantore. Era stato uno strumento, come il pugnale che aveva aperto la bara.

Spinse via il coperchio con lo stemma reale. *È tutta una messinscena*, pensò.

La bara, tuttavia, non era vuota. L'elfa scrutò il volto scuro e scavato di una ragazzina. Il cadavere non si era decomposto. Si era essiccato e conservato. Ma era difficile riconoscere i tratti di Gishilde in quel volto. La morte li aveva trasformati.

Silwyna tastò con prudenza i corti capelli biondo rossiccio. La bambina aveva vissuto ancora per qualche settimana dopo che l'avevano rasata a Paulsburg.

L'elfa trasse un profondo respiro. Le avevano infilato una camicia delicata. Un colletto di pizzo pregiato attorniava il collo scuro, e le mani erano giunte sul petto.

Cercò disperatamente la prova che non fosse Gishilde. Qualcosa di immutabile. L'odore della vita si era dissolto da tempo. Le serviva...

«Misericordiosa?».

L'elfa non degnò il sacerdote nemmeno di un'occhiata. Vi era qualcosa... Si chinò e prese con cautela le mani della defunta. La carne raggrinzita era fredda. Quel gelo le penetrò nel cuore. Staccò le mani l'una dall'altra tra gli schiocchi delle articolazioni. Un rapido taglio recise i legacci sul petto. Quindi vide la ferita. Si trovava nel punto in cui era stata bucata la camicia che aveva trovato vicino al Boschetto dei Defunti. La camicia che aveva regalato a Gishilde. Evidentemente lo squarcio non si era rimarginato. Il becchino si era preso la briga di nasconderla con un poco di belletto.

Silwyna notò una seconda macchia di belletto, un poco a sinistra rispetto alla ferita. La strofinò. Una pasta secca si sbriciolò sotto i suoi polpastrelli e rivelò un foro delle dimensioni di un pollice, attorniato da una corona scura. Una ferita d'arma da sparo, esplosa da una distanza ravvicinata. Qualcuno aveva riempito il buco di lino per camuffarlo.

Le sembrò di soffocare. Si sentì pervadere da un dolore furioso e incontrollabile. Avrebbe voluto gridare! Avrebbe voluto prendere a pugni il sacerdote.

Il Figlio degli Uomini la guardò. Tremava. Aveva forse intuito i suoi sentimenti? Aprì la bocca e cominciò a cantare. Prima piano, poi la sua voce prese forza e riempì l'ampia sala. Aveva intonato un canto funebre.

La voce placò la tempesta di emozioni di Silwyna. Incrociò delicatamente le mani della defunta e le guardò a lungo. Accarezzò con tristezza i capelli corti. Quindi si chinò e le sfiorò la fronte con un bacio.

Indietreggiò senza proferire parola. Il vento sferzava ancora la torre. L'aria gelida era piena di neve vorticante. L'elfa non lasciò alcuna traccia. Nessuno avrebbe saputo dire con certezza se Handan la Misericordiosa fosse venuta davvero a prendere un'anima smarrita.

40.
Hai giurato

«Hai giurato di tenere i tuoi fratelli e le tue sorelle lontano dai guai.

L'imputata annuisce. Dice a voce bassa: Sì, è stato questo lo scopo di tutte le mie azioni.

Perché hai rinunciato alla carica di commendataria del Drusna?

Imputata: Perché non volevo che quella carica venisse macchiata dalla mia condotta. Speravo che l'Ordine sarebbe riuscito a prendere le distanze da me qualora le mie azioni successive gli arrecassero un danno.

Hai dimenticato il giuramento che ci lega tutti? Come potremmo prendere le distanze da te senza tradire i nostri ideali!

Imputata: Avreste potuto dire che ero stata traviata dagli Altri. Le leggi dell'Ordine non sono più valide per chi segue gli Altri. È scritto negli...

Sorella, conosciamo gli statuti del nostro Ordine.

L'imputata abbassa la testa: Naturalmente.

Come giustifichi il fatto di aver versato così tanto sangue per una principessa pagana che non aveva mai servito la nostra causa?

Imputata: Non immaginavo che cosa sarebbe accaduto.

Come hai potuto affidarla a un confratello in dubbie condizioni di salute mentale?

Imputata: Credevo fosse al sicuro.

Con un pazzo?

Imputata: Pensavo...

Hai pensato davvero, sorella? Le tue azioni non danno questa impressione. Le tue azioni hanno esacerbato l'ostilità tra l'Albero di Sangue e l'Albero di Cenere. Essendo commendataria, sapevi quanto la Chiesa fosse vicina allo scisma in quel periodo. Come hai potuto agire in modo tanto irresponsabile?

Imputata: Speravo di condurre la guerra contro i pagani a una fine incruenta. Ho sacrificato volontariamente cento vite per salvarne migliaia, ho...

(Si alzano forti grida dalle file delle cavaliere e dei cavalieri che assistono al processo. Il maresciallo dell'Ordine minaccia di far sgomberare l'aula).

Imputata: A prescindere dall'esito delle mie azioni, ho sempre agito con i migliori propositi.

(Altre grida).

Definiresti un successo il rapimento della principessa Gishilde Gunnarsdottir?

Imputata: No, ma era impossibile prevedere che un confratello ci avrebbe traditi e...

Non parlare degli errori altrui! Non è stato forse un tuo errore fidarti di quel confratello e affidargli una simile responsabilità?

L'imputata annuisce ancora: Certo, è stato un mio errore.

Sai quale punizione prevedono le regole per gli errori

che mettono in pericolo l'esistenza dell'Ordine come hanno fatto i tuoi?

Imputata: Ma persino l'ultimo del novizio deve prendere coraggiosamente la parola contro colui che è stato fuorviato e ha messo in pericolo l'Ordine. E il fuorviato dev'essere rinchiuso in una bara di piombo prima che la vita lo abbandoni, affinché la sua anima non trovi mai la via verso la luce e la pace e affinché non vaghi qua e là disturbando la pace dei vivi.

(Annotazione al protocollo: l'imputata ha citato correttamente l'articolo CXXV del regolamento dell'Ordine)...».

Tratto dal protocollo della
Corte d'onore che dovette giudicare
le colpe della cavalleressa Lilianne de Droy,
Pagina VII ss.
Dal verbale del secondo giorno di udienza,
fissato per il terzo giorno dopo il
solstizio d'inverno, nel primo anno
della pace divina

41.
Valloncour

LUC, AGITATO, andava su e giù per il castello di prua della *San Clemens*. Il mare gorgogliava e sibilava tutt'intorno, soffiando verso il cielo un odore di marcio e zolfo. Ormai non gli faceva più paura. A tribordo si scorgevano scogli neri. A babordo era possibile solo immaginarli nella nebbia maleodorante. Il bambino sentiva che i vogatori dovevano combattere contro la corrente dell'alta marea.

Dell'imponente flottiglia formata da diciassette navi si distingueva solo il galeone *San Gilles*. Era alle loro spalle e avanzava a fatica come la *San Clemens*. Luc vide gli altri fanciulli e fanciulle sul castello di prua. Con loro vi erano tre cavalieri.

«Perché non siamo saliti a bordo della *San Gilles*?».

Michelle sospirò. «Te l'ho già spiegato tre volte. Non c'era più posto».

Luc sapeva che su un galeone non si alloggiava in una cabina, bensì sul ponte. E vedeva che sulla *San Gilles* vi sarebbe stato posto per altri due passeggeri.

Temeva segretamente che la cavalleressa volesse tenerlo lontano dagli altri novizi. Probabilmente si vergognava di lui. Non si era più sentita legata al bambino come nel pomeriggio in cui si erano sdraiati sul bordo del pozzo.

Gli voleva ancora bene, Luc lo sentiva. Ma dopo l'incontro con il coboldo dalla testa volpina e il sacrificio alla donna bianca, tra loro si era spalancato un abisso che il ragazzo non era riuscito a colmare. Tuttavia, l'ultimo anno era stato il migliore della sua vita, ad eccezione delle ore dedicate allo studio dell'alfabeto e della matematica. Michelle gli aveva insegnato a sparare e tirare di scherma. Sapeva nuotare ed era diventato molto più robusto. La spada a striscia di suo padre era ancora troppo grande per lui, ma riteneva che avrebbe imparato a maneggiarla prima del suo quattordicesimo onomastico.

Michelle era severa ma giusta. Tuttavia, tra loro vi era qualcosa di cui non voleva parlare. E quello era anche il motivo per cui Luc non poteva viaggiare sulla nave con gli altri novizi. Aveva la sgradevole sensazione che lo aspettasse una prova, qualcosa che Michelle non poteva o non voleva fare e cui non l'aveva preparato.

Fece un altro giro sul castello. Poi abbassò lo sguardo sui remi. Si muovevano a un ritmo lento e tenevano ferma la *San Clemens*.

Il mattino precedente la flotta si era imbattuta nel labirinto di scogli e isolotti. Nessuno sano di mente pilotava una nave in acque come quelle. Luc era impaurito come un topo; i marinai l'avevano capito fin troppo chiaramente e l'avevano canzonato. Ma persino lui sapeva che quelle acque non erano adatte a navi così grandi. Là potevano circolare tutt'al più i pescherecci!

A un tratto, nella nebbia brillò un'intensa luce blu,

una fiamma chiara che squarciò il velo di bruma. Quasi subito si udì un rapido rullo di tamburi.

Il timoniere e il capitano della *San Clemens* urlarono ordini. Luc vide i vogatori del galeone infilarsi tra i denti pezzi di legno che pendevano loro da cinghie di cuoio intorno al collo. La velocità aumentò. Centocinquanta corpi madidi di sudore si piegavano contemporaneamente avanti e indietro. La nave snella si mosse e superò il risucchio della corrente.

Due boe segnaletiche comparvero nel bianco del velo di nebbia, luci arancioni che ondeggiavano dolcemente al ritmo delle onde. La *San Clemens* puntò in quella direzione. Il capitano del galeone si affrettò sulla passerella verso il castello, accennandogli un sorriso. Quindi si mise al suo fianco e fece un cenno al timoniere.

«Un nodo a babordo!».

«Un nodo a babordo!» confermò la figura massiccia dietro il timone.

Il capitano sembrava teso. Le rughe sul suo volto erano diventate più profonde. *Assomiglia a un falco,* pensò Luc.

Il galeone virò leggermente e si diresse tra le due boe. Lo sperone di bronzo solcò il mare scuro. Il bambino vide scogli indistinti che spuntavano dall'acqua come zanne avide.

Guardò Michelle. Era appoggiata al parapetto e sembrava assolutamente impassibile. Come poteva restare così calma mentre il capitano era preoccupato?

«Uno!».

Lo sperone superò la linea invisibile tra le boe.

«Due!». Il capitano contava i colpi di remo. «Tre!».

Dalla nebbia sbucò una roccia nera e ripida, pericolosamente vicina.

Il capitano, nervoso, tamburellava con le dita sul parapetto. I suoi occhi erano ridotti a fessure. Scrutava il bianco turbinante. A tratti si scorgeva la sagoma di una nave una cinquantina di passi più in là. *Pericolosamente vicina*, pensò Luc.

L'acqua scura schiumava rumoreggiando a tribordo. Un vapore caldo saliva e diffondeva un rivoltante tanfo di uova marce.

Il bambino prese il colletto della camicia e se lo tirò davanti al naso, trattenendo il fiato.

«Ventisette!» urlò il capitano, strascicando la parola. «Tre nodi a tribordo!».

Il timoniere girò l'enorme ruota di legno. Michelle aveva spiegato a Luc che quei timoni erano una novità. Avevano sostituito le lunghe leve di legno con cui si manovrava il timone di poppa.

Il bambino non si sentiva rassicurato all'idea di fare affidamento su qualcosa di nuovo quando la nave vagava quasi alla cieca in quel sinistro labirinto roccioso. E a una velocità che aumentava a ogni colpo di remo.

Una raffica di vento squarciò il velo di bruma, mostrando chiaramente la poppa rossa e oro del galeone là davanti. La nave superò due boe luminose e si inclinò a tribordo.

Il capitano aveva smesso di contare mentre anche la *San Clemens* si dirigeva da quella parte. «Qui tra gli scogli l'alta marea è di quasi nove passi». Indicò un punto poco sotto l'intersezione tra il pennone obliquo e l'albero maestro. «Il mare sale e scende tanto così. Presto raggiungeremo il livello più alto. Ora centinaia di scogli sono coperti dall'acqua. Una nave di queste dimensioni ha a disposizione solo tre ore per attraversare questo tratto, e in queste tre ore è necessario raggiungere il porto. Vi sono pochissimi punti in cui, anche durante la bassa marea, l'acqua è così profonda da impedire agli scogli di danneggiare lo scafo. La forza delle maree farebbe girare la *San Clemens* come una trottola. Nemmeno le spesse lastre di rame sotto lo scafo salverebbero la nave. Sarebbe distrutta nel giro di poche ore».

Luc assentì e si sforzò di non tradire l'inquietudine.

«E quanto dista il porto?». Aveva la voce un po' roca.

Il capitano sorrise.

«Quasi tre ore. È questo l'aspetto ironico della questione. Anche se si conosce la rotta, non bisogna commettere errori. Per i nemici è impossibile avvicinarsi a Valloncour. A parte il porto non vi sono altri luoghi in cui gettare l'ancora».

Indicò il fuoco azzurro che ardeva sopra di loro.

«Là dietro sorge l'antica fortezza. Le guardie osservano continuamente le condizioni della marea. Quando è abbastanza alta, accendono il fuoco segnaletico».

«Perché è blu?» domandò Luc.

«Le guardie sulla torre usano un sale speciale, che colora la fiamma e la rende particolarmente luminosa. Se il fuoco è blu, sappiamo che sono stati i nostri ad accenderlo. Se i nemici dovessero raggiungere le scogliere di Valloncour, potrebbero causare facilmente la rovina di un'intera flotta con un segnale menzognero. Ora scusami».

Lo sperone superò le boe luminose e il capitano ricominciò a contare.

Luc lo imitò in silenzio.

A un tratto echeggiò un terribile rumore metallico. Pareva lo stridore di un chiodo contro una roccia. Solo molto più forte.

«Un nodo a babordo!» urlò il capitano. «Su i remi!».

Più avanti ricomparve la poppa rossa e oro dell'altra nave, che aveva perso velocità.

«Giù i remi!».

I remi della *San Clemens* si immersero nell'acqua e rimasero fermi. Luc sentì che la grande nave rallentava.

Il capitano aveva gocce di sudore tra le sopracciglia cespugliose. Luc udì che digrignava piano i denti.

La poppa era sempre più vicina.

«Remate!» gridò una voce rauca sull'altra nave.

Finalmente lo scafo si mosse, tremando come uno stallone dopo una cavalcata faticosa e virando con lentezza esasperante.

«Invertire la rotta!» ordinò il capitano. I remi si mossero nella direzione opposta. Il legno scricchiolò.

Il bambino temeva che da un momento all'altro anche il loro scafo avrebbe urtato uno scoglio invisibile. Abbassò lo sguardo sull'acqua scura. Era abbastanza robusto per lottare contro la marea? Oppure le onde l'avrebbero fracassato contro le rocce?

Poco sopra l'acqua comparve un bagliore giallo. Il capitano trasse un sospiro di sollievo.

«Tenere la rotta!» urlò al timoniere. «Avanti piano!».

I vessilli di seta che pendevano dai pennoni obliqui si agitavano pigramente nel vento.

«Il fuoco segnaletico là davanti indica un canale navigabile. È sufficiente dirigersi da quella parte in linea retta, così non succederà nulla. Il peggio è passato. Presto si diraderà anche la foschia».

«Qui c'è sempre così tanta nebbia?».

Il capitano guardò Michelle. «Fa sempre così tante domande?».

«Così tante? Quando ha paura, come ora, diventa muto».

Risero, e Luc si infuriò. La cavalleressa l'aveva sempre incoraggiato a fare domande. Reagire in quel modo era meschino!

Il capitano gli diede una pacca sulla spalla.

«Non prendertela, ragazzo. Solo gli stupidi non fanno domande. Negli abissi del mare arde un fuoco molto caldo. È l'acqua riscaldata a salire e causare la nebbia. Anche il fumo che esce dalle spaccature degli scogli è formato da vapore acqueo e zolfo. Qui l'aria è sempre caliginosa, soprattutto quando non soffia il vento».

«Non esistono altre vie per Valloncour?».

«Certo. Sulla cresta rocciosa che unisce la penisola alla terraferma vi è una larga strada sorvegliata da tre fortezze. Ma è una cavalcata piuttosto noiosa. Inoltre l'aria è fetida, perché la via è disseminata di escrementi di mulo. Vi passano quasi sempre lunghe carovane. La maggior parte delle provviste viene trasportata via terra. Avvicinarsi dal mare è un'esperienza magica, impareggiabile. Ecco perché i novizi arrivano per mare quando giungono per la prima volta alla fortezza dell'Ordine».

Raggiunsero un'altra coppia di boe luminose e il capitano ordinò di cambiare rotta. La bruma si dissolse sempre di più. Ora l'altra nave si vedeva chiaramente.

Gli scogli spuntavano dal mare come enormi pugnali. Alberi e cespugli si aggrappavano alle pareti ripide. Il capitano aveva ragione. Era un luogo incantevole. Luc non aveva mai visto nulla di simile.

Su alcune scogliere distinse piccole torri tozze. *Gli alloggi delle sentinelle,* ipotizzò.

Michelle confabulava con il capitano. Luc studiò la maestra di scherma. Occorreva conoscerla bene per capire che era emozionata. Uno strano legame la incatenava a Valloncour. Il bambino aveva la sensazione che l'arrivo alla fortezza dell'Ordine la elettrizzasse quanto lui.

Non recavano più in sé la peste. Non vi erano dubbi. Erano stati visitati con cura e tenuti sotto osservazione per sette giorni. Poi il commendatario della provincia di Marcilla li aveva esonerati dal giuramento di ricondurre il ragazzo in un luogo abitato solo dopo un anno e un giorno.

Michelle aveva avuto una lunga conversazione con il commendatario, cui Luc non aveva potuto assistere. Quindi gli era parsa stranamente taciturna e angustiata. Aveva solo accennato al fatto che fosse capitato qualcosa a sua sorella. Ma quel giorno, per la prima volta in due settimane, non sembrava più abbattuta.

Il galeone solcò un secondo tratto di mare aperto. Ora l'intera flottiglia divenne visibile alle loro spalle. Su tutte le navi furono issate dozzine di gagliardetti, che le resero variopinte come le tende di un mercato annuale.

Il ritmo dei colpi di remo e il lieve fruscio dei vessilli erano gli unici rumori che accompagnavano quella solenne processione.

Luc era orgoglioso di essere là. I novizi sarebbero stati ordinati già il giorno successivo! Michelle non aveva parlato molto nemmeno di quell'argomento. Che cosa lo aspettava? Sicuramente una grande festa, mille volte più bella del più bell'onomastico che avesse mai festeggiato.

Nella nebbia all'orizzonte si delinearono altri scogli. Si innalzavano dal mare come un'enorme parete ed erano sormontati da una fortezza.

Luc si sporse dal parapetto come se i pochi centimetri così guadagnati potessero rendere l'immagine più nitida. Distinse i contorni di tre torri. Ma qualcosa non andava... Lassù non sventolava alcun vessillo.

Rimase profondamente deluso. Sognava da un anno il suo arrivo a Valloncour. Nella sua immaginazione era una fortezza magnifica, sulla quale ondeggiavano vessilli di seta raffigurante l'Albero di Sangue. Cavalieri dalle armature argentee riempivano sale e corridoi. I cortili in cui i novizi si allenavano nella scherma echeggiavano del rumore delle armi.

«Quella è Valloncour?» chiese, incredulo.

Michelle sorrise dolcemente. «No, quella è un'antica fortezza della casata principesca di Marcilla. È abbandonata da più di cent'anni. Non è quella la nostra destinazione. La valle della fortezza dell'Ordine è così bella che, vedendola, si prova una fitta al cuore. Se ci sei stato una volta, avrai per sempre il desiderio di tornare, ovunque ti abbia condotto il destino».

«Sei felice?».

Evidentemente la domanda l'aveva colta di sorpresa. Guardò la rovina. Quindi annuì impercettibilmente.

«Credo di essere almeno molto vicina alla felicità». Sorrise, assorta nei ricordi. «Il porto di Valloncour è incredibilmente bello. Ti piacerà. A ovest del porto due zampilli d'acqua sgorgano dalla parete ripida che circonda l'intera zona. Minuscole gocce scintillanti la attorniano come il velo di una sposa e cadono verso l'acqua scura del porto disegnando un ampio arco. Nel punto in cui precipitano, la parete è divisa in terrazze lussureggianti. Il parco assomiglia a una gigantesca scala verso il cielo. Non conosco un altro luogo come quello. È uno spettacolo mozzafiato».

Luc non voleva offenderla, ma trovava i giardini piuttosto noiosi. Non vedeva l'ora di ammirare le fortificazioni. Si diceva che Valloncour fosse inespugnabile.

Il convoglio girò intorno alla scogliera con l'antica fortezza. Luc osservò l'assalto incessante della spuma. Tra le rocce ai piedi della roccaforte si distinguevano i resti pallidi di due navi. Gli ricordavano lo scheletro di un cavallo morto che aveva trovato una volta sulla via per la Testa dei Pagani. Le ossa di una nave, sbiadite dal sale e dal vento. Provò una tristezza inspiegabile. All'improvviso si sentì solo. Guardò con invidia gli altri novizi a bordo della *San Gilles*, che ora era tornata chiaramente visibile. Perché non poteva stare con loro?

Oltre la fortezza le scogliere di Valloncour salivano sempre di più verso il cielo. La flottiglia entrò ancora in acque incerte. Gli scogli e i venti imprevedibili trasformavano il viaggio in un'avventura.

Il bambino fissò con stupore la parete ripida che si innalzava a babordo. Non aveva mai visto nulla di così alto e imponente. Al confronto persino i galeoni parevano minuscoli. I gabbiani popolavano le nicchie e riempivano il cielo con le loro strida acute.

Un delfino nuotava accanto allo scafo della *San Clemens* e faceva a gara con i vogatori, che remavano come forsennati.

Doppiarono un altro capo, e Luc posò gli occhi su una scena curiosa. Entrarono in una vasta baia in fondo alla quale la parete era divisa da un'altissima spaccatura. Il bambino pensò che fosse larga solo quanto bastava per consentire il passaggio di un carro, ma le dimensioni ingannavano l'occhio. Occorse quasi mezz'ora per attraversare l'insenatura. E la spaccatura si allargava man mano che si avvicinavano. Doveva essere larga più di settanta passi. Avrebbero potuto passarvi facilmente due galeoni affiancati. Tuttavia, le navi della flottiglia si misero in fila come le perle di una collana.

Uno squillo di tromba diede loro il benvenuto.

Luc sentì che la nave e i vogatori lottavano contro la furia del mare, ma non vi fece caso, perché quel che vide gli mozzò il fiato. Per uno spettacolo come quello valeva davvero la pena di affrontare un viaggio così pericoloso.

42.
Un bravo ragazzo

«È un bravo ragazzo. Questa è la prima cosa che va detta sul suo conto. Fu l'unico sopravvissuto alla peste di Lanzac e, quando lo incontrai per la prima volta, mi convinsi che Tjured avesse steso la sua mano protettrice su di lui. Un giudizio divino, che oggi mi pento di aver provocato, parve confermare la mia opinione.

Ho cavalcato quasi un anno con il ragazzo e, se qualcuno mi chiedesse qual è la sua caratteristica principale, direi che è il desiderio di essere accolto nell'Ordine. Di recente ha festeggiato il suo dodicesimo onomastico. Mi sembra insolitamente maturo per la sua età, sul serio. Forse dipende dal fatto che ha vissuto per qualche tempo tra i morti.

Prega con fervore, mostra abilità nell'uso delle armi da fuoco ed è un bravo schermidore. Potrebbe diventare un cavaliere capace di rendere onore all'Ordine. La sua compagnia è piacevole. Ha il dono di conquistare gli altri, al punto che mi sento una canaglia mentre scrivo queste righe. Ma ha anche un altro lato.

La peste mi aveva colpita prima che giungessi a Lanzac. Non volevo ammetterlo. Non volevo credere che avrei incontrato la signora con la falce e che quell'incon-

tro non avrebbe avuto luogo sul campo di battaglia. Un grosso bubbone mi si era gonfiato vicino alle pudenda e macchie scure mi costellavano il corpo. Durante l'anno di penitenza mi ero imbattuta in molti malati e nessuno era sopravvissuto. In alcuni luoghi la peste si chiama Morte Nera. Ed è proprio così. Chi ha le chiazze nere sulla pelle appartiene alla morte.

Mi incise il bubbone senza indugio mentre ero mezzo svenuta per la febbre. E fece ciò che solo un guaritore avrebbe potuto fare: scacciò la peste dal mio corpo. Fu come un miracolo, ma in cambio aveva fatto un sacrificio agli idoli pagani. E si ostinò su quel sacrificio quando recuperai i doni dall'altare, restituendoli all'idolo. Cosa ancor più grave, dopo che avevo recuperato i doni dall'altare, ci comparve un coboldo che non puntò la balestra contro il ragazzo, bensì contro di me. Non avevo mai visto un coboldo nel Fargon. L'ira della Chiesa li ha scacciati da secoli. Mi resi conto che il ragazzo mi aveva condotta in un luogo di culto dove i fuorviati tra gli abitanti di Lanzac adoravano gli Altri. E laggiù il loro potere era sempre più grande.

Da allora non so se sia stato il potere di Tjured a rivelarsi mediante il ragazzo e a salvarmi dalla morte. Oppure fu un'altra forza? La forza del nemico, da cui non può venire nulla di buono?

È forse un sosia, generato per portare la rovina tra le nostre file? Durante le lune in cui cavalcammo insieme lo trattai con severità. Non fece più sacrifici agli idoli. Non fece più nulla che la Chiesa avrebbe potuto rimproverare. Pare che senta i miei dubbi e cerca disperatamente di compiacermi. I suoi sforzi mi commuovono, devo ammetterlo. E con qualsiasi altro ragazzo sarei certa che le sue azioni future renderebbero onore all'Ordine. Ma nel suo caso mi domando sempre se non sia l'insidiosa magia degli Altri a suscitarmi queste emozioni.

Ho pregato per lui ogni notte, quando non poteva sentirmi. Ho desiderato più che mai che il ragazzo fosse puro, ma non ne sono ancora sicura. Così devo scrivere dei miei dubbi. La decisione spetta a qualcuno di più esperto. A me restano solo le preghiere».

Fogli 6 e 7 degli Atti di Luc de Lanzac,
documento riservato!
Presentazione solo dietro ordine del primarca.
Palazzo dei Custodi del Passato, Valloncour
Archivio dei veri della fede.
Sala VII, scaffale XXII, mensola V

43.
Una prigione di roccia

LUC ERA SULLA BANCHINA, con il capo reclinato e il cuore colmo di sorpresa. Erano sbarcati da più di un'ora, ma la scena continuava a mozzargli il fiato. Non si stancava di guardare Valloncour, che era così diversa da come l'aveva immaginata.

Era una città, e non un convento su un'isola solitaria. Sorgeva al centro di un immenso cratere. Solo un'angusta spaccatura consentiva l'accesso a quella prigione di roccia. Le pareti ripide si innalzavano per più di cento passi su tutti i lati! Pietre rossastre, attraversate da larghe venature nere. L'acqua era blu scuro, come il cielo poco prima che scompaia l'ultima luce del crepuscolo.

Non vi era una sponda vera e propria. Le galee erano ormeggiate a giganteschi pali di legno. Da là alcune passerelle sorrette tra aste sottili conducevano alla parete ripida, suddivisa da un labirinto di scale. E le case sorgevano ovunque le ampie caverne o le sporgenze rocciose lasciassero un poco di spazio. Parevano spuntare direttamente dalla pietra rossa. Anzi, assomigliavano proprio a fiori, perché erano intonacate di bianco e i tetti vermigli erano punteggiati di ornamenti dorati. Persino le casette non più grandi della modesta dimora di suo padre a Lanzac apparivano magnifiche nell'accecante luce del sole, che, a mezzodì, tramutava l'imbuto di pietra in un autentico forno.

La maggior parte degli abitanti si era rifugiata sotto gli archi lungo gli edifici amministrativi o era sparita tra le ombre oltre le porte e le finestre.

Per essere un porto, era silenzioso. Nell'ampio cratere regnavano gli scrosci delle due cascate che scendevano verso l'abisso passando accanto alla scala verde. Luc non vide particolari opere di fortificazione. Le pareti del cratere cingevano la città al posto del consueto muro.

Il bambino cercò di indovinare quale fosse la funzione dei singoli edifici. Aveva riconosciuto una fonderia dai camini tozzi e fuligginosi. Alcune costruzioni sembravano ospitare degli artigiani. Più vicino all'acqua sorgevano i magazzini. Finalmente scorse anche due postazioni d'artiglieria che erano scavate profondamente nella roccia e potevano coprire l'accesso al porto con un micidiale fuoco incrociato.

Sul bordo meridionale del cratere, sopra tutti gli altri edifici, torreggiavano cinque mulini a vento le cui ruote giravano pigramente nella debole brezza del mezzogiorno.

I gabbiani volavano intorno alle torri dei mulini, ma il fatto più sorprendente era la costante presenza dei corvi. Luc si stupì di vedere gli uccelli neri in quella città candida, perché stonavano con lo scenario circostante. Ed erano numerosissimi. Di cosa si cibavano?

«Vieni, non guardarti intorno come un vitello che lascia la stalla per la prima volta!».

La voce di Michelle lo indusse a voltarsi. La cavalleressa gli gettò un'occhiata penetrante. Che cosa le era preso? Aveva un tono più brusco del solito. Se Luc non avesse sentito con quale fervore pregava per lui quando, alcune sere, giaceva sveglio a letto con gli occhi chiusi per ascoltare i rumori del vento e il respiro della notte, avrebbe avuto paura di lei.

Ma ora pareva ancora più chiusa di prima. Era sbarcata subito dopo che la *San Clemens* aveva attraccato. Non gli aveva detto dove fosse diretta né quale compito urgente dovesse svolgere. Si vedeva tuttavia che non era stato gradevole. Che l'avessero respinto come novizio?

Gli altri fanciulli erano stati prelevati da una schiera di cavalieri con l'armatura d'argento che cavalcavano sotto ondeggianti vessilli di seta.

I novizi indossavano semplici vesti bianche e i cavalieri avevano portato loro destrieri candidi. Avevano offerto una scena magnifica mentre lasciavano il porto e imboccavano il lungo sentiero tortuoso che saliva fino al bordo del cratere. Luc li aveva persi di vista da qualche parte nel dedalo di case e, per quanto si fosse sforzato, non era riuscito a capire quale dei palazzi assiepati sul ripido pendio fosse la fortezza dell'Ordine.

«Vieni», ripeté la cavalleressa, e il bambino si affrettò a seguirla.

Andarono ai cavalli legati accanto a un abbeveratoio.

«Conduciamoli per un poco con le redini», disse Michelle. «Dopo il viaggio per mare sono irrequieti».

Luc avrebbe detto che la sua cavalla era felicissima di avere di nuovo la terraferma sotto gli zoccoli, ma non osò contraddirla per evitare di irritarla ancora di più.

Sciolse le briglie annodate intorno a un pesante anello di ferro. A un tratto si rese conto di essere l'unico novizio a montare un cavallo marrone. Nemmeno i suoi vestiti era di un bianco immacolato. Nel complesso non erano male, ma erano logori. Si vedeva che aveva affrontato un lungo viaggio.

Dubitò ancora di più delle sue possibilità di diventare novizio. Era così diverso dagli altri.

Risalirono in silenzio il sentiero che conduceva all'orlo del cratere. Il caldo del mezzogiorno aveva zittito i rumori della città bianca. Da qualche parte risuonava un martello da fucina.

Luc si guardò intorno con attenzione. Quella sarebbe diventata la sua nuova patria. L'odore del cibo colmava le strade, dove l'aria odorava di pesce arrosto e cavolo bollito. Da una finestra provenne una fragorosa risata.

Un branco di cani oziava intorno alla fontana di una piazza. Gli rammentarono Lanzac e il giorno in cui erano arrivati i lupi. Fu percorso da un brivido.

Si guardò il braccio nudo. Il morso della belva gli aveva lasciato cicatrici chiare.

Michelle svoltò a sinistra e lo condusse in un breve vicolo.

Due bambine li guardarono ridacchiando da un tetto. Quando Luc alzò gli occhi, si nascosero dietro il parapetto in muratura.

La via sbucava in un largo tunnel. Il morello di Luc sbuffò, irrequieto. Lame di luce accecante filtravano da strette fessure nella penombra della galleria. Il bambino notò che nel soffitto erano incassate alcune griglie a discesa. Se mai un aggressore fosse arrivato fin lassù, il cunicolo si sarebbe trasformato in una trappola mortale.

Uscirono presso i giardini digradanti. Luc si stupì di vedere la miriade di fiori che vi cresceva. Dal porto aveva scorto chiaramente solo gli alberi alti, ma ora quell'oasi tra le rocce si mostrava in tutto il suo splendore.

Tra i fiori vide una giovane donna che suonava il liuto, completamente assorta nei suoni dello strumento. Si sarebbe fermato volentieri, ma Michelle non degnò il giardino nemmeno di uno sguardo. Conosceva già le meraviglie di Valloncour.

Ma perché non gli raccontava nulla della città? La paura tornò a riempirgli il cuore. Doveva essere accaduto qualcosa... Ma che cosa?

Contemplò il porto. Ora le navi sembravano giocattoli, separati dalla terraferma da scisti di Marcien neri e blu. Un'ombra lungo le rocce indicava quanto si fosse abbassata l'acqua nell'ultima ora. Una barca a remi strisciava come uno scarafaggio sul cerchio nero del porto.

«In sella!» ordinò Michelle all'improvviso.

Luc accarezzò il collo della cavalla e le sussurrò qualcosa. L'animale sbuffò, irrequieto. Quando il bambino lo montò, si impennò.

Michelle afferrò le redini. «Non incolpare me!».

«No», disse Luc con un filo di voce. Tirò le briglie e si raddrizzò. Avrebbe fatto qualsiasi cosa per una parola amichevole da parte della cavalleressa, ma la donna non gli prestò più attenzione, bensì entrò in un altro tunnel. Il rumore degli zoccoli echeggiava sul lastricato.

Questa volta occorse molto tempo prima che tornassero alla luce del sole. Poco sotto il bordo del cratere, vicino ai mulini, una strada incassata portava su una vasta pianura. Il paesaggio gli ricordò un poco la regione intorno a Lanzac, solo che là vi era più acqua. Le acacie allargavano le chiome a forma di ventaglio su piccoli giardini. Ovunque si udiva il mormorio dell'acqua. Qualche miglio più in là si innalzavano montagne rosse e blu. Più avanti brillava qualcosa: le armature dei cavalieri che erano arrivati al porto.

Per qualche tempo seguirono il corteo di novizi, e le speranze di Luc si riaccesero. Vi era sicuramente un motivo molto semplice per cui non poteva cavalcare con gli altri. Forse non avevano vesti bianche della sua taglia. Oppure non vi erano abbastanza destrieri bianchi per tutti i novizi. Senza dubbio Michelle si vergognava di dirglielo, perciò preferiva restare in silenzio.

Il paesaggio cambiò. Divenne più arido. I giardini scomparvero e cedettero il passo alle rocce e all'erba mezzo disseccata. Il sentiero scendeva verso un ponte che si allungava sopra una profonda spaccatura nella pietra.

Quando arrivarono dall'altra parte della conca, la strada si biforcò e Michelle imboccò una via diversa da quella dei novizi! Il corteo era così lontano che Luc faticava a distinguerlo. A parte alcune vecchie impronte di ruota, nulla indicava che il sentiero venisse utilizzato.

Il bambino guardò la nuvola di polvere in lontananza. Non potevano esservi altre spiegazioni. Era destinato a seguire un'altra strada. Ma quale?

Non osò domandare a Michelle dove fossero diretti. Avrebbe significato chiamare il male per nome. No, non ne avrebbe parlato per nessuna ragione...

Il caldo cominciò a farsi sentire. Luc aveva dimenticato di riempire la borraccia a una delle fontane della città. La polvere gli bruciava in gola. Il terreno diventava sempre più brullo.

Scorse uno strano lago. Due alberi morti sulla riva erano rivestiti di un'innaturale crosta gialla. L'acqua era di un blu irreale che, vicino alla sponda, trascolorava nel turchese e nel verde brillante. Anche le rocce circostanti erano coperte da qualcosa di giallo che pareva uscire dall'acqua.

Un denso vapore saliva da una fessura sulla riva opposta, e poco distante sorgeva una casa. Era una semplice costruzione di pietra dal tetto piatto. Le imposte di un rosso sbiadito sembravano occhi infiammati. Là vicino era legato un cavallo.

«Ti aspettano». La voce di Michelle era carica d'angoscia.

«Chi?».

«L'uomo che deciderà il tuo destino».

Evitò di guardarlo negli occhi.

«Volevo... Volevo ringraziarti per avermi salvata. E... mi è piaciuto cavalcare con te. Sei un bravo ragazzo, Luc».

Il bambino deglutì. «Non ci rivedremo più?».

«Non lo so. Ti aspetterò qui».

Luc guardò la casa. Chi viveva nel bel mezzo di una simile desolazione?

«Chi c'è là dentro?».

«Non posso dirtelo. Ti dico solo che apprezza il coraggio più di qualsiasi altra cosa. Nulla riesce a colpirlo se non un cuore temerario. Qualunque cosa ti chieda di fare, non dimenticarlo. Così andrà tutto bene».

44.
L'occhio onniveggente

Luc legò le redini del morello intorno al ramo di un albero morto e guardò esitante la spada che pendeva dalla sella. Se la sarebbe infilata volentieri nella cintola. Si sarebbe sentito pronto ad affrontare ogni pericolo. Tuttavia, la lama era troppo lunga. Era stata forgiata per un adulto. Se ne avesse fatto sfoggio, sarebbe sembrato ancora più infantile. La abbandonò a malincuore.

Luc accarezzò le froge della cavalla, che raspava il terreno con irrequietudine. Quello era un luogo di morte. Nella conca con il lago non cresceva neppure un filo d'erba, e quell'acqua insolita aveva ucciso persino gli alberi. La cavalla non avrebbe voluto essere là. Lo guardò con gli occhi strabuzzati e sbuffò.

«Torno subito», disse il bambino senza troppo ottimismo. Per un attimo cercò un pretesto per fermarsi ancora un poco, ma era insensato rimandare ancora l'incontro. Doveva entrare in quella casa e affrontare colui che lo aspettava là dentro.

Ripensò al monito di Michelle, secondo cui il coraggio sarebbe stato decisivo. Sicuramente qualcuno lo stava osservando. Raddrizzò la schiena, quindi si incamminò verso la costruzione.

Lo zolfo cresceva come muffa gialla sulle pareti di pietra. L'aria puzzava di uova marce. Sotto la crosta gialla si distinguevano i resti di alcuni cardini. Non vi era più nemmeno la porta. Chi aveva avuto l'idea di costruire una casa in un posto simile?

Entrò. Dopo la calura tremolante del pomeriggio l'interno era piacevolmente fresco. Si ritrovò in una stanza lunga e stretta. Su un lato vi era una panca di pietra, e in fondo si apriva un altro uscio. Il colore rosso si sfaldava in larghe strisce dal legno grigio e marcio.

La porta era socchiusa.

«C'è nessuno?».

Non ottenne risposta. Spinse il battente, che ruotò sui cardini come se fossero appena stati oliati. Lo accolse un ampio locale. Le imposte erano socchiuse, quanto bastava per immergere la stanza in una penombra grigia. Di fronte all'uscio vi era un grande tavolo e, più in là, una sedia dallo schienale alto. Sul ripiano erano posati vari fogli di pergamena. Per il resto il locale era vuoto.

Non vi erano altre porte. Ormai Luc aveva visto gli unici due ambienti della casa. Qualcuno voleva forse fargli uno scherzo? Forse colui che lo aspettava era uscito per qualche minuto? I cavalieri dell'Ordine non l'avrebbero certo preso in giro! Michelle era apparsa troppo seria durante il tragitto fin là.

«Sei entrato senza essere stato invitato, ma ti sei fermato a metà strada... Bene, bene», disse una voce stentorea. Aveva iniziato a parlare così all'improvviso che il bambino spiccò un balzo di lato.

«Ehi! Abbiamo un gattino impaurito. E credi di

avere qualcosa che farà di te un cavaliere, Luc? Mostramelo! Per ora non lo vedo».

La porta si spalancò. Alla parete era appoggiato un uomo gigantesco, un vecchio con una lunga barba bianca e ondeggianti capelli bianchi. Indossava una veste candida, simile a un vestito, che gli arrivava fino alle caviglie. Il volto sembrava deforme. Era solcato da una brutta cicatrice che scendeva dalla fronte al sopracciglio sinistro, scompariva sotto una benda bianca e ricompariva sulla guancia. Le labbra erano asimmetriche. Quello superiore era un poco tirato indietro e rivelava la mancanza dei denti.

«Sono fratello Leon. E prima che continui a fissarmi e ti chieda come ci si possa ridurre così, preferisco raccontartelo subito. Devo tutto al mio elmo. Un magnifico oggetto di Silano. Senza l'elmo metà della mia testa sarebbe a marcire su un campo di battaglia del Drusna, e tu avresti la fortuna di essere atteso qui da qualcun altro. Sai come fanno i cavalieri elfici a spaccare i crani?

Fece un movimento energico con il braccio.

«Alzano la spada e la abbassano nel momento in cui ti passano accanto. Così la lama ti arriva sulla faccia in tutta la sua lunghezza. E, come vedi, l'acciaio elfico taglia un elmo e una visiera come se fossero pergamena marcia. Non riesce a spaccare solo le zucche veramente dure».

Aveva parlato in tono cordiale, ma Luc trovava inquietante il sorriso delle sue labbra asimmetriche. Non sapeva che cosa pensare del vecchio.

«Sei una zucca dura, Luc? Sopravviveresti a un simile fendente?».

«Non lo so, signore».

«Che cosa? Se sei una zucca dura o se sopravvivere-sti?».

«Entrambe le cose, signore».

L'altro gli rivolse un'occhiata penetrante. L'occhio buono era di un azzurro fumoso e aveva uno sguardo duro, spietato. «Che cosa sai, allora? Dimmi che tipo di uomo diventerai!».

«Un cavaliere!» ribatté il bambino senza esitazione.

Leon scoppiò in una fragorosa risata.

«Chiunque indossi un'armatura può definirsi cavaliere. Ma che cosa c'è sotto l'acciaio? Sei codardo o coraggioso? Un traditore o un ragazzo disposto a sacrificare la vita per salvare i suoi compagni? Ecco che cosa voglio sapere da te».

Così dicendo, fece scattare la mano in avanti e gli conficcò l'indice nel petto con tanta energia che il bambino indietreggiò vacillando.

«Voglio sapere che cosa c'è dentro di te!».

Luc non riuscì più a sostenere quello sguardo. Abbassò la testa. «Voglio essere cavaliere e voglio servire sempre fedelmente l'Ordine». Esitò per un attimo. Leon avrebbe scoperto ogni cosa, perciò tanto valeva raccontargli la verità.

«Forse sono un sosia. Non lo so».

«Un sosia. Senti, senti». Il vecchio si accovacciò e gli afferrò il mento, costringendolo a guardarlo. «Sai che cosa faremmo a un sosia che cercasse di infiltrarsi tra i novizi?».

Luc lo immaginava. Avrebbe annuito, ma Leon gli teneva ancora il mento.

«Sì, signore», disse.

«Dillo! Che cosa ti succederebbe se fossi davvero un sosia?».

Il bambino si stupì di avere così tante difficoltà a dire ciò che era ovvio. Aprì la bocca solo al terzo tentativo.

«Dovreste uccidermi».

«L'abitudine di pregare gli idoli e offrire sacrifici non è un buon presupposto per chi è sospettato di appartenere alla genia degli Altri».

Luc era sgradevolmente sorpreso dal fatto che il vecchio sapesse così tante cose sul suo conto. Fu percorso da un brivido. Leon non sembrava il tipo da rimandare un eventuale omicidio, lo avrebbe compiuto con le sue mani in caso di dubbio.

«Perché credi di essere qui?».

«Per scoprire se sono degno di appartenere all'Ordine?».

L'altro si alzò e agitò la mano.

«Sciocchezze. Se vali qualcosa, lo scopriremo durante il noviziato. Chi non corrisponde ai nostri criteri viene rimandato a casa. Qui muoiono due o tre novizi l'anno a causa di incidenti... Essere maldestri può costare la vita. Ma è meglio che accada qui piuttosto che sul campo di battaglia, dove sarebbe in pericolo anche la vita degli altri».

«Se sarò ammesso, non vi deluderò, signore!» disse Luc con disperata insistenza.

Essere cavaliere era l'unica cosa che desiderava da quel pomeriggio sul bordo del pozzo. Se l'avessero accettato, ce l'avrebbe fatta.

Leon sbuffò e apparve davvero arrabbiato.

«Dunque sei un saccentone! Come fai a essere così sicuro che non ti cacceremo coprendoti di insulti e disonore?».

«Lo so perché non avrei una casa in cui tornare. Darei la vita pur di restare qui».

Il vecchio mormorò qualcosa di incomprensibile. Quindi si avvicinò al tavolo e prese un foglio di pergamena. Lo lesse andando su e giù. Di tanto in tanto guardava il bambino.

«Sorella Michelle ti elogia con il massimo entusiasmo. È convinta che potresti diventare cavaliere».

Quelle parole colpirono profondamente Luc. Michelle era diventata così fredda e riservata. L'aveva lodato molto di rado. Se avesse creduto che sarebbe stato inutile inserirlo tra i novizi, non l'avrebbe condotto fin là, ma era sorprendente che lo difendesse con tanta decisione e che l'avesse addirittura raccomandato. Luc provò un'insolita sensazione di calore. Dovette mordersi le labbra perché non gli salissero le lacrime agli occhi.

«Daresti la vita per diventare cavaliere? Queste sì che sono parole impegnative, ragazzo. E le parole costano poco. Saresti pronto a dimostrarlo qui e ora?».

«Sì!».

Luc era ebbro di felicità. Dunque Michelle non aveva smesso di stare dalla sua parte!

«Bene!». Le labbra asimmetriche sorrisero. «Esiste un modo per scoprire se sei un sosia. Ma ti avverto. Se è vero e sei stato generato dagli Altri, morirai di una morte terribile. Proverai dolori che non immagini neppure. E dureranno molte ore. Devo ammettere che in un certo senso mi hai colpito, ragazzo».

Indicò la porta.

«Non si deve sempre conoscere la verità ultima. Vai! Corri! Non ti farò seguire anche se la fede mi suggerisce il contrario».

Luc era confuso, ma non si voltò verso l'uscio.

«Mettetemi alla prova, signore».

«È quello che farò». Leon sembrava provare una cupa gioia maligna all'idea di quanto stava per accadere. Girò intorno al tavolo. «Credi nell'opera di Tjured in questo mondo?».

«Sì», rispose subito il bambino.

«Quando l'elfo mi ha sbattuto la spada in faccia, si è assicurato che non avessi mai più un bell'aspetto. Mi ha distrutto l'occhio sinistro. Tuttavia, mentre mi lamentavo della mia sorte, Tjured mi ha fatto un dono inaspettato. Te lo mostro subito».

Si inginocchiò davanti al bambino e gli posò la destra sulla spalla, allungando la sinistra verso la benda. «Questo è un occhio onniveggente. Un dono di dio!».

Si tolse la benda.

Luc si ritrasse con un sussulto, ma Leon lo bloccò con la sua stretta d'acciaio.

«Guardami, ragazzo. Ora non puoi più fuggire!».

Nell'orbita oculare attraversata dalla cicatrice si muoveva un occhio bianco come la neve, solcato da venuzze rosse che formavano l'immagine dell'Albero di Sangue. «Solo chi non ha nulla da nascondere non è costretto a evitare questo sguardo!».

Luc cercò di fissare l'occhio. Nonostante il caldo ebbe freddo all'improvviso. Neppure il coboldo dalla testa volpina gli era parso così sinistro.

«Te la cavi molto bene. Conosco uomini che non hanno sostenuto il mio sguardo quanto te».

Luc non riuscì a parlare. Si sentiva come impietrito. Dovette fare appello a tutte le sue forze per non distogliere lo sguardo.

«Forse ci riesci così bene perché in te si nasconde la forza contronatura dei sosia. Visto dall'esterno, sei un ragazzo e sembri addirittura intelligente. Ma che cosa si cela dentro di te? Sei pronto a farmi guardare il tuo cuore, Luc de Lanzac? Se sei davvero un sosia, il mio sguardo ti ucciderà».

Il bambino avrebbe voluto rispondere, ma riuscì solo ad annuire. Tremava.

Il vecchio fece un rapido movimento con la mano e, sotto lo sguardo atterrito dell'altro, l'occhio onniveggente si staccò dalla sua testa.

«Apri la bocca, ragazzo».

«Che cosa?».

«Hai capito».

Leon sollevò l'occhio con le dita appuntite.

«Apri la bocca. Altrimenti come faccio a guardarti dentro?».

«Ma...».

Il bambino fissò con sconcerto l'occhio umido e scintillante.

«Ecco...».

«Altrimenti come faccio a guardarti dentro?».

Luc fu assalito dalla nausea.

«Dunque hai qualcosa da nascondere!».

«No. Io...».

«Apri la bocca!» insistette il vecchio. «Ormai non puoi più tornare indietro. Credi di poter venire qui a burlarti di me? Coraggio, altrimenti ti sbatto la testa contro il tavolo e te la apro come un uovo. Dimostrami che non sei un sosia!».

L'altro chiuse gli occhi. Voleva almeno evitare di guardare. Quindi aprì la bocca.

«Vediamo un po'».

Il vecchio gli infilò le dita grassocce tra le labbra e gliele aprì di più.

«Non inghiottirlo! È sufficiente tenerlo in bocca».

L'occhio era caldo e leggermente salato. Gli si posò sulla lingua, viscido come carne cruda. Il bambino si sforzò di pensare ad altro. Al pomeriggio sul pozzo con Michelle. Alla strana storia delle formiche rosse e nere. Immaginò eserciti di formiche.

Leon lo prese per la collottola. Quindi si piegò in avanti. «Guardami, amico!».

Era così vicino che per poco i loro nasi non si sfioravano. Il suo alito era acido. Nell'orbita oculare vuota si era raccolta una grossa goccia di sangue.

Luc lottò contro i conati di vomito. L'occhio viscido si mosse nella sua bocca. Aveva urtato contro la lingua, oppure Leon poteva spostarlo come meglio credeva?

La nausea lo sopraffece.

«Tieni gli occhi aperti, ragazzo!» sibilò il cavaliere.

Luc pensò al sogno di Michelle. La immaginò mentre cavalcava un orso. Un grosso orso nero. Con una sella rossa e campanelli dorati sui finimenti. Vide chiaramente la scena. Sorrise. Michelle ce l'avrebbe fatta. Senza dubbio. E lui... Anche il suo sogno si sarebbe avverato!

«Basta così!» disse Leon all'improvviso. «Sputalo fuori!».

Luc spalancò la bocca più che poté. L'occhio gli cozzò contro i denti. Poi, finalmente, uscì. Il bambino inspirò ed espirò a scatti. La nausea minacciò di sopraffarlo ancora una volta.

«Vai a chiamare sorella Michelle!» ringhiò il vecchio.

«Che cosa...».

«Ho forse detto di voler parlare con te? Levati dai piedi! Portami Michelle e resta fuori! Ho visto abbastanza. Forza, forza, forza! Fuori! E non osare avvicinarti a più di cento passi da questa casa».

45.
Dei leoni

Il bambino uscì di corsa, come se fosse inseguito dagli elfi. Non perse nemmeno tempo a slegare la cavalla, bensì andò diritto da Michelle.

La cavalleressa spronò lo stallone e discese la collina.

Leon non riuscì a trattenere un sorriso. Il piccolo aveva creduto a ogni parola. Giocherellò con l'occhio di vetro umido e osservò Luc e Michelle che parlavano brevemente. La donna rallentò l'andatura del cavallo e si avviò verso la casa. Era brava a fingere di essere calma, ma il vecchio percepiva la sua inquietudine. Avanzava troppo lentamente. Si sforzava di non guardare le finestre. E ora si toglieva persino la polvere dai vestiti. Si sarebbe risparmiata quella fatica se non avesse cercato un pretesto per rimandare l'incontro ancora di qualche istante.

Leon ascoltò i suoi passi, accompagnati dal lieve tintinnio degli speroni. Un tempo Michelle era stata sua allieva. Era quasi un'eroina. Se non vi fosse stata sua sorella, sarebbe diventata una stella lucente tra i guerrieri della Nuova Cavalleria. Ma era sempre stato il nome di Lilianne a essere sulla bocca di tutti. Nel bene e nel male.

I passi cessarono davanti alla porta.

Leon si fece rotolare l'occhio di vetro sul palmo della mano. Ordinare al bambino di infilarselo in bocca era stata una buona idea. Avrebbe dovuto perfezionare ancora un poco quel trucco. L'aveva usato quel giorno per la prima volta. Di solito era sufficiente che i novizi vedessero l'Albero di Sangue.

«Entra, sorella».

Michelle aveva il volto affilato. Si vedeva che aveva vissuto anni duri. Leon aveva dissentito quando avevano deciso di costringerla ad assistere i malati di peste. Occorrevano sette anni per trasformare un novizio in cavaliere, e Michelle era stata una delle migliori del suo corso. Mettere a repentaglio la sua vita obbligandola a curare contadini e braccianti moribondi era uno spreco. L'Ordine era troppo piccolo per rischiare con leggerezza la vita anche di un solo membro.

«Hai richiesto la mia presenza, fratello primarca», disse la donna, rigida.

Leon agitò la mano in un gesto contrariato.

«Lascia perdere i titoli. Qui non siamo dinanzi a una corte d'onore o agli eptarchi. Siamo fratelli e sorelle, né più e né meno. Ti ringrazio per il rapporto che mi hai fatto recapitare sul conto di Luc».

Si accorse che Michelle aveva una domanda sulla punta della lingua e decise di tenerla sulla corda ancora per un poco.

«Il ragazzo è coraggioso. Se, quando avevo dodici anni, qualcuno avesse fatto a me ciò che io ho fatto a lui, probabilmente me la sarei fatta sotto dalla paura». Rise. «È meglio che tu non gli chieda niente. Non credo che sarebbe contento di raccontartelo. Mi ha stupito. È stato lui a dirmi che forse è un sosia. O è molto intelligente e, intuendo che lo sapevo già, ha messo le mani avanti oppure è molto sincero. Quale delle due ipotesi è quella giusta, Michelle?».

«Lo considero sincero. In lui non vi è nulla di sbagliato. Nel...». La cavalleressa esitò. «È una persona speciale, e prego Tjured che sia stata la sua mano a toccare il ragazzo e a conferirgli i suoi doni».

«È un bravo guaritore?».

Dietro quella domanda si nascondeva più di quanto Michelle dovesse sapere. Sicuramente conosceva le storie sui Benedetti, i rarissimi individui che nascevano con il dono di guarire ferite e malattie mortali. Ma quella era solo una delle loro doti. La più insignificante! Erano la chiave per la vittoria sugli Altri. Ed erano in pochi. Solo ogni due o tre anni la Fratellanza del Sacro Sangue ne individuava uno e lo portava a Valloncour. Occorreva formarli sin da bambini affinché sviluppassero appieno il loro potere. Fondamentalmente Valloncour esisteva solo grazie a loro. L'avrebbero negato persino il Gran Maestro e il maresciallo dell'Ordine. Nemmeno loro conoscevano il fitto mistero che circondava la scuola. Invece, per i veggenti era palese. Ciascun cavaliere recava la verità sullo scudo, ma il mondo era ancora pieno di ciechi.

«Il ragazzo viene da Lanzac?».

Si vedeva che il suo silenzio aveva snervato Michelle. Leon sorrise, sapendo che quel gesto l'avrebbe messa ancora più in difficoltà. Il suo sorriso non piaceva a nessuno!

«Sì, è scritto nel rapporto».

«E non è un discendente del conte?».

Leon giocherellò con la barba, assorto nei suoi pensieri. Il nome Lanzac gli diceva qualcosa. Avrebbe dovuto consultare gli archivi.

«I suoi genitori erano persone semplici. Suo padre era il maestro d'armi del conte».

«Già. E sua madre era bella? Provocante? Era forse una sgualdrina che si infilava nel letto del conte?».

La cavalleressa lo guardò, sdegnata. «Luc parla bene di sua madre. Dice che era molto bella». Si strinse nelle spalle. «Ma tutti i figli lo dicono riguardo alle loro madri».

«Fandonie! La mia era una grassa baldracca. Una pescatrice puzzolente dei cadaveri che vendeva ogni giorno al mercato del pesce di Marcilla, dall'alba al tramonto. E aveva un debole per i marinai. Un debole così marcato che avrei potuto scegliere mio padre tra mezza dozzina di uomini. Mia madre mi bastonava quasi tutti i giorni, ma mi sono vendicato. Non ho mai parlato bene di lei in vita mia».

Michelle si fissò la punta degli stivali.

«Non credo di aver avuto un'infanzia particolarmente terribile. Capitano le stesse cose a migliaia di bambini. Ma un giorno, quando la luce di dio avrà trionfato, creeremo un mondo perfetto. Un mondo in cui i bambini parlino bene delle loro madri e dei loro padri. Un mondo in cui regni la pace di dio e in cui i cavalieri come noi non siano più necessari. È questo lo scopo della nostra vita e della nostra morte, Michelle».

La donna alzò lo sguardo, e nei suoi occhi tornò ad ardere il fuoco di un tempo. Era sempre stata profondamente convinta di quegli ideali. Ecco perché si era rifiutata di obbedire all'ordine di Honoré sul ponte della Bresna. Non tollerava di vivere in un mondo in cui i cavalieri dell'Ordine uccidevano i bambini. Aveva sacrificato una vittoria per quelle convinzioni. Leon la rispettava per questo, anche se non gliel'avrebbe mai detto. Come non le avrebbe detto che, in realtà, sua madre era una ricca cittadina di Marcilla e che da piccolo la adorava. La verità era secondaria quando si trattava di formare un cavaliere a Valloncour. L'unica cosa importante era che i cavalieri dell'Ordine fossero permeati di fede. A Valloncour dovevano studiare cavalieri come Michelle, non guerrieri spietati come Honoré. Ma il mondo aveva ancora bisogno di quei guerrieri per porre fine alla guerra di dio.

«Ti ha fatto una buona impressione?» chiese Michelle.

Leon non riuscì a trattenere un sorriso. La donna si avvicinava all'unica domanda decisiva con la lentezza di un gatto che gira intorno a una ciotola di cibo.

«Sì. Sarà ammesso. Ma non dirglielo. Deve restare nel dubbio ancora per qualche tempo. Portamelo domani poco prima della cerimonia. Poi vieni da me e cerca di convincermi. Deve credere che tu abbia interceduto per lui fino all'ultimo e che la sua ammissione sia solo merito tuo».

«Perché?».

«Avremo bisogno di qualcuno che goda della sua fiducia, di qualcuno cui possa raccontare tutti i suoi segreti. Quella persona sarai tu, Michelle, perché è importante che la persona con cui si confiderà non abbia segreti per me».

Leon posò la mano sul rapporto. Un rapporto che sarebbe potuto equivalere a una condanna a morte.

«Non posso farlo. Io...».

«Non ti macchierai di tradimento, Michelle. Aiuterai Luc e l'Ordine. Il ragazzo è fondamentale e la sua innocenza infantile ha conquistato il tuo cuore, è evidente. In lui vi sono molte cose buone. Forse, un giorno, sarà uno dei nostri migliori cavalieri. Ma ha bisogno di una guida per percorrere questa strada. Più di tutti gli altri novizi. Ad eccezione, forse...».

Scosse la testa. Michelle non doveva sapere nulla di quella faccenda. Era meglio che fosse solo lui a tirare le fila della situazione.

«Tu sarai la sua maestra».

«Ma non so...».

«Non preoccuparti. Non insegnerai matematica, anatomia o tattica. Sarai la maestra di scherma dei novizi del quarantasettesimo corso di Valloncour. Ricordo che eri la miglior lama del tuo anno. Te la caverai benissimo».

Lo disse senza riflettere, ma, quando ricordò chi era destinata a incontrare, fu assalito dai dubbi. Avrebbe dovuto tenerla d'occhio.

«Eri una Leonessa, giusto?».

Non avrebbe dovuto fare quella domanda. Aveva letto i suoi atti solo il giorno prima. Sapeva che sarebbe arrivata e avrebbe portato un bambino. E da quando aveva ricevuto il rapporto, sapeva che Luc sarebbe stato fonte di guai. Voleva che la cavalleressa pensasse alla sua vecchia lancia. Voleva fare appello al suo orgoglio. A coloro che aveva piantato in asso a Lanzac: i pochi sopravvissuti della guerra e della peste.

«Sì, sono una Leonessa», confermò Michelle.

Leon sorrise. Anche lui aveva fatto parte dei Leoni. Probabilmente il vecchio primarca aveva deciso così per via del suo nome.

«Dai Leoni sono usciti i migliori e i peggiori del nostro Ordine. A quale categoria appartieni?».

La donna assunse un'espressione sbalordita.

«Chiedilo ai miei compagni. Non credo che mi annovereranno tra i migliori».

«Per via di Honoré?».

Il volto di Michelle parlava chiaro. La cavalleressa non riusciva più a nascondere i suoi sentimenti.

«Sai che sono a conoscenza dei fatti. È il mio compito di primarca».

«Sì. Mi punirai».

«Ti ho nominata maestra. La maggior parte di noi considera un onore tornare a Valloncour e diventare maestro. Vale anche per te?».

«Non me l'aspettavo».

«Ogni tanto abbiamo bisogno di tornare e di trascorrere del tempo qui», disse Leon in tono benevolo. «Valloncour dà forza alla nostra anima. Prima o poi torniamo tutti».

«Già».

Il vecchio notò con soddisfazione che Michelle ritrovava l'equilibrio. Aveva visto troppe cose nel Drusna. Desiderava un poco di pace.

«Credi davvero che Luc possa diventare un Leone, fratello Leon?».

«Ti riempirebbe d'orgoglio?».

Michelle annuì.

«Ebbene, le strade di Tjured sono insondabili. Forse lo trasformerà in Drago o lo chiamerà tra le Torri. Io lo inserirei tra i Leoni. Aspettiamo il Miracolo del Risveglio. Gli farai da testimone, vero?».

La cavalleressa annuì di nuovo.

«Allora prega che diventi Leone. Le preghiere spesso aiutano».

La decisione era stata presa da tempo. A parte lui, solo due persone sapevano che l'indomani non sarebbe accaduto alcun miracolo: due pittori araldici che di lì a due giorni sarebbero annegati sulla strada per Marcilla. Quanto sarebbe successo il giorno dopo si poteva considerare al massimo un miracolo dell'alchimia. Sulle camicie bianche dei novizi erano disegnati degli stemmi con una vernice invisibile. Quando quest'ultima entrava in contatto con l'acqua sulfurea della Sorgente del Risveglio, diventava visibile e sfoggiava un magnifico rosso luminoso. Era opportuno che i novizi assistessero a un miracolo già durante il loro primo giorno nell'Ordine. Rafforzava la loro fede e rinnovava quella di tutti coloro che vedevano il Risveglio. Era meglio comporre le lance con attenzione anziché lasciare la procedura al caso, come avveniva in passato. Tjured amava coloro che avevano l'ardire e la volontà di plasmare il mondo. Chi sbagliava si copriva di disonore.

«Fratello Leon?».

Il lungo silenzio le aveva dato coraggio.

«Luc è un sosia?».

Finalmente!

«Non so dirtelo, sorella. L'ho messo alla prova e mi ha resistito. O perché è particolarmente temerario o perché è davvero ciò che temi. Ma non preoccuparti. Di una cosa sono certo. Se è un sosia, non sopravviverà a sette anni a Valloncour. Non è il primo che gli Altri ci mandano. Ma il tempo e la forza di dio li raddrizzano tutti. Non può tradirci. Nemmeno senza saperlo. Per i sosia qui non vi è altro che rovina».

46.
La Rocca dell'Ordine

ANDRÀ TUTTO BENE, continuava a ripetersi. *Deve andare tutto bene! Altrimenti non sarei venuto fin qui*. Michelle l'aveva ricondotto sul sentiero imboccato dagli altri novizi. Avevano cavalcato per mezza giornata verso le montagne, su una pianura segnata dalla guerra. Non riusciva a capire come il conflitto avesse raggiunto quel luogo. Tuttavia, i gabbioni sconquassati e le colline che ospitavano le postazioni per i cannoni fugavano qualsiasi dubbio. Aveva visto anche sentieri di campagna calpestati da centinaia di stivali dalle suole chiodate. Perché si combatteva? E dov'erano ora i soldati?

Le montagne erano più ospitali della pianura. I loro versanti erano coperti da folti boschi e su alcuni fianchi meridionali le viti erano disposte in lunghe file, come picchieri pronti per una parata. Risalirono un passo. Sopra le loro teste svolazzavano alcuni corvi. Ve n'erano ovunque. *Il nero dei corvi e il bianco dei cavalieri, sono questi i colori di Valloncour*, pensò.

Michelle era molto taciturna da quando aveva parlato con fratello Leon. Quando le aveva chiesto se sarebbe diventato novizio, aveva risposto in modo evasivo. Leon le aveva sicuramente rivelato che cosa aveva visto con l'occhio onniveggente. *Se solo sapessi che cos'hanno scoperto,* pensò, disperato. Recava in sé la macchia degli Altri?

La sua attenzione fu attirata da una trincea che si alzava sopra di loro come la punta di una stella. Luc vedeva la canna bronzea del cannone anche da là sotto. Sull'altro lato della strada vi erano fortificazioni analoghe, nascoste tra le rocce.

«Su questo passo possono sparare quaranta cannoni», spiegò Michelle.

Era la prima frase che pronunciava da oltre un'ora. Accennò a una torre fatiscente che sorgeva un poco più su.

«In passato vi erano un muro e una porta robusta. Ma le palle di ferro dei cannoni sono un baluardo migliore. Nessuno può prendere d'assalto questo passo finché le trincee sono occupate».

«Contro chi combattiamo?».

Michelle si voltò sulla sella.

«Sulla pianura combattiamo contro noi stessi. La prossima primavera scoprirai che cosa significa. Quassù, tuttavia, facciamo la guardia contro gli Altri. Temono il nostro Ordine come nessun'altra forza. Forse, spinti dalla disperazione, prima o poi tenteranno di distruggere la fortezza». Allargò le braccia come se volesse cingere il passo. «Chi arriva quassù via terra ha già dovuto superare tre fortificazioni più deboli. Questo è il posto in cui qualsiasi attacco sarà soffocato nel sangue. E hai già visto come si arriva fin qui via mare. Le flotte nemiche non possono avvicinarsi. Al mondo non esiste fortezza più inespugnabile di Valloncour. E sono pochi i luoghi in cui troverai più soldati». Indicò la torre. «Negli ultimi cinquant'anni solo pochissime persone che non appartenevano alla Nuova Cavalleria sono entrate nella valle oltre il passo. Qualunque cosa accada domani, sei già un eletto».

Pronunciò quelle parole in tono così triste che il cuore di Luc si riempì d'angoscia.

«Sarò uno dei novizi?».

«Dipende da Tjured. Oggi non puoi pernottare nei loro alloggi. Dipende tutto da domani. Dovresti pregare. Ma, per l'amor del cielo, non gli idoli! Rovineresti ogni cosa».

Quel rimprovero lo ferì. Non aveva mai pregato gli idoli! Aveva solo portato dei doni alla donna bianca, ma non l'aveva mai pregata... Be', sì, le aveva chiesto qualcosa, ma non l'aveva mai pregata con il profondo fervore con cui si rivolgeva a Tjured nei momenti di disperazione. Da quando avevano lasciato il Boschetto delle Rose, non le aveva più chiesto nulla. Michelle non se n'era accorta? Non aveva notato quanto l'aveva spaventato la figura dalla testa volpina? E come si era dato da fare per soccorrerla? Non lo conosceva.

Proseguirono in silenzio finché raggiunsero il passo. Là, accanto al rudere, nel punto più alto della strada, Michelle fermò lo stallone. Luc si affrettò ad affiancarla per vedere finalmente la Fortezza dell'Ordine, il luogo che tutti i cavalieri sembravano amare così tanto. Tuttavia, quando la vide, non capì perché le fossero così affezionati. Là davanti si stendeva una lunga valle, circondata da pareti rocciose alte fino al cielo. L'acqua di alcuni ruscelli si raccoglieva in un grande lago che occupava quasi metà della conca. Sulle sue rive si innalzava una fortezza in stile antico, con bastioni robusti e altissime torri. Altre torri erano sparpagliate in tutta la valle. Spuntavano dal terreno come funghi. Alcune erano raggruppate sulle sommità delle colline o nei punti in cui piccole lingue di terra si allungavano nel lago. Altre sorgevano solitarie nelle macchie boschive che costellavano la conca o sulle sporgenze delle pareti ripide.

Luc si era aspettato qualcosa di più. Non avrebbe saputo dire che cosa. Il porto nell'enorme imbuto di roccia... Quello sì che era mozzafiato! Ma questo... Questo era... Non gli venne in mente una parola adatta. Il fatto che i cavalieri fossero così legati a quella valle dipendeva senza dubbio dalle esperienze che vivevano lassù. Anche Luc era legato al villaggio di Lanzac sebbene non fosse nulla di speciale. Pensava che non l'avrebbe più rivisto, ma l'avrebbe sempre portato nel cuore come una spina dolorosa.

Lanciò un'occhiata furtiva a Michelle. La cavalleressa abbozzò un sorriso. Negli ultimi tempi sorrideva troppo raramente. Aveva le mani giunte sul pomolo della sella e si era chinata un poco in avanti. I suoi lineamenti erano rilassati. Alla fine si accorse che la osservava.

«Allora? Ti piace?».

Il bambino esitò. Non voleva offenderla quando era così felice di essere tornata.

«Sembra tranquillo».

La cavalleressa rise. Una risata libera, argentina.

«Noioso, vuoi dire!».

«Non è quello che ho detto!» protestò Luc.

«Ma è quello che intendevi, ragazzo. È quello che intendevi!». Michelle rise ancora. «Credi che non sappia che cosa ti passa per la mente? Non è poi trascorso molto tempo da quando sono stata per la prima volta su questa collina. Con il cuore pieno di aspettative. Con la testa piena di sogni fantastici. E quando ho visto tutto questo, ho pensato: "Oh Dio! Sarà terribile passare sette anni in questa valle"».

Luc non era contento di essere così prevedibile. Poi fu percorso da un brivido. Ripensò a Leon e, per un attimo, sentì il gusto leggermente salato dell'occhio viscido sulla lingua. Rammentò come si era mosso nella sua bocca e si domandò che cos'avesse visto il vecchio. Quali segreti insondabili si portasse dentro senza saperlo.

«Ti piacerà. Credimi, Luc. Più di quanto ti sia mai piaciuto un luogo. E per tutta la vita non vedrai l'ora di tornare qui. Il ritorno a Valloncour è il nostro ultimo viaggio». Quelle parole suonarono malinconiche. «Sei sempre deciso a diventare un guerriero della Nuova Cavalleria? Vuoi davvero essere uno di noi? È il tuo desiderio più grande? Questa è l'ultima occasione per tornare indietro senza perdere l'onore. Se domani il primarca si rifiuterà di accettarti tra i novizi, ti aspetta un ritorno ignominioso».

Luc rifletté prima di rispondere. Il suo sguardo vagò sull'ampia valle con le sue torri bizzarre. Dove altro sarebbe potuto andare? Accantonò tutti i dubbi delle ultime lune.

«Questo è il luogo in cui voglio vivere!».

Lo disse con una decisione che stupì persino lui.

Michelle lo guardò, impassibile. Sorrise ancora.

«Farò tutto ciò che posso per convincere Leon. Ora vieni! Qui vicino vi è un capanno di caccia. Ti preparerò per domani».

«Che cosa dobbiamo fare ancora?».

Lo guardò come non aveva mai fatto da quando avevano lasciato il roseto.

«Tireremo di scherma finché ti faranno male le braccia. Se sarai ammesso, dovrai essere il miglior schermidore della tua lancia! E quando saremo esausti, ci stenderemo sull'erba, guarderemo le nuvole e parleremo dei nostri sogni».

Luc ebbe la sensazione che la catena di ferro intorno al suo cuore si fosse spezzata. I suoi sensi si acuirono. A un tratto sentiva la brezza leggera sulle guance. Più in alto udiva i pesanti battiti d'ali di un corvo che era salito tra le rocce. Fiutò il profumo dei cedri che, nella calura estiva, si levava dalla valle. All'improvviso vide l'antica fortezza, il lago, le torri e le pacifiche macchie boschive con occhi diversi. E, come aveva detto Michelle, si convinse che laggiù sarebbe stato più felice che in qualsiasi altro luogo.

47.
La fine dell'infanzia

Il suono limpido delle lame risuonava nella radura. Il sudore gli colava negli occhi. Si impegnava al massimo, ma Michelle contrastava i suoi attacchi con facilità. Il gioco delle lame divenne sempre più frenetico. La cavalleressa sembrava intuire in anticipo ogni mossa e ogni finta.

Gli diede un colpetto scherzoso sul braccio con il lato piatto della spada. Luc indietreggiò di un passo e sollevò l'arma nel saluto dello schermidore. Era stanco morto. La notte precedente non aveva quasi chiuso occhio.

Si lasciò cadere sull'erba. Michelle non aveva neppure il respiro affannoso. Era stata una sua idea sfruttare le ore prima della Festa del Risveglio con altre lezioni di scherma.

«Mi basta guardarti negli occhi per sapere come attaccherai», disse con un largo sorriso.

Luc trovava irritante essere così prevedibile. «Imparerò?».

La donna si strinse nelle spalle. «Non è questione di impegno. Alcuni ci riescono. Altri no. Vedremo che cosa succederà nel tuo caso. Vado a prendere i cavalli. Riprendi fiato».

La seguì con lo sguardo, esausto ma soddisfatto. In un solo giorno era cambiato tutto. Era come all'inizio, nel roseto. Michelle avrebbe interceduto per lui, ne era certo. Ma Leon l'avrebbe ascoltata? Ed erano in ritardo! La cerimonia per l'ammissione dei novizi avrebbe avuto luogo a mezzodì del giorno di mezz'estate. Il bambino guardò il cielo, preoccupato. Il sole era già quasi allo zenit.

Michelle tornò con i cavalli, e si avviarono.

Attraversarono una verdeggiante zona collinare e ben presto superarono una conca allungata. Il terreno era coperto di fango nero in cui scorreva un piccolo ruscello. Spesse catene erano tese tra alcuni pali e si allargavano sopra la melma come una rete. I versanti delle alture erano occupati da gradini di pietra per quasi tutta la loro larghezza. Luc non aveva mai visto nulla di simile. Gli anelli delle catene erano spessi quasi quanto il suo braccio. Quel luogo gli sembrava sinistro.

«Che posto è questo, Michelle?».

La cavalleressa aveva la mente altrove. Si lanciò un'occhiata fugace sopra la spalla.

«Che cosa ti sembra?».

Luc studiò la conca fangosa. Come si poteva dare un nome a qualcosa che non si era mai visto? I pali si innalzavano circa due passi sopra la melma. Più in alto, larghe staffe di ferro sostenevano le catene. Alle due estremità della fossa tre lunghe catene correvano verso un unico palo. Al centro vi era una ragnatela di catene che si allungavano in tutte le direzioni. La struttura era lunga poco più di cento passi; nel mezzo, in corrispondenza del punto più largo, ne misurava forse cinquanta.

«Sembra che si voglia tenere qualcosa intrappolato nel fango», disse Luc.

Michelle si voltò ancora.

«Esatto. Proprio così. Nella melma è nascosto un drago, e le catene gli impediscono di spiegare le ali e volare via».

Non c'è nessun drago, pensò il bambino, stizzito. Si prendeva gioco di lui. Esistevano gli elfi e i troll, e anche i coboldi e altre strane creature. Ma i draghi... Quelli esistevano solo nelle fiabe!

Tacque e la seguì attraverso un'ampia striscia di bosco. A un tratto risuonò un rumore di zoccoli. Alle loro spalle comparvero alcuni cavalieri. Non percorrevano il sentiero, bensì si materializzavano tra gli alberi, singolarmente o in piccoli gruppi. Indossavano lunghe vesti bianche simili ad abiti femminili. Si erano rimboccati l'orlo ed erano scalzi, sia gli uomini sia le donne. Una cavalleressa dai corti capelli biondi rivolse un cenno a Michelle.

Luc si sentì fuori luogo a causa dei suoi indumenti logori. Quel mattino si era lavato e pettinato con cura, ma dopo la lezione di scherma era di nuovo sudato e arruffato. Non avrebbe dovuto lasciarsi convincere!

Il bosco si diradò. Davanti a loro si ergeva una ripida parete rocciosa grigia e bianca ai cui piedi vi era un largo bacino scavato nella pietra. Aveva una forma singolare, simile a una foglia gigantesca o alla punta di un giavellotto.

Sul bordo del bacino si erano riuniti circa cento fanciulli e fanciulle, anch'essi coperti da lunghe vesti candide. Al centro vi era Leon.

Michelle andò nella sua direzione. Fermò il cavallo e smontò.

Luc tirò le redini. Aveva l'impressione di aver inghiottito un porcospino che ora si rotolava irrequieto nel suo stomaco. Anche da lontano vide che il primarca era arrabbiato. Michelle gli parlava, gesticolava con le braccia e continuava a indicare Luc.

Nel frattempo i cavalieri l'avevano raggiunto. Alcuni lo studiarono con curiosità, ma la maggior parte gli passò accanto senza degnarlo nemmeno di uno sguardo.

Si sentì solo. Quel luogo non era adatto a lui!

Finalmente Michelle lo chiamò con un cenno. Leon gli rivolse un'occhiata cupa. Ora sembrava che il porcospino volesse fuggire in preda al panico. Il suo stomaco si contrasse. Luc spronò la cavalla. I bambini sulla riva del lago lo guardavano. Avrebbe voluto essere invisibile.

«Spogliatevi, perché, prima di nascere per la seconda volta, dovete comparire dinanzi a Tjured nudi come egli vi ha creati. E non vergognatevi della vostra nudità, perché il vostro corpo è un dono di dio, e tutti i suoi doni sono perfetti anche se talvolta l'osservatore troppo superficiale non ne vede la perfezione».

Michelle si avvicinò a Luc.

«Forza, smonta! Spogliati e vai dagli altri prima che Leon cambi ancora idea!».

«Sarò un novizio?». Il bambino, fuori di sé dalla gioia, l'abbracciò. Dunque non era un sosia!

Ma che cos'aveva visto l'occhio onniveggente di Leon? Il giorno prima il primarca non era così furioso... Luc esitò.

«Devo spogliarmi?».

«Come tutti gli altri!» insistette la cavalleressa. «E sbrigati, la cerimonia sta per iniziare».

Luc obbedì e si svestì in tutta fretta. Ma quando rimase nudo davanti a lei, si sentì a disagio. Si coprì le parti intime con la mano e avvampò.

«Vai dagli altri. E fai ciò che fanno loro», gli raccomandò Michelle.

L'altro mosse un passo incerto verso il bacino. Quindi si voltò. Si trovava là solo per merito della cavalleressa.

«Grazie», disse. «Non so che cosa...».

La donna lo zittì agitando la mano.

«Vai dagli altri!».

Così dicendo, assunse un'espressione strana. Commossa, ma anche triste. Aveva forse detto qualcosa di sbagliato?

Luc raggiunse gli altri bambini. Scesero verso il bacino con silenziosa solennità e ne scavalcarono il bordo in muratura. L'acqua era gelida! Luc trasse un profondo respiro e si morse le labbra. Gli altri non fiatarono né esitarono a dirigersi verso il centro, dove l'acqua arrivava loro due palmi sopra i fianchi.

Frattanto i cavalieri erano smontati da cavallo. Dovevano essere ben più di cento. Presero posizione intorno al bacino. Anche loro erano ammutoliti. Luc scorse Michelle, che si era infilata un'ampia veste candida. Era accanto alla donna dai corti capelli biondi, che aveva una cicatrice sul volto; si tenevano per mano.

«Ciascuno di voi ha convinto un cavaliere o una cavalleressa che è degno di essere uno di noi. Voi tutti avete superato la prima prova. Forse ora vi considererete speciali, ma vi sbagliate».

Leon sollevò una pietra in cui scintillava un minerale argenteo.

«Siete bambini. Siete il minerale della terra. Siete imperfetti e aspettate che qualcuno vi dia forma. Venite da tutti i ceti sociali. Dinanzi a me vi sono figli di sacerdoti e di contadini, rampolli dell'aristocrazia e anche il figlio di una sgualdrina nato nel fango. Laggiù vi è la figlia di un'eroina che la scorsa estate ha perso la vita durante le battaglie nel Drusna. Il figlio di un maestro d'armi che è sopravvissuto da solo alla peste nel suo villaggio».

Luc deglutì. Perché Leon aveva fatto riferimento proprio a lui? Quasi tutti i fanciulli guardavano il primarca, affascinati. Pendevano dalle sue labbra. Tuttavia, la bambina davanti a lui si imbronciò. Aveva i capelli cortissimi e irradiava una contrarietà che il bambino non riuscì a capire.

«Alcuni di voi si considereranno migliori per via della loro nascita. Altri si domanderanno come sia possibile che una persona come loro possa indossare gli speroni dorati della Cavalleria».

Era la prima volta che Leon gli leggeva esattamente nel pensiero. Luc si sorprese ad assentire. Una rapida occhiata obliqua gli mostrò che era stato l'unico a reagire in quel modo.

A un tratto l'acqua divenne un poco più calda. Durò solo un attimo. Fu come una carezza delicata. Luc fissò la bambina là davanti. Non aveva neppure... Ora osava anche sorridere! Era incredibile! Come poteva fare una cosa del genere!

Forse, nell'acqua gelida, non era riuscita a trattenere la pipì? Era solo una bambina. Non potevano esservi altre ragioni!

«Come la macina separa il minerale dalla pietra insensibile in questa roccia, qui cercheremo di tirare fuori il meglio di voi. E vi prometto che vi sentirete come questa pietra mentre verrà sbriciolata tra possenti rulli. Non tutti resisterete per sette anni, fino alla notte precedente la mezz'estate. Alcuni getteranno semplicemente la spugna».

Estrasse la punta di una lancia da una tasca nascosta della veste e se la sollevò sopra la testa.

«Coloro che non si arrenderanno saranno invece come questa punta di lancia. Sarete i primi nella battaglia contro i nemici di Tjured. I cavalieri dell'Albero di Cenere e i soldati al servizio della Chiesa sono solo il fusto di legno che permette alla lancia di colpire il bersaglio. Voi, invece, assesterete il colpo mortale ai nemici. Lacererete loro la carne. Scaccerete per sempre gli Altri. E quando avrete compiuto questa missione, nel mondo di dio regnerà la pace eterna. I leoni diventeranno agnelli che verranno accolti in seno al gregge dei Figli di Tjured. E avrete creato un mondo in cui prevarrà la pace divina e in cui tutti gli esseri umani vivranno per sempre come fratelli e sorelle. Testimoni, fatevi avanti!».

Le file degli uomini e delle donne intorno all'ampio bacino furono attraversate da un movimento.

Luc vide Michelle. Fu una delle prime a scendere in acqua. Accanto a lei camminava un tipo smilzo la cui manica destra era vuota.

«Testimoni, mettetevi al fianco dei bambini che avete giudicato degni!» ordinò Leon.

Michelle prese Luc per mano. La sua tristezza sembrava svanita. Ora aveva un'aria orgogliosa.

«Ascoltate, fanciulli, un tempo san Jules si bagnò in questa sorgente e si lamentò con Tjured perché gli Altri avevano ucciso san Guillaume, e il suo cuore era colmo di amarezza. Allora dio gli disse di dare alla Chiesa uno scudo che la proteggesse dalle frecce degli Altri e di procurarle una spada per scacciare gli Altri. Così Jules si mise in cerca dell'uomo che avrebbe dato una spada e uno scudo alla Chiesa. Ecco come nacque l'Ordine dell'Albero di Cenere. Tuttavia, durante la prima notte della sua missione, il santo sognò che, un giorno lontano, la spada e lo scudo si sarebbero sollevati dalla sorgente in cui si era bagnato».

Con un gesto repentino, Michelle prese Luc per i capelli e lo tirò all'indietro. Il bambino cadde nell'acqua gelida. Ansimando, si dibatté mentre la cavalleressa lo aiutava a rialzarsi. La stessa sorte era toccata agli altri. Erano tutti fradici e tremanti.

«Ora vi siete lavati via l'infanzia».

Leon aveva parlato in un tono che l'aveva colpito profondamente. Il bambino rabbrividì.

«Vi do il benvenuto, novizi della Nuova Cavalleria. Siete stati purificati dal vostro ceto e dal vostro passato. Ora siete fratelli e sorelle. Siete legati l'uno all'altro e non più al mondo. Da questo quarantasettesimo corso di Valloncour forgeremo sette lance». Il primarca allargò le braccia e le tese verso il cielo.

«Tjured, signore della volta celeste e del globo terrestre, abbassa il tuo sguardo misericordioso su questi novizi, che desiderano diventare la tua spada e il tuo scudo. E dividili in lance che non si spezzeranno finché l'ultimo di loro farà ritorno tra le torri di Valloncour».

Luc guardò il sereno cielo estivo. Era così emozionato che era certo di scorgere un segno di Tjured. Non sapeva che cosa sarebbe accaduto, ma sentiva che quel giorno sarebbe successo un miracolo.

I testimoni uscirono lentamente dal bacino e si rimisero in fila lungo il bordo. Le vesti bagnate fasciavano i loro corpi. I corpi di guerrieri e guerriere, temprati in battaglia e – lo sguardo di Luc si posò sull'uomo con un braccio solo – segnati dalla guerra di dio.

«Mascha di Vilussa, fatti avanti e prendi la tua veste!» urlò un giovane cavaliere, indicando una pila di indumenti sull'orlo del bacino. Una bambina dai lunghi capelli biondi si staccò dal gruppo dei novizi e si diresse da quella parte.

«Raffaele di Silano, fatti avanti e prendi la tua veste!» gridò una donna con una cicatrice sul volto.

Luc guardò ancora il cielo. Dov'era il segno? Che Tjured non li avesse sentiti?

Le file dei novizi furono attraversate da un brusio. Anche molti altri avevano alzato gli occhi al cielo. Irritato dal chiasso che guastava la solennità della cerimonia, Luc fissò la bambina bionda che si chiamava Mascha. La piccola girò la testa e cercò di guardarsi la schiena. Sulla veste immacolata era comparso qualcosa di rosso.

Raffaele faticò a infilarsi il lungo indumento. Il tessuto gli si appiccicò alla pelle bagnata. La sua testimone, la donna con la cicatrice, lo aiutò a lisciare la stoffa.

Sulla veste di Mascha prese forma la figura di un drago rosso.

«Vedete, Tjured ci ha dato un segno, fratelli e sorelle!» esclamò Leon con la voce tremula e commossa. «Mascha di Vilussa è stata assegnata alla lancia dei Draghi!».

Anche la veste di Raffaele si tinse di rosso. Le singole chiazze composero il disegno di un leone.

Trattenendo il fiato, Luc guardò i novizi che uscivano dal bacino uno dopo l'altro. Gli indumenti che i cavalieri porgevano loro erano candidi, ma, appena li infilavano, comparivano degli animali araldici. Il drago, un leone, un cavallo rampante, una torre fortificata.

«Joaquino di Raguna, fatti avanti e prendi la tua veste». Le voci dei testimoni risuonarono una dopo l'altra. Il bacino si svuotava a vista d'occhio.

All'improvviso la gioia di aver assistito a un miracolo si dissolse dal cuore di Luc. La paura tornò ad attanagliarlo. Leon aveva visto qualcosa in lui... E quel qualcosa non sarebbe rimasto nascosto all'occhio di dio. E se non l'avessero chiamato? O se, peggio ancora, Michelle l'avesse chiamato e la sua camicia fosse stata l'unica a restare bianca?

L'acqua fredda gli tagliava la carne come un coltello. Si premette le braccia contro il corpo e non riuscì a reprimere il tremore. Ora erano stati chiamati quasi tutti. Rimanevano solo lui e la bambina là davanti. Era forse la punizione di Tjured per il sacrilegio di aver insozzato l'acqua del bacino? La piccola era forse stata condannata ad aspettare sino alla fine?

«Gishilde di Firnstayn, fatti avanti e prendi la tua veste!» urlò una vellutata voce maschile.

L'uomo con un braccio solo aspettò la bambina e le porse la camicia candida.

«Luc de Lanzac, fatti avanti e prendi la tua veste!».

La voce di Michelle era carica di orgoglio. Era impossibile non notarlo. Invece, il cuore del bambino era colmo di paura.

Uscì dall'acqua tremando. Michelle lo aiutò a indossare la camicia. Il lino gli scivolò a fatica sulla pelle bagnata.

Luc girò la testa finché gli fece male il collo. Sulla schiena gli comparirono alcune macchie rosse. Era così sollevato che per poco non gli cedettero le gambe. Era uno di loro. L'avevano ammesso. Tjured aveva fatto un miracolo anche per lui! Dunque non vi erano più dubbi! Non era un sosia! In lui non vi era nulla che dispiacesse a dio. Ora era un novizio della Nuova Cavalleria. E ogni giorno avrebbe dimostrato a Michelle di meritare la sua fiducia!

La cavalleressa lo abbracciò. «Benvenuto, fratello Luc», gli sussurrò all'orecchio. «Benvenuto». Lo prese per le braccia, lo spinse un poco all'indietro e lo guardò. «Sarai un bravo cavaliere. E chissà, forse ti troveremo anche una principessa da salvare».

Sorrise, imbarazzato.

«Credo sia più facile trovarti un orso da cavalcare».

Michelle rise e lo abbracciò ancora. Luc desiderò che quel momento non finisse mai. Non era mai stato così felice.

48.
Un gesto da cavalleressa

«FORZA, GIÙ DAL LETTO!».

Gishilde batté le palpebre. Stordita, cercò di ricordare dove si trovasse. Quella maledetta baracca! Drustano passava accanto ai letti, dando una scrollata ai novizi per le spalle.

«Forza, alzarsi!».

La principessa allontanò la coperta sottile e si alzò. Non fu l'obbedienza ad animarla. Doveva muoversi, doveva fare qualcosa. Avrebbe tanto voluto picchiare qualcuno. Forse poi sarebbe stata meglio. Pensò alla lezione di scherma di mezzogiorno. Sarebbe stata un'ottima occasione!

Si allacciò gli stivali controvoglia. Avevano tutti una veste bianca. Maledizione, chi si vestiva di bianco se non un principe elfico? Le camicie si sarebbero insudiciate. Si vedeva ogni macchia.

Durante la notte aveva tenuto i calzoncini. Ora si infilò la tunica e si legò la stretta cintura di cuoio intorno ai fianchi.

«L'ultimo lava i piatti!» urlò Drustano, spalancando la porta. Evidentemente l'uomo con un braccio solo si divertiva a intimidirli. Era stato felicissimo quando, in primavera, Lilianne era tornata e aveva posto fine alla sua sorveglianza solitaria nella Torre del Corvo. Ora, vicino all'edificio, vi era una piccola guarnigione, e quell'avamposto desolato stava per essere ampliato. La cavalleressa aveva portato Drustano e Juztina a Valloncour.

Tutti avevano ricavato qualcosa. Juztina era felice di essere una delle poche sguattere scelte lassù nella valle e di non dover più sopportare i malumori di Drustano. E il cavaliere con un braccio solo era lieto di essere maestro di una lancia.

Sono tutti felici, pensò Gishilde con amarezza. Solo lei detestava Valloncour. Dov'era Silwyna? Aveva trascorso così tanti pomeriggi ai piedi della Torre del Corvo, scrutando il lago ghiacciato. Per tutto l'inverno? Aveva resistito facilmente alla tentazione di fuggire sul lago. Sapeva fin troppo bene che cosa significava mettersi in viaggio verso il Drusna durante l'inverno. Senza provviste e senza il giusto abbigliamento non sarebbe andata lontano.

Strinse le labbra in una smorfia rabbiosa. Sarebbero dovuti venire a prenderla! Era solo una bambina! Aveva sperato così tanto che l'elfa arrivasse. Perché gli Altri non venivano a salvarla? Si diceva che niente e nessuno potesse sottrarsi allo sguardo della regina Emerella! Dov'erano? Era l'erede al trono della Terra del Fiordo. Perché non facevano nulla? Prendere d'assalto la Torre del Corvo sarebbe stato semplice. A Valloncour sarebbe stato necessario un esercito per liberarla.

Uscì dalla baracca borbottando cupo in volto.

«Sei l'ultima, sorella Gishilde», osservò Drustano,

asciutto. «Laverai i piatti della lancia e li riporterai indietro».

Si rivolse agli altri.

«Il periodo dei festeggiamenti è finito. Ricordate che cos'ha detto fratello Leon? Qui siete in una macina. E sarò contento di trovare le briciole di minerale dentro di voi. Ogni mattina correremo per un'ora. Poi nuoterete. Poi mangerete qualcosa e farete lezione con le altre lance. Durante il primo anno affineremo le vostre conoscenze di base. Dovete saper leggere e scrivere, cavalcare e far di conto, tirare di scherma e sparare. E dovete diventare forti. Vi prometto solennemente che, quando tornerete nella baracca la sera, sarete così sfiniti da non riuscire neppure a maledire il mio nome».

Li guardò uno dopo l'altro, quindi si girò di scatto e si mise a correre.

«Forza, seguitemi, novizi!».

Alcuni gemettero piano. Ma Gishilde era lieta di poter correre e dare libero corso ai suoi pensieri. Doveva esservi un motivo se Silwyna non era ancora arrivata. Forse gli elfi volevano che si infiltrasse a Valloncour. La Nuova Cavalleria era un nemico pericoloso, ripeteva sempre suo padre. Sapeva che ora Gishilde ne faceva parte? Che cos'era saltato in mente agli dei? Sedevano sicuramente nei Saloni Dorati e ridevano di lei!

Non dovette faticare per tenere il passo con Drustano, mentre i primi novizi della lancia restavano lentamente indietro ansimando. Silwyna le aveva insegnato a correre con quell'andatura leggera e costante con cui avevano vagato per i boschi della Terra del

Fiordo e del Drusna. *Sono in grado di correre per ore*, pensò Gishilde. Di correre finché le bruciava il cuore. Finché sentiva solo una sorda stanchezza. E forse era fiera di avere più resistenza di tutti gli altri.

Il giorno prima aveva fatto un piano. All'apparenza si era rassegnata all'inevitabile. Ma aveva voluto che i festeggiamenti finissero con un giudizio divino. Appena era entrata in acqua, aveva iniziato a pregare silenziosamente gli dei della Terra del Fiordo affinché scagliassero fulmini dal cielo per aiutarla. Quando aveva visto che non serviva a nulla, aveva insultato Tjured e addirittura pisciato nel suo bacino sacro. Ma quel dio enigmatico e sconosciuto aveva accettato ogni cosa. Era segno di grandezza o di debolezza? Non lo sapeva. Si era augurata che una saetta colpisse almeno lei. Tjured non poteva semplicemente permetterle di profanare il suo bacino! Era stata una preghiera stupida. Dopotutto, suo padre aveva ancora bisogno di lei. Era l'erede al trono. Aveva una notevole responsabilità sulle spalle... Non poteva morire. Non così. L'aveva capito mentre ci rifletteva il giorno prima.

Vi erano così tante cose da considerare! Tjured l'aveva forse accolta tra i suoi figli eletti? Anche lei aveva fatto parte del suo miracolo. Ricordò con orrore il modo in cui lo stemma con il leone le era comparso sulla camicia candida. Ora era dunque una dei quattordici Leoni del quarantasettesimo corso dei novizi di Valloncour.

La strada verso i Saloni Dorati, dove si riunivano gli eroi morti del suo popolo, si era forse chiusa per sempre? Gli dei l'avevano forse piantata in asso? Com'era possibile che i più pii tra i guerrieri nemici la accettassero nelle loro file? Se Tjured era onnisciente come sostenevano tutti, doveva sentire tutto il suo disprezzo. Tutto il suo mondo era andato in frantumi il giorno prima, quando lo stemma aveva preso forma sulla sua camicia. Quello non era il suo posto, di questo era certa. Avrebbe preferito mille volte essere l'unica a ricevere la veste bianca!

Il gruppo aveva raggiunto la grande conca fangosa con le catene sopra e seguiva il corso della sponda melmosa. Sul lato opposto Gishilde vide un'altra lancia che correva. I suoi membri erano più grandi, forse quindici o sedici estati. Portavano pettorali ed elmi aperti. La bambina desiderò far parte di quel gruppo, e non di quel branco di gattini che si credevano leoni. Si guardò sopra la spalla. Anche Drustano non era duro come credeva. Aveva chiazze rosse sul viso. Oziare nella torre non gli aveva fatto bene.

Joaquino e Luc resistevano molto bene. Gli altri guaivano come cuccioli nella calura estiva. Luc... Era l'unico a essersi accorto di cosa aveva fatto nel bacino. Fino a quel momento non aveva detto nulla, ma era solo questione di tempo.

Che cercasse pure di ricattarla o anche solo di importunarla. Immaginava come l'avrebbe atterrato appena avesse pronunciato una parola sbagliata. Era uno sgobbone. Voleva accontentare sempre tutti e chiedeva il permesso per ogni piccolezza. Non sarebbe mai stata così! Si sarebbe adattata solo per finta. Ma lo faceva solo per spiare l'Ordine! Gli elfi sarebbero venuti a prenderla. Ne era sicurissima. Nessuno sfuggiva a Silwyna! La sua maestra l'avrebbe trovata.

Drustano li condusse oltre la sommità della collina, in direzione del lago. A ovest il sole si alzava sopra le montagne, con i raggi che trapassavano la penombra mattutina come giavellotti dorati.

Due galee si allontanarono dalla riva del lago, che avevano raggiunto dopo un lungo viaggio. Gli ordini dei maestri rematori echeggiarono in lontananza sopra l'acqua liscia come uno specchio. Che fossero i novizi a remare? *I superiori dell'Ordine si assicurano che i cavalieri diventino forti*, pensò Gishilde.

«C'è qualcuno tra voi che non sa nuotare?» domandò Drustano.

Il gruppetto di novizi si riunì lentamente sulla sponda. L'ultimo ad arrivare fu Giacomo. Era il più piccolo della lancia. Gishilde era certa che aveva mentito quando gli avevano chiesto l'età. Per diventare novizi, bisognava aver visto almeno dieci estati, sennonché quel bambino gracile era troppo minuscolo per avere dieci anni.

«Che cosa aspettate? Spogliatevi ed entrate in acqua!» ordinò Drustano sedendosi su un sasso.

«Vedete la boa là dietro? Nuotate fin là e tornate qui. Poi torniamo alla baracca e facciamo colazione».

Gishilde guardò la boa. Ridicolo. Distava meno di cento passi. Si svestì in tutta calma mentre gli altri si spogliavano frettolosamente.

«Hai paura dell'acqua?» la canzonò Drustano. Tutti gli altri Leoni si erano già tuffati e si avviavano sguazzando verso la boa.

Gishilde non rispose. Drustano avrebbe dovuto tapparsi la bocca. Lo sopportava da abbastanza tempo per sapere che aveva sempre l'ultima parola. Si poteva convincerlo solo con le azioni. Era stato contrario all'idea di portarla laggiù.

A bordo del galeone che l'aveva condotta a Valloncour, la principessa aveva origliato una discussione tra lui e Lilianne. L'uomo la considerava un pericolo per la Chiesa di Tjured e aveva sostenuto che sarebbe stata meglio in carcere che nella scuola dell'Ordine. Aveva capito le sue intenzioni. Sapeva con certezza che fingeva quando evitava di rispondere per le rime. Lilianne l'aveva sorpresa. La cavalleressa sapeva che Gishilde si aggrappava ancora alla vecchia fede e che aspettava solo l'occasione di fuggire, ma aveva insistito per portarla là. *Se crede che con il tempo mi rassegni, si sbaglia di grosso*, pensò la bambina, saltando nell'acqua fredda.

Raggiunse gli altri con alcune energiche bracciate. La maggior parte sguazzava impotente nel lago. E dicevano di saper nuotare! Solo il piccolo Giacomo se la cavava bene. Arrivò alla boa prima di lei.

Gishilde toccò la boa con la sinistra, si spinse all'indietro e si girò sulla schiena. Si lasciò trasportare dall'acqua e guardò il vasto cielo quasi privo di nuvole. Le piaceva galleggiare. Che gli altri facessero pure a gara per arrivare primi. Come l'avrebbe punita Drustano? Le avrebbe tolto la colazione? Sorrise. L'avrebbe sopportato.

Fu disturbata da un ansimare disperato. Chi era l'ultimo di quel gruppo di rammolliti? Bernadette dai capelli rossi? O Luc? Si voltò e guardò verso la boa. Joaquino lottava disperatamente per tenersi a galla. Le rivolse un'occhiata supplichevole, ma o non aveva fiato o era troppo orgoglioso per chiedere aiuto.

Gishilde gettò uno sguardo alla sponda. Drustano era intento a incitare Giacomo, impegnato in un testa a testa con Luc.

Per un attimo pensò che, se non fosse intervenuta, vi sarebbe stato un cavaliere in meno a combattere contro la Terra del Fiordo. Quindi riprese a nuotare. Quel moccioso con i grandi occhi azzurri... Non poteva stare a guardare mentre annegava.

Joaquino si aggrappò a lei quando lo raggiunse. Era alto e più forte di Gishilde. «Smettila! Affogheremo entrambi!».

Gli morse il braccio e si staccò. Agitandosi come un forsennato, l'altro cercò ancora di afferrarla.

«Affogheremo entrambi se mi stringi così!».

La principessa si sforzò di assumere un tono calmo. Joaquino la guardò con espressione atterrita. Quindi affondò.

«Maledetto idiota!». Gishilde si immerse, lo prese per i capelli e lo tirò su. «Non devi agitarti!».

Il bambino sputò acqua, tentando di dire qualcosa. Aveva le labbra blu, e i denti gli battevano così forte che non riuscì a spiccicare parola. Le sue mani si strinsero intorno alle braccia di Gishilde come catene di ferro. La principessa agitò i piedi per non affondare. Non avrebbe funzionato a lungo.

«Maledizione, non ti rendi conto che così anneghiamo tutti e due?».

Joaquino farfugliò qualcosa di incomprensibile.

Gishilde gli sferrò una ginocchiata ai genitali. L'acqua attutì il colpo, ma il bambino gemette e allentò la presa. La principessa gli cinse il collo con un braccio.

«O stai fermo e ti fai trascinare a riva o ti aggrappi e io me ne vado. Non intendo affogare con te. Hai capito?».

L'altro aveva ancora gli occhi colmi di panico, ma si tranquillizzò.

Gishilde cominciò a tirarlo, accertandosi che la faccia non gli finisse sott'acqua. Luc le andò incontro e la aiutò a portare in salvo Joaquino. Quindi arrivò anche Giacomo, e Drustano avanzò verso di loro.

Insieme trasferirono il bambino sulla sponda. Drustano gli domandò perché non avesse detto di non saper nuotare.

Joaquino era troppo esausto per rispondere. Vomitò acqua due volte. Gli altri Leoni gli si riunirono intorno, restando perlopiù in silenzio. Bernadette ripeté le imprecazioni di Drustano. Luc sedette accanto al compagno e gli tenne la mano.

Finalmente il cavaliere si alzò. Si avvicinò a Gishilde e la guardò. Solo ora la bambina si accorse di avere graffi sanguinanti sul collo e sulle spalle e larghe strisce rosse sulle braccia, dove Joaquino l'aveva stretta in preda alla paura. Non sentiva dolore. Il suo corpo era ancora insensibile a causa dell'acqua gelida. Ma il dolore sarebbe arrivato.

«È stato un gesto da vera cavalleressa», sottolineò Drustano. «Non ti avrei creduta capace di tanto... principessa».

Pronunciò l'ultima parola così piano che gli altri non la udirono.

«Non sono una cavalleressa», ribatté Gishilde, ostinata. «Non lo sarò mai».

La guardò senza aggiungere altro.

Chissà che cosa pensa, si domandò la bambina. Era la prima volta che le diceva qualcosa di gentile. Non voleva elogi dagli acerrimi nemici della Terra del Fiordo. Ciononostante ne era orgogliosa, e questo la irritava.

49.
Primi combattimenti

Luc conficcò la pala nella terra smossa e si stiracchiò. Faceva tutto ciò che chiedevano i maestri e credeva fermamente che anche le richieste più assurde avessero un significato più profondo e che un giorno l'avrebbe compreso. Tuttavia, la faccenda della torre era troppo bizzarra.

Abbassò lo sguardo sulla fossa in cui sgobbavano gli altri. Il terreno era duro. Sotto lo strato argilloso si erano imbattuti nella roccia massiccia. Il maestro costruttore aveva insistito affinché allargassero la buca. Avrebbero sgrossato la pietra e l'avrebbero usata per le fondamenta della torre, la torre dei quarantasettesimi Leoni. Tutti i novizi che li avevano preceduti ne avevano costruita una. Ecco perché la valle aveva quell'aspetto curioso.

Quegli edifici avevano qualcosa di sinistro. Prima li avrebbero ospitati finché fossero entrati nella Cavalleria e fossero stati mandati nel mondo a combattere per l'Ordine. Poi avrebbero svolto la loro vera funzione. Sarebbero diventate le loro tombe. I cavalieri si davano molto da fare per riportare i loro defunti a Valloncour. Li seppellivano nelle torri che avevano costruito insieme quando erano novizi. Così sarebbero stati riuniti dopo la morte.

Quando Luc pensava che stava erigendo la propria tomba, gli sudavano le mani. Non poteva fare a meno di ripensare a Lanzac. La morte gli sarebbe sempre stata accanto?

Finché la costruzione fosse stata completata, i novizi avrebbero alloggiato in una semplice baracca di legno vicino al cantiere, dove avrebbero patito il caldo in estate e il freddo in inverno. Sarebbero stati esposti agli elementi e alle stagioni. Le lezioni si tenevano nel capanno o all'aperto. Potevano entrare solo di rado nella fortezza sul lago.

In lontananza risuonarono alcuni squilli di tromba. Luc tirò un sospiro di sollievo e si asciugò il sudore dalla fronte con il braccio. Di lì a un'ora sarebbe iniziato il primo torneo del nuovo anno. Benché ne parlassero tutti, non riusciva ancora a immaginare che cosa lo aspettasse. L'avvenimento aveva tanti nomi diversi. Lo chiamavano Danza delle Catene, Tempesta delle Bandiere o anche Piegati. I maestri parlavano del Buhurt come se non fosse altro che un torneo centenario.

Gli altri Leoni uscirono dalla fossa. «Hai anticipato un poco la pausa?» gli sibilò Bernadette in tono aspro.

Aveva mani delicate che spesso si coprivano di vesciche a causa del duro lavoro, e si era avvolta le dita escoriate in stracci sporchi. Luc sapeva che sotto le bende si vedeva la carne viva. Tuttavia avrebbe scommesso che la bambina sarebbe stata impertinente e scontrosa anche se non avesse sentito dolore. Era semplicemente fatta così.

«È questo lo spirito giusto», la incoraggiò Drustano. «Conservatene un po' per la prossima lezione di scherma. Farò in modo che siate in coppia».

Bernadette assunse un'espressione contrariata. Sapevano tutti che Luc era stato addestrato da Michelle, e nessuno si azzardava a sfidarlo. Ma la bambina era troppo orgogliosa per tirarsi indietro. Luc decise di non farle fare una figuraccia quando avessero combattuto l'uno contro l'altra. Non era cavalleresco ostentare la propria superiorità. Avrebbe coperto di vergogna se stesso e Michelle se avesse umiliato troppo Bernadette, anche se quella ragazzina avrebbe avuto bisogno di una bella strigliata.

«Non stare lì imbambolato!» lo rimproverò Drustano.

Ormai erano usciti tutti dalla fossa. Si spazzolarono la polvere dai vestiti e, in fila per due, si avviarono verso la distesa fangosa. Quattordici Leoni. Quattordici futuri cavalieri!

Presero posto su uno degli strani gradini che circondavano il pantano. Si riunirono centinaia di scolari. Non avevano molto in comune con le lance degli ultimi corsi. I novizi più grandi erano cortesi quando li incrociavano di sfuggita, ma era il genere di cortesia che creava una distanza incolmabile.

Luc li osservò con curiosità. Era come vedere il futuro. Un giorno, se avesse tenuto duro, sarebbe stato anche lui come loro. Avevano un fisico scolpito e si muovevano con la calma orgogliosa dei guerrieri. Il vento e le intemperie avevano segnato i loro volti. Alcuni avevano già delle cicatrici. A quanto si diceva, i più grandi si allenavano con armi affilate. Erano belli. Non ne vide neppure uno brutto. Nessuno che avesse il naso storto o altre parti deformi. L'aspetto fisico contava forse qualcosa quando si veniva selezionati come novizi? Si guardò con aria scettica. *Sono troppo esile,* pensò. Non era debole, ma aveva le braccia sottili, e non avrebbe saputo dire se fosse carino. Be', non era neppure brutto…

«È libero?». Una voce familiare lo riscosse dalle sue riflessioni.

Michelle! Non la vedeva da quando si era trasferito nella baracca con gli altri novizi.

«Certo, accomodati!».

La cavalleressa guardò Drustano.

«Ti dà fastidio se mi siedo tra la tua lancia?».

«Ti manca il tuo ragazzo?» ribatté il maestro con un sorriso di sufficienza. Alcuni novizi ridacchiarono.

Michelle sostenne lo sguardo penetrante dell'uomo.

«È stato una compagnia migliore di molti cavalieri».

«Buono a sapersi. Si dice che tu abbia abbandonato la tua lancia e abbia addirittura sparato a un tuo confratello gravemente ferito e indifeso».

Luc vide Michelle socchiudere leggermente gli occhi.

«Be', esistono diversi tipi di cavalieri. Alcuni si separano dalla loro lancia perché credono che i loro fratelli e sorelle abbiano abbandonato la strada dell'Ordine. Altri si separano dal loro braccio perché nemmeno sette anni di lezioni di scherma li hanno trasformati in guerrieri capaci di difendersi sul campo di battaglia. Io resto fedele a ciò che sono! Che cosa mi dici di te, fratello?».

Drustano era sbiancato e aveva gli occhi che scintillavano di collera.

«Non sono in vena di litigare con te davanti ai novizi. Ma guardati bene dal dire ancora falsità su di me dinanzi alla mia lancia. La prossima volta ti trascino davanti alla corte d'onore dell'Ordine!»

Michelle si spostò una lunga ciocca di capelli dal viso.

«La sede dei duelli tra coloro che non osano affrontarsi in una radura all'alba».

«Ti sbagli, maestra di scherma. È la sede dei duelli tra coloro che non devono temere di essere smascherati come fanfaroni e millantatori».

La cavalleressa proruppe in una risata.

«Millantatori! Questa sì che è buona! Chiamare millantatrice una maestra di scherma. Tu sì che hai il senso dell'umorismo».

Luc la conosceva abbastanza bene per sapere che quella risata era sincera e non voleva essere una canzonatura mordace. Ma Drustano non lo capì.

«Ti do il permesso di allontanarti, maestra di scherma. Incontrerai la mia lancia durante le lezioni. Per il resto, gira al largo!».

Guardò Luc.

«E tu puoi scegliere se assistere al tuo primo Buhurt con i tuoi fratelli e le tue sorelle o con un'esclusa. Sei libero di andare con lei».

Il bambino si alzò senza esitazione. Aveva trascorso quasi un anno con Michelle. Era la sua eroina, la sua maestra, mentre Drustano era solo un aguzzino! *Che veda pure che cosa penso di lui*, si disse Luc.

Michelle gli posò la mano sulla spalla.

«Mi fa piacere che tu venga con me, ma non è stata una decisione saggia», mormorò.

«Ma è stata sincera!» ribatté il bambino.

La cavalleressa si fermò e gli lanciò un'occhiata penetrante... Che avesse anche lei nostalgia del periodo in cui cavalcavano insieme?

«Non sarei dovuta venire. È importante che voi Leoni instauriate legami solidi. Non dovete andare ciascuno per la sua strada. Non ancora. Prima dovete imparare a fidarvi l'uno dell'altro e a difendervi a vicenda. Ma... volevo vedere con te il tuo primo Buhurt».

Il cuore cominciò a battergli più forte. Dunque sentiva la sua mancanza!

«Sistemerò le cose con gli altri».

Michelle annuì. Forse preferiva non parlarne più. Luc si sentiva a disagio. Sarebbe stato più intelligente restare neutrale, lasciare che litigassero. Sapeva di dipendere dalla benevolenza di Drustano. Sarebbe stato lui a decidere se un giorno avrebbe portato gli speroni dorati della Cavalleria. Sospirò. Ma come avrebbe potuto schierarsi contro Michelle? L'avevano ammesso a Valloncour solo grazie a lei. Doveva pensare ad altro! Ormai i rapporti con Drustano si erano guastati. Nei prossimi giorni sarebbe stato particolarmente docile. Avrebbe aggiustato tutto.

«Perché, durante il viaggio, non hai mai accennato alla Danza delle Catene?».

Michelle aspettò prima di rispondere. Quella era una novità per Luc. La domanda era forse così difficile? O sconveniente? Guardarono due lance che si riunivano alle estremità opposte dell'intreccio di catene. Dall'alto, dai gradini su cui sedevano, il campo da gioco assomigliava a un grande fuso. Ai due capi vi era un palo spesso come l'albero di una nave, intorno al quale correva una stretta piattaforma di legno. In cima al palo sventolava una bandiera che, quel giorno, raffigurava un leone rosso su fondo bianco da una parte e un cavallo rampante rosso dall'altra. Le bandiere erano nuove. Non c'erano quando Luc aveva visto l'intreccio di catene per la prima volta.

Dalle aste alle estremità del campo scendevano tre catene molto spesse che, dopo poco più di dieci passi, erano fissate ad altri tre grossi pali mediante larghe staffe. L'intreccio si diramava ancora, sostenuto da pioli massicci. File di catene trasversali e più sottili ricordavano vagamente un'amaca. Ai due capi del campo lungo un centinaio di passi si alzavano veri e propri alberi su cui i concorrenti sfoggiavano le rispettive bandiere. Circa due passi sotto le catene si allargava il pantano. Gorgogliava sommessamente, come una zuppa densa che cuoccia a fiamma bassa.

«Credo di non avertene parlato perché esiste solo qui. Questo gioco non si è diffuso in nessun altro luogo. Lo chiamiamo Buhurt, ma non ha quasi nulla a che vedere con questo torneo, in cui i cavalieri si colpiscono con piccoli sacchi di sabbia in uno spazio ristretto e cercano di disarcionare gli avversari. Lo giochiamo solo noi confratelli».

«Qual è lo scopo del gioco?».

Michelle estrasse una borsa di lino da sotto il mantello e tirò fuori alcune salsicce fredde, avvolte in carta oleata, e un poco di pane secco.

«Lo scopo è divertire il pubblico. Ci sbellicheremo dalle risate e urleremo a squarciagola per incitare la nostra squadra. Per chi tieni?».

Luc indicò il vessillo dei Leoni.

«Che domande mi fai?».

«Ah, gli sfavoriti. Durante la prima partita del nuovo anno si scontrano sempre la squadra peggiore dell'ultimo corso e la migliore del penultimo. In questo caso i Leoni del quarantaduesimo corso sfideranno gli Stalloni del quarantunesimo. Nessuno prevede che vinceranno i Leoni. Tuttavia, se vincessero, sarebbe un enorme onore per loro e un'umiliazione indimenticabile per gli avversari. Gli Stalloni sono più forti ed esperti anche se, durante il loro corso, hanno occupato solo l'ultimo posto tra le sette lance. Non possono perdere!».

Luc era indignato.

«D'accordo, ho capito. Ma di cosa si tratta esattamente?».

Michelle addentò una salsiccia e iniziò a masticare.

«È molto semplice. Si bagnano gli altri e si prende la loro bandiera. Chi conquista per primo il vessillo dei rivali vince».

«Si bagnano gli altri? Come sarebbe a dire?».

«È così che si dice. Il regolamento recita testualmente: *Chi si macchia con il fango nero della fossa è sconfitto e deve abbandonare il campo.* Occorre spingere gli altri giocatori giù dalle catene, nel fango. Chi cade nella melma è escluso. Meno giocatori restano sul campo, e più è facile arrivare alla bandiera e conquistarla».

Risuonò uno squillo di tromba, e due squadre si

staccarono dai gruppi confusi di novizi alle estremità di quel bizzarro campo da gioco. I ragazzi e le ragazze salirono su una piattaforma fino al palo delle bandiere e camminarono sulle catene per prendere posizione. Ciascuno di loro aveva una delle tre armi imbottite ammesse nel Buhurt: bastoni avvolti da uno spesso strato di lana e lino, spade di legno nascoste sotto l'imbottitura o piccoli sacchi di sabbia simili a quelli usati nel Buhurt classico.

I giocatori indossavano attillati pantaloni di panno bianco lunghi fino al polpaccio e tuniche con lo stemma della rispettiva lancia. Erano scalzi per restare meglio in equilibrio sulle catene.

Nella loro metà occuparono uno dei tre pali che davano accesso all'albero della bandiera e i nove pali sul bordo della rete di catene. Quindi si fermarono. Alcuni rotearono agilmente le armi per sciogliere i polsi.

«Questa è una cosa che non dovrai mai fare», affermò Michelle. «Un bravo giocatore rimane concentrato e non intrattiene il pubblico con numeri d'abilità. Vedi il ragazzo alto e biondo là fuori, vicino alle nove catene dei Leoni? Quello è Robert de Grace. Osservalo bene. È un ottimo giocatore, il capitano dei quarantaduesimi Leoni. Il loro capo. È uno stendardo vivente. Un giorno sarà il fiore all'occhiello della Cavalleria».

Luc lo guardò con scetticismo. Gli sembrava un poco mingherlino, meno muscoloso degli altri giocatori. Si domandò se un giorno qualcuno, sedendo su quei gradini, avrebbe sussurrato a un giovane novizio: «Osserva bene Luc de Lanzac».

Un secondo squillo di tromba lo strappò alle sue fantasticherie. Le due squadre avanzarono. Tra gli Stalloni, anche i tre giocatori che avevano occupato i pali posteriori abbandonarono le posizioni e si lanciarono verso il centro del campo. Si muovevano disinvolti sulle catene, come se fosse la cosa più semplice del mondo. Il ferro arrugginito tintinnò piano.

Robert gridò un ordine ai Leoni, che arretrarono un poco. Indietreggiavano!

«Gli Stalloni vogliono una vittoria rapida», spiegò Michelle. «Vogliono attaccare in un punto approfittando della superiorità numerica e sfondare semplicemente il fronte nemico. Ecco perché i Leoni si ritirano sui pali posteriori. Là gli Stalloni non possono più sfruttare la superiorità numerica, perché il campo è troppo stretto».

I primi giocatori si scagliarono l'uno contro l'altro. Un ragazzo armato di bastone aggredì una novizia munita di spada. Maneggiavano le armi con tanto impeto che il legno cigolava nonostante l'imbottitura. Evidentemente si trattava di far perdere l'equilibrio al rivale con colpi che fossero il più violenti possibile.

La ragazza era coraggiosa. Si piegò e cercò di schivare la punta del bastone, ma l'avversario era troppo abile. Riusciva sempre a guadagnare spazio con un agile passo indietro. La guerriera insistette, totalmente concentrata sull'obiettivo di spingere giù lo Stallone. Non vide tuttavia arrivare il secondo rivale. Il colpo alle costole la colse di sorpresa. Luc vide che faceva una smorfia di dolore. Alzò le braccia per tenersi in equilibrio, ma in quel momento ricevette un altro colpo sul davanti e cadde. L'aggressore le infilò il bastone tra le gambe. La giovane incespicò e fu colpita nuovamente. Un altro colpo le sfilò la spada di mano. Precipitò, ma afferrò l'arma del ragazzo che le stava davanti. La ragazza scivolò nel fango caldo e l'altro dovette mollare l'arma.

«Ottima mossa», commentò Michelle. «Il primo Stallone l'ha attirata allo scoperto. Se la Leonessa avesse mantenuto la posizione, i suoi compagni l'avrebbero protetta dall'aggressione laterale. Dopo sei anni a Valloncour bisognerebbe averlo capito».

Luc la trovò una mossa ingiusta. La ragazza era caduta in una trappola!

«Combattere così non è cavalleresco!».

«Sono i vincitori a decidere che cos'è cavalleresco e che cosa no».

Il bambino la guardò, confuso. Era davvero quella la sua opinione?

La cavalleressa notò il suo sguardo. «Di cosa credi che si tratti, Luc? Forse ti sembra un gioco rozzo, ma è molto di più. Con il Buhurt vi prepariamo alla guerra. Tutto ciò che accade là sotto vale anche sul campo di battaglia. Una guerriera che abbandona il suo posto nella linea di combattimento non spreca solo la propria vita, ma apre anche una breccia nella difesa agli aggressori».

Luc guardò la Leonessa nel fango e osservò l'abilità spietata con cui gli Stalloni continuavano a giocare. Attaccarono solo due dei tre pali in ultima fila, ma, così facendo, avanzarono di molte catene. Un guerriero armato di spada si lanciava in avanti, seguito a breve distanza da un secondo che, munito di bastone, vibrava colpi verso i difensori da sopra le spalle dello spadaccino. Altri due Leoni precipitarono nella melma. Solo uno Stallone provvisto di giavellotto si tenne un poco indietro. Tutti gli altri combattevano in prima linea.

Tutto il corso incitava gli Stalloni, mentre Luc saltò su e urlò: «Leoni, Leoni, Leoni!».

La maggior parte del pubblico sembrava a favore dei novizi più giovani. O almeno, il bambino ebbe l'impressione che le grida dei sostenitori dei Leoni soverchiassero quelle degli altri. E, come se gli incitamenti avessero fatto un piccolo miracolo, Robert de Grace si staccò improvvisamente dalle file dei suoi compagni. Il suo attacco arrivò di sorpresa. Due Stalloni caddero nel fango e le urla dei simpatizzanti spazzarono la fossa come un uragano.

Luc agitava la braccia come un forsennato e il suo cuore batteva al ritmo delle grida: «Le-o-ni, Le-o-ni, Le-o-ni».

Robert ce l'aveva fatta. Aveva superato gli aggressori e correva verso l'altra estremità del fuso di catene, dove sventolava incustodita la bandiera degli Stalloni. Avrebbe vinto.

Il ragazzo con il bastone si piegò un poco ed eseguì una vigorosa rotazione. Aveva afferrato l'arma nel punto più estremo e ora la lanciò lontano. Ruotando, il bastone vorticò poco sopra le catene. Le urla dei sostenitori tacquero. Robert si guardò sopra la spalla e, proprio in quell'istante, l'oggetto lo colpì dietro le ginocchia. Luc udì il colpo fin dai gradini. Robert cadde come una quercia abbattuta, con il volto contratto in una smorfia di dolore. Precipitò nel fango.

Tra i simpatizzanti degli Stalloni si levarono urla di gioia, e gli aggressori si scagliarono contro i Leoni con rinnovata furia. Gli altri combatterono coraggiosamente, ma era una battaglia persa. Ne restavano solo due quando gli Stalloni avanzarono fino alla bandiera avversaria e la alzarono con un gesto trionfante. La partita era finita.

Luc era deluso. «Il trucco del bastone... Ecco, è stato...».

«Poco cavalleresco?». Michelle gli posò la mano sulla spalla. «Ah, ragazzo. Si tratta proprio di questo. Siamo cavalieri e ci siamo impegnati ad avere determinate virtù. Ma nella lotta contro gli Altri siamo esonerati dalle leggi della cavalleria. Se un cavaliere elfico vi attacca, combattete solo se siete in tre. Questa sarà una delle prime lezioni che vi insegnerò. E una formazione chiusa, in cui possiate fare affidamento sui vostri compagni a destra e a sinistra, è l'unica disposizione intelligente. Un essere umano dovrebbe prendere lezioni di scherma per cent'anni per combattere contro un elfo. Se un simile guerriero vi sfida a duello, è codardo e poco cavalleresco. Potete solo soccombere».

Si spostò i capelli dalla fronte e parve trapassarlo con lo sguardo. Che avesse già affrontato un cavaliere elfico?

A un tratto sorrise.

«Hai già ricevuto la tua prima sfida a duello?».

Luc era rimasto senza parole. La fissò. Come faceva a saperlo?

Il sorriso di Michelle si allargò. «Avevo immaginato che non sarebbe occorso molto tempo. Ed è bravo?

L'hai già visto combattere? Spero che non mi coprirai di vergogna».

Ancora sconcertato, il bambino scrollò il capo.

«Non credo sia più brava di me».

«Allora avrai l'occasione di essere cavalleresco. Sono impaziente di vedere come te la cavi».

50.
Con sincera preoccupazione

Mio caro amico e fratello, mi sono domandato a lungo se spedirti questa lettera, perché so bene che i doveri nei confronti della nostra amata Chiesa dominano i tuoi pensieri e le tue azioni. Forse quelli che vedo sono solo fantasmi. Forse, tuttavia, la tua vita è in pericolo. Sappiamo entrambi quanto siano meschini i nostri nemici e con quale malignità abbiamo a che fare. Soprattutto tu, che, in qualità di reggente, decidi le sorti del Drusna. Ascolta dunque che cos'è accaduto a Paulsburg. Me l'ha raccontato un amico sebbene la Nuova Cavalleria voglia tenerlo nascosto. Ricordi il capitano Ronaldo Rueida? Comandava il galeone Martello degli eroi, *la nave ammiraglia della flottiglia che aspettavi a Paulsburg quasi un anno fa, nel periodo in cui il tuo coraggio ha condotto alla rovina Lilianne de Droy, una commendataria troppo temeraria e sprovveduta. Ronaldo era un uomo stimato nell'Ordine dell'Albero di Cenere, un uomo ambizioso che sperava di vedersi affidare entro breve il comando di una flotta significativa. Tuttavia, tre settimane or sono è scomparso senza lasciare traccia dopo essere sbarcato a Paulsburg. L'hanno trovato ieri. O meglio, hanno riconosciuto il suo cadavere solo grazie all'anello che portava al dito. Era occultato in un vecchio pozzo abbandonato, vicino alle baracche degli operai che scavano le trincee a Paulsburg. Per quanto la calura estiva e i piccoli animali avessero aggredito il corpo, era evidente che prima di morire aveva patito terribili tormenti. Era stato torturato. Un cacciatore ha affermato che il cadavere doveva essere rimasto nel pozzo prosciugato per quasi tre settimane. È certo che il capitano Ronaldo non è morto a causa della caduta. È stato ucciso. Ma nessuno ha visto o sentito nulla. Solo il tanfo che saliva dal pozzo ha consentito il ritrovamento. E ora giungo a ciò che mi riempie di grande preoccupazione, fratello. Ronaldo aveva scritto un nome con il sangue sul rivestimento di legno del pozzo. Il* tuo *nome, caro fratello. Non so che cosa pensare. Ronaldo l'ha scritto con le ultime forze dopo che l'assassino se n'era andato, per darti un avvertimento? Oppure ti ha tradito? L'assassino attenterà alla tua vita? Ti prego, caro fratello, evita inutili viaggi via terra. Sai quanti grattacapi ci procurano gli uomini-ombra. Loro e gli elfi sono ovunque. Da più di un anno non si combattono grandi battaglie, ma la piccola guerra miete le sue vittime ogni giorno. So che la tua carica ti costringe a viaggiare, caro fratello, ma ti prego, nel nome di Tjured, di usare solo le grandi navi dell'Ordine dell'Albero di Sangue. Evita anche la Nuova Cavalleria. Non ho motivi concreti per parlare male di loro. Non vi sono prove di tradimento. Ma mi fido del mio cuore. La commendataria Lilianne era molto amata, e conosci lo zelo bruciante che anima i nostri fratelli sotto il vessillo dell'Albero di Sangue. Non pronunciano il tuo nome con rispetto né con soggezione. Non hanno dimenticato che li hai privati della commendataria e anche della prigioniera per la quale avevano versato tanto sangue. Perché è morto il capitano del* Martello degli eroi, *la nave che trasportava quella bambina infelice? E perché la Cavalleria ha cercato di nascondere il ritrovamento del cadavere? Io l'ho appreso solo perché un cacciatore mi ha confidato chi avevano trovato nel pozzo. Non avresti dovuto essere tu il primo a sapere che cos'era successo? Dopotutto, il nome scritto con il sangue era il tuo!*

Ti confesso, caro fratello, di temere un tradimento. Perciò sii prudente! Fai attenzione agli uomini e alle donne di cui ti circondi. Proteggi la tua vita! Perché il tuo cuore è il cuore del Drusna libero.

Lettera trovata tra le
carte personali dello stimato fratello Charles,
Reggente del Drusna

51. Altre navi

«Non avevo mai visto navi come queste, mia regina». Ollowain, il maestro spadaccino della Terra degli Albi, alzò gli occhi dai disegni. «Non credo si possa costruire qualcosa di simile. Si capovolgeranno».

La regina accennò alla bacinella d'argento accanto al trono.

«Le ho viste».

Era diventata cauta quando scrutava l'acqua nel recipiente.

Dopo tutti quei secoli non sapeva ancora dire se la bacinella fosse una maledizione o una benedizione. Rivelava un possibile futuro, ma le immagini erano ingannevoli. Ogni decisione nel presente alterava e deformava ciò che il giorno prima era apparso sicuro. Vi era una sola cosa che la bacinella mostrava di continuo: il declino della Terra degli Albi. La regina combatteva da secoli contro quello scenario. Aveva fatto tutto il possibile per evitare quel destino. Era stata insieme tiranna e schiava. Schiava della bacinella d'argento.

Ollowain si spostò i lunghi capelli biondi dal viso. Emerella lo trovava ancora attraente e vedeva in lui l'uomo di un tempo. Nella luce argentea della Sala del

Trono i suoi occhi parevano verdi. Talvolta cambiavano colore. La regina sapeva che sotto gli intensi raggi del sole sarebbero diventati azzurri. Sapeva molte cose di lui.

«A cosa ci servono le navi?».

«A spezzare il cuore a un giovane cavaliere».

Le piccole rughe intorno alla bocca di Ollowain divennero più profonde. Il maestro spadaccino si controllò, ma la regina sapeva che la risposta l'aveva irritato. Lo conosceva così bene.

«Signora, ti servirò meglio se non parli per enigmi».

Emerella non riuscì a trattenere un sorriso.

Quando la chiamava «signora», significava che era molto arrabbiato. «Posso dirti solo ciò che vedo. È la bacinella d'argento a formulare questo enigma. Continuo a vedere un giovane Figlio degli Uomini. Un giorno diverrà importante. Se realizzerà il suo sogno, distruggerà la Terra degli Albi. Se lo uccidiamo, la Terra degli Albi verrà distrutta ugualmente. Ma se gli spezziamo il cuore, forse ci salverà».

«Sono un guerriero. Non voglio essere coinvolto in simili intrighi».

Non si arrendeva. Anche dopo tutto ciò che era successo, voleva essere un cavaliere. Senza macchia. Devoto solo al proprio onore. Ecco un'altra cosa che le piaceva di lui.

«Sei già coinvolto in questo intrigo. Non potrai sfuggirgli. Le tue azioni saranno decisive». Emerella posò la mano sui disegni. «Le tue azioni e queste navi».

Il maestro spadaccino sospirò. «La bacinella ti ha rivelato chi è in grado di costruire qualcosa di simile?».

«Brandax Spaccamuri. Devi andare a prenderlo nel Drusna».

«No. Sta preparando l'attacco a Paulsburg. Se conquistiamo il porto fortificato...».

La regina scrollò il capo. «Non riconquisteremo più quella città, Ollowain. E se lasciamo dissanguare le nostre forze davanti ai suoi terrapieni, fossati e antemurali, non faremo altro che condurre più rapidamente il nemico nella Terra degli Albi. Dobbiamo attaccarlo da un'altra parte. Non dove se l'aspetta».

«E dove sarebbe?».

«Non lo so», confessò Emerella. «Sarà Silwyna a dircelo».

Le piccole rughe intorno alla bocca di Ollowain divennero ancora più profonde. «Sarà bello avere di nuovo sue notizie. È scomparsa da un anno. A quanto pare, ha seguito la pista della principessa fino ad Aniscans. Ma pare che nemmeno lei sia riuscita a superare le mura dei palazzi degli eptarchi. Ha perso la traccia».

La regina avrebbe voluto sapere di più, ma molto spesso la bacinella d'argento le nascondeva proprio le conoscenze di cui aveva più bisogno.

Avrebbe anche voluto essere più forte. Aveva dedicato troppe ore a studiare il destino di Ollowain e sapeva che non sarebbe mai più tornato quello di prima, anche se, a modo suo, le sarebbe rimasto sempre fedele.

«Quando avrai bisogno delle navi, signora?».

Ollowain amava cambiare discorso quando era troppo arrabbiato per qualche motivo. Emerella cercò di dissimulare la tristezza pur sapendo che non ci sarebbe riuscita. Erano stati troppo intimi per nascondersi qualcosa a vicenda. Ma il maestro spadaccino non avrebbe affrontato l'argomento. Non aveva mai insistito. Purtroppo.

«Molto presto. Ci restano solo pochi anni. Non so dire quanti».

«Credi che re Tuffanuvole ci seguirà? Non sono mai stati nostri alleati nei combattimenti da quando Melwyn...».

Un altro argomento. Melwyn, il mezz'elfo, il figlio di Silwyna e Alfadas, aveva liberato la sua amata Leylin dalla prigionia in cui il principe Shandral l'aveva tenuta dopo la grande battaglia. Poiché era un cantore del vento, aveva ottenuto l'aiuto del gruppo delle Aquile Nere riunito intorno a Tuffanuvole. *Melwyn è stato felice con Leylin finché l'ho trascinato nella Guerra delle Ombre*, pensò Emerella con amarezza. Era passato così tanto tempo. Tuffanuvole era diventato re del popolo delle aquile e non aveva mai dimenticato che la regina aveva mandato Melwyn a combattere quell'ultima battaglia. Persino il fedele Ollowain non voleva parlare di quel gesto. Anche le parole non dette potevano essere un rimprovero.

A Emerella dispiaceva lasciare il maestro spadaccino nell'incertezza. Non avrebbe nemmeno saputo dirgli che cosa sapeva sul suo conto e in che modo calcolava il tempo rimasto. L'aveva visto a bordo delle nuove navi. Significava che, nonostante tutte le resistenze, presto avrebbero solcato il mare, perché il giorno in cui Ollowain sarebbe scomparso da tutti i futuri possibili non era lontano. L'aveva cercato così tanto. Era rimasta china sulla bacinella d'argento per notti interminabili, per scorgerlo al di là del giorno che tanto temeva. Si era rifiutata di accettare che alcuni destini fossero immutabili anche se li si conosceva in anticipo.

«Signora?».

Emerella amava gli occhi di Ollowain nella luce argentea della Sala del Trono. Il verde illuminato da pagliuzze dorate. Non voleva pensare ai re e alle navi, ai cavalieri e al giorno cui il maestro spadaccino non avrebbe potuto sfuggire. Voleva solo guardarlo negli occhi. Poi tornò al presente.

«Manderò Yulivea da Tuffanuvole. È... così diversa. Il re la riceverà. È giunto il momento che rinunci a Fenryl».

«In effetti la veglia funebre è durata abbastanza», osservò il cavaliere elfico in tono triste.

«Sai che non è morto». Quel modo di vedere gli eventi meravigliò Emerella, tanto più che la regina sapeva che Ollowain era amico di Fenryl.

«È rimasto solo il suo corpo. La sua mente, la sua anima, tutto ciò che lo caratterizzava, sono spariti. Non so che cosa gli abbiano fatto i sacerdoti dell'Ordine. Perché non muoia come dovrebbe. Ma so che cosa significa essere derubati in modo così atroce».

Emerella ricordò il momento in cui Ollowain le era andato incontro sullo Shalyn Falah, incapace di riconoscerla e anche solo di rammentare il proprio nome. Aveva combattuto così a lungo per lui.

La regina capiva Yulivea, perché un tempo anche lei si era rifiutata di rinunciare a Ollowain contro qualsiasi obiezione ragionevole. Osservò il cavaliere dagli occhi espressivi. Non aveva mai ritrovato ciò che aveva perso.

La guerra contro i troll l'aveva cambiato troppo. La regina, tuttavia, non capiva una cosa. Era rimasta legata a Ollowain per amore, ma Yulivea non sembrava innamorata di Fenryl. A differenza di Nuramon, che per lei era sempre stato come un fratello. Forse l'elfa era troppo volubile per provare un amore profondo. Oppure aveva vissuto esperienze troppo terribili quando Valemas, la sua patria nel Mondo Distrutto, aveva capitolato.

Ollowain si schiarì la voce ed Emerella si accorse di averlo fissato per tutto il tempo.

«Farò il possibile perché tu abbia le navi e preparerò i cavalieri a quanto sta per accadere. Non ne saranno contenti. Ma dimmi, a cosa ci serve il re-aquila Tuffanuvole? Detesto andare in battaglia con alleati recalcitranti al mio fianco».

La regina cercò di scacciare le immagini del combattimento che aveva visto nella bacinella. Conosceva tutti i piani di Ollowain. Aveva visto troppo poco per intuire in quale luogo del Mondo degli Uomini si sarebbe svolto lo scontro, ma sapeva che la missione avrebbe mandato il primo cavaliere contro un nemico cento volte superiore in termini numerici. L'unica speranza di successo era attaccare dove gli avversari non se l'aspettavano. Dovevano scendere dal cielo con le aquile, e anche in quel caso l'aggressione sarebbe stata un gesto disperato.

«Tu e i tuoi guerrieri elfici dovete andare in un posto che non riuscireste a raggiungere senza l'aiuto di Tuffanuvole. Non so altro». Era una menzogna, ma la verità non gli avrebbe reso le cose più facili.

Ollowain prese i disegni e li arrotolò.

Emerella avrebbe voluto aggiungere qualcosa, ma il maestro spadaccino si voltò e uscì senza voltarsi. Era così distaccato. La regina pensò con tristezza a ciò che aspettava Ollowain e gli altri. L'elfo avrebbe portato con sé i migliori: i cavalieri elfici, la guardia che aveva formato durante la Guerra delle Ombre. Li avrebbe preparati per due anni, forse anche per quattro o cinque. Tuttavia, sebbene fossero i migliori, molti non sarebbero mai più tornati, perché ciò che la sovrana pretendeva da loro era quasi impossibile.

52.
L'acerrimo nemico

Era arrivato senza farsi annunciare. Si prendeva sempre quella libertà! E lui non poteva negargliela. *Solo Tjured sa quali notizie porterà*, pensò Leon. Non poteva limitargli l'accesso. Per fortuna il suo compito lo costringeva a trascorrere la maggior parte del tempo nella tesoreria portuale.

Il primarca giocherellò con la barba. Quel gesto tradiva forse la sua contrarietà? Si costrinse a posare la grande mano sul bracciolo, ma non riuscì a sorridere. «Ti do il benvenuto, fratello. Hai novità importanti?».

Il giovane cavaliere si appoggiava pesantemente alla gruccia. Era dimagrito terribilmente. Leon ricordava bene che aspetto aveva quando aveva lasciato Valloncour. Era stato una delle promesse del suo corso. Il primarca non riuscì a trattenere un sorriso. Naturalmente era stato un Leone. Come Michelle. All'epoca Leon aveva creduto che un giorno quei due sarebbero diventati Gran Maestro e marescialla dell'Ordine. Se Michelle fosse uscita dall'ombra di sua sorella. Vane speranze...

«Che notizie porti?».

«Sarebbe stato meglio se sorella Lilianne avesse pensato di più alla vita dei nostri fratelli e sorelle e di meno a quella del reggente».

Gli occhi del giovane brillavano di rabbia.

Sarebbe meglio se tu non fossi a Valloncour! pensò Leon. Non avrebbe mai trovato pace. Perché Tjured aveva concesso un miracolo proprio a lui?

«Questa non è una novità, fratello. Non dirmi che sei venuto per dirmi questo!».

«Il reggente era ad Aniscans. Gli eptarchi l'hanno ricevuto. Solo sei. Il Gran Maestro non ha presenziato all'incontro. Si dice che gliel'abbia impedito una febbre alta e improvvisa».

Leon trasse un respiro. «Una febbre?».

«I corvi portano cattive notizie, fratello. I nostri fratelli e sorelle ad Aniscans temono per la vita del Gran Maestro. Il suo medico personale crede che sia stato avvelenato».

Leon chiuse l'occhio. L'aveva immaginato! Da quando la Nuova Cavalleria aveva assunto il comando supremo su tutti gli eserciti della Chiesa a Iskendria, era circondata da invidiosi. Soprattutto l'Ordine dell'Albero di Cenere non si era mai rassegnato a perdere il potere. I suoi membri aspettavano l'occasione favorevole per riconquistare l'antica forza.

«Sai che cos'hanno deciso i sei eptarchi?».

«Ciò che era inevitabile dopo la catastrofe dell'estate scorsa! Ora l'Ordine dell'Albero di Sangue detiene il comando militare. Per il momento solo nel Drusna». Il cavaliere fece un sorriso cinico. «Ma si combatte solo laggiù. Di fatto abbiamo perso tutto ciò che avevamo ottenuto durante il concilio di Iskendria. Ora fratello Charles approfitta di ogni opportunità per sparlare di noi, e vi sono sempre più principi della Chiesa disposti ad ascoltarlo. Si farà strada fino ad Aniscans. E sono certo che, quando sarà eptarca, troverà il modo di arrecarci danni ben peggiori che toglierci il comando supremo».

Leon schioccò le dita producendo un lieve rumore. Non riusciva a liberarsi dell'impressione che il suo confratello fosse contento di riferirgli quelle brutte notizie.

«Che cosa proponi? Come può difendersi l'Ordine?».

«Si potrebbe cercare di organizzare un incidente...».

Il visitatore scosse la testa.

«Sì?».

«In realtà dovremmo fare l'esatto contrario. Gli eptarchi sanno che Charles è un nostro rivale e sono inclini ad accettare lui e le sue argomentazioni. Se gli capitasse qualcosa, che cosa penserebbero? Anche se sembrasse un incidente».

Leon annuì con aria stanca.

«Sì, hai ragione. Se muore, tutti crederanno che siamo stati noi».

Il vecchio si strofinò la benda. La ferita aveva ricominciato a prudere. Non avrebbe dovuto grattarsi, nemmeno attraverso la benda. Sebbene fossero trascorsi molti anni da quando l'elfo l'aveva colpito, il tessuto cicatriziale continuava a infiammarsi.

«Posso farti una proposta, fratello?».

Leon alzò lo sguardo. Immaginava che cosa stava per accadere.

«Dovremmo portare Lilianne davanti a una corte d'onore dell'Ordine. Se le chiediamo conto degli avvenimenti nel Drusna... Se venisse condannata al garrottamento, forse fratello Charles si rabbonirebbe. Se non altro sarebbe un segno chiaro per gli eptarchi».

«Sarebbe un segno? O sarebbe un'opportunità per colpire Michelle procedendo contro Lilianne? Questo è il consiglio di un uomo che sa ancora che cosa fa? Oppure il consiglio di un pretendente respinto che cerca vendetta?».

«Ti prego, fratello! Il mio cuore appartiene all'Ordine. Ora più che mai, dopo che Tjured mi ha miracolato».

Il giovane si appoggiò allo schienale e alzò leggermente il capo.

«Sto tentando con tutte le mie forze di contenere i danni, e mi offende molto che tu mi attribuisca motivazioni così meschine. Lilianne ha danneggiato gravemente l'Ordine. Charles è diventato un potente nemico! Inoltre, nel Drusna, la commendataria ha mandato a morte in un giorno solo più fratelli e sorelle di quanti ne escano in due anni dalle file dei novizi. Oltre cento morti! Siamo un piccolo Ordine. Non possiamo permetterci simili sprechi!».

Vedendolo e sentendolo, si sarebbe potuto credere che fosse sincero. Leon si domandò se si fosse sbagliato. Non avrebbe saputo dirlo. Forse i pregiudizi gli annebbiavano la vista. Il suo visitatore era sempre stato molto ambizioso.

«A proposito di contenere i danni...».

L'altro si tastò il petto nel punto in cui doveva esservi l'orrenda ferita. I guaritori ne avevano parlato al primarca. La carne non voleva chiudersi, ma la ferita non voleva ucciderlo, logorandolo a poco a poco.

«Come se la cava il ragazzo? Ha attirato l'attenzione? Sai che cosa ne penso della sua presenza a Valloncour».

«L'ho messo alla prova!».

Il giovane gli rivolse un sorriso beffardo.

«Naturalmente. E quando lo metteremo alla prova nel modo giusto?».

«È troppo piccolo. Potrebbe morire!».

«Se è un sosia, morirà comunque. A prescindere dall'età».

«Già». Leon si strofinò ancora la benda. «Che male può fare? È meglio che cresca ancora un po'».

«Se è quello che credo, ogni giorno che trascorre qui è un giorno di troppo».

Leon dominò il prurito. Che cosa saltava in mente a quel maledetto? «Metti forse in discussione la mia capacità di decidere riguardo alla fede e alla Fratellanza Segreta?».

Aveva pronunciato quelle parole in tono così calmo da suonare minaccioso.

«Certo che no, fratello. La vecchiaia ti dona una saggezza che io non possiedo».

Maledetto impertinente, pensò Leon, che aveva capito benissimo il senso del presunto complimento.

«Hai altre cattive notizie?».

«Non so se sia importante, ma nella torre funeraria degli eptarchi è stata aperta una tomba».

Lo disse con tanta indifferenza che Leon rizzò subito le orecchie.

«E allora?».

«Sul coperchio vi era la scritta: "Gishilde Gunnarsdottir, un'anima smarrita". Hanno seppellito la principessa. Forse dovremmo farlo anche noi».

«Non conosco nessuna principessa!».

L'ospite gli rivolse un sorriso sprezzante.

«Fratello, non devi fingere. Il mio compito è sapere ciò che gli altri cercano di nascondere. E faccio bene il mio lavoro. Naturalmente so chi è la novizia Gishilde, anche se l'avete costretta a tacere il suo vero nome e a non dire che forse un giorno salirà sul trono della Terra del Fiordo. Niente messinscene, Leon!».

«Hai detto che la tomba è stata aperta?».

Il primarca non voleva approfondire l'argomento. Avrebbe dovuto sapere quanto fosse difficile nascondere un segreto all'economo.

«Un sacerdote che ha imboccato la strada sbagliata. A quanto pare, ha usato violenza al cadavere. Si dice che la camicia fosse strappata sul petto della defunta. Poiché aveva mostrato così tanto interesse per i cadaveri, l'hanno rinchiuso con loro in una cripta. Vivo, ovviamente».

Leon ricominciò a stuzzicare la benda. Quella notizia non gli piaceva. Vi era qualcosa che non andava.

«Sei sicuro che non sia stato qualcun altro?».

Il giovane fece un altro sorriso di sufficienza.

«Non ero presente. Come faccio a esserne sicuro? Il sacerdote ha affermato che una santa gli aveva ordinato di aprire la tomba. Questa dichiarazione non l'ha certo aiutato».

«E se fosse la verità?».

Ora l'ospite scoppiò in una risata sommessa.

«Ti prego, fratello... Perché mai una santa dovrebbe essere così interessata alla tomba di una principessa pagana...».

«Una tomba in cui non riposa la principessa. Forse qualcuno voleva assicurarsi che là dentro fosse sepolto il cadavere giusto».

«Fratello, chi potrebbe entrare nella torre funeraria degli eptarchi senza dare nell'occhio? Bisognerebbe saper volare».

«E se fossero stati re Gunnar e gli Altri?» domandò Leon.

Il suo interlocutore rise un poco più forte, e a un tratto il primarca ebbe la sensazione di essere in trappola. Il giovane l'aveva portato esattamente dove voleva.

«In tal caso, fratello mio, sarebbe meglio se anche noi seppellissimo Gishilde. Non occorre che sia viva. Non sono senza cuore».

«Ti piace uccidere i bambini?».

L'altro sostenne il suo sguardo penetrante. Leon non capiva che cosa passasse per la mente del suo ex allievo e si pentiva di averlo nominato economo dell'ufficio. Mentre il tesoriere serviva a legittimare l'esistenza di quell'ufficio, il vero incarico del cavaliere scheletrico era un altro: controllare la rete di spie dell'O<rdine.

«Con tutto il rispetto, fratello primarca, i miei sforzi mirano unicamente al bene dell'Ordine. Sulla Bresna sono stati i drusniani a usare i bambini come scudo contro di noi. E a cosa serve uno scudo? A parare un colpo. Chi è stato, dunque, a violare le regole della cavalleria?».

«E a chi fa scudo la principessa Gishilde?».

Per un attimo il visitatore parve confuso. Poi scrollò il capo. «Non ci è più di alcuna utilità. Ad Aniscans la ritengono morta. Gli eptarchi non crederanno che sia ancora viva. Ammetterebbero così che una bambina sconosciuta è stata sepolta tra le ossa dei santi nella torre funeraria. A cosa ci serve Gishilde?».

«Che male può fare lasciarla in vita?».

L'altro sospirò. Sembrò riprendersi lentamente dallo sconcerto.

«Fratello! È una pagana dalla testa ai piedi. La sua maestra era un'assassina degli Altri. Persino il suo maestro, Drustano, la considera pericolosa! È ostinata e rifiuta le dottrine della nostra fede. Avrà una cattiva influenza sui novizi della sua lancia, e forse anche sugli altri. Sai che basta una mela marcia per guastare tutte le altre. Dobbiamo allontanarla».

«La tua mela marcia ha salvato uno dei suoi compagni dall'annegamento. Le devo una vita».

«Non dobbiamo giustiziarla pubblicamente. Forse potrebbe avere un incidente, come i due pittori araldici».

Leon capì che il suo interlocutore era impaziente di chiedergli perché i due uomini fossero dovuti morire. Era tuttavia abbastanza intelligente da comprendere che anche la sua vita avrebbe potuto trovarsi in pericolo se avesse scoperto la causa della loro morte. Il primarca provava compassione per loro, e anche per le persone che perdevano la vita ogni anno dopo la Festa di Mezz'Estate. Tuttavia, nessuno doveva sapere che la guida spirituale dell'Ordine simulava i miracoli. Chiunque l'avesse anche solo pensato sarebbe stato condannato a morte.

«Mi hai detto tu stesso che per la principessa sono morti oltre cento dei nostri fratelli e sorelle. Se ora uccidessimo Gishilde, avrebbero dato la vita inutilmente. Credo nella visione di Lilianne. Se educhiamo Gishilde secondo la nostra mentalità e la rimandiamo nella Terra del Fiordo aiutandola a conquistare il trono, finalmente le guerre contro i pagani termineranno. Vale la pena di correre un rischio per la prospettiva di una vittoria pacifica».

«E se non si piegasse alla nostra volontà?» chiese il visitatore. «Fino a che punto è ragionevole questo piano? Quante sono le probabilità di riuscita? Continuiamo ad aumentare il numero delle vittime solo perché non vogliamo ammettere di aver commesso un errore?».

«Non uccidere i bambini non è un errore!» ribatté Leon con decisione. «Diamo loro la possibilità di crescere. Il tempo rivelerà chi sono e fino a che punto possono esserci utili. Sia nel caso di Gishilde sia in quello di Luc. Ora puoi andare».

L'altro accennò un inchino. «Ci rivediamo al novilunio. Mi prenderò la libertà di esprimere i miei dubbi anche in quell'occasione».

Leon lo guardò con aria pensosa. Doveva prepararsi bene all'incontro. Se in quella sede si fosse deciso che i due bambini rappresentavano una minaccia, tutto il suo potere non avrebbe salvato loro la vita. Che il cavaliere avesse ragione? Oppure era la sete di vendetta, e non il buonsenso, a farlo parlare così?

53.
Lezione di scherma

ERA COSÌ FACILE! Bernadette credeva a ogni finta. Luc parò il fendente che aveva previsto. Ora la sua avversaria era completamente indifesa. Le diede un colpetto sulla spalla con la spada di legno.

Bernadette ansimava per lo sforzo. Aveva il volto rosso e sudato.

«Basta così!». Michelle sembrava arrabbiata.

Perché? si domandò Luc. Si era trattenuto molto. Sarebbe stato un gioco da ragazzi suonarle di santa ragione alla sua compagna. Bernadette non era male, ma tutto ciò che faceva era prevedibile, e sperava così tanto che Luc commettesse un errore e le permettesse di colpirlo almeno una volta da cadere ciecamente in ogni trappola.

«Il duello è deciso! Ha vinto Luc de Lanzac. Ora mettetevi l'uno di fronte all'altra e stringetevi la mano!».

Luc tese la mano a Bernadette. La bambina gliela strinse, ma nei suoi occhi scintillava la rabbia. Quel duello non aveva deciso un bel nulla. Il motivo del litigio era stato una sciocchezza. Un paio di parole sconsiderate.

Luc si tolse l'elmo di cuoio e si asciugò la fronte con

la manica del *gambeson* imbottito. Solo ora si accorse di come lo guardavano gli altri. Erano tutti dalla parte di Bernadette. Joaquino, il ragazzo che per poco non era annegato, la invitò a sedersi accanto a lui. Raffaele, piccolo e bruno, le sorrise.

Solo Gishilde, che sedeva un poco in disparte sembrava non provare compassione per Bernadette. Luc decise di sedersi accanto a lei. Quando andò nella sua direzione, la bambina gli lanciò un'occhiataccia. Luc sapeva tuttavia che non aveva nulla a che fare con la sconfitta di Bernadette. Gishilde lanciava occhiatacce a tutti.

«Non ho voglia di compagnia!» sibilò quando Luc si accovacciò là vicino.

Perché si comportava così?

Michelle aveva chiamato Joaquino. Era il più alto della lancia. Era forse più grande di quanto avesse detto? Michelle gli permise di attaccare e lo bloccò con alcune facili parate. Luc conosceva da tempo quelle mosse. Guardò Gishilde. Che cosa ci faceva là un'abitante della Terra del Fiordo? Quello era un paese pieno di pagani!

Si piegò verso di lei e sussurrò: «So che cos'hai fatto durante il Risveglio nel bacino».

La bambina non lo degnò nemmeno di uno sguardo, bensì continuò a fissare Michelle.

Che non avesse capito? Probabilmente non conosceva la lingua. Aveva un accento strano. Avrebbe riprovato. «Nel bacino. Hai...».

Finalmente lo guardò. Era carina.

«E che cosa intendi fare ora? Credi di potermi ricattare?». Aveva parlato così piano che nessuno la sentì.

«No, non volevo...».

«Se non volevi, perché non hai semplicemente tenuto la bocca chiusa?».

I colpi delle spade di legno cessarono all'improvviso.

«Dunque voi due vi considerate schermidori esperti. Un giorno le parate vi salveranno la vita sul campo di battaglia. Non credo possa esservi un argomento per cui valga la pena di perdere la lezione».

Gishilde si girò verso Michelle.

«Luc mi ha offesa, cavalleressa. Chiedo il permesso di sfidarlo a duello».

Il bambino si stupì. Che cos'era saltato in mente a quell'oca giuliva?

Michelle roteò gli occhi.

«Che cos'ha fatto?».

«Sostiene che non ho il controllo della vescica».

La cavalleressa si schiarì la voce.

«Che cosa?».

Lo guardò con aria sconcertata. Raffaele ridacchiò. Joaquino sembrava profondamente abbattuto.

«È vero, Luc?».

Per un attimo fu tentato di raccontare l'accaduto. Gishilde sembrava ancora impaurita da quell'eventualità. Non aveva capito che l'avrebbero scacciata coprendola di insulti e disonore se fosse emersa la verità? Luc non voleva macchiarsi di una simile colpa. Non sarebbe stato cavalleresco...

«Sì, è vero».

Le avrebbe procurato qualche bel livido. Sarebbe bastato per prendersi la rivincita!

Michelle si portò una mano alla fronte.

«D'accordo, evidentemente questa è la lezione dei duelli! Fatevi avanti e combattete. Vince il primo che vibra un fendente capace, con una lama affilata, di provocare la morte».

Luc si alzò e si rimise l'elmo di cuoio. Che cosa voleva ottenere Gishilde? Aveva visto che cos'era successo a Bernadette. A un tratto si rese conto che, dopo quel duello, si sarebbe potuta spargere la voce che gli piaceva picchiare le femmine. Era...

Gishilde aveva preso posizione di fronte a lui. Alzò la spada di legno nel saluto dello schermidore.

Luc rispose al gesto. Se si fosse lasciato sconfiggere, nessuno avrebbe potuto affermare che smaniava di battersi con le bambine. Ma sarebbe davvero stato meglio perdere contro una ragazza? Maledizione! Che cosa doveva fare?

Gishilde fece un affondo. Non vi era più tempo per riflettere. Luc evitò il colpo, muovendosi con una certa goffaggine e un certo stupore. Sembrava che la sua avversaria avesse fretta. Lo attaccò subito. Lo respinse con un ampio affondo, si piegò e mirò al suo piede con un fendente diritto.

«Fagli vedere!».

Luc riconobbe la voce di Bernadette.

Il bambino si voltò di lato, fece in modo che Gishilde colpisse il vuoto e le assestò un fendente alla schiena. Il legno urtò contro il legno. Era sbalordito. La sua avversaria sembrava aver previsto quella mossa. Ed era veloce. Maledettamente veloce! Quello non era un gioco come con Bernadette. Si sarebbe dovuto impegnare a fondo per sconfiggerla.

Si divisero e tornarono alle posizioni di partenza. Gishilde gli sorrise. Che cos'aveva in mente? E dove aveva imparato a tirare di scherma? Luc aveva appena sorriso in quel modo a Bernadette... No!

Fu ancora la bambina ad attaccare. Scattò in avanti mentre Luc cercava di decifrare il significato di quel sorriso. Fu un movimento distratto. Le lame di legno scivolarono l'una sull'altra. La spada di Gishilde infilzò l'aria due dita sopra la gola del bambino.

«Fermi!». La voce di Michelle ruppe il silenzio carico di tensione. «Sai che cosa stai facendo, Gishilde? Un colpo alla laringe può essere fatale anche con un'arma spuntata!».

L'altra abbassò la spada.

«Mi dispiace. Ho sbagliato. In realtà volevo centrare la visiera e spaccargli il naso».

Luc deglutì. Che cosa le saltava in mente? E sarebbe riuscita nel suo intento?

«Questo è un duello tra amici. Non combattiamo per spargere sangue, Gishilde! Dopo la lezione vai dal maestro Drustano. Ti punirà!».

«Sì, cavalleressa!».

Salutò Michelle con la spada.

«Possiamo continuare?» domandò Luc. Non poteva permettersi che la questione finisse così. La sua reputazione di schermidore sarebbe stata rovinata.

Michelle lo guardò con stupore. Non capiva quanto fosse importante per lui?

«Continuate», disse la donna, esitante. «Alla prossima violazione delle regole interrompo il duello».

Questa volta Luc era in guardia. Aprì l'attacco e, già al

primo colpo, ebbe la sgradevole sensazione di aver fatto esattamente ciò che si aspettava Gishilde. La bambina schivò il fendente con l'eleganza di una danzatrice e gli diede un colpetto con la punta della spada al guanciale dell'elmo, come se volesse dimostrargli che avrebbe potuto centrargli il naso in qualsiasi momento.

Luc indietreggiò. Ora fu lei ad attaccare. Il bambino si costrinse a restare calmo e rispose ai suoi colpi. Doveva osservarla. Se voleva vincere, doveva capire come combatteva. Forse avrebbe potuto irritarla in qualche modo? Indurla a compiere un attacco sconsiderato e a commettere un errore?

Si muoveva in modo strano. Diversamente da come gli aveva insegnato Michelle. Ed era maledettamente veloce. Luc faticò a respingere una serie di colpi fulminei. Gishilde scattava in avanti come un serpente. Anche lei aveva preso lezioni di scherma, su questo non vi era dubbio, anche se il suo stile era differente da quello di una schermidora esperta.

Per poco Luc non incespicò arretrando ancora.

«Scommetto che ti faranno pulire la latrina, principessa. Il lavoro adatto alle ragazzine istruite».

La lama di Gishilde cozzò con violenza contro il suo guardamano.

«Quando avrò finito con te zoppicherai più a lungo di quanto io puzzerò di latrina».

Luc fece un salto indietro, ma non poté evitare che la spada dell'avversaria lo colpisse al ginocchio. Un dolore sordo gli pervase l'articolazione. Si piegò. Ora o mai più! Secondo le regole del duello quel colpo non sarebbe stato letale. Si chinò. Sapeva di avere la schiena completamente scoperta. Sollevò la spada di sghembo verso il petto di Gishilde. Nello stesso istante sentì che la lama della bambina gli perforava il *gambeson* imbottito.

«Colpo doppio!» urlò Michelle. «Il duello è deciso. Se aveste avuto armi affilate, a quest'ora sareste morti entrambi. Mi congratulo per questo appassionante combattimento!» aggiunse in tono cinico. «Per voi teste calde la lezione è finita. Sei in grado di correre, novizio Luc?».

«Sì!». Dovette stringere i denti, ma non avrebbe ammesso davanti a tutti che quella maledetta oca aveva fatto esattamente ciò che aveva annunciato.

«Ottimo, allora correte fino al lago e tornate indietro. E cercate di non spaccarvi la testa lungo il tragitto».

Luc gemette, ma non poteva tirarsi indietro. Si avviò zoppicando. Quando si voltò, vide Drustano che parlava con Michelle. Poi i due maestri mandarono via gli altri novizi. Qual era l'argomento che nessuno doveva sentire?

Drustano sembrava molto agitato e gesticolava con il braccio come un forsennato. Luc non l'aveva mai visto così in collera, e quell'uomo severo non gli era mai parso così offeso.

54.
Il tesoro nascosto

LILIANNE SI SORPRESE DI VEDERLI. Dopo il Risveglio dei novizi non aveva potuto parlare con Michelle, e ora sua sorella arrivava con Drustano. L'ex commendataria arrotolò la mappa e si alzò dalla sedia scomoda.

Drustano si guardò intorno nella grande Sala delle Mappe. Sembrava che avesse dei troll alle calcagna.

«Siamo soli?».

Lilianne sorrise. «Vedi qualcuno?».

L'altro non parve soddisfatto. «È meglio uscire». Michelle annuì.

«Si tratta della bambina», sussurrò. «In realtà volevamo andare subito dal primarca, ma prima volevamo parlarne con te».

Lilianne aveva previsto che vi sarebbe stato qualche problema, ma non così presto. Lasciarono la sala. L'ex commendataria li condusse giù per una scala della torre meridionale fino al cortile della fortezza e quindi sul grande prato dove i novizi più grandi provavano gli attacchi in formazione chiusa. Al momento la distesa erbosa era deserta.

«Come se la cavano i nuovi Leoni?» domandò per allentare la tensione.

«Sono un disastro. Tutti zucconi!».

Si vedeva che Drustano era disperato.

«Il loro primo Buhurt sarà una catastrofe. La partita durerà meno di un quarto d'ora, quindi finiranno tutti nel fango. Non sono in grado di fare qualcosa insieme. Uno di loro è quasi annegato perché è troppo orgoglioso per ammettere di non saper nuotare... E ora anche la faccenda della pagana!».

Il cavaliere lanciò a Lilianne uno sguardo di rimprovero.

«Sapevi che era pagana. Fino in fondo, vero?».

Lilianne scrollò il capo.

«Hai trascorso un intero inverno con lei nella Torre del Corvo. Non vorrai farmi credere di non aver notato che non pregava Tjured».

«E come lo spiego agli altri novizi?» insistette il cavaliere. «Questa è una scuola dell'Ordine. *La* scuola dell'Ordine. Valloncour è una leggenda. Una persona come lei non dovrebbe essere qui!».

«E questa non è la cosa peggiore», intervenne Michelle. «Dove l'hai incontrata? Chi è quella bambina?».

«Perché?».

«Non fare così, Lilianne! Saremmo dovuti andare subito da Leon. Sono qui perché sono tua sorella e ti voglio bene. Perciò non fare giochetti con noi. Dimmi che razza di bambina è. Non te lo chiederò un'altra volta».

Lilianne li guardò. Voleva guadagnare tempo. Erano al centro del grande prato. Se non altro là non vi sarebbero sicuramente stati ficcanaso indesiderati. Ma che cosa poteva rivelare? La possibilità che quei due andassero da Leon non la spaventava. Il primarca era l'unico a sapere ogni cosa e non aveva raccontato nulla a nessuno. Per tutti i residenti di Valloncour la bambina era solo una giovane aristocratica della Terra del Fiordo e, a quanto pareva, la sua famiglia era rimasta fedele al culto di Tjured. Quelle bugie servivano a proteggere Gishilde. Era meglio che gli altri novizi non sapessero di avere nelle loro file l'erede al trono dei loro acerrimi nemici. Non dovevano scoprirlo nemmeno gli altri cavalieri.

«Che cos'ha fatto?».

Michelle alzò le mani in un gesto difensivo.

«Bene! Vedo che non vuoi parlare con noi. Andiamo da Leon. Vieni, Drustano!».

Il cavaliere esitò, ma Michelle fece per allontanarsi quando Lilianne la afferrò per il braccio e la trattenne.

«Non comportarti come una novizia! Gishilde è una specie di ostaggio. Un pegno per la pace futura con la Terra del Fiordo. Leon sa tutto sul suo conto. È solo per proteggerla che non vi rivelo la sua identità».

«E chi protegge i miei Leoni da lei? Avresti dovuto vedere come si muove!». Ora Drustano era più calmo. «Che razza di grattacapo mi hai procurato?».

«Che cos'ha fatto, per tutti i santi?».

«Tira di scherma come un'elfa. No, non proprio», si corresse subito Michelle. «Ma avresti dovuto vedere come si muove. Ho provato un brivido lungo la schiena. Dev'essere stata addestrata dagli elfi. Per fortuna è ancora piccola. Maledizione, chi è?».

Lilianne guardò Drustano. Avrebbe rivelato il segreto a sua sorella, ma lui… Ci si poteva fidare di quell'uomo? Lasciare la Torre del Corvo gli aveva fatto bene. Forse sarebbe addirittura diventato un bravo maestro. Ma era guarito dalla sua follia? O quest'ultima gli ribolliva ancora dentro e poteva esplodere da un momento all'altro?

«Devo andarmene?» domandò il cavaliere in tono piatto.

Le leggeva nel pensiero. Avevano trascorso sette anni insieme. Erano stati Leoni della stessa lancia. Di chi poteva fidarsi Lilianne se non dei fratelli e delle sorelle della sua lancia? Non avrebbe esitato a dare la vita per l'Ordine, ma il legame con la sua lancia era ancora più forte, e avrebbe avuto ancora bisogno di Drustano.

«È Gishilde Gunnarsdottir. L'erede al trono della Terra del Fiordo».

Drustano assentì. «Questo spiega molte cose».

Lilianne rimase delusa di fronte a quella reazione. Si era aspettata di più. Che il cavaliere avesse intuito la verità da tempo?

Michelle fischiò tra i denti. «Una vera principessa, dunque? È stata lei la causa degli avvenimenti nel Drusna?».

«Sì».

La maggior parte dei cavalieri semplici e persino dei dignitari dell'Ordine non conosceva il vero motivo dei combattimenti che erano costati a Lilianne la carica di commendataria. Meno persone sapevano chi era davvero Gishilde, e più la bambina sarebbe stata al sicuro.

«Posso confidare nella vostra discrezione? Ora conoscete probabilmente il più grande segreto dell'Ordine».

Per un attimo regnò un silenzio abbattuto.

Drustano scosse la testa.

«Resterà per sempre una pagana».

«No», lo contraddisse Lilianne. «Non è detto che sia così».

«Non sai nulla di lei», replicò il maestro. «Nulla! È cocciuta, dovresti vederla. Non ha amici nella lancia. Si isola sempre. Tutti sanno che, quando preghiamo insieme, si limita a muovere le labbra. Gli altri novizi le stanno alla larga. Quando ha salvato Joaquino dall'annegamento, avrebbe potuto conquistarsi un posto nel cuore dei suoi compagni e delle sue compagne, ma non ha voluto. È...». Alzò il braccio in un gesto disperato. «È molto forte. Ma anche molto testarda!».

«È soprattutto una bambina di undici anni», disse Lilianne, cercando di rabbonirlo. «Non resisterà ancora a lungo senza qualcuno di cui fidarsi. Juztina ci rivelerebbe i suoi segreti?».

Drustano rifletté brevemente. Quindi assentì.

«Non a me. Ma se glielo chiedi tu...».

«Ha bisogno di un'amica», intervenne Michelle, che aveva taciuto fino a quel momento. «Qualcuno della sua età. Qualcuno che sia sempre presente. Avrà poche occasioni di confidarsi con Juztina. Dev'essere un membro della lancia».

«E qualcuno che abbia una profonda fede in Tjured. Qualcuno che, con il tempo, possa allontanarla dalla strada del paganesimo», aggiunse Lilianne.

«Luc!» esclamò Drustano.

L'ex commendataria notò che sua sorella trasaliva leggermente. «Perché lui?».

«È un escluso, come lei. Il modo in cui è arrivato al Risveglio... Nessuno lo conosce. E si impegna molto. Ci tiene a fare tutto nel modo giusto. Questo non lo rende popolare. L'ho ascoltato mentre pregava. Quando prega, sembra di ascoltare un santo, da tanto sono fervide le parole che rivolge a dio. È... toccante. Un giorno sarà un ottimo cavaliere».

Lilianne osservò sua sorella. Sembrava inquieta. «Il ragazzo ha qualcosa che non va?».

«È rimasto solo in un villaggio pieno di cadaveri», spiegò Michelle. «Ha visto morire i suoi genitori di peste. Tutti coloro che lo circondavano... E poi ha vissuto tra i morti. Completamente solo. Non è come gli altri undicenni».

«Ti sembra diverso dagli altri, Drustano?».

«No. Si sforza di fare tutto al meglio e non si accorge di irritare gli altri novizi. Quando vanno a letto, rimane alzato a leggere. Quando corriamo, vuole arrivare per primo. Credo si consideri il miglior schermidore della sua lancia». Il cavaliere sorrise. Sembrava un sorriso sincero, cosa che con lui capitava di rado.

«È davvero bravo. Ha resistito a lungo contro Gishilde. Il loro duello si è concluso con un doppio colpo». Il sorriso svanì. «Quella bambina è stata addestrata dagli Altri, Lilianne! Non dovrebbe essere qui! Potrebbe diventare pericolosa. Immagina se l'avessero infiltrata volutamente tra noi!».

«Se avessi visto che cos'hanno fatto per non lasciarla in mano nostra, la penseresti diversamente».

Per Lilianne era doloroso ricordare gli scontri nel Drusna. A volte l'immagine del galeone che esplodeva la perseguitava nei sogni. L'altissima colonna di fuoco era impressa nella sua memoria come i cadaveri sfigurati sul ghiaccio e l'attacco dei cavalieri elfici. Quando i cavalieri conquistavano una nave, era uno smacco per l'ordine divino del mondo! Nessuna commendataria aveva mandato incontro alla morte un numero così alto di sorelle e fratelli in un giorno solo. No, Gishilde non era un'infiltrata!

«La sua bravura nella scherma potrebbe tornarci utile», disse Michelle a un tratto. «Dovremmo tenerla d'occhio e imparare da lei. Oggi voleva picchiare Luc, ma di solito non è così. Che cosa ne pensi, Drustano?».

Il cavaliere scosse la testa.

«È irruente e imprevedibile. Tutt'al più la farei tirare di scherma contro Joaquino. È abbastanza bravo per difendersi».

«Posso assistere alle lezioni?». Lilianne, che aveva visto combattere gli elfi, riteneva impossibile che gli esseri umani potessero uguagliarli. «Dobbiamo tenerla d'occhio e imparare da lei. Le conoscenze che ha ricevuto dagli Altri non sono una minaccia, bensì un tesoro. Dobbiamo impadronircene. Del suo tesoro... Non deve accorgersene. Sapete quanto sia ostinata. Se intuisce le nostre intenzioni, si opporrà. Dovremmo metterla a dura prova. Pretendi da lei ciò che nessuna undicenne sa fare. Così vedremo che cos'ha imparato dagli Altri. Già, e per quanto riguarda Luc... Elogialo anche quando non se lo merita. Proponilo sempre come esempio anche quando non è migliore degli altri novizi, Drustano. I suoi compagni lo odieranno. Così non avrà amici. E puniscilo severamente anche per le piccolezze.

E gli altri con lui. Così avranno un motivo in più per detestarlo».

«Non è giusto!» sbottò Michelle. «Quel bambino ha già avuto una vita abbastanza difficile. Non possiamo farlo!».

Lilianne la guardò con espressione compassionevole. Gli anni non l'avevano cambiata. Era ancora una ragazzina con la testa piena di assurdità romantiche.

«Il nostro compito non è essere giusti. Accogliamo i novizi, individuiamo le loro capacità particolari e poi li trasformiamo nei cavalieri di cui l'Ordine ha bisogno. È questo il nostro compito qui a Valloncour. Diverranno cavalieri in cui tutti, nel mondo, riconosceranno un modello. Diverranno cavalieri che affrontano gli Altri senza esitazione. Saranno intrisi della fede nella loro missione. Della convinzione che il loro incarico sia creare un mondo migliore. Un mondo di dio in cui, in futuro, regnerà la giustizia. Ecco perché combattiamo, ed ecco perché soffriamo. Ed elimineremo tutte le caratteristiche dei bambini che potrebbero impedire loro di percorrere questa strada. Valloncour è una fucina di esseri umani. So che quel bambino ti sta a cuore, ma, se è riuscito a vivere da solo tra i morti, sopporterà tutto ciò che gli faremo. Isoliamolo dagli altri novizi, così prima o poi Gishilde si avvicinerà a lui. Nessuno tollera la solitudine per sempre e, se Luc ha una fede incrollabile, forse trasmetterà questa forza anche a Gishilde. Quando si avvicineranno, li separeremo. Ciò renderà ancora più saldo il loro legame. Dobbiamo fare il possibile per fare di loro una coppia. La forza della fede di Luc sarà la salvezza di Gishilde».

Lilianne lesse il dubbio sul volto di Michelle, ma non prese minimamente in considerazione la sua concezione romantica della felicità. Dovevano plasmare i bambini. Chi lasciava Valloncour era uno strumento perfetto dell'Ordine. Chi veniva forgiato per sette anni si sentiva realizzato solo quando serviva l'Ordine. Si potevano condurre gli esseri umani verso la felicità solo se li si guidava con sufficiente determinazione. Ne era profondamente convinta.

La guida e la disciplina erano la chiave della felicità. Anche Lilianne si era meravigliata di quanto fosse stato facile anteporre l'interesse dell'Ordine alla carica di commendataria. Era stata lieta di tornare a Valloncour e sapeva che l'Ordine la considerava ancora un'arma terribile. Al momento giusto avrebbe riconquistato il potere. Sapeva che cosa stava accadendo alla Torre del Corvo. Non nel dettaglio... Ma quando fosse giunta l'ora di combattere una nuova battaglia, sarebbe stata al comando dei suoi fratelli e delle sue sorelle. Ne era certa come della misericordia divina.

55.
Non sono una leonessa

È UN GIOCO STUPIDO, pensò Gishilde. Stringeva la spada di legno imbottito e sbirciava le Torri oltre la rete di catene. Come si poteva usare uno stemma simile a Valloncour? Là erano tutti pazzi. I vecchi cavalieri che, sin dal primo giorno di scuola, li costringevano a costruire la torre funeraria in cui sarebbero stati sepolti. E poi gli idioti che avevano ideato quel gioco. E il dio che assegnava ai bambini lo stemma della torre in una valle piena di torri funerarie! Erano tutti pazzi. Quando Silwyna sarebbe finalmente arrivata a liberarla? Era lontana da così tanto tempo. Suo padre aveva forse scelto un nuovo successore? Un figlio maschio? Ormai l'avevano rapita da più di un anno. L'estate era finita. Quando sarebbe tornata a casa?

Uno squillo di tromba annunciò l'inizio della partita. Erano intervenuti pochi spettatori. Quel giorno avrebbero giocato solo i novizi del primo corso. Drustano e Michelle si erano fatti in quattro per prepararli. Se quei due non fossero stati cavalieri incalliti, forse sarebbero stati simpatici... Ma in quella valle vi erano solo acerrimi nemici di suo padre e dei Figli degli Albi. Non avrebbe trovato simpatico nessuno!

Le Torri avanzarono lentamente sulle nove catene centrali. Procedevano tutte insieme. Un tipo alto e lentigginoso andò nella sua direzione. Probabilmente era il capitano. Gli altri davano grande importanza al Buhurt, ma Gishilde non provava alcun interesse per quello stupido gioco. Si sarebbe battuta con tutte le sue forze, perché non aveva voglia di precipitare nel fango. Ma niente di più!

Il giorno prima aveva scorto il tipo lentigginoso mentre era nascosto tra i cespugli vicino alla pedana della scherma. Li aveva spiati per vedere chi fosse bravo e chi rappresentasse un punto debole nella formazione. La principessa l'aveva capito, e ora quell'ammasso di carne avanzava verso di lei. Probabilmente era un complimento agli insegnamenti di Silwyna. Dall'elmo di cuoio gli spuntavano lunghi capelli rossi. Come arma aveva scelto un bastone imbottito.

Gishilde, irrequieta, spostò il peso del corpo da un piede all'altro. Come gli altri Leoni della prima fila, rimase su uno dei nove pali che occupavano il centro del campo. L'aveva deciso Joaquino, che gli altri avevano eletto capitano. Gishilde si era astenuta.

A suo parere non era la persona giusta, ma fondamentalmente non le importava di chi avrebbero eletto. Non si sarebbe mai fatta comandare a bacchetta da nessuno.

Ancora cinque passi. Il rosso faticava a restare in equilibrio sulla catena. Chissà se un giorno sarebbero stati rivali sul campo di battaglia. In tal caso avrebbe fatto meglio a sapere che cosa significava averla come avversaria.

Gishilde spiccò un salto in avanti. Era scalza per avere una presa migliore sulle catene arrugginite. Il rosso fu colto di sorpresa da quell'attacco improvviso, ma si riprese rapidamente.

«Ti faccio fare un bel volo, piccola!».

Si sforzò di sembrare minaccioso, ma la sua voce era troppo limpida. La principessa lo trovava ridicolo. I troll e i centauri appartenevano al seguito di suo padre dacché ricordava. No, un novizio borioso non l'avrebbe spaventata.

«Avanti, Leoni!» urlò Raffaele con entusiasmo, abbandonando la posizione. Anche gli altri si lanciarono in avanti. Joaquino cercò di fermarli. Le spade di legno cozzarono l'una contro l'altra. Raffaele ricevette un fendente al petto, perse l'equilibrio e atterrò nel fango nero con un'imprecazione.

Gishilde saltò su una delle catene più sottili, tese trasversalmente rispetto alle linee principali. Il rosso imprecò. Pochi potevano avventurarsi fin là. Uno come lui sicuramente no! Era troppo rozzo. Troppo massiccio.

Gishilde lo chiamò con un cenno dell'indice. «Vieni. Volevi farmi fare un bel volo. Non ne hai più il coraggio?».

L'altro esitò. Fece roteare il lungo bastone, ma la principessa era troppo distante. Lanciò una rapida occhiata obliqua. Le Torri avevano sfondato lo schieramento avversario. Anche Bernadette era caduta nella melma. E un altro Leone era appena caduto all'estremità opposta della linea. In quel modo l'esito della partita era quasi deciso.

«Ritiratevi sui Tre!» urlò Joaquino, soverchiando il baccano delle spade.

«Passa pure, rosso! Così ti aggredisco alle spalle», disse Gishilde, canzonando il suo oppositore.

Il capitano delle Torri posò con cautela il piede destro sulla catena sottile.

«Credi sia una buona idea?».

La principessa indietreggiò di due passi. Aveva imparato da Silwyna a camminare su rami esili e flessuosi che sostenevano a malapena il suo peso. Dunque avrebbe potuto passeggiare a occhi chiusi sulle catene.

Vide che il rosso si preparava all'attacco. L'altro ridusse gli occhi a fessure, si lanciò in avanti e alzò il bastone per vibrare un colpo mortale.

Gishilde aspettò l'ultimo momento prima di schivarlo. L'arma la mancò di pochissimo. L'avversario imprecò e cercò disperatamente di tenersi in equilibrio. La bambina avanzò di un passo. Lui mulinò le braccia. Una lieve spinta bastò per farlo cadere di sotto. Quando atterrò nella fanghiglia, si udì un forte tonfo.

Gishilde lo guardò. Il fiero capitano si era trasformato in un nero essere privo di contorni. Solo gli occhi brillavano sul volto sporco.

«Forse il bel volo me lo farai fare la prossima volta».

Corse via sorridendo. Dopotutto, quel gioco non era poi così stupido! Era stato divertente buttare nel fango quel pallone gonfiato.

I due novizi rimasti nella riserva sfrecciarono sull'impalcatura di legno verso l'albero della bandiera. Ogni squadra non poteva mandare in campo più di dodici giocatori alla volta. Gishilde capì che quei due non avrebbero cambiato le sorti della partita. I Tre erano assediati. I difensori cercavano disperatamente di schivare i colpi degli attaccanti senza perdere l'equilibrio.

Si mise a correre. Tra lei e le Torri non vi era più neppure un Leone.

Dal basso, il rosso lanciò un urlo di avvertimento ai suoi compagni. Un bambino e una bambina, entrambi armati di bastoni, abbandonarono subito la battaglia per la conquista dei Tre. La bambina era più piccola e si muoveva con molta agilità. L'avrebbe raggiunta per prima.

Correndo, le scagliò dietro il bastone. Gishilde rise. Che sciocca! Ora non aveva più armi.

La principessa si piegò ed evitò il proiettile.

Joaquino precipitò. La strada verso il vessillo dei Leoni era sgombra. E Luc era accerchiato da cinque avversari. La partita sarebbe terminata da un momento all'altro.

Perché la bambina continuava a correre nella sua direzione? Non era più armata! Gishilde fece un affondo. La sua spada colpì l'altra al ventre e le scivolò sul *gambeson*. La bambina gemette di dolore. Allungò le braccia e si aggrappò alla principessa. Gishilde alzò la spada e le colpì l'elmo con il guardamano. Vacillò. L'avversaria voleva semplicemente trascinarla con sé nel pantano e non le importava se, così facendo, sarebbe precipitata a sua volta!

Gishilde tentò di divincolarsi, ma qualcuno le sferrò una ginocchiata. La seconda Torre la attaccava da una catena parallela.

La principessa imprecò, quindi si ritrovò nel fango tiepido. Qua e là si gonfiavano dense bolle che poi scoppiavano. Per un attimo fu presa dal panico. Affondò fin sopra i fianchi. Cercò un appiglio agitando le gambe. Poi, finalmente, trovò il terreno solido. Drustano aveva spiegato loro che era impossibile annegare nella melma. Quest'ultima si raccoglieva in una conca poco profonda dal pavimento solido. Solo in cinque punti vi erano buchi che conducevano in abissi vertiginosi e da cui sgorgava il fango. Tre erano fuori del campo da gioco. Negli unici due punti pericolosi erano state collocate reti di sicurezza sotto l'intreccio di catene. Non poteva accadere nulla se non coprirsi di poltiglia densa e puzzolente.

Gishilde si avviò verso le gradinate. All'improvviso qualcosa la toccò. Un'alta sagoma scura spuntò da dietro un palo.

«Ti sei comportata da idiota, stupida oca!».

Riconobbe la voce di Joaquino.

«Hanno buttato giù tutti i Leoni e gettato la nostra bandiera nel pantano. Una vittoria schiacciante! Maledizione, Gishilde. Volevamo formare una linea solida. Perché sei corsa avanti? Così sconfiggerci è stato più facile. Sei stata stupida! Stupida! Stupida!».

La principessa deglutì, combattendo contro le emozioni. Non poteva accettarlo. Non era una di loro. E presto Silwyna sarebbe andata a prenderla. Molto presto!

Che cosa gli saltava in mente? A lei non importava un fico secco che avessero perso! Dopotutto, non era là di sua spontanea volontà. Non sarebbe mai stata uno di quei pazzi adoratori di Tjured! E non avrebbe partecipato a quei giochi infantili!

I Leoni potevano anche andare a farsi friggere. Non era una Leonessa. Tuttavia, le parole di Joaquino la ferirono.

56.
Una bella serata

CHARLES ERA DI OTTIMO UMORE. Era tutto pronto. Entro meno di quattro settimane sarebbe comparso dinanzi agli eptarchi ad Aniscans e avrebbe fatto mangiare la polvere alla Nuova Cavalleria. Quel giorno il messaggero aveva portato il dispaccio decisivo. Ora ne era certo! Quattro eptarchi gli avrebbero dato il suo appoggio. La Nuova Cavalleria avrebbe perso il controllo sugli eserciti della Chiesa e il Gran Maestro sarebbe stato espulso dalla cerchia degli eptarchi. Sarebbe stato sostituito dal Gran Maestro dell'Ordine dell'Albero di Cenere. Un altro eptarca che era in debito con lui...

Charles era talmente entusiasta che cominciò a canticchiare una volgare canzone conviviale. Presto avrebbe lasciato il Drusna per sempre. Quel paese umido e freddo, pieno di pagani irriducibili. Per tutto l'anno non vi erano state vere battaglie, bensì solo interminabili scaramucce con gli uomini-ombra. Era felice di andarsene.

La pioggia picchiettava contro le imposte chiuse. Si avvicinava un temporale. Da quando era arrivata la lettera, Rodrik insisteva affinché alloggiasse solo in stanze con le persiane chiuse. Charles guardò verso la porta. Il capitano faceva la guardia in corridoio. Il reggente aveva preso l'avvertimento molto sul serio. Aveva sempre paura che gli uomini-ombra o gli elfi gli sparassero. Ma che cosa poteva accadere lassù? Si trovava nella torre più alta di Vilussa. Il camino era acceso. Sul tavolo vi erano un ottimo vino e una scodella di uva del Fargon, che era arrivata piena di neve affinché i frutti si conservassero.

Sarebbe stata una splendida serata. Aveva invitato la nuova novizia che aveva continuato ad attirare la sua attenzione nelle ultime due settimane. Nemmeno l'informe tunica blu riusciva a nascondere la sua snella figura androgina. Gli piacevano le giovani donne dai seni piccoli. La fanciulla era un dono di Tjured per festeggiare la vittoria. Dio approvava che i suoi figli eletti giacessero l'uno accanto all'altro. E Tjured era bendisposto nei suoi confronti. Charles aveva generato tre figli e cinque figlie, tutti con le novizie. Sorrise. Avrebbe fondato una dinastia all'interno della Chiesa. Non era insolito. La maggior parte degli eptarchi si lasciava dietro una sfilza di parenti. Il sangue non era acqua. Era sempre stato così.

Charles pensò al futuro. Con chi avrebbe stretto alleanze? E su cosa avrebbe costruito il suo potere? Vi era ancora così tanto da fare... Ma quel giorno avrebbe festeggiato la vittoria. Dov'era la novizia? Girò intorno al tavolo e andò alla finestra. Il vento faceva sbatacchiare le imposte. Fuori doveva piovere a dirotto. Lassù non l'avrebbe raggiunto nessuna freccia. Non con quel tempaccio! Nemmeno un elfo avrebbe potuto prendere bene la mira.

Gli dispiaceva restare rinchiuso. Fece scorrere il chiavistello di legno con un gesto deciso e aprì le persiane. Un fulmine squarciò il cielo e, per un attimo, immerse la città e la fortezza in una luce abbagliante. Vilussa era perlopiù fortificata secondo criteri antichi, con alte e solide mura di pietra e torri imponenti. Vi erano pochi terrapieni ampi e a forma di stella che la proteggessero dai cannoni. Charles non approvava quelle costruzioni moderne. Per lui una città era bella se era circondata da mura robuste e torri ornate di bandiere. Come Aniscans. Ripensò alla sfarzosa Cittadella Interna, la città degli eptarchi! Entro breve avrebbe acquistato una residenza laggiù. Poi vi avrebbe portato i suoi figli. Avrebbe avuto più tempo per loro e si sarebbe assicurato che crescessero secondo i suoi principi.

Un altro fulmine rischiarò la notte. Vide alcune guardie che, munite di lanterna antivento, attraversavano il cortile quasi completamente allagato. Uno degli uomini gli lanciò una rapida occhiata e gli rivolse un cenno di saluto. Charles rispose.

La pioggia sferzava il davanzale con tanta furia che le gocce gli schizzavano sulla tunica. I tuoni echeggiarono contro i muri della torre. Il buio aveva inghiottito il cortile e i soldati. Un'improvvisa corrente d'aria lo fece rabbrividire. Qualcuno doveva aver aperto la porta della stanza. Finalmente era arrivata, dunque. Non conosceva nemmeno il suo nome…

Gettò un'ultima occhiata al cortile. Nell'oscurità non vide quasi nulla. La pioggia conferiva alla nottata uno splendore argenteo. *Qui non ci sono tiratori*, pensò, soddisfatto. Quello era un giorno trionfale! Rodrik si preoccupava troppo.

Charles chiuse l'imposta e si voltò. Eccola, davanti alla vecchia porta di quercia. Immaginava che cosa volesse da lei? I novizi venivano educati con molta elasticità. La maggior parte considerava un onore giacere con un alto dignitario della Chiesa. Forse vi scorgevano semplicemente un'opportunità per fare strada nella gerarchia. Perché no? Da giovane aveva pensato la stessa cosa.

«Sono lieto di vederti, bambina mia».

La novizia tenne il capo umilmente chino.

A Charles piaceva quando erano remissive e si lasciavano guidare. Era snella come un giunco. Immaginò il suo corpo nudo che si premeva contro di lui.

«Hai fame?». Indicò il tavolo con un gesto invitante. «Non troverai uva migliore in tutto il Drusna. Dovresti assaggiarla».

Prese la caraffa di cristallo e versò il vino.

«Vieni!». Le porse un bicchiere.

La giovane si avvicinò. Si muoveva molto diversamente dalle goffe contadine del Drusna. Si vedeva che veniva da una delle antiche famiglie del Fargon. Sembrava colta.

La novizia prese il bicchiere. Aveva dita lunghe e affusolate.

«Grazie, mio principe».

«Ti prego, bambina. Tutti i servitori di Tjured sono fratelli e sorelle».

Ha un accento interessante, pensò Charles. Non poteva venire dal Fargon. Forse dalla lontana Iskendria? Ma aveva la pelle troppo chiara.

Lei si abbassò il cappuccio. Portava un fazzoletto

bianco strettamente annodato. Aveva un bel volto scarno. Non veniva sicuramente dal Fargon. Aveva l'aria di una forestiera. Era diversa... Anche se, a prima vista, era impossibile dire il perché... Erano gli occhi! Avevano un che di lupesco. L'iride era di un freddo azzurro chiaro, circondata da un sottile bordo nero. Non aveva mai visto una donna con occhi come quelli.

Indietreggiò senza volerlo.

«Da dove vieni, bambina?».

La sua voce non aveva più un tono amichevole e rilassato.

«Da molto lontano, Charles. Da un luogo in cui non sei mai stato». Bevve un poco di vino e posò il bicchiere. «Niente male per un vino prodotto dai Figli degli Uomini».

«È uno scherzo», disse il reggente, ottimista, perché qualsiasi altra ipotesi sarebbe stata inverosimile. Era nel cuore di una città, di una fortezza. E davanti alla porta vi era Rodrik. Una parola, e il capitano avrebbe fatto irruzione nella stanza.

Invece di rispondere, la giovane si fece scivolare la tunica dalle spalle. Era snella come aveva immaginato. No, anche un poco di più. Ma Charles non vi fece caso. Vide solo il lungo pugnale fissato alla coscia da due cinghie di cuoio. Era pazza! Non poteva essere vero! Come aveva potuto Rodrik farla passare?

«Hai paura?» domandò la novizia in tono cortese.

Uno scherzo, ripeté a se stesso. Era uno scherzo! Uno scherzo di cattivo gusto.

«La bambina sepolta dietro falso nome tra i santi di Aniscans ha avuto molta paura? Oppure è morta rapidamente? La pugnalata non l'ha uccisa subito, vero? Si è difesa. Ha lottato per la sua vita quando era già gravemente ferita. E poi le avete sparato. È andata così...».

«Non so di cosa tu stia parlando!».

L'altra annuì.

«Certo. Non eri presente. Come ho potuto anche solo immaginare che commettessi da solo gli omicidi? Perdonami, non penso come un essere umano».

Estrasse il pugnale.

Charles ne aveva abbastanza. Tra loro vi era il tavolo. Non l'avrebbe raggiunto subito.

«Rodrik! Vieni subito! Rodrik!».

La sconosciuta non cercò di attaccarlo.

«Temo che la tua guardia del corpo non verrà. E nemmeno i tre uomini sulla scala».

Voleva incutergli paura! Non poteva aver ucciso quattro cavalieri dell'Albero di Cenere senza fare il benché minimo rumore. «Rodrik?».

Davanti alla porta non si mosse nulla.

«Per poco non mi hai ingannata, reggente. La bambina nella tomba era stata scelta con cura. E il corpo era rinsecchito... Irriconoscibile... Ci sarei cascata se non fosse stato per le mani. Mani che avevano lavorato per una vita intera. Non mani da principessa».

«Non l'ho scelta io. È stata Lilianne de Droy. È stata lei a cercare la bambina. Mi ha ingannato».

La donna si slacciò il fazzoletto. I lunghi capelli scuri le ricaddero sulle spalle e tra le ciocche comparvero strane orecchie appuntite. Charles arretrò ancora, fino a premere la schiena contro la parete. «Che cosa vuoi?».

Aveva la bocca secca e la voce ridotta a poco più di un gracchiare rauco.

«La bambina. La principessa Gishilde. Dove l'avete portata?».

Charles non poteva rispondere. Non che volesse tenere per sé il segreto. Ma non lo sapeva. E la sconosciuta avrebbe sicuramente fiutato un'eventuale menzogna. Era un'Altra. Un'elfa. Una creatura fatta di magia e oscurità. Bastava guardarla in quegli occhi da lupo per intuire che sarebbe stato inutile provare a imbrogliarla. Sapeva che quella notte sarebbe diventato un martire.

«Hai incontrato il capitano Ronaldo?».

L'altra annuì.

«Dunque sai che cosa ti aspetta».

«E se non sapessi dov'è la bambina?».

«Qui sei una specie di re. Sai che cosa succede nel Drusna».

«Già, sono una specie di re. Potremmo trattare ancora per l'armistizio. Rientra nei miei poteri...».

«Ho forse l'aspetto di una mediatrice? Non sono qui per negoziare, bensì per pretendere! Mi dirai dove trovare Gishilde».

«Ma se non lo so...».

Gocce di sudore freddo gli scivolarono giù per la schiena. L'elfa si era avvicinata lentamente. Li separava solo la lunghezza di un pugnale.

«Peggio per te, Figlio degli Uomini. Naturalmente non ti credo. Mi dispiacerebbe doverti dare ragione proprio alla fine. Dimmi dov'è e ti prometto una morte indolore. Non devi morire come il capitano...».

Charles non era preoccupato. Non poteva torturarlo. Qualcuno avrebbe udito le sue grida, e l'elfa non poteva permetterselo.

«Ho un sospetto! Concedimi quattro settimane... O meglio, cinque, e ti dirò dov'è. L'ha portata via Lilianne de Droy. Quando la troveremo, sapremo dov'è la bambina».

Alzò le spalle e sorrise.

«Non so dirti altro. È la verità!».

Il pugnale scattò in avanti. Charles sentì che gli penetrava nella gola. Accadde tutto così rapidamente... Senza preavviso. Gli occhi da lupo lo fissavano. L'elfa non batteva nemmeno le palpebre.

Charles si tastò la gola. Il sangue gli colava tra le dita. Strano a dirsi, non era molto. Avrebbe voluto dire qualcosa, ma la sua voce sfumò. Sentì il sapore metallico del sangue. Cercò ancora di parlare, ma emise solo un rantolo.

«Ti ho tagliato le corde vocali. Nessuno ti sentirà urlare», disse l'elfa in tono tranquillo. «Il bello di voi sacerdoti è che sapete leggere e scrivere. Dunque non ti serve la voce per dirmi ciò che voglio sapere. Ti avranno sicuramente raccontato come si è tolto d'impaccio il capitano Ronaldo».

Gli prese la mano e ne accarezzò il dorso con le dita appuntite. Sotto la pelle chiazzata si vedevano con chiarezza le ossa e le vene scure. Era la mano di un vecchio. Il sangue gli si appiccicò tra le dita. Charles tremò. Avrebbe voluto dire qualcosa... Ma dalle sue labbra uscì solo un altro rantolo.

Si sentiva stranamente distaccato, come se fosse là

accanto e osservasse la scena. Sarebbe morto, ne era certo. Ma forse, nella morte, avrebbe potuto combattere un'ultima battaglia. Non aveva raggiunto lo scopo della sua vita. Non sarebbe più diventato eptarca. Ma poteva fare ancora una cosa. Poteva rivolgere la rabbia dell'elfa contro i nemici. Poteva danneggiare il borioso ed eretico Ordine dell'Albero di Sangue.

L'elfa gli infilò la punta del pugnale sotto un'unghia e gliela staccò con un rapido movimento a leva. Il dolore pose fine a quel momento di lucidità. Charles si ribellò e gridò senza riuscire più a produrre nemmeno un rantolo. Quindi, con il sangue, tracciò alcune lettere tremolanti. Solo due parole che gli avrebbero donato la liberazione della morte.

57. Semplice sfortuna

AHTAP USCÌ NELLA LUCE ABBAGLIANTE del tardo autunno. Il vento soffiava petali avvizziti di rosa nell'imboccatura del tunnel. Questa volta non sarebbe tornato senza prima averla trovata. Ora basta! La sequela di guai doveva finire! Entrò nel roseto imprecando. Il fatto che la sua fortuna dipendesse da un pezzettino d'argento... Forse era solo frutto della sua immaginazione... Era superstizione. Ma, in qualche modo, era anche realtà. Da quando aveva perso quella maledetta moneta, andava tutto storto. Aveva perso un patrimonio sui tavoli da gioco di Vahan Calyd e poco dopo Nathania, sua moglie! Non sapeva ancora dove gli fosse sfuggito l'errore... Quando attraversava le Stelle Albiche e si muoveva nella rete dei Sentieri Dorati, percorreva tratti così lunghi che non faceva più caso ai repentini cambi di stagione. Capitava, quando si viaggiava così tanto. Capiva di aver vagabondato per sei mesi solo quando rivedeva Nathania e diventava il bersaglio dei suoi rimproveri.

Conosceva quel pericolo da quando era cucciolo. Chi si addentrava nella rete dei Sentieri Albici non copriva solo lunghi tratti con pochi passi. Chi commetteva un errore vagava anche nel tempo. Nel giro di un istante poteva trascorrere un secolo e anche di più. Il rischio di smarrirsi era alto soprattutto quando si attraversavano le Stelle Albiche minori, dove si incrociavano solo pochi Sentieri Dorati. E nell'Altro Mondo, il Mondo degli Uomini, quasi tutte le Stelle Albiche maggiori erano sigillate. Erano i luoghi in cui si sarebbe potuti passare da un mondo all'altro senza correre pericoli. Ma ora erano sormontate da torri o dai reliquiari dei santi. I sacerdoti non potevano distruggere l'opera degli Albi, ma in quel modo chiudevano le porte magiche che davano accesso al loro mondo. Occorreva usare le Stelle Albiche minori oppure quelle nascoste in regioni desolate. Così i viaggi nel Mondo degli Uomini diventavano sempre più rischiosi.

Nathania l'aveva aspettato per cinque lune. Poi si era arresa, ed era troppo carina per restare a lungo da sola. Come avrebbe potuto sapere quando sarebbe tornato? Tutti conoscevano la storia dei due elfi Farodin e Nuramon, che avevano attraversato una Stella Albica dopo la Battaglia dei Tre Re ed erano scomparsi da secoli. Inoltre, la Rete Dorata aveva inghiottito dozzine di altri Figli degli Albi, anche se meno famosi. Nessun popolo, ad eccezione forse dei troll, aveva perso così tanti figli nella rete come i lutini. La conoscevano come nessun altro. Erano i cercatori di sentieri della regina Emerella, e ne pagavano il prezzo.

Ahtap guardò la statua della donna bianca. Le rose tardive si arrampicavano sul piedistallo. Quel luogo gli era sempre piaciuto, fino al pomeriggio in cui vi aveva incontrato quella maledetta cavalleressa e il bambino. Il giorno in cui la fortuna l'aveva abbandonato. Ora avrebbe ritrovato la moneta anche se avesse dovuto cercarla per ore.

Era già tornato due volte e non aveva cavato un ragno dal buco. Questa volta non se ne sarebbe andato finché non avesse recuperato il talismano. Poi avrebbe riconquistato Nathania. Gli serviva solo un pizzico di fortuna.

Si guardò intorno. I vialetti erano disseminati di sterco di cavallo. Lucenti mosche colorate danzavano tra le rose al posto delle farfalle. Quando ripensò al bambino, fu percorso da un brivido. Aveva avvertito quella forza come le farfalle che si erano sentite attratte da lui. Dipendeva forse dalla pietra di Barin che si era portato via?

Scrollò il capo. Non doveva arrovellarsi inutilmente! Era venuto solo per via della moneta. Si guardò ancora intorno. Sì, ecco il maledetto cespuglio sotto cui si era accovacciato e l'aveva lanciata. Questa volta avrebbe affrontato il problema alla radice.

Si infilò gli spessi guanti di cuoio che aveva portato appositamente e sguainò il pugnale. Quindi afferrò i rami e li colpì con la lama, gettandoli sul sentiero alle sue spalle. Questa volta non sarebbe strisciato sotto i rovi. Avrebbe eliminato tutto l'arbusto e, da qualche parte tra le radici, avrebbe ritrovato il portafortuna. A meno che... Cercò di scacciare quel pensiero, la sua più grande paura: a meno che, nel frattempo, non se ne fosse impossessato qualcun altro!

Pensò al tizio che aveva conquistato Nathania. Un pinnipede degli oldi. Uno stupido camminatore acquatico! Che cosa ci trovava sua moglie? Era forse attraente avere la barba come quella di un sudicio centauro e andarsene in giro con il perizoma? E poi puzzavano tutti di pesce, quegli oldi. O di malta. Pescatori e costruttori, servitori della regina. Il vecchio Elija Glops, il lutino che un tempo aveva rubato il trono a Emerella, aveva sempre disprezzato gli oldi. Erano schiavi sempliciotti... Non come i lutini, che servivano Emerella perché lo volevano, perché la grande alleanza dei Figli degli Albi lo rendeva necessario. Dovevano essere uniti per difendere il loro mondo. Lo sapevano tutti, e soprattutto i lutini che, al contrario degli altri Figli degli Albi, vedevano con chiarezza quanto fosse diventata potente la Chiesa di Tjured. Nessuno andava così spesso nell'Altro Mondo. Nessuno osava avvicinarsi così tanto ai maledetti sacerdoti. Erano loro i veri eroi, non i guerrieri che combattevano nel Drusna. Là vi era un esercito di troll, coboldi, elfi e tutti gli altri Figli degli Albi possibili e immaginabili. I lutini, i cercatori di sentieri della regina, viaggiavano invece da soli.

In preda a una rabbia muta, continuò ad affaccendarsi intorno al cespuglio. Staccò rami, strappò radici e sfogò la collera contro l'arbusto. Avrebbe riconquistato Nathania. Sicuramente!

Contemplò la devastazione che aveva provocato. Il cespuglio doveva essere stato molto antico. Poco sopra il terreno i rami erano spessi quasi quanto il suo braccio. I petali appassiti giacevano sulle lastre di marmo bianco, spaccate dal tempo e dalla forza delle radici. Urlò i nomi segreti dei venti. Là, vicino alla Stella Albica, il potere era ancora notevole. Era facile percepire l'intensità della magia.

Disegnò cerchi vorticanti con l'indice e guardò il vento che spazzava via polvere, rametti e petali di rosa. Quindi si inginocchiò e piantò il pugnale in fughe e spaccature. Estrasse radici, raschiò via terra e piccole schegge di pietra. Per poco non tralasciò l'informe grumo nero. In un anno e mezzo aveva perso il suo splendore. Era coperto di terra. Ahtap vide la sottile scalfittura argentea solo guardando meglio.

Sollevò il grumo e se lo sfregò tra il pollice e l'indice. Il tempo gli si sbriciolò tra le dita. Ora si sarebbe sistemato tutto. Il suo talismano! L'aveva ritrovato.

«Hai avuto fortuna! Io staccherei la testa con uno sparo alle creature come te, che disprezzano il senso di Tjured per l'estetica con la loro semplice esistenza».

Ahtap si voltò. Poco più in là vi era un Figlio degli Uomini con un'armatura nera e alti stivali da cavallerizzo. Il guerriero non portava l'elmo. Lunghi capelli biondi gli si gonfiavano dietro le spalle. Aveva le guance cascanti, il volto arrossato e acquosi occhi azzurri.

Un grosso rospo nero, pensò il lutino. Un rospo che teneva una sciabola nella destra e una pistola nella sinistra.

Ahtap strinse le dita intorno alla moneta. Sarebbe scappato. Quelle maledette pistole non erano precise. Aveva ritrovato il talismano! Quel tizio non l'avrebbe centrato e, entro qualche secondo, sarebbe scomparso nel tunnel e attraverso la Stella Albica.

Si inchinò. «Grazie della tua cortesia, rospetto! Avresti dovuto prendere meglio la mira».

Appena ebbe pronunciato quelle parole, si mise a correre. Si stupì di non udire alcuno sparo.

Rise. Quel rospo corazzato non l'avrebbe mai raggiunto! Che idiota. Svoltò un angolo del muro e la risata gli morì in gola. Davanti all'entrata della galleria vi erano altri tre cavalieri, e altri ancora occupavano il vialetto alla sua sinistra. Sembrava che lo aspettassero.

Guardò la palla di sterco ai suoi piedi. Avrebbe dovuto immaginarlo. Era stato cieco! Con il coraggio della disperazione corse verso i cavalieri davanti al cunicolo e chiamò il vento. Una raffica improvvisa sollevò polvere e foglie e le soffiò in faccia ai guerrieri. Erano tipi alti e goffi. Non l'avrebbero fermato.

Pur essendo accecati, sguainarono le armi. Le sciabole scivolarono fuori dai foderi scintillando. L'acciaio azzurrognolo baluginò nel turbine di petali appassiti.

Ahtap strinse i denti. Si lanciò nella loro direzione. I cavalieri avevano le gambe arcuate. Avevano sicuramente trascorso più di metà della loro vita in sella.

Si piegò. Un pugno lo colpì alla nuca. Cadde a terra e urtò le lastre di marmo con il mento. Il dolore esplose in una luce abbagliante. Qualcosa di pesante gli atterrò sulla schiena. Sentì alcuni speroni che gli penetravano nel farsetto.

Una mano gli strappò la moneta. Stordito, vide il cavaliere che gli aveva rivolto la parola. Ahtap scorse il piccolo stemma sulla corazza. Proprio sopra il cuore, il rosso dell'Albero di Sangue luccicava su fondo bianco. Erano cavalieri dell'Albero di Sangue! Era la fine!

L'uomo con le guance cascanti si rigirò la moneta tra le dita. «Questa è la tua regina?».

Il lutino non rispose.

La moneta gli cadde accanto tintinnando. Avrebbe

voluto allungare la mano in quella direzione, ma il cavaliere si inginocchiò e schioccò le dita.

Un tacco bloccò la mano del coboldo, che lanciò un urlo. Gli avevano spezzato le dita!

«Ti devo portare vivo a destinazione, mostriciattolo dalla testa volpina! Questa è l'unica limitazione!».

Guance Cascanti spinse via la moneta con il dito. Il dischetto d'argento scivolò sul lastricato e si fermò davanti al muso di Ahtap. Il cavaliere prese la pistola per la canna e la sollevò per colpirlo.

Il lutino strizzò gli occhi. Cercò di liberarsi, ma lo stivale dell'altro guerriero lo teneva inchiodato al terreno.

Si udì un forte tonfo. La canna della pistola l'aveva mancato. Il coboldo batté le palpebre con prudenza. La moneta! Si era deformata e inarcata. La canna di bronzo doveva averla colpita al centro. Il volto di Emerella non era più visibile.

«Ecco che cosa faremo alla tua regina!».

Ahtap alzò lo sguardo e sibilò una parola di potere. Era prigioniero, ma non indifeso. Vide con soddisfazione che la pelle rosea di Guance Cascanti si copriva di grosse verruche e che una patina chiara e viscida si allargava sugli occhi acquosi.

«Qualunque cosa tu voglia fare alla mia signora, Emerella riderà di te appena ti vedrà, faccia da rospo!».

Gioì delle loro urla atterrite.

58.
Sola

GISHILDE TIRÒ INDIETRO LA COPERTA e tese le orecchie nell'oscurità. Udì un rumore di passi furtivi. I suoi compagni respiravano in modo calmo e regolare. Non sembravano provare la sua stessa irrequietudine. Sapeva che, uscendo di nascosto, avrebbe corso un rischio limitato. Ormai era a Valloncour da più di sei lune. La vita con i Leoni era diventata un'abitudine, anche se sgradevole. Erano i nemici! Lo ricordava a se stessa tutti i giorni.

Si alzò molto lentamente. Il pagliericcio crepitò. Nel silenzio del dormitorio lo scalpiccio le parve terribilmente vicino. Fuori, sul limitare del bosco, udì lo sbuffo di un cavallo e un mormorio.

Gettò le gambe oltre il bordo del letto. I suoi occhi erano abituati all'oscurità. Si guardò intorno. Gli altri Leoni erano sdraiati nei loro letti e dormivano, spossati da una lunga giornata.

Giacomo piagnucolava piano nel sonno. Quel giorno, durante la lezione di scherma, aveva ricevuto un brutto colpo. Joaquino aveva giurato e spergiurato che era stato un incidente, ma Gishilde aveva un altro sospetto. Giacomo aveva fatto gli occhi dolci a

Bernadette, e il capitano non ne era stato contento. Erano un branco di perdenti. In lite tra loro, troppo orgogliosi per ammettere gli errori e implacabili nell'individuare gli sbagli altrui. Fino a quel momento non avevano vinto nessun Buhurt e ormai erano lo zimbello delle altre lance del loro corso. Nessun altro aveva totalizzato così tante sconfitte, e ogni nuova delusione accresceva la distanza tra loro, perché ciascuno faceva notare all'altro i suoi errori. Gishilde si teneva in disparte, ma ciò non impediva ai suoi compagni di giudicarla severamente. Ma, in fondo, non ci badava. Non voleva essere una di loro e non gliene importava un fico secco di cosa pensavano di lei.

Strisciò con prudenza fino alla tenda di lana che separava il dormitorio dalla camera di Drustano. Spostò il tessuto umido. In un braciere, alcuni carboni ardenti mandavano uno scintillio rosso opaco. Il maestro aveva qualche comodità in più rispetto ai novizi. Poteva riscaldare la sua camera. Sebbene le giornate fossero ancora miti, di notte un freddo pungente invadeva la Valle delle Torri.

Come previsto, il letto di Drustano era vuoto. A ogni novilunio il maestro sgattaiolava verso il limitare del bosco, dove veniva prelevato da un cavaliere.

Gishilde aprì la porta della baracca e scorse le ombre di due cavalieri. Le loro sagome si staccarono quasi dai rami degli alberi, quindi divennero tutt'uno con la notte. Il rumore degli zoccoli si allontanò.

La principessa sapeva di avere due o tre ore per stare sola. Una volta aveva provato a seguire Drustano, ma i cavalieri avevano percorso molte miglia e, alla fine, si era arresa. Che il maestro serbasse pure il suo segreto. Ovunque andasse, le faceva un regalo, perché altrimenti sarebbe stato quasi impossibile restare sola. La lancia era sempre insieme e vi erano sempre compiti da portare a termine, lezioni da studiare e pietre da sgrossare per la torre funeraria. I loro doveri non avevano mai fine e i novizi non avevano la possibilità di stare soli.

Uscire di notte era severamente proibito. Drustano l'aveva raccomandato soprattutto a lei. Non vi erano vie di fuga dalla Valle delle Torri e, anche nella remota ipotesi che fosse riuscita a scappare, sarebbe stato impossibile lasciare la penisola di Valloncour. Tre fortezze si ergevano sopra l'unico sentiero che conduceva verso la terraferma, e anche le navi al porto erano strettamente sorvegliate. Nemmeno un topo avrebbe potuto voltare le spalle a Valloncour senza dare nell'occhio, e ancor meno una principessa di dodici anni. Chi lasciava la baracca di notte senza permesso e veniva pizzicato riceveva dieci bastonate sulle piante dei piedi.

Gishilde risalì un piccolo colle da cui si vedeva la pianura oltre la stretta striscia di bosco. Anche quando non c'era la luna, le bastava la fioca luce delle stelle per distinguere un cavaliere. Drustano sarebbe venuto da là, e la bambina sarebbe tornata a letto molto prima del suo arrivo.

Ascoltò i rumori della notte. Il mormorio del vento tra i rami. Il fruscio delle foglie secche che l'autunno aveva strappato dagli alberi. L'aria era fresca, e rimpianse di non aver preso il mantello.

Come sempre quando saliva lassù, scrutò le ombre della foresta finché le bruciarono gli occhi. Quando sarebbe venuta a salvarla Silwyna? Era trascorso più di un anno e mezzo da quando l'avevano rapita. Le notizie sulla guerra nel Drusna non giungevano alle orecchie dei novizi. Erano isolati dal mondo. Suo padre era finalmente riuscito ad arrestare gli eserciti della Chiesa? Stava forse negoziando per la sua liberazione? Quando avrebbe potuto lasciare la lancia? Bambini costretti a costruire la loro torre funeraria! A Valloncour erano tutti pazzi. Ciò che chiamavano fede era follia. Una follia trascinante, capace di inghiottire la ragione. Aveva visto i novizi dell'ultimo corso. Ciascuno di loro sembrava un eroe. Erano cavalieri dall'armatura lucente. Temprati da sette anni in cui i maestri non avevano avuto alcuna pietà di loro. Anni in cui le preghiere silenziose a Tjured e le vittorie occasionali durante la Danza delle Catene erano state le loro uniche consolazioni. Sarebbero stati nemici terribili.

Ogni anno Valloncour sfornava cento di quegli eroi per colmare le lacune negli eserciti della Chiesa. Avrebbero vinto. La Terra del Fiordo non aveva nulla con cui contrastarli, e nemmeno la Terra degli Albi avrebbe resistito in eterno a quella sanguinosa guerra. Ormai Gishilde l'aveva capito. Aveva vissuto tra i guerrieri sin da piccola, e Valloncour le faceva paura. Forse era quella la ragione per cui l'avevano portata là: per spezzare il suo desiderio di ribellione. Se solo Silwyna avesse posto fine a quella prigionia!

Ripensò all'orribile giorno in cui aveva incontrato l'elfa per la prima volta. Il giorno in cui suo fratello Snorri era stato sepolto nel grande tumulo di Firnstayn. Silwyna era stata l'unica a non indossare il vestito della festa, bensì si era presentata con i logori indumenti di cuoio di un'esploratrice dei boschi. Si era materializzata all'improvviso, come uno spettro, un'elfa dal viso severo ma bellissimo. Aveva il volto dipinto di Bandag. I motivi a spirale in cui solo uno sguardo attento avrebbe riconosciuto delle teste di lupo la decoravano e la facevano sembrare ancora più inavvicinabile. Odorava di foresta e morte. Tutti avevano già sentito parlare di lei. Da un millennio gli scaldi cantavano dell'amante di re Alfadas, dell'elfa che si era legata al sovrano degli esseri umani dopo che egli aveva perso la moglie Asla durante la battaglia sul Sentiero delle Renne. L'avevano riconosciuta subito, quella figura uscita dalle canzoni e da antichi libri polverosi. Era più vecchia della stirpe regale, il cui ultimo rampollo era stato deposto nella tomba proprio quel giorno.

Secondo una fiaba, Silwyna aveva trasformato Asla in quercia perché desiderava il cuore del re che conosceva da quando era cresciuto alla corte della regina elfica Emerella. Era riuscita a riconquistare il suo cuore, ma esso era pervaso da una tristezza che Alfadas non aveva saputo scacciare sino alla fine dei suoi giorni. La fiaba diceva che Kadlin, la Regina Guerriera, aveva trovato la quercia molti anni dopo la morte di Alfadas e che aveva portato una ghianda sul tumulo di Firnstayn e l'aveva piantata nel cuore di suo padre, cosicché i due sposi si ricongiungessero nel buio della cripta e Asla tornasse nel luogo in cui non era mai stata dimenticata. Da quella ghianda era nato un albero enorme.

Il giorno in cui Gishilde aveva visto Silwyna per la

prima volta, quella fiaba aveva preso vita. L'elfa aveva qualcosa di sinistro. *Dal momento del suo arrivo la mia vita è cambiata,* pesò la principessa. La regina Emerella aveva mandato l'elfa perché fosse la sua maestra. La bambina non aveva mai capito perché la sovrana della Terra degli Albi si interessasse così tanto all'educazione della principessa della Terra del Fiordo. Re Gunnar aveva accettato con entusiasmo. Alcuni dei suoi antenati più famosi avevano instaurato stretti legami con gli elfi. Avere Silwyna come maestra era una promessa di gloria futura. *Nessuno ha mai chiesto il mio parere,* pensò Gishilde con irritazione. Era solo una principessa. Doveva obbedire.

Abbassò lo sguardo sul bosco. Una notte Silwyna sarebbe spuntata tra le tenebre. Sarebbe entrata nella baracca e avrebbe ucciso Drustano. La bambina non augurava la morte al cavaliere, ma non avrebbe nemmeno pianto per lui. Era duro e ingiusto, un cattivo maestro. Soprattutto nei confronti di Luc. A volte lo copriva di elogi per piccolezze insignificanti, e a volte lo puniva per cose di cui non valeva neppure la pena parlare. Non passava quasi giorno senza che Luc dovesse fare un giro in più intorno al lago. Nessuno doveva pulire la baracca così spesso, andare a prendere il cibo nella fortezza o sbrigare commissioni noiose. Nemmeno lei. Talvolta aveva la sensazione di piacere a Drustano proprio perché aveva un carattere ribelle. Altrimenti non si sarebbe spiegata perché Luc, che faceva sempre del suo meglio per accontentare il maestro, venisse punito così spesso.

Chiuse gli occhi e ascoltò il vento. Immaginò che l'elfa andasse a prenderla. Una notte si sarebbe svegliata perché una mano scarna si sarebbe posata sulla sua bocca. E avrebbe visto con spavento due occhi lupeschi. Gli occhi di Silwyna! La sua maestra l'avrebbe portata via.

Ripensò a una notte di molto tempo prima, quando Silwyna l'aveva prelevata dal letto all'improvviso e condotta davanti all'antica quercia sul tumulo della famiglia reale. La bambina aveva iniziato a tremare di paura. Non conosceva ancora bene l'elfa ed era terrorizzata dal buio e dai morti. Aveva ancora un ricordo nitido di quella notte. Le radici dell'albero le erano sembrate grovigli di serpenti neri. Il tronco era massiccio come una piccola torre. In estate il tumulo era completamente avvolto dalle ombre dei lunghi rami.

Silwyna le aveva infilato in mano una ghianda. L'elfa conosceva sicuramente le storie che circolavano su Alfadas e Asla. «Questa ghianda sei tu, principessa», aveva detto, indicando la quercia. «E quelli sono mille anni».

A quelle parole, Gishilde si era sentita piccola e insignificante.

L'elfa doveva aver intuito i suoi pensieri. Era stata affabile e aveva pronunciato un discorso che la principessa non aveva mai dimenticato:

«Anche questo albero è nato da una ghianda. Le burrasche si abbatteranno su di te, mia piccola amica. Cercheranno di piegarti e di domarti. Se ci riusciranno, dipende solo da te. Se ti opporrai con decisione alle burrasche della vita, ti spezzerai. Se invece ti piegherai a ogni raffica, il tempo ti premerà la chioma tra la polvere. È questa la sfida della vita: non cadere e rimanere fedeli a se stessi qualunque cosa pensino gli altri».

Era rimasta fedele a se stessa? In passato non era stata così ribelle. Aveva degli amici... Era molto diversa. Non poteva tuttavia fare amicizia con i futuri nemici della Terra del Fiordo. Un giorno avrebbe combattuto contro Joaquino, Luc, Bernadette e gli altri novizi. Come poteva litigare con loro perché una bandiera non era caduta nel fango durante il Buhurt?

Le piacevano Michelle e i suoi modi burberi. Per Lilianne, invece, aveva cominciato a provare rispetto. Era molto intelligente... E forse le aveva davvero salvato la vita quando le aveva rasato la testa e l'aveva portata via da Paulsburg.

Gishilde aveva accantonato subito l'idea di sparare all'ex commendataria. Se l'avesse uccisa, non se ne sarebbe mai andata da Valloncour. Aveva deciso che la cosa più importante era sopravvivere. Avrebbe ascoltato con molta attenzione quando i maestri parlavano di battaglie e strategie. Voleva comprendere i cavalieri dell'Ordine. Le stupidaggini infantili come il Buhurt non le interessavano, ma tutto il resto sì.

Gli dei della sua patria avevano perseguito uno scopo quando avevano intessuto il suo destino. La sua presenza là aveva un significato più profondo. Nulla accadeva per caso. Quando fosse fuggita da Valloncour, avrebbe conosciuto i cavalieri meglio di qualsiasi altro abitante della Terra del Fiordo. Anzi, meglio dei Figli della Terra degli Albi. Sarebbe stata una nemica mortale per l'Ordine!

Vi era tuttavia una cosa che la preoccupava. Più

restava là, e più aveva difficoltà a distinguere il bene dal male. I cavalieri erano il nemico, ricordava continuamente a se stessa. Non poteva provare simpatia per nessuno di loro! Pensò agli insegnamenti di Silwyna. Alcuni cavalieri, per esempio Michelle, erano abili nell'irretire i cuori. Doveva guardarsi bene soprattutto da loro! Non doveva dimenticare chi era e qual era il suo vero posto.

«Rimarrò fedele a me stessa», mormorò con decisione. «Per sempre!». Poi ripeté quelle parole. Ancora e ancora... Ma non servì a nulla. Non le infusero coraggio. Al contrario! Più le ripeteva, e più si sentiva sola.

Quindi vide l'ombra davanti alla porta della baracca. La sagoma scura alzò gli occhi su di lei. Si fermò per un istante, poi si avviò nella sua direzione.

59.
La Torre delle Dodici Porte

«SAPPIAMO DALL'ULTIMA RIUNIONE che fratello Charles, il reggente del Drusna, è morto. Ma ora le mie spie hanno portato ulteriori notizie riguardo alla sua morte. Notizie inquietanti!».

Leon ascoltava l'economo. L'uomo parlava a bassa voce ed era completamente avvolto dalle tenebre di una delle dodici nicchie nella Sala Circolare della Cupola. La stanza era vuota. Alla parete ardevano fiaccole infilate in sostegni di ferro. Il pavimento di pietra bianca era impreziosito dal mosaico di un enorme Albero di Sangue.

Gli incontri avevano luogo nella più assoluta segretezza. Ciascuno di loro indossava una maschera, ma erano così pochi che non vi era nulla da nascondere. Il primarca sapeva che solo sei nicchie erano occupate. Più di metà del gruppo era formata da storpi o vecchi. Solo Niccolò, Alvarez e Jerome erano nel pieno possesso delle loro facoltà fisiche. Non era tuttavia questo l'importante. Il suo maestro, fratello Alain, era rimasto paralizzato a causa di una ferita alla nuca e non era riuscito a muoversi autonomamente per trent'anni.

Non era più stato neppure in grado mangiare da solo. Tuttavia, aveva un sangue più forte di quello dei presenti, e una volontà di ferro. Aveva ottenuto la vittoria della Nuova Cavalleria durante il concilio di Iskendria. Se avesse conosciuto la gravità della situazione, si sarebbe rivoltato nella tomba.

L'economo aveva fatto una pausa per accentuare la drammaticità delle sue parole.

Stupido chiacchierone, pensò Leon. Rimpiangeva di averlo nominato responsabile della rete di spie gestita dall'Ordine, ma ormai era troppo tardi per cambiare le cose.

«Fratello Charles è stato assassinato. Una verità che l'Ordine dell'Albero di Cenere e gli eptarchi cercano di nascondere. Soprattutto a noi, perché credono che siamo noi gli assassini».

«Come sono arrivati a questa conclusione?» domandò Jerome, sinceramente indignato.

Leon non riuscì a trattenere un sorriso. Fratello Jerome era un bravo comandante, intriso di fede nell'Ordine e cieco agli intrighi della Chiesa.

«Be', hanno dei motivi validi», proseguì il responsabile delle spie, e Leon credette di percepire una nota di compiacenza maligna nella sua voce. «Charles non è stato semplicemente ucciso. L'assassino l'ha torturato. Il reggente ha subito una morte atroce, e con lui sono morte anche le sue guardie del corpo. E questo nel cuore di una fortezza strettamente sorvegliata. Il comandante della fortezza giura che un gruppo di aggressori non si sarebbe potuto introdurre nell'edificio senza attirare l'attenzione. Ritiene che i colpevoli siano entrati liberamente perché le guardie si fidavano di loro, perché erano guerrieri di Tjured».

«Per caso il comandante è un cavaliere dell'Albero di Cenere?» domandò Niccolò in tono cinico.

«Sì, fratello», fu la risposta laconica. «Credono che non siano stati gli uomini-ombra né gli assassini degli Altri. Sono convinti che li abbiamo mandati noi».

«È scandaloso!» esclamò Jerome. «Dobbiamo smentire queste dicerie! Come osano...».

«Be', a quanto pare, è stato il reggente a fornire un indizio. Ha usato le ultime forze per scrivere due nomi con il sangue. Valloncour e Droy. Sarà difficile convincere gli eptarchi che non c'entriamo nulla».

Leon si strofinò la benda. «Ma si sbagliano, vero? Noi non abbiamo nulla a che fare con tutta questa faccenda».

Per qualche istante regnò il silenzio.

«Ti prego, fratello», disse il responsabile delle spie in tono conciliante. «Naturalmente avrei chiesto il vostro parere prima di compiere un'azione di tale portata. E avrei assoldato assassini che avrebbero impedito a fratello Charles di scarabocchiare con il sangue. No, siamo innocenti. Qualcuno combatte una guerra nascosta contro di noi. Forse l'Ordine dell'Albero di Cenere?».

«Come fai a dirlo, fratello? Le guardie del reggente non erano forse i loro cavalieri?».

Nonostante la corruzione dell'antico Ordine cavalleresco, Leon stentava a credere che facessero uccidere senza scrupoli la loro gente.

«Be', ne hanno ricavato molti vantaggi», replicò l'economo. «Tre giorni or sono gli eptarchi hanno deciso di non accettare tra le loro file il nostro nuovo Gran Maestro e hanno scelto il Gran Maestro dell'Ordine dell'Albero di Cenere. Temo che ci aspettino tempi duri».

Leon sollevò la benda e si grattò la vecchia cicatrice. Era felice di sedere all'ombra della nicchia cosicché i suoi confratelli non potessero vederlo. Era furioso con il responsabile delle spie. Il suo predecessore non avrebbe osato tacergli notizie così importanti e comunicargliele solo in presenza degli altri. Doveva sbarazzarsi di quell'ingrato farabutto merdoso... Ma no! Non doveva nemmeno pensarci! Il sangue di quell'uomo era troppo prezioso! Non poteva versarlo. Non finché le nicchie occupate fossero state solo sei.

«Lilianne e Michelle sono state informate?» chiese Alvarez.

«È necessario?» domandò l'economo, fingendosi sorpreso.

«Se lasciano Valloncour, saranno in pericolo».

«In effetti... Ora che mi ci fai pensare... I cavalieri dell'Albero di Sangue sono permalosi. Ma finora nessuno ci ha accusati pubblicamente. Forse non dovremmo inquietarle senza motivo».

Ora il pezzo di merda si diverte anche a passare dal ruolo di informatore a quello di consigliere benevolo, pensò Leon con rabbia.

«Come fai a escludere che ci abbiano accusati?» domandò fratello Alvarez.

«Tutto ciò che vi ho riferito è attendibile. Solo una dozzina di alti dignitari conosce le particolari circostanze della morte di fratello Charles. Tuttavia, se non appartenessi al nostro Ordine e fossi un cavaliere dell'Albero di Cenere, comincerei a raccogliere storie denigratorie. Anzi, forse metterei persino in giro qualche voce... Siamo troppo forti per essere semplicemente esautorati. E i vantaggi che la Chiesa ottiene dal nostro Ordine sono fin troppo evidenti. Se fossi nei panni dei nostri nemici, infangherei il buon nome della Nuova Cavalleria. Ci vorrebbe molto tempo... Ma appena arrivasse il momento giusto, accuserei tutto l'Ordine di eresia. Possono sconfiggerci solo così».

«È un'infamia!» si indignò Jerome. «Dobbiamo mandare una delegazione ad Aniscans e protestare contro le cattiverie che circolano su di noi riguardo a Charles».

Leon sospirò tra sé e sé. Jerome era un bravo cavaliere sul campo di battaglia, ma non capiva nulla degli intrighi all'interno della Chiesa.

L'economo tossicchiò con affettazione. «Mio caro fratello, non possiamo farlo. Nessuno ci ha accusati. Non dovremmo neppure sapere ciò che vi ho riferito. Se ci difendiamo da insinuazioni che non sono ancora state fatte pubblicamente, non faremo altro che destare nuovi sospetti. Chi, infatti, potrebbe conoscere le circostanze della morte di Charles se non gli assassini?».

Leon scrollò il capo. Era un piano ben congegnato. Erano in trappola! «Che cosa proponi, fratello?».

«Faremo ciò che fanno loro. Poiché, tuttavia, non abbiamo più rappresentanti tra gli eptarchi, sarà più difficile trovare ascolto presso i principi della Chiesa ad Aniscans. Per fortuna i nostri fratelli dell'Albero di Sangue sono una risma di persone corrotte e immorali, più dedite al proprio piacere che al servizio verso dio.

Non dovremo inventare alcuna storia... Dobbiamo solo smascherarli. Se imbocchiamo questa strada, dobbiamo però essere consapevoli di combattere una vera e propria guerra nascosta per il potere all'interno della Chiesa».

«Abbiamo un'altra scelta?» domandò Alvarez. «I cani dell'Albero di Sangue ci hanno costretti a percorrere questa strada».

«Ecco. Potremmo estromettere dall'Ordine le sorelle Lilianne e Michelle de Droy e mandarle ad Aniscans. Così riusciremo a stroncare le accuse sul nascere. Naturalmente dovremmo fingere di aver scoperto per caso le loro malefatte e di essere oltremodo scossi e sdegnati».

«Ma sono innocenti, maledizione. Come puoi anche solo pensarlo?» urlò Drustano, indignato.

«Lo penso perché, al contrario di te, non mi sento vincolato dal fatto di essere nella loro stessa lancia. Inoltre, abbiamo giurato di sacrificare la vita per il bene della Chiesa e dell'Ordine. Non pretendo dunque nulla di eccessivo. Secondo me è fuori questione che il loro sacrificio sarebbe di grande utilità all'Ordine».

Leon non dubitò nemmeno per un istante che l'economo volesse cogliere l'occasione per porre fine alla faida con sorella Michelle.

«Abbiamo già perso abbastanza cavalieri. Ti proibisco di prendere ancora in esame questa possibilità. Fai il possibile per rovinare la reputazione dei cavalieri dell'Albero di Cenere e fai in modo che almeno alcuni eptarchi si schierino dalla nostra parte. Ti do carta bianca».

«Ti ringrazio per la fiducia, fratello primarca, ma vi

è un'altra cosa che devo sapere. Mi è giunta voce che abbiamo una spia alla corte della regina Roxanna. Perché non ne sono stato informato? Sarebbe molto utile nella lotta contro i cavalieri dell'Albero di Cenere. Nulla danneggerebbe la loro posizione come un'altra schiacciante sconfitta nel Drusna. Se facciamo arrivare a questa spia le notizie giuste, gli Altri e i ribelli non faticheranno a vincere».

«Purtroppo le voci che hai sentito sono solo questo: semplici voci!».

Leon non avrebbe mai tradito il suo uomo a corte. L'economo era già abbastanza potente. Solo lui e Lilianne avrebbero gestito quella spia. L'ex commendataria aveva convinto il traditore a sposare la causa della Chiesa.

«Vi sono altri argomenti da affrontare?» domandò l'economo.

Nessuno rispose. Leon scrutò le nicchie buie e provò un'altra fitta di dolore vedendo che erano così in pochi.

«Bene, allora recitiamo la preghiera a san Guillaume, il padre di noi tutti».

Leon fu felice quando, dopo una breve orazione, poté ritirarsi oltre l'uscio alle sue spalle. Attraverso lo spesso muro esterno della Torre delle Dodici Porte si avvitavano dodici strette scale a chiocciola, accessibili ognuna da un apposito uscio. Ciascuno di quegli usci aveva una pesante e antichissima serratura per cui esisteva una sola chiave. Leon aveva ricevuto la sua quasi cinquant'anni addietro da fratello Alain. Era stato scelto ancor prima di finire l'ultimo anno di noviziato e, essendo il primarca, era il custode delle chiavi della

Fratellanza del Sacro Sangue. Era colui che iniziava i nuovi fratelli ai segreti dell'Ordine e spiegava loro il vero significato dello stemma della Nuova Cavalleria. La verità era così palese quando la si conosceva! Non riusciva quasi più a immaginare che qualcuno non conoscesse il significato segreto dell'illustrazione. Il tronco rosso sangue e i rami intricati che si dipartivano da esso. Tuttavia, pochissimi erano a conoscenza di quella verità nascosta.

Scese la scala, abbattuto. Per lui la segretezza era diventata sempre più opprimente con il passare degli anni. Era una delle leggi non scritte della fratellanza. Nei periodi di pericolo, il fatto che solo una persona conoscesse tutti i membri della fratellanza era una protezione. Se uno di loro fosse stato preso prigioniero, non avrebbe potuto tradire tutti gli altri. Sarebbe stato facile sterminarli. Erano così in pochi. E se fosse successo, tutti i segreti che avevano scoperto sarebbero andati perduti per sempre. Non avevano messo nulla per iscritto; sarebbe stato troppo rischioso. Il confine tra eresia e fede piena di abnegazione era troppo labile. La loro vocazione era liberare il mondo dai Figli degli Albi. Erano gli eletti cui Tjured aveva dato il potere di portare a termine quella missione. Un potere che si era rivelato per la prima volta ad Aniscans mediante un miracolo di san Guillaume e che, nel giro di un giorno, aveva condotto il martire alla morte. Gli Altri non avevano esitato a ucciderlo quando avevano scoperto che era un avversario del loro stesso livello. Tuttavia, il potere non si era spento con lui.

Ripensare a quella storia, che ormai aveva sentito

mille volte, lo agitava sempre. Lo inquietava. Di solito faticava a scendere la scala a chiocciola in una notte fredda, ma ora era contento di potersi muovere. Di sentire il proprio corpo. Il movimento attenuò l'inquietudine, e il suo vecchio cuore agitato ritrovo lentamente il suo battito normale. Pensò ai cavalieri solitari che, nel vasto mondo, dividevano con lui il segreto dell'Albero di Sangue.

Come stava sorella Gerona? Aveva sostituito Drustano alla Torre del Corvo quasi un anno prima. Presto Jerome avrebbe preso il suo posto. Sarebbe iniziata là... La grande impresa. Sul lago. Lontano da sguardi indiscreti. Fratello Alain l'aveva pianificata così senza conoscere il luogo. Là avrebbero riportato la vittoria che avrebbe condotto la Nuova Cavalleria al dominio incontrastato. Ma i tempi non erano ancora maturi. Servivano altre navi, e soprattutto altri cavalieri che recassero in sé il dono.

Sapeva bene che nel mondo vi erano ancora molti individui come loro, il cui dono sarebbe rimasto sconosciuto sino alla fine dei loro giorni. La fratellanza segreta aveva fondato la Nuova Cavalleria per dare a coloro che possedevano il dono un ambiente in cui perfezionarsi. Nessun luogo della terra assomigliava come Valloncour allo Stato divino dei loro sogni. E l'Ordine cavalleresco era molto di più. Era diventato un mantello dietro cui si celava la fratellanza. Ed era la spada da usare contro gli Altri. Ma erano anche divenuti vulnerabili, perché, se la Chiesa si fosse schierata contro la Nuova Cavalleria, anche la fratellanza sarebbe stata in pericolo.

Leon conosceva bene la storia della Chiesa. Due presunti Ordini eretici erano già stati perseguitati senza pietà ed eliminati. Non doveva accadere anche a loro! L'Albero di Sangue doveva sopravvivere e poteva farlo, perché dal sangue sgorgava il futuro, mentre la cenere era il passato!

Spesso, nei momenti di solitudine, perdeva la speranza nel compito che Tjured gli aveva affidato. Come poteva dio permettere che gli eptarchi lo servissero così male? Si comportavano come re, anche se nessun re era mai stato così potente. Fondavano dinastie all'interno della Chiesa. Vi erano due famiglie che da più di centocinquant'anni mandavano un loro membro sul trono dei principi della Chiesa. Da tempo non erano più i pii o gli intelligenti, gli ascetici o anche solo i servitori di dio a godere di maggiore popolarità nell'esercito dei fedeli. Erano gli intriganti, gli assassini e i figli di puttana che si dedicavano a tutti i peccati possibili e immaginabili dietro le alte mura dei loro palazzi. Ecco perché guardavano con diffidenza la Nuova Cavalleria. Quelli come lui, tuttavia, erano decisi a costruire lo Stato di dio e a portare a termine i più antichi compiti affidati al braccio armato della Chiesa: cancellare il paganesimo e portare il vessillo dell'Albero di Sangue nella Terra degli Albi per annientare gli Altri.

Superò la porta a lui riservata. Inspirò a fondo la fredda aria notturna. Quindi si voltò e chiuse il pesante uscio. L'indomani avrebbe incontrato l'economo. Vi erano alcune decisioni da prendere! Decisioni che non dovevano gravare sulle anime degli altri fratelli. In seno alla Chiesa sarebbe scoppiata una guerra il cui esito non sarebbe stato deciso dagli eserciti di cavalieri, bensì dai pugnali maneggiati durante la notte.

Rivolse uno sguardo disperato al vasto cielo buio. Perché il regno di dio era così lontano? Perché il suo fardello era così pesante? Aveva bisogno di buone notizie che rinvigorissero la sua fiducia in un mondo migliore.

Decise di violare le regole della fratellanza. Solo una piccola trasgressione... Avrebbe raggiunto Drustano e l'avrebbe invitato a fare una cavalcata. Era da giorni che non riceveva informazioni sul bambino.

Sorrise. Si tolse la maschera che aveva indossato per la riunione segreta e sollevò la benda affinché l'aria gli rinfrescasse la carne malconcia. Avrebbe voluto avere le preoccupazioni di Drustano. Il maestro era disperato perché non riusciva a convertire l'anima pagana di Gishilde e a creare armonia nella sua lancia. Avevano perso tutti i Buhurt. Avrebbero iniziato il secondo anno sulle galee. Era quello il destino dei novizi che non erano uniti. E la Danza delle Catene rivelava chi non era unito, perché a quel gioco potevano vincere solo le lance in cui ognuno aiutava gli altri. Dovevano perseguire uno scopo unendo le forze, e dovevano essere pronti a sacrificarsi per quello scopo e per i compagni. Sulle catene non vi era spazio per gli individualisti e i narcisisti. Potevano essere bravi finché volevano, ma avrebbero sempre perso quando avessero incontrato una lancia in armonia con se stessa e con dio. Era come sul campo di battaglia, ed era quella l'unica funzione del Buhurt. I novizi imparavano a vincere. Chi sapeva vincere sulle catene sarebbe stato in grado di comandare anche un esercito.

Leon rise ancora. Drustano, Alvarez e Lilianne erano stati tutti nella stessa lancia. Erano Leoni. E tutti avevano iniziato il secondo anno sulla galea. Ora, a modo loro, erano guerrieri che facevano onore alla cavalleria. Sarebbe accaduta la stessa cosa a Luc, Gishilde e agli altri. Drustano non era ancora abbastanza vecchio per conoscere il potere del tempo. Quest'ultimo avrebbe trasformato i giovani Leoni in una lancia imbattibile. Anzi, avrebbe persino guarito l'anima pagana di Gishilde.

60.
Re Tuffanuvole

Yulivea sedeva sulla sporgenza rocciosa sopra le nuvole già da un giorno e due notti. Aveva visto passare le tempeste sotto i suoi piedi e aveva osservato la neve che si trasformava in ghiaccio sul suo mantello. L'incantesimo la proteggeva dal freddo, ma non dai sottili cristalli di ghiaccio che il vento le soffiò in faccia finché ebbe la sensazione che la pelle le si staccasse lentamente dalle guance. L'incantesimo non la proteggeva nemmeno dalla solitudine.

Sapeva che sarebbe stato inutile salire ancora. Le aquile l'avevano vista. Giorni addietro. Avrebbero deciso se raggiungerla oppure no. Poteva solo aspettare. Aspettare... Estrasse un flauto dalla cintura e suonò una melodia che parlava del freddo e della tristezza. A volte aveva l'impressione che il suo destino fosse aspettare. Aveva aspettato per più di un anno e mezzo accanto a Fenryl, sperando che il principe desse qualche segno di vita. Era l'unica che non voleva rinunciare a lui. Non voleva rassegnarsi al fatto di averlo perso, come non voleva rassegnarsi al fatto che Farodin e Nuramon fossero andati verso la Luce Lunare. Erano trascorsi secoli da quando i due cavalieri avevano seguito il Devanthar. I Sentieri Albici li avevano inghiottiti. Insieme con il loro compagno, il Figlio degli Uomini Mandred Torgridson, il capostipite della casa reale della Terra del Fiordo. Gli esseri umani raccontavano così tante storie sul suo conto! Erano convinti che un giorno sarebbe tornato. Avrebbe fatto ritorno quando la situazione si fosse aggravata e il nemico fosse arrivato davanti alle porte di Firnstayn. E i due elfi avrebbero cavalcato al suo fianco. Avrebbero cambiato il destino durante l'ultima battaglia. Poi la pace avrebbe regnato sino alla fine del tempo. Le piaceva quella storia e le piacevano i Figli degli Uomini. Erano così diversi dal suo popolo. Speravano nel futuro, in una promessa di tempi migliori.

Anche tra gli elfi circolavano molte storie sugli eroi Nuramon e Farodin. Tuttavia, parlavano tutte di gesta passate. Nessuno aveva inventato un futuro roseo per i due elfi. Nessuno sperava nel loro ritorno e, ad eccezione di lei, nessuno credeva che Fenryl sarebbe tornato.

Un'ombra schermò le stelle. Ampie ali frenarono il volo. Artigli possenti scricchiolarono sulla pietra. Yulivea sentì i pensieri dell'aquila dalla schiena nera, perché, come Fenryl, era una Cantora del Vento, sebbene non osasse volare con i rapaci. Era arrivato il re in persona, e provava un misto di emozioni. Era curioso, ma anche furibondo.

«Sono qui per riferirti una preghiera da parte della mia regina».

Le veniva più facile esprimere i concetti con chiarezza se li pronunciava ad alta voce. In realtà non sarebbe stato necessario, perché anche Tuffanuvole le leggeva nel pensiero. Era potente. Intuiva ciò che restava inespresso.

«Anche il maestro spadaccino Ollowain chiede il tuo aiuto».

Yulivea fu investita da una serie di immagini. Immagini piene di sensazioni. Sangue, violenza, libertà, un cielo sconfinato. La sensazione degli artigli che si conficcavano nella carne viva. La fame. La tristezza. Quest'ultima prese ben presto il sopravvento. Tuffanuvole non aveva dimenticato Melvyn. Nonostante tutto il tempo che era trascorso, il ricordo dell'elfo era ancora nitido. Un ricordo doloroso. Poi pensò a Occhio d'Inverno e si concentrò sui terribili pericoli cui era esposto. Non si trattava solo di Fenryl!

Yulivea sentì che l'aquila immaginava di affondare gli artigli nel petto di Emerella. Il pensiero del re-aquila era così penetrante che le strappò un gemito di dolore.

«Non è responsabile della sua morte».

Tuffanuvole sapeva che Emerella aveva mandato Melvyn benché fosse certa che non sarebbe sopravvissuto. La regina sapeva che l'elfo non si sarebbe opposto.

«È stata una sua decisione», disse Yulivea, pur sapendo che era solo una mezza verità. Melvyn non avrebbe mai rifiutato. Dunque fino a che punto era stato libero di decidere?

Il re delle aquile dalla schiena nera aveva tagliato i ponti con Emerella nel giorno della morte di Melvyn, e non era propenso a fare favori alla regina. Nulla riusciva a placare la rabbia e la tristezza.

«Ci serve il tuo aiuto, Tuffanuvole. Tu e il tuo popolo deciderete il destino della Terra del Fiordo».

L'elfa ripensò a Gishilde. Alla fortezza reale di Firnstayn. Ai paesaggi impervi e rocciosi dei fiordi. Voleva che il re-aquila vedesse il paese e i suoi abitanti attraverso i suoi occhi. Che lo sentisse come lo sentiva lei. Per l'uccello non era facile, perché quello era un mondo in cui la magia diminuiva sempre di più. Come poteva instaurarsi un legame?

«Tutto questo scomparirà se non ci aiuti, Tuffanuvole».

Ricordò gli usignoli che aveva mandato a distruggere la nave dei cavalieri dell'Ordine. La sua ira.

Il re delle aquile arruffò le penne e parve irrequieto. Sentire quella collera l'aveva sorpreso. Non capiva perché avrebbe dovuto aiutare i Figli degli Uomini.

«In nome della vecchia alleanza. Hanno versato il sangue per la Terra degli Albi. Hanno sofferto molto a causa nostra. Non possiamo piantarli in asso».

L'elfa percepì ancora la rabbia dell'uccello. La creatura non restava indifferente quando qualcuno pagava un alto tributo di sangue e non si vendicava.

«Che tu ci creda o no, questi sono anche i sentimenti di Emerella».

Tuffanuvole era convinto di essere solo una pedina su una tavola di Falrach. Non riusciva a immaginare che Emerella fosse capace di sentimenti sinceri. Yulivea si stupì di scoprire che, nonostante l'avversione, il re delle aquile la considerava una brava sovrana. Aveva difficoltà a seguire il ragionamento del rapace.

Perciò tornò a concentrarsi su Fenryl. Si diceva che, fondendosi anche solo per pochi giorni con lo spirito di un animale, si riportavano danni irreparabili. Se n'era andato da molto tempo. Che ne sarebbe stato di lui quando fosse tornato?

A un tratto provò una profonda vergogna. Tramite i pensieri di Tuffanuvole si accorse di non aver mai riflettuto sui danni che forse aveva subito l'uccello. Era così imbarazzata che arrossì.

Sentì che, per quanto potesse sembrare strano, la collera dell'aquila si attenuava. Ora l'animale era profondamente immerso nei suoi pensieri. Era molto più esperto nella lettura di riflessioni e ricordi. Yulivea avvampò ancora quando si rese conto che avrebbe scoperto ogni cosa.

Tuffanuvole voleva sapere in che modo avrebbe potuto aiutare i Figli degli Uomini. L'elfa ripensò alla storia e alle numerose canzoni eroiche nate da mille anni di alleanza tra la Terra degli Albi e Firnstayn. I suoi pensieri lo aiutarono a scoprire ciò che voleva e, quasi senza che se ne rendesse conto, le sue labbra pronunciarono alcune parole sommesse: «Iniziò tutto con Mandred, poi seguirono Alfadas e i suoi sfortunati figli Ulric e Kadlin, la grande Regina Guerriera». Le vennero in mente Njaudred Spezzalame e Liodred, che, come Mandred, si era avventurato sui Sentieri Albici e non aveva più ritrovato la via verso il Mondo degli Uomini. Infine rivide Gunnar Bracciodiquercia e la sua morte eroica, dettata dalla preoccupazione per la sopravvivenza della sua dinastia e dell'alleanza con la Terra degli Albi. Si era sacrificato nella vaga speranza che forse sua figlia Gishilde avrebbe spianato la strada verso un futuro più felice. Poi Yulivea ricordò i nomi di tutti coloro che dovevano intervenire. Grandi personaggi provenienti da tutti i popoli. Sarebbe stato Ollowain a comandarli.

Il re delle aquile parve colpito e volle sapere di più sui piani.

Yulivea inclinò la testa.

«Mi dispiace. Posso dirti solo che salveremo la principessa Gishilde. È il futuro della Terra del Fiordo. La tengono prigioniera. Nessuno sa dove. Ma, a quanto pare, è un luogo che si può raggiungere solo dall'aria, perché interi eserciti sorvegliano l'accesso della prigione».

A un tratto il re-aquila lanciò un grido acuto. Era una sorta di risata? Un'espressione di scherno? I suoi pensieri erano troppo confusi. Voleva sapere quando sarebbe accaduto.

«Non te lo so dire. Non lo so ancora. Da quando è stata rapita, è come se fosse stata inghiottita dalla terra».

Tuffanuvole lanciò un altro grido acuto e prolungato. Questa volta pareva una sfida al vento e alle montagne. Yulivea sentì che l'aquila la giudicava un'impresa folle. Ma, in qualche modo, quell'elemento pareva affascinarlo. *Non è nello stile di Emerella,* fu il pensiero che l'elfa percepì con molta chiarezza. In effetti non sembrava un piano di quella regina fredda e calcolatrice. Era un gesto disperato!

«Tu e il tuo popolo ci aiuterete? Senza di voi non abbiamo modo di raggiungere la principessa».

Il re-aquila ricordò i nomi di coloro che sarebbero intervenuti. Erano gli eroi della Terra degli Albi. Li aveva visti combattere quasi tutti, osservandoli dall'alto. Lui e i suoi amici avevano già fatto alcuni favori ai

Cantori del Vento, individuando le posizioni nemiche e seguendo i movimenti delle truppe. Non erano sempre state imprese prive di rischi. Avevano dovuto combattere alcune battaglie aeree. Tuffanuvole pregustava gli avvenimenti che stavano per avere luogo.

Tuttavia, ciò non cambiava il fatto che il piano sembrasse disperato. Tuffanuvole trovava particolarmente grottesche le navi. Yulivea dovette richiamare più volte alla memoria i disegni che aveva visto. Non erano mai esistite navi come quelle, e sarebbero state costruite solo per le aquile. Avrebbero portato lui e i suoi compagni su un mare sconosciuto...

61.
Di sogni e cavalieri

LUC AVEVA VISTO GISHILDE che si alzava e sgattaiolava fuori. Aveva il sonno leggero. Sapeva che non era la prima volta. Dove andava? Anche Drustano era scomparso. Che quei due si incontrassero da qualche parte? No... E anche in quel caso non gliene sarebbe importato nulla. Si rigirò e non riuscì a riaddormentarsi. Là fuori c'era qualcosa. Ogni tanto sparivano delle pecore. Là non vi erano lupi... Qualcuno sospettava dei novizi. Non davano loro abbastanza da mangiare... Macellare una pecora sarebbe stato semplice, e non sarebbe stato difficile nemmeno trovare un posto riparato per accendere un fuoco. Ma come avrebbero potuto passare davanti ai maestri che dormivano all'ingresso delle baracche? No, i colpevoli non erano i novizi.

Si rigirò, irrequieto. Non poteva permettere che Gishilde si trovasse là fuori da sola. Naturalmente non era una pecora. Sapeva difendersi, Luc lo sapeva per esperienza.

Tuttavia... L'idea che potesse accaderle qualcosa lo angosciava sempre di più. Anche se la bambina aveva cercato di rompergli il naso e aveva fatto pipì nel bacino del Risveglio. Pur essendo pagana, era una di loro, una Leonessa. *Tjured vuole sicuramente che io la protegga*, pensò. Ecco perché dio gli aveva donato quel sonno leggero. Doveva svegliarsi quando Gishilde usciva. Tuttavia, era proibito lasciare la baracca di notte.

Non poteva semplicemente ignorare i divieti e le regole. Gishilde era diversa. Sembrava aver deciso di ribellarsi a qualsiasi cosa. Ma lui non era così.

Si alzò a sedere. Gli altri novizi dormivano della grossa. Non c'era da stupirsi: avevano sgobbato per tutto il giorno. Non avevano smesso di lavorare alla torre nemmeno dopo il tramonto. L'indomani avrebbero posato la chiave di volta della cantina. Avrebbero così completato la parte nascosta della torre, la camera del tesoro della loro lancia. Mancava solo la botola sopra la scala a chioccola, una botola con quattordici serrature. Ciascuno di loro avrebbe ricevuto una chiave. I Leoni di Valloncour erano bravi almeno in questo. I loro lavori di costruzione procedevano meglio di quelli delle altre classi. In quel compito investivano tutto il loro orgoglio e la loro ambizione. Se non altro, quella era una ricompensa per la loro fatica. Era là che dimostravano le loro capacità, non nel Buhurt!

L'indomani, finalmente, la torre sarebbe spuntata dalla buca che avevano scavato nella terra e nella roccia e si sarebbe protesa verso il cielo.

Drustano, che parlava volentieri per metafore pompose, aveva paragonato la torre al loro soggiorno a Valloncour. Durante il primo anno si gettavano le fondamenta su cui avrebbe poggiato il loro cavalleressato. Si preparavano i loro corpi e le loro anime. Era un lavoro segreto. Tutto ciò che sarebbe venuto dopo sarebbe stato visibile con più chiarezza.

Luc ripensò agli scudi immacolati che sovrastavano i letti. Alla fine dell'anno avrebbero ricevuto uno stemma che sarebbe cambiato nel corso del tempo. All'inizio avrebbero avuto tutti lo stesso. Sul lato sinistro dello scudo, dalla parte del cuore, avrebbe campeggiato l'Albero di Sangue, e a destra vi sarebbe stato un leone rampante, il simbolo della loro lancia. Poiché erano di gran lunga i peggiori giocatori di Buhurt, sarebbero finiti sulla galea. Anche quell'avvenimento avrebbe trovato posto sullo stemma, perché, tra il leone e l'Albero di Sangue, si sarebbe aggiunto un nero remo verticale. In quel punto i Draghi avrebbero sfoggiato una catena nera, il segno che contraddistingueva i migliori giocatori di Buhurt. Se un allievo si distingueva in particolar modo, il suo scudo cambiava e si differenziava da quello del resto della lancia. Una larga trave avrebbe occupato il terzo superiore dello scudo, disegnata in rosso, nero o bianco, i tre colori assegnati loro dall'araldica dell'Ordine. Su quella trave, l'eroe poteva tracciare il suo stemma. Una pistola, una nave, una torre... Qualunque cosa volesse. Doveva tuttavia essere qualcosa di particolarmente legato a lui e alla sua vita. Quel diritto spettava anche agli altri novizi quando diventavano cavalieri. A quel punto ciascuno possedeva il proprio scudo inconfondibile. Se fossero sopravvissuti alle guerre e fossero tornati per trascorrere gli ultimi giorni in pace, lo scudo sarebbe cambiato per l'ultima volta. Sarebbe stato suddiviso in quattro parti e nel nuovo campo sarebbe comparso il simbolo di ciò che riempiva l'ultimo scorcio di vita del cavaliere. Martello e scalpello per gli scalpellini, una penna per gli scrittori, compasso e matita per i cartografi... Esistevano infinite varianti. Non esistevano due scudi uguali. E poiché gli scudi dei cavalieri che erano entrati nell'ultima fase dell'esistenza erano divisi in quarti, quei guerrieri prendevano il nome di Quarti.

Luc cercò di immaginare come sarebbe stato il suo scudo. Sicuramente avrebbe raffigurato l'Albero di Sangue e il leone rosso! Fece una smorfia. I Leoni sarebbero finiti sulla galea. Era già deciso. Non vincere nemmeno una partita era una vergogna che non colpiva le lance da molti anni. Avrebbero avuto bisogno almeno di una vittoria... Avrebbero portato per sempre il marchio del disonore sullo scudo. Il temuto remo nero. Li avrebbe accompagnati fino alla morte!

Si tastò i calli sul palmo della mano. Il lavoro con martello e scalpello l'aveva fatto sanguinare, ma ora la pelle si era indurita. Era diventato molto più forte... Gli gorgogliò lo stomaco. Da un anno andava a letto affamato. Il cibo era buono... Ma purtroppo non era mai sufficiente.

Ripensò alle parole di Drustano. I loro corpi e le loro anime dovevano essere pronti... Sciocchezze. Mani callose e un mucchietto d'ossa... A cosa potevano prepararli? Non era così che immaginava un cavaliere e, a quanto poteva giudicare, la sua anima non era cambiata per nulla.

Si sfregò le mani fredde e guardò verso la porta. Sarebbe andato a prendere Gishilde. Che cosa faceva là fuori? Era una Leonessa e, secondo quanto avevano inculcato loro, dovevano aiutarsi a vicenda. Drustano era un uomo cattivo. Un momento era amichevole e il momento dopo diventava spietato. Se avesse pizzicato Gishilde, l'avrebbe punita, e il fatto che fosse una bambina non avrebbe fatto differenza. Luc rabbrividì quando pensò a cosa sarebbe capitato a chi avesse lasciato la baracca senza permesso.

Si infilò gli stivali e strisciò piano fuori del dormitorio. La camera era immersa nella penombra grazie al braciere in cui gli ultimi ciocchi di legno ardevano sotto una crosta di cenere candida. Sul letto si stagliavano chiaramente le pieghe della coperta sgualcita. Vi era una pila di libri. Sul tavolo era posata una ciotola mezzo piena di zuppa fredda. Luc scorse un pezzetto di salsiccia e lo estrasse dal piatto. Rubò un tozzo di pane raffermo e si affrettò a uscire nella buia notte di novilunio. Ripensò alla Camera del Miele e alle scorrerie là dentro. Le cattive abitudini erano dure a morire, ma, se l'avessero sorpreso, avrebbe preferito affrontare la punizione con la pancia piena. Addentò la salsiccia. Era aromatizzata con l'aglio. Se non altro non avrebbero più potuto portargliela via.

Si guardò intorno. La stella polare eclissava tutti gli altri astri del firmamento. Le tenebre erano molto fitte. I suoi occhi si abituarono lentamente alla luce fioca. In ogni caso, non vi era granché da vedere. Ormai conosceva bene il fazzoletto di terra intorno alla baracca. Avrebbe saputo orientarsi anche a occhi chiusi.

Aveva sentito un rumore di zoccoli allontanarsi verso nord. Se si voleva avere una buona visuale della strada che conduceva in quella direzione, vi era un solo luogo adatto: il piccolo colle ripido da cui di vedeva oltre le sommità degli alberi.

Cercò di distinguere qualcosa tra i cardi e l'erba alta, ma sulla cima dell'altura non si mosse nulla. Non significava niente. Nella loro lancia nessuno era bravo come Gishilde a mimetizzarsi nei boschi. Doveva essere lassù. Era l'unico posto che offrisse una visuale sufficiente per tornare nella baracca prima di un eventuale cavaliere.

Il novizio andò difilato verso la sommità della collina. Immaginava che avrebbe trovato Gishilde lassù, ma, quando la bambina spuntò improvvisamente tra l'erba, lo spaventò a morte.

«Questo è il mio posto!» sibilò, combattiva. «Che cosa ci fai qui?».

Stupito da tanta ostilità, Luc indietreggiò un poco.

«Ero in pensiero per te», disse, rimpiangendo subito di aver pronunciato quelle parole. Era davvero una risposta stupida. Chi era per stare in pensiero per lei? Sua madre? Perché non gli era venuto in mente nulla di più intelligente? Qualcosa di più... adatto?

Nella luce spettrale delle stelle Gishilde aveva una bellezza particolare. Assomigliava a un fiore di cardo. Una bellezza intensa e ostinata, circondata da foglie e spine che rendevano quasi impossibile avvicinarsi.

«Non devi preoccuparti per me», affermò la bambina dopo un lungo silenzio, assumendo un tono insolitamente conciliante.

«Se torna maestro Drustano...».

«... Lo vedrò molto prima che ci raggiunga».

Riecco i suoi modi scontrosi, pensò Luc con tristezza. Erano nella stessa lancia ormai da sei mesi e si erano scambiati a malapena una dozzina di frasi. Si sentiva attratto da lei perché era diversa, come lui. Luc aveva tradito dio e deluso Michelle. Si era avvicinato troppo agli idoli e, nonostante la sua devozione, aveva la sensazione che non si sarebbe mai liberato di quella macchia. E Gishilde... Non faceva mistero della sua avversione per Tjured. A giudicare da come si chiudeva alla fede, non avrebbe dovuto essere là. Ma c'era... E dio non la giudicava per tutte le sue malefatte. Perché? Vi era speranza anche per Luc? Avrebbe potuto imparare da lei? E che cosa poteva dire per porre fine a quel maledetto silenzio? Non era bravo a fare conversazione. Con una bambina era ancora più difficile.

«Mi piace il fatto che non parli troppo», disse Gishilde, colmandolo di stupore. Non lo guardava, bensì teneva gli occhi puntati in lontananza. Verso nord, dove Drustano sarebbe ricomparso di lì a poco.

Luc avrebbe voluto dire qualcosa, ma riuscì a emettere solo un verso rauco. Era piacevole stare con lei. Respirare in silenzio la fresca aria notturna. I piedi gli si raffreddarono lentamente. Nella fretta aveva dimenticato i calzini.

«Trovo che spesso Drustano sia ingiusto nei tuoi confronti», proseguì Gishilde. «È intrattabile. Credo che gli manchi qualche rotella».

«Già».

Luc avrebbe voluto maledirsi. Perché non gli veniva in mente nulla di meglio che dei monosillabi? In realtà avrebbe avuto molto da dire su Drustano.

Gishilde scoppiò in una risata sommessa.

«Sapevi che spara alle sedie?».

«Che cosa?».

No, non poteva essere vero! Che fine aveva fatto la sua lingua? E il suo cervello?

«Ho passato lo scorso inverno con lui e una sguattera in una torre di guardia su un'isola solitaria. Non si rassegna al fatto di aver perso un braccio. Una volta era maestro di scherma... Uno dei Leoni di Lilianne. Senza braccio, dice, perde l'equilibrio durante gli incontri di scherma. Ecco perché si allena a sparare. Non vuole essere un cavaliere senza arma, e non vuole nemmeno essere un Quarto, uno di coloro che tornano a Valloncour per non andarsene più. Li chiama morti viventi. Nella torre sparava sempre allo schienale di una sedia. Per esercitarsi. Talvolta anche per spaventare me e Juztina. Non faceva centro molto spesso. Perde l'equilibrio anche mentre spara». Rise. «Pazzesco, vero? E il nostro maestro è proprio lui. Il tuo dio ama le storie contorte».

Luc era addolorato di vederla così lontana da dio, ma era contento che gli avesse rivolto la parola.

«Hai avuto un bravo maestro di scherma». Finalmente una frase sensata.

«Una maestra! Mi manca...». A un tratto Gishilde si voltò a guardarlo. «Scusa se ho cercato di farti male. Durante quel duello...».

Luc ricordò malvolentieri quel momento. «Avevo avuto una brutta giornata», mormorò.

La bambina sorrise, e gli occhi le brillarono sotto la luce delle stelle.

«Contro di me avresti sempre brutte giornate. Sono più brava di te».

Luc rimase esterrefatto. Non era vero! E aveva avuto veramente una brutta giornata. Inoltre, aveva combattuto con Bernadette e non si era riposato prima del secondo duello. Aprì la bocca, ma tacque. Se avesse detto qualcosa, la luce negli occhi di Gishilde si sarebbe spenta. Non lo voleva, e il silenzio non avrebbe cambiato il fatto che aveva ragione.

«Anche tu hai avuto una brava maestra», riprese la bambina. «È insolito avere un cavaliere come mentore prima di arrivare qui, vero? Insomma... sono stati tutti presentati da un cavaliere dell'Ordine... Ma trascorrere così tanto tempo da soli con un cavaliere è raro, vero?».

Luc non ne era del tutto sicuro. Ciononostante annuì. Voleva che avessero entrambi qualcosa di raro.

«Com'è andata con sorella Michelle?».

Che cosa voleva dire? Che la cavalleressa si era ammalata di peste? Che avevano passato giornate meravigliose e poi l'aveva profondamente delusa... «Bene!».

Gishilde avrebbe dovuto accontentarsi di quella risposta.

La bambina mise il broncio.

«Coraggio, io ti ho rivelato un segreto su Drustano. Che si diverte a sparare alle sedie. Ora tocca a te. Rivelami un segreto su di lei. Qualcosa di spassoso».

Luc ricordò il pomeriggio in cui si era sdraiato con Michelle sul largo bordo del pozzo.

«Mi ha raccontato un sogno».

Non riuscì a trattenere un sorriso. Chissà se la cavalleressa avrebbe mai cavalcato un orso.

«Quale sogno?».

«Non posso dirtelo. È un segreto. E non rivelo mai i segreti che mi vengono confidati», disse con solennità. Poi sorrise. Non riusciva a immaginare Michelle in groppa a un orso e a restare serio.

«Idiota! Perché ridi?».

Luc ridacchiò. «Non posso proprio dirtelo. Non potresti più guardare Michelle senza ridere. E capirebbe che l'ho tradita. Posso rivelarti un segreto che riguarda me».

Lo guardò con disprezzo. *Evidentemente i miei segreti non valgono granché,* pensò il bambino, offeso.

«Forza, allora».

Non era più in vena di raccontarle qualcosa sul suo conto.

«Ebbene?».

Luc sospirò. Non voleva parlare delle sue paure né della donna bianca, anche se forse Gishilde l'avrebbe capito più di chiunque altro. Doveva essere prudente. Era una pagana! E lui non doveva più servire gli idoli! Non avrebbe nemmeno dovuto rivolgere la parola a un'adoratrice degli idoli.

«Dunque preferisci tenere per te anche i *tuoi* segreti».

«No! Ti dirò che cosa ho confidato a Michelle. Il mio sogno segreto. Voglio diventare cavaliere...».

«Ah! Non me lo sarei mai aspettato da un novizio di Valloncour».

«Non essere così scontrosa! E lasciami finire di parlare. Voglio diventare un cavaliere come quelli delle fiabe e delle antiche saghe. Un cavaliere al servizio di una principessa. Che le resti fedele quando tutti gli altri la abbandonino e che combatta persino con i draghi pur di salvarla».

Gishilde lo guardò con tanto d'occhi. Il labbro inferiore le tremò. Sembrava sul punto di piangere. Poi imprecò.

Luc non sapeva quale reazione si fosse aspettato, ma sicuramente non quella.

«Le principesse non esistono più!» sbottò Gishilde in tono rabbioso. «La tua Chiesa si sbarazza di tutti i re. Quindi le principesse non esistono più. Resta solo qualche aristocratico rassegnato al fatto che in futuro saranno i sacerdoti ad avere l'ultima parola. Il tuo sogno non si avvererà mai. Quanto ai draghi... Non esistono più nemmeno nella Terra degli Albi!».

«Ma le figlie degli ex sovrani...».

«Se qualcuno fosse re a metà, anche sua figlia sarebbe una principessa a metà. E conosci una storia in cui un cavaliere salva una fanciulla che è principessa solo a metà? Il tuo sogno è ridicolo!».

Ora Luc ne aveva abbastanza. Era stato un errore seguire quella stupida oca. Che rimuginasse pure da sola sotto la stella polare.

«Ora tocca a me raccontarti un segreto sul mio conto...».

Luc alzò il braccio per zittirla. Gishilde si girò. Si udiva un rumore. Gli zoccoli di un cavallo! Poteva essere solo Drustano, ma veniva dalla direzione sbagliata!

«Tu nasconditi qui. Io lo distraggo. Poi torni a letto senza dare nell'occhio».

«Ma...».

«Tu sai mimetizzarti meglio di me. Mi vedrebbe in ogni caso. Ed è sufficiente che venga punito uno solo di noi».

Senza aspettare la risposta della bambina, Luc corse giù per il colle, verso il cavaliere. Quando Drustano spuntò dalle ombre degli alberi, il ragazzo cambiò direzione. Voleva allontanare l'uomo dalla baracca.

«Fermo!». La voce fu come una frustata.

Luc corse più rapidamente. Era troppo vicino alla costruzione. Drustano avrebbe visto Gishilde.

«Fermo!».

Il rumore di zoccoli si avvicinò velocemente. Luc non osò voltarsi. Faceva scarti improvvisi, come una lepre inseguita dai cani. Il rumore di zoccoli diventava sempre più forte! Sembrava il rimbombo di un tuono. Poi il bambino fu colpito da un calcio alla schiena. Cadde sull'erba rugiadosa, ansimando.

Una mano lo afferrò in malo modo per la spalla e lo girò. Nel buio distinse a malapena il volto di Drustano.

«Luc de Lanzac! Pare che tu non mi prenda molto sul serio, ragazzo. Credi che non ti punirò perché sorella Michelle ha tanta stima di te? Che cosa ci fai qui fuori?».

Luc ripensò alla luce negli occhi di Gishilde, al momento in cui la bambina era sembrata felice.

«Sono uscito a vedere la stella polare. Questa notte è particolarmente luminosa».

«Ah, sei un poeta. Strano che non me ne sia accorto prima».

Drustano gli posò lo stivale sul petto e si guardò intorno.

«Il semplice fatto che sia uno storpio con un braccio solo non significa che abbia dimenticato che cosa spinge i ragazzi a improvvisarsi poeti. Scoprirò con chi eri. Puoi starne certo!».

62.
Il vessillo di cenere

EMERELLA SI SVEGLIÒ DI SOPRASSALTO. Aveva il corpo madido di sudore freddo. Cercò di aggrapparsi all'ultima immagine del sogno. Un'immagine sbiadita... Era sola nella sua stanza in cima alla torre. Rabbrividendo, tirò su la coperta. Di solito non sudava mai. Nemmeno nelle afose notti di Vahan Calyd, quando le porgevano la corona durante la Festa delle Luci. Nemmeno quando faceva l'amore. Mai!

Inquieta, si alzò e si infilò il mantello di seta. Ricordava frammenti di sogno. Si era recata presso l'oracolo di Telmarea. Non aveva visto l'oracolo, ma aveva udito una voce che le aveva insinuato alcune visioni nella mente. E ora rammentava con chiarezza una di quelle visioni. Le era tornata alla memoria come un fulmine che rischiara il paesaggio di notte. Aveva visto la sua fortezza. La fortezza Luce degli Elfi... Distrutta. Le torri erano crollate e sopra le rovine sventolava il vessillo dell'Albero di Cenere.

Non poteva essere! Quel futuro era quasi impossibile! Conosceva bene i possibili futuri della Terra degli Albi. Combatteva contro la sciagura da secoli.

In preda all'agitazione, decise di scendere nella Sala

del Trono, dove vi era il suo oracolo. La bacinella d'argento. La sua maledizione... Forse.

Dovette controllarsi per non percorrere la scala troppo rapidamente. L'edificio era immerso nel silenzio. Incrociò solo due coboldi, ma quelli la conoscevano abbastanza bene per sapere che era meglio non offrirle i loro servigi quando si precipitava verso la Sala del Trono nel cuore della notte, coperta solo da un mantello.

La grande stanza circolare era deserta. Invece del soffitto, sul centro della Terra degli Albi si stendeva il cielo stellato. Veli d'acqua nascondevano le pareti, e il loro lieve mormorio era una melodia rassicurante.

Il trono era collocato su una piccola pedana, e là accanto, su una colonna alta fino ai fianchi, era posata la bacinella d'argento. Emerella trasse un altro profondo respiro e si avvicinò all'acqua limpida. Appena ebbe concentrato la mente e lo sguardo, vide una serie di immagini. Seguì il sentiero del futuro e trovò la visione della fortezza distrutta.

Quel finale era sempre stato una possibilità. Quante volte si era già scervellata per capire come evitare quel destino! Invano. La Chiesa di Tjured era stata manipolata per secoli dal Devanthar, l'acerrimo nemico della Terra degli Albi. La creatura l'aveva convinta di voler distruggere la Terra degli Albi, e il rischio che i cavalieri sacerdoti portassero a termine quella missione esisteva da tempo.

Fece un altro tentativo. Scelse un'altra strada verso il futuro. Si chiuse al dolore quando la bacinella le mostrò la morte imminente di Ollowain. Un'immagine breve e spaventosa. Poi anche quel futuro si concluse con l'annientamento della Terra degli Albi. La fortezza reale sorgeva nella Terra Centrale. Se fosse stata rasa al suolo, il mondo sarebbe andato incontro alla rovina, ed Emerella lo sapeva bene.

Cercò disperatamente un altro futuro. Provò e riprovò, ma ogni volta vedeva il Vessillo di Cenere sventolare sopra la roccaforte.

Quella notte era accaduto qualcosa. Forse qualcosa di apparentemente così banale da esserle sfuggito durante i precedenti viaggi nei futuri del mondo. Tuttavia, aveva cambiato la storia della Terra degli Albi. Doveva fermarlo.... Doveva arginare i danni! Ma da dove avrebbe dovuto iniziare la ricerca?

Appendice

Rappresentazione schematica del campo da gioco del Buhurt

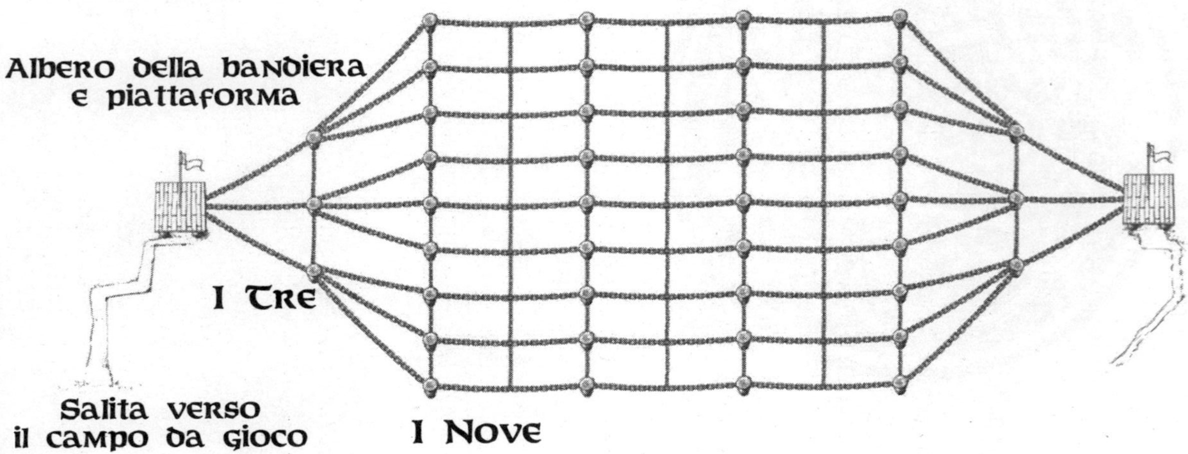

Dramatis personae

Ahtap - Coboldo del popolo dei lutini. Guardiano dei Sentieri degli Albi.

Alain - Ex primarca della Nuova Cavalleria. Fu paralizzato da una ferita alla nuca. Apparteneva all'Ordine dell'Albero di Sangue.

Alathaia - Un tempo, principessa elfica del Langollion. Famigerata perché si era dedicata al lato oscuro della magia. Madre di Tiranu.

Alexjei - Comandante degli uomini-ombra dei boschi del Drusna. Bojaro di Vilussa.

Alfadas - Primo re della stirpe del leggendario Mandred Torgridson. Fondatore della nuova casata reale.

Alvarez de Alba - Dapprima capitano della galea *San Raffaele*, poi del galeone *Acchiappavento*. Fratello dell'Ordine della Nuova Cavalleria e membro della Fratellanza del Sacro Sangue. Apparteneva alla trentunesima lancia dei Leoni con Lilianne e Drustano.

André - Fabbro del villaggio di Lanzac.

André Griffon - Famoso poeta e filosofo del Fargon, molto stimato soprattutto dalla Nuova Cavalleria per la sua concezione del mondo.

Anne-Marie - Secondo Gishilde, scialba novizia della quarantasettesima lancia dei Leoni.

Asla - Moglie di Alfadas prima che quest'ultimo diventasse re della Terra del Fiordo. Madre di Ulric, Kadlin e Silwyna Figlia degli Uomini.

Aslak - Figlio di Liodred, re della Terra del Fiordo, e di sua moglie Valgerda.

Barrasch - Cane di corte del fabbro di Lanzac.

Bernadette - Novizia della quarantasettesima lancia dei Leoni.

Boldor - Sovrano dei troll, morto durante la Guerra dei Tre Re. Poiché l'anima del re va perduta, il duca Orgrim gli succedette al trono.

Brandax Spaccamuri - Coboldo del popolo degli oldi. Essendo maestro di guerra, dirige gli assedi ed è responsabile della costruzione, dell'uso e della manutenzione delle macchine da guerra.

Brina di Primavera - Nome della cavalla del principe Fenryl.

Carlos - Barbiere di Paulsburg.

Charles - Reggente della provincia del Drusna.

Charlotte - Madre di Luc, una delle prime vittime della peste a Lanzac.

Clemens - Santo della Chiesa di Tjured. Poco dopo la conquista di Iskendria scrisse un famoso trattato sulle guerre contro i pagani e sul loro effetto purificatore per la fede e i fedeli.

Corinna - Cavalleressa dell'Ordine. Membro della Nuova Cavalleria.

Cornuto - Dio degli abitanti del Drusna.

Dominique de Blies - Cavaliere dell'Ordine. Primo portabandiera dell'Ordine nel Drusna, poi commendatario della provincia del Drusna.

Dragan della Pietra Assassina - Duca dei troll, alto quasi quanto un uomo a cavallo.

Drustano - Cavaliere dell'Ordine, membro della lancia di Lilianne.

Dunja - Bambina di Paulsburg usata dalla commendataria Lilianne come sosia della principessa Gishilde.

Elija Glops - Lutino e rivoluzionario che conquistò il trono della regina elfica Emerella con l'aiuto dei troll.

Emerella - Regina elfica della Terra degli Albi, sovrana eletta di tutti i Figli degli Albi.

Farodin - Leggendario guerriero elfico che scomparve senza lasciare traccia dopo la Guerra dei Tre Re.

Fenryl - Principe elfico, sovrano del Carandamon. Comandante supremo delle truppe della Terra degli Albi nel Drusna.

Feodora - Capitana di una galea e membro della Nuova Cavalleria. Rimase ferita durante la battaglia sul Lago degli Orsi e fu presa prigioniera dagli elfi durante i combattimenti successivi al rapimento della principessa Gishilde.

Frederic - Cavaliere dell'Ordine. Membro della Nuova Cavalleria.

Gerona - Membro della Nuova Cavalleria e della Fratellanza del Sacro Sangue.

Giacomo - Novizio della quarantasettesima lancia dei Leoni.

Gilda - Serva di re Gunnar, levatrice alla nascita di Gishilde e Snorri.

Gishilde - Principessa della Terra del Fiordo. Figlia di Gunnar Bracciodiquercia e Roxanna.

Gunnar Bracciodiquercia - Re della Terra del Fiordo. Padre di Gishilde. Marito di Roxanna.

Halgard - Moglie di Ulric Re d'Inverno. Muore insieme al marito sul lago ghiacciato Specchio delle Nuvole.

Handan la Misericordiosa - Santa della Chiesa di Tjured. Patrona delle anime perdute. Discende dal popolo dei Tearagi e fu convertita da san Clemens.

Honoré - Cavaliere dell'Ordine, membro della lancia di Michelle.

Ignazio Randt - Famoso condottiero e teorico militare dell'Ordine dell'Albero di Cenere. Diventò comandante supremo delle truppe del Drusna dopo che Lilianne de Droy aveva perso la carica.

Ivanna - Sorella di Alexjei, il Bojaro di Vilussa.

Jean - Maggiordomo nella casa padronale dei Lannes de Lanzac.

Jerome - Membro della Nuova Cavalleria. Appartiene all'Ordine dell'Albero di Sangue.

Joaquino di Raguna - Novizio della quarantasettesima lancia dei Leoni e suo primo capitano.

Juztina - Fa la guardia alla Torre del Corvo con Drustano, un cavaliere dell'Ordine. In seguito diventa sguattera nella fortezza di Valloncour.

Kadlin la Regina Guerriera - Figlia di Alfadas. Regina della Terra del Fiordo dopo la morte del fratello Ulric.

Leon - Primarca e guida spirituale della Nuova Cavalleria. Appartiene all'Ordine dell'Albero di Sangue.

Lilianne de Droy - Commendataria della Nuova Cavalleria, comandante suprema delle truppe della Chiesa nel Drusna.

Liodred - Re della Terra del Fiordo che, dopo la Battaglia dei Tre Re con l'antenato Mandred, imboccò i Sentieri degli Albi e non fece più ritorno.

Luc - Figlio di Pierre e Charlotte de Lanzac. Novizio nell'Ordine della Nuova Cavalleria.

Luigi - Vecchio timoniere del galeone *Acchiappavento*, il cui comandante è Alvarez.

Luth - Detto anche «Tessitore del Destino». Dio appartenente al pantheon della Terra del Fiordo. Controlla le sorti degli esseri umani e determina quando finisce il filo della vita di ciascuno.

Maewa - Dea delle cose belle. Appartiene al pantheon della Terra del Fiordo.

Mandred Torgridson - Eroe leggendario tra gli esseri umani e gli elfi, Jarl di Firnstayn e padre del futuro re Alfadas. Nella Terra del Fiordo si crede che Mandred tornerà in patria nel momento di maggiore difficoltà.

Marie - Lavandaia del conte Lannes de Lanzac.

Mascha - Novizia della quarantasettesima lancia dei Draghi, poi sua capitana.

Michel Sarti - Santo della Chiesa di Tjured. Considerato il fondatore dell'Ordine dell'Albero di Cenere, il più antico ordine dei cavalieri della Chiesa. Si dice sia nato in una fortezza sul Mons Bellesattes, nel Fargon meridionale.

Michelle - Cavalleressa dell'Ordine. Maestra di scherma della Nuova Cavalleria.

Mirella - Nome fittizio di Silwyna sotto le mentite spoglie di una prostituta per infiltrarsi tra gli esseri umani e seguire le tracce di Gishilde.

Morwenna - Elfa, figlia di Alathaia.

Nathania - Cobolda del popolo dei lutini. Moglie di Ahtap e guardiana dei Sentieri Albici.

Niccolò - Cavaliere dell'Ordine, membro del gruppo di medici che lottano contro la peste.

Nuramon - Leggendario guerriero elfico che, dopo la Battaglia dei Tre Re, scomparve senza lasciare traccia.

Occhigrigi - Nome che Luc dà al capo del branco di cani penetrato nel suo villaggio.

Occhio d'Inverno - Poiana codabianca del principe Fenryl del Carandamon. Il grande uccello è un ibrido tra una poiana e un'aquila: testa da aquila, corpo e artigli da poiana.

Ollowain - Elfo, maestro spadaccino della Terra degli Albi e generale che comanda le truppe alleate della Terra degli Albi durante le battaglie per il Drusna e la Terra del Fiordo.

Pierre - Padre di Luc, veterano delle guerre contro i pagani.

Paul Lannes de Lanzac - Conte di Lanzac, ex comandante dei Cavalieri Neri durante la prima guerra contro i pagani nel Drusna.

Raffaele - Santo della Chiesa di Tjured che, durante la conquista di Iskendria, subì il martirio dopo essere riuscito ad abbassare la catena di sbarramento del porto.

Raffaele di Silano - Novizio della quarantasettesima lancia dei Leoni.

Ragnar - Maestro della principessa Gishilde, tiene molto a insegnarle a memoria la storia della sua stirpe.

Robert de Grace - Novizio della Nuova Cavalleria, membro del quarantaduesimo corso dei Leoni.

Rodrik - Cavaliere dell'Ordine, capitano della guardia del reggente Charles. Appartiene all'Ordine dell'Albero di Cenere.

Ronaldo Rueida - Capitano del galeone Martello degli eroi, la nave ammiraglia di una flottiglia nella regione lacustre del Drusna e membro dell'Ordine dell'Albero di Cenere.

Roxanna - Moglie di re Gunnar Bracciodiquercia. Madre di Gishilde.

Sigurd Frantumaspade - Capitano dei Mandridi, la guardia del corpo della famiglia reale nella Terra del Fiordo.

Silwyna - Elfa del popolo dei maurawani. Maestra di Gishilde e, un tempo, amante di re Alfadas. Tiratrice famosa tra il suo popolo.

Snorri - Fratello di Gishilde. Annegò da piccolo nel lago Specchio delle Nuvole.

Sulpicio - Santo della Chiesa di Tjured che predicava la sincerità e la purezza della fede.

Tiranu - Principe elfico del Langollion.

Tjured - L'unico dio. Secondo la fede dei suoi seguaci, creatore del mondo e di tutte le creature che lo popolano.

Tuffanuvole - Re delle aquile dalla schiena nera che dimorano sul Capo degli Albi. Un tempo, amico del mezz'elfo Melwyn.

Ulric Re d'Inverno - Figlio di re Alfadas, fu sovrano della Terra del Fiordo per meno di un mese. Morì con la moglie Halgard quando frantumò il ghiaccio del lago Specchio delle Nuvole e fu inghiottito dall'acqua scura con i troll che inseguivano il suo esercito spossato.

Ursulina - Santa della Chiesa di Tjured. Cavalleressa che, secondo la leggenda, cavalcò un orso.

Valgerda - Moglie di Liodred, re della Terra del Fiordo.

Veleif Manodargento - Prima scaldo alla corte di re Horsa, poi confidente di re Alfadas.

Vento di Ghiaccio - Grosso rapace, sempre accanto a Fenryl. Era un animale singolare, più grande di un falco o di una poiana, ma più piccolo di un'aquila.

Vento Notturno - Morello di Pierre.

Yulivea - Elfa, confidente della regina Emerella. Maga davanti al cui talento straordinario chinano il capo persino i fieri lamassi.

Luoghi

Aniscans - Capitale del Fargon e al contempo sede principale della Chiesa di Tjured. Qui, secondo la leggenda tramandata dalla Chiesa, san Guillaume fu assassinato dagli elfi.

Bresna - Uno dei grandi fiumi del Drusna.

Capo degli Albi - Monte ammantato di mistero nel Nord della Terra di Snaiwa. Il luogo in cui vivono le aquile dalla schiena nera.

Carandamon - Principato elfico nella Terra degli Albi. Vasta pianura ghiacciata, circondata da alte montagne. Si trova a ovest della Terra di Snaiwa, il regno dei troll.

Drusna - Regno boscoso che confina con la Terra del Fiordo.

Equitania - Provincia del Fargon, famosa per l'allevamento di cavalli pregiati, ma anche per la passione delle scommesse.

Fargon - Regno degli esseri umani. Qui affonda le sue radici il culto di Tjured.

Filangana - Fortezza elfica, dai troll anche chiamata Pietra Regale. La roccaforte fu distrutta da un'eruzione vulcanica durante l'ultima guerra contro i troll.

Firnstayn - Capitale della Terra del Fiordo.

Iskendria - 1. Importante città portuale nel Mondo degli Uomini. Un tempo governata dai sacerdoti del dio Balbar, fu presa d'assalto dopo un lungo assedio dai cavalieri della Chiesa di Tjured. Distrutta dalla guerra, impiegò quasi due secoli per tornare all'antico splendore. - 2. Un tempo, leggendaria biblioteca su una scheggia del Mondo Distrutto. Pare che qui sia conservato tutto il sapere della Terra degli Albi. Questo luogo fu preso d'assalto dai cavalieri della Chiesa di Tjured.

Lago degli Orsi - Lago tra i boschi del Drusna orientale, sulle cui rive l'Alleanza di Ferro subì una dura sconfitta contro la Nuova Cavalleria di Tjured.

Lago Plumbeo - Lago centrale della regione lacustre occidentale del Drusna.

Langollion - Principato elfico. Grande isola a sud-est della Baia delle Balene.

Lanzac - Villaggio del Fargon meridionale, nel Mondo degli Uomini.

Latava - Una delle ultime province del Drusna che oppongono ancora resistenza alla Chiesa di Tjured.

Marcilla - Provincia dell'Ordine e città portuale.

Mereskaja - Importante città del Drusna. Sorge sulla Bresna. Teatro di aspri scontri tra l'Alleanza di Ferro e la Nuova Cavalleria.

Mondo Distrutto - Mondo raso al suolo durante la guerra tra gli Albi e i Devanthar. Le sue macerie vagano alla deriva nel Nulla.

Mons Bellesattes - Montagna a mezza giornata di viaggio da Lanzac, nel Fargon. Luogo in cui nacque san Michel.

Nulla - Lo spazio attraversato dai Sentieri Albici. Il grande vuoto tra il Mondo degli Uomini, la Terra degli Albi e il Mondo Distrutto.

Paulsburg - Porto fortificato nel Drusna. Quartier generale della flotta di galee della Nuova Cavalleria nel Drusna, ubicato sul Lago Plumbeo.

Pietra Assassina - Fortezza rocciosa dei troll nella Terra di Snaiwa.

Pietra Regale - Sede dei sovrani troll ed elfi della Terra di Snaiwa. Vedi anche FILANGANA.

Raiga - Una delle ultime province del Drusna che oppongono ancora resistenza alla Chiesa di Tjured.

Roseto - Campo di rovine con la statua bianca di una donna nuda. Alcuni abitanti del villaggio di Lanzac le portavano doni sebbene i sacerdoti di Tjured punissero severamente simili superstizioni pagane.

Silano - Città del Fargon. Famosa per le officine che producono armature.

Telmarea - Sede di un famoso oracolo.

Terra del Fiordo - Ultimo regno pagano che oppone resistenza ai sacerdoti di Tjured. Paese ostile, attraversato da fiordi scuri e montagne ripide.

Terra di Snaiwa - Striscia di terra nell'estremo Nord della Terra degli Albi. Un tempo gli Albi la regalarono ai troll.

Testa dei Pagani - Collina coperta di rovine a sud di Lanzac. Luogo che, a quanto si dice, di notte è infestato dagli Altri.

Torre del Corvo - Torre segnaletica nel Drusna settentrionale. Serve all'osservazione di una Stella Albica situata vicino alla costa.

Vahan Calyd - Città della Terra degli Albi, sul Mar Boscoso. Fu distrutta durante la terza guerra contro i troll, ma nei secoli successivi tornò all'antico splendore. Ogni ventotto anni i principi della Terra degli Albi vi eleggono la regina.

Valemas - 1. Rifugio per gli elfi emigrati nel Mondo Distrutto. Fu raso al suolo dai cavalieri dell'Ordine poco dopo la conquista della città umana di Iskendria. - 2. Città abbandonata della Terra degli Albi; gli abitanti elfici furono costretti a lasciarla per ordine della regina Emerella.

Valloncour - La più grande fortezza della Nuova Cavalleria. Nella scuola di Valloncour si educano i futuri cavalieri.

Vilussa - Residenza principesca e importante metropoli commerciale del Drusna. Divenne sede del reggente dopo la conquista da parte della Chiesa di Tjured.

Glossario

Acchiappavento - Galeone della flottiglia della Nuova Cavalleria. La nave è al comando del capitano Alvarez.

Alleanza di Ferro - Alleanza degli ultimi «pagani» liberi che oppongono ancora resistenza agli eserciti dei cavalieri dell'Ordine.

Altri - Nome generico dei popoli albici. I fedeli di Tjured che non appartengono alla categoria dei sacerdoti non osano chiamare per nome i popoli della Terra degli Albi, perché temono di attirarsi terribili sciagure. Preferiscono dunque chiamarli Altri.

Aquile dalla schiena nera - Popolo di aquile gigantesche, abbastanza grandi per trasportare un elfo.

Azzannatori d'orsi - Razza di cani originaria del Fargon, ma allevata nella Terra del Fiordo così a lungo che ormai si crede sia sempre vissuta nel freddo Nord. Questi grandi animali vengono ammaestrati per i combattimenti o la caccia; tra i fedeli di Tjured circolano storie secondo cui gli azzannatori d'orsi vengono preparati a uccidere i sacerdoti.

Battaglia dei Tre Re - Denominazione data dagli abitanti della Terra del Fiordo a una battaglia marittima in cui la regina elfica Emerella, il re troll Boldor e

Liodred – il sovrano della Terra del Fiordo – combatterono in inferiorità numerica contro una flotta dei cavalieri di Tjured.

Battaglia delle Navi Nere - Nome dato dalla Chiesa di Tjured alla Battaglia dei Tre Re, durante la quale la regina elfica Emerella, il re dei troll Boldor e Liodred – il sovrano della Terra del Fiordo – combatterono contro la flotta dei cavalieri dell'Albero di Cenere. Per Navi Nere si intendono le navi dei troll, che decisero l'esito dello scontro con la loro comparsa inaspettata.

Bojaro - Titolo nobiliare del Drusna.

Bolla Argentea - In questo testo legale sono stabiliti i reciproci doveri della Chiesa e della Nuova Cavalleria.

Bosco degli Spiriti - Così si chiama, nel Drusna, un'area boscosa scelta per seppellire i defunti tra i rami di vecchi alberi.

Buhurt - Antichissimo torneo cavalleresco.

Caracca - Tipo di nave.

Coboldi - Nome generico di un gruppo di vari popoli. Alti fino alle ginocchia o ai fianchi di un essere umano adulto. Molti sono dotati di poteri magici. Quasi tutti sono considerati abilissimi artigiani. Si dice che abbiano uno strano senso dell'umorismo e la marcata inclinazione a fare scherzi.

Devanthar - Essere demonico. Acerrimo nemico degli elfi. Creatura dotata di un potere quasi divino.

Elfi - L'ultimo dei popoli creati dagli Albi. Alti più o meno quanto un essere umano, hanno una figura snella e lunghe orecchie appuntite. La maggior parte ha poteri magici. Formano l'aristocrazia e dunque la classe dirigente in molte regioni della Terra degli Albi.

Falciatori - Cavalieri elfici muniti di mezze corazze nere, al comando di Tiranu, principe del Langollion.

Figli degli Albi - Nome generico di tutti i popoli creati dagli Albi (elfi, troll, oldi, centauri eccetera).

Fratellanza del Sacro Sangue - Confraternita segreta all'interno della Nuova Cavalleria. I membri sono convinti di essere lontani discendenti di san Guillaume e, grazie al sangue da lui versato, di possedere una dote speciale.

Galeone - Tipo di nave più grande e munito di più cannoni rispetto a una galea.

Guerra delle Ombre - Guerra scatenata dal tradimento di Alathaia, durante la quale i popoli elfici della Terra degli Albi combatterono l'uno contro l'altro e i draghi tornarono nella loro antica patria.

Lancia - Nome di un gruppo di giovani novizi nella fortezza di Valloncour. Paragonabile a una classe scolastica.

Mandridi - Guardia del re della Terra del Fiordo. Questa famosa truppa di guerrieri fu fondata dall'elfo Nuramon, che, per quasi cinquant'anni, aspettò i compagni Farodin e Mandred a Firnstayn.

Maresciallo dell'Ordine - Titolo del più alto dignitario della Nuova Cavalleria. Nella gerarchia ecclesiastica il suo rango corrisponde a quello di uno dei sette principi della Chiesa ad Aniscans.

Martello degli eroi - Galeone dell'Ordine dell'Albero di Sangue. Naviga nel Drusna.

Maurawani - Popolo elfico che vive nel Nord della Terra degli Albi, nelle selve ai piedi dei Monti Slanga. Famosi tiratori. Gli altri elfi li considerano scostanti e solitari.

Nuova Cavalleria - Ordine cavalleresco della Chiesa di Tjured, con sede a Valloncour. Conquistò un ruolo fondamentale durante le battaglie per il Drusna.

Oldi - Popolo coboldo che vive soprattutto tra le mangrovie del Mar Boscoso e a Vahan Calyd.

Onomastico - Festa durante la quale i genitori scelgono il nome di un neonato. Di solito si tiene entro una settimana dalla nascita. Le famiglie che possono permetterselo celebrano una festa tutti gli anni per ricordare quella giornata speciale.

Ordine dell'Albero di Cenere - Il più antico ordine cavalleresco della Chiesa di Tjured. Lo stemma sul suo scudo raffigura una quercia nera e morta. Durante il concilio di Iskendria, dopo una serie di sconfitte nella battaglia per il Drusna, perse il ruolo predominante tra gli ordini cavallereschi e fu sottomesso alla Nuova Cavalleria.

Ordine dell'Albero di Sangue - Denominazione comune della Nuova Cavalleria. Il nome si riferisce allo stemma dell'Ordine.

Pietra di Barin - Pietra magica proveniente dalla Terra degli Albi. Emana una calda luce ambrata.

Pietre Albiche - Manufatti magici. Ciascun popolo albico ne ricevette una prima che gli Albi lasciassero il mondo. Una pietra albica rafforza i poteri magici del proprietario. Unendo più Pietre Albiche è possibile ottenere una magia in grado di cambiare il mondo.

Primarca - Guida spirituale della Nuova Cavalleria. Si occupa della salute delle anime di cavalieri e novizi.

Puzzolenti - Nome dato dal piccolo Luc alle vittime della peste che non sono state seppellite.

Quarti - Membri della Nuova Cavalleria che tornano a Valloncour per non lasciarla più. Alcuni novizi li chiamano «morti viventi». Si tratta di ex cavalieri che non sono più in grado di combattere e servono l'Ordine come artigiani o eruditi. Si chiamano così perché sul loro scudo è raffigurato un quarto elemento.

Rifugio - Nome dato dai sacerdoti di Tjured alle case dell'Ordine disseminate nel deserto, in cui i fedeli trovano la pace interiore lavorando duramente. Alcuni sacerdoti considerano i rifugi i primi nuclei dello Stato divino che un giorno si estenderà al mondo intero.

San Clemens - Galeone della flottiglia della Nuova Cavalleria.

San Gilles - Galeone della flottiglia della Nuova Cavalleria.

San Raffaele - Galea della Nuova Cavalleria, al comando del capitano Alvarez de Alba. Solca i laghi e i fiumi del Drusna.

Sangue di Dio - Famoso vino proveniente dai pendii del Monte Gabino. Il nome, introdotto originariamente dai pagani, si è affermato nonostante le resistenze iniziali della Chiesa.

Schiera Nera - Truppa leggera della Nuova Cavalleria.

Sentieri Albici - Rete di strade magiche creata dagli Albi.

Signore del Bosco - Anche dette Tre Signore: dee venerate dagli abitanti del Drusna.

Tearagi - Popolo di cavalieri che vive nel deserto vicino a Iskendria.

Troll - Il popolo più bellicoso della Terra degli Albi. Alti più di tre metri, hanno una pelle grigia il cui colore ricorda quello delle pietre. Rifuggono il contatto con il metallo.

Uomini-ombra - Combattenti della resistenza nel Drusna, i cui principati furono conquistati dalla Chiesa di Tjured. Il loro comandante è il Bojaro Alexjei.

Indice

Dragonlance

Le Cronache di Krynn
di Margaret Weis e Tracy Hickman

Le Cronache di Raistlin
Raistlin - L'alba del male
di Margaret Weis
Raistlin - I fratelli in armi
di Margaret Weis e Don Perrin

Gli Eroi
Gli Eroi - Trilogia completa
di Richard A. Knaak, Nancy Varian Berberick e Michael Williams

Gli Eroi II
Gli eroi II - Trilogia completa
di Richard A. Knaak, Dan Parkinson e Michael Williams

Il Raduno degli Eroi
Spiriti eletti
di M. Anthony ed E. Porath
Il vagabondo
di M. Kirchoff e S. Winter
Cuore temerario
di Tina Daniell
Il giuramento
di Michael Williams
Fuoco e fiamme
di Ellen Porath
Compagni d'avventura
di Tina Daniell

I Preludi
I Preludi - Trilogia completa
di Paul Thompson, Tonya Carter, Mary Kirchoff e Kevin Stein

Le Cronache
di Margaret Weis e Tracy Hickman
I draghi del crepuscolo d'autunno
I draghi della notte d'inverno
I draghi dell'alba di primavera
Le Cronache - Trilogia completa
Le Cronache Annotate

Le Cronache Perdute
di Margaret Weis e Tracy Hickman
I draghi degli abissi dei nani

I draghi dei signori dei cieli

Le Leggende
di Margaret Weis e Tracy Hickman
Il destino dei gemelli
La guerra dei gemelli
La sfida dei gemelli
Le Leggende - Trilogia completa
Le Leggende Annotate

La Guerra del Chaos
di Margaret Weis e Tracy Hickman
La seconda generazione
I draghi dell'estate di fuoco
I draghi del Chaos

La Quinta Era
di Jean Rabe
L'era dei dragoni
Il Giorno della Grande Tempesta
Il Giorno del Grande Vortice
La Quinta Era - Trilogia completa

La saga di Dhamon
di Jean Rabe
La caduta di Dhamon
Il tradimento
Il riscatto di Dhamon

La Guerra delle Anime
di Margaret Weis e Tracy Hickman
I draghi del sole morente
I draghi della stella perduta
I draghi della luna evanescente
La Guerra delle Anime - Trilogia completa

Le guerre dei minotauri
di Richard A. Knaak
La Notte di Sangue
Mare di Sangue
L'Impero di Sangue

Il discepolo dell'oscurità
di Margaret Weis
Ambra e cenere
Ambra e ferro
Ambra e sangue

Ravenloft

La maledizione di Lord Soth
Il Cavaliere della Rosa Nera
di James Lowder
Lo Spettro della Rosa Nera
di James Lowder e Voronika Whitney-Robinson

Le nebbie di Ravenloft
Morte di un signore oscuro
di L.K. Hamilton
Il vampiro delle brune
di Christie Golden
L'arazzo delle anime perdute
di Elaine Bergstrom
Danza fatale di Christie Golden

Forgotten Realms

Trilogia degli Elfi Scuri
di R.A. Salvatore
Il dilemma di Drizzt
La fuga di Drizzt
L'esilio di Drizzt
Trilogia degli Elfi Scuri - Volume unico

Trilogia delle Terre Perdute
di R.A. Salvatore
Le lande di ghiaccio
Le lande d'argento
Le lande di fuoco
Trilogia delle Terre Perdute - Volume unico

L'eredità di Drizzt
di R.A. Salvatore
L'eredità
Notte senza stelle

L'assedio delle ombre
L'alba degli eroi

Luci e ombre
di Elaine Cunningham
La figlia del drow
Trame nell'oscurità
Windwalker

The Cleric Quintet
di R.A. Salvatore
Il Cantico
Le ombre della foresta
Le maschere della notte
La fortezza caduta
La maledizione del Caos

I Sentieri delle Tenebre
di R.A. Salvatore
La lama silente
L'ora di Wulfgar
Il Mare delle Spade
I sentieri delle tenebre - Volume unico

I Soldati di Ventura
di R.A. Salvatore
Il Servitore della Reliquia
La promessa del Re Stregone
La strada del patriarca

La lama del Cacciatore
di R.A. Salvatore
L'orda degli orchi
Il Cacciatore solitario
Le due spade

Transizioni
di R.A. Salvatore
Il re degli orchi
Il re dei pirati

La Guerra della Regina Ragno
Dissolution
di Richard Lee Byers
Insurrection
di Thomas M. Reid
Condemnation
di Richard Baker
Extinction
di Lisa Smedman
Annihilation
di Philip Athans
Resurrection
di Paul S. Kemp

Trilogia degli Avatar
di Richard Awlinson
La città delle ombre
La città di Tantras
La città degli abissi
La Trilogia degli Avatar - Volume unico

La Trilogia di Erevis Cale
di Paul S. Kemp
Cala il crepuscolo

La Guerra del Crepuscolo
di Paul S. Kemp
La progenie dell'ombra

L'epopea di Elminster
di Ed Greenwood
Elminster - La nascita di un mago
Elminster - Il viaggio
Elminster - La tentazione
Elminster all'Inferno
La figlia di Elminster

La Saga di Shandril
di Ed Greenwood
Il fuoco della magia
La corona di fuoco

I cavalieri di Mith Drannor
di Ed Greenwood
Le spade di Eveningstar
La spade di Dragonfire

DARK SUN

Pentalogia del Prisma ***(Volume unico)***
di Troy Dennin
Il passaggio smeraldo
La legione di fuoco
L'incantatrice d'ambra
L'oracolo di ossidiana
La tempesta celeste

MAGIC

Il Ciclo di Kamigawa
di Scott McGough
Il fuorilegge - Campioni di Kamigawa
L'eretico - Traditori di Kamigawa
Il guardiano - Salvatori di Kamigawa

Il Ciclo della Spirale Temporale
La spirale temporale
di Scott McGough
Caos dimensionale
di Scott McGough
e Timothy Sanders

EBERRON

L'oscurità sognante
di Keith Baker
La Città delle Torri

DEMON'S WARS

Trilogia del demone
di R.A. Salvatore
Il risveglio del demone
Lo spirito del demone
L'apostolo del demone

L'Eredità del demone
di R.A. Salvatore
La maledizione del demone
L'ascesa del demone
Il potere del demone
La caduta del demone

IL CICLO DI DEATH GATE
di Margaret Weis
e Tracy Hickman
L'ala del drago
La stella degli elfi
Mare di fuoco

Il sortilegio del serpente
La mano del caos
Nel labirinto
La Settima Porta

Le Leggende di Lupo Solitario
di Joe Dever e John Grant
L'ultimo dei Ramas
La vendetta del Lupo
Il libro sacro dei Ramas
Il labirinto della paura
Lo scontro finale

La Trilogia di Lencia
di Richard Ford
I Dragoni di Lencia

Trilogia dei reami
di Angus Wells
L'ira di Ashar

La Caduta di Malazan
di Steven Erikson
I giardini della luna
La Dimora Fantasma
Memorie di ghiaccio - Prima parte
Memorie di ghiaccio - Seconda parte
La Casa delle Catene
Maree di Mezzanotte
I cacciatori di ossa - Prima parte
I cacciatori di ossa - Seconda parte

I Cantici del Bronzo
di Tracy e Laura Hickman
Il guerriero misterioso
La ricerca mistica
L'impero mistico

La Trilogia di Dragonvarld
di Margaret Weis
La Signora dei Draghi
Il figlio del drago

Il Ciclo delle Spade
di Tad Williams
Il Trono del Drago
La Pietra dell'Addio

La leggenda dei cinque Ardenti
di Shanna O'Manley

Dragon Tales
di Drew Henriksen
Draghi e lupi

Lisidranda
di Mariangela Cerrino

Il Privilegio della Difesa
di Heidi Dall
Il Delfino del Maharbal

Le cronache di Andorran
di Schelly Steelman
Il Tempio Verde

La foresta dei sogni
di Sophie Masson
Il cavaliere soprannaturale
La Signora dei fiori

Il sangue e l'acciaio
di Joel Shepherd
Sasha, la principessa guerriera

Deutsche Fantasy

Gli elfi
di Bernhard Hennen
Gli elfi
Gli elfi d'inverno
La luce degli elfi

I troll
di Christoph Hardebusch
I troll
La guerra dei troll

Gli orchi
di Michael Peinkofer
Gli orchi
Il giuramento degli orchi

I goblin
I goblin
di Karl-Heinz Witzko

I demoni
I demoni
di Tobias O. Messner

Lytar
La corona di Lytar
di Carl A. deWitt

Il ciclo dello Stregone
L'Orma dello Stregone
di Wolfgang Hohlbein

Il Mondo delle Maree
di Bernhard Hennen
Il vate

Maestri del Fantasy
La pietra incantata
di Nina Blazon

Emily Laing e l'Antica Metropoli
di Christoph Marzi

Pocket SuperFantasy

Gli eroi
La leggenda di Huma
di Richard Knaak

La leggenda della Stormblade
di Nancy Varian Berberick

La leggenda di Weasel
di Michael Williams

I Preludi
La magia di Lunitari
di Paul Thompson e Tonia Carter

La dannazione di Kendermore
di Mary Kirchoff

Il mistero di Mereklar
di Kevin Stein

Starshield
di Margaret Weis e Tracy Hickman

Sentinelle dell'Universo
La Spada della Notte

La trilogia di Sevenwaters
di Juliet Marillier
La figlia della foresta
Il figlio delle ombre
Il figlio della profezia

Le cronache di Corus
di L.E. Modesitt, Jr.
Il talento di Alucius
Tenebre
Scettri

Cronache della Guerra dell'Ombra
La Luna d'Ombra
di George Lucas e Chris Claremont

Il Mondo delle Caverne
La Confraternita di Yoor
di Harald Evers